शाप

डा. राजीव गुप्ता

ट्रू साइन

प्रकाशक : ट्रू साइन पब्लिशिंग हाउस
पता : SY.N0.21/2 & 21/3, सोननहल्ली,
कृष्णराजपुरा, बेंगलुरु, कर्नाटक - 560049 भारत
ईमेल : truesignbooks@gmail.com
वेबसाइट : www.truesign.in

शाप

लेखक: डा. राजीव गुप्ता

ISBN: 978-93-5584-986-1

संस्करण: 2023

स्मृति शेष
प्यारी माँ
(स्वर्गीया श्रीमती सरोज गुप्ता)
को
सादर समर्पित

मार्टिन लूथर किंग ने कहा था,
अगर तुम उड़ नहीं सकते,
तो दौड़ो!
दौड़ नहीं सकते,
तो चलो!
चल नहीं सकते, तो रेंगो!

पर आगे बढ़ते रहो! युवा हैं तो बुजर्गों का आदर करें, मज़बूत हैं तो कमजोरों की मदद करें। कोई ग़लती हो जाए तो स्वीकारें, क्योंकि जीवन में एक दिन आप भी बुज़ुर्ग कमज़ोर और ग़लत हो सकते हैं।

श्री अमिताभ बच्चन। ट्वीट-दैनिक जागरण शनिवार 20 मई, 2017

-श्री अमिताभ बच्चन जी के ट्वीट
एवं दैनिक जागरण से साभार।

शाप

घटनाओं एवं मानवीय भावनाओं का अद्भुत चित्रण

मानवीय भावनाओं का अद्भुत चित्रण।

किसी रमणी के केशविन्यास की तरह मुग्ध कर देने वाला शब्द-विन्यास। घटनाओं एवं भावनाओं का अदभुत सामंजस्य।

अपनी हर रचना द्वारा समाज को एक संदेश देकर सामाजिक परिवर्तन के प्रति अपनी प्रतिबद्धता का निरंतर पालन।

तमाम सत्य घटनाओं को समाविष्ट कर कथानक को शांत नदी की तरह सहज प्रवाह प्रदान करने की अदभुत कला।

इन सभी गुणों एवं बिंदुओं का परिणाम है यह उपन्यास-शाप।

यह शाप किसी अहंकार में डूबे क्रोधित ऋषि का नहीं है; यह शाप है एक अंतर तक दग्ध आत्मा का; काँच की तरह किर्च-किर्च होकर बिखर गए एक व्यक्तित्व का।

भाई राजीव को मैं अब तक केवल बाल कहानियों का लेखक ही समझता था; परंतु इस उपन्यास में उनके लेखन की परिपक्वता ने मुझे अत्यधिक प्रभावित किया है।

हाल ही में मैंने उनकी कुछ कविताएँ व ग़ज़लें भी पढ़ी हैं। मुझे प्रतीत होता है कि राजीव जी साहित्य की हर विधा के रचनाकार हैं।

इस उपन्यास का सबसे सशक्त पक्ष यह है कि आप सब हर पात्र के चारित्रिक विकास-क्रम में इस तरह से संलिप्त हो जाएँगे कि उपन्यास समाप्त होने के बाद भी ये पात्र आपके मस्तिष्क में नाचते रहेंगे और हृदय में स्पंदन करते रहेंगे।

मैं भाई राजीव को इस अति उत्तम कृति के लिए बधाई देता हूँ।

-डा. कमल किशोर गर्ग

एम.बी.बी.एस, एम.डी (मेडिसिन)

शाप

(1)

आप कभी रोशनपुर नहीं गए होंगे। कभी मौका मिले तो ज़रूर जाइएगा। रोशनपुर स्टेशन से उतर कर सीधे कल्पना टॉकीज तिराहा चले जाइएगा। वहीं इलाहाबाद बैंक के पास ही मोहल्ला पातीराम कूँचा है। यह मोहल्ला आगे जाकर कचहरी रोड पर खुलता है। इलाहाबाद बैंक की तरफ से पातीराम कूँचा में घुसते ही सबसे पहला मकान अपने विधायक जी का ही है। वहाँ एक बड़ा-सा बोर्ड भी लगा है-'विधायक निवास'। इसके नीचे विधायक जी का नाम भी लिखा है। इसी मोहल्ले के बिल्कुल अंत में जाकर दीपक सक्सेना के मकान के ठीक सामने आपको एक आदमी बैठा मिलेगा। बिल्कुल लुंजपुंज-सा। न बेचारा ढंग से बोल पाता है और न ही ढंग से चल-फिर पाता है। बेचारे को लकवा मार गया है। आपको वह बड़ी दयनीय निगाहों से देखता रहेगा। आपको पहचानने की कोशिश करेगा। अगर उसने आपको पहचान लिया तो वह आपको कुछ कहने और समझाने की कोशिश भी करेगा। लेकिन आप उसकी बात समझ ही नहीं पाएँगे। उसके मुँह से बस अस्पष्ट-सी 'गों...गों...गौं...' की विचित्र-सी आवाज़ निकलेगी।

लेकिन उसकी सारी कहानी दीपक सक्सेना को मालूम है।

अगर कभी आपको थोड़ी-सी फुरसत हो तो आप दीपक सक्सेना से उसकी कहानी ज़रूर सुनिएगा। बेचारे भले आदमी हैं। आपको शुरू से आख़िर तक बहुत इत्मीनान से उसकी कहानी सुनाएँगे। तब आपको पता चल जाएगा कि इस दुनिया में कोई आदमी इतना कृतघ्न भी हो सकता है। न जाने कितने लोगों ने दीपक सक्सेना से उसकी कहानी सुनी होगी।

मैंने भी इस कहानी का अंतिम अंश दीपक के मुँह से ही सुना था। बिट्टो बुआ के कमरे में बैठे-बैठे मैं दीपक से उसकी कहानी सुन रहा था। अचानक मैंने पूछा, 'लेकिन यह आदमी तो अब चल-फिर भी नहीं पाता है, फिर इसका ख़र्चा कौन उठाता होगा? कपड़े-लत्ते, खाने-पीने की व्यवस्था कौन करता होगा?'

दीपक बोला, 'यही अपने विधायक जी।'

यह सुन कर मुझे बहुत आश्चर्य हुआ। विधायक जी तो ऐसे आदमी नहीं थे। बचपन में मेरे साथ ही पढ़ते थे और इंटर की परीक्षा में नकल करने पर रिस्टीकेट कर दिए गए थे। इसी खुन्नस

में तो उन्होंने प्रभुदयाल सर से मार-पीट भी की थी, फिर पुलिस के डर से महिनों फ़रार रहे थे।

मैंने कहा, 'लेकिन विधायक जी ऐसा कर सकते हैं, मुझे तो विश्वास ही नहीं हो रहा है?'

दीपक बोला, 'सच में ही हम इंसान को बहुत कम समझ पाते हैं। कल तक जो आदमी इसको ज़रा भी पसंद नहीं करता था, आज ठीक समय पर वही रोज़ इसके लिए नौकर से खाना भिजवाता है। खाना ही क्यों, कपड़े-लत्ते, दवाई आदि का प्रबंध भी तो वही करते हैं। और भला अब इस आदमी का इस दुनिया में है ही कौन?'

मैंने पूछा, 'वह क्यों? उन्हें यह सब कुछ करने की क्या ज़रूरत है?'

दीपक बोला, 'यही बात तो मैंने भी एक दिन विधायक जी से पूछी थी।'

'फिर उन्होंने क्या कहा?' मैंने बड़ी उत्सुक्ता से पूछा।

'यही कि इस आदमी ने तो मेरे ऊपर बहुत बड़ा उपकार किया है। मैं इसकी जिंदगी भर भी सेवा करता रहूँ तो भी भला क्या इसके उपकार से उऋण हो पाऊँगा।'

यह सुन कर मुझे बहुत आश्चर्य हुआ।

मैंने पूछा, 'लेकिन इसके बीवी-बच्चे? वे क्या इसका ख़्याल नहीं रखते? खाना-पीना, कपड़ा-लत्ता नहीं देते? क्या इसकी सेवा-सुशूषा करने वाला विधायक जी के सिवाय और कोई नहीं है?'

दीपक बोला, 'छोड़िए साहब, एक अपाहिज से भला किसे इतनी हमदर्दी हो सकती है। यह तो अपने विधायक जी ही हैं, जो निभाए जा रहे हैं। फिर ऐसे आदमी से हमदर्दी रखना क्या ठीक बात है?'

सुन कर मुझे और भी आश्चर्य हुआ।

लेकिन विधायक जी की पत्नी उस अपाहिज को देखते ही नाक-भौ सिकोड़ने लगतीं। उनका बस चलता तो वह इसे जाने कब का इस मोहल्ले से बाहर फिंकवा देतीं। सच तो यह है कि दीपक से भी अच्छी तरह वे इस आदमी का इतिहास जानती हैं। इसीलिए वे प्राय: उस रास्ते से गुज़रने में भी संकोच करतीं हैं। वे जब भी उस रास्ते से गुज़रतीं तो वह अपाहिज बड़े ही गौर से उन्हें देखता रहता। कभी-कभी वह हाथ जोड़ कर अपने माथे से बार-बार लगाते हुए ज़ोर-ज़ोर से आवाज़ लगा कर उन्हें कुछ बताने और समझानें की कोशिश भी करता। पर उसके मुँह से कुछ भी स्पष्ट निकल ही नहीं पाता था। बस केवल 'गों...गों...गों....गों...' की अस्पष्ट सी आवाज़ ही सुनाई देती।

उसके मुँह से हमेशा लार टपकती रहती। विधायक जी की पत्नी को उसे देख कर न जाने कैसी वितृष्णा सी होने लगती। वे दूसरी तरफ मुँह करके नाली में पिच्च से थूक देतीं। उन्हें उस

आदमी से न जाने कितनी घृणा थी और यह बात रोशनपुर का हरेक व्यक्ति जानता भी था। उनके साथ कभी-कभी उनका बेटा वैभव भी होता। उनका हाथ पकड़े, वह मुँह पीछे किए हुए बहुत देर तक उसी अपाहिज को देखते हुए चलता रहता। विधायक जी की पत्नी उसे डाँटती, 'ऐ वैभव, आगे देख कर चल, अभी गिर जाएगा! उसको क्या देख रहा है?'

पर वैभव तब भी उसकी तरफ देखता रहता। वह अपाहिज उसे देख कर हँसने की कोशिश करता। कभी-कभी हाथ का इशारा करते हुए उसे अपने पास आने के लिए भी कहता।

वैभव कहता, 'मम्मी, पागल है न?'

शंकर की पत्नी कहती 'हाँ, है। तू उधर मत देख बेटा, आगे देख। अभी ठोकर लगी तो गिर जाएगा।'

'लेकिन मम्मी, देखो न! वह मुझे ही बुला रहा है?'

विधायक जी की पत्नी बड़ी ही उपेक्षा से उसकी तरफ देखतीं। वह 'गों...गों...गों...गों....' करके हाथ के इशारे से वैभव को अपनी तरफ आने का इशारा कर रहा था। यह देख कर गुस्से से विधायक जी की पत्नी की त्योरियाँ चढ़ जातीं। वह वैभव को खींच कर अपने आगे कर लेतीं।

पर वैभव को उसकी हँसी बड़ी वित्रित-सी लगती। वह उस समय छः साल का था। वह कभी अकेला ही घर से बाहर निकल आता और मोहल्ले के दूसरे बच्चों के साथ उधर ही आ पहुँचता। उस अपाहिज को तरह-तरह से परेशान करके खिजाना और फिर मज़ा लेना उन बच्चों का प्रिय शग़ल था। जब वह उन्हें डाँटने के लिए मुँह से 'गों...गों...गों...गों.....' की आवाज़ लगाता तो उन्हें बड़ा मज़ा आता। वे उत्साह में आकर उस पर पत्थर फेंकने लगते। वैभव भी उस शैतानी में शरीक होता। तब तंग आकर वह अपाहिज बेचारा किसी तरह चबूतरे से खिसक कर मकान की गैलरी में चला जाता और किवाड़ उड़का देता।

लेकिन अपने विधायक जी उस अपाहिज की बड़ी चिंता करते । वैभव या किसी और बच्चे को उस पर पत्थर मारते देख तुरंत डाँट देते, 'क्यों दरिद्र नारायण को परेशान कर रहे हो, चलो यहाँ से बच्चों, दूसरी जगह जा कर खेलो।'

बच्चे विधायक जी को देखते ही तितर-बितर हो जाते थे।

वैभव कहता, 'पापा, पागल है न?'

'हाँ, पागल तो है ही बेटा। पर बुरी बात है, पत्थर मत मारा करो। दरिद्रनारायण को चोट लग जाएगी। तुम तो अच्छे बच्चे हो न?'

वैभव विधायक जी की गोद में चढ़ जाता, 'लेकिन पापा, वह हमेशा मुझे बुलाता क्यों रहता है?'

'अरे, पागल है न! उसका दिमाग अगर ठीक होता तो उसकी ऐसी हालत ही क्यों होती?'

‘पर पापा जब वह मुझे बुलाता है तो मुझे बहुत डर लगने लगता है। इसीलिए मैं उसे पत्थर मारता हूँ।’

‘तब तुम उधर अकेले मत जाया करो। समझे? पर पत्थर मारने से तो उसे चोट लग जाएगी। तब मुझे ही उसकी दवा करवानी पड़ेगी। पर तुम उससे डरते क्यों हो? वह क्या तुम्हें खा जाएगा?’ विधायक जी वैभव को समझाते।

पर मौका मिलते ही वैभव फिर बच्चों के साथ मिल कर वहीं हरकतें करता। जब तक कि वह अपाहिज तंग आकर घर के अंदर नहीं चला जाता। पर जब वैभव अकेला होता तो वह हमेशा उसे अपने पास बुलाने की कोशिश करता। उसे वैभव से पता नहीं न जाने कैसा लगाव था। पर वैभव कभी डर के मारे उसके पास नहीं जाता।

दवा ही क्यों, दरिद्रनारायण के लिए दोनों समय का खाना भी विधायक जी को ही भेजना पड़ता था। और फिर, उनके अलावा उस बेचारे का अब इस दुनिया में था ही कौन? विधायक जी ने अपने नौकर को हिदायत दे रखी थी कि ठीक समय पर दोनों समय जाकर दरिद्रनारायण को खाना खिला दिया करे। और सिर्फ़ खाना ही क्यों, समय-समय पर कपड़ा-लत्ता, उसे नहलाना-धुलाना भी विधायक जी का का नौकर दीनू ही आकर कर जाया करता था। शंकर ने सफाई कर्मचारी से भी कह रखा था; वह भी रोज़ आकर साफ-सफाई कर जाता था।

लेकिन विधायक जी की पत्नी को ये सब ज़रा भी पसंद नहीं था। वे नाराज़ होकर कहतीं, ‘क्या आपने ही दुनियाँ भर के दीन-दुखियों, कोढ़ी-अपाहिजों का ठेका ले रखा है?’

विधायक जी कहते, ‘अगर हम लोग खाना नहीं भिजवाएँगे तो वह बेचारा मर नहीं जाएगा। इस दुनिया में अब इसका है ही कौन?’

‘तो मरने दो न उसे। हम ही क्या कोई इसके रिश्तेदार हैं, जो इसकी चिंता करें?’

‘अरे भगवान ने जब हमें इतना सब कुछ दिया है, तो दो वक़्त किसी को खाना खिला देने से कुछ घटता नहीं है। दुनिया में धरम-करम भी तो आख़िर कोई चीज़ है?’ वे हँस कर कहते तो उनकी पत्नी बुरा-सा मुँह बना देती।

(2)

लेकिन छोड़िए साहब, अभी इस आदमी की कहानी रहने ही दीजिए। वैसे भी मेरी मुलाकात दीपक सक्सेना से सालों बाद हुई थी। आज से 32 साल पहले जब मैंने रोशनपुर छोड़ा था, तब कभी सोचा भी नहीं था कि यूँ अचानक इतने दिनों बाद मेरा फिर से यहाँ आना होगा। तब रोशनपुर एक क़स्बाई शहर था। शंकर ने ही इतने दिनों बाद किसी पत्र-पत्रिका से मेरा पता लेकर मुझे एक ख़त डाल दिया था कि उसके बेटे की शादी है। मैं ज़रूर आऊँ। ख़त के साथ ही शादी का कार्ड भी था।

मैं भी उसका ख़त पाकर उत्सुक्तावश रोशनपुर यह सोच कर चला आया था कि चलो इतने दिनों बाद पुराने दोस्तों से मुलाकात ही हो जाएगी। दीपक मुझे पातीराम कूँचे में घुसते ही मिल गया था। कुछ देर तो वह मुझे अजनबी की तरह देखता रहा, फिर थोड़ा नज़दीक आकर बोला, 'अंकित हो न?'

मैंने कहा, 'हाँ।' लेकिन मैं उसे पहचान नहीं पा रहा था। अब वह काफी मोटा हो गया था। बढ़िया सा सूट-बूट पहने हुए था। उस दिन सर्दी भी तो बहुत थी। शायद दिसंबर का आख़िरी सप्ताह चल रहा था।

वह बोला, 'काफी बदल गए हो। तुम्हारे तो सारे बाल ही सफेद हो गए हैं। अगर शंकर कल तुम्हारे आने का ज़िक्र न करता तो मैं तो तुम्हें पहचान ही नहीं पाता।'

लेकिन मैं अब भी अजमंस में था और उसे न पहचान पाने के कारण बहुत ही असुविधा-सी महसूस कर रहा था। वह शायद मेरी स्थिति समझ गया था। इसलिए खुद ही अपना परिचय देते हुए बोला, 'पहचान नहीं पाए न! मैं दीपक हूँ। दीपक सक्सेना। याद है न लड़कपन में हम लोग कितनी मस्ती किया करते थे।'

मैंने उसका हाथ गरमजोशी से दबाते हुए कहा, 'वाह, पहचानूँगा कैसे नहीं? तुम्हारी बिट्टो बुआ के कमरे में बैठ कर तो मैंने न जाने कितनी कहानियाँ सुनी थीं।'

बिट्टो बुआ की बात सुन कर वह मुस्कराने लगा। फिर मेरा हाथ पकड़ कर बोला, 'चल, मेरे घर चल! बिट्टो बुआ जी तो अब नहीं रहीं, पर उन्हीं के कमरे में बैठ कर आज मैं तुम्हें एक सच्ची घटना सुनाऊँगा। हो सके तो उस पर एक कहानी लिखना या हो सके तो पूरा उपन्यास ही लिख देना। उपन्यास-कहानियाँ भी तो सच्ची घटनाओं से ही प्रेरित होती हैं न? वैसे भी अब तुम बहुत बड़े लेखक हो गए हो। तुम्हारी जब कोई कहानी किसी पत्र-पत्रिका में छपती है तो हम रोशनपुर वाले बहुत ही चाव से पढ़ा करते हैं। तुम्हें तो हमेशा नए-नए प्लाट की तलाश रहती होगी?'

मैंने हँस कर कहा, 'वह तो है, पर अभी तुम्हारे घर नहीं यार, अभी तो मैं सीधा शंकर के पास ही जाऊँगा। शाम को तो तुम से मुलाक़ात होगी ही। तब ही मैं तुम से तुम्हारी कहानी सुनूँगा। तुम भी तो शायद कहीं जा रहे थे?' मैंने उसे याद दिलाया।

वह बोला, 'हाँ, कालेज। मैं भी तो अब उसी कालेज में टीचर हो गया हूँ, जहाँ हम सब लोग कभी पढ़ा करते थे।'

'वैरी गुड!' मुझे उसकी बात सुन कर बहुत खुशी हुई।

वह बोला, 'चल न, आज की छुट्टी मार लूँगा।'

'बेकार में ही बच्चों का क्यों नुक्सान करेगा? शाम को तो हम लोग मिल ही रहे हैं। शंकर के बेटे की शादी में तो आ ही रहे हो न?' मैंने हँस कर उसका हाथ दबा दिया।

वह बोला, 'हाँ, तब ठीक है, पक्का! पर एक-दो दिन तुझे मेरे घर भी रुकना पड़ेगा। सालों बाद तो तू आया है। अब पता नहीं इस ज़िंदगी में इसके बाद कभी मुलाकात होगी भी या नहीं। पत्र-पत्रिकाओं में कभी-कभी तुम्हारी कहानियाँ-कविताएँ पढ़ कर ही हम लोग तुम्हें याद कर लेते हैं। सच तो यह है अंकित भाई, अब इतनी फुरसत ही किसे है कि पुराने दोस्तों की खोज-ख़बर ली जाए।'

मैंने कहा, 'हाँ ठीक है। तुझसे कहानी सुने बिना थोड़े ही जाऊँगा। आख़िर बिट्टो बुआ का कुछ तो असर तुझ पर भी पड़ा होगा। वे भी तो बहुत लंबी-लंबी कहानियाँ कई-कई दिनों तक सुनाती रहती थीं। फिर अब तो तू भी अध्यापक हो गया है; किस्से-कहानियाँ सुनाने में माहिर तो हो ही गया होगा?'

मेरी बात सुन कर वह हँसता हुआ चला गया और मैं बिट्टो बुआ की यादों में खो गया।

(3)

सचमुच बिट्टो बुआ एक ग़ज़ब की क़िस्सागो थीं। उनसे सुनी कहानियाँ मुझे आज तक याद हैं। सच तो यह है कि अगर मैं छुटपन में बिट्टो बुआ से कहानियाँ नहीं सुनता तो मैं कभी भी लेखक नहीं बन पाता। तब क्या मैं नूतन की कहानी लिखने बैठता? लेखन के ये संस्कार मैंने बिट्टो बुआ से ही पाए थे। बिट्टो बुआ को न जाने कितनी कहानियाँ मुँह ज़बानी याद थीं। रामायण, महाभारत के रोचक प्रसंग उन्हें रटे पड़े थे। वे कोई-सा भी किस्सा लेकर बैठ जातीं और हम सब लोग बड़ी उत्सुक्ता से घंटों बैठे उनसे कहानी सुनते रहते।

कभी-कभी बिट्टो बुआ अचानक पूछ बैठतीं, 'तुम लोगों ने वह श्रवणकुमार की कहानी तो सुनी ही होगी?'

हम लोग हैरानी से कहते, 'नहीं तो बुआ जी? कौन श्रवण कुमार?'

सुन कर बिट्टो बुआ को हमसे भी अधिक हैरानी होती। वे कुछ नाराज़ होकर कहतीं, 'वाह! कैसे माँ-बाप हैं तुम लोगों के? श्रवण कुमार की कहानी तो हर बच्चे को सुनानी चाहिए।'

हम लोग कहते, 'तो आप ही सुनाइए न, बुआ जी, तभी तो हम लोग आपके पास आए हैं।'

बिट्टो बुआ कहतीं, 'तो ठीक है। आज श्रवणकुमार की कहानी ही सही।'

फिर बिट्टो बुआ श्रवण कुमार का क़िस्सा ले बैठतीं।

वे तख़्त पर गोल तकिया का सहारा लेकर आराम से बैठ जातीं और कहतीं, 'तो सुनो बच्चो, यह सतयुग की कहानी है। तब श्रवणकुमार नाम का एक युवक था। बेचारे के माता-पिता दोनों अंधे थे। वे देखने में एकदम असमर्थ थे। श्रवण की माँ बहुत ही कठिनाई से अपने बेटे को किसी तरह पाल रही थीं। अंधे पिता भी किसी तरह मेहनत-मजदूरी करके अपने परिवार का पेट पालते।'

'फिर बुआजी ?' हम में से कोई पूछता।

बिट्टो बुआ कहती, 'श्रवणकुमार को अपने माता-पिता के कष्ट देख कर बहुत दु:ख होता। इसीलिए थोड़ा समझदार और बड़े होते ही वे अपने माता-पिता के कामों में हाथ बँटाने लगे और अपने अंधे माता-पिता की सेवा करने लगे।'

'तब तो श्रवणकुमार बहुत अच्छे बच्चे थे, बिट्टो बुआ ?' मैं कहता।

मेरी बात सुन कर बिट्टो बुआ मेरी पीठ पर स्नेह से हाथ फेरने लगतीं। तब मैं था ही कितना बड़ा, पाँचवी कक्षा में ही तो पढ़ता था।

बिट्टो बुआ कहतीं, 'हाँ, अंकित, श्रवण सचमुच बहुत अच्छा लड़का था। वह सुबह उठते ही अपने माता-पिता की सेवा में लग जाता। उसकी अंधी माँ के खाना बनाते समय हाथ न जल जाएँ, इसलिए वह बेचारा खुद ही खाना बनाता।

'माता-पिता को खाना खिलाने के बाद वह बाहर मज़दूरी करने चला जाता। दिन भर कड़ी मेहनत के बाद भी, श्रवण सोने से पहले रोज अपने माता-पिता के पैर दबाता।'

'तब तो उनके माता-पिता श्रवण से बहुत खुश रहते होंगे, बुआ जी ?' दीपक पूछता।

'हाँ ज़रूर, उस के माता-पिता को लगता कि उनके पूर्व जन्मों के सत्कर्म के कारण ही भगवान ने उन्हें श्रवणकुमार जैसा बेटा दिया है। भगवान ऐसी संतान सभी को दे।' बिट्टो बुआ हम लोगों पर निगाह डाल कर देखती कि किसी को नींद तो नहीं आ रही है, फिर कहानी आगे बढ़ातीं, 'सब कुछ ठीक-ठाक चल रहा था, बच्चों, कि एक दिन श्रवण के माता-पिता ने सोचा कि अब उन्हें बेटे का विवाह कर देना चाहिए। श्रवण ने भी सोचा कि पत्नी आएगी तो वह भी माता-पिता की सेवा करेगी। यही सोच कर वे विवाह के लिए राज़ी हो गए।'

'विवाह के बाद तो सब बहुत मज़े से रहने लगे होंगे बुआ जी ?' रमेश ने जँभाई लेते हुए पूछा।

'नहीं बेटा, शायद श्रवण के माता-पिता के भाग्य में सुख नहीं लिखा था। श्रवण की पत्नी बहुत ही झगड़ालू थी। वह उनका बिल्कुल भी ध्यान नहीं रखती थी और दिन भर उनको खरी-खोटी सुनाती रहती थी।

'श्रवण ने कई बार प्रेम से पत्नी को समझाया पर उसकी समझ में ही नहीं आया। जब एक दिन श्रवण ने उसको डाँटा तो वह नाराज़ हो गई और घर छोड़ कर अपने पिता के पास चली गई।'

अचानक बिट्टो बुआ कहानी सुनाते-सुनाते रुक गईं।

हम कई बच्चे जँभाई लेने लगे थे। राजेश तो कहानी सुनते-सुनते सो ही गया था। मुझे लेकिन कहानी सुनने में बहुत मज़ा आ रहा था। मैं बिट्टो बुआ के एकदम पास बैठे बड़े ही ध्यान से कहानी सुन रहा था। आगे श्रवण के माता-पिता का क्या हुआ, यह जानने की मन में बड़ी उत्सुक्ता थी। मैंने पूछा भी, 'फिर आगे क्या हुआ, बुआजी ?'

लेकिन बिट्टो बुआ जी बोलीं, 'अब आज़ नहीं.....आगे की कहानी कल, अंकू। देखो सबको नींद आ रही है। चलो....चलो...सब बच्चे अपने-अपने घर जाओ, ।' बुआ जी की बात सुन कर हम लोग उनींदे से अपने-अपने घरों को चल देते और घर पहँचते ही चारपाई पर पसर कर सो जाते। यह हम लोगों के बचपन के दिन थे। उन दिनों किसी बात की चिंता-फ़िक्र नहीं थी। वाह! कितने अच्छे दिन थे वे।

(4)

सच कहूँ तो मेरा रोशनपुर आना पूरे 32 साल बाद हुआ था। मैंने अपने बचपन के पूरे दस साल यहीं बिताये थे। हाईस्कूल और इंटर की पढ़ाई भी यही के दयानंद इंटर कालेज से की थी। दो साल यहीं रह कर सी.पी.एम.टी. की तैयारी भी की थी। मैं जब भी अपने काम के सिलसिले में ट्रेन से दिल्ली जाता तो रास्ते में रोशनपुर स्टेशन पड़ता। ट्रेन वहाँ कुछ देर के लिए रुकती तो कई बार मेरे मन में आता कि चलो यहीं उतर लूँ, एक बार अपने बचपन के पुराने दोस्तों से मुलाकत कर लूँ। पर ऐसा हो नहीं पाता, मुझे हमेशा दिल्ली पहुँचने की जल्दी रहती। फिर मैं यह भी सोचता कि इतने सालों बाद इस रोशनपुर में मुझे कौन पहचानेगा? पता नहीं कौन कहाँ होगा? शुरू-शुरू में, जब मैं रोशनपुर छोड़ कर लखनऊ चला गया था, तब मैं नियमित अपने मित्रों को पत्र लिखता रहता था। उनके भी पत्र आते रहते थे। रोशनपुर का हालचाल मालूम पड़ता रहता था। जिन दिनों मैं, बी.एस.सी. करने के बाद, हरिद्वार से बी.ए.एम.एस. कर रहा था। तब भी बहुत इच्छा होती कि चलो एक बार रोशनपुर जाकर दीपक और शंकर से मिल आऊँ। जाकर देख तो आऊँ कि क्या बिट्टो बुआ अब भी छोटे-छोटे बच्चों को उसी अपनत्व से कहानियाँ सुनाती हैं? प्रभुदयाल सर अब भी बच्चों को मुफ़्त में ट्यूशनें पढ़ा रहे हैं? और आख़िरकार रोशनपुर की उस अनिंद्य सुंदरी का अंत में क्या हुआ, जिस पर कालेज के हम सब लड़के मरा करते थे उन दिनों ? क्या वह उसी विष्णु से शादी करके मज़े की ज़िदगी काट रही है?

लेकिन अन्तत: मेरा रोशनपुर जाना नहीं हो पाया। एक बार जाने का कार्यक्रम बनाया भी तो पिता जी बेहद नाराज़ हो गए। बोले, 'न....न....कोई ज़रूरत नहीं रोशनपुर जाने की। उन्हीं आवारा दोस्तों से मिलने जाओगे, जिन्हें गुंडागर्दी के अलावा और कुछ नहीं आता है। उन्हीं लोगों के साथ दिन भर घूम-घूम कर ही तो तुम्हारा कैरियर बरबाद हुआ है; नहीं तो एम.बी.बी.एस. में ही नहीं आ जाते। यह बी.ए.एम.एस. की डिग्री लेकर आगे ज़िदगी में क्या करोगे? मेरी ही मति मारी गई थी, जो दस साल तक रोशनपुर के जिला अस्पताल में बना रहा। पहले ट्रांसफ़र करवा लिया होता तो कम-से-कम तुम्हारा कैरियर तो सुधर जाता। उन आवारा लड़कों ने तो तुम्हें कहीं का नहीं छोड़ा। एक वह....क्या नाम है....शंकर था न.....तुम्हारे उसी दोस्त ने तो तुम्हारे प्रभुदयाल सर को बुरी तरह से पीटा था। वाह! ऐसे लफंगे लड़कों से मिलने को तुम इतना व्याकुल हो?' उनकी बात सुन कर मैं चुप लगा जाता। सचमुच पिता जी को मेरे एम.बी.

बी.एस. में न आ पाने का बहुत दु:ख हुआ था। इसी तरह हर बार मेरा रोशनपुर जाना टलता रहा और धीरे-धीरे फिर 32 साल निकल गए।

एक दिन फिर सालों बाद पिता जी ने ही कहा था, 'सुना है तुम्हारा वह रोशनपुर वाला दोस्त शंकर विधायक हो गया है? राजनीति में क्या भरोसा, कल को मंत्री भी हो सकता है? तुम तो अक्सर अपने प्रकाशक से मिलने दिल्ली जाते ही रहते हो, कभी मौका मिले तो रोशनपुर उतर कर मिल लेना उससे। तुम्हारा तो वह बचपन का मित्र है?'

मैंने कहा, 'देखो, कभी मौका मिला तो देखूँगा।'

पिता जी उसकी तारीफ़ करते हुए बोले, 'शंकर तो शुरू से ही तेज़-तर्रार लड़का था। राजन गंगवार की किस तरह उसने बोलती बंद कर दी। देखना एक दिन मंत्री ज़रूर बन जाएगा। ऐसे लोगों से तो हमेशा दोस्ती रखनी चाहिए। समय पर बहुत काम आते हैं। नेताओं से बढ़ कर इस देश में किसी के पास पावर नहीं है। छोटे-मोटे काम तो इनके एक फोन करने पर ही हो जाते हैं।'

पिता जी की बात सुन कर उस दिन मुझे बहुत आश्चर्य हुआ था।

(5)

बिट्टो बुआ का कहानी सुनाना भी मुझे अभी तक याद है।

बिट्टो बुआ दीपक के पिता जी गोपाल चाचा की बड़ी बहन थीं। उनके पति क्रांतिकारी थे। स्वतंत्रता संग्राम में छिप-छिप कर भाग लेते थे। बिट्टो बुआ भी उनका साथ देतीं। अक्सर क्रांतिकारी अंग्रेजों को छकाने के बाद उनके यहाँ आकर शरण लेते। कई-कई दिन वे उनके यहाँ छिपे रहते। फिर जब ज़रा माहौल शांत हो जाता तो वे लोग वहाँ से निकल कर दूसरी जगह चले जाते। प्रभुदयाल सर् भी अक्सर उनके यहाँ आते, वे गाँधी जी के अनुयायी थे और उनके असहयोग आन्दोलन में सक्रिय भूमिका निभा चुके थे ।

दूसरे दिन फिर शाम ढलते ही हम सब पातीराम कूँचा के बच्चे बिट्टो बुआ के कमरे में इकटठे हो जाते। और एक पातीराम कूँचा ही क्यों, भवानी कूँचा, सुहाग नगर, नवाब की हवेली आदि आसपास के मोहल्लों से भी बच्चे आकर बिट्टो बुआ के कमरे में डेरा डाल देते थे। हम लोगों को आगे की कहानी सुने बिना भला चैंन कहाँ था?

बकुल पूछता, 'अच्छा तो बुआ जी आगे क्या हुआ?

बुआ जी गाव तकिया का सहारा लेकर अधलेटी हो जातीं। फिर बकुल से पूछती, 'हाँ तो कल कहानी कहाँ तक पहुँची थी, बंकू?'

बकुल कहता, 'पत्नी के रूठ कर मायके चले जाने से तो श्रवण को बहुत दु:ख हुआ होगा न, बुआ जी?'

बकुल की बात सुन कर बिट्टो बुआ हँसने लगती, 'नहीं रे, बंकू, श्रवणकुमार आज़कल के लड़कों जैसा नहीं था, जो अपने अंधे माता-पिता को परेशान करने वाली पत्नी के लिए दु:खी होता और उसके पीछे-पीछे भागता फिरता। उसे तो केवल अपने माता-पिता की चिंता थी। वह उन्हें दु:खी नहीं देख सकता था। वे भी श्रवण-सा पुत्र पाकर खुश थे। एक दिन उन्होंने श्रवण से कहा कि उनकी इच्छा तीर्थयात्रा करने की है।'

'लेकिन बुआ जी श्रवण के माता-पिता तो अंधे थे फिर उसने उनको कैसे तीर्थयात्रा कराई होगी?' नूतन ने पूछा। वह प्रकाशनारायण सर की लड़की थी। वह भी भवानी कूँचा से जब-तब कहानी सुनने आ जाती थी। हम सब लोग भी यही जानने के लिए उत्सुक थे। सभी दत्तचित्त होकर कहानी सुन रहे थे।

बिट्टो बुआ बोलीं, 'जहाँ चाह, वहाँ राह। उन दिनों रेल, बस और कार तो होती नहीं थी। तब श्रवणकुमार ने एक अनोखी तरक़ीब निकाली। उसने दो बड़ी टोकरियाँ लीं और उन दोनों टोकरियों को एक डंडे के दोनों ओर टाँग लिया। इस तरह उसने एक काँवर तैयार कर ली।'

'वह किसलिए बिट्टो बुआ?' प्रदीप ने पूछा।

'वह इसलिए, जिससे वह अपने माता-पिता को आराम से तीर्थयात्रा करा सके। उसने एक टोकरी में अपनी माता और दूसरी टोकरी में अपने पिता को बैठाया और डंडे को अपने कंधे पर लाद कर उन्हें तीर्थयात्रा कराने के लिए निकल पड़ा।'

'वाह, यह तो उसने बहुत अच्छी तरक़ीब निकाली।'

'हाँ, इस तरह वह उनको कई तीर्थों पर लेकर गया और वहाँ का सारा विवरण अपने माता-पिता को बोल-बोलकर सुनाया। इस तरह से वे बड़े मज़े-से श्रवण की आँखों से तीर्थ दर्शन कर रहे थे।

'एक दिन जब श्रवण एक जंगल से होकर गुज़र रहा था, उनके माता-पिता को प्यास लगी और उन्होंने श्रवण से पानी लाने को कहा। काँवर को एक वृक्ष की छाँव के नीचे रख कर श्रवण कलश लेकर पानी लेने चला गया। उसे पास ही एक तालाब दिखा, जिसमें एकदम साफ पानी था।'

'फिर क्या हुआ बुआ जी?'

'उसी समय राजा दशरथ भी उस जंगल में शिकार खेलने आए थे। वे शब्दभेदी वाण चलाने में निपुण थे।'

'शब्दभेदी क्या बुआ जी?'

'शब्दभेदी मतलब केवल शब्द सुन कर निशाना लगाना।

'श्रवणकुमार ने जैसे ही कलश पानी में डुबोया तो उसकी आवाज़ सुन कर राजा दशरथ को लगा कि कोई जानवर तालाब में पानी पी रहा है। यह सोच कर उन्होंने शब्दभेदी बाण चलाया जो कि श्रवणकुमार को जा लगा।'

'ओह, यह तो बहुत बुरा हुआ बुआ जी, तब तो श्रवण मर गया होगा?'

'हाँ....बुरा तो हुआ ही बच्चों, बहुत बुरा हुआ। एक अकेला श्रवणकुमार ही तो अपने अंधे माता-पिता का सहारा था। वह भी मर गया बेचारा।'

'फिर क्या हुआ बुआ जी?' दीपक ने पूछा। बिट्टो बुआ आगे की कहानी सुनाने ही जा रही थीं कि तभी प्रभुदयाल सर वहाँ आ पहुँचे। आते ही बोले, 'ओह, तो यहाँ किस्से-कहानियाँ चल रही हैं, बिट्टो?'

बिट्टो बुआ ने उन्हें देखते ही तख़्त से उठ कर प्रणाम किया। हम बच्चों ने भी उठ-उठ कर प्रभुदयाल सर के पाँव छुए। बिट्टो बुआ बोलीं, 'हाँ भाई, साहब। यह बच्चे रोज आकर मुझे घेर लेते हैं और कहानी सुनाने की ज़िद करने लगते हैं। मैं इन्हें कोई-न-कोई कहानी सुनाती रहती हूँ।'

प्रभुदयाल सर बोले, 'वाह, यह तो बहुत अच्छी बात है! अच्छी कहानियाँ ही तो बच्चों का चरित्र-निर्माण करती हैं। कहानियों से ही तो उन्हें खेल-खेल में नैतिक शिक्षा दी जा सकती है। उनको संस्कारित किया जा सकता है। बिट्टो, इन्हें टुकड़ो-टुकड़ों में भारतवर्ष की स्वतंत्रता संग्राम का इतिहास भी ज़रूर बताया करो। आख़िर ये लोग भी तो जाने की हमारे स्वतंत्रता सैनानियों ने देश को आज़ाद कराने के लिए कितनी कुर्बानियाँ दी हैं। हमें हरेक बच्चे में देशप्रेम की भावना जागृत करनी है, बिट्टो। तभी तो इस देश का कल्याण होगा।'

'बिट्टों बुआ बोलीं, 'हाँ, भाई साहब, यह आपने बहुत अच्छी बात कही। अब आगे से मैं इन बच्चों को स्वतंत्रता संग्राम की कहानियाँ ही सुनाऊँगी। उन्हें मंगल पांडे, चंद्रशेखर, सुभाषचंद्र बोस, भगत सिंह, रानी लक्ष्मीबाई, नेहरू जी और महात्मा गाँधी के बारे में बताऊँगी।'

हम बच्चे भी उन दोनों की बातें बड़े ध्यान से सुन रहे थे। हम लोगों को भी इन महापुरुषों के बारे में जानने की बहुत उत्सुक्ता हो रही थी। लेकिन तभी बिट्टो बुआ ने कहा, 'बच्चों, अब आज़ तुम लोग जाओ। आगे की कहानी कल सुनाऊँगी। इसके बाद तुम लोगों को उन महापुरुषों के बारे में भी बताऊँगी, जिन्होंने हमारे देश को स्वतंत्र कराया।'

इसके बाद हम सब बच्चे अपने-अपने घरों को चले आते।

(6)

बिट्टो बुआ से छुटपन में मैंने न जाने कितनी कहानियाँ सुनी थीं। शाम होते ही मोहल्ले के हम सब बच्चे बिट्टो बुआ के कमरें में इकट्ठे हो जाते। तब बिट्टो बुआ पूछतीं, 'हाँ, तो कल कहानी कहाँ तक हुई थी?'

मैं कहता, 'राजा दशरथ ने यह समझ कर शब्द-भेदी तीर मारा था कि कोई जानवर नदी में पानी पी रहा है। पर वह तीर सीधे जाकर श्रवणकुमार को लगा तो वह .... '

मेरे इतना कहते ही बिट्टो बुआ को कल का प्रसंग याद आ जाता। वह कहानी आगे बढ़ातीं, 'हाँ तो बच्चो, जब राजा दशरथ वहाँ पहुँचे तो श्रवणकुमार तालाब के पास पड़ा दर्द से तड़प रहा था। तब उन्हें इस बात का एहसास हुआ कि उनसे बहुत भारी भूल हो गई है। श्रवणकुमार ने राजा दशरथ से विनती की कि वे उसके अंधे माता-पिता को पानी ज़रूर पिला दें। यह कहते-कहते उसके प्राण निकल गए।'

'फिर उसके माता-पिता का क्या हुआ, बुआ जी ?'

'श्रवण की मौत से राजा दशरथ बहुत दु:खी हुए। पर अब वे बेचारे कर भी क्या सकते थे ? जो होना था वह तो हो ही गया था। वह किसी तरह खुद को सँभाल कर कलश में पानी लेकर श्रवण के माता-पिता के पास पहुँचे। उन्होंने मन-ही-मन सोच लिया कि श्रवण का अंतिम संस्कार करने के बाद आज से वे उसके माता-पिता की ज़िम्मेदारी उठाएँगे। उन्हें किसी बात की तकलीफ़ नहीं होने देंगे। उनके पैरों की आहट से ही श्रवण के माता-पिता समझ गए कि यह उनका श्रवण नहीं है।

'राजा दशरथ से सारी बात सुन कर वे दु:खी होकर रोने लगे और रोते-रोते ही उन्होंने भी अपने प्राण त्याग दिए। पर मरने से पहले उन्होंने राजा दशरथ को शाप दिया कि जिस तरह हम दोनों अपने पुत्र के वियोग में तड़प-तड़प कर मर रहे हैं, एक दिन तुम भी इसी तरह अपने पुत्र के वियोग में तड़प-तड़प कर मरोगे।

'बच्चों, तुम सब यह बात तो जानते ही होगे कि राजा दशरथ भगवान राम के पिता जी थे। यह श्रवण के माता-पिता के शाप का ही असर था कि भगवान राम को 14 बरस के लिए वनवास जाना पड़ा और राजा दशरथ को उनके वियोग में रो-रोकर अपने प्राण त्यागने पड़े।' बिट्टो बुआ ने कहानी पूरी करके हम लोगों की तरफ देखा। उस दिन भी हम में से कई बच्चे उनींदे से हो गए थे। बुआ जी ने उस दिन भी हम लोगों को हिला-हिला कर जगाया, तब कहीं जाकर हम लोग अपने घर जाने के लिए उठे।

(7)

मुझे बचपन से ही कहानी सुनने-पढ़ने का बहुत शौक़ था। मैं बिट्टो बुआ की सुनाई हरेक कहानी बड़े ही ध्यान से सुनता था। उस दिन भी कहानी समाप्त होने पर मैंने पूछा था, 'बिट्टो बुआ, क्या सचमुच शाप देने से इतना बड़ा अनर्थ हो जाता है ?'

बिट्टो बुआ कहती, 'क्यों ? अनर्थ क्यों नहीं होगा ? जब कोई किसी को सताएगा या बिना बात ही किसी का नुकसान कर देगा तब उसकी आह तो उसको लगेगी ही। तुम्हें यक़ीन नहीं है न अंकू, पर दुखियारे की आह बड़े से बड़े अहंकारी का भी सर्वनाश कर सकती है।'

मैं कहता, 'लेकिन बिट्टो बुआ, यह तो राजा दशरथ से धोखे से हो गया था। उन्होंने जानबूझ कर तो श्रवण को तीर मारा नहीं था। उन्होंने तो श्रवण के माता-पिता से अपने किए की माफ़ी भी माँगी थी और मन-ही-मन यह सोच भी लिया था कि वे आज से श्रवण के माता-पिता को कोई भी परेशानी नहीं होने देंगे।'

बिट्टो बुआ बोली, 'इससे क्या? ग़लती तो ग़लती ही होती है। उन्होंने उनकी इतनी कीमती चीज़ तो छीन ही ली थी। उनसे उनके जीने का सहारा छीन लिया था। पुत्र के वियोग में उन्होंने अपने प्राण तक त्याग दिए थे।' उस दिन बिट्टो बुआ की बातें सुन कर मुझे बहुत हैरानी हुई थी। पर आज बरसों बाद दीपक से सारा किस्सा सुन कर मुझे लगा कि बिट्टो बुआ ने उस दिन बिल्कुल ठीक ही कहा था।

बिट्टो बुआ सचमुच ही एक अच्छी क़िस्सागो थीं। उन्हें न जाने कितनी कहानियाँ मुँह जबानी याद थीं। कैसे विश्वामित्र के शाप से निर्दोष अहिल्या पत्थर की हो गई थी। यह कहानी भी मैंने उन्हीं के मुँह से सुनी थी। भारत के स्वतंत्रता-संग्राम का इतिहास भी सबसे पहले मैंने उनके और प्रभुदयाल सर के मुँह से ही सुना था।

तब किसे मालूम था कि बिट्टो बुआ के कमरे में बैठ कर ही एक दिन दीपक सक्सेना से मुझे नूतन की कहानी भी सुननी पड़ेगी। वही नूतन जो छुटपन में भवानी कूँचा से बिट्टो बुआ से कहानी सुनने आती थी। वही नटखट-सी लड़की जो बिट्टो बुआ से बहुत सारे सवाल पूछती रहती थी। वही बड़ी-बड़ी आँखों वाली चंचल-सी लड़की।

लेकिन सच तो यह है कि ये 31-32 साल पुरानी बातें अब किसे याद थीं। पिता जी की सरकारी नौकरी थी। वे रोशनपुर के जिला चिकित्सालय में सीनियर फिजीशियन थे। एक ही जगह हमेशा बने रहें, यह संभव भी नहीं था। जब भी ऊपर से ट्रांसफर का आर्डर आता हम लोगों को अपना बोरिया-बिस्तर बाँध कर नई जगह, नए शहर में जाना पड़ता। वहाँ नए-नए लोगों से जान-पहचान होती। नई-नई जानकारियाँ मिलतीं। और, नई-नई कहानियाँ भी मिलतीं। तब तक बिट्टो बुआ से कहानियाँ सुनते-सुनते मैंने भी लिखना शुरू कर दिया था। मेरी पहली ही कहानी कालेज की पत्रिका में छपी थी। सबको वह बहुत पसंद आई थी। बिट्टो बुआ ने भी उसकी खूब प्रशंसा की थी। साहित्य के प्रशस्त-पथ पर बिट्टो बुआ ही मेरी प्रथम पथ-प्रदर्शक थीं। मैं आज भी मानता हूँ कि अगर बिट्टो बुआ नहीं होतीं तो मैं कभी भी एक लेखक नहीं बन पाता।

लेकिन ये सब तो बहुत पहले की बातें हैं। उस दिन अगर मुझे दिल्ली जाते समय अचानक ट्रेन में प्रकाशनारायण सर नहीं मिल जाते तो एकाएक मुझे ये सारी बातें याद ही क्यों आती? और फिर न ही मैं शंकर का पत्र पाकर रोशनपुर जाने का कार्यक्रम बनाता। आख़िरकार अन्त में नूतन का क्या हुआ था? यह भी तो जानने की मन में बड़ी उत्सुक्ता थी। यह उत्सुक्ता प्रकाशनारायण सर से अचानक ट्रेन में मुलाकात होने से और भी बढ़ गई थी। इतने वर्षों बाद भी ट्रेन में उन्हें देखते ही मैंने पहचान लिया था।

(8)

वह गर्मियों की एक दोपहर थी। मैं अपने एक उपन्यास के प्रकाशन के सिलसिले में अपने प्रकाशक से मिलने दिल्ली जा रहा था। उपन्यास प्रकाशन के लिए एकदम तैयार था, बस कवर पेज़ को लेकर ज़रा दुविधा थी। तभी अचानक ट्रेन में उनसे भेंट हो गई। गर्मी का सफ़र। उफ! पसीना शरीर से पानी की तरह बह रहा था। उस पर भीड़ इतनी कि लोग एक-दूसरे के ऊपर बुरी तरह से चढ़े जा रहे थे। मैंने किसी तरह से साइड वाली एक सीट पर क़ब्ज़ा जमा लिया था। मेरा भाग्य ही था कि एक सज्जन कानपुर में उतरे तो अपनी सीट पर मुझे बिठा दिया। नहीं तो न जाने कब तक खड़ा रहना पड़ता। वे सज्जन बहुत देर से मुझे परेशान खड़ा देख रहे थे। बातों-बातों में उनसे कुछ जान-पहचान निकल आई थी। वे मुझसे धीरे से बोले, 'देखिए परेशान होने की ज़रूरत नहीं है। मैं कानपुर स्टेशन पर उतरूँगा, तब आप आराम से बैठ जाइएगा। न हो तब तक थोड़ा सा सीट के एक कोने पर टिक जाइए। आपको तो बहुत दूर जाना है?' अपनी सीट का एक कोना मेरे लिए ख़ाली करते हुए वे बोले।

मैं लपक कर उस थोड़ी-सी जगह पर टिकते हुए बोला, 'जी हाँ, दिल्ली तक जाऊँगा।'

'अरे, फिर तो आपको रिजर्वेशन करवा लेना चाहिए था? इतनी गर्मी में भला इतनी लंबी यात्रा कैसे करेंगे?' वे कुछ चिंता से बोले।

मैंने कहा, 'ठीक कहते हैं आप, बिना रिजर्वेशन के तो मैं भी न चलता, पर क्या करूँ अचानक दिल्ली के लिए एक ज़रूरी काम निकल आया है। इतनी जल्दी रिजर्वेशन मिल ही नहीं पाया।'

वे बोले, 'हाँ, हाँ, इन दिनों रिजर्वेशन भी तो फुल चल रहे हैं। महीनों पहले से रिजर्वेशन कराओ जब जाकर सीट मिल पाती है। ये दलाल लोग भी बड़े पाजी होते हैं। रेलवे के अफ़सरों से साँठ-गाँठ किए रहते हैं। ट्रेनों, बसों सभी में बहुत भीड़-भाड़ है। सहालग के दिन हैं न!' यूँ ही बातें करते-करते कानपुर आ गया और वे अपनी सीट मुझे सौंप कर उतर गए। उन्हें वहीं उतरना था। मैंने राहत की साँस ली। अगर वे सज्जन न मिलते तो मुझे दिल्ली तक की यात्रा खड़े-खड़े ही करनी पड़ती।

अभी सवारियाँ चढ़-उतर ही रही थीं कि अचानक मुझे एक सज्जन नज़र आए। बहुत मुश्किल से ही वे किसी तरह इस डिब्बे में चढ़ पाए थे। बूढ़े आदमी थे। गर्मी के मारे पसीने से लथपथ थे। ठीक मेरी सीट के पास आकर हाँफने लगे। बड़ी दयनीय दृष्टि से चारों तरफ देखने लगे कि शायद कहीं टिकने की जगह मिल जाए।

ग़ौर से देखने पर मुझे लगा कि शायद मैंने इन्हें कहीं देखा है। अचानक सालों पहले की कई घटनाएँ मेरे मस्तिष्क में चलचित्र सी घूमने लगीं। एकाएक मुझे सब कुछ याद आ गया। अब मैंने उन्हें ठीक से पहचान लिया था। मैंने कहा, 'सर, बैठेंगे आप?'

उन्हें शायद अपने कानों पर विश्वास नहीं हो रहा था। ठीक भी है, भला इतनी भीड़ में किसको पड़ी होगी कि वह इस ठसाठस भरे डिब्बे में अपना सुख छोड़ कर एक बूढ़े के साथ अपनी सीट शेयर करे। लेकिन तब तक मैंने अपनी सीट पर सिमटते हुए और उनके लिए जगह बनाते हुए कहा, 'आइए, बैठिए सर।'

वे कुछ हतप्रभ से होते हुए बैठ गए। तब मैंने अपने थरमस से पानी निकालते हुए कहा, 'लीजिए, पानी पीजिए, सर।'

सुन कर वे संकोच में पड़ गए। बोले, 'माफ़ कीजिए, मैं आपको पहचान नहीं पा रहा हूँ?'

मैंने कहा, 'सर, पहले पानी तो पीजिए। आप तो पसीने से पूरे नहा ही गए हैं।'

वे बोले, 'हाँ भई, पानी तो पिऊँगा ही, प्यास से दम निकला जा रहा है। उफ़ कितनी गर्मी है!'

पानी पी कर वे बोले, 'थोड़ा-सा पानी और दो, भई। ठंडा पानी पी कर जैसे शरीर में जान-सी आ गई है। मैं वैसे भी हाई ब्लडप्रेशर का मरीज़ हूँ। अधिक गर्मी बरदाश्त नहीं होती है।'

मैंने उन्हें और पानी दिया। पानी पीकर वे जैसे तृप्त हो गए। बड़ी आत्मीयता से बोले, 'लेकिन सर, अभी तक मैं आप को पहचान नहीं पा रहा हूँ?'

मैंने कहा, 'आप से नाता टूटे तो 31-32 साल हो गए हैं, सर! इतने सालों में तो सारी दुनिया ही बदल गई है, फिर आप मुझे कैसे पहचान पाएँगे?'

'परिचय देने से शायद पहचान सकूँ?' अपनी याददाश्त पर जोर डालते हुए से वे बोले।

मैंने कहा, 'आप तो शायद अब भी भवानी कूँचा में ही रह रहे होंगे? उसी रोशनपुर में?'

वे बोले, 'हाँ। मैं तो अभी भी वहीं रह रहा हूँ।'

'उन दिनों वहाँ के दीनदयाल इंटर कालेज में आप पढ़ाया करते थे। मुझे भी तो इंटर तक आपने ही पढ़ाया है।'

वे बोले, 'आप ठीक कह रहे हैं। उसी दयानंद इंटर कालेज में पढ़ाते ही मेरी सारी ज़िंदगी गुज़र गई। वही से एक दिन मैं रिटायर भी हो गया था। इस समय पेंशनर हूँ। छोटा-सा ही तो शहर है। सभी लोग जान-पहचान के हैं। इसलिए रिटायरमेंट के बाद भी कहीं और जा कर बस नहीं पाया। लेकिन मैंने आपको कब, किस सन् में पढ़ाया है, कुछ भी याद नहीं कर पा रहा हूँ।'

मैंने भी अपने दिमाग पर जोर डालते हुए कहा, 'शायद सन् 1979-80 की बात है। तब मैं इंटर में था। याद कीजिए सर, तब हम कुछ लड़के आप से ट्यूशन पढ़ने आया करते थे। हम लोग आपके लिए कभी सोडावाटर की बोतलें, कभी मार्डन ब्रेड, तो कभी-कभी गन्ने और अमरूद लेकर आया करते थे। एक दिन तो हम लोग आपके लिए एक बड़ा-सा कद्दू लेकर भी आए थे।'

ब्रेड और सोडावाटर की तो मैं कह नहीं सकता पर कद्दू की बात सुन कर सर मुझे एकदम से पहचान गए। थोड़ा असहज भी हो गए। वे थोड़ा संकोच से बोले, 'हाँ...हाँ...याद आया। वह बात भला मैं कैसे भूल सकता हूँ। एक पूरा-का-पूरा कद्दू तो सारी ज़िंदगी में एक ही बार मेरे घर में आया था। हाँ....हाँ....याद आया, आपका नाम तो शायद अंकित है ? आपके इंटर करने के बाद ही तो शायद आपके फ़ादर का ट्रांसफ़र हो गया था? आपके फ़ादर तो सरकारी चिकित्सालय में डॉक्टर थे न ? डॉ. मनोज जी के बेटे हैं आप?'

मैंने कहा, 'जी सर.....आपने बिल्कुल ठीक पहचाना।...और रमेश, शंकर, दीपक, राजेश, विष्णु ये सब भी तो मेरे साथ ही पढ़ा करते थे? वे सब कहाँ है? आपको तो पता ही होगा?' पर शायद सर मेरी बात का उत्तर देने में कुछ असुविधा महसूस कर रहे थे।

उन्होंने जैसे बेमन-से ही कहा, 'सब ठीक हैं, मज़े में हैं। सबका अपना-अपना कामधंधा हैं। अब तो सब बाल-बच्चेदार हो गए हैं। और आप? आप क्या कर रहे हैं, इन दिनों?

मैंने कहा, 'मै भी अच्छा ही हूँ, सर। अपने कामधंधे में ही लगा हूँ।'

वे बोले, 'आप तो सर्विस में होंगे?'

मैंने कहा, 'नहीं सर, आजकल भला इतनी आसानी से नौकरी कहाँ मिलती है। मैं अपनी प्रैक्टिस कर रहा हूँ। मैंने भी डॉक्टरी पास की है। मैं भी एक-छोटा-मोटा आयुर्वेदिक चिकित्सक हूँ।'

सुन कर वे खुश हो गए। बोले, 'गुड। डॉक्टर का बेटा तो डॉक्टर ही होगा।'

मैं उनकी बात सुन कर मुस्कराया। ऐसा भी कोई नियम है, यह बात मुझे पहली बार मालूम पड़ी थी।

(9)

उस दिन परिचय देने से पहचान गए थे सर!

और सर को देख कर मुझे भी न जाने कितनी बातें याद आने लगी थीं। पातीराम कूँचा से भवानी कूँचा तक की वह सुबह-सुबह की सैर। रमेश, शंकर, राजेश, दीपक सभी का चेहरा मेरी आँखों के सामने आकर साकार होने लगा था। अचानक ही एक और चेहरा भी मेरी आँखों के सामने नाच उठा था। नूतन का चेहरा! हमारे रोशनपुर की अनिंद्य सुंदरी थी वह। वही नूतन ही तो मेरी इस कहानी की नायिका है। यदि वह न होती तो शायद ऐसी घटना ही न घटती और फिर मुझे यह कहानी लिखने की ज़रूरत भी नहीं पड़ती।

पातीराम कूँचा में उन दिनों घनी बस्ती नहीं थी। जहाँ आज संदीप सक्सेना का तीन मंज़िला मकान गर्व से सिर उठाए खड़ा है, वहाँ पहले बहुत बड़ा ख़ाली मैदान था। सुबह से लेकर शाम

तक वहाँ पर कोई-न-कोई खेल जमा रहता था। सुबह-सुबह बहुत से लड़के वहाँ दौड़ लगाते। कुछेक तो कसरत भी करते थे, तो, कुछ लड़के उसी मैदान के एक कोने में बैडमिंटन का कोर्ट बना कर, बाक़ायदा नेट वग़ैरह लगा कर बैडमिंटन खेला करते थे। दोपहर में उसी मैदान में गिल्ली-डंडा का खेल जमता था।...और शाम को जो लड़के कालेज-स्कूल से लौट कर आते, उसी मैदान में क्रिकेट का खेल जमाते थे। तब वहाँ बहुत भीड़ लगती थी। खेलने वाले कई होते थे, देखने वाले उससे भी कहीं अधिक। दूसरे मोहल्ले के लड़के भी खेल देखने आया करते थे। छक्के-चौके के पर 'वाह-वाह' होती थी। आउट होने पर उस दल से हमदर्दी रखने वालों के चेहरे लटक जाया करते थे। उसी क्रिकेट के खेल पर हमारे कालेज के लड़के सट्टा लगाते थे और दसियों रुपए हार-जीत जाते थे। उस समय दस रुपए भी बहुत बड़ी रकम होती थी।

उसी पातीराम कूँचा से थोड़ी दूर पर था भवानी कूँचा। बीच में बस कचहरी रोड को पार करना पड़ता था। भवानी कूँचा जाना हम लोगों में से किसी को अच्छा नहीं लगता था। लेकिन फिर भी सुबह-सुबह कापी-किताबें लेकर हमें उसी मोहल्ले में जाना पड़ता था। उसी मोहल्ले के एक मकान के सामने जाकर हम लोग झुंड बना कर खड़े हो जाते थे। देखते क्या थे कि इतनी सुबह भी उस मकान की बैठक में चहल-पहल है। इतनी सुबह भी उस बैठक में कुछ लड़के मन लगा कर पढ़लिख रहे होते थे। हम सब लोग उन्हें पहचानते थे। वे सब हमारे ही कालेज के बड़ी क्लासों में पढ़ने वाले लड़के थे। बाहर उनकी साइकिलें खड़ी रहती थीं। कुछ लोग तो बहुत दूर से पढ़ने आते थे। दूर के किसी गाँव से। इसलिए उन लोगों को साइकिल से आना पड़ता था। इतनी सर्दी में इतनी दूर से साइकिल चला कर समय पर आ जाना! हम लोगों को इसी बात पर बड़ा आश्चर्य होता था। लेकिन वे सब बड़ी क्लास के स्टूडेंट थे, इतनी सुबह उठ कर न पढ़ने से उनका काम कैसे चलता भला! उन्हें तो आर्कमिडीज का सिद्धात और न्यूटन के गति के नियम भी याद करने पड़ते थे। फ़िज़िक्स में अवतल और उत्तल लेंस के नियम भी पढ़ने पड़ते थे। पौधे सूर्य के प्रकाश की उपस्थिति में कैसे अपना भोजन बनाते हैं, यह सब भी उन्हें रटा पड़ा था। लेमार्क और डार्विन के सिद्धांतों से भी उन्हें जूझना पड़ता था। और सबसे कठिन तो गणित थी। गणित के सवालों से तो अच्छे-अच्छों को पसीना छूटने लगता था। पैथागोरस की प्रमेय सिद्ध करना क्या हँसी-खेल था? पर उन बेचारों को यह सब भी पढ़ना पड़ता था। वे अगर मेहनत से मन लगा कर नहीं पढ़ते तो कैसे बोर्ड की परीक्षा में पास होते? कैसे पढ़-लिख कर एक दिन बड़े आदमी बनते?

सर्दी में बाहर सड़क पर खड़े-खड़े हम लोगों को बहुत देर हो जाती थी। जब हम लोग सर्दी से ठिठुरने लगते तो हम लोगों को शरारत सूझती। तब कोई-कोई लड़का किसी साइकिल के टायर की हवा निकाल देता। जाने क्यों तब इन सब छिछोरी बातों में हम सबको खूब मज़ा आता था। आज सोचता हूँ तो उन दिनों की इन छिछोरी हरकतों पर हँसी आती है। अपनी उन दिनों की बातों पर शर्म-सी महसूस होती है। उन दिनों इन सभी बातों को लेकर लगभग रोज़ ही हम लोगों की शिकायत होती थी। अध्यापक की डाँट खानी पड़ती थी और कभी-कभी एक-दो चाँटे

भी पड़ जाते थे, या फिर कुछ देर के लिए मुर्गा बना दिए जाते। लेकिन न जाने क्यों फिर भी ये सब शरारतें छूटती नहीं थी।

दरअसल भवानी कूँचा के उस मकान में हमारे दयानंद इंटर कालेज के अध्यापक प्रकाशनारायण रहा करते थे। जो सुबह से शाम तक बस पढ़ाया ही करते थे। घर में पढ़ाते, कालेज में पढ़ाते और जो लोग बहुत पैसेवाले थे जो उनके घर आकर नही पढ़ना चाहते थे, वे उनके घरों में भी पढ़ाने जाया करते थे। इसका उन्हें अच्छा-खासा पैसा भी मिलता था। सब लोग उनसे ही पढ़ना चाहते थे। वे भी बहुत मन लगा कर पढ़ाते थे। फिर वे मन लगा कर पढ़ाते भी क्यों न? उनकी तीन-तीन लड़कियाँ जो थीं। पाई-पाई जोड़ कर उनके लिए उन्हें दहेज भी तो जमा करना था।

हम लोग तो उन दिनों सातवीं या आठवीं क्लास में होंगे। जाड़े के दिनों में भी सुबह-सुबह जगा दिए जाते थे। सभी के माँ-बाप चाहते थे कि उनका लड़का पढ़-लिख कर किसी क़ाबिल हो जाए। पढ़-लिख कर छोटी-मोटी नौकरी में लग जाए तो समझो यह जीवन ही सफल हो जाए। बाहर आकर हम लोग देखते तो आसमान में अभी भी तारे निकले होते। रात अभी भी बाकी होती। लेकिन ट्यूशन पढ़ने तो जाना ही था। एक-एक कप चाय पी कर, कानों में अच्छी तरह से मफलर लपेट कर हम पातीराम कूँचा के लड़के अपने-अपने घरों से निकल पड़ते थे। मोहल्ले से निकल कर हम सब लोग पहले कचहरी रोड पार करके नेहरू पार्क में इकट्ठे होते। वहाँ थोड़ी देर तक भाग-दौड़ करके अपनी सर्दी भगाते, फिर एक साथ हो-हल्ला करते हुए, कचहरी रोड होते हुए भवानी कूँचा की ओर चल पड़ते। रास्ते में शरारतें भी करते जाते। किसी मकान के दरवाजे की झिर्री से अंदर झाँकने की कोशिश करते कि अंदर क्या गड़बड़ चल रही है या किसी के मकान की कुंडी तब तक खटकाते रहते, जब तक की अंदर से किसी के आने की आहट न सुनाई देने लगती या मकान की बत्तियाँ न जल जातीं। पर भवानी कूँचा जा कर हम लोग देखते कि इतनी सुबह-सुबह भी सर की बैठक में लड़के जमा हैं। सर चाय की चुस्कियाँ लगाते हुए उन लोगों को मैथ्स के सवाल समझा रहे हैं। हम सब लोग कहते बाप रे बाप! क्या हम लोगों को भी बड़े क्लासों में पहुँच कर इतना पढ़ना पड़ेगा? यह सब सोच-सोच कर ही हम लोगों का दिल बैठने लगता और दिमाग एकदम सुन्न हो जाता। प्रकाशनारायण सर से भी हम लोगों को हमदर्दी होने लगती। बेचारे हम लोगों की ख़ातिर कितनी मेहनत करते हैं। हम लोगों को हैरानी होती कि वे आराम कब करते होंगे? रात के बारह बजे तक तो उनके बैच चलते रहते हैं। कब नहाते-खाते होंगे और कब सोते होंगे?

हमारे सामने ही वह बैच पढ़ कर बाहर निकलता। कोई-कोई लड़का बाहर आकर देखता कि उसकी साइकिल के पहिए में तो हवा ही नहीं है। यह सब देख कर वह बेचारा परेशान हो जाता। अब वह इस पंचर साइकिल से इतनी दूर अपने गाँव तक कैसे जाएगा। उसे अभी दोबारा पढ़ने के लिए कालेज भी तो आना होगा। इतनी सुबह कहाँ उसे पंचर जोड़नेवाला मिलेगा। वह निराश होकर एक नज़र हम लोगों के ऊपर भी डालता। उसे पूरा विश्वास था कि यह हम लोगो में से

ही किसी की शैतानी है। पर हम लोग भी कम नहीं थे, भोली सूरत बनाए तिरछी निगाहों से उसे देखते रहते। उन लोगों के जाने के बाद हम लोग हँसते हुए बैठक में चले जाते थे। वहाँ बैठ कर अपनी-अपनी कॉपी-किताबें खोल लेते। अच्छे बच्चों की तरह पढ़ने बैठ जाते। इतने में सर भी जरा अंदर हो आते थे। वापिस आते तो उनके हाथ में चाय का एक और कप होता, उसमें भाप निकल रही होती थी। बहुत चाय पीते थे सर। बिना चाय पिए भला कोई आदमी इतनी मेहनत कर भी कैसे सकता था। सारा दिन दिमाग जो खपाना पड़ता था सर को।

इसी तरह दिन बीत रहे थे। जाड़े के बाद फिर गर्मियाँ आईं। सुबह-सुबह जाना अब अच्छा लगने लगा था। हम लोग भी अब मन लगा कर कुछ पढ़-लिख लेना चाहते थे। परीक्षा नज़दीक आ रही थी। फिर एक दिन परीक्षाएँ शुरु हुईं और समाप्त भी हो गईं और हम लोग अच्छे नम्बरों से पास भी हो गए। इसी तरह एक-एक क्लास पास कर-करके हम सब लड़के हाई स्कूल में पहुँच गए। अचानक एक दिन एक मज़ेदार घटना घटी। हमारे मोहल्ले के नुक्कड़ पर एक सोडावाटर की फैक्टरी थी। उसके मालिक का नाम था पुरुषोत्तम। उसने न जाने कहाँ-कहाँ से कोकाकोला, लिमका आदि की ख़ाली बोतलें ला-लाकर उसमें उसी रंग का सोडावाटर भर कर बेचना शुरू कर दिया था। मतलब यही कि वह नकली कोल्ड ड्रिंक्स बनाता था। सारे शहर में सप्लाई थी उसकी। पता लगाना मुश्किल था कि कौन-सी चीज़ असली है और कौन सी नकली। असली से एकदम आधे दामों में उसका कोल्ड-ड्रिंक मिलता था। शादी-विवाह में खूब सप्लाई थी उसकी। बड़ा ही कलाकार आदमी था वह। एकदम शातिर दिमाग।

उसी सोडावाटर की फैक्टरी से एक दिन शंकर ने दस बोतलें ख़रीदीं। यह सब देख कर हम लोग तो हैरान रह गए। हम लोगों ने पूछा, 'इतनी बोतलें! क्या हम लोगों की दावत करने का इरादा है?'

वह पट्ठा बिगड़ कर बोला, 'क्यों, क्या मेरे लड़के की शादी है?'

मैंने कहा, 'नहीं, वह बात नहीं, तू तो बेकार में ही तैश खा रहा है। तूने इतनी सारी बोतलें एक साथ जो ख़रीदी हैं, इसीलिए पूछ रहा हूँ। क्या सारी-कि-सारी तू खुद ही पी जाएगा? नुक्सान नहीं करेंगी? पेट में दर्द होने लगा तो?'

वह बोला, 'अरे सालों, ये बोतलें मैंने अपने पीने के लिए थोड़े ही ख़रीदी हैं।'

'फिर? क्या किसी को दान करनी है?' हम में से किसी ने मज़ाक में कहा।

वह पट्ठा मज़े से बोला, 'हाँ, समझ लो कि दान ही कर दूँगा।'

रमेश ने पूछा, 'किसको, क्या कोई लड़की-बड़की का चक्कर है? कोई छोकरी पटा रखी है?'

वह बोला, 'नहीं रे, छोकरी-ओकरी का कोई चक्कर नहीं है, कसम से। मैं तो रोज़ हनुमान की पूजा करता हूँ। मंगलवार को व्रत भी रखता हूँ। कसम से! मैं तो एकदम ब्रह्मचारी हूँ। कसम से!'

उस साले कि बातें सुन कर हम सब हँसने लगे।

'फिर, आख़िर माजरा क्या है? पता तो चले?' उसकी बातों से चिढ़ कर दीपक ने पूछा।

'मैं ये सारी-कि-सारी बोतलें अभी ले जा कर प्रकाशनारायण सर को दे दूँगा। देख लेना तुम लोग।'

मैंने पूछा, 'वह क्यों? अचानक सर की इतनी खुशामद करने की ज़रूरत क्यों पड़ गई?'

वह बोला, 'सालों, तुम सब लोग तो महामूर्ख हो? जानते नहीं कि इस साल हाईस्कूल है। हम लोगों की बोर्ड की परीक्षाएँ होंगी। प्रैक्टीकल के नम्बर तो सर के ही हाथों में हैं। बिना लिए-दिए भी क्या किसी को इम्ताहन में अच्छे नंबर मिलते हैं? यह हिंदुस्तान है, डियर! यहाँ बिना रिश्वत लिए-दिए कुछ भी नहीं होता है।' वह शेखी झाड़ने लगा।

हम सब लोग उसकी बातें सुन कर हैरान रह गए। ठीक ही तो कह रहा था शंकर, यदि सर को कुछ भेंट-वेंट नहीं चढ़ाएँगे तो भला वे क्यों हमें प्रैक्टीकल में अच्छे नंबर दिलवाएँगे? हम क्या उनके रिश्तेदार लगते हैं? हो सकता है उल्टा फेल ही करवा दें। इस साल सर को खुश रखना ही अक्लमंदी है। मैं ही नहीं, सभी लड़के ऐसा ही सोच रहे थे। सब मन-ही-मन शंकर की बुद्धि के कायल हो गए थे।

उस दिन जब हम सब लोग सर के यहाँ पहुँचे तो शंकर के हाथ में कापी-किताबों के अलावा एक थैला भी था। थैले में थीं सोडावाटर की दस बोतलें। सर एक बैच पढ़ाने के बाद थोड़ी देर के लिए भीतर जाया करते थे। तब-तक हम लोग ढंग से बैठ-बाठ लेते। कापी-किताबें निकाल लेते। यानि कि पढ़ने के लिए एकदम तैयार हो जाते। सर भी इस बीच एक-आध प्याला चाय-वाय पीकर तरोताज़ा हो जाते। उस दिन जब सर बैठक में वापिस आए तो देखते क्या हैं कि मेज़ पर कोल्डड्रिंक्स की बोतलें रखी हैं। सर तो एकदम हैरान रह गए। हम सब लोग मुँह नीचे लटकाए चुपचाप मन लगा कर पढ़ने का नाटक कर रहे थे।

सर ने हम सब लोगों के ऊपर निगाह डाल कर पूछा, 'यह क्या भाई? यह इतनी सारी कोल्डड्रिंक्स की बोतलें कौन लेकर आया है?'

शंकर बोला, 'मैं लाया हूँ, सर।'

'किसलिए?'

'बच्चों के लिए, सर।'

यह सुन कर सर घोर आश्चर्य में पड़ गए। कोई बड़ा आदमी यह सब कहता तो कोई नई बात नहीं होती। लेकिन यह बच्चे भी एकदम से शैतान हैं। सुन कर उन्हें शायद बड़ा मज़ा भी आ रहा था। बड़ी मुश्किल से ही जैसे वे अपनी हँसी रोक पा रहे थे। मन-ही-मन हँस ही रहे थे शायद, पर ऊपर से गंभीर बने हुए थे।

सर ने पूछा, 'कहाँ से लेकर आए हो, भाई?'

शंकर से बड़ा झूठा शायद ही इस संसार में कोई और होगा। वह बिना झिझके बोला, 'सर, इन कोल्डड्रिंक्स के लिए मुझे कोई पैसा-वैसा नहीं देना पड़ा। एकदम से मुफ़्त का माल है।'

'मुफ़्त का माल? सो कैसे?' सर को आश्चर्य हो रहा था।

'सर, दरअसल यह कोल्डड्रिंक्स की फैक्टरी मेरे चाचा जी की है। दस-बारह बोतलें लेने पर मुझे पैसा नहीं देना पड़ता है। चाचा जी लेते ही नहीं हैं। घर की बात जो है।' सफाई-सा देता हुआ शंकर बोला। वह शायद इतनी पूछताछ से घबड़ा रहा था।

हम लोग भी दम साधे उसकी बातें सुन रहे थे। शंकर का इतना बड़ा झूठ सुन कर भी सच बता देने की बात हम लोगों में से किसी के भी मन में नहीं आई थी। हम लोगों के सामने ही तो शंकर ने गिनकर पूरे दस रूपए कोल्डड्रिंक्स के दिए थे। वे कहाँ के चाचा थे उसके? ऐसा रिश्ता पहले तो उसने कभी नहीं बताया था। एकदम से झूठ था यह सब।

लेकिन यह कोरा झूठ सुन कर भी सर के चेहरे पर जैसे परम संतोष का भाव उभर आया। वे बोले, 'चलो तब तो ठीक है। पर देखो लड़कों, पैसा ख़र्च करके मेरे लिए कोई समान-आमान मत लाना। न ही घर से पैसे चोरी करना। मैं इसके बहुत ही ख़िलाफ हूँ।' फिर शंकर से बोले, 'ये सब बोतलें अंदर जा कर अपनी आंटी जी को दे आओ।'

शंकर कोल्डड्रिंक्स की बोतलें भीतर देने चला गया। लौटते समय उसके चेहरे पर ग़ज़ब का आत्मविश्वास झलक रहा था। जैसे उसने जीवन में सफलता की पहली सीढ़ी चढ़ ली हो।

(10)

उस दिन शंकर ने प्रकाशनारायण सर को कोल्ड ड्रिंक्स क्या भेंट की, हम सभी में हिम्मत आ गई थी। हर कोई सर को खुश करने में जुट गया। रोज ही कोई-न-कोई कुछ-न-कुछ ले कर सर के पास जाता था। कभी कोई लड़का सब्जी-भाजी ले जाता तो कोई फल आदि। सर ये सब चीज़ें लेकर बड़े ही निर्विकार भाव से रख लेते थे। उनके चेहरे से न तो खुशी झलकती और न ही नाराज़गी। इतने दिनों बाद भी मुझे ठीक से याद है, मेरे ही क्लास में पढ़नेवाला लड़का रूपेश एक दिन सर के लिए मार्डन ब्रेड के पैकिट ले कर गया था। मार्डन ब्रेड के दो पैकिट थे।

सर ने पूछा, 'भाई, यह क्या ग़ज़ब कर डाला तुम ने? मैंने कहा था न कि कोई चीज़ बाज़ार से ख़रीद कर मत लाना मेरे लिए। इसके लिए क्या पैसे नहीं देने पड़े होंगे तुम को? यह भी क्या मुफ़्त की है? यह तो तुम ने आज बहुत ग़लत काम किया?'

सुन कर पहले तो रूपेश सकपका गया। फिर कुछ सोचता हुआ वह बोला, 'कहाँ सर, मेरे मामा जी की फैक्ट्री की ही तो है। पैसे क्यों देना पड़ेंगे भला? सर, सच मानिए इसका कोई पैसा

नहीं देना पड़ा मुझे। बच्चों के लिए ही तो लाया हूँ, रख लीजिए न, सर। इसकी सैंडविच बनवा लीजिएगा।'

मार्डन ब्रेड और उसके मामा जी की फैक्ट्री की! सर को यक़ीन तो बिल्कुल नहीं आ रहा था। पर इस तुच्छ-सी बात को सोच-सोच कर सर अधिक परेशान भी नहीं हुए। बड़े ही सहज भाव से बोले, 'अच्छा तब ठीक है। पैसे नहीं देने पड़े, तब तो कोई बात ही नहीं। लेकिन आज मैं फिर कहे देता हूँ, बच्चों, कि बाज़ार से ख़रीद कर मेरे लिए कभी कोई चीज़ मत लाना।'

वह लड़का अब भी ब्रेड हाथ में पकड़े सिर झुकाए संकोच से खड़ा था। इस बार वह ज़रा जोर देकर बोला, 'सर, यह तो सचमुच ही मेरे मामा जी की फैक्ट्री की है। सचमुच एक भी पैसा ख़र्च नहीं करना पड़ा, सर।'

सर बोले, 'तब ठीक है, भाई, रो क्यों रहे हो? भीतर जाकर अपनी आंटी जी को दे आओ।'

वह लड़का भी उतने ही सहज भाव से ब्रेड के पैकिट भीतर ले जाकर आंटी जी को दे आया था।

(11)

पातीराम कूँचा से भवानी कूँचा तक अब तो क़तार-दर-क़तार मकान सिर उठाएं खड़े हैं। सभी मकानों के आगे प्राय: लॉन भी हैं। गेट पर साहबों की नेम प्लेट भी लगी हैं। गेट के पास जाने पर, अंदर से साहबों के कुत्ते भौंक उठते हैं। लेकिन आज से 32 साल पहले तक यहाँ सब खेत-ही-खेत थे। अमरूद के बाग थे। खेतों में तरह-तरह की सब्ज़ियाँ उगाई जाती थीं। न जाने कितनी बार हम कालेज के लड़कों ने इन्हीं अमरूद के बागों से चोरी से अमरूद तोड़े थे और अपने बाग के अमरूद बता कर सर को भेंट किए थे। इन्हीं खेतों से ताज़ी सब्ज़ियाँ तोड़ी जाती थीं, जो सर की रसोई में बनती और जिन्हें सर परिवार सहित स्वाद ले-ले कर खाते। ये सब मुफ़्त का माल था। इन सबके लिए हमें वाकई कोई पैसा नहीं देना पड़ता था। ब्रेड, कोल्ड-ड्रिंक्स आदि ख़रीदने के लिए आख़िर कहाँ से हम लोगों के पास रोज़-रोज़ इतना पैसा आता। सो हम लोग मुफ़्त का माल जुटा कर ही सर को खुश कर दिया करते थे। उनसे कहते, 'सर, ये सब अपने ही बाग का है, इसके लिए हमें कोई पैसा ख़र्च नहीं करना पड़ा है।'

लेकिन सर भले आदमी थे। हम लोगों से कहते, 'लेकिन रोज़-रोज़ ये सब कुछ लाते ही क्यों हो तुम लोग? मैंने तो कभी तुम लोगों से ये सब लाने को नहीं कहा? मैं तुम लोगों को कोई मुफ़्त में तो ट्यूशन पढ़ाता नहीं हूँ? फिर यह सब लाने की ज़रूरत क्या है?'

पर हम लोग भी एक ही ढीठ थे, कहते, 'वाह सर, हम लोगों के खेत, बाग होते हुए भी आप बाज़ार से खराब फल-सब्ज़ियाँ ख़रीद कर खाएँगे; यह सब क्या हम लोगों को अच्छा लगेगा?'

सुन कर सर बड़े ही तृप्त भाव से मुस्कराने लगते। मुस्कराते हुए ही पूछते, 'सचमुच, क्या इसके लिए तुम लोगों को एक भी पैसा ख़र्च नहीं करना पड़ता है? देखो, सच-सच बताना तुम लोग। गुरुजनों से कभी झूठ नहीं बोला जाता है।'

हम सब लोग भी पूरे आत्मविश्वास से बस एक ही रटा-रटाया वाक्य दोहराते, 'नहीं तो सर, जब अपने ही बाग की ये सब चीज़ें हैं तो पैसा ख़र्च करने का सवाल ही कहाँ उठता है?'

सर निर्वीकार भाव से सारी बातें सुनते रहते। फिर हम लोगों को समझाते हुए कहते, 'लेकिन यह बात मुझे बिल्कुल भी पसंद नहीं कि तुम लोग पैसे-वैसे ख़र्च करके मेरे घर कोई भी चीज़ लेकर आओ या इसके लिए घर से चोरी-चकारी करो। यह बात हमेशा ध्यान रखना तुम लोग। मैं इन सब बातों के बहुत ख़िलाफ़ हूँ। खूब मेहनत से पढ़ो-लिखो, तभी तुम लोग अच्छे नंबरों से पास होगे। कहे देता हूँ मैं।'

हम सब लोग मंद-मंद मुस्कराते हुए उनकी बातें सुनते रहते। शंकर तो फुसफुसाते हुए मुझसे कहता भी, 'बहुत हरामी चीज़ है साला। देखो तो कैसा महात्मा बन रहा है। टनों मुफ़्त का माल डकार चुका है। अब साला नौटंकी कर रहा है। इसे सब मालूम है कि ये सब सामान हम लोग कहाँ से लेकर लाते हैं?'

मैं कोहनी मार कर उसे चुप कराता। मुझे डर था कि कहीं सर ने सुन लिया तो आफ़त आ जाएगी।

उनका भाषण सुन लेने के बाद हम लोग उन्हें फिर से विश्वास दिलाते हुए कहते, 'वाह, हम लोग ऐसा क्यों करेंगे, सर? ये सब अपने ही खेत की चीजें हैं। तभी तो आपके लिए लेकर आए हैं। भला कौन हमें अपने खेतों से रोज़-रोज़ ये सब लेने देगा?'

हम लोगों की बातों से सर संतुष्ट होकर कहते, 'फिर ठीक है, जाओ ये सब चीजें भीतर जा कर अपनी आंटी जी को दे आओ।'

हम में से कोई-न-कोई ये सब चीज़ें अंदर जाकर आंटी जी को दे आता। आंटी जी भी ये सब चीजें पाकर बहुत खुश हो जातीं। वे मज़े से ये सब चीज़ें लेकर रख लेती थीं। सर सब कुछ भूल कर फिर से हमें पढ़ाने में व्यस्त हो जाते। उन्होंने कभी भी यह सब जानने में अपना सिर नहीं खपाया कि हमारे बाग-खेत उस छोटे से क़स्बेनुमा शहर में कहाँ पर हैं? सर इन सब बातों की बिल्कुल भी चिंता नहीं करते थे। वे मुफ्त के माल पर अपना पूरा हक़ समझते थे। हम सब लोगों के लिए भी उनका यह सब न पूछना ही ठीक था। पता नहीं अगर किसी दिन वे पूछ ही लेते तो हम लोग उन्हें ले जाकर किसके खेत-बाग को अपना बताते।

उस दिन सर के लिए सब्ज़ी की तलाश में मैं और रमेश खेतों की तरफ घूम रहे थे, तो देखा कि रामपाल के खेत में बिलकुल ही मेड़ के पास एक कद्दू लगा है। फिर रोज़ हम लोग उस पर नज़र रखने लगे। उसे पत्तियों से ढाँक देते। धीरे-धीरे कद्दू बढ़ कर बहुत बड़ा हो गया।

रमेश बोला, 'ठीक है, अब इसको ही एक दिन ले जा कर सर को देंगे। एकदम से इतना बड़ा कद्दू पा कर वे कितना खुश हो जाएँगे।'

मैंने पूछा, 'मगर इतना भारी कद्दू ढो कर ले कौन जाएगा?'

वह बोला, 'क्यों, दोनों बारी-बारी से उठा कर ले जाएँगे। आधी दूर मैं ले जाऊँगा, आधी दूर तुम ले चलना। सर का घर यहाँ से है ही कितनी दूर। उनसे कहेंगे-हम दोनों ही इसे लेकर आए हैं।'

मैंने पूछा, 'अगर उन्होंने पूछा कि किस के खेत का है, तो?'

सुन कर रमेश कुछ देर को असमंजस में पड़ गया। थोड़ी देर सोचने के बाद भी जब उसे कुछ न सूझा तो बोला, 'वे ऐसा पूछेंगे ही क्यों? उन्हें तो माल से मतलब है?'

मैंने कहा, 'मान लो पूछ ही बैठे, तो?' वह बोला, 'तब की तब देखी जाएगी। चल तू ही कह देना कि तेरे ही खेत का है। अब तो खुश।'

ख़ैर इस बात को लेकर फिर हम लोग और बहस में नहीं पड़े। लेकिन असली मुसीबत तो कद्दू तोड़ने की थी। ऊपर मेड़ पर चढ़ने से खेत का मालिक देख भी सकता था। वह हम लोगों को जानता भी था। जब-तब घर में स़ब्जी भी दे जाया करता था। कद्दू चुराते देख कर वह घर में शिकायत भी कर सकता था।

फिर क्या किया जाए?

तय हुआ कि घर से एक पुराना ब्लेड लाया जाएगा और बड़ी सफाई से कद्दू को बेल से अलग कर के वहीं पड़ा रहने दिया दिया जाएगा। शाम के समय अँधेरे में कद्दू लेकर सर के घर चला जाएगा। उस समय खेत का मालिक भी प्राय: वहाँ नहीं होता था।

दूसरे दिन रमेश ब्लेड ले आया। मुझ से बोला, 'देख मैं ब्लेड लेकर आ गया हूँ। अब कद्दू को बेल से अलग करने की ज़िम्मेदारी तुम्हारी है।'

लेकिन मेरी तो यह सब करने की हिम्मत ही नहीं पड़ रही थी। डर रहा था कि खेत के मालिक ने अगर देख लिया तो सीधे घर शिकायत पहुँचेगी। फिर तो ख़ैरियत नहीं। यह सब करना मेरे लिए मुश्किल हो रहा था। मैंने धीरे से रमेश को पोटते हुए कहा, 'भाई रमेश, यह कद्दू तोड़ने का काम तुम ही करो। यहाँ से सर के घर तक ले जाने की ज़िम्मेदारी मेरी।'

मेरी बात सुन कर रमेश चिढ़ गया। वह कुछ खिसिया कर बोला, 'वाह, यह खूब रही! मैं खरीद कर नया ब्लेड भी लाया हूँ और अब मैं ही कद्दू भी तोड़ूँ। वैसे तो तुम बहुत डींगें हाँकते हो। अब एकाएक समय आने पर दम क्यों निकल रहा है?'

मैंने कहा, 'देखो, ऐसी बात नहीं। दरअसल यह खेतवाला मेरे घर आता-जाता है। जब-तब सब्जियाँ दे जाता है। मेरी एक झलक देखते ही पहचान लेगा। दोनों ही फँसेंगे। शाम के समय

अँधेरा होने पर कोई डर नहीं। वैसे तुम्हें नया ब्लेड लाने के लिए किस ने कहा था। पुराने से ही काम चल जाता। बेवकूफ़ हो पूरे? ख़ैर अब ले ही आया है तो उसके आधे पैसे मैं दे दूँगा। तू उसकी चिंता मत कर।'

मेरी बात सुन कर वह पट्ठा एकदम नाराज़ हो गया। चिल्ला कर बोला, 'क्यों, क्या खेतवाला मेरे घर पर सब्ज़ियाँ नही दे आता है? मुझे देख लेने से क्या घर पर मेरी पिटाई नहीं होगी? और अगर पुराना ब्लेड नहीं मिला तो क्या करता? मैं क्या कोई भिखारी हूँ, जो तू मुझे आधे पैसे की धौंस दिखा रहा है?'

उसकी बातें सुन कर मैं भी तैश में आ गया। मैंने उसे डाँटते हुए कहा, 'देखो, ऐसे पागलों की तरह चिल्लाओं मत। इस तरह ढिढ़ोरा पीटोगे तो ज़रूर ही कोई सुन लेगा। खेतवाला अगर आस-पास ही होगा तो भागा चला आएगा। भाड़ में जाए साला कद्दू। इसे रहने ही दो।'

वह बोला, 'वाह, रहने क्यों दें, तुम्हारे कहने से क्या होता है?' मैंने पूछा, 'फिर?'

वह बोला, 'ठीक है, मैं ही कद्दू तोड़ता हूँ, पर शाम को इसे सर के घर तक ले जाने की ज़िम्मेदारी तुम्हारी?' मैंने कहा, 'हाँ...हाँ, मै भी तो इतनी देर से यही कह रहा हूँ। तुम्हारे तो नख़रे ही ढूँढ़े नहीं मिल रहे हैं।'

वह बोला, 'तुम ज़रा यहीं खड़े होकर इधर-उधर नज़र रखो।'

इसके बाद रमेश मेड़ के ऊपर चढ़ गया। उसने ब्लेड से धीरे-धीरे कद्दू को बेल से अलग किया। फिर बोला, 'अब?'

मैंने कहा, 'अब क्या, इसे वहीं पड़ा रहने दो। शाम को आकर ले चलेंगे। और हाँ....पत्तों से जरा ढक देना, किसी की नज़र न पड़ जाए।'

वह बोला, 'शाम को क्यों, यह काम भी अभी ही क्यों न निपटा लिया जाए? आज तो इतवार है। इस समय सर भी घर पर ही मिलेंगे। शाम को ट्यूशन पढ़ने वाले लड़को की बहुत भीड़ रहती है। इतना बड़ा कद्दू झोले में डाल कर तो ले नहीं जा सकते।'

मैंने कहा, 'ठीक है, तुम इसे लेकर नीचे आओ, खेत पार करो, फिर इसे सर के घर तक ले जाने की ज़िम्मेदारी मेरी।

रमेश नीचे आया और मेड़ की आड़ लेकर खेत पार करने लगा। पर शायद हम लोगों की क़िस्मत ही ख़राब थी। न जाने कहाँ से ठीक उसी समय यमराज की तरह खेत का मालिक प्रकट हो गया। वह छूटते ही बोला-'पकड़ो सालों को, कौन है वहाँ'?

मैं तो ख़ैर ख़ाली हाथ था। झट से छिप कर पीछे के रास्ते से भाग लिया। लेकिन रमेश को उसने देख लिया। वह उसके पीछे भागा। पर वाह रे रमेश! वह भी दौड़ मे चैम्पियन ही था। कद्दू लेकर सरपट भागता ही चला गया। खेतवाला हार कर वापिस लौट आया। उसे शायद डर था

कि कालेज के लड़के हुए तो आगे जाने पर उल्टे उसे ही न पीटने लगें। भवानी कूँचे के मोड़ पर मैं उसे मिला। मैंने कहा, 'लाओ अब मुझे दे दो, बहुत थक गए होगे। वाह, खूब तेज़ दौड़े तुम तो! वह साला खेतवाला भुतनी का हाथ-पैर पटक कर ही रह गया।'

रमेश बुरी तरह से हाँफ रहा था। हाँफता भी क्यों न, भागा ही ऐसा था जैसे उसने भूत देख लिया हो। और करता भी क्या बेचारा; अगर खेतवाले द्वारा पकड़ लिया जाता तो घर और बाहर दोनों जगह मार खाता। हाँफते-हाँफते बेदम हुआ जा रहा था। किसी तरह साँस लेकर बोला, 'हाँ भाई, प्राण निकले जा रहे हैं। अब तो इसे उठाया नहीं जाता, लो अब इसे तुम्ही सँभालो।'

पर मैंने कद्दू लेने के लिए जैसे ही हाथ बढ़ाया, वह साला एकदम से पागल घोड़े की तरह बिदक उठा। बोला, 'ना..ना...तुम रहने ही दो। अब क्यों मेरे ऊपर एहसान करोगे। दस कदम पर ही तो सर का घर है। अब मैं ही इसे ले जाऊँगा। तुम ने किया ही क्या है? अब दस कदम ले जाकर तुम भी हिस्सेदार बनना चाहते हो, क्यों? बहुत चालाक बनते हो?'

मैंने कहा, 'इस में चालाक बनने की क्या बात है? मैं तो ले जाने के लिए तैयार था। तुम ही घोड़े की तरह भागे चले आए।'

'वाह! भागता नहीं तो क्या खेतवाले की मार खाता? अब तुमको सर के घर जाने की भी कोई ज़रूरत नही है।'

'क्यों, क्या सर केवल तुम्हारे ही है, मेरे नहीं? मैं तो जाऊँगा ही। देखें, तुम क्या कर लेते हो?'

'तो मरो जाकर, मैं तो अभी यहीं बैठूँगा।' वह हाँफता हुआ सचमुच ही एक मकान के चबूतरे पर बैठ गया।'

'तुम भाग ही नहीं पाते और खेतवाला तुम्हें ज़रूर पकड़ लेता, अगर पीछे से मैंने उस पर डेले नहीं फेंके होते।' मैंने सफेद झूठ बोला।

सुन कर रमेश थोड़ा सचेत हुआ। कुछ देर मन-ही-मन सोचता रहा फिर बोला, 'सचमुच तुम ने पीछे से उस पर डेले फेंके थे?'

मैंने कहा, 'कमअक़्ल हो क्या? अगर मैं पीछे से उस पर डेले फेंक कर उसे हिलगाता नहीं तो वह तुम्हें पकड़ नहीं लेता? इतना बड़ा कद्दू लेकर भला तुम इतनी तेज़ दौड़ सकते थे? तुम क्या रेस के चैम्पियन हो? वह हरामजादा तो घोड़े की तरह तुम्हारे पीछे दौड़ा था। फिर अगर वह तुम्हें पकड़ लेता तो मेरी भी तो ख़ैरियत नहीं थी।'

सुन कर उस बेचारे का दिमाग चकरा गया। कुछ देर तक हतबुद्धि-सा वहीं बैठा रहा। लंबी-लंबी साँसे लेता रहा। फिर ज़रा आराम कर लेने के बाद अपनी जगह से उठता हुआ बोला, 'ठीक है तुम भी चलो, मुझे कोई मतलब नहीं।'

मैं उसकी बात का मतलब ठीक-ठीक समझ नहीं पाया पर फिर भी उठ कर उसके साथ-साथ चल दिया। सर के घर पहुँच कर मैंने कुंड़ी खटखटाई। सर बाहर निकल कर आए। रमेश के हाथ में इतना बड़ा कद्दू देख कर वे हतप्रभ रह गए।

'अरे तुम दोनों, इतनी गर्मी में! ....और यह क्या है भाई?'

'सर कद्दू है, मेरे बगीचे में लगा था, सोचा आपके लिए ले चलूँ।' रमेश ने एक साँस में कह डाला। मुझे बोलने का मौका ही नहीं दिया। मुझे बडा गुस्सा आ रहा था। अगर वह इस कद्दू की उपलब्धि के साथ मेरा भी नाम जोड़ देता तो उस कमीने का क्या बिगड़ जाता?

इतना कह कर रमेश बैठक में घुस गया और कद्दू मेज़ पर रख कर बुरी तरह से हाँफने लगा। सर अभी तक अवाक् खड़े थे। अब मुझे वहाँ खड़े रहना व्यर्थ लग रहा था। लेकिन आगे क्या तमाशा होता है, यह देखने का लोभ भी मैं संवरण नहीं कर पा रहा था।

सर बोले, 'लेकिन इतना बड़ा कद्दू!'

'सर, यह क्या, इससे भी बड़े-बड़े कद्दू होते हैं। दो-तीन दिन तक इसकी सब्जी खाइएगा, सर। इसका रायता भी बनता है, सर, और हलुवा भी।' वह सर के सामने कद्दू को लेकर अपना ज्ञान बघारने लगा।

सर अवाक् खड़े उसका कद्दू-पुराण सुन रहे थे। उनकी कुछ समझ में नहीं आ रहा था कि इतने बड़े कद्दू को वह रखें या लौटा दें। बड़े असमंजस में थे बेचारे।

वे बोले, 'अरे भाई, इतनी तकलीफ़ करने की आख़िरकार क्या ज़रूरत थी? इतनी तेज़ धूप में यह क्या काण्ड कर डाला तुम लोगों ने। लू-वू लग जाती तो? इतनी गर्मी में तो घर पर ही बैठना चाहिए।' उस दिन एकाएक न जाने क्यों उन्हें हम दोनों के स्वास्थ्य की चिंता हो आई थी।

हैरान होते हुए रमेश ने पूछा, 'कैसा काण्ड, सर? घर की चीज़ है। पैसे तो देने नहीं पड़े। हम लोगों के यहाँ सब्ज़ियाँ होते हुए आप भला बाज़ार से खरीदने जाएँगे? तो फिर हमारे होने का फ़ायदा ही क्या? कहिए?'

सर बोले, 'ना..ना...मैं वह नहीं कह रहा हूँ। कितनी तेज़ धूप है। शाम को ही ले आते। ख़ैर, जब ले ही आए हो तो ठीक है। जाओ, भीतर जा कर अपनी आंटी जी को दे आओ।

रमेश भीतर चला गया। उस के पीछे-पीछे मैं भी गया। कद्दू पर अपना हक़ जमाने के लिए शायद ऐसा करना ज़रूरी भी था। नहीं तो वह पट्ठा इस कद्दू का पूरा श्रेय खुद ही ले जाता; जो कि मुझे बिल्कुल भी मंजूर नहीं था। इतना बड़ा कद्दू देख कर तो सब हैरान थे। आंटी जी भी और उनकी तीनों बेटियाँ भी।

(12)

हमारे ग्रुप में शंकर एक नंबर का बदमाश लड़का था। रोज ही नई-नई शरारतें करता था। ट्यूशन पढ़नेवाले लड़कों की साइकिलों की हवा निकाल देता, साइकिलों की घंटियाँ खोल कर बाज़ार में बेच देता। उन पैसों से सिगरेट और तंबाखू खरीदता। पान खा-खाकर क्लास में ही थूकता रहता। सिगरेट पीकर मुँह और नाक से धुआँ निकालता। हम लोगों से बिल्कुल राजकुमार स्टाइल में कहता, 'देखा तुम ने, धुएँ के छल्ले निकालना कोई हँसी-खेल नहीं है। यह हमारा अपना ही स्टाइल है, जानी। तुम लोग सिगरेट का मज़ा लेना क्या जानो? ये तुम लोगों के भाग्य में नहीं हैं जानी।'

हम लोग अवाक् होकर उसकी हीरोगिरी देखते रहते। कभी-कभी कोई चुपके से टीचर से उसकी शिकायत भी कर देता था। उस दिन रमेश को उसने इसी बात पर पकड़ लिया। वह अक्सर रमेश को ही पकड़ता था। वह दुबला-पतला जो था। वह बोला, 'क्यों बे, तुमने ही मेरी शिकायत की थी सर से? हरामी की औलाद।'

रमेश बोला, 'जरा तमीज़ से बात करों। बाप तक जाने की ज़रूरत नहीं है। मैं क्यों तुम्हारी शिकायत करने लगा? तुम सिगरेट पियो या जुआ खेलो। मुझे क्या मतलब?'

'जुआ? जुआ मैंने कब खेला, बता तो ज़रा?'

'मैं सब जानता हूँ। रामजानकी मंदिर के चबूतरे पर बैठ कर तुम सब लोग जुआ खेलते हो।'

राम और जानकी जी का एक पुराना मंदिर शहर से हट कर बाईपास रोड पर था। बामन के तालाब के पास। वहाँ अधिकतर सूनसान रहता था। जुआ खेलनेवाले आवारा लड़कों का वहीं जमघट लगा रहता था।

'अच्छा, तो तुम ने ही शिकायत की है?'

'मैंने कहा न कि मैंने किसी से कुछ नहीं कहा। मुझे इन सब बातों से मतलब ही क्या है? तुम चाहें भाड़ में जाओ।'

लेकिन रमेश के मना करने पर भी शंकर माना नहीं। उसने उसे दो-चार हाथ लगा ही दिए। फिर दोनों में जम कर हाथापाई हुई। गाली-गलौज भी हुई। रमेश भी डरनेवाले लड़कों में नहीं था। वह दुबला-पतला ज़रूर था पर ग़ज़ब का हिम्मती था। लेकिन शंकर के सामने वह टिक नहीं पाया। उस दिन शंकर ने उसे जमकर पीट लिया। बेचारा रमेश भिन्ना कर रह गया। उसी शाम वह मेरे पास आया। सारा किस्सा शुरू से आख़िर तक सुना कर बोला, 'भाई, इस शंकर का कुछ-न-कुछ इलाज करना ही पड़ेगा। उसने आज मुझे मारा है, कल तुझे भी पीट सकता है।'

कुछ मतभेद के बाद भी रमेश मेरा अच्छा दोस्त था। मेरा पड़ोसी भी था। मैंने कहा, 'कल मैं तो कालेज गया नहीं था। मैं होता तो देखता कि वह तुझे कैसे पीट लेता है?'

वह बोला, 'ख़ैर कल की बात जाने दो, जो हुआ सो हुआ। पीटा तो मैंने भी उसे, कम ही सही। केवल मार-ही-मार तो नहीं खाई। लेकिन आगे से उसकी ऐसी हिम्मत ही न पड़े, ऐसी कोई तरक़ीब निकाली जाए।'

उस दिन बहुत सोच-विचार करने के बाद हम लोगों ने एक प्लान तैयार किया। मगर दूसरे दिन क्लास में सब ने देखा कि रमेश से मेरी ही किसी बात पर तू-तू, मैं-मैं होने लगी है। बात इतनी बढ़ी की नौबत गाली-गलौज और मार-पीट की भी आ गई। शंकर तो इसी ताँक में था ही, खुश होकर बोला, 'खूब मारो साले को, यह है ही इसी लायक। कल मुझसे मार खा ही चुका है, फिर भी तेवर तो देखो कमीने के। डेढ़ पसुली का है ससुरा पर अकड़ कैसा दारासिंह की तरह रहा है। तुम ही इसका बहुत पक्ष लेते थे। इसकी वज़ह से मुझसे भी लड़ने को तैयार रहते थे। आख़िरकार तुम्हारी भी इससे लड़ाई हो ही गई।'

मैंने भी रमेश को एक भद्दी सी गाली दी और शंकर से बोला, 'जाएगा कहाँ, साला, आज छुट्टी के बाद देखेंगे हरामी को।'

शंकर बोला, 'हाँ...हाँ...क्यों नहीं....मैं भी तुम्हारी तरफ ही हूँ। इतना पीटूँगा साले को कि नानी याद आ जा आएगी। लगता है कल मार खा कर अभी इसका जी भरा नहीं है। आज से तुम मेरे दोस्त हो।'

उस दिन छुट्टी के बाद रमेश आगे-आगे किताबें लेकर कालेज के पिछले गेट से अकड़ता हुआ निकला। पीछे-पीछे हम लोग भी थे। खेतों के पास जा कर रमेश ने बेशरमबेल की एक लकड़ी तोड़ ली और आगे जाकर निडर होकर खड़ा हो गया।

शंकर बोला, 'वाह, हिम्मत तो देखो इसकी। दो लोगों को देख कर भी बिल्कुल नहीं डर रहा है। रोशनपुर का बदमाश समझता है खुद को। सुखल्ला-सा तो धरा है।'

मैंने कहा, 'कोई बात नहीं, देखा जाएगा। जब तुम मेरे साथ हो तो डर किस बात का। हरामी को आज़ मार-मार कर भूत नहीं बनाया तो मेरा भी नाम अंकित नहीं।'

फिर मैंने भी पास पड़ी बेशरमबेल की एक लचीली लकड़ी उठा ली। तब तक शंकर ने आगे बढ़ कर रमेश का कालर थाम लिया और अकड़ कर बोला, 'क्यों रे बच्चू, तेरी इतनी हिम्मत, खुद को रोशनपुर का दादा......?'

लेकिन तभी मैंने शंकर की पीठ पर दो-चार संटियाँ जड़ दीं। नहीं, भूल से नहीं, जानबूझ कर। यही तो हम लोगों की प्लानिंग थी कि शंकर को किसी तरह धोखे से खेतों की तरफ ले जाकर पीटेंगे। वहाँ उसे कोई बचाने भी नहीं आएगा। बीच सड़क पर पीटते तो भीड़ इक्ट्ठी हो जाती, लोग बीच-बचाव करने लगते। हम लोगों के घर पर ख़बर पहुँच जाती। सो यह सब ड्रामा किया था हम दोनों ने।

पीठ पर बेशरमबेल की लचीली संटियाँ पड़ते ही शंकर तिलमिला गया। उसने पीछे मुड़ कर देखा, पूछा, 'यह क्या? मुझे क्यों मारा तुमने?' लेकिन इसी बीच रमेश ने भी पीछे से खींच-खींच कर

उस के पिछवाड़े में दो-चार संटियाँ जड़ दीं। वह नेकर पहने था। लचीली संटी उस के चिपक कर लगी। वह बेचारा बौखला कर रह गया। वह हतप्रभ था। उसे अंदाज़ा भी नहीं था कि हम लोग इतने दुष्ट होंगे। वह इतना बड़ा धोखा खा जाएगा। लेकिन अब तो वह हम दोनों के बीच फँस ही गया था।

मैंने जोश में आकर चिल्ला कर कहा, 'क्यों वे सुअर की औलाद, तू बिलावज़ह ही रमेश को मारता रहता है? उसे क्या तुमने इतना कमजोर समझ रखा है? वह अकेला नहीं है, समझे? आज तुम्हारा दिमाग ठिकाने लगाने के लिए ही हम लोग तुझको यहाँ लेकर लाए हैं। बोल आगे से कभी रमेश को मारेगा?'

कहते-कहते मैंने दो संटियाँ और उसके पिछवाड़े पर रसीद कर दीं।

शंकर भिन्ना कर बोला, 'देखो यह तुम लोग ठीक नहीं कर रहे हो। और अंकित तुम भी इस कमीने के बहकावे में आ गए।'

मैंने कहा, 'चुप बे; अब कुत्ते के पिल्ले की तरह चिल्ला मत, नहीं तो मार-मार कर आज तेरा कचूमर निकाल देंगे। बोल आगे से कभी रमेश को मारेगा।'

वह बोला, 'दो-दो लोग मिल कर शेर बन रहे हो। अगर हिम्मत है तो एक-एक करके सामने आओ भुतनी के, धूल न चटा दूँ तो असली बाप का नहीं।'

मैंने गुस्से में आकर उसे एक चाँटा जड़ दिया। रमेश ने भी पीछे से दो-चार संटियाँ और जड़ दीं। हम लोगों ने आज सोच लिया था कि बाद में जो कुछ भी होगा देखा जाएगा। अभी ढंग से पीट लो साले को। बहुत राजकुमार के डायलॉग मारता है साला। जानी आज से सब कलाकारी भूल जाएगा।

'हरामजादे, कालेज का दादा बनता है, हमें धूल चटाएगा, हमें!' मैंने गुस्से से कहा। इसके बाद हम दोनों उसके ऊपर बुरी तरह से पिल पड़े और तब तक उसे मारते रहे जब तक उसने हम दोनों से माफी नहीं माँग ली। हम दोनों ने आपस में फिर कभी लड़ाई न करने का उससे वचन भी ले लिया। तब हमने उसे माफ कर दिया। और फिर हम लोगों में दोस्ती भी हो गई। इसी दोस्ती की खुशी में उसने हम दोनों को मौसी की दुकान से चाय पिलाई और गरमा-गरम समोसे भी खिलाए। और फिर, हम लोगों से उसने कुछ झिझकते हुए एक वादा भी ले लिया कि यह मार-पीट वाली बात हम लोग कालेज में किसी को भी नहीं बताएँगे।

हम दोनों ने भी उसे यह कह कर आश्वस्त किया कि अब किसी को कुछ भी बताने का सवाल ही नहीं उठता, अब तो हम तीनों ही दोस्त हैं। एकदम पक्के दोस्त! आज से किसी के ऊपर अगर किसी तरह की भी मुसीबत आई तो जान देने से भी पीछे नहीं हटेंगे। हरेक मुसीबत का तीनों मिल कर सामना करेंगे। इस बात से हम तीनों को ही बहुत बल मिला। और हम तीनों का एक मिनी गैंग तैयार हो गया।

(13)

लेकिन उस दिन पिटने के बाद शंकर ने समझ लिया था कि वह कमज़ोर है। दो-तीन आदमियों से एक साथ मुक़ाबला नहीं कर सकता है। मोहल्ले और स्कूल का दादा बनने के लिए तो उसे तगड़ा बनना ही पड़ेगा। उस दिन से ही वह खूब कसरत-वसरत करने लगा। पागलों की तरह सुबह-सुबह नेहरू पार्क में घंटों दौड़ता रहता। सरसों के तेल से अपने शरीर की मालिश करके सौ-सौ दण्ड-बैठकें लगा जाता। हाथ मजबूत करने के लिए जब-तब दीवाल पर घूँसे मारा करता। दो ईटों को फ़ासले पर रख कर, उसके ऊपर एक ईट और रख कर हथेली के एक ही बार से उसे तोड़ने का अभ्यास करता। एक मोटे डंडे के दोनों ओर चार-चार ईटें बाँध कर वेट लिफ्टिंग का सामान भी उसने तैयार कर लिया था।

कालेज के लड़के उसका यह तमाशा देख कर हँसते और सोचते कि यह शंकर को अचानक हो क्या गया है? पगला गया है साला? पर असलियत तो केवल हम दोनों को ही पता थी। और हम लोग किसी को बताने वालों में से नहीं थे, क्योंकि शंकर भी अब हम लोगों के ही गैंग का आदमी था। एक दिन शंकर अचानक मुझसे बोला, 'यार अंकित, इतना सब कुछ करके भी मेरा शरीर नहीं बन रहा है। थोड़ी हैल्थ बन जाए तो जरा दूसरों पर रौब पड़े।'

मैंने कहा, 'ठीक-ठाक तो है और कितना शरीर बनाएगा? पहलवानी करनी है क्या?'

वह बोला, 'नहीं यार....बस ज़रा-सा तगड़ा हो जाता। थोड़ी मसल्स वग़ैरह बन जाती। इतनी कसरत करता हूँ फिर भी शरीर सौलिड नहीं हो रहा है।'

मैंने कहा, 'तो क्या तगड़े होने के लिए केवल कसरत क़रना ही सब कुछ है?'

'तो फिर?'

'पीने के लिए दूध भी तो चाहिए और खाने के लिए धी-बादाम का हलुवा।'

'दूध तो मैं पीता हूँ।'

'कितना?'

'सोते समय एक गिलास पीता हूँ।'

'कसरत-वसरत करने वाले को कम-से-कम दिन भर में एक किलो दूध तो पीना ही चाहिए। एक गिलास दूध से क्या होता होगा? यह तो जा कर तेरी आँतों में ही चिपक जाता होगा।' मैने अपनी समझ के अनुसार उसे राय दी। फिर मैंने उसे दारासिंह की खुराक के बारे में बताया, जो कि मैंने दो-चार दिन पहले ही किसी पत्रिका में पढ रखी थी, जिस में दारासिंह का इंटरव्यू छपा था।

वह चुपचाप मेरी बात सुनता रहा। मेरी राय जान कर वह थोड़ा सोच में पड़ गया। वैसे उसे मेरी बात एकदम सही लगी थी। वह कुछ दिन बुझा-बुझा सा रहा। एकदम ख़ामोश-ख़ामोश सा।

फिर कुछ दिन बाद वह पहले से भी अधिक खुश दिखने लगा। दरअसल उसने एक तरक़ीब भिड़ा कर इस सबकी व्यवस्था कर ही ली। बादाम वह अपनी परचून की दुकान से चुराकर लाने लगा। बादाम ही क्यों, छुआरे, किसमिस, मुनक्के, काजू आदि जो भी उसके पल्ले पड़ जाते, मौका मिलते ही जेबों में भर कर ले आता या चुपचाप सबकी नज़र बचा कर वहीं खा लेता। फिर दूध के लिए भी उसने एक नायाब तरक़ीब निकाली थी। यह उसकी एकदम मौलिक जुगाड़ थी।

हमारे मोहल्ले में उन दिनों कई दूधवाले आते थे। वे साइकिल के कैरियर के दोनों तरफ बड़े-बड़े डिब्बे बाँधे रहते थे। उनमें से कुछ दूधिए अपनी साइकिल शंकर के चबूतरे पर टिका कर, डिब्बे से बाल्टी में दूध भर कर, अंदर गलियों में देने जाते थे। इस काम के लिए उन्हें थोड़ा समय तो लग ही जाता था। बस उसी समय का शंकर फायदा उठा लेता। वह गिलास लिए तैयार रहता था। दूधियों के गलियों में ओझल होते ही वह फटाफट उनके डिब्बे का ढक्कन खोलता और दो-तीन गिलास दूध गटागट पी लेता। इस मौलिक कार्य के लिए उसे मुश्किल से पाँच-दस मिनट लगते थे।

(14)

आज इतने दिनों बाद सर को देख कर जैसे सभी कुछ याद आ रहा था। और सर भी भला कैसे उन दिनों की बातें भूल सकते थे। मेरे मन में आया भी कि सर से एक बार पूछूँ कि विष्णु अब कहाँ है? नूतन तो विष्णु के साथ शादी करके बहुत खुश होगी? आज वे दोनों किसीं बड़े से शहर में आराम की ज़िदगी जी रहे होंगे? और शंकर की याद तो होगी न उन्हें? पर एकाएक ये सब बातें मुझे यूँ अचानक उनसे पूछना भला नहीं जान पड़ा। पर उस दिन सर से मिल कर रोशनपुर से जुड़ी वे पुरानी यादें एकाएक जीवंत हो उठी थीं। इसीलिए जब मुझे इतने सालों के बाद एकाएक शंकर का पत्र मिला तो मैं खुद को रोशनपुर जाने से रोक नहीं पाया था।

उन दिनों विष्णु हमारे क्लास का सबसे होशियार लड़का हुआ करता था। एकदम से जीनियस। प्रकाशनारायण सर भी उसको खूब मानते थे। उससे ट्यूशन पढ़ाने के पैसे भी नहीं लेते थे। उन्होंने शायद स्कूल में भी उसकी फ़ीस माफ़ करवा रखी थी। जब विष्णु मात्र पाँच साल का था तभी उसके पिता जी का देहांत हो गया था। उसकी माँ ने ही उसे किसी तरह औरों के यहाँ काम कर-कर के पाला-पोसा था। बेचारी विधवा का वही तो एक मात्र आसरा था। विष्णु भी चाहता था कि जल्दी-से-जल्दी वह पढ़-लिख कर इस क़ाबिल हो जाए की अपनी माँ का सहारा बने। इसीलिए वह खूब डट कर मेहनत करता। पढ़ाई में रात-दिन एक किए रहता। उसका दिमाग भी काफ़ी तेज़ था। एक बार वह जो कुछ भी मन लगा कर पढ़ लेता उसे याद हो जाता था। हर क्लास में वही टॉप करता। सर कहते, 'वाह रे विष्णु, वाह! तुमने तो दिल ही खुश कर दिया। देखना एक दिन तुम इस कालेज का ही नहीं, इस शहर और देश का भी नाम रोशन करोगे। मुझे तुम पर नाज़ होता है, विष्णु। तुम जैसे शिष्य पर ही तो गुरुजनों को अभिमान होता है।'

सुन कर विष्णु खुशी से फूला नहीं समाता। झट से सर के पैर छू कर कहता, 'सब आपका ही आशीर्वाद है, सर।'

सर उसके सिर पर हाथ रखते हुए कहते, 'खुश रहो, बेटा। भगवान तुम्हारा कल्याण करें। जीवन में खूब तरक्की करो। कभी किसी चीज़ की आवश्यकता हो तो संकोच मत करना। मैं नहीं चाहता कि आर्थिक तंगी के कारण तुम्हारी पढ़ाई में कोई व्यवधान आए।'

विष्णु विनीत बन उनके सामने सिर झुकाए खड़ा रहता।

तब हम लोग हाईस्कूल में आए ही थे। हम सभी लोग साइंस के स्टूडेंट थे। हाईस्कूल की इतनी मोटी-मोटी किताबें देख कर हम लोगों के होश फ़ाख्ता हो रहे थे। क्लास में पढ़ाते-पढ़ाते अचानक सर पूछने लगते, 'अच्छा बताओ तो सोडियम का टुकड़ा जब जल में डाला जाता है तो क्या रासायनिक क्रिया होती है?'

सारे क्लास को जैसे साँप सूँघ जाता। हम सब लोग उल्लुओं की तरह एक-दूसरे का मुँह देखने लगते। कोई भी लड़का बताने के लिए खड़ा नहीं होता कि सोडियम का टुकड़ा जब जल में डाला जाता है तो क्या होता है?

सर कहते, 'अच्छा तो तुम बताओ, रमेश! चलो बताओ?'

रमेश अपनी जगह पर खड़ा हो जाता। वह कुछ बताने की कोशिश करता तो मारे घबड़ाहट के हकलाने लगता। उसे जो कुछ पता होता वह भी भूल जाता। बस बेवकूफों की तरह चुपचाप खड़ा रहता। शंकर तब भी शरारत करने से नहीं चूकता। काग़ज़ का गोला बना कर पीछे से उसके ऊपर फेंकता रहता। पर रमेश बेचारा टीचर के डर से कुछ बोल नहीं पाता। हैरान-परेशान सा ख़ामोश खड़ा रहता।

फिर सर मुझ से पूछते, 'चलो तुम्हीं बताओ, अंकित। तुम तो इन सब आवारा लड़कों के लीडर हो? सुना है तुमने एक गैंग बना रखा है?'

मैं कहता, 'नहीं तो सर?'

सर कहते, 'अरे हमें सब मालूम है, गुरू! तुम सब आवारा लड़कों की एक-एक हरकत की ख़बर मेरे पास पहुँचती रहती है। तुम्हारे पिताजी तो जिला अस्पताल में सीनियर फिजीशिन हैं? भाई ज़रा उनका ही ख़्याल कर लिया करो। बेचारे डॉक्टर साहब कितने भले आदमी है! उनकी तरह तुम भी डॉक्टर बनने की सोचो। इन आवारा लड़कों के चक्कर में पड़ने से कोई फ़ायदा नहीं है। चलो, चलो बताओ....सोडियम का टुकड़ा जब जल में डाला जाता है तो क्या रासायनिक क्रिया होती है?'

मैं भी खड़े होकर बगलें झाँकने लगता। मैं ही पढ़ाई-लिखाई में कौन-सा बड़ा तीसमारखाँ था। पढ़ने में अगर होशियार ही होता तो क्या दिन भर इन आवारा लड़कों के साथ शहर भर में घूमता फिरता।

मैं ही क्यों? शंकर, प्रकाश, रमेश, पंकज, परेश, स्वदेश आदि कोई भी इस प्रश्न का उत्तर ठीक-ठीक नहीं दे पाता। सब लोग मुँह नीचा किए चुपचाप बैठे रहते या फिर कनखियों से एक-दूसरे को देख कर बेशर्मी से मुस्कराते रहते। शर्म कैसी? जब हम सब एक से ही थे? हमाम में जब सब ही नंगे हों तो भला कपड़ों की चिंता किसे रहती है। उन दिनों यही हाल हम लोगों का भी था।

तब अंत में सर कहते, 'अच्छा तो विष्णु बेटा, अब तुम ही बताओ। यह सब तो डफर हैं-निरे गधे! इन्हें तो पढ़ने-लिखने से कोई मतलब ही नहीं है। बस तफ़रीह करने के लिए कालेज चले आते हैं। हम अध्यापकों पर अहसान करने के लिए।'

विष्णु पूरे आत्मविश्वास से खड़ा होकर सब-का-सब बता देता। एकदम बिल्कुल सही-सही। कहता, 'सर, सोडियम का टुकड़ा जब पानी में डाला जाता है तो सोडियम हाइड्रॉक्साइड बनता है और हाइड्रोजन गैस बाहर निकलती है।'

हम सब लोग अवाक् होकर उसकी तरफ देखते रहते। वाह! कैसा ब्रिलिएंट लड़का है? सर भी उसका उत्तर सुन कर जैसे निहाल हो जाते। संतुष्ट होकर उसको शाबासी देते हुए हम सबसे कहते, 'देखो, बेवकूफों! एक यह भी तो लड़का है। सारा-कि-सारा एकदम सही बतलाया इसने। इसे मैं अलग से तो पढ़ा कर नहीं आता हूँ। तुम लोगों के तो दिमाग में एकदम गोबर भरा है, गोबर! समझे न तुम लोग? गैग बना कर घूमोगे तो और होगा भी क्या?'

फिर उस पूरे पीरियड हम लोग मुर्गा बने रहते और एक-दूसरे की तरफ देख कर बेशर्मी से मुस्कराते रहते। इस विष्णु के मारे ही हमें यह सब ज़लालत झेलनी पड़ती थी। उस दिन वाकई हमें इस विष्णु से जलन-सी होने लगती। इसका इतना होशियार होना हम लोगों को खलने लगता। अपनी प्रशंसा किसे अच्छी नहीं लगती है। विष्णु के सामने हमें मुर्गा बनना पड़ता। यह तो हम लोगों के लिए चल्लू भर पानी में डूब मरने की बात थी। उस दिन न जाने क्यों हम लोग अपने आप पर शर्मिंदा हो उठते। हमाम में यह जो एक कपड़े पहने घुस आया था न। उस दिन शर्म के मारे हम लोग विष्णु के सामने सिर ही नहीं उठा पाते। इतनी बेइज़्ज़ती लगती कि आँखों से आँसू निकलने लगते। मन-ही-मन हम लोग भी प्रतिज्ञा करते कि आगे से मन लगा कर पढ़ेंगे और इस साले विष्णु के बच्चे को भी दिखा देंगे कि हम भी कुछ कम नहीं हैं। पतंगबाजी करना, गिल्ली-डंडा खेलना, कंचें खेलना और इधर-उधर जा कर अड्डेबाजी करना भी छोड़ देंगे। फिर कुछ दिन तक हम लोग सुबह-सुबह उठते भी। टाइम-टेबुल बना कर पढ़ना शुरू भी करते। लेकिन अन्त तक यह सब कुछ चल नहीं पाता। पढ़ाई-लिखाई में विष्णु का मुक़ाबला हम लोग कभी भी नहीं कर पाए। हर क्लास में वही हमारा आदर्श रहा। अगर वही विष्णु एक दिन ऐसा काण्ड न कर बैठता तो शायद आज भी वही हम रोशनपुर के लड़कों का आदर्श होता।

कहते हैं कि बचपन एकदम कच्ची मिट्टी-सा होता है। उसे ठोक-पीट कर जिस तरह गढ़ दिया जाता है फिर अन्त तक वह उसी प्रकार रहता है। तभी तो हम लोग बच्चों को अच्छे संस्कार देते

हैं। उन्हें महापुरुषों की कहानियाँ सुनाते हैं। बचपन से ही बच्चों को सिखाया जाता है कि चोरी करना बुरी आदत है। झूठ बोलना गंदी बात है। बचपन में ही तो बच्चों के दिमाग में अच्छे बीज रोप देने से ही तो वह एक दिन अच्छा इंसान बन पाता है।

उन दिनों तो सब लोग यही कहते-देखो विष्णु कितना अच्छा लड़का है। कभी भी झूठ नहीं बोलता है। बड़े-बूढ़ों और गुरुजनों का कितना मान-सम्मान करता है। आज तक किसी ने उसे लड़ाई-झगड़ा करते नहीं देखा था। सभी अध्यापक उसे बहुत मानते थे, प्यार करते थे। कहते, विष्णु जैसे लड़के ही तो अन्त में कालेज का नाम रोशन करते हैं। और कालेज का ही क्यों, ऐसे ही लड़के अपने शहर और देश का भी नाम रोशन करते हैं। ऐसे ही होशियार लड़कों को सरकार छात्रवृत्ति देती है। पढ़ने के लिए विदेश भी भेजती है। यही लड़के तो देश के भाग्य-विधाता होते हैं।

हम लोग कभी-कभी बड़ी उत्सुक्ता से उससे पूछते, 'विष्णु देखो, बिल्कुल सही-सही बताना कि तुम रोज कितने घंटे पढ़ते हो? सारी रात जाग कर पढ़ते हो?'

विष्णु कहता, 'नहीं तो? केवल चार घंटे ही तो पढ़ पाता हूँ।'

'केवल चार घंटे?' सुन कर हम लोग हैरान रह जाते थे। हम लोग तो छः-छः घंटे पढ़ कर भी कभी विष्णु की बराबरी नहीं कर पाते थे। हमे तो हर अध्यापक हमेशा नालायक ही सिद्ध करने पर तुला रहता था। स्कूल-कालेज में न तो हमें कभी कोई इज़्ज़त मिली न ही कोई पुरस्कार। बस किसी तरह घिसट-घिसट कर एक-एक क्लास आगे बढ़ते गए। वाह! यह भी कोई सम्मान की बात थी!

उस दिन विष्णु हम लोगों को इतना हैरान देख कर बोला, 'हाँ, बाकी समय मुझे ट्यूशनें भी तो पढ़ानी पढ़ती हैं।'

'ट्यूशनें? वह क्यों, विष्णु?' हम लोगों को सुन कर और भी हैरानी हुई। लो, विष्णु ट्यूशनें भी पढ़ाता है। यह बात तो हम लोगों को मालूम ही नहीं थी।

'हाँ, मुझे कुछ छोटे बच्चों को ट्यूशनें भी पढ़ाना पढ़ता है। ट्यूशन न पढ़ाऊँ तो भला मेरा काम कैसे चले? घर-गृहस्थी का ख़र्चा भी तो इतना है। मँहगाई भी तो लगातार बढ़ती जा रही है। माँ आख़िर कितना काम करें। उनका हाथ बँटाने के लिए मैंने भी कुछ ट्यूशनें पढ़ानी शुरु कर दी हैं। तुम लोगों की तरह पिता का साया तो मेरे ऊपर है नहीं।'

कहते-कहते विष्णु उदास-सा हो गया। ऐसा लगा कि उसकी आँखों में आँसू आ गये हों।

तब सचमुच हम लोगों को भी बहुत बुरा लगा।

हमने लोगों ने पुछा, 'इससे तो तेरी पढ़ाई का बड़ा हर्ज होता होगा न, विष्णु? फिर तुझे अपनी पढ़ाई के लिए अधिक समय कहाँ मिलता होगा? तुझे तो इस साल भी टॉप करना है, विष्णु।'

विष्णु ने कहा, 'क्यों, चार घंटे मन लगा कर पढ़ना भी क्या कम होता है?'

'लेकिन हम लोग तो आठ-आठ घंटे पढ़ कर भी कभी बहुत अच्छे नंबर नहीं ला पाए। हमें तो जब-तब क्लास में मुर्गा भी बनना पढ़ता है। मैथ और फ़िज़िक्स के सवाल तो हमारी खोपड़ी में आसानी से घुसते ही नहीं हैं।'

'नहीं, इतना पढ़ने की भी क्या ज़रूरत है? दरअसल पढ़ने से अधिक आदमी को मनन करना चाहिए।' विष्णु ने जैसे उस दिन एक नई बात बताई। एकदम रहस्य की बात। किसी पहुँचे हुए साधु-संत जैसी बात।

'मनन? मनन क्या?' हम में से कई लोगों ने पूछा। यह किस चिड़िया का नाम है, हम में से कोई नहीं जानता था। यह पढ़ने-लिखने की क्या कोई चमत्कारिक पद्यति है, या कोई मंत्र? यह भी हम में से कोई नहीं जानता था।

हमारी बात सुन कर विष्णु हँस दिया।

'मनन का मतलब याद किए हुए विषय को मन-ही-मन में तब तक दोहराते रहना जब तक कि वह तुम्हारे मन में न बैठ जाए। याद की हुई चीज़ को देखना कि वह ढंग से याद हुई या नहीं। पढने के बाद हरेक चीज़ पर विचार करना चाहिए। हर विषय की गहराई तक जाना चाहिए। केवल रट लेने से कुछ भी नहीं होता है। एक बार यदि कोई बात मन में जम कर बैठ गई तो फिर वह ज़िंदगी भर कभी भूलती नहीं है। इसी को मनन कहते है।'

उसकी बातें सुन कर हम सभी को बहुत ही आश्चर्य हुआ। हम हतप्रभ होकर विष्णु की सारी बातें सुनते रहे। वाह रे, यह अपना विष्णु तो बहुत ही गुरु-घंटाल है! कैसे साधु-संतों की तरह उपदेश देता है। विष्णु इतना अधिक बुद्धिमान है, यह बात उसी दिन हम लोग ठीक तरह से समझ पाए थे।

एकाएक मैंने उस से पुछा, 'अच्छा विष्णु, तुम तो बहुत होशियार हो, बड़े होकर तुम क्या बनोगे? इंजीनियर? डॉक्टर?'

विष्णु कहता, 'धत्! डॉक्टर, इंजीनियर बनना क्या बड़ी बात है? यह सब तो बहुत ही मामूली चीज़ें हैं।'

मामूली चीज़ें? विष्णु की बातें सुन कर हम सब लोगों को बहुत हैरानी हुई। अपने बच्चों को यही सब बनाने के लिए ही तो हरेक माँ-बाप सपने देखता है। लेकिन अपने विष्णु को यह सब मामूली बातें लगती थीं। उसकी बातें सुन कर हम सब को घोर आश्चर्य हुआ। हममें से ही कोई पूछ बैठा, 'फिर, फिर तुम क्या बनोगे, विष्णु? एक्टर या राजनेता?'

'इससे भी बड़ी चीज़ें हैं।'

'वह क्या?' हम सब लोग उत्सुक्ता होती।

'वैज्ञानिक बनना। वैज्ञानिक बन कर किसी नई चीज़ की खोज करना, जिससे मानव समाज का कल्याण हो। देखो न्यूटन, आइंस्टीन आदि वैज्ञानिकों ने कितनी बड़ी-बड़ी खोज़ें कीं और हमेशा के लिए अमर हो गए। आई. ए. एस. अफसर बन कर अपने देश की सेवा करना भी बड़ा काम है। डी. एम. बन कर सारे जिले की ज़िम्मेदारी सँभालना भी महत्वपूर्ण काम है। लेकिन भाई इससे भी बड़ी एक चीज़ है....' कह कर विष्णु एकाएक गंभीर हो गया।

हम लोग दम साधे उसकी बातें सुन रहे थे। उसका एकाएक यूँ रुक जाना हम लोगों को खल गया। मैंने ही पूछा, 'वह क्या विष्णु ? बताओ न ?'

वह बोला, 'सबसे बड़ी चीज़ है आदमी का जीवन भर इंसान बने रहना। रुपए-पैसे आ जाने पर अपने मार्ग से भटक न जाना। जिस आदमी में इंसानियत नहीं वह आदमी तो निरा जानवर है।'

उसकी बातें सुन कर हम लोग और भी हैरान रह गये। वाह रे विष्णु, वाह! अभी से इतनी बड़ी-बड़ी बातें करने लगा है। कितना बोझ है इस बेचारे पर। घर का ख़र्च चलाने के लिए ट्यूशनें तक करनी पड़ती हैं। बेचारे को पढ़ने के लिए समय ही कहाँ मिलता होगा। देखो तो इतनी कठिनाइयाँ सहते हुए भी अपनी क्लास में हमेशा फर्स्ट आता है। हम लोग तो पढ़ाई-लिखाई में कभी भी उसका मुक़ाबला कर ही नहीं पाए। हम लोगों के ऊपर ज़िम्मेदारी ही क्या थी, भरपेट खाना और दिन भर इधर-उधर मटरगस्ती करते फिरना। मन हुआ तो थोड़ा बहुत पढ़-लिख लेना और रात होते ही घोड़े बेच कर सो जाना। हमारे अध्यापक सचमुच ठीक ही कहते थे, हम लोग सचमुच गधे थे। पढ़ाई-लिखाई में एकदम निकम्मे। इसमें बुरा मानने की ज़रा-सी भी बात नहीं थी। अगर पढ़ाई-लिखाई में इतने खराब न होते तो क्यों क्लास में रोज़-रोज़ मुर्गा बनना पड़ता। हम लोग वाकई बड़े ढीठ थे। क्लास में इतना अपमान सह कर भी सिर उठाए गर्व से घूमा करते थे। शरारतें करने से बाज ही नहीं आते।

लेकिन उस दिन विष्णु की बातें सुन कर हमको उस से सहानुभूति हो आई थी। आत्मग्लानि भी हुई। पर कुछ ऐसे भी लड़के थे जो उस से ईर्ष्या करने लगे। हरेक व्यक्ति भला एक जैसा सोच सकता है,अगर ऐसा होता तो फिर दुनिया में इतना झंझट ही किस बात का ?

ख़ैर, ये सब तो बहुत बाद की बातें हैं। जब हम लोग ज़िंदगी के बारे में थोड़ा बहुत समझने-बूझने लगे थे। बातें तो एक-एक करके घटित हुई थीं। उन्हें अगर सिलसिलेवार न बताया जाए तो आप सब लोग मेरी बात को ढंग से समझ ही कहाँ पाएँगे ? फिर आपको मेरी यह कहानी पढ़ने में दिलचस्पी ही क्यों रहेगी ?

(15)

भवानी कूँचा में आज भी वह दो मंजिला मकान स्थित है। उसकी हरेक मंजिल पर आज भी पाँच-पाँच कमरे सही-सलामत हैं। उस समय उसकी ऊपर वाली मंजिल पर उस मकान का

मालिक राजन गंगवार सपरिवार रहता था। मकान के नीचे की मंजिल के तीन कमरे उसने किराए पर उठा दिए थे। किराएदार थे-दयानंद इंटर कालेज के प्राध्यापक, प्रकाशनारायण।

बहुत पहले जब सन् 1956 में प्रकाशनारायण इस रोशनपुर शहर के दयानंद इंटर कॉलेज में नौकरी करने आए थे, तब उन्होंने यह मकान किराए पर लिया था। किराया था मात्र बीस रुपए महीना। तब सस्ते का जमाना था। हरेक वस्तु सस्ती थी। गेहूँ एक रुपए के 5 सेर मिल जाते थे। घी चार रुपए सेर था। सोना 150 रुपए तोला था। तब लड़की की शादी 3-4 हजार रुपयों में मज़े से हो जाती थी। लेकिन तब वेतन भी तो बहुत कम था। इंटर कालेज के अध्यापक तक की नौकरी उस समय बहुत गिरी-पड़ी समझी जाती थी। जब प्रकाशनारायण इस दयानंद इंटर कालेज में पढ़ाने आए थे; उस समय उन्हें केवल सौ रुपए महीना वेतन मिला करता था। फिर कुछ दिनों बाद वेतन बढ़ कर 150 रुपए महीना हो गया। धीरे-धीरे करके रोशनपुर की आबादी बढ़ती गई। जहाँ पहले गेहूँ-सरसों-मक्के-गन्ने आदि के खेत लहलहाते थे, वहाँ थोड़े बहुत मकान बनना शुरू हुए; फिर एक दिन बस्ती-ही-बस्ती ही नज़र आने लगी। रुपयों की कीमत धीरे-धीरे घटती गई। हरेक वस्तु के दाम धीरे-धीरे बढ़ने लगे। एक दिन मँहगाई इतनी बढ़ गई कि लोग कहने लगे-ओह बाप रे.....कितनी कमरतोड़ मँहगाई बढ़ रही है! ईमानदार और शरीफ़ आदमी का तो इस युग में जीना ही मुश्किल होता जा रहा है। ऐसा ही चलता रहा तो भला क्या कांग्रेस फिर से सत्ता में आ पाएगी? बेचारे गरीब लोग क्या खा कर जिंदा रहेंगे? सभी कुछ तो मँहगा होता जा रहा है।

एक सज्जन रोज़-रोज़ दुकानदार से घी के कनस्तर के दाम पूछ जाते। घी ही क्यों, अन्य चीज़ों के दाम भी-गेहूँ के, चावल के, दाल के, चीनी के, घड़ी के, सोने के, चाँदी के, स्कूटर के, और न जाने किस-किस के दाम भी वे पूछते रहते। हर दिन दाम बढ़ते ही जाते। दुकानदार कहता, 'परेशान क्यों होते हैं, बाबू जी! आपको क्या मैं जानता नहीं हूँ। ले लीजिएगा, जितना लेना हो। आप से ठीक-ठाक दाम ले लूँगा। मेरा लड़का तो आपके यहाँ ही ट्यूशन पढ़ता है। आपसे भी भला क्या अधिक पैसे लूँगा? गुरुजनों से अधिक पैसे लेकर क्या मुझे नरक में जाना है?'

वे सज्जन कहते, 'दरअसल मेरी लड़की की शादी होने वाली है, इसीलिए ज़रा पूछताछ कर रहा था। सारा बजट बनाना पड़ेगा न?'

बेचारों के तीन-तीन लड़कियाँ थीं। बड़ी लड़की शादी लायक हो रही थी। सुयोग्य वर की खोज में लगे थे। लेकिन वर मिलने से पहले ही ज़रा शादी का बजट बना लेना चाहते थे। पर वे बार-बार बजट बनाते और बार-बार चीज़ें मँहगी होती जातीं। वे कभी-कभी बड़बड़ाने लगते-हे भगवान! इतनी मँहगाई! देखना इस बार कांग्रेस जीतेगी नहीं। अँधेर कर रखा है भई इस कांग्रेस सरकार ने।'

दुकानदार कहता, 'ओह, तो बिटिया रानी की शादी है! इसी सहालग में करेंगे न? आप लिस्ट पकड़ा दीजिएगा, सब सामान घर पहुँच जाएगा जी। एकदम वाजिब दाम लगाएँगे, बिल्कुल थोक

रेट। सामान में कोई भी कमी निकल आए तो सारा-का -सारा सामान फ्री छोड़ देंगे। बस आप हुक्म कीजिए, मास्टर साहब ?'

वे सज्जन कहते, 'हाँ....हाँ....बताऊँगा, हीरालालजी, ज़रा शादी की डेट तो फ़िक्स होने दीजिए।'

वे चलने को होते तो दुकानदार कहता, 'ज़रा मेरे लड़के का भी ख़्याल रखिएगा, मास्टर साहब, आपके यहाँ ही ट्यूशन पढ़ता है। आपकी कृपा हो जाएगी तो कुछ पढ़-लिख जाएगा।'

वे कहते, 'हाँ...हाँ....क्यों नहीं, आपका लड़का तो पढ़ने-लिखने में ठीक-ठाक है। मेहनत करेगा तो देखना अच्छे नम्बरों से निकल जाएगा इस साल।'

दुकानदार अभी और भी बहुत कुछ कहता पर वे वहाँ से निकल भागते और फिर कई दिनों तक उस तरफ जाते ही नहीं। हरेक वस्तु के दाम सुन-सुन कर उनका सिर चकराने लगता था।

तो जिस तरह से मँहगाई बढ़ रही थी; दाल, चावल, गेहूँ, सोना, चाँदी आदि के दाम बढ़ रहे थे; उसी तरह से जमीन के दाम भी बढ़ने लगे थे। मकान का किराया भी साल-दर-साल बढ़ता जा रहा था। लेकिन इतने सालों बाद भी प्रकाशनारायण मकान का किराया मात्र बीस रुपए ही दे रहे थे। कई बार मकान मालिक ने उनसे किराया बढ़ाने के लिए कहा। लेकिन उन्होंने नहीं बढ़ाया। बोले-ऐसा कोई नियम-क़ायदा नहीं है, जो तुम किराया बढ़ा सको। इसी बात को लेकर उनका कई बार मकान मालिक से झगड़ा भी हो चुका था। हम लोगों ने भी सर का ही पक्ष लिया था।

शंकर बोला, 'सर, छोड़िएगा मत आप यह मकान, देखेंगे साला कैसे आप से ख़ाली करवा लेता है। आप किराया हरगिज़ मत बढ़ाइएगा।'

सर बोले, 'लेकिन वह तो भाई धमकी दे रहा है। अगर गुंडों-वुंडों को मेरे पीछे लगवा दिया या मेरा सारा सामान ही घर से बाहर निकलवा कर फिंकवा दिया तो भला मैं शरीफ़ आदमी क्या कर लूँगा ? अकेला आदमी जो ठहरा। यहाँ तो परदेशी ही हूँ।'

शंकर बोला, 'सर, उसकी ऐसी मजाल कहाँ कि मेरे होते हुए वह आपको हाथ भी लगा जाए। रोशनपुर का दादा है क्या ? फिर आप अकेले कहाँ हैं, सर ? हम सब लोग भी तो आपके साथ हैं।'

सर बोले, 'वह तो है ही। तुम सब लोगों का सचमुच बड़ा आसरा है भाई। लेकिन फिर भी मुझसे बिना पूछे उससे लड़ाई-झगड़ा मत कर बैठना। क्या फ़ायदा कि फिर बाद में कोर्ट-कचहरी के चक्कर काटते फिरें ? हम तो चाहते हैं भाई, कि लड़ाई-झगड़ा किए बिना ही काम चल जाए। मार-पीट करने से क्या फ़ायदा ? यह कोई शरीफ़ों का काम थोड़े ही है। बस उसके मन में किसी तरह थोड़ा-सा भय बैठ जाए, यही बहुत है।'

हम लोगों ने कहा, 'सर, आप बिल्कुल निश्चिंत रहिए। जैसा आप चाहते हैं ठीक वैसा ही होगा। साले के मन में इतना डर बिठा देंगे कि उसकी आप से आँख मिला कर बात करने तक की हिम्मत नहीं पडेगी, मकान ख़ाली करवाने की बात तो छोड़ ही दीजिए।'

सर बोले, 'हाँ भाई, मैं भी तो यही चाहता हूँ। भय बिन होए न प्रीति। समझे?'

शंकर बोला, 'हाँ, समझ गए, सर।'

फिर हम लोगों ने ऐसा ही किया। सर के मकान मालिक को एक दिन सड़क पर सरेबाज़ार इस तरह से समझा दिया कि उसकी तो बोलती ही बंद हो गई। बीच सड़क पर हम लोगों ने उसके चपत्तें मारीं, केवल चपत्तें। फिर उसे प्यार से समझाया भी, 'देख साले, सर को आराम से रहने दे और खुद भी आराम से रह। वे बेचारे बहुत सीधे-साधे आदमी हैं। तीन-तीन लड़कियाँ हैं उनके। परदेश में शराफ़त से रह रहें हैं तो तुम उनको बेकार में ही परेशान किए जा रहे हो। उन्हें अकेला समझ रखा है क्या?'

बीच रास्ते में इस तरह अपमानित होने से राजन गंगवार एकदम से बौखला गया। खिसिया कर बोला, 'परेशान मैं कर रहा हूँ कि वे मुझे कर रहे हैं। एक तो मेरा मकान ख़ाली नहीं कर रहे हैं, ऊपर से तुम लोगों को भडका रहे हैं। गुंडा-गर्दी है?'

शंकर बोला, 'तब तुमने किराए पर मकान उठाया ही क्यों था?'

वह बोला, 'वाह, यह भी कोई बात हुई। मेरी इच्छा थी तब उठाया था, अब मुझे मकान की ज़रूरत है, इसलिए ख़ाली करवा रहे हैं। मैंने कोई उनका ज़िदगी भर का ठेका ले रखा है? और तुम होते कौन हो हम लोगों के बीच में बोलने वाले? वे क्या तुम्हारे बाप लगते हैं? पुलिस में रिपोर्ट करेंगे तो सारी दादागीरी भूल जाओगे।'

इतना सुनते ही शंकर तो गुस्से से आगबबूला हो गया। राजन गंगवार का कालर पकड़ते हुए बोला, 'पुलिस में रिपोर्ट करेगा? साले, अभी यहीं डंडा ठूँस दूँगा चूतड़ों में। पुलिस की धमकी देता है तू मुझे। चल, अभी थाने चल। चल, कर मेरी शिकायत। एफ.आई.आर. लिखा मेरी। आ चल। प्यार से समझा रहा हूँ तो मान ही नहीं रहा हैं हरामज़ादा। ये चाकू लेकर मुझे धमकाने आया है।' कहते हुए शंकर ने अपनी गोट से चाकू निकाल कर उसकी कोट की जेब में रख दिया और उसे थाने की तरफ धकियानें लगा। हम सब भी इस बात की गवाही देने के लिए उसके साथ थे। बेचारे राजन गंगवार के चेहरे पर हवाइयाँ उड़ने लगी। वह तो खुद ही फँसा जा रहा था। उसकी समझ में आ गया था कि इन लोगों से पंगा लेना ठीक नहीं है। कालेज के लौंडे हैं। कुछ भी कर सकते हैं। इन्हें आगे-पीछे की क्या चिंता? वह बेचारा हकला-हकला कर माफ़ी माँगने लगा।

शंकर बोला, 'ठीक है गंगवार, जाओ माफ़ किया, लेकिन इतना याद रखना अगर आगे से तुम ने कोई भी खुराफ़ात की तो मुझसे बुरा और कोई नहीं होगा। तुम्हारी लड़की बेला है न,

वही छम्मकछल्लो, जो खूब मटक-मटक कर कालेज जाती है, उसका घर से निकलना दूभर कर दूँगा। साली सारी उम्र घर में बैठी रहेगी।'

राजन गंगवार इतना अपमानित अपने जीवन में इससे पहले कभी भी नहीं हुआ था। उसने प्रकाशनारायण सर को धमकाना तो क्या उनसे किराया तक लेना बंद कर दिया और बाई पास पर एक प्लाट खरीद लिया। उसने मन-ही-मन सोच लिया था कि समय आने पर वह यह मकान किसी ऐसे दबंग आदमी को बेचेगा जो इस मास्टर को जूते मार-मार कर इस घर से निकाल बाहर करे। इस हरामी के लिए चाहें उसे इस मकान को मिट्टी के मोल ही क्यों न बेचना पड़े।

खैर, ये सब तो बहुत बाद की बातें हैं; अभी बताने से फायदा भी क्या?

प्रकाशनारायण सर जब इस मकान में सन् 1956 में नए-नए आए थे तब उनकी उम्र केवल 26 साल की थी। उस समय उनके अपने मकान मालिक से बहुत ही मधुर संबंध थे। राजन गंगवार ने कहा भी था, 'मास्टर साहब, आप परदेशी हैं तो क्या, हम सब लोग तो हैं। और फिर जिससे दिल जुड़ जाए वही अपना। आप यहाँ आराम से रहिए। किसी भी बात की चिंता करने की ज़रूरत नहीं है।' उस समय प्रकाशनारायण सर की नई-नई शादी हुई थी। अपनी नई-नवेली पत्नी तारा को लेकर वह इस मकान में आकर बसे थे। उनकी तीनों बेटियाँ नूतन, ममता और सुनीता तो इसी राजन गंगवार के मकान में ही पैदा हुई थीं। परदेश में एक अजनबी आदमी से इस तरह अपनत्व पाकर वे निहाल हो गए। उन्हें जैसे बहुत राहत-सी मिली। उस समय उनका वेतन बहुत ही कम था, केवल सौ रुपए। लेकिन वह इतने ही वेतन में अपनी पत्नी के साथ मस्त रहते थे। तब सस्ते का जमाना था। इतने कम रुपयों में भी उनका काम मज़े से चल जाता था।

इसी तरह समय बीतता गया। उनकी बड़ी बेटी नूतन का जन्म हुआ। तब उन्हें भविष्य की चिंता सताने लगी। तब तक वेतन बढ़ कर 150 रुपए हो गया था। पर अब उन्हें यह बहुत कम लगने लगा। धीरे-धीरे मँहगाई बढ़ती जा रही थी और इसी के साथ घर का ख़र्च भी बढ़ता जा रहा था। इसलिए उन्होंने इस किराए के घर के बाहर वाले कमरे को बैठक बनाया और उसमें ख़ाली समय में ट्यूशनें पढ़ानी शुरू कर दीं। उस समय उन्हें एक ट्यूशन पढ़ाने के 8-10 रुपए मिल जाते थे। ट्यूशन पढ़ाने से पहले उन्होंने राजन गंगवार से पूछा भी, 'इसमें आपको कोई आपत्ति तो नहीं है, गंगवार जी।'

राजन गंगवार भले आदमी थे। हँस कर बोले, 'नहीं....नहीं, इसमें भला मुझे क्या आपत्ति हो सकती है? यह तो एक भला काम है । रोशनपुर के बच्चे पढ़-लिख कर कुछ बन कर दिखाएँ, इससे अधिक खुशी की और क्या बात हो सकती है? फिर इससे आपको भी कुछ अतिरिक्त आमदनी होगी। आगे चल कर आपको अपनी बेटी की शादी भी तो करनी पड़ेगी। भला चार पैसे अभी से जमा नहीं करेंगे तो आगे चल कर इसका शादी-विवाह कैसे होगा? मैं वैसा मकान मालिक नहीं हूँ, प्रकाशनारायण जी, जो किराएदार की हरेक बात में मीन-मेख निकालते हैं। आप शौक़ से पढ़ाइए। आप शरीफ़ आदमी हैं। आपसे मुझे कोई दिक्कत नहीं है।'

लेकिन उस दिन राजन गंगवार ने भी कहाँ सोचा था कि यही शरीफ़ आदमी एक दिन उनके लिए सिरदर्द बन जाएगा। इसी आदमी के लिए उन्हें एक दिन बीच सड़क पर इतना अपमानित होना पड़ेगा। इतनी ज़िल्लत सहनी पड़ेगी।

उसी दिन से प्रकाशनारायण सर उस बैठक में बैठ कर सुबह से शाम तक ट्यूशनें पढ़ाने लगे। उस क़स्बेनुमा शहर के अमीर बच्चों को उनके घर में भी पढ़ाने जाया करते थे। सर को किसी भी क्लास के बच्चे को ट्यूशन पढ़ाने से एतराज नहीं था। वे छठे क्लास से लेकर इंटर तक के बच्चों को सब विषय पूरे अधिकार से पढ़ाते थे। यह उनकी एक अतरिक्त विशेषता ही थी। जल्दी ही उनके यहाँ ट्यूशन पढ़ने वाले बच्चों की भीड़ लगने लगी। जब एक ही टीचर सभी विषय पढ़ा दे तो भला कौन ऐसा बेवकूफ अभिभावक होगा जो अपने बच्चों की चार-चार ट्यूशनें लगवाता फिरे।

उसी बैठक में हम लोगों ने भी सर से ट्यूशनें पढ़-पढ़ कर एक दिन हाई स्कूल पास किया था। जब हम लोग इंटर में आए तो एक दिन एकाएक शंकर ने पूछा था, 'जानते हो भाई, इस रोशनपुर की सबसे खूबसूरत लड़की कौन-सी है?'

उस समय यह रोशनपुर छोटा-सा ही शहर था। एकदम क़स्बेनुमा। सब लोग एक-दूसरे को जानते थे। हम आवारा लड़कों को, जिनके कि अभी-अभी जवानी के पर निकले थे, रोशनपुर की एक-एक लड़की की जन्मकुंडली मालूम थी। हम लोगों में से किसी ने कहा, 'नीता! उसकी तो चाल ही ग़ज़ब की है। जब कालेज जाती है तो न जाने कितने लडके उसके पीछे-पीछे लगे रहते हैं।' तो कोई बोला, 'लाला रामभरोसे की लड़की मालती बहुत ही खूबसूरत है।' रमेश ने भी अपनी राय देते हुए कहा, 'नहीं, वह मंदिर के सामने वाले मकान में जो लड़की रहती है न! अरे वही रश्मि! वही इस क़स्बे की सबसे खूबसूरत लड़की है।'

किसी-किसी ने राजन गंगवार की लड़की बेला को भी सुंदर बताया था।

शंकर हँस कर बोला, 'हाँ...हाँ...तुम्हें तो लगेगी ही, फकाफक गोरी है न रश्मि, लगता है इसीलिए तुम्हारा दिल उस पर आ गया है। अब समझ में आया कि नुक्कड़ पर खड़े हो कर तुम किसे लाइन मारते हो। इसी रश्मि को न?'

शंकर की बात सुन कर हम सब हँसने लगे। अनायास अपनी चोरी पकड़े जाने पर रमेश झेंप-सा गया। तुनक कर बोला, 'लो तुमने पूछा था कि इस रोशनपुर की सबसे सुंदर लड़की कौन सी है? तो मैंने बता दिया। अब तुम लोग तो बाल की खाल निकालने लगे। मेरा उससे कोई लव-शव नहीं है। वह तो बस कभी-कभी स्कूल आते-जाते दिख जाती है, इसीलिए नज़र में थी।'

शंकर बोला, 'वह बात नहीं, साले, हमें तो तुम्हारी पसंद पर हँसी आ रही है। ख़ैर भाई, जब दिल लगा हो गधी से तो परी क्या चीज़ है?' और यह कह कर वह फिर 'हो...हो' करके हँसने लगा। अचानक राजकुमार के अंदाज में बोला, 'ख़ैर ज़ानी...हम तुम्हारी पसंद की कद्र करते हैं। तुम कहो तो उसी से तुम्हारी शादी करवा दें। क्या ख़्याल है दोस्तों?'

हम सब लोग उसकी इस अदा पर ठहाका मार कर हँस पड़े। चिढ़ कर रमेश बोला, 'तो भई, तुम्हीं बता दो, तुम्हारा दिल किस लड़की को देख कर धड़कने लगता है। कौन इस क़स्बे की अनिंद्य सुंदरी है? ज़रा तुम्हारा टेस्ट भी तो देखें। तुम्हें कौन-सी लड़की मिस रोशनपुर लगती है? इतने नख़रे करने की भी क्या जरूरत है? अब उगल ही दो उसका नाम जानी।'

हम सब लोग भी अवाक् थे कि आख़िरकार कौन सी लड़की मिस रोशनपुर है? नीता, बेला, मालती, रश्मि जैसी सुंदर लड़कियों को तो शंकर ने सुंदर लड़कियों में ही शुमार नहीं किया था तो सर्वांगसुंदरी की तो बात ही छोड़ो।

शंकर बोला, 'वैसे तो यह लड़कियाँ भी ठीक-ठाक हैं, इन पर भी ख़ाली समय में लाइन मारी जा सकती है। पर मैं तो सर्वांगसुंदरी की बात कर रहा हूँ। इनमें से कोई भी लड़की वैसी नहीं है। मिस रोशनपुर तो कोई और ही लड़की है । गैस करो तुम सब लोग? इतनी जल्दी हार मान गए?'

हम सब लोग उसकी बात सुन कर अवाक् थे। आख़िर कौन है सर्वांगसुंदरी! रमेश बोला, 'शहर की सभी सुन्दरियों के तो नाम गिना डाले हैं। अब क्या कोई आसमान से परी उतार के ले आएँ? तुम भी लगता है आज़कल बौरा गए हो?'

शंकर बोला, 'नहीं बता पा रहे हो तो हार मान लो। तुम लोग तो सदा आँखें बंद किए रहते हो। अपना यह रोशनपुर है ही कितना बड़ा? साला शहर काहे बात का, क़स्बा है, क़स्बा! तुम लोग ही बताओ कि क्या इनमें से कोई भी लड़की 'मिस रोशनपुर' बनने लायक है?'

सचमुच हम लोग नहीं समझ पा रहे थे कि इस क़स्बेनुमा शहर की कौन सी लड़की हमारी निगाहों से छिपी रह गई है, जो कि मिस रोशनपुर बनने लायक है। आख़िरकार हम सब लोगों ने हार मानते हुए कहा, 'हाँ भई, चल हम लोग हार मान लेते हैं। हम लोगों को तो रोशनपुर की जो लडकियाँ सुंदर लगीं, बता दीं। अब यह हूर की परी कौन है? कौन मिस रोशनपुर बनने लायक है? यह तो हम लोगों को नहीं मालूम। अब तू ही बता?'

शंकर बोला, 'तो मौसी के दुकान के समोसे रहे?'

हम लोगों ने कहा, 'हाँ रहे यार, अब ज़्यादा पका मत। चल अब तो बता? उगल दे जल्दी से, नहीं तो अभी तेरे पेट में दर्द होने लगेगा।'

शंकर बोला, 'तो सुनो, दोस्तों, इस शहर की ब्यूटीक्वीन अपनी नूतन है।'

'कौन नूतन?'

हम लोग एकाएक सोते से जाग उठे। हमें मालूम ही नहीं था कि वह कौन है और वह इसकी भी हो गई?

शंकर ठठाकर हँस पड़ा, 'वाह! तुम लोग तो यह भी नहीं जानते कि इस क़स्बे कि किस लड़की का नाम नूतन है। अब यह भी बताना पड़ेगा?'

मैंने पूछा, 'आख़िरकार है कौन यह लड़की? रोशनपुर में नई बसी है आकर?'

'अरे नहीं, यार, अपने सर की लड़की। यही, अपनी नूतन।'

सुन कर हम सभी लोग अवाक् रह गए। वाह, यह शंकर तो एकदम से छिपारुस्तम निकला भई। हम सब लोग तो अभी तक इसे शहर का सबसे बड़ा टपोरी ही समझते थे। पर उस दिन मानना पड़ा कि इसमें तो ग़ज़ब का सौंदर्यबोध भी है। दरअसल हम लोग बहुत छोटे से ही सर के यहाँ ट्यूशन पढ़ने जाया करते थे। तब सर की दोनों बेटियाँ भी छोटी थीं। यह तीसरी सुनीता तो जब हम लोग नवीं कक्षा में थे, तब मुश्किल से दो साल की ही होगी। नूतन ही केवल हमउम्र थी। और फिर धीरे-धीरे जैसे-जैसे हम लोग बड़े हुए, नूतन भी बड़ी हुईं। इस तरह हम सबका ध्यान उसकी तरफ कभी गया ही नहीं था। फिर हम लोग तो सोच भी नहीं सकते थे कि सर की बड़ी बेटी ही इस क़स्बे की अनिंद्य सुंदरी होगी। लेकिन उस दिन से हम लोग शंकर के सौंदर्यबोध के मुरीद हो गए और नूतन के प्रति भी हम लोगों का दृष्टिकोण एकदम से बदल गया। नूतन वास्तव में ही मिस रोशनपुर बनने लायक थी। ये सब लड़कियाँ तो जैसे उसके सौंदर्य के सामने पानी भरती थीं।

उस दिन शंकर ने एक और रहस्योद्घाटन कर डाला।

'तुम लोगों को पता है कि यह विष्णु, सर के घर के दिन में दस चक्कर क्यों लगाता है?'

हम लोगों ने कहा, 'वाह, क्या यह बात भी हम लोग नहीं जानते! विष्णु अपने क्लास का सबसे मेधावी छात्र है। उसने तो अभी से ही कंपटीशन की तैयारी शुरू कर दी है। दिन भर न जाने कहाँ-कहाँ से मोटी-मोटी किताबें ला-लाकर पढ़ता रहता है। उसे न जाने क्या-क्या सर से पूछना-समझना पड़ता है? वही सब तो वह सर से पूछने जाता है। शायद अभी से ही वह आई.ए.एस. की तैयारी करने लगा है।'

शंकर को शायद विष्णु की इतनी तारीफ़ अच्छी नहीं लगी। इसलिए तुनक कर बोला, 'वह साला पोपट? वाह! कहाँ का होशियार है वह? रट्टू तोता है साला। सच कहूँ, अगर मैं इतना पढ़ूँ तो उससे भी अच्छे नंबर ला कर दिखा दूँ।

मैंने पूछा, 'तो पढ़ता क्यों नहीं? फिर तो सर क्लास में तेरी भी तारीफ़ करेंगे। तुझे क्या अपनी तारीफ़ अच्छी नहीं लगती?'

वह बोला, 'वह बात नहीं। अपनी तारीफ़ भला किसे अच्छी नहीं लगती। पर मैं इतना पढ़ना-लिखना ही नहीं चाहता।'

यह तो बड़ी हैरानी की बात थी!

मैंने पूछा, वह क्यों?'

वह बोला, 'मैं तो नेता बनूँगा-नेता! बड़ा होकर राजनीति में जाऊँगा। इसके लिए पढ़ने-लिखने की कोई ख़ास ज़रूरत नहीं है। किसी तरह ग्रेजुएशन कर लूँ, यही बहुत है। एकदम अँगूठा छाप

होऊँ, तब भी चलेगा। अपने एम.पी. साहब को ही देख लो, सुनते हैं कि आठवीं फेल हैं और आज शिक्षा-मंत्री बने ऐश कर रहे हैं। राजनीति में आकर चाँदी काट रहे हैं। लेकिन असल बात तो इस साले पोपट की है, इस साले विष्णु की करामात तो देखो?'

हम में से किसी ने पूछा, 'असल बात क्या है, बताओ न शंकर?' शंकर ने हम लोगों के और पास खिसकते हुए रहस्योद्घाटन किया, 'दरअसल यह विष्णु, सर के यहाँ बार-बार अपनी इसी सुंदरी के मारे ही जाता है।'

'नूतन के मारे?' रमेश ने हैरत से पूछा।

हम लोगों को भी शंकर की बात पर यकीन नहीं आ रहा था। विष्णु तो बेचारा बहुत सीधा लड़का था। वह तो हर समय अपनी पढ़ाई-लिखाई में ही लगा रहता था। उसे इन सब खुराफातों के लिए समय कहाँ था?

'हाँ..हाँ..बिल्कुल, उसी के मारे यह साला दिन में सर के घर के दसियों चक्कर लगाता है। साले को दिन में दस बार नूतन का चेहरा देखे बिना चैन ही नहीं पड़ता है। खाना ही हज़म नहीं होता है उस हरामी का। साला बहुत बड़ा नोचू है।'

उस दिन शंकर की बातें सुन कर हम सब लोग सन्न रह गए। वह रे विष्णु, बड़ा छिपारुस्तम निकला यार! चुपचाप इतने दिनों से अकेले ही मज़े मारता रहा और हम लोगों को भनक ही नहीं पड़ने दी। हम लोग एकटक होकर शंकर की ये रहस्यमय बातें सुन रहे थे। वह बोला, 'लेकिन ज़रूरी नहीं है कि जो विष्णु चाहे वही सब कुछ इस रोशनपुर में हो। अभी तो इस शहर में शंकर है। शंकर के होते हुए यहाँ ऐसी-वैसी कोई खुराफात नहीं होगी।'

अब शंकर को हम लोगों ने जरा ध्यान से देखा तो सभी को लगा कि अब यह पहले वाला शंकर नहीं रहा है। इसमें काफी दमख़म है। एक नंबर का शैतान तो वह पहले से था ही। इस दौरान उसने खूब उठक-बैठकें भी लगाई थीं। खूब दण्ड पेले थे। अपनी दुकान से पिस्ता, बादाम, काजू और अखरोठ भी खूब चुरा-चुरा कर खाई थीं।.....और मोहल्ले में आने वाले दूधियों का न जाने कितने लीटर दूध वह चुरा-चुरा कर यूँ ही मुफ़्त में पी गया था। इस बीच उसका कद भी बढ़ गया था। शरीर की गठन भी बढ़ गई थी। हम लोगों से उम्र में वह वैसे ही दो-तीन साल बड़ा था। अब तो वह एक तरह से पातीराम कूँचे का अघोषित दादा बन गया था। लोग उससे डरने लगे थे। लेकिन इन सब बातों पर हम लोग आज गौर कर रहे थे।

सो, उसी दादा वाले रौब से उसने विष्णु को सड़क पर जाते हुए एक दिन बुलाया, 'ओ रे विष्णु, फटे पजामा, जरा इधर तो आ, लल्ला!'

विष्णु डरता-डरता उसके पास आया। वह समझ गया था कि आज कोई क़यामत आने वाली है। यह शंकर एकदम औंधी खोपड़ी का इंसान है। कब क्या कर बैठे कोई भी समझ नहीं सकता है? उसने पास आकर हम लोगों के ऊपर एक निगाह डाली, फिर पूछा, 'क्या बात है, शंकर,

मुझसे कुछ काम था? और तू मुझे ऐसे क्यों गुस्से से देख रह रहा है? इस तरह गलत ढंग से बातें क्यों कर रहा है?'

उसकी बात सुन कर शंकर गर्व से हँस पड़ा, 'अरे वाह रे चूहे की औलाद, मेरे देखने से ही तू इतना घबड़ा गया। छोकरीबाज़ी करते हुए तो तू ऐसे नहीं घबड़ाता है? बहुत स्मार्ट बनता है? साला दिन भर दस-दस बार सर के यहाँ लाइन मारने जाता है?'

शायद शंकर की ही बात सही थी। इसीलिए विष्णु शंकर की बात सुन कर एकदम घबड़ा गया। उसका चेहरा इस तरह सफेद पड़ गया कि जैसे किसी ने उसकी चोरी सरेबाज़ार पकड़ ली हो। फिर थोड़ा सँभल कर वह बोला, 'नहीं...नहीं....शंकर...ऐसा कुछ नहीं है। तुम्हें कुछ ग़लतफ़हमी हो गई है या किसी ने तुम्हारे कान भर दिए हैं। कालेज की राजनीति तो तुम जानते ही हो कि कितनी गंदी है। कुछ लोगों का काम ही इधर-की-उधर जुझाना है।'

'तो फिर सर के घर के दिन में दस चक्कर क्यों लगाता है वे? बहुत छोकरीबाज़ बनता है?'

'कौन छोकरी? मैं समझा नहीं, शंकर, तुम किसकी बात कर रहे हो?'

'यही, अपने सर की छोकरी और कौन?'

बेचारा अजीब मुसीबत में फँस गया था विष्णु। शंकर तो आज उसके सिर पर ही सवार हो गया था। बीच सड़क पर ऐसी बातें सुन कर वह हतप्रभ रह गया था। कोई उसके ऊपर ऐसा गंदा लांछन भी लगाएगा उसने कभी सोचा भी नहीं था। सड़क पर भीड़ इकट्ठी होने लगी थी। सचमुच ही ऐसे झूठे आरोप सुन कर विष्णु को बड़ी शर्म आ रही थी। पर वह भला शंकर का बिगाड़ भी क्या सकता था? वह जानता था कि शंकर एक ही मवाली लड़का है। झट से मार-पीट पर उतर आता है। अभी कुछ दिन पहले ही राजन गंगवार को जुतिया चुका था। फिर भी किसी तरह साहस करके बोला, 'मैं तो सर से सवाल पूछने जाता हूँ, शंकर, कंपटीशन की तैयारी कर रहा हूँ न? मैं तो सोचता हूँ कि इंटर के बाद कोई छोटी-मोटी नौकरी ही मिल जाए तो मेरी माँ को कुछ तो राहत मिले।'

'मैं सब तेरी तैयारी जानता हूँ हरामी। साले, पहले इंटर तो पास कर ले फिर कंपटीशन की तैयारी करना। मैं सब जानता हूँ कि तेरी किससे आशनाई चल रही है, मुझे चूतिया मत बना। तू सर से सवाल पूछने जाता है या उनकी छोकरी से नैन लड़ाने जाता है। मैंने खुद अपनी आँखों से तुझे नूतन को इशारेबाज़ी करते देखा है। मुझे क्या एकदम लल्लू समझ रखा है?'

भीड़ बढ़ जाने से शायद विष्णु की हिम्मत थोड़ी बढ़ गई थी। इस बार विष्णु भी जरा अकड़ कर बोला, 'देखो शंकर, तुम को इन बातों से कोई मतलब नहीं है। मैं दस बार तुम्हारे घर तो जाता नहीं हूँ। तुम्हारे घर जाने से ही तुम मुझे रोक सकते हो। बस यही तुम्हारा हक़ है। बेकार में ही किसी शरीफ लड़की को सरेबाज़ार बदनाम मत करो। अब रास्ता छोड़ो मेरा। मुझे देर हो रही है। अभी मुझे खुद भी ट्यूशन पढ़ाने जाना है। और मैं तुम्हारे मुँह भी नहीं लगना चाहता।'

सुन कर शंकर हँस पड़ा। बोला, 'मुझे मेरा हक़ समझा रहा है मजनूँ की औलाद! सुअर कहीं के, मेरे एक झापड़ में तो तुम्हारी बत्तीसी निकल कर सड़क में गिर पड़ेगी। इतना मारुँगा कि तुम किसी भी लायक नहीं रहोगे। छोकरीबाज़ी करना तो बड़े दूर की बात है।' यह कह कर शंकर ने सचमुच विष्णु की कालर पकड़ ली। बेचारा विष्णु काँप के रह गया।

हम सब लोग भी यह सारा किस्सा देख-सुन रहे थे। भीड़ और भी बढ़ती जा रही थी। बीच सड़क पर मजमा-सा लग गया था। लोग अभी भी समझ नहीं पा रहे थे कि आख़िरकार एकाएक यह क्या काण्ड हो गया है? क्यों शंकर ने विष्णु जैसे सीधे-साधे लड़के को बीच सड़क पर घेर रखा है। हम सब लोग भी सोच रहे थे कि अगर यह बात उड़ते-उड़ते प्रकाशनारायण सर तक पहुँच गई तो क्या होगा? पर शंकर को इसकी क्या परवाह; वह क्या किसी से डरता था? शंकर मुझे थोड़ा बहुत अब भी मानता था। मुझे विष्णु का रुआँसा चेहरा देख कर उस पर बहुत तरस आ रहा था। तब मैंने ही बीच में पड़ कर उससे कहा, 'जाने भी दे यार शंकर। यह अब कल से सर के घर बार-बार नहीं जाएगा। तुझसे माफी माँग तो रहा है। बस, अब हो गया क़िस्सा खत्म। अब इसको जाने भी दो। इसको ट्यूशन पढ़ाने भी जाना है। बेकार में झगड़ा बढ़ाने से क्या फायदा?'

शंकर बोला, 'नहीं अंकित, जब तक इस साले के दो-चार हाथ नहीं पड़ेंगे, इसके सिर पर से इश्क का भूत नहीं उतरेगा। घर में खाने के लाले पड़े हैं और यह जनाब इश्क फर्माने चले हैं।'

मुझे डर था कि कहीं वह विष्णु को सचमुच में ही न मार बैठे। वह एक ही उद्दंड लड़का था। गुस्से में होता तो आगा-पीछा कुछ भी नहीं देखता था। आधा पागल ही समझो उसे।

मैंने यूँ ही कहा, 'वह कह तो रहा कि अब वह बार-बार सर के यहाँ नहीं जाएगा। उसका नूतन से कोई चक्कर नहीं चल रहा है। अब उसे जाने दे, यार।'

'ठीक है, आज तुम्हारे कहने से मैं इसे जाने दे रहा हूँ। अब अगर आगे से इसने अधिक होशियारी दिखाई तो मैं इसे छोड़ूँगा नहीं। क्लास में जब भी सर कुछ पूछते हैं तो यह साला पहले उचक कर खड़ा हो जाता है। इसे तो पूरी किताब रटी पड़ी है न। आइंस्टीन का बाप यही तो है साला।'

विष्णु बेचारा अब भी सहमा-सहमा सा खड़ा था। वह खुद को बहुत ही अपमानित-सा महसूस कर रहा था। बेचारा सीधा-साधा लड़का था। वह इन सब फ़सादों में नहीं पड़ता था। उसकी आँखें डबडबा आई थीं। मैंने मौका देख कर उससे कहा, 'अब तुम खड़े क्यों हो विष्णु, बात तो खत्म हो गई है, चलो जाओ। तुम्हें ट्यूशन पढ़ाने भी तो जाना है न? तुम्हारे यहाँ खड़े रहने से बेकार ही बात बढ़ेगी। तुम तो शंकर का गुस्सा जानते ही हो। अब आगे से शंकर की बात का ध्यान रखना। बेकार में ही तुम्हें नूतन के चक्कर में पड़ने की क्या ज़रूरत है? तुम तो होशियार लड़के हो, पढ़-लिख कर अपना कैरियर बनाओ। ये सब काम हम लोगों के लिए छोड़ दो।'

विष्णु तो इसी इंतज़ार में था। मेरा इतना कहते ही वह डरते-डरते वहाँ से चला गया। हम सब लोगो ने भी चैंन की साँस ली। सचमुच आज रोशनपुर में एक बहुत बड़ा हादसा होते-होते बच गया था।

(16)

उस दिन के बाद से शंकर मोहल्ले का अघोषित दादा बन गया था। स्कूल और मोहल्ले में उसने अपने आतंक तेज़ कर दिए थे। अब सभी लोग उससे भय खाने लगे थे। वह हर रोज़ एक नया उपद्रव करता, जो भी उससे उलझता दूसरे दिन उसके घर के शीशे टूटे मिलते। अब सभी लोग उससे डरते थे। अब शंकर खेत या बगीचे में जा कर चोरी नहीं करता था। बगीचे वाले से जाकर कहता, 'अबे, कुछ अमरूद तोड़ कर दे मुझे।' वे लोग उसे देते थे। जानते थे कि यह यहाँ का दादा है। न देने पर अभी पत्थर मार कर भाग जाएगा या कहो कि दूसरे दिन हॉकी लेकर सिर पर ही सवार हो जाए। फिर कौन आठ-दस दिन ड्रेसिंग करवाता फिरेगा।

सोडावाटर की फैक्टरी में जाकर वह कहता, 'क्यों रे लाला, हराम का धंधा कैसा चल रहा है तेरा? साले चोरी की लाइट से दिन-रात मशीनें चलाता है और नकली कोकाकोला बनाता है। बिजलीवाले इंस्पेक्टर का लड़का मेरे साथ पढ़ता है। साले, किसी दिन लेकर आऊँगा तेरे घर में फिर करते रहना उसकी ख़ातिरदारी!'

बेचारा लाला डर जाता। वह शंकर की बहुत आवभगत करता, 'वाह रे शंकर, अपने ही चाचा से ऐसा मज़ाक करता है। फ़ैक्टरी तो तेरी है, भाई! अपने ही चाचा को क्या जेल भिजवाएगा?'

उसकी बातें सुन कर शंकर भी हो....हो...हो....करके हँस देता। फिर चाचा-भतीजे के बीच बहुत देर तक भद्दे-भद्दे मज़ाक चलते रहते। मूड होने पर अपने उसी चाचा से फोकट की बोतलें लेकर किसी-किसी दिन शंकर सर के यहाँ भी जा धमकता, 'लीजिए सर जी, आज कोल्डड्रिंक्स पीजिए आप सब लोग। आज बड़ी गरमी थी सो आप लोगों के लिए ले आया। दिमाग थोड़ा फ्रेश हो जाएगा तो पढ़ाने में भी मन लगेगा आपका। कहिए तो एक क्रेट भर कर आपके यहाँ रखवा दिया करूँ। गर्मियों भर आपके दिमाग में तरावट बनी रहेगी।'

प्रकाशनारायण सर हकलाते हुए पूछते, 'वही, अपने चाचा की फ़ैक्टरी से लाया है न? अच्छा रख दे, पी लूँगा। लेकिन क्रेट-ब्रेट लाने की ज़रूरत नहीं है। क्यों किसी शरीफ़ आदमी का नुक्सान करने पर तुला है?' उस समय सर आठवीं क्लास के बच्चों को मैथ पढ़ा रहे होते।

'न सर जी, आप तो अभी पी लीजिए। अभी ठंडी है। कोल्डड्रिंक गरम करके पी तो क्या फ़ायदा?'

सर बच्चों को सवाल समझाते-समझाते ही कहते, 'तो ठीक है, एक खोल दे मेरे लिए और बाकी भीतर जाकर अपनी आंटी जी को दे आ। वह भी ठंडी-ठंडी पी लेंगी। और तू आज सुबह

ट्यूशन पढ़ने क्यों नहीं आया? मालूम है फ़िज़िक्स में कितना इम्पार्टेटेंट चैप्टर चल रहा है?'

'सर, आज सुबह उठ नहीं पाया। आप भी तो सुबह कितना जल्दी पढ़ाते हैं? बच्चों की जान लेकर रहेंगे क्या?'

'न....न....लापरवाही बिल्कुल मत कर, भाई, इस साल तेरा इंटर है। बोर्ड की परीक्षा है। मस्ती ज़रा कम कर। पढ़-लिख ले ज़रा ढंग से। तेरे भले के लिए ही कह रहा हूँ, बेटा!' सर ने अपनापन दिखाते हुए कहा।

'जी सर जी, बिल्कुल ठीक कहा आपने। अब कल से घूमना-फिरना सब बंद। सारा ध्यान बस पढ़ाई पर दूँगा।' कहते हुए शंकर ने बोतल-की से एक बोतल खोल कर सर को पकड़ाई और तुरंत घर के अंदर सरक लिया।

नूतन उसे आँगन में ही बैठी मिल गई। उसी के लिए तो वह यहाँ आया था। उसकी एक झलक पा कर वह निहाल हो गया। नूतन ने उसे देख कर मुँह बिचकाया और अंदर कमरे में चली गई। जब से उसने सुना था कि शंकर ने विष्णु को बीच सड़क पर बहुत अपमानित किया है, उसी दिन से वह उससे नफ़रत-सी करने लगी थी। पहले तो वह उससे थोड़ा-बहुत बोल-बतिया भी लेती थी। पर उस दिन से उसके आते ही वह अंदर के कमरे में खिसक जाती थी। उस दिन भी शंकर आंटी जी के पास बहुत देर तक बैठा इधर-उधर की हाँकता रहा पर नूतन ने फिर एक बार भी आँगन में नहीं झाँका। हाँ, उसकी दोनों छोटी बहिनें ज़रूर बैठी-बैठी अपने शंकर भइया से बतियाती रहीं और उससे कोल्डड्रिंक की बोतलें खुलवा-खुलवा कर पीती रहीं। एक-दो बार शंकर ने उन्हें टोका भी, 'क्यों तुम्हारी नूतन दीदी कोल्डड्रिंक नहीं पीएँगी? न हो तो उन्हें एक बोतल अंदर ही दे आओ। पर उनमें से कोई भी टल कर नहीं गई। और फिर उस दिन वह नूतन की और झलक नहीं पा सका।

शंकर मुझे अब भी बहुत मानता था। कभी-कभी मुझे भी लाला के यहाँ ले जाकर मुफ़्त की कोल्डड्रिंक पिलवा देता था। मुझे भी मज़ा आ जाता। कोल्डड्रिंक ही क्यों, वह मुझे बाग में ले जाकर मुफ़्त के आम भी खिलवाता; अमरूद और गन्ने भी। उसकी वज़ह से लोग मुझसे भी डरने लगे थे। अब सभी लोग बड़े ही अदब से बात करते थे। सचमुच दादागीरी के भी अपने अलग ही मज़े हैं। यह बात मैं शंकर के साथ रह कर ही समझ सका था।

मुझे मुफ़्त की चीज़ें खिला कर शंकर मुझसे हँसते हुए कहता, 'देखा मेरा रौब! यह सब लोग मुझसे कितना डरते हैं! पर यह सब तुम्हारे ही कारण है, भाई।'

'मेरे कारण?' सुन कर मैं हतप्रभ रह जाता।

'हाँ भाई, तुम्हारे ही कारण तो।'

'लेकिन मेरे कारण क्यों?'

वह हँसता, 'नहीं समझे न?'

मैं कहता, 'नहीं, तू ऐसा क्यों कह रहा है, भाई, सचमुच मैं कुछ भी समझ नहीं पा रहा हूँ?'

वह बोला, 'भाई, तुम से पिटने के बाद ही तो मैंने कसरत-वसरत करना शुरू किया था। तुम ही ने तो एक दिन मुझे किलोभर दूध पीने और काजू-बादाम खाने की सलाह दी थी। क्या याद नहीं?'

मुझे सब कुछ याद था। मैंने कहा, 'शंकर, अब वे बातें तुम क्यों याद करना चाहते हो? उस दिन लड़ाई-झगड़े के बाद ही हम लोगों की दोस्ती हो गई थी। उस दिन के बाद से ही तो मैं हर झगड़े-फ़साद में तेरे साथ रहता हूँ।'

शंकर बोला, 'नहीं...नहीं....ये सब बातें मैं किसी ग़लत मतलब से नहीं कह रहा हूँ। वे सब बातें तो अब मैं याद भी नहीं करता। मैं तो एक तरह से तुम्हारा अहसानमंद ही हूँ। अब देखो न लोग मेरा कितना मान-सम्मान करते हैं। इसी फ़ैक्टरीवाले से ख़रीद कर मैं सर को नकली कोकाकोला की बोतलें दिया करता था। पैसे न होने पर साला बहुत मिन्नतें करने पर भी बोतलें उधार नहीं देता था। आज देखो डर के मारे मेरा कितना मान-सम्मान करता है। साला मेरा चाचा बना बैठा है। और यह सब तुम्हारे ही कारण तो है।'

मैं क्या कहता। सुन कर एक तरह से मुझे खुशी ही हो रही थी। एक अजीब तरह का सुख मिल रहा था। फिर भी मैंने कहा, 'तुम सच कहते हो शंकर, यही तो इस दुनिया की रीति है। यहाँ तो जिसकी लाठी है, उसी की भैंस है।'

(17)

पर इस दुनिया में हरेक आदमी एक-सा नहीं होता है। कुछ लोग अभी भी निर्भय होकर जीते हैं। वे किसी भी अन्याय के सामने सिर नहीं झुकाते। न ही कोई ग़लत काम होते देख सकते है। वे ईमानदार हैं, इसीलिए निडर भी हैं।

इंटर में बोर्ड परीक्षाओं का ही महत्व है। इसमें पास तो पास, नहीं तो फेल। लेकिन फिर भी हरेक कालेज में अर्धवाषिक परीक्षाएँ होती हैं। यही नियम है।

नबंवर का महीना शुरू हो गया था।

उन दिनों हमारे दयानंद इंटर कालेज में भी अर्धवार्षिक परीक्षाएँ चल रही थीं। हर पेपर में शंकर जम कर नकल करता। हर अध्यापक यह सब देखता था; पर किसकी हिम्मत थी जो शंकर जैसे गुंडे को पकड़े। रोज अलग-अलग अध्यापकों की ड्यूटी लगती, परंतु सभी उसे अनदेखा कर देते।

परंतु प्रभुदयाल सर उनमें से नहीं थे। वे ज्ञानी थे, ईमानदार थे और हमेशा निर्भय होकर रहते थे। उन्होंने अपने बचपन में देखा था कि भारत माँ को अंग्रेजी दासता से स्वतंत्र कराने के लिए लोगों

ने किस तरह संघर्ष किया था। उस समय स्वतंत्रता सैनानियों और क्रांतिकारियों के ओजस्वी भाषणों और नारों से जन-मानस में जोश भर जाता था और वे अपना सर्वस्व छोड़ कर स्वतंत्रता संग्राम में कूद पड़ते थे। उन्हें वे सब नारे अभी तक कंठस्थ थे। सबसे पहले अंग्रेजी सेना में विद्रोह करनेवाले वीर सैनानी मंगल पाँडे ने गाय की चर्बी से बने कारतूसों को चलाने से मना कर दिया था। इसके लिए उन्हें मृत्युदंड मिला। वे हँसते-हँसते फाँसी के फँदे पर चढ़ गए। पर उन्होंने अंग्रेज अफ़सरों से माफी नहीं माँगी। उन्होंने नारा दिया था-मारों फिरंगियों को। भगत सिंह का नारा था-इंकलाब जिंदाबाद। महात्मा गाँधी ने कहा था-अंग्रेजों भारत छोड़ों। बाद में उन्होंने यह भी नारा दिया-करो या मरो। सुभाष चंद्र बोस ने हुंकार भरी थी-तुम मुझे ख़ून दो मैं तुम्हें आजादी दूँगा। लोकमान्य बालगंगाधर तिलक कह रहे थे-स्वराज हमारा जन्मसिद्ध अधिकार है। उसी समय लाला लाजपत राय ने साइमन कमीशन का विरोध किया था; जिसके फलस्वरूप उन्हें लाठियों से बुरी तरह से पीटा गया था। तब उन्होंने कहा था-मेरे सिर पर लाठी का एक-एक प्रहार, अंग्रेजी शासन के ताबूत की आखिरी कील साबित होगी। राम प्रसाद बिस्मिल ने भी नारा दिया था-सरफरोशी की तमन्ना अब हमारे दिल में है। देखना है जोर कितना बाजु-ए-कातिल में है। भगत सिंह ने ललकार लगाई थी-साम्राज्यवाद का नाश हो।

ये सब नारे आज तक उनके दिलों-दिमाग में गूँज रहे थे। इन्हीं सब बातों से प्रभावित होकर वे भी ब्रिटिश शासन में अपना सुखचैन छोड़ कर देश को आज़ाद कराने की मुहिम में कूद पड़े थे। फिर 15 अगस्त, सन् 1947 में उनके सामने ही एक दिन यह देश स्वतंत्र हुआ था। पर इसके लिए उन्होंने भी बहुत कुछ सहा था। जब उनकी शादी हुई थी उस समय देश पराधीन था। उन दिनों एक बार नेहरू जी उनके शहर में आए थे। कई दिनों पहले से ही शोर मचने लगा था कि नेहरू जी आ रहे हैं। सब लोग बेसब्री से उनके आने की प्रतीक्षा कर रहे थे। जिस दिन वे आए उस दिन सुबह से ही रामलीला मैदान में लोग जमा होने लगे थे। उनके आने तक मैदान मे तिल रखने तक की भी जगह नहीं बची थी। मैदान में नेहरू जी के लिए एक बड़ा सा मंच बनाया गया था।

अपने समय से नेहरू जी आए। मंच से उन्होंने बहुत ही ओजस्वी भाषण दिया था। उस दिन प्रभुदयाल जी भी उनका भाषण सुनने गए थे। नेहरू जी के उस दिन के भाषण ने तो प्रभुदयाल का जीवन ही बदल दिया था। नेहरू जी ने कहा था-आराम हराम है। उन्होंने एक और नारा दिया था-हू लिव्स इफ इंडिया डाइज। नेहरू जी ने कहा था कि जब तक अपना देश स्वतंत्र न हो जाए हमें एक पल भी चैन से नहीं बैठना चाहिए। हमें केवल अपने देश को स्वतंत्र कराने के लिए संघर्ष करना चाहिए। हमें पूर्ण स्वराज्य चाहिए है।

प्रभुदयाल जी पर उस दिन नेहरू जी के भाषण का बहुत असर पड़ा। उन्होंने सोचा कि गुलाम देश में बच्चे को जन्म दे

ना मतलब एक गुलाम को जन्म देना है। जब तक देश स्वतंत्र नहीं हो जाता हमें गृहस्थ सुख में नहीं पड़ना चाहिए। उसी दिन से वे तन, मन, धन से स्वतंत्रता संग्राम में कूद पड़े। उस दिन

घर आकर अपनी पत्नी से बोले, 'सुनो, अपनी कोख का बच्चा गिरवा दो। एक और गुलाम पैदा करने से क्या लाभ! बच्चे का मोह हमें कमजोर बनाएगा। हमें सबसे पहले अपनी भारत-माता को गुलामी के बेड़ियों से स्वतंत्र कराना है। पत्नी होने के नाते इस संघर्ष में तुम भी मेरा साथ दो।' उस समय उनकी पत्नी को एक माह का गर्भ था। सो, पति ने जो चाहा पत्नी ने भी वैसा ही किया। गर्भ के बच्चे को संसार में आने से पहले ही विदा कर दिया।

इसके बाद सालों बीत गए। नदियों में न जाने कितना पानी बह गया होगा। स्वतंत्रता की कामना रखने वाले न जाने कितने देश-प्रेमी शहीद हो गए। तब एक दिन हमारा भारत देश आज़ाद हुआ था। अब यहाँ हमारा राज था और हमारा ही कानून। लेकिन भारत को स्वतंत्र करने से पहले अंग्रेज इसे दो हिस्सों में बाँट गए-पाकिस्तान और हिन्दुस्तान। इस बँटवारे में हिंदू-मुसलमान एक-दूसरे के दुश्मन हो उठे और खून-ख़राबा होने लगा। लगभग दस लाख लोग बेमौत मारे गए थे।

प्रभुदयाल सर की पत्नी एक लंबी बीमारी के बाद जल्दी ही चल बसी थीं। वे निपट अकेले ही रह गए। देश स्वतंत्र होने के बाद उन्होंने रोशनपुर के इसी दयानंद इंटर कालेज में पढ़ाना शुरू कर दिया था। उस दिन उन्हीं की ड्यूटी उस क्लास रूम में लगी थी, जिसमें शंकर परीक्षा दे रहा था। उन्होंने देखा कि यह तो अन्याय है कि शंकर किताब रखकर नकल करे और बाकी बच्चे उसे देखते रहें। उन्होंने शंकर से कहा, 'जाओ, सब कापी-किताबें बाहर ले जाकर रखो। यहाँ बैठे-बैठे नकल कर रहे हो, शर्म नहीं आती? ख़बरदार जो मेरे होते हुए किसी ने नकल की।'

शंकर बोला, 'वाह सर जी, मैं तो रोज़ ही नकल करता हूँ। कोई भी मुझे नहीं टोकता। आज भी नकल करूँगा। आप खूब आए।'

'यह परीक्षाएँ हो रही हैं, कोई तमाशा नहीं हो रहा। इसमें किसी को भी नकल करने की छूट नहीं है।' उन्होंने पूरी दृढ़ता से कहा।

'वाह सर! नकल नहीं करूँगा तो पास कैसे होऊँगा? क्लास में वह सब पढ़ाया ही कब गया है, जो इस पेपर में आया है? सारे टीचर तो साल भर अपने घर में ट्यूशन पढ़ाते रहते हैं, क्लास में पढ़ाता ही कौन है, सर?'

'मुझ से बकवास मत करो; और बच्चे भी तो पेपर दे रहे हैं? तुम कोई अनोखे हो? मैं कहता हूँ कि यह सब किताबें-कापियाँ बाहर रखो जाकर। मैं अपने होते हुए नकल बिल्कुल भी नहीं होने दूँगा। इस तरह नकल से पास होने पर तुम्हारा क्या भला होगा?'

'लेकिन नकल तो मैं करूँगा ही, सर, देखें कौन रोकता है मुझे?'

शंकर भी अपनी ज़िद पर अड़ गया। वह दिमाग से कच्चा तो था ही।

इतना सुनते ही प्रभुदयाल जी एक काण्ड कर बैठे। उन्होंने झपट कर शंकर की कापी छीन ली और दहाड़ते हुए बोले, 'तुम एकदम क्लास से बाहर निकल जाओ-गेट आउट! तुम्हारी कापी

मैं प्रिंसपल साहब के पास भेज रहा हूँ। लिख कर दे रहा हूँ कि मैंने तुम्हें नकल करते हुए रंगे हाथों पकड़ा है। समझ क्या रखा है तुम ने अपने आप को? मैं तुम्हें किसी भी हालत में नकल नहीं करने दूँगा। इतना याद रखना।'

शंकर का चेहरा गुस्से से तमतमा आया। वह बोला, 'सर जी, आप यह ठीक नहीं कर रहे हैं। पछताएँगे बाद में। मेरी कापी लौटा दीजिए वर्ना........'

'वर्ना क्या? मैं कहता हूँ तुम क्लास से बाहर निकल जाओ, तुरंत। मुझे धमकी दे रहे हो? स्कूल में गुंडगर्दी करते हो। मालूम है कि किसी टीचर को धमकाना कितना बड़ा जुर्म है। थाने में अगर कम्पलेंट दर्ज करा दी तो बँधे-बँधे घूमोगे। सारा कैरियर तबाह हो जाएगा।'

शंकर कापी-किताबें सब कुछ वहीं छोड़ कर गुस्से से बाहर चला गया। हम सभी लोग, जो कि क्लास में बैठ कर परीक्षा दे रहे थे, यह सब देख कर बड़े खुश हुए। सोचा, चलो आज़ अच्छा हुआ। आज़ शंकर को अपने किए का फल मिल गया। उसकी सारी हेकड़ी हम सबके सामने ही निकल गई है। खुद को बहुत बड़ा बदमाश समझता था न? पर इस घटना का परिणाम इतना बुरा होगा तब किसने सोचा था?

(18)

परीक्षा समाप्त होने के बाद प्रभुदयाल जी ने कापियाँ इकट्ठी करके ऑफिस में पहुँचाई। प्रिंसपल साहब से बोले, 'देखिए इस लड़के को बिल्कुल पास मत होने दीजिएगा। इसने सभी पर्चों में नकल की है। यह उसने खुद ही स्वीकारा है। यह एकदम बेकार लड़का है। एकदम से मवाली।'

प्रिंसपल कमलेश जी, प्रभुदयाल जी से उम्र में बहुत छोटे थे। वे उनकी बहुत इज़्ज़त करते थे। वे उन्हें देख कर खड़े हो गए। बोले, 'सर, जब आपने इसे नकल करते हुए खुद ही पकड़ा है, तब मैं भला इसे पास करने वाला कौन होता हूँ? आपने तो लिख कर भी दिया है। आप आश्वस्त रहिए। ऐसे लड़के पास होकर भी क्या करेंगे? देश का कुछ भी कल्याण नहीं कर सकेंगे, सर!'

प्रिंसपल को अपने लिए खड़ा होता देख कर वे पुलकित हो उठे। बोले, 'अरे...बैठिए... बैठिए.... मि0 कमलेश! आप बैठिए।'

कमलेश जी बोले, 'सर आप भी तो बैठिए।'

उन्होंने बैठते हुए कहा, 'आज की पीढ़ी और आप की पीढ़ी में कितना अंतर है। आप लोग कैसा बुजुर्गों को सम्मान देना जानते हैं। आज अगर मेरा लड़का होता तो आपकी ही उम्र का होता।'

कमलेश जी और भी विनम्र होते हुए बोले, 'मैं भी तो आपके बेटे जैसा ही हूँ, सर।'

भावुक होते हुए प्रभुदयाल जी बोले, 'हाँ, वह तो है ही। खुश रहो!'

उसके बाद प्रभुदयाल सर उठ कर धीरे-धीरे घर की ओर चल दिए।

वे गौरीगंज मोहल्ले के आख़िरी मकान में रहते थे। रामलीला मैंदान से ढलान की तरफ एक कच्ची सड़क जाती थी। उसके दोनों तरफ खेत-ही-खेत थे। यह कालेज से गौरीगंज जाने का शार्टकट था। वैसे पहले रामलीला रोड से होते हुए नेहरू चौक आओ फिर वहाँ से कल्पना टाकीज तिराहे से होते हुए गौरीगंज जाओ। यह बहुत लंबा रास्ता था। इसलिए प्रभुदयाल जी घर जाने के लिए हमेशा शार्टकट ही पकड़ते थे। एक हाथ से धोती का छोर पकड़े हुए, दूसरे हाथ से बेंत घुमाते हुए, उसी छोटे रास्ते से प्रभुदयाल सर चले जा रहे थे। उस समय दूसरी पाली का पेपर खत्म हुआ था। कॉपी जमा करते-करते और फिर प्रिंसपल साहब से बातें करते-करते उन्हें देर भी बहुत हो गई थी। शाम हो चली थी। अँधेरा घिरने लगा था। खेतों के बीच से गुजरते हुए ठंडी-ठंडी हवा लग रही थी। सुबह को दाने-पानी की तलाश में गए पक्षी शाम को वापिस अपने-अपने नीड़ों मे लौटने के लिए व्याकुल हो रहे थे। उनका कलरव करते हुए अपने घरौंदों की तरफ लौटना सुखद लग रहा था। उस समय किसान लोग अपने-अपने खेतों में पानी लगाने आए थे। जो सामने पड़ता, वही बड़े अदब से उन्हें प्रणाम करता। वे भी दो क्षण को रुक कर उसके हाल-चाल पूछते। सर्दी का मौसम शुरु हो गया था। हवा में ठंडक हो गई थी। उन्होंने शाल को ठीक से ओढ़ लिया था। वे धीमें-धीमें रामचरित मानस की चैपाइयाँ गुनगुनाते हुए मुग्ध भाव से घर की तरफ बढ़े जा रहे थे।

सुमति कुमति सब के उर रहहीं।
नाथ पुरान निगम अस कहहीं।।
जहाँ सुमति तहँ संपति नाना।
जहाँ कुमति तहँ बिपत्ति निदाना।।

सेवक सठ नृप कृपन कुनारी।
कपटी मित्र सूल सम चारी।।
सखा सोच त्यागहु बल मोरें।
सब बिधि घटब काज मैं तोरें।।

अनुज बधू भगिनी सुत नारी।
सुनु सठ कन्या सम ए चारी।।
इन्हहि कुदृष्टि बिलोकइ जोई।
ताहि बधें कुछ पाप न होई।।

तब देखी मुद्रिका मनोहर।
राम नाम अंकित अति सुंदर।।
चकित चितव मुदरी पहिचानी।
हरष विषाद हृदयँ अकुलानी।।

जीति को सकइ अजय रघुराई।
माया तें असि रचि नहिं जाई।।
सीता मन विचार कर नाना।
मधुर वचन बोलेउ हनुमाना।।

रामचंद्र गुन बरनैं लागा।
सुनतहिं सीता कर दुख भागा।।
लागीं सुनैं श्रवण मन लाई।
आदिहु तें सब कथा सुनाई।।

श्रवनामृत जेहिं कथा सुहाई।
कही सो प्रगट होति किन भाई।।
तब हनुमंत निकट चलि गयऊ।
फिरि बैठीं मन बिसमय भयऊ।।

राम दूत मैं मातु जानकी।
सत्य सपथ करुनानिधान की।।
यह मुद्रिका मातु मैं आनी।
दीन्हि राम तुम्ह कहँ सहिदानी।।

रामपाल का खेत समाप्त होते ही एक मोड़ है। उसी मोड़ पर बरगद का एक विशाल पेड़ है। आँखें फाड़ कर भी कोई व्यक्ति इस तरफ से मोड़ के उस तरफ नहीं देख सकता है। ठीक उसी मोड़ पर पहुँच कर सर एकदम से हतप्रभ रह गए। मानस की चैपाइयाँ जैसे उनके कंठ में ही अटक गईं। ठीक बरगद के पेड़ से सट कर शंकर हाकी लेकर एकदम तैयार खड़ा था। सर को देख कर वह बहुत ही विकृत भाव से हँसा, 'आइए सर, मैं इतनी देर से आपका ही इंतजार कर रहा हूँ।'

सर उसे एकाएक देख कर हतप्रभ रह गए। फिर भी वे बिना डरे बोले, 'यह क्या शंकर! तुम में क्या बिल्कुल भी तमीज़ नहीं है? इतने बड़े होकर क्या तुम ने यह भी नहीं सीखा कि अपने से बड़ों से कैसे बात करना चाहिए? तुम्हारा पिता प्रेमबिहारी तो मेरी कितनी इज़्ज़त करता है।'

शंकर बोला, 'मैंने तो आपसे पहले ही कहा था कि मुझे नकल करने दीजिए; फिर भी आपने मेरी कापी छीन ली। अब इसका परिणाम तो आपको भुगतना ही पड़ेगा। अब आप डर के मारे मेरे पिता जी की दुहाई क्यों दे रहे हैं?'

प्रभुदयाल सर बोले, 'लेकिन नकल करना तो बुरी बात है। नकल करके पास होने से तो अच्छा कि पढ़ो ही मत। इस तरह पास होने से तुम किसका भला करते, सुनूँ तो ज़रा?

शंकर बोला, 'डिग्री होने से ही तो आजकल नौकरी मिलती है। यह डिग्री नकल करके हासिल की गई है या मेहनत से यह अब कोई नहीं देखता मास्टर जी । नौकरी के लिए ऊपर से नीचे तक सब जगह रिश्वत देनी पड़ती है, तब जाकर नौकरी लगती है। ....और नौकरी करके तो कोई किसी का भला नहीं करता, सब अपने ही भले के लिए तो नौकरी करते हैं?' यह कहते-कहते शंकर ने प्रभुदयाल सर की छड़ी छीन ली और फिर वह उन्हें धक्का देते हुए बोला, 'बताइए, मुझे पास करवाएँगे न? आगे से नकल करने देंगे?'

प्रभुदयाल सर फिर भी डरे नहीं। बोले, 'नहीं, हर्गिज़ नहीं। नकल मैं किसी को भी नहीं करने दूँगा। पर तुम अपनी करनी पर ज़रूर पछताओगे। तुम्हारी भलाई इसी में है कि मुझे जाने दो।'

'तो बोलिए, प्रिंसपल सर से कह कर मुझे पास करवाएँगे?'

'हाँ, एक शर्त पर मैं तुम्हें अब भी पास करवा सकता हूँ। अगर सब विषयों की तुम दोबारा बिना नकल किए हुए परीक्षा दो और उसमें पास होकर दिखाओ।'

'नकल तो मैं करूँगा।' शंकर अकड़ कर बोला।

'तो फिर तुम इस साल पास भी नहीं हो पाओगे और न ही तुम्हें बोर्ड की परीक्षाओं में बैठने की अनुमति मिलेगी। मैं तुम्हारे रौब में नहीं आने वाला। मैं डरता नहीं हूँ तुम जैसे मवालियों से।' प्रभुदयाल सर ने भी पूरी दृढ़ता से कहा।

यह सब सुन कर शंकर का गुस्सा एकाएक अपने चरम पर पहुँच गया। क्रोध के मारे उसका सारा शरीर काँपने लगा। उसने सर को धक्का देकर जमीन पर गिरा दिया। सर का चश्मा उछल कर कहीं दूर जा गिरा। अपने को असहाय पाकर वे चिल्ला उठे, 'कोई है भाई!'

पास का खेत एकदम ऊँचाई पर था। उस समय मेढ के पास बैठा नत्थू अपने खेत में पानी लगा रहा था। प्रभुदयाल जी का आर्तनाद सुन कर उसने नीचे झाँका। नीचे का दृश्य देख कर यह अवाक् रह गया। शंकर प्रभुदयाल सर को हाकी से मार रहा था। वह अपने साथियों को आवाज़ देता हुआ उतनी ऊँचाई से ही नीचे कूद गया। हटात् इतने लोगों को एक साथ आता देख शंकर घबड़ा गया और प्रभुदयाल सर को वहीं छोड़ कर भाग निकला।

(19)

प्रभुदयाल सर इस छोटे से शहर के बहुत पुराने आदमी थे। इस शहर का हर एक व्यक्ति उनका सम्मान करता था। स्वतंत्रता संग्राम में वे कई बार जेल गए थे। महात्मा गाँधी और नेहरू जी के भाषण सुनने के बाद उन्होंने साधु-संतों जैसा जीवन बिताया था। उनके अपना कोई बाल-बच्चा नहीं था। वे अपने भतीजे को ही अपने बच्चे जैसा समझते थे। बुजुर्ग हो गए थे। कालेज में भी अपनी रुचि से ही पढ़ाने जाते थे। यूँ तो वे जाने कब रिटायर हो गए थे, पर बच्चों को पढ़ाने का, उन्हें सभ्य आदमी बनाने का मोह उनसे नहीं छूटा था। इसीलिए वे अब भी नियमित कालेज जाकर हिंदी और अंग्रेजी का पीरियड लेते थे। कालेज से इसका वह कोई पैसा भी नहीं लेते थे।

शहर के सभी लोग उनसे परिचित थे। सभी उनकी इज़्ज़त करते थे। उन्हीं प्रभुदयाल सर का शंकर ने इस तरह अपमान कर डाला था। यह बात जंगल की आग की तरह सारे शहर में फैल गई । जो भी सुनता अवाक् रह जाता। प्रभुदयाल सर को थोड़ी सी ही चोट लगी थी। उनके भतीजे आशुतोष ने तुरंत अच्छे डॉक्टर से उनकी ड्रेसिंग करवा दी। डॉक्टर मेहता ने उन्हें टिटेनस का इंजेक्शन लगाते हुए कहा, 'बस मामूली सी चोट है, सर, दो-एक दिन में ठीक हो जाएगी। यह दवा दिए देता हूँ, नियम से खा लीजिएगा।' फिर दो क्षण रुक कर बोले, 'वाह, लड़के का दुस्साहस तो देखिए! कैसा जमाना आ गया है सर! हम लोग तो गुरु को भगवान समझते हैं। उनके सामने सिर तक उठाने की हिम्मत नहीं करते हैं और आज यह सब? कितनी शर्म की बात है!'

आशुतोष बोले, 'क्या बताएँ डॉ. मेहता, ताऊ जी ने ही पुलिस में कम्पलेंट करने से मना कर दिया, नहीं तो इस शंकर की तो सारी दादागीरी दो मिनट में निकल जाती। पुलिस के डंडों से तो भूत भी भाग खड़े होते हैं फिर यह शंकर है क्या चीज़?'

डॉ. मेहता बोले, 'मैं जानता हूँ सारी बात, पर सर नहीं चाहते कि उसकी जिंदगी बर्बाद हो। बच्चों से कितना स्नेह है उन्हें। इसीलिए तो रिटायरमेंट के बाद भी बिना कोई वेतन लिए ही बच्चों

को नियमित पढ़ाते रहते हैं। ख़ैर साहब, आप दो दिन यह दवाएँ सर को नियम से देते रहिएगा। वैसे तो मैं कल फिर देखने आऊँगा। कल भी ड्रेसिंग करनी होगी।' कहते हुए डॉ. मेहता चले गए, बहुत ज़ोर देने के बावजूद भी बिना फ़ीस लिए ही।

शंकर के पिता लाला प्रेमबिहारी ने तो आते ही घोषणा कर दी, 'बाबू जी हमारे यहाँ तो एकदम नालायक लड़का पैदा हुआ है। मैं तो बड़ा शर्मिंदा हूँ। मेरी तो समझ में ही नहीं आ रहा था कि कौन सा मुँह लेकर आपके पास जाऊँ। आपने भी तो उसे इंसान बनाने की बहुत कोशिश की पर वह जानवर-का-जानवर ही बना रहा। आज़ उसे घर में घुसने दो, साले के हाथ-पाँव न तोड़ दिए तो आप कहएगा।'

प्रभुदयाल सर के साथ हुई दुर्घटना की ख़बर सुन कर कालेज के प्रिंसपल साहब भी दौड़े-दौड़े आए। बोले, 'सर, यह सब एकाएक क्या हो गया? शंकर ने आपके साथ यह सब किया? बदमाश कहीं का! अब से वह कालेज में घुस नहीं पाएगा। उसको रिस्टीकेट हुआ ही समझिए। आप कहें तो थानेदार जी को यहीं बुला लें। आपको तो वे बहुत मानते हैं।'

लाला प्रेमबिहारी बोले, 'अरे कमलेश जी, आप क्यों बुलाएँगे थानेदार को, आज घुसने तो दो उसे घर में; मैं ही उसे जूते मारते हुए थाने नहीं ले गया तो मेरा नाम भी प्रेमबिहारी नहीं। साला दो-तीन महीने जेल में रहेगा तो दिमाग ठिकाने आ जाएगा। बहुत गुंडई सिर पर सवार है उसके।' इसके बाद वे अचानक प्रभुदयाल सर के पैरों में गिर कर फूट-फूट कर रोने लगे। तब प्रभुदयाल सर ने उन्हें किसी तरह समझा-बुझा कर घर भेजा।

फिर जैसे-जैसे लोगों ने ख़बर सुनी वे प्रभुदयाल सर के मकान में जमा होने लगे। नवाब इलियाज, स्टेट बैंक के मैनेजर गौरीशंकर, पोस्ट ऑफिस के बड़े बाबू विनोद जी, इलाहाबाद बैंक का कैशियर सदानंद, कल्पना टॉकीज का मालिक सुभाष भल्ला, रामजानकी मंदिर का पुजारी सदाव्रत, राजाराम दर्जी, केशव पंडित, रघुवीर दूधवाला, मिठाईवाला बाजपेई, सिद्धू मोची, रामसेवक वकील, अमरा धोबी, कालेज का सारा स्टाफ, गर्ल्स इंटर कालेज की सारी अध्यापिकाएँ आदि आदि। मतलब यह कि जिस किसी ने भी यह ख़बर सुनी, उनके घर भागा चला आया।

प्रभुदयाल सर को रोशनपुर के सब लोग चाहते थे। वे सभी के श्रद्धेय थे। वे सबके सुख दुःख में हमेशा काम आते थे। पड़ोस के मोहल्ले से लाठी टेकते-टेकते गुरुप्रसाद बाबू भी आए। वे काफी बुजुर्ग थे, ऊपर से दमा के मरीज़। चलने से उनका साँस फूलने लगती थी लेकिन फिर भी उनका मन नहीं माना, प्रभुदयाल जी को देखने चले ही आए। वे उनके बचपन के मित्र थे, पर उम्र में उनसे बड़े थे। लाठी टेकते-टेकते बोले, 'हटो भाई, ज़रा भीड़ में से रास्ता तो दो, मुझे प्रभुदयाल के बिस्तर तक ले चलो।'

लोगों ने कहा, 'हाँ..हाँ..आइए पंडित जी।'

प्रभुदयाल जी ने उन्हें देखते ही ज़रा चारपाई से उठते हुए कहा, 'अरे, आपने क्यों कष्ट किया, भइया! आइए....आइए इधर कुर्सी पर बैठिए आ कर! अरे ऐसा कुछ भी नहीं हुआ जो आप सब लोग इस कदर परेशान हो रहे हैं। बस ज़रा सी चोट है। दो-एक दिन में ठीक हो जाएगी।'

गुरुप्रसाद बाबू कुर्सी पर बैठ कर हाँफने लगे। फिर किसी तरह बोले, 'अरे, कष्ट काहे बात का प्रभुदयाल? ख़बर सुन कर रहा ही नहीं गया। पर बित्ती भर के छोकरे के लक्षण देखे तुमने। कैसा काण्ड कर बैठा। कैसे अवगुण भरे हैं उसमें। इससे पहले कभी इस रोशनपुर में ऐसा हुआ है? घोर कलयुग आ गया है भाई, घोर कलयुग।'

कहते-कहते वे फिर हाँफने लगे।

सँभलने पर वे फिर बोले, 'एक दिन इसने मेरे घर की खिड़कियों के शीशे तोड़ दिए थे। मेरी बहू ने डाँटा तो उसको भद्दे इशारे किए। और आज देखिए तो कितना बड़ा काण्ड कर बैठा है! थाने में इसकी रिपोर्ट लिखवाई? हम लोगों का ज़माना याद है, तुमको प्रभु? हम लोग कैसे बड़ों की इज़्ज़त किया करते थे। बड़ों के सामने तो हम लोगों के मुख से बोल ही नहीं निकलता था। लेकिन अब यह कैसा ज़माना आ गया है। मैं तो कहता हूँ कि यह सब सिनेमा का असर है। जब यहाँ कल्पना टाकीज खुला था उसी दिन मैंने समझ लिया था कि यह शहर तो गया अब पतन की गर्त में। मैंने उस समय इसका विरोध भी किया था पर उस समय कोई मेरे साथ ही नहीं आया था। आज देख लीजिए लड़के-लड़कियों पर इसका कितना बुरा असर पड़ रहा है, दिन भर फिल्मी गाने गाते रहते हैं, तरह-तरह की अश्लील किताबें पढ़ते हैं। जाने कैसे ऊट-पटांग फैशन के कपड़े पहनते हैं। साहब अब तो जीना ही मुश्किल हो गया है। इन लोगों को देख कर कलेजा जलता है।' अपने दिल की सारी भड़ास निकाल कर वे फिर दमा के जोर से बेदम हो कर हाँफने लगे।

उनकी बात सुन कर कल्पना टॉकीज के मालिक सुभाष भल्ला को बहुत बुरा लगा, पर वे उनकी बुजर्गी का लिहाज़ करके चुप रहे।

प्रभुदयाल सर ये सब बातें सुन रहे थे और मुस्कराते जा रहे थे। हटात् उन्होंने पूछा, 'शंकर कहाँ है? उसकी खोज-ख़बर ली किसी ने?'

शंकर के पिता लाला प्रेमबिहारी न जाने कब दोबारा आकर पीछे खड़े-खड़े सबकी बातें सुन कर अपना सिर पीट रहे थे, हटात् बोल उठे, 'मर रहा होगा कहीं साला, डर के मारे किसी खेत-वेत में छिपा बैठा होगा। जब पेट में भूख से चूहें कूदेंगे तो अपने आप घर चला आएगा हरामजादा! आने दो, आज उसकी बोटी-बोटी काट के रख दूँगा, बाबू जी।'

प्रभुदयाल जी बोले, 'न...न...ऐसा कुछ मत करना, प्रेम, उसे प्यार से समझाना होगा। बच्चा अगर बिगड़ रहा है तो समझ लो कि हमारी परवरिश में ही कुछ कमी रह गई है। हमें खुद में ही सुधार लाना पड़ेगा, प्रेम।'

प्रेमबिहारी को कुछ नहीं सूझा। वह फिर से उनके पैरों पर सिर रख कर सिसक उठा। वह मन-ही-मन सोच रहा था कि कितने महान हैं प्रभुदयाल जी। इस समय भी वे शंकर की कुशल के लिए ही चिंतित हैं।

(20)

अचानक चलते-चलते ट्रेन रुक गई थी। कोई स्टेशन था। चाय-समोसे वाले, कोल्ड ड्रिंकवाले, मूँगफलीवाले ओर ठंडे पानी वाले, सभी एक-एक कर डिब्बे में घुस कर शोर मचाने लगे।

बेहद गर्मी थी। गर्मी में दोपहर का सफ़र परेशान कर देने वाला होता है। मैंने दो कोल्ड ड्रिंक्स की बोतलें ख़रीद कर एक सर की तरफ बढ़ा दी। सर पहले तो इंकार करने लगे। वे शायद पुरानी बातें सोच कर संकोच कर रहे थे।

मैंने कहा, 'लीजिए सर, एक कोल्ड ड्रिंक ले लेने में कोई हर्ज नहीं है। मेरा भी तो आप पर कुछ हक़ बनता है।'

प्रकाशनारायण सर मेरी बात सुन कर और भी संकोच में पड़ गए। उन्हें शायद यह बात परेशान कर रही थी कि उन दिनों हम लोग अपने नंबर बढ़वाने के चक्कर में उन्हें कितना कोल्डड्रिंक पिलाते थे। और, एक कोल्डड्रिंक ही क्यों, कई बार फल-वल और ब्रेड-बिस्कुट आदि दे कर भी उन्हें कृतार्थ करते थे। और उस इतने बड़े कद्दू का सर ने क्या किया होगा? आज यह बात जान लेने की भी मेरी बहुत इच्छा थी ।

पर सर को शायद वे सब बातें याद करके आज संकोच-सा हो रहा था। आत्मग्लानि-सी हो रही थी। अतीत की गलतियाँ कभी-कभी हमें एकाएक शर्मिंदा कर देती हैं और हम ग्लानि से भर उठते हैं। थोड़ा-सा भी लोभ हमारे ज़ीवन को किसी दिन कलंकित कर सकता है। इसलिए कहते हैं न कि कभी भी ऐसा काम मत करो, जिसके लिए भविष्य में हमें पश्चाताप करना पड़े।

उन्हें संकोच में पड़ा देख कर मैंने फिर कहा, 'सर, इतनी गर्मी में एक कोल्डड्रिंक ले लेने में हर्ज ही क्या है? आप तो पसीने से एकदम नहा ही गए हैं। कोल्डड्रिंक पी लेने से इस गर्मी में थोड़ी राहत मिलेगी।'

मैंने महसूस किया कि सर ने बड़े संकोच से ही कोल्डड्रिंक की बोतल ली। अब वे भी मुझे ठीक से पहचान गए थे। कोल्डड्रिंक पीते-पीते वे बोले, 'हाँ, अब मुझे याद आया, तुम सब लड़के पातीराम कूँचा से सुबह-सुबह मेंरे पास ट्यूशन पढ़ने आया करते थे न?'

मैंने कहा, 'हाँ सर। आप बिल्कुल ठीक कह रहे हैं।'

वे फिर बोले, 'उस उम्र में भी शायद तुम्हें कहानी, कविताएँ आदि लिखने का शौक़ था। कालेज की मैगजीन में भी तो तुम्हारी कविताएँ छपती थीं? अभी कुछ दिन पहले ही किसी बड़ी

पत्रिका में मैंने तुम्हारी दो कविताएँ पढ़ी हैं। शायद उनका शीर्षक था-प्रेम में औरतें! पत्रिका में तो तुम्हारी फोटो भी छपी थी। तब मुझे लगा था कि यह चेहरा और नाम कुछ जाना-पहचाना सा लग रहा है। लो, आज इतने दिनों बाद तुम से अचानक भेंट भी हो गई।'

वैसे किसी के मुँह से अपनी तारीफ़ सुन कर मुझे बहुत अच्छा नहीं लगता है। मेरी ऐसी आदत भी नहीं है। फिर हमारे देश में ही बड़े-बड़े मनीषी लेखक हैं। अफ़सोस है कि मैं तो लेखन के क्षेत्र में अभी तक कुछ कर ही नहीं पाया हूँ। दो-चार किताबें लिख लेने और कुछ नामी पत्र-पत्रिकाओं में छप जाने भर से ही भला क्या होता है? फिर भला लेखन करके भी गृहस्थी चलती है? पर उस दिन न जाने क्यों सर के मुँह से यह सब सुन कर मुझे खुशी ही हुई। क्योंकि कालेज के दिनों में तो मैं उनकी आवारा लड़कों की सूची में शामिल था। उनका चहेता छात्र तो बस वही एकमात्र विष्णु ही था। उस दिन प्रकाशनारायण सर से अपनी प्रशंसा सुन कर मैंने न जाने कैसा संतोष का अनुभव किया। ऐसा लगा कि जैसे मेरा यह ज़ीवन सार्थक हो गया है।

(21)

शंकर उस रात घर नहीं लौटा। दूसरे दिन भी नहीं और फिर तीसरे और चौथे दिन भी नहीं। रोज सुबह से शाम तक उसकी राह देखी जाती पर शंकर नहीं लौटता। इसी तरह बीस दिन बीत गए पर शंकर का कुछ भी पता नहीं चला।

उस दिन सब ने उस पर अपार क्रोध किया था, पर धीरे-धीरे उन सबका क्रोध न जाने कहाँ चला गया। इतने दिनों से लड़का बेचारा न जाने कहाँ, कैसी हालत में होगा? दु:खी होकर न जाने क्या कर बैठा हो? सोच-सोच कर सबको चिंता होने लगी। रास्ते में लाला प्रेमबिहारी को देख कर कोई पूछ बैठता, 'शंकर का कुछ पता चला, भइया?'

'नहीं, कोई ख़बर नहीं आई। मर रहा होगा कहीं। गुरुजनों का अपमान करके कोई सुखी रह पाता है भला ?' लाला बड़े उदास हो कर कहते। अंदर-ही-अंदर उनका हृदय हा-हा कार कर रहा होता था । उनके बस दो ही बच्चे थे-शंकर और उससे छोटी लड़की कामिनी। वह भी न जाने कहाँ चला गया था। भगवान जाने कुछ कर न बैठा हो। रेल की पटरी पर जाकर न लेट गया हो। पर ऐसी कोई बात होती तो ख़बर मिलती ही। यही सब सोच कर वे संतोष किए थे।

'तब तो आप उसके लापता होने की सूचना अख़बार में दे ही दीजिए। झूठ ही लिखवा दीजिए कि उसके घर छोड़ कर भाग जाने से सदमें के कारण उसकी माँ बहुत बीमार हो गई हैं। वह जहाँ कहीं भी हो शीघ्र चला आए। कोई उससे कुछ भी नहीं कहेगा।' कोई-कोई उन्हें यह भी सलाह देता।

लाला प्रेमबिहारी बेचारे क्या कहते। वे अनमने से होकर दुकान की तरफ चले जाते। कभी-कभी कहते, 'ठीक ही तो है कि वह खुद ही कहीं चला गया। ऐसे लड़के से तो निपूत होना ही

ठीक है, भइया। और उसकी माँ के बारे में झूठ क्या लिखवाना? वह तो सचमुच में ही रो-रोकर अधमरी हो गई है बेचारी। जाने कब से खाना-पीना छोड़े है।'

वे सज्जन चिंतित होते हुए फिर कहते, 'तब तो आपको अख़बार में उसके गुमशुदा होने का इश्तहार दे ही देना चाहिए। वाह! भाभी ने खाना-पीना तक छोड़ दिया और प्रेमबिहारी भइया आपको चिंता ही नहीं है?'

प्रेमबिहारी उन्हें टालने की ग़रज़ से बोले, 'तुम ठीक कहते हो भइया, मैं कल ही अख़बार के दफ़्तर जाऊँगा।'

दूसरे दिन घर से निकलते ही फिर उन्हें कोई टोक देता, 'प्रेम भइया, शंकर के बारे में कोई ख़बर मिली?'

'नहीं, अभी तक तो नहीं।'

'लड़के को गए तो कई दिन हो गए हैं? कहीं किसी रिश्तेदार के घर तो नहीं चला गया?'

'मैंने सब जगह पता कर लिया है। कहीं नहीं है।' प्रेमबिहारी बेचारे रोआँसे से हो आते। कहने को तो वे कुछ भी कह देते थे। पर शंकर जैसा भी हो आख़िर उनका लड़का था। इकलौता बेटा! हरदम उनका हृदय अंदर-ही-अंदर कलपता रहता था।

'कहीं नहीं है?'

'नहीं।'

'तब?'

'तब क्या?'

'कम-से-कम उसके भाग जाने की रिपोर्ट तो थाने में लिखवा देते। पुलिस उसकी खोज-ख़बर तो लेती।'

'क्या लिखवा दूँ? यही कि गुरुजनों पर हाथ उठा कर भाग खड़ा हुआ मेरा नालायक़ बेटा?'

'अब छोड़ो उस बात को प्रेमबिहारी भइया।'

'क्या छोड़ूँ? मेरा एक ही लड़का था। वह भी गुरुजनों का अपमान करके लापता है। उसने तो शहर भर में मेरी नाक ही कटा दी। अब किसके लिए जिऊँ मैं?' कहते हुए वे उदास मन से दुकान की तरफ चल दिए।

(22)

उस दिन शंकर ने दूर से छिप कर मास्टर प्रभुदयाल जी के घर की तरफ नज़र रखी थी। रोशनपुर के सब लोग आवेश में भागते हुए मास्टर साहब के घर की तरफ जा रहे थे। फिर उसने

अपने पिता जी को भी मास्टर साहब के घर की तरफ जाते देखा। वे बहुत ही नाराज़ लग रहे थे। प्रभुदयाल सर के घर से थोड़ी दूर एक उजाड़ से स्थान में छिपा वह टकटकी लगाए सब कुछ देख रहा था। उसके प्रिंसपल साहब आए, पुन्ना पहलवान आया, राजन गंगवार आया, नवाब की हवेली से नवाब इलियाज आए, स्टेट बैंक के मैनेजर गौरीशंकर आए, पोस्ट ऑफिस के बड़े बाबू विनोद जी आए, इलाहाबाद बैंक का कैशियर सदानंद आया, कल्पना टॉकीज के मालिक सुभाष भल्ला आए, रामजानकी मंदिर का पुजारी सदाव्रत आया, राजाराम दर्जी आया, केशव पंडित आया, रघुवीर दूधवाला आया, मिठाईवाला बाजपेई आया, सिद्धू मोची आया, रामसेवक वकील आए, अमरा धोबी आया, कालेज का सारा स्टाफ आया, गर्ल्स इंटर कालेज की सारी अध्यापिकाएँ आईं और शहर का सबसे बड़ा बदमाश मिंटू भी आया था।

यह सब देख कर शंकर सचमुच बहुत डर गया था। उसने तो मास्टर साहब को नितांत अकेला ही समझा था। वे और उनका भतीजा आशुतोष, बस! लेकिन यहाँ तो इस क़स्बाई शहर की सारी बस्ती ही उनके साथ थी। इतने लोगों का भला वह कैसे सामना कर सकता था। डर के मारे वह काँप उठा। वह समझ गया कि अगर आज वह घर गया तो उसकी ख़ैर नहीं। बहुत पिटाई होगी। और अगर उसे पुलिस पकड़ कर ले गई तो वह तो उसके हाथ-पैर ही तोड़ देगी। यहाँ का पुलिस इंस्पेक्टर तो सर का पढ़ाया हुआ है। जब भी मिलता है सर के पैर छूता है। अब उसे समझ में आ रहा था कि आज वह एकदम ग़लत आदमी से भिड़ गया है। देखने में तो यह दुबला-पतला व्यक्ति है पर उसका प्रभाव सारे क़स्बे के वासियों पर है। आज उसे महसूस हो रहा था कि सचमुच सच्चाई में भी बहुत ताकत होती है। आदमी अपने आत्मबल के सहारे भी विजय प्राप्त कर सकता है। इसी आत्मबल के सहारे ही तो एक दिन गाँधी जी जैसे दुबले-पतले आदमी ने अंग्रेजी साम्राज्य से लोहा लिया था। यही सब सोचते-सोचते वह धीरे-धीरे स्टेशन की तरफ बढ़ने लगा।

उस समय तक रात के ग्यारह बज रहे थे। रोशनपुर का सारा बाज़ार बंद हो चुका था। फिर भी वह छिपते-छिपाते आगे बढ़ा रहा था कि उसे कोई देख न ले। इस समय वह बहुत ही डरा हुआ था। वैसे भी इस क़स्बे में लाइट बहुत कम रहती थी। इस समय भी चारों तरफ धुप अँधेरा छाया था। स्टेशन पर एक गाड़ी कहीं जाने के लिए बिल्कुल तैयार खड़ी थी। वह अब तक जैसे उसी का इंतज़ार कर रही थी। उसके स्टेशन पर पहुँचते ही उसने सीटी दी। वह बिना टिकट लिए उस ट्रेन के एक अँधेरे डिब्बे की ऊपर की बर्थ पर सिमट कर बैठ गया। उसके बैठते ही गाड़ी ने सरकना शुरू कर दिया और थोड़ी ही देर में वह अपनी पूरी गति से भागने लगी। जल्दी ही उसे नींद के झोंके आने लगे और शीघ्र ही वह सो गया।

रात के तीन बजे किसी ने उसे जगाते हुए पूछा, 'कहाँ जाना है, भाई? कानपुर आ गया है।' वह आँखें मलते हुए उठ बैठा। गाड़ी से उतर कर उसने देखा कि गेट पर टी.टी. खड़ा होकर सबके टिकट चैक कर रहा है। सब लोग उसको टिकट देकर बाहर जा रहे है। वह भी एक परिवार के आगे चलता हुआ तेज़ी से बाहर निकल आया। टी.टी. ने समझा कि वह भी उसी परिवार का सदस्य है।

बाहर आकर उसने देखा कि टिकटघर के आगे बहुत सारी जगह है, जहाँ सैकड़ों की संख्या में लोग ओढ़े सो रहे हैं। पर उसे फिर नींद नहीं आई। उसे ठंड लग रही थी। वैसे भी वह केवल एक आधी बाँह का स्वेटर पहने हुए था। वह सारी रात यूँ ही टहलता रहा।

सुबह वह स्टेशन पर ही नित्यकर्म से निवृत्त हुआ। उसने स्टेशन पर लगे हैंडपंप से हाथ-मुँह धोया और पानी पिया। अब उसे जोरों से भूख लग रही थी। उसने कल सुबह के बाद से ही कुछ खाया-पिया नहीं था। उसने अपनी ज़ेब टटोली। उसमें कुछ रुपए थे। उसने रुपए गिने। इससे दो-तीन दिन बड़ी आसानी से काम चल सकता था। सबसे पहले तो उसने चाय पी फिर स्टेशन के बाहर ही एक ठेले पर पूड़ी-सब्जी खा कर अपना पेट भरा। इसके बाद वह शहर घूमने निकल पड़ा। परेड पर आ कर उसकी निगाह एक सिनेमा हाल पर पड़ी तो टिकट लेकर वह हाल में जा बैठा।

सिनेमा देखने के बाद, एक रेस्टोरेंट में आ कर उसने चाय पी। रेस्टोरेंट वाले के छह नौकरों में से दो नौकर अचानक काम छोड़ कर दो दिन से कहीं चले गये थे। बेचारा बड़ा परेशान था। बार-बार नौकरों को कोस रहा था। उसकी समझ में नहीं आ रहा था कि इतने ग्राहकों को कैसे सँभाला जाए। दो नौकर तो चाय-नाश्ता तैयार करने में ही लगे थे। दो नौकर किसे-किसे देखें। उसे बीच-बीच में अपनी गद्दी छोड़ कर खुद भी लगना पड़ रहा था। स्टेशन के ठीक सामने ही मेन रोड पर उसका रेस्टोरेंट था। हर समय ग्राहकों की भीड़ लगी रहती थी। जब भी कोई ट्रेन स्टेशन पर आकर रुकती थी, उसके रेस्टोरेंट में तिल रखने की भी जगह नहीं बचती थी।

शंकर को जब पता लगा कि रेस्टोरेंट के मालिक को दुकान पर काम करने के लिए एक लड़के की ज़रूरत है तो उसने यह सुनहरा मौका गँवाना ठीक नहीं समझा। आख़िर कानपुर जैसे बड़े शहर में रहने और खाने के लिए उसे कोई ठिकाना तो ढूँढ़ना ही पड़ता। उसने रेस्टोरेंट के मालिक के पास जा कर कहा, 'बाबू जी, ग़रीब आदमी हूँ, शहर में काम की तलाश में ही आया हूँ। अगर आप चाहें तो मुझे दुकान के काम के लिए रख लीजिए। दिन-रात काम करूँगा और होटल के बाहर ही सो जाया करूँगा।'

रेस्टोरेंट के मालिक, महेश सिंधी ने उसे एक बार ऊपर से नीचे तक देखा। लड़का उसे भला लगा। फिर उसे इस समय लड़के की सख़्त ज़रूरत भी थी। बोला, 'समझ लो लड़के, खूब मेहनत करनी पड़ेगी। दोनों समय खाना-नाश्ता मिलेगा और दो सौ रुपए महीने मिलेंगे।'

शंकर तुरंत तैयार हो गया। बोला, 'मेहनत करने ही तो गाँव से शहर आया हूँ। आप को कोई शिकायत का मौका नहीं दूँगा, साहब!'

महेश सिंधी फिर बोला, 'चोरी-वोरी तो नहीं करेगा?

शंकर ने कान पकड़ लिए। बोला, 'नहीं तो, चोरी ही करनी होती तो आपके यहाँ क्यों काम माँगने आता? उधर स्टेशन पर लोगों की जेबें नहीं काटता। मैं गाँव से शहर में चोरी करने नहीं

आया हूँ। आप निश्चिंत रहिए, कभी भी आपको किसी भी तरह की शिकायत का मौका नहीं दूँगा।'

उसकी बातें सुन कर महेश सिंधी ने उसे रखना स्वीकार कर लिया। उसे तो वैसे भी इस समय एक लड़के बहुत ज़रूरत थी। उसने सोचा कि अगर ठीक से काम नहीं किया तो दस दिन के बाद इसे हटा दूँगा। तब तक उसके पुराने लड़के भी वापिस आ जाएँगे। आज़मा लेने में क्या हर्ज है? उसने उसे रख लिया।

अब शंकर को किसी भी तरह की चिंता नहीं थी। दोनों समय खाना और नाश्ता। दिन में कई-कई बार चाय। घूमने-फिरने और पिक्चर देखने के लिए महीने में दो सौ रुपए। रात को होटल की बेंचों को मिला कर वह वहीं आराम से सो जाता। होटल में चार लड़के और भी थे। दो खाना बनाते, समोसे बनाते, पकौड़ी बनाते, टिक्की बनाते, मिठाई बनाते और दिन भर चाय भी बनाते रहते। एक लड़का दिन भर बर्तन ही माँजता रहता। शंकर व एक दूसरे लड़के का काम था ग्राहकों से आर्डर लेकर उनकी मेज़ तक सामान पहुँचाना और सर्विस देना। फिर पाई-पाई का हिसाब महेश सिंधी को समझाना। इसके लिए थोड़ा पढ़े-लिखे होने की ज़रूरत थी। इन पाँचों लड़कों में शंकर और पिंटू ही पढ़े-लिखे थे। शंकर तो तुरंत ही जोड़ कर सारा हिसाब महेश सिंधी को समझा देता; लेंकिन पिंटू बहुत देर तक हिसाब-किताब जोड़ता रहता। इसलिए बड़ा आर्डर अक्सर वह ही लेता था। मजाल क्या कि हिसाब में ज़रा सा भी गोलमाल हो जाए। शंकर सारा काम बहुत ही मेहनत से करता था। इंटर तक पढ़ा-लिखा तो था ही, बस परीक्षा देना ही तो बाकी रह गया था। इसलिए ग्राहकों से बहुत ही सभ्यता से बात करता। अच्छे घर का खाता-पीता लड़का था, इसलिए चोरी-चपाटी भी नहीं करता था।

पंद्रह दिनों के अंदर ही महेश सिंधी का विश्वास उस पर इस कदर जम गया कि दोनों पुराने लड़को के लौटते ही उसने उसे होटल से हटा कर अपने घर पर रख लिया। अब वह घर के कामों में उसकी पत्नी मालती की मदद करता था। झाड़ू लगाता, कपड़े धोता, बाज़ार से सब्ज़ी व अन्य सौदा ले आता। मालिक के छोटे बेटे को स्कूल पहुँचा और ले आता। और फुरसत के समय में खुद भी पिक्चर देखने चला जाता या सारे कानपुर भर में घूमता फिरता।

एक दिन वह अपना सामान रखने के लिए एक संदूक लाया। चोरी-छिपे स्प्रिंगवाला चाकू लाया। धमाका करने वाली एक पिस्तौल भी लाया। उन चीज़ों को सबसे छिपा कर उसने बड़े जतन से अपने संदूक में रख दिया। धीरे-धीरे मोहल्ले के बहुत से लड़के उसके दोस्त हो गए। फुरसत के क्षणों में वह मोहल्ले के आवारा और बदमाश लड़कों के साथ घूमा करता। बदमाशी की नई-नई बातें सीखता रहता। उसे इन सबमें न जाने कैसा आनन्द आता था। महेश सिंधी को अपनी दुकान से ही फुरसत नहीं रहती थी। उसे इन सब बातों का कुछ भी पता नहीं रहता था। उसकी पत्नी भी शंकर से बेहद खुश थी, क्योंकि घर का सारा काम शंकर बहुत ही मेहनत, ईमानदारी और फुर्ती से करता था। वह घर के सभी लोगों के साथ बहुत ही विनम्रता से पेश आता था।

(23)

शंकर के इस तरह से रोशनपुर छोड़ कर भाग जाने से सबसे अधिक सुकून विष्णु को ही था। अब कोई उससे कुछ कहने वाला नहीं था। वह मन-ही-मन सोचता कि यह शंकर का बच्चा रोशनपुर का बहुत बड़ा बदमाश बनता था; साला पुलिस के डर से ऐसा भागा कि वापिस लौटा ही नहीं। भगवान करे कि वह कभी रोशनपुर लौट कर ही न आए। साले ने बिना बात में ही जीना दूभर कर रखा था। लोफर कहीं का, नूतन को अपने इश्क के जाल में फँसाने चला था।

इंटर की अर्धवार्षिक परीक्षाएँ समाप्त हो चुकी थीं। विष्णु बोर्ड की परीक्षाओं की तैयारियों में जुटा हुआ था। वह रोज सुबह-शाम बगल में कापी-किताब सँभाले प्रकाशनारायण सर के घर जाता । प्रकाशनारायण सर अभी से ही उसे आइ.ए.एस. की तैयारी भी करवा रहे थे। उन्हें विष्णु की योग्यता पर पूर्ण विश्वास था। वह उसे अंग्रेजी बोलने का अभ्यास करवाते। वे उसके लिए ही रोज़ अंग्रेजी का अख़बार लेते थे। विष्णु उसे देर रात तक पढ़ता रहता था। कठिन शब्द डिक्शनरी से देख कर एक कापी में नोट करता जाता था। सुबह-सुबह उठ कर उन्हें दोहराता था। प्रकाशनारायण सर उससे अपना सामान्य ज्ञान बढ़ाते रहने के लिए ज़ोर देते रहते। नूतन भी इस साल इंटर में दी थी। प्रकाशनारायण सर नूतन से कहते, 'तुम दोनों आपस में अंग्रेजी में ही बातचीत किया करो। तुम विष्णु से अंग्रेजी में प्रश्न करो। वह अंग्रेज़ी में ही जवाब देगा। तुम दोनों सारा कुछ अंग्रेजी में ही बोला करो। पहले ग़लती करोगे फिर धीरे-धीरे सही-सही अंग्रेजी बोलना सीख जाओगे। प्रशासनिक सेवा में अंग्रेजी का बहुत महत्व है। इस विदेशी भाषा का,अधिकारी वर्ग अब भी गुलाम है। हमारे यहाँ आज भी अंग्रेजी में ही न्याय मिलता है। देश की सबसे बड़ी न्यायपालिका सुप्रीम कोर्ट में हम आज भी इस गुलामी की भाषा में ही बहस करते हैं। जज भी अंग्रेजी में ही फैसला सुनाते हैं। अच्छी अंग्रेजी न आने से अभिजात्य वर्ग हमें हीन समझने लगता है। सच तो यह है कि हम लोग आज भी अंग्रेजी मानसिकता के गुलाम हैं। किसी को फर्राटेदार अंग्रेजी बोलते देख कर अधिकारी वर्ग भी सहम जाता है। वह उसे अधिक महत्व देता है। उसका काम भी प्राथमिकता से करता है।'

विष्णु सर की बातें बड़े ध्यान से सुनता और उन पर अमल भी करता। पहले-पहले नूतन को विष्णु के सामने बैठते बहुत शर्म आती थी। वह भी तो जवानी की दहलीज़ में कदम रख चुकी थी। जिस तरह से मन, मन की भाषा को पढ़ लेता है; उसी तरह देह, देह की भाषा पढ़ना भी खूब अच्छी तरह से जानती है। कैसी प्यार भरी नज़रों से वह उसे ताका करता था। नूतन के दिल की धड़कनें भी बढ़ जाती थीं। लज्जा के कारण वह उससे बातें ही नहीं कर पाती। बिल्कुल यही हाल विष्णु का भी था। फिर धीरे-धीरे उन दोनों की झिझक कम होती चली गई। वे दोनों आपस में खुलते चले गए। अब दोनों को एक-दूसरे का साथ बहुत सुखद लगने लगा। दोनों दिन भर अंदर के कमरे में बैठे-बैठे बातें करते रहते थे। बीच-बीच में एक बैच पढ़ाने के बाद प्रकाशनारायण सर कमरे में आकर पूछते, 'अरे विष्णु को चाय दी ? देखो तो चार बज गए हैं।

चाय-नाश्ते का समय हो गया है। केवल पढ़ाई-लिखाई से ही काम नहीं चलता। बीच-बीच में पेट पूजा भी करते रहना चाहिए।'

विष्णु झिझकता हुआ कहता, 'नहीं सर, चाय की मुझे तलब नहीं है। चाय तो स्वास्थ्य के लिए हानिकारक होती है?'

'अरे, नहीं...नहीं, तलब क्यों नहीं? चाय से तो सुस्ती मिटती है। बीच-बीच में कुछ खाते-पीते रहने से शरीर चुस्त-दुरुस्त बना रहता है। दिमाग भी तरोताजा रहता है। मैं ही देखो दिन भर में न जाने कितने कप चाय पी जाता हूँ। अगर हर बैच पढ़ाने के बाद आधा कप चाय न पिऊँ तो भला इतनी मेहनत कर पाऊँ? कौन कहता है कि चाय स्वास्थ्य के लिए हानिकारक होती है? अरे, यह तो कलयुग का अमृत है। कुछ भी संकोच न किया करो विष्णु; इसे भी अपना ही घर समझो।'

सर उसकी पीठ पर स्नेह से हाथ फेरते हुए कहते तो वह और भी अधिक संकुचित हो जाता। तब तक नूतन चाय बनाने के लिए उठ जाती थी। साथ में फटाफट प्याज-आलू के पकौड़े भी बना कर लाती थी। उसे सब पता था कि विष्णु को क्या-क्या पसंद है।

विष्णु कहता, 'अरे यह सब क्या? इतना कष्ट करने की क्या आवश्यकता थी, नूतन जी? रोज़ इतना सब कुछ करने की ज़रूरत नहीं है। समझी?'

नूतन हँसती हुई कहती, 'इसमें कष्ट की क्या बात? अभी तुमने सुना नहीं कि पिता जी क्या कह रहे थे कि इसे अपना ही घर समझो!'

सुन कर विष्णु मुस्करा देता। वह एक आँख दबा कर पूछता, 'और आपको किसका समझूँ मैडम-अपना या पराया?'

नूतन और भी मुस्करा उठती। उसका सर्वांग पुलकित हो उठता। रोम-रोम प्रीत के उल्लास में डूब जाता। वह मानिनी नायिका सी शरारत से मचल कर कहती, 'देखो, कभी ऐसी-वैसी हरकत मत कर बैठना। नहीं तो मुझसे पिटे बिना नहीं रहोगे। मैं वैसी लड़की नहीं हूँ जैसा तुम समझ रहे हो। तुम्हें शर्म नहीं आती ऐसा कहते? कोई देख ले तो क्या सोचे? पापा जी ने तुम्हें बहुत लिफ्ट दे रखी है, मिस्टर। हाँ!'

'तो आप भी थोड़ी-सी लिफ्ट दे दीजिए न?' कहता हुआ वह दूर से ही चुंबन लेने के अंदाज में अपने होंठ सिकोड़ देता।

'धत्, बदतमीजी नहीं!' नूतन उसे बनावटी गुस्से से घुड़कती।

वह मुस्कराता हुआ चाय पीने लगता। पकौड़े खा कर कहता, 'वाह जी, क्या पकौड़े बनाए है! आप और क्या-क्या बना लेती हैं, नूतन मैडम जी?'

'सब कुछ, अच्छा खाना, अच्छी मिठाइयाँ और लौकी के कोफ़्ते तो मैं बहुत अच्छे बनाती हूँ-कभी बना कर खिलाऊँगी तुम्हें।'

'सच! सुन कर ही मेरे मुँह में पानी आ रहा है। लेकिन भई, अब तुम सारी बातें अंग्रेजी में ही किया करो। सर हमें हिंदी में बोलता हुआ सुन लेंगे तो नाराज़ होंगे। मुझे अंग्रेजी सिखाने के लिए ही तुम्हें लगाया गया है, मास्टरनी जी।'

यह सब सुन कर नूतन खिलखिला कर हँस पड़ती।

(24)

प्रकाशनारायण सर की तीन लड़कियाँ थीं। मँझली का नाम ममता और छोटी का नाम सुनीता था। घर में प्यार से सब उसे सुम्मी कहते थे। लड़का एक भी नहीं था। सबसे बड़ी लड़की नूतन इसी साल इंटर की परीक्षा देनेवाली थी। बी.ए. या एम.ए. कर लेने के बाद ही उसकी शादी कर देने का विचार था। सो विष्णु से प्रकाशनारायण ने बहुत सारी आशाएँ बाँध रखी थीं। मन-ही-मन वे उसे अपना दामाद मान चुके थे। ऐसा लड़का उन्हें मिलता भी कहाँ! ऊँचा कद, गोरा रंग, उठी हुई नाक, भरा हुआ चेहरा-मोहरा, अच्छा स्वास्थ्य। होशियार इतना कि अध्यापक भी उसका लोहा मानते थे। उसके हमेशा 90 प्रतिशत से ऊपर ही नंबर आते। उसे हमेशा ही स्कालरशिप मिलती थी। और इन सबके ऊपर वह उनका बहुत ही मान-सम्मान करता था। मजाल क्या, जो उनकी कोई बात टाल जाए। फिर वह था भी उन्हीं की बिरादरी का । वह जानते थे कि ऐसा लड़का तो उन्हें चिराग लेकर ढूँढ़ने से भी नहीं मिलेगा।

विष्णु ग़रीब घर का लड़का था। पिता नहीं थे। माँ ही उसे मेहनत-मज़दूरी करके पाल रही थीं। वह भी ट्यूशनें कर-कर के उनका हाथ बँटाता था। अपने जीवन काल में उसके पिता जी किसी लाला के यहाँ मुंशी थे। एक दिन अचानक उन्हें दिल का दौरा पड़ा और जब तक उन्हें अस्पताल ले जाया गया, उनका देहांत हो गया। बेचारी माँ ने ही किसी तरह दूसरों के घरों में काम-काज करके उसे पाला-पोसा। उसकी बस यही एक साध थी कि विष्णु को पढ़-लिख कर एक अच्छी-सी नौकरी मिल जाए तो उसका बुढ़ापा सुख से कट जाए।

प्रकाशनारायण सर सब समझते थे। वे उसके घर की माली हालत से भली-भाँति परिचित थे। लड़के के सिर पर पिता का साया नहीं था। वे भरकस उसकी सहायता करने की कोशिश करते थे। उसे अच्छी किताबें देते थे। मुफ़्त पढ़ाते थे। अपनी बेटी के साथ उसको घुलने-मिलने की पूरी आज़ादी देते थे। वे अभी से अपना जाल बिछा रहे थे। उन्हें विश्वास था कि एक-न-एक दिन यही विष्णु बहुत ऊपर तक पहुँचेगा। वह उसकी प्रतिभा से बहुत ही प्रभावित थे। उन्हें यक़ीन था कि विष्णु को कोई भी ताकत फर्श से अर्श तक पहुँचने से नहीं रोक सकती है। एक दिन वह इतनी ऊँची छलाँग लगाएगा कि उसके साथ के अन्य लोग उससे कोसों पीछे रह जाएँगे। तब वे उससे अपने अहसानों की क़ीमत वसूल करेंगे। अभी तो वे विष्णु पर अपने अहसानों का बोझ लादे जा रहे थे।

वे हमेशा उसे समझाते, 'देखो विष्णु, सिविल सर्विसेज़ के लिए अच्छी अंग्रेजी होना बहुत ज़रूरी है। तुम उठते-बैठते, रोते-गाते, लड़ते-झगड़ते हर समय अंग्रेजी में ही सोचा करो; अंग्रेजी में ही बात किया करो। समझे? आज भी अभिजात वर्ग की यही भाषा है। जो भी व्यक्ति यह भाषा अच्छी तरह से जानता है, उसे वे लोग अपनी बिरादरी में शामिल कर लेते हैं। अंग्रेजी न आने वालों को वे लोग दोयम दर्जे का इंसान मानते हैं।'

विष्णु भी हर बार उनसे यही कहता, 'जी सर, जैसा आप कह रहे हैं, मैं वैसा ही करूँगा। वैसे भी अंग्रेजी बोलना कोई बड़ी बात नहीं है। मैं जल्दी ही अच्छी अंग्रेजी बोलने लगूँगा। मैं आपकी अपेक्षाओं पर एकदम खरा उतर कर दिखाऊँगा, सर।'

वे उसकी बात सुन कर गद्‌गद्‌ हो जाते। उसके सिर पर हाथ फेरते हुए कहते, 'वैरी गुड माई बॉय ! आई एम प्राउड ऑफ यू, माई सन!' फिर वे विष्णु की माँ से कहते, 'बहिन जी, बहुत ही होनहार बेटा है आपका। देखिएगा एक दिन अपने इस रोशनपुर शहर का नाम रोशन करेगा। ऐसे लड़के तो लाखों में एक-दो ही होते हैं। मैंने इसकी प्रतिभा पहचान ली है। आप तो बहुत ही भाग्यशाली हैं, बहिन जी!'

यह सब सुन कर विष्णु की माँ प्रभावती भी गद्‌गद्‌ हो जातीं। भला किस औरत को अपनी संतान की प्रशंसा अच्छी नहीं लगती है। वे कहतीं, 'भाई साहब, आप विष्णु के लिए जितना करते हैं, उतना तो कोई सगा-संबंधी भी नहीं कर पाएगा। आपका यह अहसान तो मैं सात जन्मों में भी नहीं चुका पाऊँगी।'

प्रकाशनारायण सर यह सब सुन कर मन-ही-मन बहुत खुश होते। हँसते हुए कहते, 'अरे इसमें अहसान की क्या बात है, बहिन जी? मैं तो विष्णु को गैर मानता ही नहीं हूँ। अपने बेटे जैसा ही मानता हूँ। ऐसे प्रतिभाशाली लड़के के लिए कुछ करके खुद मुझको ही आत्मसंतुष्टि मिलती है। अध्यापक का काम ही छात्रों की प्रतिभा को निखारना है। हीरे को तराशने से ही तो उसमें निखार आता है। जितना वह निखरता जाता है, उसकी कीमत भी उतनी ही बढ़ती जाती है। मैं तो वही काम कर रहा हूँ, बहिन जी।'

(25)

प्रेमबिहारी को अख़बार के दफ़्तर में सूचना देने की ज़रूरत नहीं पड़ी। थाने में एफ.आई.आर भी उन्हें नहीं लिखवानी पड़ी। एक दिन डाकिया आकर उन्हें शंकर का एक पत्र दे गया। पत्र में उसने लिखा था कि वह जहाँ कहीं भी है, एकदम ठीक-ठाक है। वह बढ़िया नौकरी कर रहा है और बहुत ही आराम से एक सज्जन व्यक्ति के यहाँ रह रहा है। उसे यहाँ किसी भी तरह की परेशानी नहीं है। अत: उसके लिए कोई भी परेशान न हो। उस दिन उससे वाकई बहुत बड़ी ग़लती हो गई थी। इसके लिए वह प्रभुदयाल सर एवं अन्य सभी लोगों से भी क्षमा चाहता है। उसे ढूँढ़ने की कोशिश न की जाए। कुछ दिनों बाद वह स्वयं ही वापिस आ जाएगा।

पत्र पढ़ कर आज बहुत दिनों बाद प्रेमबिहारी ने संतोष की साँस ली थी। इतने दिनों से उनके दिल पर क्या बीत रही थी, यह तो बस वही जानते थे। आज उनके दिल से मनों बोझ हट गया था। आख़िरकार शंकर उनका इकलौता बेटा था।

उन्होंने पत्नी को यह ख़बर दी तो वह भी खुश हो उठी। पर यह जान कर उदास भी हुई कि शंकर ने पत्र में अपना पता नहीं लिखा था। बस पोस्टऑफ़िस की मोहर देख कर यह अंदाजा लगाया जा सकता था कि पत्र कानपुर से आया है। उसे उदास देख कर प्रेमबिहारी ने समझाया, 'गीता परेशान न हो। भगवान का शुक्र है कि हमारा शंकर ठीक-ठाक है। भगवान उन सज्जन व्यक्ति का भला करें जिन्होंने उसे अपने घर में पनाह दे रखी है। उसने लिखा है कि वह जल्दी ही घर वापिस आएगा। भगवान पर भरोसा रखो गीता और अपना ठीक से ख़्याल रखो। अब चिंता करने की कोई ज़रूरत नहीं है। हमारा शंकर एकदम ठीक-ठाक है।'

गीता बेचारी क्या कहती, वह चुप ही रही। उस शाम को वह नेहरू पार्क के पास स्थित शिव मंदिर में प्रसाद चढ़ा आई। और इससे अधिक वह बेचारी कर ही क्या सकती थी?

(26)

दिसंबर शुरु हो गया था।

शंकर को रोशनपुर से भागे हुए एक महीना हो गया था। एक दिन अचानक दोपहर के समय किसी ने प्रभुदयाल जी का दरवाजा खटखटाया। वे खाना खाकर जरा लेटे ही थे कि अचानक किसी ने दरवाजा खटखटाते हुए आवाज दी, 'मास्टर प्रभुदयाल जी हैं क्या?'

खटखटाहट सुन कर वह उठ बैठे, 'कौन?'

'पोस्टमैन!'

'किसका पत्र है, भाई?' उन्होंने दरवाजे पर आकर पूछा।

'आपका ही है, मास्साब।' कहते हुए पोस्टमैन ने पत्र उन्हें सादर पकड़ा दिया।

पत्र हाथ में लेकर प्रभुदयाल सर उसको उलट-पलट कर देखने लगे। पत्र उनका ही था, पर वे समझ नहीं पा रहे थे कि किसने उन्हें यह पत्र लिखा है। आख़िर उन्होंने पत्र खोल डाला। आश्चर्य! पत्र शंकर का था। वे हतप्रभ हो उसे पढ़ने लगे। शंकर उन्हें पत्र लिखेगा, ऐसी आशा उन्होंने कभी सपने में भी नहीं की थी। उसने लिखा था-

आदरणीय गुरू जी, सादर चरण स्पर्श!

आशा है अब तक आप ने मुझे क्षमा कर दिया होगा और मेरे सारे अपराध भुला दिए होंगे। मैं जानता हूँ कि आप अपने विद्यार्थियों से बहुत दिनों तक नाराज़ रह ही नहीं सकते हैं। उस दिन

जो कुछ हुआ उसके लिए मैं बहुत ही शर्मिंदा और दु:खी हूँ। आप तो जानते ही हैं कि मैं कभी भी पढ़ाई-लिखाई मे बुरा नहीं रहा। औसत बुद्धि वाले विद्यार्थियों से प्राय: तेज़ ही रहा हूँ। यदि मन लगा कर पढ़ूँ तो अब भी विष्णु जैसे स्कालर लड़के को पीछे छोड़ दूँ। परंतु मेरी छोटी सी ग़लती के कारण अब तो मेरा पढ़ना-लिखना ही बंद हो गया है। ख़ैर, पढ़-लिख कर होता भी क्या? बिना रिश्वत, बिना सिफ़ारिश के आजकल नौकरी भी कहाँ मिलती है? और, मैंने तो सर हाईस्कूल में आते ही सोच लिया था कि बड़ा होकर मैं राजनीति में जाऊँगा। उसके लिए पढ़ने-लिखने की कोई ख़ास ज़रूरत भी नहीं है, जिसके लिए रात-दिन एक किया जाए। इसके लिए तो तिकड़मबाज़, दबंग और बेशर्म होना ही काफी है। यही राजनीति का असली हुनर है।

नकल करने के लिए उस दिन जितना दोषी मैं था, उससे अधिक कुछ अन्य लोग भी थे। प्रकाशनारायण, शिवकुमार, संजय मिश्रा, शिवलाल-ये सभी अध्यापक भी। ये लोग कहने को तो अध्यापक हैं, पर कभी भी क्लास में इन लोगों ने ठीक से नहीं पढ़ाया। ये लोग घर में ही ट्यूशन का मेला लगाते रहे। ये लोग साल भर सरस्वती को बेच-बेच कर लक्ष्मी पैदा करने की होड़ में लगे रहे। जो छात्र इन अध्यापकों से ट्यूशन नहीं पढ़ते, उन्हें ये लोग कम नंबर देते हैं। जिन लोगों ने प्रकाशनारायण सर से ट्यूशन पढ़ी उनसे शिवकुमार सर नाराज़ रहने लगे। उन्होंने क्लास में जब फ़िज़िक्स बिल्कुल पढ़ाई ही नहीं थी तो मैं एग्जाम में नकल क्यों नहीं करता भला?

आपने मुझे तो नकल करने की सजा दी। मेरा एक साल खराब हो गया। मेरी पढ़ाई-लिखाई छूट गई। आगे का सारा कैरियर चैपट हो गया। पर इन लोगों के अपराध की आपने क्या सजा दी? मै आपसे क्षमायाचना सहित यही कहना चाहता हूँ, सर, कि अगर आपको सुधारना है तो पहले इस सिस्टम को सुधारिए; तब ही यह देश सुधर पाएगा। बताइए इतना हौसला है आप में?

आपकी कृपा से मैं यहाँ ठीक से हूँ। नौकरी कर रहा हूँ और खूब आराम से रह रहा हूँ। आशा है कि आप भी स्वस्थ व सानन्द होंगे। उस दिन के लिए मैं आपसे पुन: हृदय से क्षमा चाहता हूँ।

आपका ही,
शंकर

पत्र पढ़ कर प्रभुदयाल सर किंकर्तव्यविमूढ़ से कुछ देर बैठे-बैठे सामने लगे महात्मा गाँधी के चित्र की ओर देखते रहे। फिर हटात् उनकी आँखों से आँसू निकल कर पत्र को भिगोने लगे। उन्हें तुरंत इस बात का अहसास हो गया कि जो लड़का ऐसा पत्र उन्हें लिख सकता है, वह पढ़ाई-लिखाई में तो कदापि कमजोर नहीं हो सकता। तो क्या एग्जाम में नकल करके शंकर अपना विरोध प्रकट कर रहा था?

उस दिन प्रभुदयाल सर को लगा कि वे अनजाने में ही एक बहुत बड़ी ग़लती कर बैठे हैं। जो असली दोषी हैं उनको सज़ा देने की बजाए वह एक निर्दोष बालक को सज़ा दे बैठे हैं। उनकी

एक छोटी-सी ग़लती के कारण उसकी पढ़ाई-लिखाई छूट गई। डर कर वह अपना घर, अपने माँ-बाप को छोड़ कर भाग गया। पता नहीं कहाँ होगा बेचारा! सोच कर उनका मन उद्विग्न हो उठा। हटात् उन्होंने पत्र को ध्यान से देखा। उसमें कानपुर शहर की मोहर लगी हुई थी। कानपुर महानगर के किस मोहल्ले के किस मकान में वह इस समय क्या कर रहा है, काश इस क्षण वे यह सब कुछ जान पाते तो उनके मन को कितनी शांति मिलती। वे अभी, इसी समय उसे ले आने को निकल पड़ते।

फिर उनसे घर पर बैठा नहीं गया। शाल लपेट कर वे धीरे से घर से बाहर निकल गए। मन पश्चाताप् से भरा हुआ था। वे बढ़ते चले गए और हटात् लाला प्रेमबिहारी के घर के सामने जा खड़े हुए। अंदर से कुंडी लगी थी। वे कुछ देर तक बाहर दरवाजे के पास खड़े-खड़े न जाने क्या सोचते रहे? एक बार उन्होंने सोचा कि चलो लौट जाएँ। इस समय तो प्रेमबिहारी दुकान से घर पर खाना खाने आया होगा। बेचारा बेकार में ही परेशान हो जाएगा। लेकिन मन न माना, आख़िरकार उन्होंने दरवाजा खटखटा ही दिया। लाला प्रेमबिहारी ने ही आकर दरवाजा खोला। प्रभुदयाल जी को अपने दरवाजे पर खड़ा देख कर वे हतप्रभ रह गए। प्रेमबिहारी ने जल्दी से दरवाजा खोल कर उन्हें बैठक में बिठाया फिर वे अंदर चाय के लिए कहने दौड़े।

कुछ ही देर बाद गीता चाय-नाश्ता लेकर आई। उसने चरण-स्पर्श करके प्रभुदयाल जी से आशीर्वाद लिया।

उनके चाय पी लेने के बाद प्रेमबिहारी ने पूछा, 'बाबू जी, आपने कैसे कष्ट किया? किसी से कहला दिया होता तो मैं खुद उपस्थित हो जाता।'

प्रभुदयाल सर जानते थे कि एक महीने से इसका पुत्र घर पर नहीं आया है। इसके मन में अपार दु:ख है फिर भी उनके लिए वही पहले जैसा ही सम्मान है। उनसे इस तरह सम्मान पाकर जैसे उनका दु:ख और भी बढ़ा जा रहा था। वे भर्राए गले से बोले, 'बेटा प्रभु, आज शंकर का एक पत्र मेरे पास आया है। पत्र पर लगी मोहर देख कर यह अंदाजा तो लग गया है कि पत्र कानपुर से आया है; परंतु उसमें उसका पता नहीं लिखा है। मैं बूढ़ा आदमी हूँ, अब मेरी उम्र काफ़ी हो गई है, मुझसे अब अधिक चला नहीं जाता है, नहीं तो मैं ही उसे ढूँढ़ने चला जाता।'

प्रेमबिहारी ने घर पर आए शंकर के पत्र का जिक्र न करना ही ठीक समझा। वे पूरे सम्मान के साथ बोले, 'बाबू जी, आप परेशान न हों। वह तो आवारा लड़का है। अपने आप ही घर से भाग कर चला गया था। देखिएगा एक दिन अपने आप आ भी जाएगा। गुरुजनों के अपमान की सजा तो उसे मिलनी ही चाहिए थी।'

प्रभुदयाल सर बोले, 'न...न...बेटा, अब नहीं। अब बहुत हो गया। तुम मेरे भतीजे को संग लेकर कल ही कानपुर जाओ।'

'लेकिन बाबू जी, इतने बड़े शहर में उसे ढूँढ़ेंगे कहाँ?'

'सो तो है। पर प्रयास करके देखने में भला क्या हर्ज है?'

हाँ प्रयास! प्रयास करने से ही तो दुनिया के काम आगे बढ़ते हैं। यूँ अकर्मण्य बैठे रहने से तो कुछ होता-हवाता नहीं है। थोड़ा सोचने के बाद प्रेमबिहारी बोले, 'जैसी आपकी इच्छा, बाबू जी! आशुतोष को कष्ट देने की क्या ज़रूरत है? मैं कल ही कानपुर निकल जाऊँगा। वहाँ मेरे कई परिचित और रिश्तेदार हैं। कोई परेशानी नहीं होगी। आपके आशीर्वाद से कोई-न-कोई सुराग तो मिलेगा ही।'

प्रभुदयाल सर ने सोचा-वाह, कैसा बाप का दिल है रे! लड़का इतने दिनों से घर से गायब है, कोई फिक्र ही नहीं। खुद ही खोज करने जाना चाहिए था। कहने के लिए आए तो कह दिया कि जैसी आपकी इच्छा।

वे बोले, 'हाँ, जरूर जाओ। कल ही निकल जाओ, प्रेम।'

प्रेमबिहारी बोले, 'हाँ बाबूजी, जब आपकी आज्ञा हो गई है तो कल ही निकल जाऊँगा। आप परेशान न हों, मुझे भी तो बेटे से मोह है। निकम्मा ही सही।'

इसके बाद प्रभुदयाल सर वहाँ और अधिक नहीं रुके। उन्हें मालूम था कि प्रेमबिहारी को अभी खाना खाकर फिर से दुकान जाना है। संकोच के मारे उनसे तो कुछ कहेगा नहीं। घर लौटते समय भी उनका मन बहुत अशांत रहा।

(27)

कमलेश पाठक रोशनपुर के दयानंद इंटर कालेज का प्रिंसपल था। सुदूर शहर से एक दिन आकर इस क़स्बेनुमा शहर के कालेज में प्रिंसपल बना था। अभी उसकी उम्र बहुत कम थी। बस पढ़ कर निकला ही था। पढ़ाई-लिखाई में मेधावी रहा था। अपने कालेज का टॉपर था। हमेशा प्रथम श्रेणी में ही पास हुआ था। फ़िज़िक्स में पी.एच.डी. करने के बाद ही एकदम से प्रिंसपल बन कर इधर आ गया था। उस समय पी.एच.डी. बहुत कम लोग किया करते थे। सुनने में आ रहा था कि वह शीघ्र ही किसी डिग्री कालेज में प्रोफेसर हो कर चला जाएगा। यहाँ आकर तो बस अपना समय काट रहा है।

जब शुरू-शुरू में वह यहाँ आया था तो प्रभुदयाल सर के यहाँ ही कई महिनों तक बना रहा था। वह सुदूर शहर से यहाँ आया था। उसका मन इस नए माहौल में न जाने कैसा उद्विग्न-सा हो रहा था। क़स्बेनुमा शहर के वातावरण में उसे कभी-कभी बड़ी ऊब होने लगती थी। कालेज की घिनौनी राजनिति से उसका जी घबड़ाने लगता था। प्रभुदयाल ने उसे अपने लड़के की तरह रखा। उन्हीं के घर रह कर कमलेश जी ने सर का सादा जीवन देखा था। उन्होंने कैसे अपने देश की स्वतंत्रता की ख़ातिर अपने परिवार की आहुति दी थी; यह सब भी उसने जाना-सुना था।

प्रभुदयाल सर कमलेश से कहते, 'आज़ अगर मेरा बेटा होता, कमलेश, तो वह शायद तुम से भी उम्र में बड़ा होता।'

कमलेश जी कहते, 'सर, मुझे भी आप अपने बेटे की तरह ही समझिए न!'

सुन कर वे आकंठ स्नेह में डूब जाते।

'तुम भी मुझे अपने बेटे जैसे ही प्रिय हो।' वे कहते।

उस दिन की घटना से त्रस्त हो कर उन्होंने कालेज जाना छोड़ दिया था। अब अंग्रेज़ी और हिंदी के पीरियड लेते हुए उनका मन नहीं लगता था। बहुत लगन से वे बच्चों को पढ़ाया करते थे। पर फिर भी क्या वे उनका कुछ भला कर पाए थे? वे इन दिनों बड़ी उलझन में थे। उन्हें क्या अब बच्चों को पढ़ाना छोड़ देना चाहिए? ऐसा करना तो अपने कर्तव्य से विमुख हो जाना है। हरेक इंसान को निःस्वार्थ होकर, मरते दम तक, अपना कर्म करते रहना चाहिए। गीता में भी तो लिखा है-

कर्मण्येवाधिकारस्ते मा फलेषु कदाचनः।
मा कर्मफलहेतुर्भुर्मा भूर्मा ते संगोऽस्त्वकर्मणि।।

"तेरा कर्म करने में ही अधिकार है, उसके फलों में कभी नहीं। इसलिए तू कर्मो के फल हेतु कार्य करने वाला न हो तथा अकर्मण्यता भी न कर"।

तो क्या वह कर्म करते रहें? फल की इच्छा ही न करें! लेकिन वे तो अपनी आँखों के सामने ही बच्चों को सभ्य और सुसंस्कृत बनता देखना चाहते थे। वे अजीब पशोपेश में थे। उस दिन के बाद से उनकी दिनचर्या एकदम ही बदल गई थी। वे खूब सुबह-सुबह उठते। नित्यकर्मों से निवृत्त हो कर घूमने निकल पड़ते। हरे-भरे खेतों को मुग्ध भाव से निहारते हुए दूर तक निकल जाते थे। वापस आने पर उनका भतीजा पूछता, 'बाबू जी, आज आप किस तरफ घूमने निकल गए थे?'

उनके भतीजे का नाम आशुतोष है। अपने भाई और भाभी के असमय देहांत के बाद उसको उन्होंने अपने बेटे की तरह ही पाला है। उसकी पत्नी का नाम प्रभा है। वे दोनों भी उनको बाबू जी ही कहते हैं। बच्चों की तरह ही दोनों उनकी सेवा करते हैं।

वे प्रफुल्लित होकर कहते, 'आज तो रेलवे लाइन की तरफ निकल गया था। बामन के तालाब के पास रामजानकी मंदिर के प्रांगण में बहुत देर तक बैठा रहा।'

'सुबह-सुबह तो बहुत ठंडी हवा चलती है बाबू जी? आजकल सर्दी भी तो कितनी है। मेरा तो इतनी सुबह रजाई छोड़ने को मन ही नहीं करता है।'

'हाँ, सर्दी तो बहुत है। पर सुबह की ताज़ी हवा का सेवन करने से शरीर में सारे दिन ताज़गी बनी रहती है। दिमाग बड़ी तेज़ी से काम करने लगता है।'

'लेकिन बाबू जी, सुबह आप खूब कपड़े पहन कर जाया करें। स्वेटर के ऊपर अपना वह गाँधी आश्रमवाला ओवर कोट ज़रूर पहन लिया करें, और टोप भी।' आशुतोष ने चिंतित होते हुए कहा।

'अरे तू चिंता मत कर, मैं अच्छी तरह से कपड़े पहनने के बाद ही घर से बाहर निकलता हूँ।' स्नेह से उसकी तरफ देखते हुए प्रभुदयाल जी ने कहा।

तभी मुस्कराती हुई बहू हाज़िर हो जाती।

हाथ में ट्रे। ट्रे में गरम-गरम हलवा और चाय। रवे का हलवा बाबू जी को बहुत पसंद है। यह बात प्रभा जानती है।

प्रभा ट्रे मेज़ पर रख कर कहती, 'बाबू जी, इनको भी सुबह अपने साथ घुमाने ले जाया कीजिए। यह तो कैसे कुंभकरण की नींद सोते रहते हैं। इनको न जाने कितनी ठंड लगती है। आपकी उम्र तक पहुँचेंगे तो पता नहीं इनका क्या हाल होगा? इनको तो हमेशा क़ब्ज़ ही बना रहता है। देखिए न अभी से तोंद निकलने लगी है।'

सुन कर प्रभुदयाल सर हँसने लगते।

हलवे की प्लेट उठा कर गरम-गरम हलवा खाने लगते। कहते, 'वाह बेटी, क्या स्वादिष्ट हलवा बनाया है। भगवान करे हमेशा खुशहाल रहो।' फिर आशुतोष से कहते, 'अच्छा तो कल से तुझे जगाऊँ आशुतोष?'

आशुतोष कहता, 'अरे...ना बाबू जी, आप भी किसकी बातों में आ गए हैं। सुबह अगर इतनी जल्दी उठूँगा तो ऑफिस में नींद आएगी। मेरा बॉस वैसे भी बहुत गरम मिज़ाज का है। ज़रा सी ग़लती पर उसका पारा चढ़ कर सातवें आसमान पर पहुँच जाता है।'

प्रभुदयाल जी कहते, 'लेकिन तुझे नींद क्यों आएगी? मैं तो सारे दिन चुस्त-दुरुस्त रहता हूँ। देखो न, इस उम्र में भी कितना काम कर लेता हूँ। गाँधी जी हमेशा कहते थे कि अगर इंसान नियम-संयम से रहे तो वह सौ क्या, 120 वर्ष तक स्वस्थ रह सकता है।'

'अच्छा! बापू ने ऐसा कहा था!' आशुतोष को आश्चर्य होता।

'हाँ, मैं बिल्कुल सच कह रहा हूँ। मैं तो बापू के आश्रम में भी कई दिनों तक रहा। मैंने तो उनकी दिनचर्या बहुत निकट से देखी है।'

'आप भी तो बहुत ही नियम-कायदे से चलते हैं, बाबू जी, रात को ठीक समय पर सो भी जाते हैं। दोपहर को भी थोड़ी देर आराम कर लेते हैं। मेरे लिए तो यह सब संभव नहीं है न।'

प्रभा कहती, 'वाह...वाह, बहाने बनाना तो कोई आपसे सीखे। न, न, बाबू जी आप तो कल से इन्हें ले ही जाया कीजिए। अगर अभी से ही इनका यह हाल है तो आगे चल कर क्या होगा? इन्हें जगाने का ज़िम्मा मेरा है।'

उनकी नोक-झोंक सुन कर प्रभुदयाल हँसने लगते। उन्हें पता है कि दोनों दिन भर इसी तरह हँसी-मज़ाक करते रहते हैं। एक-दूसरे को चिढ़ाते रहते हैं। इससे घर का माहौल बड़ा ही खुशनुमा बना रहता है। वे हँसते हुए बोले, 'ठीक है भई, तुम दोनों निर्णय करके मुझे बता देना कि सुबह मेरे साथ टहलने जाना है या नहीं। मैं तो तुम दोनों के पचड़े में बिल्कुल नहीं पड़ता।' फिर वे अख़बार उठा कर पढ़ने लगे। बहू भी अपने कामधाम में लग गई। आशुतोष भी नहाने-धोने में व्यस्त हो गया। उसे भी ठीक समय पर ऑफिस पहुँचना पड़ता था। वे एक घंटे तक बैठे-बैठे अख़बार पढ़ते रहते थे। फिर उठ कर, नहा-धोकर, रामायण का परायण करने बैठ जाते थे। आजकल यही उनका रोज़ का क्रम था।

इस समाज को सभ्य बनाने की धुन में उन्होंने अपना बहुत सारा समय गँवाया था। अपनी जवानी के दिनों में भारत माता को स्वाधीन कराने की धुन में वे स्वतंत्रता संग्राम में कूद पड़े थे। जवानी के वे स्वर्णिम दिन थे। उस समय अगर वे चाहते तो कहीं भी अच्छी-सी नौकरी करके मज़े से रहते। गृहस्थ जीवन का सुख उठाते। आज उनकी भी भरीपूरी गृहस्थी होती। पत्नी के रहते हुए भी वे सन्यासियों की तरह रहे थे। एकदम बैरागियों-सा जीवन जिया था उन्होंनें। कभी-कभी वे सोचने लगते उन्हें ये सब करने की क्या आवश्यकता थी ? उनकी जवान पत्नी के मन में उस समय कितनी उमंगें, कितनी हसरतें और कितनी लालसाएँ रही होंगी। विवाहित जीवन के न जाने कितने रंगीन सपने उसने अपने मन में सँजोय रखे होंगे। क्या अपनी खुद की संतान की लालसा उसे नहीं होगी ? अपने गर्भ का बच्चा गिराते हुए उसे कितनी तकलीफ़ हुई होगी। वे उसे कुछ भी तो न दे सके थे। उसका एक भी सपना वे पूरा नहीं कर सके थे। कभी-कभी यही सब सोच कर उनका मन उद्विग्न हो उठता। उन्होंने देश और समाज के लिए बहुत कुछ किया था। अब वे कुछ परलोक की भी चिंता करेंगे। यही सब सोचते-साचते वे रामायण की चैपाइयाँ और भी ज़ोर-ज़ोर पढ़ने लगते और उसका अर्थ भी कहते जाते।

पर हित सरिस धर्म नहिं भाई।
पर पीड़ा सम नहिं अधमाई।।
निर्नय सकल पुरान बेद कर।
कहेउँ तात जानहिं कोबिद नर।।

हे भाई! दूसरों की भलाई के समान कोई धर्म नहीं है और दूसरों को दु:ख पहुँचाने के समान कोई नीचता (पाप) नहीं है। हे तात! समस्त पुरानों और वेदों का यह निर्णय (निश्चित सिद्धांत) मैंने तुम से कहा, इस बात को पंडित लोग जानते हैं।

नर सरीर धरि जे पर पीरा।
करहिं ते सहहिं महा भव भीरा।।

करहिं मोह बस नर अध नाना।
स्वारथ रत परलोक नसाना।।

मनुष्य का शरीर धारण करके जो लोग दूसरों को दुःख पहुँचाते हैं, उनको जन्म-मृत्यु के महान संकट सहने पड़ते हैं। मनुष्य मोहवश स्वार्थपरायण होकर अनेकों पाप करते हैं, इसी से उनका परलोक नष्ट हुआ रहता है।

कालरूप तिन्ह कहँ मैं भ्राता।
सुभ अरु असुभ कर्म फलदाता।।
अस बिचारि जे परम सयाने।
भजहिं मोहि संसृत दुःख जाने।।

हे भाई! मैं उनके लिए कालरूप (भंयकर) हूँ और उच्छे बुरे कर्मो का (यथायोग्य) फल देने वाला हूँ। ऐसा विचार कर जो लोग परम चतुर हैं वे संसार (के प्रवाह) को दुःख रूप जानकर मुझे ही भजते हैं।

त्यागहिं कर्म सुभासुभ दायक।
भजहिं मोहि सुर नर मुनि नायक।।
संत असंतन्ह के गुन भाषे।
ते न परहिं भव जिन्ह लखि राखे।।

इसी से वे शुभ और अशुभ फल देने वाले कर्मो को त्यागकर देवता, मनुष्य और मुनियों के नायक मुझको भजते हैं। (इस प्रकार) मैंने संतों और असंतों के गुण कहे। जिन लोगों ने इन गुणों को समझ रखा है, वे जन्म-मरण के चक्कर में नहीं पड़ते।

सुनहु तात माया कृत गुन अरु दोष अनेक।
गुन यह उभय न देखिअहिं देखिअ सो अबिबेक।।

हे तात! सुनो, माया से रचे हुए ही अनेक (सब) गुण और दोष हैं (इनकी कोई वास्तविक सत्ता नहीं है)। गुण (विवेक) इसी में है कि हैं कि दोनों ही न देखे जाएँ, इन्हें देखना ही अविवेक है।

श्रीमुख बचन सुनत सब भाई।
हरषे प्रेम न हृदयँ समाई।।
करहिं बिनय अति बारहिं बारा।
हनूमान हियँ हरष अपारा।।

भगवान के श्रीमुख से ये वचन सुनकर सब भाई हर्षित हो गए। प्रेम उनके हृदयों में समाता नहीं। वे बार-बार बड़ी विनती करते हैं। विशेषकर हनुमान् जी के हृदय में अपार हर्ष है।

पुनि रघुपति निज मंदिर गए।
यहि बिधि चरित करत नित नए।।
बार-बार नारद मुनि आवहिं।
च्रित पुनीत राम के गावहिं।।

तदनन्तर श्री रामचंद्रजी अपने महल को गए। इस प्रकार वे नित्य नई लीला करते हैं। नारद मुनि अयोध्या में बार-बार आते हैं और आकर श्री रामजी के पवित्र चरित्र गाते हैं।।

नित नव चरित देखि मुनि जाहीं।
ब्रह्मलोक सब कथा कहाहीं।।
सुनि विरंचि अतिसय सुख मानहिं।
पुनि पुनि तात करहु गुन गानहिं हैं।।

मुनि नित्य नये चरित्र देख कर जाते। ब्रह्मलोक में जाकर सब कथा कहते हैं। ब्रह्माजी सुनकर अत्यंत सुख मानते हैं। (और कहते है-) हे तात! बार-बार श्री रामजी के गुणों का गान करो।

सनकादिक नारदहि सराहहिं।
जद्यपि ब्रह्म निरत मुनि आहहिं।।
सुनि गुन गान समाधि बिसारी।
सादर सुनहि परम अधिकारी।।

सनकादि मुनि नारदजी की सराहना करते हैं। यद्यपि वे (सनकादि) मुनि ब्रह्मनिष्ठ हैं, परंतु श्री रामजी का गुणगान सुन कर वे भी अपनी ब्रह्मसमाधि को भूल जाते हैं और आदरपूर्वक उसे सुनते हैं। वे (रामकथा सुनने के) श्रेष्ठ अधिकारी हैं।

जीवनमुक्त ब्रह्मपर चरित सुनहिं तजि ध्यान।

जे हरि कथाँ न करहिं रति तिन्ह के हिय पाषान।।

सनकादि मुनि तैसे जीवनमुक्त और ब्रह्मनिष्ठ पुरुष भी ध्यान (ब्रह्म समाधि) छोड़कर श्री रामजी के चरित्र सुनते हैं। यह जानकर भी जो श्री हरि की कथा से प्रेम करते, उनके हृदय (सचमुच ही) पत्थर (के समान) हैं।

लेकिन उनका यह क्रम उस दिन अचानक गड़बड़ा गया। शंकर का पत्र पाकर उनका मन बहुत बेचैन हो उठा था। शाम को संध्या करने बैठे तो आँख बंद करने पर बस उन्हें शंकर का ही चेहरा दिखाई देता रहा।

शंकर के पत्र ने उन्हें झकझोर कर रख दिया था ।

तो क्या वे अब तक ग़लत मोर्चे पर ही युद्ध लड़ रहे थे? उन्होंने कालेज जाना क्यों छोड़ दिया? बच्चों को अब अंग्रेज़ी और हिंदी कौन पढ़ाता होगा? उनको नैतिक शिक्षा कौन देता होगा? सब अध्यापक तो ट्यूशनखोर हैं। हटात् उनका हृदय आर्तनाद कर उठा। उनके मस्तिष्क में बराबर गीता का यह श्लोक गूँज रहा था-

कर्मण्येवाधिकारस्ते मा फलेषु कदाचन।

मार्म फलहेतुर्भुर्मति संगोऽस्त्वकर्मणि।।

अर्थात तेरा कर्म करने में ही अधिकार है, उसके फलों में कभी नहीं। इसलिए तू कर्मो के फल हेतु कार्य करने वाला न बन तथा ऐसा भी न हो कि तू कर्म करना ही त्याग दे।

उन्होंने सोचा, तो यही सत्य है। भगवत् गीता में लिखी कोई भी बात असत्य नहीं हो सकती। वे सोचने लगे-श्रम सफलार्थ सिद्धि। आज एकाएक उन्हें फिर से कालेज जाने की जल्दी मची। वे नए उत्साह से फिर एक नई शुरुवात करेंगे। वे युद्ध को बीच में छोड़ कर नहीं भागेंगे। वे फटाफट कालेज जाने के लिए तैयार होने लगे।

बहू प्रभा बोली, 'लेकिन बाबू जी, आप भला कालेज क्यों जाएँगे? उस दिन आपने ही तो कहा था कि बस अब से कालेज जाना बंद। अब थोड़े दिन आराम से बैठ कर पूजा-पाठ में मन लगाएँगे।'

प्रभुदयाल जी ज़रा संकोच से बोले, 'वह तो ठीक है बहू, कहा तो था, पर दिन भर घर में बैठा-बैठा भी मैं क्या करूँगा? दिन भर ख़ाली बैठा-बैठा बोर हो जाता हूँ। इससे अच्छा है कि थोड़ी देर को कालेज ही हो आया करूँ।'

प्रभा बोली, 'पर बाबू जी, इसके लिए कालेज ही जाने क्या अवश्यकता है। घर में बैठे-बैठे अगर आप बोर हो जाएँ तो ज़रा बाज़ार का एक चक्कर ही लगा आया करें या अपने मित्रों-

परिचितों के पास जाकर उठ-बैठ लिया करें। कालेज जाने पर तो आप फिर से बँध जाएँगे। फिर रोज़ नियम से आपको कालेज जाना पड़ेगा।'

'हाँ, हाँ, बहू, मैं भी तो अब यही सोच रहा हूँ कि फिर से रोज़ कालेज जाना शुरु कर दूँ।'

'वह क्यों?'

'ज़रा बच्चों को पढ़ा ही दिया करूँगा।'

'आप भी बाबू जी! अब आप बच्चों को पढ़ाने की चिंता छोड़िए। बेकार में ही क्यों इतनी मेहनत करते रहते हैं? यह क्या आप की ज़िम्मेदारी है?'

'लेंकिन यदि मैं पढ़ाने नहीं जाऊँगा तो बच्चों को अंग्रेज़ी और हिंदी कौन पढ़ाएगा? उन्हें नैतिक शिक्षा कौन देगा? उन्हें भारत की स्वतंत्रता-संग्राम का इतिहास कौन बताएगा, बहू?'

'तो इसकी चिंता आप क्यों करते हैं, बाबू जी?'

सुन कर हतप्रभ रह गए प्रभुदयाल जी। ज़रा विस्मय से बोले 'बहू, अगर मैं उनकी चिंता न करूँ तो भला कौन करेगा? मैं क्या इस देश का नागरिक नहीं हूँ?'

'वाह, यह आप ने खूब कहा। इस सबकी चिंता करने के लिए कालेज के प्रिंसपल साहब जो हैं। वे ही इन सब विषयों को पढ़ाने के लिए किसी-न-किसी अध्यापक की नियुक्ति करेंगे। सरकार उन्हें इसका वेतन देगी। इस सबके लिए अब आपको चिंता करने की ज़रूरत नहीं है। अब आप सारे दिन आराम किया करें। हमें भी तो अब आप अपनी सेवा करने का मौका दीजिए। अगर घर में मन न लगे तो थोड़ी देर को बाज़ार घूम आया करें। दोस्तों के यहाँ जाकर उनसे गपशप कर आया करें। वैसे भी सुबह तो आप टहलने जाते ही हैं। आप ही तो कहते हैं कि इससे दिन भर शरीर में चुस्ती-फुरती बनी रहती है।'

प्रभुदयाल जी समझ गए कि बहू को इतनी आसानी से नहीं बनाया जा सकता। वह बहुत ही चतुर है। इसीलिए हँसते हुए बोले, 'बहू, तुम्हारी बात भी ग़लत नहीं है। मुझे मालूम है कि तुम दोनों मुझे कितना चाहते हो, मेरी कितनी सेवा करते हो। पर बहू एकाएक बीच में बच्चों को पढ़ाना छोड़ देना ठीक नहीं है। इससे बच्चों की पढ़ाई का बहुत ही हर्ज होगा। साल के बीच में नया अध्यापक भी कहाँ मिलेगा? पहले सरकार से लिखा-पढ़ी करनी पड़ेगी। तब कहीं जाकर किसी नए अध्यापक की नियुक्ति होगी। अगर इन सब विषयों के अध्यापक होते तो फिर मुझे कॉलेज जाने की आवश्यकता ही क्या थी? फिर बच्चों को देश के स्वतंत्रता-संग्राम का इतिहास बताने में तो किसी भी अध्यापक की रुचि नहीं है। सभी लोग तो आजकल पैसा कमाने में व्यस्त है। उन्हें इस बात का समय ही कहाँ है कि दो-चार अच्छी बातें भी बच्चों को बताएँ। मैं तो सोच रहा था कि इस साल मैं बच्चों को और पढ़ा दूँ। बेचारों का साल तो बरबाद न हो। अगली साल बच्चे जाने और कालेज का मैनेजमेंट जाने। मेरी बला से।'

प्रभा हँस कर बोली, 'मैं जानती हूँ बाबू जी, आपको बच्चों की बहुत चिंता है, पर आपको अब अपने स्वास्थ्य का भी ख़्याल रखना चाहिए। मेरी बात तो आप बिल्कुल सुनते ही नहीं हैं। मैं आप की बहू हूँ, बेटी नहीं हूँ न! इसीलिए?'

प्रभुदयाल जी उसकी बात सुन कर हँस दिए, 'तू तो बच्चों-सी रूठ जाती है, बहू, कौन कहता है कि तू मेरी बेटी नहीं है? तू तो मेरी सात जन्मों की बेटी है और माँ भी है, तभी तो तू मेरी इतनी चिंता करती है। अब क्या, दो महीनें की ही तो बात है, फिर तो बोर्ड के इम्तिहान भी शुरू हो जाएँगे। बस मेरा काम ख़त्म।'

सुन कर प्रभा मुस्कराने लगी। उसे मालूम था कि बाबू जी का काम कभी भी समाप्त नहीं होगा। देखो तो उसे कैसा बहला रहे हैं। वे उसे तो निरी बच्ची ही समझते हैं।

(28)

उस दिन प्रभा को किसी तरह समझा कर वे तैयार होकर दयानंद इंटर कालेज जा पहुँचे। कालेज में जिसने भी उन्हें देखा, उसे आश्चर्य हुआ। उस दिन शंकर के दुर्व्यवहार के बाद उन्होंने कालेज आना बंद कर दिया था। आशुतोष ने भी कहा था-वाह बाबूजी! आप ऐसे ही जाहिल बच्चों को इंसान बनाने की कोशिश कर रहे हैं? कोई ज़रूरत नहीं कल से आपको कालेज जाने की। पर आज न जाने कौन सी शक्ति उन्हें पुन: कालेज खींच लाई थी। सबने बड़े आदर से उनकी कुशलक्षेम पूछी। वे भी बहुत देर तक अध्यापकों से बतियाते रहे। फिर वे धीरे-धीरे प्रधानाचार्य कक्ष की तरफ बढ़ गए। उन्होंने ज़रा सा पर्दा उठा कर ऑफिस में झाँका।

कमलेश पाठक ऑफिस में बैठे किसी फ़ाइल को पढ़ने में व्यस्त थे। किसी की पदचाप सुन कर उन्होंने फ़ाइल के ऊपर सिर झुकाए ही पूछ लिया, 'कौन है? कम इन।' लेकिन जब दो क्षण बाद उन्होंने सिर उठा कर देखा तो वे हड़बड़ा कर अपनी कुर्सी से उठ खड़े हुए।

'सर आप! आइए, आइए....बैठिए सर! आपने कैसे तकलीफ़ की, कोई काम था तो मुझे बुलवा लिया होता? मैं आपकी सेवा में हाज़िर हो जाता। अब आप स्वस्थ तो हैं न?'

'हाँ, पूरी तरह से स्वस्थ हूँ भाई। इसीलिए तो अब घर में बैठा नहीं जाता है। अरे....बैठो, बैठो।' खुद भी कुर्सी पर बैठते हुए प्रभुदयाल सर ने कहा।

प्रभुदयाल सर के बैठने के बाद ही कमलेश जी बैठे।

'यह तो बहुत अच्छी बात है कि अब आप एकदम स्वस्थ हैं। थैंक्स गॉड! कोई सेवा हो तो बताइए?'

'नहीं बेटा, बस यूँ ही चला आया। घर में बैठे-बैठे मन नहीं लग रहा था। महीने भर तक खूब आराम किया।' प्रभुदयाल सर ने कहा। उनकी समझ में नहीं आ रहा था कि बात कहाँ से शुरू की जाए।

'यह तो आपने बहुत अच्छा किया सर। आपको देख कर मुझे कितना आत्मबल मिलता है, यह मैं आपको बता नहीं सकता सर। आपका जीवन तो हम लोगों के लिए आदर्श है।' कमलेश ने बहुत ही आत्मीयता से कहा। वह वाकई उनका बहुत सम्मान करता था।

'बच्चों को इन दिनों हिंदी और अंग्रेज़ी कौन पढ़ा रहा है, सो तो कहो, कमलेश?' उन्होंने सही मौका देख कर पूछ ही लिया।

'सर, अंग्रेज़ी पढ़ाने के लिए तो अभी एक अध्यापक को अस्थाई तौर पर रख लिया हैं। अपने रोशनपुर के ही हैं। सुभाष नगर में रहते हैं। पहले गर्ल्स इंटर कालेज में भी पढ़ाते रहे हैं। उनका नाम उमाशंकर है। हिंदी इन दिनों मैं ही पढ़ा देता हूँ।'

'ओह, उमाशंकर! उसे तो मैं जानता हूँ। मेरा स्टूडेंट रह चुका है।'

'जी सर। वे आपके बारे में अक्सर बातें करते रहते हैं।'

कमलेश जी की बातें सुन कर वे दो क्षण को अपनी आँखें बंद किए बैठे रहे, फिर बोले, 'देखो बेटा, तुम्हारे कालेज में आजकल बहुत अनर्थ हो रहा है। उसकी कोई ख़बर है तुम्हें? इतना गड़बड़झाला होना तो कोई अच्छी बात नहीं है?'

'अनर्थ?' सुन कर अवाक् रह गए कमलेश जी।

'हाँ, चाहो तो तुम उसे भ्रष्टाचार भी कह सकते हो।'

'मैं कुछ समझ नहीं पा रहा हूँ, सर!'

'अरे भाई सब कुछ तुम्हारी जानकारी में ही तो चल रहा है यह सब गोरखधंधा?'

सुन कर कमलेश जी हैरान हो गए। अचानक जैसे उनकी कुछ समझ में आया। बोले, 'सर, कालेज़ की नई इमारत बन रही है। दिन भर मैं खुद खड़े होकर राज-मजदूरों का काम देखता हूँ। अपने सामने ही बालू में सीमेंट मिलवाता हूँ। भट्ठे मालिक से मिल कर मैं खुद ही अव्वल दर्जे की ईटें लाया हूँ। बीच में कोई भी ऐसा आदमी नहीं है जो रिश्वत खाकर भ्रष्टाचार फैलाए। मेरे पास हर चीज़ की रसीद है। सारा ख़र्चा मैनेजमेंट की निगाह में है। चाहें तो आप भी सारा हिसाब-किताब देख सकते हैं। देखिएगा सर, मैं अन्त तक एक-एक पैसा कालेज के विकास में ही लगा दूँगा। सरकार की तरफ से जो भी ग्रांट आई है, उसके एक-एक पैसे का हिसाब दूँगा आपको। कालेज की गंदी पॉलटिक्स तो आप जानते ही है। यहाँ काम करने वालों की टाँग घसीटने वाले दसियों हैं। लेकिन सर, यह बात आपसे कही किसने? ज़रा मैं भी तो सुनूँ।'

अभी एकदम लड़का-सा ही कालेज का यह नया प्रिंसपल कमलेश! मन में नया-नया उत्साह है। प्रभुदयाल जी को ऐसे ही उत्साही एवं ईमानदार नवयुवक पसंद हैं। वे उसकी बातें सुने जा रहे थे और मुस्कराए जा रहे थे।

उन्हें यूँ मुस्कराता देख कर कमलेश जी फिर बोले, 'सर, आपको किसी ने ग़लत रिपोर्ट दी है। इस कालेज में ही दूसरों के कान भरने वालों की कमी थोड़े ही है। भ्रष्टाचार की तो कोई गुंजाइश ही नहीं है सर्। बाद में सारे कागज़ दिखाऊँगा मैं, तब आप ही फैसला कीजिएगा। मैं अभी वही फ़ाइल देख रहा था।' यह कहते हुए कमलेश ने एक फ़ाइल उनके सामने रख दी। वे इस समय उत्तेजना से कॉप रहे थे।

'अरे भाई, मैं इस सबके लिए नहीं कह रहा हूँ। कालेज की बिल्डिंग से भला मुझे क्या मतलब? यह सब देखना तो मैनेजमेंट का काम है।'

'क्यों, मतलब क्यों नहीं सर? आप इस कालेज के संस्थापक अध्यापकों में से हैं। आपको हिसाब-किताब लेने का पूरा हक़ है।' कमलेश जी और भी विनम्र होकर बोले।

'नहीं, मैं उसकी तो बात ही नहीं कर रहा। फंड का एक-एक पैसा कालेज के हित में ख़र्च हो रहा है, यह मैं जानता हूँ।'

'तो फिर, सर? फिर कहाँ भ्रष्टाचार हो रहा है?'

'यह जो सारे-के-सारे अध्यापक अपने-अपने घरों में शिक्षा की दुकानें लगाए बैठे हैं। यह भी तो एक तरह का भष्टाचार ही है। उसका कुछ सोचा तुमने? कालेज में तो कोई ढंग से पढ़ाता-लिखाता ही नहीं है! बस लड़कों को फेल कर देने की धौंस देकर सारे अध्यापक घर में ट्यूशनें पढ़ाते रहते हैं। बेचारे ग़रीब लड़के क्या करें? यह भ्रष्टाचार नहीं तो भला और क्या है?'

'पर इसे रोकने का कोई उपाय भी तो नहीं है, सर?'

'उपाय नहीं? मतलब? तो यह सब कुछ ऐसे ही चलता रहेगा?' कमलेश की बातें सुन कर उन्हें बहुत हैरानी हुई।

'मैं कल से देखा करूँगा, सर, कि सभी अध्यापक कालेज में समय से आएँ और मेहनत से पढ़ाएँ। लेकिन अपने घरों में घर में ट्यूशनें पढ़ाते हैं, इसे रोकने का तो कोई उपाय नहीं है।'

'उपाय नहीं है, कह देने से तो काम नहीं चलेगा? उपाय तो निकालना पड़ता है, कमलेश?'

'जी, आप ठीक कह रहे हैं। देखते हैं कि इस संबंध में क्या किया जा सकता है।' कुछ सोचते हुए कमलेश जी ने कहा।

(29)

इसका भी उपाय निकाला प्रभुदयाल जी ने!

दूसरे ही दिन से उन्होंने रोशनपुर के घर-घर में जाना शुरू कर दिया! वे जानकारी करतें कि किसका लड़का किस अध्यापक से ट्यूशन पढ़ रहा है। बस पहुँच जाते उसी के घर पर।

वे सज्जन कहते, 'ओह, प्रभुदयाल जी! आइए, आइए। अब आप स्वस्थ तो हैं?'

प्रभुदयाल जी हँसते हुए कहते, 'क्यों, मुझे क्या हुआ? हट्टा-कट्टा तो हूँ।'

वे कहते, 'यह तो बहुत अच्छी बात है! आप लंबे समय तक स्वस्थ रहें, प्रभु से यही प्रार्थना है। आप तो हम सबके आदर्श पुरुष हैं। पर उस बदमाश शंकर का क्या हुआ? देखिए न, उस दिन कैसा काण्ड कर बैठा था? आप को कितनी चोट आई थी। आपको तो उसी दिन उसकी पुलिस में रिपोर्ट कर देनी चाहिए थी। पुलिस कहीं से भी उसे ढूँढ़ कर ले ही लाती। हो सकता है कि प्रेमबिहारी ने घर में ही अपने लड़के को छिपा रखा हो और सबके सामने उसके भाग जाने का स्वाँग रच रहा हो? बड़ा ही चालू आदमी है वह। आख़िर कायस्थ खोपड़ी जो ठहरी।'

उनकी बातें सुन कर प्रभुदयाल जी हँसने लगे, 'अरे जाने भी दीजिए जोशी जी, बच्चे तो तैश में आकर जब-तब ऐसे काण्ड कर ही बैठते हैं। पर दरअसल उन्हें बनाने और बिगाड़ने की ज़िम्मेदारी भी तो हमी लोगों पर है। ख़ैर अब उन सब बातों को छोड़िए। इधर बहुत दिनों से आप से मुलाक़ात नहीं हो पाई थी तो सोचा कि चलिए आज आप के साथ ही शाम की चाय पी जाए। आपको कष्ट तो होगा ही?'

'आप भी कैसी बात कर रहे हैं, प्रभुदयाल जी? यह तो मेरा सौभाग्य है। ऐसा दुर्लभ सौभाग्य तो कभी-कभी ही मिलता है। पर आप खुद ही एक बार सोच कर देखिए, जिसका इकलौता लड़का एक महीने से घर ना आया हो, उसे क्या चिंता नहीं होगी? पर इस प्रेमबिहारी के माथे पर तो शिकन ही नहीं है। दिन भर कैसा अपनी दुकानदारी में व्यस्त रहता है? हो सकता है पुलिस-कचहरी के डर से इसने खुद ही शंकर को अपने किसी रिश्तेदार के घर भेज दिया हो?'

प्रभुदयाल जी बोले, 'डर काहे का भाई? मैंने तो खुद ही पुलिस में रिपोर्ट भी लिखवाने से मना कर दिया था। दरअसल ग़लती हमारे कालेज के अध्यापकों की ही है, जो ढंग से न तो बच्चों को पढ़ाते हैं और न ही उन्हें अच्छे संस्कार देते हैं। बच्चे तो कच्ची मिट्टी की तरह होते हैं। जैसा चाहो, उन्हें गढ़ दो। अब आपकी ही ग़लती से अगर बच्चे बिगड़ जाएँ तो उन बेचारों का क्या दोष?'

सुन कर जोशी जी का जोश ठंडा पर गया, हतोत्साहित होकर बोले, 'हाँ, यह बात तो आप बिल्कुल ठीक कह रहे हैं, प्रभुदयाल जी। आजकल अध्यापक लोग वाकई कालेज में कुछ भी पढ़ाते-लिखाते नहीं हैं।'

चाय-वाय पीकर प्रभुदयाल जी बोले, 'कहिए तो अब कुछ काम की बात करूँ, जोशी जी, जिसके लिए आप को तकलीफ़ देने आया हूँ?'

'हाँ, हाँ, कहिए साहब, कहिए? ऐसी भी क्या बात है जो आप इतना संकोच कर रहे हैं? नि:संकोच होकर कहिए कि क्या बात है?' जोशी जी थोड़ा सचेत होते हुए बोले।

'आपका लड़का भी तो ट्यूशन पढ़ता है? किससे, कहिए तो?'

जोशी जी शायद कुछ और ही समझ बैठे। कहने लगे, 'सर, मुझे मालूम ही नहीं था कि आप भी ट्यूशन पढ़ाते हैं, नहीं तो मैं आपके यहाँ ही अपने लड़के को पढ़ने भेजता। पढ़ाई-लिखाई के साथ-साथ वह आपसे अच्छे संस्कार भी सीखता। सुना है आप तो बच्चों को भारत वर्ष के स्वतंत्रता का इतिहास भी स्मरण कराते रहते हैं।'

उनकी बात सुन कर और हड़बड़ाहट देख कर प्रभुदयाल जी हँसने लगे। बोले, 'हाँ, भारत की स्वतंत्रता का इतिहास तो हर एक बच्चे को अवश्य जानना चाहिए। तभी तो वह अपने देश से प्रेम करेगा।'

'वाह! कितनी सुंदर सोच है आपकी। काश हर एक व्यक्ति ऐसा सोचता!'

वे बोले, 'अच्छा, एक बात तो बताइए कि आपको अपने लड़के को ट्यूशन पढ़ाने की ज़रूरत ही क्यों पड़ी, कहिए तो? कितना होशियार बच्चा है आपका। सोमेश को तो मैं जानता हूँ। कालेज में उसे अंग्रेजी पढ़ाता हूँ। कालेज में क्या ठीक ढंग से पढ़ाई नहीं होती है? क्या अध्यापक समय से क्लास में पढ़ाने नहीं जाते हैं? मि0 जोशी, ज़रा यह भी तो बताइए कि अध्यापकों को आख़िर किस बात का वेतन मिलता है? यदि किसी बच्चे को कोई सवाल समझ में नहीं आता है तो उसे कक्षा में ही अपने टीचर से दोबारा पूछना चाहिए। वे वही सवाल कालेज में ही उसे दस बार समझाएँगे। यही तो अध्यापक का कर्तव्य है।'

अब वे सज्जन ज़रा सतर्क हुए, 'अगर टयूशन न पढ़ने से उन्होंने मेरे लड़के को फेल कर दिया, तो?'

'वाह, फेल कैसे कर देंगे? उनका राज है? यह आपने सोच भी कैसे लिया, मि0 जोशी? ऐसा फ़ालतू का अन्याय आप बर्दाश्त भी कैसे कर लेंगे?'

'सर, आप की तरह हरेक शिक्षक नि:स्वार्थी थोड़े ही होता है। आप तो रिटारमेंट के बाद भी बच्चों को सेवाभाव से पढ़ा रहे हैं। इसके लिए कालेज से कोई वेतन भी नहीं लेते हैं। अपनी पेंशन में ही अपनी गुज़र-बसर कर लेते हैं और संतोष के साथ रहते हैं। आप तो देव-पुरुष हैं, सर, लेकिन बुरा मत मानिएगा; आजकल तो अध्यापकों ने स्कूल में पढ़ाना ही बंद कर दिया है। लड़कों को फेल कर देने की धमकी देकर अपने घर ट्यूशन पढ़ने पर विवश करते हैं। शिक्षक भी तो अब दुकानदार हो गए हैं, सर।'

'जोशी जी, अब आप सही बात पर आए, यही तो मैं भी कह रहा था। जिसे युवा पीढ़ी का चरित्र-निर्माण करना चाहिए, उनके विवेक को जागृत करना चाहिए, वही भ्रष्ट हो गया है। इसीलिए तो आज नैतिक मूल्यों का पतन हो रहा है। हरेक छात्र में आक्रोश पनप रहा है। कुंठित वर्तमान से उज्ज्वल भविष्य की आशा कैसे की जा सकती है? हम सबको मिलकर इस भ्रष्ट तंत्र को बदलना होगा? हमें अपने बच्चों के उज्ज्वल भविष्य के लिए आज से ही प्रयास करना होगा।'

'वह कैसे सर?'

'आप उन सब शिक्षकों की प्रिंसपल से लिखित शिकायत कीजिए, जो बच्चों को ज़बरदस्ती ट्यूशन पढ़ने पर विवश करते हैं।'

'इससे तो वे नाराज़ होकर हमारे बच्चे को फेल ही कर देंगे।'

'कोई किसी बच्चे को नाजायज़ फेल नहीं कर सकता। यह मेरी ज़िम्मेदारी है। ज़रा-सा भी शक होने पर बच्चें की कापियाँ दोबारा प्रिंसपल साहब के सामने लाई जाएँगी। उन्हें दोबारा जाँचा जाएँगा। और अगर इसमें किसी अध्यापक की ग़लती पाई गई तो उसकी उच्च अधिकारियों से शिकायत की जाएगी। आप अपने बच्चे को ट्यूशन पढ़वाना बंद कर दीजिए। इस लड़ाई में आप मेरे साथ रहिए। आख़िर समाज की गंदगी साफ करने की ज़िम्मेदारी भी तो हमी लोगों पर है।'

'ठीक है, सर, आप जैसा कहें।'

इस प्रकार एक धर्मयुद्ध छेड़ दिया प्रभुदयाल जी ने। यह उसी युद्ध की रणनीति थी। वे घर-घर जाते, अभिवावकों को समझाते। उन्हें सावधान करते। उन्हें न्याय दिलाने का विश्वास दिलाते। उनका मत था कि किसी भी छात्र को ज़बरन ट्यूशन न पढ़ाई जाए। यदि कोई छात्र स्वेच्छा से पढ़ना चाहता है तो उन्हें कोई आपत्ति नहीं है। हरेक अध्यापक क्लास में नियमित रूप से एवं मेहनत से पढ़ाएँ।'

(30)

उनके इस अभियान का बहुत असर बैठा। प्रकाशनारायण सर ने देखा कि उनके यहाँ पढ़ने आने वाले लड़कों की संख्या धीरे-धीरे कम होती जा रही है। दो-चार दिनों तक तो उन्होंने सोचा कि हो सकता है कि लड़के बीमार-वीमार पड़ गए हों। पर धीरे-धीरे लड़कों की संख्या बहुत कम हो गई। उन्होंने ग़ौर किया कि क्लास में तो सब लड़के बिना नागा किए पढ़ने आ रहे हैं। उन्होंने एक दिन लड़कों से पूछ ही लिया, 'क्यों, और लड़के क्यों नहीं आ रहे हैं?

अशोक बोला, 'सर, क्या आपको कुछ भी नहीं मालूम है?'

'क्या? क्या कोई ख़ास बात हो गई?'

कुछ चौंक कर प्रकाशनारायण सर ने पूछा।

'ख़ास बात ही समझिए, सर!' अशोक ने गोलमोल सा जवाब दिया।

'अरे क्या हो गया, साफ-साफ बताओ न? इतनी पहेलियाँ क्यों बुझा रहे हो?' उन्होंने उसे घूरते हुए पूछा। उन्हें वाकई बहुत गुस्सा आ रहा था। ये साले लड़के भी एक नंबर के बदमाश हैं। बात को इतना खींचेंगे कि धैर्य ही जवाब दे जाए। उनकी इच्छा तो हुई कि एक चाँटा लगाएँ साले को। लेकिन उन्होंने किसी तरह खुद पर संयम रखा।

'आजकल प्रभुदयाल सर हमारे घरों में जा-जाकर हम लोगों से ट्यूशन पढ़ने के लिए मना कर रहे हैं। मैं भी अब इस महीने के बाद से आपसे ट्यूशन पढ़ना बंद कर दूँगा, सर।' अशोक ने सारा कुछ सच-सच बता दिया।

'क्यों भाई, यह क्या बकवास कर रहे हो तुम? यह प्रभुदयाल कौन होते हैं मना करने वाले? वे तो ट्यूशन पढ़ाते नहीं हैं, फिर क्यों उनके पेट में दर्द हो रहा है? और यदि पढ़ाएँ भी तो क्या हम उन्हें रोकने जाते हैं?' सुन कर प्रकाशनारायण सर का दिमाग भन्ना गया।

'प्रभुदयाल सर कहते हैं कि यदि कोई सवाल समझ में न आए तो उसे हम लोगों को क्लास में ही पूछना चाहिए। अध्यापक उसे दस बार समझाएँगे। इसके लिए ट्यूशन पढ़ने की ज़रूरत नहीं है।'

'अच्छा! ऐसा कहा उन्होंने? हम लोग क्या किसी के बाप नौकर हैं, जो एक ही सवाल को क्लास में बार-बार समझाएँगे? बोलो?'

'जी हाँ, वे तो यही कहते हैं कि अध्यापक आख़िर वेतन किस बात का लेते हैं। अगर कालेज में रह कर नौकरी करनी है तो उन्हें ढंग से पढ़ाना होगा। अब समय बदल रहा है। इस तरह हरामख़ोरी नहीं चलेगी। ट्यूशन पढ़ाना भ्रष्टाचार है। सारे-के-सारे अध्यापक भ्रष्ट हो गए हैं।' अशोक ने अपनी तरफ से भी मिर्च-मसाला लगा कर बताया।

उसकी बात सुन कर प्रकाशनारायण सर तिलमिला गए। उन्हें इतना गुस्सा आया कि उनका मन चाहा कि वे अभी इस लड़के को धुन कर रख दें। पर फिर उन्होंने सोचा इसमें बेचारे इस लड़के की क्या ग़लती है? उसने तो वही कहा जो उस प्रभुदयाल ने कहा है। कुछ अन्यमनस्क होकर वे बोले, 'तो क्या तुम्हारे प्रभुदयाल सर सारे कालेज के ठेकेदार हैं? बड़ा चीमड़ आदमी है यह साला। बहुत बड़ा स्वतंत्रता सेनानी बना फिरता है। भारत स्वतंत्र हो गया पर इसकी नेतागीरी नहीं गई। तभी तो शंकर ने इसके ऊपर हाथ उठा दिया था। यह साला है ही इसी क़ाबिल। देखो न, लड़कों और उनके अभिभावकों को कैसा अध्यापकों के ख़िलाफ भड़का रहा है। इसे कालेज में नेतागीरी करते हुए बिल्कुल भी शर्म नहीं आती। तुम्हारे घर भी गए थे, रमेश?'

'जी सर, गए तो थे। बैठक में बैठे पिता जी से बहुत देर तक बातें करते रहे थे।' रमेश बेचारा सकपका कर बोला।

'तो फिर तुम्हारे पिता जी ने क्या निर्णय लिया है? तुम तो पढ़ोगे न? तुम तो वैसे ही मैथ में बहुत कमज़ोर हो?' प्रकाशनारायण सर ने पूछा।

'मैं भी शायद अगले महीने से ट्यूशन नहीं पढ़ पाऊँगा, सर, पिता जी ने तो साफ़ मना कर दिया है। उन्होंने कहा है कि जब कालेज में ही ढंग से पढ़ाई होने लगेगी तो फिर ट्यूशन पढ़ने की ज़रूरत ही क्या रह जाएगी?' रमेश ने कहा। लड़के भी सब एक से बढ़ कर एक कलाकार थे। खुद से ही बढ़ाचढ़ा कर बता रहे थे।

'और घनश्याम तुम? तुम्हारे यहाँ भी गए थे?' प्रकाशनारायण सर ने पूछा। इस समय उन्हें एक कड़क चाय की बहुत ज़रूरत थी। लड़कों की इस तरह की ऊटपटाँग बातें सुन कर उनका सिर दर्द से फटा जा रहा था।

'जी, मेरे यहाँ तो कल शाम को ही गए थे।'

'क्या कह रहे थे?'

'पिता जी से कह रहे थे कि क्यों ट्यूशन में पैसे बरबाद कर रहे हो? आगे से कालेज में ही हरेक विषय मेहनत से पढ़ाया जाएगा। मास्टर आख़िर वेतन किस बात का लेते हैं? सरकारी पैसा क्या हराम का है?'

'लेकिन तुम लोग ट्यूशन नहीं पढ़ोगे तो पास कैसे होगे? तुम सब लोग तो पढ़ाई में बहुत कमज़ोर हो। तुम लोगों को कुछ आता-जाता भी है? बोर्ड की परीक्षा में तुम लोग अच्छे नंबरों से कैसे पास हो पाओगे? तुम लोग पास हो सको, इसके लिए मुझे कितनी मेहनत करनी पड़ती है।'

'जी सर, मैं तो आप से ही पढूँगा, प्रभुदयाल सर के कहने से क्या? वे सांइस के विषय तो पढ़ा नहीं सकते हैं। आप से अच्छा मैथ भला कौन पढ़ा लेगा?' घनश्याम ने कहा।

घनश्याम की बात सुन कर प्रकाशनारायण के दिल को थोड़ी तसल्ली मिली।

'तुम सब लोग कान खोल कर अच्छी तरह से सुन लो, जो कोई भी उनके बहकावे में आएगा, वह बाद में बहुत पछताएगा। अगर तुम लोग ट्यूशन नहीं पढ़ोगे तो सब-के-सब फेल हो जाओगे। तब तुम्हारे यह प्रभुदयाल सर तुम्हें बचाने नहीं आएँगे। बुढ़ापे में उसकी तो मति मारी गई है, इसीलिए तुम लोगों की भी लुटिया डुबाने पर तुले हैं। पर तुम लोग तो समझदार हो। कहीं इनके चक्कर में पड़ कर अपना भविष्य चौपट मत कर बैठना! समझे तुम लोग? इंटर की पढ़ाई कोई हलवा नहीं है। अच्छे नंबर लाने के लिए बहुत पापड़ बेलने पड़ते हैं।'

'जी सर, मैं भी अपने पिता जी से कहूँगा।' अशोक ने धीरे से कहा। अन्य बच्चों ने चुप रहना ही बेहतर समझा।

(31)

केमिस्ट्री के अध्यापक शिवलाल के यहाँ भी उस दिन कोई छात्र ट्यूशन पढ़ने नहीं पहुँचा। वे बेचारे उस दिन बैठक में बैठे छात्रों का इंतज़ार ही करते रह गए। सुबह छह बजे से ही उनके बैच लगने शुरू हो जाते थे, परंतु नौ बजे तक जब उस दिन कोई भी छात्र नहीं आया तो वे हैरान रह गए। बैठे-बैठे उन्हें बोरियत होने लगी तो उन्होंने सोचा कि क्यों न गली के मोड़ पर जा कर पान ही खा आएँ। बाहर आकर उन्होंने देखा कि उसी गली में रहने वाला एक लड़का

कापी-किताबें बगल में दबाए घर की तरफ लपका जा रहा था। वह उन्हें एकाएक सामने पाकर अचकचा सा गया। हड़बड़ाहट में उसने नमस्ते की। पूछा, 'सर आप?'

'क्यों भाई, आज सब लोग पढ़ने क्यों नहीं आए?'

लड़का बेचारा खामोश रहा। बोले भी तो क्या बोले?

'क्यों सुरेश, कहाँ गए सब लोग?' सुरेश बेचारा अब भी मुँह नीचे किए खड़ा था।

'बोलते क्यों नहीं, भई? और तुम यह सुबह-सुबह कापी-किताबें लेंकर कहाँ से आ रहे हो?'

'मैं प्रभुदयाल सर के यहाँ पढ़ने गया था।' बेचारा किसी तरह साहस करके बोला।

'प्रभुदयाल सर के घर? क्यों?'

सुरेश बोला, 'मैं ही नहीं सर, आप के बैच के सब लड़के आज वहीं पढ़ने गए थे।'

सुन कर शिवपाल मास्टर साहब हतप्रभ रह गए।

बोले, 'लेकिन वह तो केमिस्ट्री पढ़ाते नहीं हैं।'

'जी वे नही। प्रभा मैडम पढ़ाती हैं।'

'कौन प्रभा? उनकी बहू?' उन्हें और भी हैरानी हुई।

'जी सर, वही।' 'अरे बता तो ज़रा, वे भला केमिस्ट्री पढ़ाने के कितने रुपए महीने लेती हैं?' हैरानी से उन्होंने पूछा।

'ट्यूशन पढ़ाने के रुपए तो वे नहीं लेंगी। बिल्कुल मुफ़्त पढ़ाएँगीं।'

'बिल्कुल मुफ़्त?'

'जी हाँ, यक़ीन मानिए सर।'

'वह किस ख़ुशी में?'

'मैं क्या जानूं सर?'

शिवपाल जैसा घाघ आदमी, जो हमेशा पैसों के बारे में ही सोचता रहता था, के लिए यह बहुत आश्चर्य की बात थी। वे हतप्रभ से खड़े थे। अब वे क्या कहें सुरेश से? जो बिना पैसे लिए ट्यूशन पढ़ाएगा आख़िरकार उसी के पास तो बच्चे पढ़ने जाएँगे।

हठात् उन्होंने पूछा, 'लेकिन प्रभुदयाल तो अब कालेज में पढ़ाते नहीं हैं। जब से शंकर ने उनकी अक्ल दुरुस्त की है वे तो कालेज आना ही भूल गए हैं। उनके यहाँ जाकर उनकी बहू से ट्यूशन पढ़ने से क्या फ़ायदा? फिर क्या तुम सब लोग पास ही हो जाओगे? प्रैक्टीकल के नंबर तो मेरे ही हाथों में हैं?'

सुरेश बोला, 'क्यों सर, प्रैक्टीकल एग्जाम में सही-सही लिखने से भी क्या हम लोग पास नहीं होंगे? तब भी क्या आप हम लोगों को फेल करवा देंगे?'

सुन कर शिवपाल मास्टर साहब सकपका गए। सुरेश एक ही चालाक लड़का था। कैसी बातें करता था! अब शिवपाल मास्टर भला उसको क्या जवाब देते?

बोले, 'क्यों नहीं पास होगे, ज़रूर होगे; लेकिन एक बार ज़रा मेरे पास आकर बताते तो? मैं दो घंटे तक तुम लोगों का इंतज़ार करता रहा। बेवकूफ हो तुम सब? पढ़ना-लिखना तुम लोगों को ख़ाक नहीं है। मुफ़्त की ट्यूशन के चक्कर में पड़े रहते हो। वह लड़की भला केमिस्ट्री पढ़ाना क्या जाने? अब तक तो सारी रासायनिक क्रियाएँ भी भूल चुकी होगी।' उन्होंने उसको घुड़कते हुए कहा।

'आप तो सर यूँ ही नाराज़ हो रहे हैं। प्रभा मैडम पढ़ाती तो बहुत अच्छा है।'

'यूँ ही नाराज़ हो रहा हूँ? ठीक है, देखते हैं कि तुम लोग प्रैक्टीकल एग्ज़ाम में क्या लिखते हो? प्रैक्टिकल में नंबर बढ़वाने मेरे पास मत आना। मैं अभी से कहे दे रहा हूँ।'

'लेकिन इस बार तो प्रैक्टिकल एग्जाम में प्रभा मैडम भी रहेगी?'

'प्रभा रहेगी? किसने कहा तुम से? अच्छा तो प्रभुदयाल सब से यह कहते फिर रहे हैं! देखना गधो, अगले महीने से वे ट्यूशन के रुपए माँगना भी शुरू कर देंगे। बहुत चालू चीज़ है वह। लेकिन एक बात याद रखना तुम सब लोग कि प्रभा इस कालेज की अध्यापिका नहीं हैं। वह तो गर्ल्स इंटर कालेज में फ़िज़िक्स पढ़ाती है। वह अपने कालेज में कैसे आ सकती है? इस भरोसे बैठ कर तुम लोग अपना कैरियर मत बरबाद करो। समझे?'

(32)

कानपुर में शंकर जिन महेश सिंधी के यहाँ काम करता था, उनके एक लड़की थी। शंकर से तीन साल छोटी होगी। उसका नाम श्यामा था। देखने में बहुत सुंदर थी। इंटर फर्स्ट ईयर की छात्रा थी।

शंकर ख़ाली समय में उसी की किताबें लेकर पढ़ा करता था। घर से भाग आने के कारण उसकी पढ़ाई छूट गई थी। सोच रहा था कि अगर समय पर घर वापिस लौट गया तो उसे एग्ज़ाम में बैठने को मिल जाएगा। इसीलिए वह घर का सारा काम निपटा कर, श्यामा से कोर्स की किताब माँग कर साफ धुले फर्श पर पढ़ने बैठ जाता था।

उसकी इस हरकत पर पहले तो घर के सब लोग खूब हँसे थे। उस दिन फ़िज़िक्स की किताब उसे देने के बाद श्यामा मुस्कराते हुए रसोईघर में गई थी। मम्मी खाना बनाने में व्यस्त थीं।

'देखो....देखो....मम्मी जी, एक तमाशा दिखाऊँ?'

'क्या है, भई ? कैसा तमाशा ?'

'जरा शंकर को तो देखो, उधर बैठा-बैठा क्या कर रहा है ?'

मम्मी ने ज़रा सिर घुमा कर उधर देखा तो वह मग्न भाव से पढ़ रहा था।

बोलीं, 'क्यों ? ठीक से बैठा बेचारा कुछ पढ़-लिख तो रहा है। तुम्हारी तरह मटरगस्ती तो नहीं कर रहा है ?'

सुन कर बहुत जोर से हँस दी श्यामा। बात-बात में खीसें निपोरना उसकी आदत में शुमार था।

'ओह बेचारा पढ़ रहा है! क्या पढ़ रहा है यह नहीं पूछोगी, मम्मी जी ?'

'कोई कहानी की पत्रिका पढ़ रहा होगा। थोड़ा बहुत पढ़ा-लिखा तो है ही।'

'अरे नहीं मम्मी जी! अगर वह कहानी की पत्रिका पढ़ रहा होता तो मैं क्या आप से कहने आती ? मैं क्या सचमुच इतनी बेवकूफ लड़की हूँ ?'

मम्मी जी बेचारी उसकी बात सुन कर थोड़ा सकपका गईं। जवान लड़का उनकी जवान लड़की के सामने कोई ऐसी-वैसी अश्लील किताब खोल कर पढ़ने तो नहीं बैठ गया। रोज़ ही तो बड़े बाज़ार की तरफ घूमने जाता है। उधर फुटपाथ पर न जाने कैसी-कैसी अश्लील किताबें बिका करती हैं। जिनके कवर पर ही अर्धनग्न युवतियों के चित्र छपे होते हैं। छी....छी! यह सोचते ही अचानक उनका जी सा मचला आया।

वे थोड़ा सहम कर बोलीं, 'बता तो श्यामा, क्या पढ़ रहा है यह शंकर ? इस तरह हँसी-ठट्ठा क्यों कर रही है ? इतनी बड़ी होकर भी तू दिन भर बेकार में हँसती रहती है। ज़रा देर तो गंभीर रहा कर।' सचमुच इस समय उन्हें श्यामा का इस तरह 'खीं...खीं' करके हँसना बहुत बेतुका लग रहा था।

लेकिन श्यामा मम्मी की घबड़ाहट देख कर फिर से ज़ोर से हँस पड़ी। सचमुच ही बात-बात में हँसना उसकी आदत थी। अभी अल्हड़ किशोरी ही तो थी वह। हँसते-हँसते ही बोली, 'मम्मी जी, मुझे बताते हुए बड़ी हँसी आ रही है।'

'अरे इसमें हँसने की क्या बात है ? बता तो सही।'

'अभी कुछ देर पहले इस शंकर ने मुझ से फ़िज़िक्स की किताब माँगी थी। वही बड़े मनोयोग से पढ़ी जा रही है-जैसे बेताल की कथाएँ हों।'

सुन कर मम्मी जी की जान-में-जान आई। फिर तो माँ और बेटी दोनों हँसने लगीं। वाह रे, इस लड़के के दिमाग में यह कौन-सा फ़ितूर घुस गया है।

वाह-वाह! यह तो खूब रही!

श्यामा ने सोचा कि लड़का फ़िज़िक्स की किताब पढ़ कर उस पर रौब जमा रहा है। हौसले तो देखो घर के इस अदने से नौकर के। जाने क्या सोचने लगा होगा मेरे बारे में? छी-छी बेशर्म कहीं का! ये नौकर लोग भी न जाने क्या-क्या ख़्वाब देखने लगते हैं।

अब तो शंकर रोज़ ही श्यामा से कोई-न-कोई किताब माँग कर ले जाता और दत्तचित्त होकर घंटों पढ़ता रहता। रात भर बरामदे की लाइट जलती रहती थी। उसी के नीचे दरी बिछा कर देर रात तक शंकर कुछ-न-कुछ पढ़ता-लिखता रहता। वह बाज़ार से कई सारी रफ कापियाँ ले आया था। उस पर बैठा-बैठा मैथ और फ़िज़िक्स के सवाल हल करता रहता। कभी-कभी रात में गृहस्वामी की आँखें खुलती तो वह देखते शंकर बरामदे में बैठा एकाग्रचित्त होकर कोई किताब पढ़ रहा है। वह आवाज़ देते, 'क्या कर रहे हो, शंकर? बेटा, ज़रा एक गिलास पानी तो पिला।'

हठात् शंकर की तमन्यता भंग हो जाती। वह पानी का गिलास लेकर गृहस्वामी के कमरे में जाता। तब तक उनकी आँख लग जाती।

शंकर आवाज़ लगाता, 'बाबू जी पानी लाया हूँ।'

लेकिन नींद के झोंके में वे शायद सुन नहीं पाते।

शंकर उनका हाथ हिला कर फिर कहता, 'बाबू जी पानी लाया हूँ। पी लीजिए।'

इस बार उनकी नींद खुलती। वे उठ कर पानी पीते। पूछते, 'क्यों शंकर, इतनी रात गए तक बरामदे में बैठा-बैठा क्या पढ़ रहा है? कोई उपन्यास वग़ैरह है क्या? इतनी सर्दी में वहाँ क्यों बैठा है? जा, अब अपनी कोठरी में जाकर सो जा। सुबह उठ कर तुझे बगीचे में पानी भी तो डालना है।'

'बस अब सोता ही हूँ, बाबू जी।'

शंकर गृहस्वामी को पानी पिला और भी बहुत देर तक बैठा पढ़ता रहता। फिर उसकी भी आँखों में नींद उतरने लगती तो वह भी अपनी कोठरी में जाकर सो जाता।

दिसंबर का आखिरी सप्ताह था। ठंड वाकई बहुत बढ़ गई थी। शंकर को भी बरामदे में पढ़ते हुए बहुत परेशानी होती थी, पर उसकी कोठरी में लाइट की कोई व्यवस्था नहीं थी। इसीलिए इतनी सर्दी में भी बेचारा बरामदे में ही बैठा-बैठा पढ़ता रहता था।

वह श्यामा नाम की लड़की अपने मन में न जाने क्या-क्या सोचती रहती। यह नौकर छोकरा मुझे पटाना-वटाना चाहता है क्या? देखने में कितना सुंदर है। गोरा रंग, उठा हुआ माथा, और स्वस्थ शरीर है। कभी उसकी आँखों-में-आँखें डाल कर देखता तक नहीं है। बड़े संकोच से ही कहता है-छोटी बीबी जी, मुझे थोड़ी देर के लिए अपनी फ़िज़िक्स की किताब दे दीजिए। कैसा रौब डाल रहा छोकरा! बाहर से एकदम सीधा-साधा बनने की कोशिश करता है पर न जाने मन-ही-मन क्या मनसूबे पाल रहा है? छी...किसी दिन किताब में प्रेमपत्र रख कर देगा क्या?

उस प्रेमपत्र की भाषा किस तरह की होगी, यह सोच कर वह कभी-कभी सिहर उठती थी।

श्यामा ने सोच रखा था कि यदि शंकर ने कभी उसके साथ ऐसा कोई दु:साहस किया तो वह उसी क्षण उसे एक जोर का झापड़ रसीद करेगी। सारे रंगीन सपने देखना उसी दिन भूल जाएगा। पिता जी भी पता नहीं उसे न जाने कहाँ से पकड़ लाए हैं? यह भी नहीं सोचा कि घर में एक जवान बेटी भी है। इस तरह किसी लड़के को घर के कामकाज के लिए रखना चाहिए? उसने एक दिन फ़िज़िक्स की किताब के पन्ने पलटे तो वह एकदम से चौंक उठी। उसने जैसा सोचा था ठीक वैसा ही हुआ। उसमें एक कागज़ तह किया हुआ रखा था। उसका तो जैसे सर्वांग ही काँप कर रह गया। दिल जोरों से धक-धक करने लगा। उसने डरते-डरते उस तह किए हुए कागज़ को खोल कर पढ़ा। धत्, यह तो उसी का लिखा हुआ गाना था। उस दिन रेडियो में सुन-सुन कर लिखा था।

रजनीगंधा फूल तुम्हारे, महके यूँ ही जीवन में,
यूँ ही महके प्रीति पिया की, मेरे अनुरागी मन में।
अधिकार ये जब से साजन का हर धड़कन पर माना मैंने,
मैं जबसे उनके साथ बँधी, ये भेद तभी जाना मैंने,
कितना सुख है बंधन में।
रजनीगंधा फूल तुम्हारे........
हर पल मेरी इन आँखों में बस रहते हैं सपने उनके,
मन कहता है मैं रंगों की, एक प्यार भरी बदरी बन के,
बरसूँ उनके आँगन में।
रजनीगंधा फूल तुम्हारे..........

लेकिन श्यामा जैसा सोचे बैठी थी वैसा कुछ भी नहीं हुआ। अंत तक शंकर ने श्यामा को झापड़ मारने का कोई मौका ही नहीं दिया। वह उससे बड़ी शालीनता से किताबें ले-लेकर पढ़ता रहा। उस दिन वह बाज़ार से दो सफेद चार्ट खरीद लाया। श्यामा से बायलोजी की किताब माँग कर उसने उसमें खूबसूरत से डायग्राम बना डाले। दूसरे दिन फिर श्यामा से जा कर बोला, 'छोटी बीबी जी, एक चीज़ दे देंगी आप?'

'क्या?'

अपना कलर का डिब्बा दे दीजिए।'

'कलर का डिब्बा?'

'बायलोजी के चार्ट रंगूँगा।'

'बायलोजी के चार्ट! अब यह क्या कोई नया शौक सूझा है तुझे?'

'दीजिए न, जब बाबू जी पैसे देगें तब आप को लाकर नया डिब्बा दे दूँगा।'

'अच्छा! मुझे लाकर देगा तू? चल देती हूँ भाई, पर पहले ज़रा चार्ट तो दिखा। क्या उल्टा-सीधा बना डाला है तूने?'

'चार्ट तो छोटी बीबी जी मैं आपको रंगने के बाद ही दिखाऊँगा।'

'अरे वाह, यह कैसी ज़िद है तेरी? तेरे कमरे में ही तो रखा है, अभी देखती हूँ जाकर। तू दिन भर यह सब क्या ड्रामा करता रहता है। पिता जी ने तुझे घर के कामकाज के लिए रखा है या चित्रकारी करने के लिए? चल अभी देखती हूँ।'

'लेकिन चार्ट तो यहाँ नहीं हैं। वे तो पड़ोस के सोनू के यहाँ रखे हैं। आप रंग दे दीजिए। मैं रंगने के बाद उन्हें आपको ज़रूर दिखाऊँगा। चाहें तो उन्हें आप रख लीजिएगा। प्रैक्टीकल में दिखाएँगी तो आपको अच्छे मार्क मिल जाएँगे।'

सुन कर श्यामा खिलखिला कर हँस दी।

'अच्छा, ख़ैर रंग ले जाओ, लेकिन कल ज़रूर दिखाना। मैं भी तो ज़रा तुम्हारी चित्रकारी देखूँ। मुझे तो मालूम ही नहीं था कि मेरे घर में दूसरे मकबूल फिदा हुसैन रह रहें हैं।

शंकर रंग का डिब्बा ले कर चला गया। उस दिन श्यामा ने पिता जी से कहा, 'बाबू जी, आपका यह शंकर तो चित्रकार बन रहा है। इस हीरो को आप कहाँ से पकड़ कर लाए थे?' फिर वह हँसती हुई रजाई में मुँह छिपा कर सो गई।

दूसरे दिन श्यामा नाम की वह लड़की हैरान रह गई। शंकर ने इतने सुंदर चार्ट बनाए थे कि वे एकदम प्रिंटेड लग रहे थे। सचमुच शंकर ने तो कमाल ही कर दिया था। वह अवाक् हो कर बोली, 'नहीं शंकर, यह तुम ने नहीं बनाए हैं? ऐसे तुम बना ही नहीं सकते। मैं मान ही नहीं सकती।'

'मैंने ही बनाए हैं, छोटी बीबी जी, आप चाहें तो सोनू से पूछ लीजिए। दरअसल ये मैंने उसी के लिए बनाए हैं। कल उसे स्कूल ले कर जाना हैं न। कल उसका प्रैक्टीकल है।'

'झूठा! तू तो कह रहा था कि इन्हें मुझे दे देगा। मुझे प्रैक्टीकल में अच्छे नंबर मिल जाएँगे।'

'तो इसमें क्या परेशानी, अगर आपको चाहिए हैं तो आपके लिए दूसरे बन जाएँगे।'

'सच?'

'हाँ, सचमुच।'

सोनू से पूछताछ कर जब श्यामा आश्वस्त हुई तो उसने अपनी भी एक ज़िम्मेदारी शंकर के ऊपर डाल दी। अपनी बायोलाजी प्रैक्टीकल की फ़ाइल उसे दे दी। बोली, 'अरे मैं तो जानती ही

नहीं थी कि तुम इतने अच्छे डायग्राम बनाते हो। मैं तो बेकार में ही यह सोच कर परेशान हो रही थी कि मैं इतने सारे डायग्राम कैसे बना पाऊँगी। यह लो मेरी फ़ाइल और किताब। अब से सारे डायग्राम तुमको ही बनाने है, शंकर। वाह! तुम तो बहुत बड़े कलाकार हो।'

शंकर बोला, 'मैं सब बना दूँगा छोटी बीबी जी, आप बिल्कुल भी परेशान न हों।'

लेकिन इसके बाद और भी एक घटना घटी।

एक बार श्यामा फ़िज़िक्स के एक सवाल को लेकर बहुत परेशान थी। बार-बार हल करने पर भी उत्तर नहीं मिल रहा था। बार-बार शंकर से कहती, 'एक गिलास पानी तो पिलाओ शंकर। बाप-रे-बाप कितना कठिन सवाल है। इसे लगाते-लगाते तो मेरा दिमाग ही सुन्न पड़ गया है।'

शंकर उसे बार-बार पानी पिला रहा था। पर सवाल था कि बवालेजान बना हुआ था। छोटी बीबी जी बार-बार पानी पी-पी कर सवाल को कोस रही थीं। उनके माथे पर परेशानी के मारे पसीना आ रहा था। उन्हें देख-देख कर शंकर की हँसी निकली जा रही थी। एक बार पानी पिलाते हुए वह बोला, 'छोटी बीबी जी, इसमें इतना परेशान होने की क्या बात है? छोटा-सा ही तो सवाल है।'

पर छोटी बीबी तो यह सुन कर बहुत ही नाराज़ हो गईं। घर का नौकर उनकी इस तरह इन्सल्ट कर दे, यह बात उन्हें बिल्कुल भी गवारा नहीं थी। फौरन उसका चेहरा तमतमा उठा। गुस्से से बोलीं, 'यह फ़िज़िक्स का सवाल है? तुझे मालूम भी है कि फ़िज़िक्स क्या चीज़ है? सवाल छोटा ज़रूर है पर है बहुत टेढ़ा। हँसी-मज़ाक समझ रखा है?'

'क्यों नहीं छोटी बीबी जी, रोज़ ही तो आप से किताबें लेकर पढ़ता हूँ। फ़िज़िक्स वाकई बड़ी टेढ़ी चीज़ है। अगर किसी सवाल पर कहीं उलझ जाओ तो समझो कि दिन भर की छुट्टी। पर अगर फ़िज़िक्स ढंग से समझ में आ गई तो समझो कि हँसी-खेल ही है।'

सुन कर पहले तो छोटी बीबी जी बहुत जोर से हँसी फिर मम्मी को आवाज़ देकर बोलीं, 'मम्मी जी, आप किचिन में बैठी-बैठीं सुन रहीं है न कि यह ईडियट क्या कह रहा है?'

मम्मी बोली, 'तेरी बक-बक सुनने को फुरसत है मुझे भला! अभी घर-गृहस्थी का न जाने कितना काम पड़ा है। बेचारे लड़के से बार-बार पानी मँगा कर क्यों परेशान कर रही है? उसे किचिन का काम भी तो करने दे न।'

'ऊँह....सुन लो भगवान जी, अब यह इनका बेचारा लड़का हो गया। आपका यही बेचारा लड़का तो फ़िज़िक्स के सवाल हँसी-खेल समझ रहा है, मम्मी जी।'

फिर शंकर की तरफ मुँह करके बोली, 'ईडियट यह रंग से कागज़ लाल-पीले-नीले करना नहीं है। फ़िज़िक्स में अवतल लेंस का सवाल है। जाओ ज़रा मम्मी जी से एक कप चाय तो बनवा कर लाओ। चाय पीकर मैं तो सो जाऊँगी। अब इस समय तो यह सवाल मुझ से हल होने का नहीं है। दिमाग पज़ल्ड हो गया है मेरा।'

शंकर बेचारा क्या कहता? वह तो इस घर का नौकर था। बस मुस्करा कर रह गया। उसे श्यामा गुड़िया-सी लगती थी। एकदम से भोली-भाली। उसकी छोटी बहन कामिनी जैसी।

लेकिन इसके बाद एक और घटना घटी थी।

वह घटना घटी थी श्यामा बीबी के सो कर उठने के बाद। श्यामा बीबी थक कर 15 मिनट के लिए जो सोईं तो जाकर शाम को 6 बजे ही उठीं। मुँह-हाथ धोकर चाय-वाय पीकर इच्छा हुई कि सवाल एक बार फिर हल करके देखा जाए। हो सकता है कि चिन्हों की ग़लती हो गई हो। सवाल हमेशा शांत दिमाग से ही लगाना चाहिए। सो उन्होंने किताब-विताब क़ायदे से मेज़ पर रखी। कुर्सी पर बैठ कर कापी का वही पेज़ खोला। लेकिन........यह क्या? श्यामा बीबी हैरान रह गईं। इतना हैरान तो वह अपनी ज़िंदगी में इससे पहले कभी भी नहीं हुई थीं। कापी के उसी पेज़ पर एकदम साफ-सुंदर हैंडराइटिंग में वे सब सवाल हल थे, जिन्हें हल करते-करते वे खुद हलकान हुई जा रही थीं।

श्यामा बीबी एकदम हतप्रभ थीं!

किसने लगाए ये सारे सवाल?

शंकर ने?

शंकर की पुकार हुई। शंकर ने हँस कर बताया, 'छोटी बीबी जी आपको तो थकान के मारे कुछ सूझ ही नहीं रहा था। सवाल तो बहुत ही सरल थे। बिल्कुल सोचना ही नहीं पड़ा।'

लेकिन श्यामा की हैरानी बढ़ती ही गई। उसने ने यह बात शाम को सोते समय घर के सभी सदस्यों को बताई।

श्यामा के पिता जी महेश सिंधी को आज अचानक चिंता-सी होने लगी। अपनी उम्र के हिसाब से शंकर पढ़ा-लिखा लड़का है। जब वह पहली बार उसे मिला था तब भी अच्छे कपड़े वग़ैरह पहने हुए था। उन्हें उसकी शराफ़त से जैसे आज डर-सा लगने लगा था। किसी अच्छे घर का लड़का है? घर से भाग कर आया है क्या? आख़िर क्यों? इसके घर में आख़िर ऐसी कौन सी घटना हो गई है, जिसके कारण इसे अपना घर-वार छोड़ना पड़ा। इन सब बातों का पता तो लगना ही चाहिए। शायद घर से लड़-झगड़ कर भाग आया हो।

दूसरे दिन सुबह ही शंकर को उन्होंने प्यार से अपने पास बुलाया। आज उन्हें वह बिल्कुल नौकर जैसा नहीं लगा। अपने ही घर के बेटे की तरह लगा। वे बात आगे बढ़ाने की ग़रज़ से श्यामा से बोले, 'एक तुम हो, पढ़ती-लिखती कुछ नहीं; बस बाप का पैसा बरबाद कर रही हो। दिन भर बस मुँह चलाना आता है। हमेशा 'ही-ही' करके हँसती रहती हो। ज़रा शंकर को तो देखो फ़िज़िक्स के कठिन-से-कठिन सवाल भी चुटकियों में हल कर देता है। कितने सुंदर और साफ-सुथरे डायग्राम बनाता है। कुछ इससे ही सीखो?'

पर श्यामा पर उनकी बात का कोई प्रभाव नहीं पड़ा। वह मुँह छिपाए हँसती रही। महेश सिंधी ने भी इस ओर कोई ख़ास ध्यान नहीं दिया। वह थोड़ी देर खामोश रह कर शंकर से अपनी बात कहने की भूमिका बाँधता रहा। फिर थोड़ा ठहर कर शंकर से बोला, 'बेटा सच बताना तुम कहाँ के रहने वाले हो? तुम्हारा घर-वार कहाँ है? इतने दिनों से तुम्हारे माता-पिता ने भी तुम्हारी कोई सुध नहीं ली?'

शंकर को बस इसी बात का डर था। आज वह अपनी हरकतों के मारे पकड़ा ही गया था। न वह इतनी होशियारी दिखाता और न ही महेश सिंधी को उस पर शक होता। शंकर थोड़े संकोच के साथ बोला, 'बाबू जी, यह सब मत पूछिए। मैं आपके यहाँ मेहनत से काम करता रहूँगा। यक़ीन मानिए कभी भी आपके घर से रुपए-जेवर लेकर नहीं भागूँगा। अच्छे, शरीफ़ घर का लड़का हूँ।

महेश सिंधी बोले, 'धत्, इसी बात का तो डर है बेटा। इसीलिए तो कहता हूँ कि तुम्हारे घर में सब लोग कितना परेशान हो रहे होंगे। भले घर के लड़के होकर भी तुम यह बात मुझ से अभी तक छिपाए रहे? यहाँ नौकरों की तरह काम करते रहे। बुरी बात है। चलो, कल ही मैं तुम्हें तुम्हारे घर पहुँचाए देता हूँ। ज़रा-सी किसी बात पर नाराज़ होकर घर छोड़ कर थोड़े ही भागा जाता है।'

'नहीं, घर में मेरे लिए कोई भी परेशान नहीं हो रहा होगा। मैं यहाँ से उन्हें अपनी कुशलता के बारे में लिखता रहता हूँ। बस यहाँ का पता ही नहीं देता।'

'फिर तो और भी अच्छा है। तुम कल ही मेरे साथ चलो। मेरे रहते हुए कोई भी तुम्हें डाँट-फटकारेगा नहीं। मैं उन्हें ठीक से समझा दूँगा। ग़लतियाँ तो सभी से होती हैं, बेटा, पर इस तरह माँ-बाप को परेशान थोड़े ही किया जाता है। तुम बिल्कुल भी मत डरो, बेटा।' महेश सिंधी ने और भी अधिक उत्साहित हो कर कहा। उसे शंकर से वाकई स्नेह-सा हो आया था। बेचारे के माँ-बाप कितने परेशान हो रहे होंगे। उनके पास ज़रा से दिन रह कर ही उसने उनका मन मोह लिया था। अपने घर का तो वह कितना दुलारा होगा।

शंकर जैसे संकोच से गड़ गया। उसे समझ में नहीं आ रहा था कि महेश सिंधी को सारा किस्सा कैसे बताए? क्षण भर ख़ामोश रह कर वह बोला, 'नहीं....ऐसी तो कोई बात नहीं है, बाबू जी, फिर भी अगर आप चाहेंगे तो मैं अपने घर लौट ही जाऊँगा। लेकिन अगर आप इज़ाज़त दें तो मैं अभी आपके घर कुछ दिन और रहना चाहता हूँ। पर अगर आप नहीं चाहेंगे तो मैं कहीं दूसरी जगह चला जाऊँगा।'

'नहीं....नहीं, ऐसी कोई बात नहीं, बेटा। आज से तुम इस घर के सदस्य की तरह ही रहो। पर मेरी यह बात भी सदा ध्यान रखना कि औलाद माँ-बाप के कलेजे का टुकड़ा होती है। उससे दूर रह कर उन्हें कितना दु:ख होता है यह बात अभी तुम नहीं समझ पाओगे।

श्यामा और उसकी मम्मी जी हतप्रभ खड़ी थीं। वे उन दोनों की बातें बड़े ध्यान से सुन रहे थीं। इस समय न जाने क्यों श्यामा 'ही....ही' करना भी भूल गई थी?

(33)

उस क़स्बाई शहर रोशनपुर में एक लहर सी चल पड़ी थी। ट्यूशन विरोधी अभियान की लहर। प्रभुदयाल सर ने जो पहल की थी वह अब एक अभियान में बदल गयी थी। ट्यूशन विरोधी अभियान में।

उस दिन फ़िज़िक्स के अध्यापक शिवकुमार जी ने लड़कों को खूब पीटा। क्लास में आते ही उन्होंने ब्लैक बोर्ड पर एक सवाल लिख दिया। लड़कों से कहा, 'केवल पाँच मिनट का सवाल है। बीस मिनट में सब लोग लगा कर दिखाओ।

पाँच मिनट का सवाल बीस मिनट में! ख़ैरियत! लेकिन उमेश एक शरारती लड़का था, तुरंत उठ कर बोला, 'सर, यह चैप्टर तो अभी तक आपने क्लास में पढ़ाया ही नहीं है। तब यह सवाल हम लोग कैसे लगा पाएँगे?'

'लगा क्यों नहीं पाओगे? यह सवाल तो फर्स्ट-ईयर के कोर्स का है। तुम सब लोग तो सेकंड इयर के छात्र हो?'

'लेकिन सर....यह चैप्टर अभी क्लास में पढ़ाया ही कहाँ गया है, किसी से भी पूछ लीजिए?'

'यह बात तो प्रकाशनारायण जी ही जाने, फर्स्ट -ईयर में तो फ़िज़िक्स वे ही पढ़ाते है। यह तो उन्हीं का अधूरा छोड़ा गया कोर्स है। इसे मैं तो पढ़ाऊँगा नहीं। मुझे तो बस तुम लोग बीस मिनट में सवाल हल करके दिखाओ।'

छात्र बोले, 'सर, जब प्रकाशनारायण जी के कोर्स का है तो फिर उन्हीं को यह सवाल पूछने दीजिए न? आप ने जो पढ़ाया है, आप उसी में से पूछिए।'

सुन कर सन्न रह गए शिवकुमार मास्टर साहब! इतना अपमान! कौन बोल गया यह सब?

'ऐ, क्या नाम है तुम्हारा? खड़ा हो।' वे गुस्से से बोले।

'सुरेश...'

'यह सब क्या बकवास कर रहे हो तुम?'

'ठीक ही तो कह रहा हूँ, सर।'

'ठीक के बच्चे, जब तक पिछला कोर्स पढ़ा हुआ नहीं होगा तब तक आगे का कैसे समझ पाओगे?'

'यही तो मैं भी कह रहा हूँ, सर, यह चैप्टर हम लोगों को क्लास में पढ़ाया क्यों नही गया? अब दो महीने बाद ही तो बोर्ड की परीक्षाएँ होने वाली हैं।'

‘पर यह तो प्रकाशनारायण जी को पढ़ाना चाहिए था न?’

‘यह सब तो आप लोग ही जानिए कि किसको क्या पढ़ाना है? हम लोगों को तो पूरा कोर्स खत्म होने से मतलब है।’

‘ठीक है, जो लड़के नहीं लगा पा रहे हैं, वे खड़े हो जाएँ।’

सभी छात्र खडे हो गए। बस एक विष्णु को छोड़ कर। यह देख कर शिवकुमार मास्टर साहब को बहुत गुस्सा आया। एक ही दिन में लडकों की हिम्मत इस कदर बढ़ गई है कि उन से ज़बान लड़ाने लगे हैं। उन्होंने बेंत लेकर एक तरफ से सबकी पिटाई कर डाली। फिर बोले, ‘अगर पिछला कोर्स पढ़ना है तो सब लोग मेरे घर में पढ़ने आओ।’ लेकिन किसी भी छात्र ने उनकी बात नहीं सुनी। सब अपनी-अपनी कापी-किताबें लेकर ऑफिस की तरफ चल दिए। शिवकुमार मास्टर साहब पूछते ही रह गए कि अब तुम सब लोग कहाँ चल दिए?

पूरे क्लास की तरफ से रमेश ने शिवकुमार मास्टर साहब के ख़िलाफ, प्रिंसपल साहब को देने के लिए, एक एप्लीकेशन लिखी।

आदरणीय प्रधानाचार्य महोदय,

सादर चरण स्पर्श!

सेवा में निवेदन है कि हमारे फ़िज़िक्स के अध्यापक श्री शिवकुमार शर्मा जी कक्षा में पढ़ाने में बिल्कुल भी रुचि नहीं रखते हैं। वे कक्षा में बैठ कर हमेशा ओमप्रकाश शर्मा के जासूसी उपन्यास पढ़ते रहते हैं या मूँगफलियाँ खाते रहते हैं। लड़कों से ब्लैक-बोर्ड पर वे वह सवाल लगवाते हैं जो कि उन्होंने कभी समझाए ही नहीं हैं। सवाल हल न कर पाने पर वे बेंत से बुरी तरह से हम विद्यार्थियों को मारते-पीटते हैं और घर पर आकर ट्यूशन पढ़ने के लिए दबाव बनाते हैं। यही नहीं, बल्कि ट्यूशन न पढ़ने की दशा में प्रैक्टीकल में फेल करने की धमकी भी देते हैं। आदरणीय प्रधानाचार्य महोदय, कृपया करके आप हमें उनकी इस प्रताड़ना से बचाएँ।

इस मज़मून के बाद कक्षा के सभी छात्रों हस्ताक्षर थे।

यह एप्लीकेशन लेकर रमेश प्रिंसपल साहब के ऑफिस में गया। उन्होंने ध्यान से एप्लीकेशन पढ़ी। बड़े ही धैर्य से उसकी सारी बातें सुनीं, फिर मुस्करा कर पूछ बैठे, ‘अन्याय का विरोध कर रहे हो? वाह! यह भली सलाह तुम लोगों को किसने दी?’

‘प्रभुदयाल सर ने।’

सचमुच इस सब के पीछे प्रभुदयाल जी की ही प्रेरणा थी। छात्रों का नैतिक बल धीरे-धीरे जाग रहा था। अन्याय के ख़िलाफ वे सब एक मत हो रहे थे। यह दयानंद इंटर कालेज के इतिहास की एक अद्भुत् घटना थी।

उसी समय कमलेश जी ने घंटी बजा कर चपरासी को बुलवाया। चपरासी आकर अदब से सलाम करके खड़ा हो गया।

'जी सर ?'

'तुम अभी जाकर शिवकुमार जी और प्रकाशनारायण जी से कहना कि मैंने उन्हें याद किया है।'

'बहुत अच्छा सर।' कह कर चपरासी चला गया।

कालेज के प्रिंसपल कमलेश को कालेज में किसी भी तरह की गड़बड़ी बर्दाश्त नहीं होती थी। अभी उसकी उम्र तो बहुत अधिक नहीं थी पर कुर्सी का प्रभाव था। प्रभुदयाल सर का आशीर्वाद भी हमेशा उस पर बना रहता था। उसको वे पुत्रवत ही मानते थे। देश की आज़ादी के लिए उन्होंने अपनी संतान देश को भेंट कर दी थी। तब भारत माता को अंग्रेजों की दासता से मुक्त कराने के लिए संघर्ष के दिन थे। कभी सुनने में आता कि राजगुरु और भगत सिंह को फाँसी दे दी गई। वे हँसते-हँसते भारत माता की जय-जयकार करते हुए फाँसी के फंदे पर लटक गए। तो कभी सुनने में आता कि सुभाष बाबू ने अपनी अलग आज़ाद हिंद फौज बनाई है। गाँधी जी ने असहयोग आंदोलन का बिगुल बजाया था। उनके कहने से विदेशी कपड़ों की होली जलाई जाने लगी। उन्हीं दिनों नेहरू जी उनके शहर में भी आए थे। उन्होंने मंच से बहुत ही ओजस्वी भाषण दिया था। उन्होंने कहा था-जब तक हमारा देश गुलाम है। आराम हराम है। देशवासियों! देश को स्वतंत्र कराने के लिए आज से ही जी-जान सें जुटो। उन्होंने और भी बहुत सारी बातें कहीं थीं; जिसका प्रभुदयाल पर गहरा असर पड़ा था।

सभा खत्म हुई नेहरू जी चले गए। लेकिन उनके भाषण ने प्रभुदयाल जी का सारा सुख-चैन ही छीन लिया। वे देश के लिए अपना सर्वस्व निछावर करने के लिए आतुर हो उठे थे। उस समय उनकी पत्नी गर्भवती थी। उसे एक महीने का गर्भ था। वो एक गुलाम को जन्म देगी ? प्रभुदयाल के दिमाग को बार-बार यही बात परेशान कर रही थी। उन्होंने पत्नी को अपनी इच्छा से अवगत करा दिया। सुन कर पत्नी रोने-चिल्लाने लगी। पर उन्होंने साफ-साफ कह दिया कि यदि तुमने इस गुलाम बच्चे को जन्म दिया तो मैं तुम दोनों का जिंदगी भर कभी भी मुख नहीं देखूँगा। मैं भारत-माता का सिपाही हूँ। इस समय भारत-माता मुझे बुला रही है। मेरा सारा जीवन उसी के लिए अर्पित है। बच्चे का मोह हमें कमजोर बनाएगा। बेचारी पत्नी मजबूर होकर गर्भपात कराने को राज़ी हो गई थी।

दाई के मुताबिक़ लड़का था।

वे एक लड़के के बाप बनने से वंचित रह गए थे।

पत्नी बेचारी कई दिनों तक छिपछिप कर रोती रही थी।

उन्हीं प्रभुदयाल की बातें सोचते-सोचते न जाने कहाँ खो गए थे कमलेश जी।

चपरासी ने अंदर आ कर कहा, 'प्रकाशनारायण और शिवकुमार जी आ गए हैं। आपके दर्शन के लिए बाहर खड़े हैं। बुलाऊँ सर?

कमलेश जी चपरासी के बातें सुन कर जैसे अपने आप में लौट आए। उनकी आँखें गीली हो रहीं थीं। उन्होंने रुमाल निकाल कर चुपके से अपनी आँखें पोंछ ली थीं।

'हाँ.....हाँ.....भेजो उन लोगों को।'

दोनों महानुभाव अदर आए। चेहरे पर गंभीरता का मुखौटा ओढ़े थे। आते ही बोले, 'नमस्ते श्रीमान जी, आप ने याद किया?'

'हाँ, बैठिए आप लोग। अच्छे तो हैं?'

'जी हाँ, धन्यवाद।'

'आप लोगों को एक कष्ट देने के लिए बुलाया है।'

'ओह कहिए न, कष्ट कैसा? आज्ञा दीजिए।'

'आपकी क्लास के लड़के यह एप्लीकेशन लेकर आए हैं। पहले इसको आप दोनों ध्यान से पढ़ लीजिए, फिर मेरी बातों का जबाव दीजिएगा।'

दोनों ने एप्लीकेशन ले ली। पढ़ने के बाद बोले, 'यह सब प्रभुदयाल जी की चाल है, सर, बुजुर्ग हो कर वे ऐसी ओछी हरकतें कर रहे हैं। छात्रों को अध्यापकों के ख़िलाफ भड़का रहे हैं। कैसे छिछोरे आदमी है वह, आप ही देखिए, सर।'

'लेकिन आप लोगों के ख़िलाफ शिकायत है कि आप लोग क्लास में बिल्कुल भी नहीं पढ़ाते हैं। यह बात सच है?'

'कौन कहता है यह सब?'

'क्यों...आप के क्लास के सारे लड़के तो यही कह रहे हैं। एप्लीकेशन में यही सब तो लिखा है। सब-कि-सब तो झूठ नहीं बोल रहे होंगे? आप चाहें तो मेहरबानी करके एक बार एप्लीकेशन फिर ढंग से पढ़ लीजिए। लगता है अभी आप लोग ठीक से इस एप्लीकेशन के मर्म को समझ नहीं पाए हैं?'

'वे तो बच्चे हैं। उन्हें बहकाया जा रहा है, सर। हम लोग तो रोज़ अपनी क्लास ले रहे हैं।'

'आज आपने सभी छात्रों को बिला -वज़ह पीटा?'

'वे एक छोटा-सा सवाल भी नहीं लगा पा रहे थे।'

'वह सवाल आपने कभी समझाया था?'

'वह प्रकाशनारायण जी के कोर्स का था।'

'कोर्स ? कैसा कोर्स ? इसमें भी कोई कोर्स बँटा होता है ? लड़के जो भी सवाल पूछेंगे आप लोगों को समझाना होगा। और प्रकाशनारायण जी आप.......? आप ने कोर्स क्यों नहीं पूरा करवाया अभी तक ? बोर्ड के एग्जाम के बस दो ही महीने बचे हैं।'

'सर, बीच में छुट्टियाँ जो पड़ गईं थीं।'

'ठीक है, कल से आप एस्ट्रा क्लास ले कर कोर्स खत्म करवाइए। समझ रहे हैं न आप ? और किसी भी लड़के को आप ट्यूशन पढ़ने के लिए बाध्य नहीं करेंगे। नहीं तो आपके ख़िलाफ़ एक्शन लिया जायेगा। बोर्ड के एग्जाम्स आने वाले हैं। छात्रों के हितों को ध्यान रख कर मेहनत कीजिए। क्लास में बच्चों को पीटने का अधिकार आपको किसने दिया है ? बच्चों के ऊपर हाथ उठाना आप अध्यापकों को शोभा देता है ? इस साल कालेज का रिजल्ट अच्छा होना चाहिए। और, बुजुर्ग आदमी के लिए अपशब्द कहते आपको शर्म नहीं आती। ख़बरदार जो आज के बाद मेरे सामने प्रभुदयाल जी के बारे में आपने कोई भी अनर्गल बात कही। वे हमारे लिए आदरणीय हैं। उनसे आप लोग प्रेरणा लीजिए। बच्चों को आप लोग क्या यही बातें सिखाते हैं ? शर्म नहीं आती आपको ? आगे से ऐसी गुस्ताख़ी न हो। समझे आप लोग ?' कमलेश जी ने उन्हें बुरी तरह से डाँट दिया। बेचारों के चेहरे लटक गए।

'जी सर।' कमलेश जी का ऐसा रुख देख कर दोनों भीगी बिल्ली बन गए। दोनों को मालूम था कि इसे अपनी नौकरी की ज़रा भी चिता नहीं है, अगर अपनी पर आ गया तो जाते-जाते भी उन लोगों की खटिया खड़ी कर जाएगा। उन्होंने यह भी सुन रखा था कि कमलेश जी के पिता जी कहीं के कलेक्टर हैं। वह तो यहाँ बस समय काट रहा है। किसी डिग्री कालेज में जगह ख़ाली होते ही वहाँ चला जाएगा।

'ठीक है, अब आप लोग क्लास में जाइए और बच्चों को मेहनत से पढ़ाइए। मुझे इस साल अच्छा रिजल्ट चाहिए। और आइंदा से आपने बच्चों के साथ मारपीट की तो आप लागों के खिलाफ थाने में कम्पलेंट लिखवाई जाएगी। समझे आप लोग ?'

दोनों मन मसोस कर ऑफिस से चले आए। उन्हें बच्चों और प्रभुदयाल पर गुस्सा तो बहुत आ रहा था, पर बेचारे मजबूर थे।

छात्रों के विद्रोह और कमलेश जी की हिदायत के बाद सभी अध्यापक कालेज में भी नियमित रूप से पढ़ाने लगे। कमलेश जी के गुस्से के कारण वे सारा कोर्स पूरा कराने के लिए बाध्य थे। इसके लिए उन्हें एक्स्ट्रा क्लासेस भी लेनी पड़ रही थीं। इससे उनके ट्यूशन के धंधे पर बुरा असर पड़ रहा था। बेचारे मन मसोस कर रह जाते। वे मन-ही-मन प्रभुदयाल सर को सैकड़ों गालियाँ देते थे।

यूँ ही दिन गुज़रते गए और मार्च का महीना आ गया। हम लोगों की बोर्ड की परीक्षाएँ शुरू हो गई थीं। फिर एक दिन परीक्षाएँ भी खत्म हो गईं। अब हमारी गर्मियों की छुट्टियाँ शुरू हो गई थीं। हम लोग बड़ी बेचैनी से बोर्ड की परीक्षाओं के रिजल्ट का इंतज़ार कर रहे थे।

(34)

इधर भवानी कूँचे में भी एक राजकुमारी थी। मिस नूतन कुमारी जी। वह हमारे क़स्बे की अनिंद्य सुंदरी थी। कम-से-कम रोशनपुर के हम सब लफंगे लड़कों का तो यही मानना था। विष्णु और नूतन एक-दुसरे को प्यार करते थे । इस प्रणय के लिए सबकी स्वीकृति थी। नूतन यह सोच-सोच कर पुलकित हो उठती थी कि वह एक दिन वह विष्णु की परिणीता बनेगी।

विष्णु के लिए जैसा सबने सोचा था, वैसा ही हुआ। उस मेधावी लड़के ने जिले भर में टॉप किया। प्रदेश में उसका तीसरा नम्बर था। रोशनपुर के जिलाधिकारी ने उसे अपने हाथों से सम्मानित करते हुए स्मृति चिन्ह प्रदान किया। अख़बार वालों ने उसका इंटरव्यू लिया। जिले के सबसे मेधावी लड़के की अख़बार में तस्वीर भी छपी। उसके मैथ्स में पूरे सौ में से सौ नम्बर आए थे। उसकी मेधा से सारा रोशनपुर गौरवान्वित हो उठा।

नूतन का मन यह सब देख-सुन कर पुलकित हो रहा था। हालाँकि वह खुद बिल्कुल साधारण नंबरों से पास हुई थी। पर विष्णु की सफलता उसे अपनी सफलता जान पड़ रही थी। विष्णु! अट्ठारह साल का वह सुदर्शन-सा तरुण, जो उसके सपनों का राजकुमार था। उसे वह अपना दिल दे बैठी थी। एक दिन उसके साथ ही उसका परिणय होना है। यह बात वह अच्छी तरह से जानती थी। यह बात विष्णु भी जानता था।

अख़बारवालों ने पूछा, 'आपकी सफलता में किस-किस का हाथ है, विष्णु जी?'

यह सुन कर अट्ठारह साल का वह शर्मीला-सा लड़का एकदम से सकपका गया। किसी अख़बारवाले को साक्षात्कार देने का उसका यह पहला ही मौका था। अख़बार वाले उसका फोटो लेने के अलावा उससे और भी बहुत सी बातें पूछेंगे, ऐसा उसने कभी नहीं सोचा था।

उस दिन बहुत-सुबह जब कि वह अभी बिस्तर से उठा भी नहीं था कि उसके मकान की कुंडी खड़क उठी थी। बाहर से किसी ने आवाज़ भी दी थी, 'विष्णु जी हैं क्या?'

'कौन?'

'दरवाज़ा खोलिए, सर!'

उसने जब दरवाजा खोला तो सामने कँधे पर एक कैमरा और एक बैग लिए एक नितांत अपरिचित व्यक्ति खड़ा मुस्करा रहा था। पत्रकारों का तो काम ही यही है। वे अपने मतलब की जगह पर पहुँच ही जाते हैं।

'आप कौन?'

एक अजनबी को सुबह-सुबह अपने दरवाज़े पर खड़ा देख कर हठात् विष्णु पूछ बैठा। उसने ऐसा सोचा ही नहीं था कि कोई उसकी फोटो लेने यूँ सुबह-सुबह उसके दरवाज़े पर

आ खड़ा होगा। उसके घर पर तो किसी अतिथि को बैठाने के लिए एक ढंग की कुर्सी भी नहीं थी।

'क्या आप ही विष्णु जी है?' जवाब न देकर उसने ही पलट कर पूछा।

'जी हाँ, कहिए? मुझ से आपको क्या काम है?'

'काम तो कुछ ख़ास नहीं, बस आपसे दो मिनट बातें करनी है।' उसने कंधे से अपना बैग उतारते हुए कहा।

'जी हाँ, कहिए न? मैं आपकी क्या सेवा कर सकता हूँ?'

'तो आपने ही जिले भर में टॉप किया है? आपके ही गणित में सौ में से सौ नंबर है?'

'जी हाँ, लेकिन आप कौन?' विष्ण की उत्सुक्ता अपनी चरम पर थी। उसकी समझ में नहीं आ रहा था कि एक नितांत अपरचित व्यक्ति को उसके इंटरमीडियट की परीक्षा में जिला टॉप करने पर भला क्या दिलचस्पी हो सकती है।

'मै सीनियर पत्रकार हूँ। 'नूतन प्रभात' अख़बार से आपका इंटरव्यू लेने आया हूँ।'

विष्णु तो यह सुन कर खुशी के मारे जैसे एकदम से घबड़ा ही गया। इतने बड़े अख़बार का सीनियर पत्रकार उसके द्वार पर खड़ा था। वह समझ ही नहीं पा रहा था कि क्या करें? उसने कभी ऐसा सोचा भी तो नहीं था। थोड़ा साँस लेने के बाद उसने कहा, 'तब फिर चलिए, सर, भवानी कूँचा ही चलते हैं। वहीं प्रकाशनारायण सर के यहाँ बैठ कर आप से बातें करेंगे। वहीं आप मेंरा इंटरव्यू लीजिएगा।'

उस पत्रकार के ही स्कूटर में बैठ कर विष्णु पातीराम कूँचा से निकल कर भवानी कूँचे की तरफ चल पड़ा। कचहरी रोड पर उसे कई लोगों ने जाते हुए देखा। वे सब सुबह-सुबह ठंडी हवा में टहलने निकले थे। वे सभी बड़े आश्चर्य में पड़ गए। बड़ा सा कैमरा लिए, कंधे पर बैग टाँगे, इन सज्जन के साथ विष्णु इतनी सुबह-सुबह कहाँ जा रहा है?

बात धीरे-धीरे सारे रोशनपुर में फैल गई थी।

जितने मुँह थे, उतनी ही बातें हो रही थीं। कोई बोला, इस पजामा पहनने वाले लड़के की अख़बार में फोटो छपेगी। भई वाह, इसने तो क़स्बे का नाम ही रोशन कर दिया है। जिसने भी सुना वह भवानी कूँचे की तरफ दौड़ पड़ा। मास्टर प्रकाशनारायण की बैठक में इतनी सुबह-सुबह अच्छी-ख़ासी भीड़ जमा हो गई थी। लग रहा था कि जैसे कोई प्रेस कान्फेंस हो रही हो।

उसी बैठक में पत्रकार ने, नूतन के ठीक सामने ही, विष्णु से पहला प्रश्न किया था, 'आपकी इस सफलता में किसका हाथ है, विष्णु कुमार जी?'

प्रश्न सुन कर बेचारा विष्णु सकपका गया था। सफलता में किसका हाथ है, इसका उत्तर तो उसने सोच कर ही नहीं रखा था? वह इन सब बातों में नहीं था। वह तो बेचारा बहुत ही शर्मीला

लड़का था। बेचारे ने ट्यूशन पढ़ा-पढ़ा कर किसी तरह अपनी पढ़ाई की थी। उसके इस संघर्ष में नूतन और प्रकाशनारायण सर ने उसका कदम-कदम पर साथ दिया था। वह समझ ही नहीं पा रहा था कि पत्रकार के इस प्रश्न का वह क्या जवाब दे? वह हतबुद्धि सा उसकी तरफ देख रहा था। लाचारी से उसने एक बार नूतन की तरफ देखा था फिर प्रकाशनारायण सर की तरफ।

उसकी झिझक देख कर जवाब सर ने ही दिया, 'इसकी कड़ी मेहनत, तेज दिमाग और पढ़ने में इसकी रुचि ने ही इसे इस मुक़ाम तक पहुँचाया है, मिस्टर पाँडे।'

'यानि शार्प माइंड, परसिवरेंस एंड इंटरेस्ट।' दैनिक प्रकाश के सीनियर पत्रकार मिस्टर रितेश पाँडे जी ने कहा।

'बिल्कुल ठीक कहा आपने।'

अब तक विष्णु भी सँभल गया था। उसमें भी थोड़ी हिम्मत आ गई थी। उसने झिझकते हुए पत्रकार से कहा, 'पत्रकार साहब, यह सब सर की मेहरबानी का ही परिणाम है। इन्होंने बहुत ही मेहनत से हम सबको पढ़ाया है।'

यह सुन कर प्रकाशनारायण सर आनन्दविभोर हो गए। उनका सीना जैसे गर्व से फूल कर दूना हो गया।

पत्रकार ने प्रकाशनारायण की तरफ देखा।

प्रकाशनारायण सर बोले, 'अध्यापक का काम ही मेहनत और लगन से अपने छात्रों को पढ़ाना है। उसके भविष्य का निर्माण करना है। लेकिन हर छात्र तो टॉप नहीं करता है। मैंथ में सौ में सौ नंबर क्या सभी छात्रों के आते हैं? क्या इससे पहले भी आपने कभी ऐसी बात सुनी है। मैं ही इस कालेज में इतने सालों से पढ़ाता आ रहा हूँ, ऐसा करिश्मा तो इससे पहले मैंनें कभी नहीं देखा। यह इस छात्र की अपनी मेहनत व दिमाग का परिणाम है। हाँ, मैंने इसे उचित गाइडेंस ज़रूर दी है। इसकी प्रतिभा को निखारने में कोई कमी नहीं रखी है। हीरा तराशने से ही तो चमकता है। धूल की गर्द में छिपा रहे तो उसे कौन पूछता है? मेरा तो काम ही छात्रों का जीवन सँवारना है। पर भगवान ने भी इसको बिल्कुल अलग ही दिमाग दिया है। इसका कोई मुक़ाबला नहीं कर सकता, मिस्टर पाँडे।'

'बिल्कुल ठीक कहा सर आपने। सचमुच, गणित में सौ में से सौ नंबर इसके पहले भी कभी किसी के आए हों यह बात तो मेरी भी जानकारी में नहीं है। मैं भी बीस साल से पत्रकारिता कर रहा हूँ।' यह कह कर 'नूतन प्रकाश' के सीनियर पत्रकार मिस्टर रितेश पाँडे ने अपनी डायरी में कुछ नोट किया। फिर वे बोले, 'अच्छा तो अब आपकी एक-दो फोटो भी हो जाएँ मि0 विष्णु। और, सर आपकी भी।'

'मेरी क्यों?' सर के लिए भी शायद यह पहला ख़ास मौका था, जब उनकी फोटो इतने बड़े अख़बार के फ्रंट पृष्ठ पर छपने जा रही थी। जब किसी छात्र ने उन्हें इस तरह गौरवान्वित किया था।'

'वाह! वेदों में भी कहा गया है कि गुरु का स्थान ईश्वर से भी पहले है। फिर आपने तो विष्णु जैसे रत्न को तराशा है। आपकी फोटो तो होनी ही चाहिए सर।' रितेश जी ने कहा।

इसके बाद?

विष्णु का फोटो अख़बारों में छपा।

हेडिंग थी-विष्णु कुमार, जिले का टॉपर। लोग अब राह चलते हुए कहते, 'देखो! वह जा रहा है अपने जिले का टॉपर।'

'इसने तो कमाल ही कर दिया साहब!'

'गणित में सौ में से सौ नंबर आज तक इस रोशनपुर में किसी के आए हैं भला!'

सचमुच विष्णु ने तो कमाल ही कर दिया था! उसने एक ऐसा इतिहास रच दिया था, जो इससे पहले रोशनपुर में कभी नहीं लिखा गया था। ईश्वरीय प्रतिभा का जीवंत उदाहरण था वह।

उनके इस कालेज का भी कोई लड़का जिला टॉप करेगा, इसकी तो किसी को उम्मीद ही नहीं थी। सारे रोशनपुर में अब विष्णु की बहुत इज़्ज़त होती। हरेक माँ-बाप अपने बच्चों को विष्णु जैसा ही बनने को कहता। पर क्या सभी लोग विष्णु जैसे बन पाते हैं? सचमुच विष्णु जैसा आदमी तो इस रोशनपुर की धरती पर इकलौता ही पैदा हुआ था। तभी तो आज इतने दिनों बाद मुझे उसकी कहानी लिखनी पड़ी।

(35)

गर्मियों की छुट्टियाँ समाप्त होते ही फिर से कालेज खुले। ट्यूशनखोर अध्यापकों का धंधा फिर से पूरे जोरशोर से शुरू हो गया। प्रभुदयाल जी भी पूरी ताकत से इसका विरोध करने में जुट गए। रोशनपुर के छात्र-छात्राएँ भी इस आन्दोलन को लेकर बहुत उत्साहित थे। उनके लिए यह एक नया अनुभव था। छात्र राजनीति में यह एक सकारात्मक चिंगारी प्रस्फुट हो चुकी थी। दयानंद इंटर कालेज से फूटी यह जागरुकता की चिंनगारी अब गर्ल्स इंटर कालेज से लेकर सरस्वती डिग्री कालेज तक फैल चुकी थी। हरेक छात्र-छात्रा अपने अधिकार को समझ चुका था और अब वह अपने हक़ की लड़ाई लड़ रहा था। सारे रोशनपुर में इस अभियान की चर्चा थी। जिसे देखो वह इसी के बारे में बात कर रहा था। अभिभावक भी इसमें जोर-शोर से हिस्सा ले रहे थे। उनके लिए यह बड़ी खुशी की बात थी।

आशुतोष ने एक दिन कहा भी, 'बाबू जी, आप क्यों बेकार परेशान होते हैं? अध्यापकों में यदि ट्यूशनें पढ़ा-पढ़ा कर धन कमाने की लालसा है तो उन्हें पढ़ाने दीजिए न। सभी तो आजकल मनी माइंडेड हैं। फिर अध्यापकों को वेतन ही कितना मिलता है। इतने कम वेतन से उनका गुज़ारा भी तो नहीं होता होगा।'

'तो मैं कब उन्हें ट्यूशन पढ़ाने के लिए मना करता हूँ। वे ज़रूर पढ़ाएँ ट्यूशन, पर केवल उन्हें जो बच्चे स्वेच्छा से पढ़ना चाहें। लेकिन ये लोग तो बच्चों को प्रैक्टीकल में नंबर कम देने की धमकी दे कर ट्यूशन पढ़ने के लिए मजबूर करते हैं।'

आशुतोष बोला, 'बाबू जी, भ्रष्टाचार तो आजकल हर डिपार्टमेंट में है। कल भी था और हमेशा रहेगा। आप किस-किस को देखने जाएँगे। आजकल तो सही काम करवाने के भी आफ़िसों में पैसे देने पड़ते हैं। अभी आपको राशनकार्ड बनवाना पड़े तो आपको सप्लाई ऑफिस के दसियों चक्कर काटने पड़ेंगे। पर अगर आप कुछ पैसे क्लर्क के हाथों में रख दें तो तुरंत ही आपका काम हो जाएगा। कोई आपके घर चेकिंग करने भी नहीं आएगा कि कितने सदस्य हैं।'

'बस यही बात तो हम सभी लोग सोचे बैठे हैं। इसीलिए तो इतना करप्शन बढ़ता जा रहा है। हमारा देश पतन की ओर अग्रसर है और हम लोग आँखें मूँदे बैठे रहते हैं। इस देश को आज़ाद कराने के लिए न जाने कितने लोगों ने अपने प्राण गँवाए थे। हमारे पूज्य नेताओं ने आज़ाद भारत को लेकर न जाने क्या-क्या सपने देखे थे। महात्मा गाँधी ने रामराज्य का सपना देखा था। परंतु क्या हुआ इस देश का? आज़ सब लोग अपनी स्वार्थसिद्धि में लगे हुए हैं। तब तो देश गर्त में जाएगा ही।'

आशुतोष बेचारा चुप हो गया। आख़िरकार क्या बोले वह? इस भ्रष्ट समाज में बाबू जी जैसे कितने लोग होंगे, जो देश के हित के लिए सोचते होंगे। किसको इन बच्चों के चरित्र-निर्माण को लेकर माथापच्ची करने की ज़रूरत है। पेंशनर होकर आदमी आराम करता है। चैंन से दाल-रोटी खाता है। सोचता है कि चलो बहुत मेहनत कर चुके हैं, अब ये बुढ़ापे के दिन पेंशन के सहारे आराम से काटेंगे। मगर बाबू जी आज और भी अधिक मेहनत करते हैं। घर-घर जाकर कहते फिरते हैं-'अरे साहब आप का बच्चा तो आर्ट साइड का है फिर आप उसको ट्यूशन क्यों पढ़वा रहे हैं?'

उनकी बात सुन कर हरेक आदमी अपना-अपना रोना रोने लगता। वे सबकी बात बड़े धैर्य से सुनते। किसी-किसी से कहते हैं, 'अरे तो क्या हुआ जो आपका बेटा अंग्रेजी में कमजोर है? आप उसे मेरे पास भेजिए। पढ़ाने का कोई ट्यूशन चार्ज नहीं लूँगा। मुझे विद्या कोई बेचनी थोड़े ही है। यह तो वह धन है जो जितना भी ख़र्च करो उतना ही बढ़ता है। देखिएगा ऐसी अंग्रेजी पढ़ाऊँगा कि उसके अंग्रेजी में ही सबसे अधिक नम्बर आएँगे। केमिस्ट्री और फ़िज़िक्स मेरी बहू प्रभा पढ़ा दिया करेगी।'

वाह! प्रभा भी तो बाबू जी के रंग में रंग गई है! उसे भी समाज को सुधारने की धुन लग गई है।

उस दिन बाज़ार में प्रकाशनारायण मिल गए। कुछ सब्ज़ी वग़ैरह ख़रीद रहे थे। उसे देखते ही बोले, 'अरे आशुतोष बाबू! यह आपके बाबू जी को अचानक क्या हो गया है? उनकी तबीयत बग़ैरह तो ठीक रहती है?'

'क्यों? क्या हो गया है उन्हें? अच्छे-भले तो हैं।' पलट कर आशुतोष बाबू ने उनसे ही पूछ लिया।

'अरे वह बात नहीं, वे भी किन बेकार की बातों को तूल दे रहे हैं आजकल? क्यों हम ग़रीब अध्यापकों के पेट पर लात मारने पर तुले हैं, आपके बापूजी?'

'वाह, वे भला क्यों आपके पेट पर लात मारेंगे? उन्हें भला आपसे क्या दुश्मनी है?' टमाटर छाँटते हुए वह बोले।

'यही तो मैं भी कह रहा हूँ, आशुतोष बाबू, कि वे तो बहुत ही व्यवहार कुशल इंसान हैं। पर इधर अचानक उन्हें न जाने क्या हो गया है कि बिना मतलब ही लड़कों से कहते फिर रहे हैं कि ट्यूशन मत पढ़ो। ट्यूशन पढ़ा कर टीचर तुम लोगों का शोषण कर रहे हैं। तभी मैंने पूछा कि उनकी तबियत तो ठीक है न?'

'हाँ, आप की दया से स्वस्थ हैं?'

'तो फिर यह सब अनर्गल बातें क्यों कहते फिरते हैं?'

'ठीक ही तो कह रहें हैं, इन बच्चों को ट्यूशन पढ़ने की ज़रूरत ही क्या है, प्रकाश जी? आप लोग भी तो बिना बात में ही बेचारे छात्रों का शोषण कर रहे हैं।'

'वाह, बिना ट्यूशन के वे पास कैसे होंगे? देखो विष्णु को, जिले भर में टॉप किया है उसने। मैंने ही उसे ट्यूशन दी थी। मैंने ही उस हीरे को तराशा है।'

आशुतोश बाबू बोले, 'लेकिन आप के पढ़ाए हुए कुछ लड़के तो फेल हो गए हैं, प्रकाश बाबू? उन्हें भी तो आपने ही तराशा था?'

'उन लड़कों की बात छोड़िए, आशुतोष बाबू, वे भी कहीं पढ़ने वाले लड़के थे? किसी के दिमाग में ज़बरदस्ती तो कुछ ठूँसा नहीं जा सकता है?'

'यही बात तो मैं भी कह रहा हूँ कि पढ़ने वाले लड़के तो बिना ट्यूशन के भी पास हो सकते हैं। क्लास में आप लोग बिल्कुल नहीं पढ़ाते?'

आशुतोष बाबू के व्यंग से तिलमिला कर रह गए प्रकाशनारायण। बोले, 'विष्णु की तरह आज तक रोशनपुर के किसी लड़के ने जिले में टॉप किया है? प्रदेश भर में उसकी तीसरी पोजीशन है। आप के बाबू जी के पढ़ाए किसी लड़के के अंग्रेजी में कभी क्या इतने नंबर आए हैं?'

'अरे कभी नहीं! यह सब आप ही की मेहरबानी है। आपकी सारी लड़कियाँ तो अवश्य ही इंटर में टॉप करेंगी, प्रकाश जी? आखिर होनहार बाप की बेटियाँ हैं न!'

यह किस आदमी के मुँह लग गए थे प्रकाशनारायण। आख़िरकार है तो उसी सनकी बुड्ढे का भतीजा। आज सुबह-सुबह ही उनका सारा मूड खराब हो गया। उन्होंने तो सोचा था कि

आशुतोष आजकल का लड़का है। आजकल का चलन समझता होगा। जाकर अपने ताऊजी को समझाएगा। पर जैसे प्रभुदयाल वैसा ही उनका भतीजा निकला। फिर भी चलते-चलते बोले, 'आशुतोष बाबू, मैं तो प्रभुदयाल जी के भले के लिए ही कह रहा हूँ। आपके बाबू जी इस तरह से ट्यूशन पढ़ाने का विरोध न करें। सब-के -सब अध्यापक उनके दुश्मन हो जाएँगे। रुपयों की ज़रूरत आजकल किसे नहीं होती है। मँहगाई तो देख ही रहे हैं आप, कैसे आसमान छू रही है? इस मँहगाई के जमाने में तीन-तीन बेटियों की शादी करना कितना कठिन काम है। यह तो मैं ही जानता हूँ। आपके बाबू जी की कोई संतान होती तो उन्हें मालूम पड़ता।'

आशुतोष बाबू ने इस बात का कोई जवाब नहीं दिया।

प्रकाशनारायण सर ने फिर कहा, 'सुना है आपकी वाइफ भी आजकल इस अभियान में बढ़चढ़ कर हिस्सा ले रही हैं। कितने दिन वे मुफ़्त में ट्यूशनें पढ़ा लेंगी? हम लोगों की ट्यूशनें काटने के लिए यह सब चालबाज़ी अच्छी नहीं है आतुशोष बाबू?'

आशुतोष बाबू ने इस बात का भी कोई जवाब नहीं दिया। वे बेमतलब ही बात बढ़ाना नहीं चाहते थे।

सदा ही विष्णु का गुणगान करने वाले प्रकाशनारायण। यह विष्णु तो उनका अघोषित दामाद ही था। यह बात रोशनपुर में कौन नहीं जानता था? बिन बाप के लड़के को खूब उन्होंने अपने चंगुल में फाँस रखा था। अपनी लड़की को भी उसे फुसलाने की खुली छूट दे रखी थी। घर का सारा कामकाज भी सब उसी के जिम्मे कर रखा था। बाज़ार से वही सौदा-सुलफ लाता था। वही बेचारा चक्की से हर सप्ताह गेहूँ पिसवा कर उनके यहाँ रख आता था। राशन की दुकान से भी तो सारा सामान यही विष्णु लेकर आता था। यही सब कुछ सोचते हुए आशुतोष बाबू का मन घृणा से भर उठा था। उसी दिन उन्होंने बाबू जी से यह बात कही।

'आपको कुछ मालूम भी है, बाबू जी, आप के कितने सारे विरोधी इस रोशनपुर में तैयार हो रहे हैं?'

बाबू जी बोले, 'अरे, यह तो बड़ी अच्छी बात है। वाह! तुम ने तो आज बहुत अच्छी ख़बर सुनाई, आशुतोष।'

'अच्छी बात?' सुन कर आशुतोष बाबू को ज़रा आश्चर्य हुआ।

'इस बात का मतलब शायद तुझे नहीं मालूम, आशुतोष?'

'नहीं तो बाबू जी, इस बात का भी भला कोई विशेष मतलब है?' आशुतोष को बाबू जी की बात सुन कर हैरानी हो रही थी।

'हाँ, है क्यों नहीं, किसी बड़े लेखक ने ही कहा है कि तुम्हारे जितने अधिक विरोधी बढ़ते जाएँ, समझ लो तुम उतने ही अधिक ताकतवर होते जा रहे हो। कमजोर लोगों का तो इस दुनिया में

कोई भी विरोध नहीं करता है। उनका तो कोई विरोधी होता ही नहीं है। उनसे तो लोग ज़बरदस्ती अपनी बात मनवा ही लेते हैं।'

वाह! बिल्कुल ठीक बात है यह। महान लेखक की महान बात है यह। अफ़सोस कि उस दिन बाबू जी उस लेखक का नाम नहीं बता पाए। नाम उनके दिमाग से उतर गया था। विवेकानंद जी ने भी तो एक दिन एक बड़े मार्के की बात कही थी कि तुम्हारा अहित एक दिन वही आदमी करेगा, जिसकी कभी तुमने भलाई की होगी। दूसरे लोगों को तुमसे मतलब ही क्या?

बाबू जी सचमुच दिनों-दिन ताकतवर होते जा रहे थे? वे शारीरिक रूप से कमजोर पर मानसिक रूप से और भी अधिक दृढ़ होते जा रहे थे। गाँधी जी भी तो शरीर से दुबले-पतले ही थे। पर उनकी इक्षा - शक्ति इस्पात की तरह दृढ़ थी। तभी तो उन्होंने अंग्रेजों के लिए सीधा-सीधा फ़रमान जारी कर दिया था-क्विट् इंडिया! अंग्रेजों भारत छोड़ो। अब हम लोग तुमको और सहन नहीं करेंगे। और फिर एक दिन अंग्रेजों को भारत छोड़ कर हमेशा के लिए वापिस इंग्लैड लौट जाना पड़ा था।

प्रभुदयाल सर फिर से कालेज में नियमित जाकर हिंदी और अंग्रेजी के पीरियड लेने लगे। जो कमजोर या निर्धन छात्र थे, उन्हें अपने घर पर नि:शुल्क ट्यूशन भी पढ़ाने लगे। फिर भी डरा-धमका कर अन्य अध्यापक छात्रों को अपने यहाँ ट्यूशन पढने को विवश कर ही देते थे।

यह देख कर प्रभुदयाल ने अपना विरोध और तेज़ कर दिया था। उन्होंने नारा दिया-बंद करो, अब बंद करो-यह ट्यूशनबाज़ी बंद करो।

उन्होंने उच्च शिक्षा अधिकारी से ट्यूशनें पढ़ाने वाले अध्यापकों की शिकायत कर दी। रोशनपुर के लोगों से भी अपील की कि वे इस पावन कार्य में उन्हें अधिक-से अधिक सहयोग दें। उन्होंने सबको विश्वास दिलाया कि किसी भी छात्र को महज ट्यूशन न पढ़ने के कारण फेल नहीं होने दिया जाएगा। शक होने पर प्रिंसपल साहब खुद उसकी कापियाँ दोबारा जाँचेंगे।

लोगों पर इसका प्रभाव भी पड़ रहा था। धीरे-धीरे ट्यूशन पढ़ने वाले छात्रों की संख्या घट रही थी। कमलेश जी की निरंतर चेतावनी व सख़्ती के कारण अब सब अध्यापक अपनी-अपनी कक्षाओं में ठीक से पढ़ाने लगे थे। जिस दिन कोई अध्यापक क्लास में न पढ़ा कर धूप में कुर्सी डाल कर आराम करता या गप्प मारता दिखता, लड़के ऑफिस में प्रिंसिपल साहब से शिकायत करने पहुँच जाते थे। कमलेश जी भी तुरंत ही चपरासी भेज कर उस अध्यापक को तलब कर लेते और उसे सख़्ती से अपने क्लास में जाने के लिए कहते। अध्यापकों को यह बात बहुत खलती। एक कम उम्र लड़का उन पर अपना हुक्म चला रहा है। पर इस सबके पीछे किसका हाथ है, वे यह बात भी भली-भाँति जानते थे। फिर वे यह भी जानते थे कि कमलेश की पहुँच कितनी दूर तक है। उसके ख़िलाफ विरोध करके वे उनका कुछ भी नहीं बिगाड़ पाएँगे। खुद अपने ही हाथ जला बैठेंगे। इसलिए बेचारे दिल मसोस कर रह जाते।

(36)

उस समय तक रोशनपुर में लड़कों के लिए एक भी डिग्री कालेज ऐसा नहीं था, जिसमें साइंस की पढ़ाई होती हो। इसीलिए विष्णु को बी.एस.सी. करने के लिए महानगर जाना पड़ा था। प्रकाशनारायण सर ने ही शहर के अच्छे डिग्री कालेज से उसके लिए एडमीशन फार्म मँगवाया था। उसका एडमीशन करवाने के लिए वे खुद ही उसके साथ महानगर गए थे।

उन्होंने कालेज के प्रिंसपल से कहा था, 'अपने जिले के टॉपर को आपके कालेज में डाल रहा हूँ, सर। इसकी प्रदेश भर में तीसरी पोजीशन है। यह आपके कालेज का भी नाम रोशन करेगा।'

प्रिंसपल साहब बोले, 'हाँ, अख़बार में इसकी फोटो छपी थी। भला क्या नाम है इसका?'

'विष्णु!' 'हाँ....हाँ....अब मुझे ठीक-ठीक याद आया।'

'इंटर में तो इस लड़के के गणित में सौ में सौ नंबर थे। मुझे तो यकीन है कि यह बी.एस.सी. में भी जिला टॉप करेगा।'

'ज़रूर, ज़रूर, ब्रिलिएंट लड़के तो हर जगह ही चमकते हैं। हीरा क्या कभी अपनी चमक खोता है, सर?'

उस टॉपर लड़के को प्रिंसपल साहब ने कई तरह की सहूलियतें दीं। होस्टल में कमरा दिया, लाइब्रेरी से अधिक किताबें ले जाने की सुविधा दी। यह लड़का अगर उनके कालेज में बी.एस.सी. करते हुए भी टॉप करे तो कितना अच्छा हो। सब लोग कहेंगे-एस.पी.एस डिग्री कालेज के लड़के ने जिला टॉप किया है। इससे उनके कालेज का कितना नाम होगा। उनका सिर भी गर्व से ऊँचा हो जाएगा।

एस.पी.एस. डिगी कालेज में एडमीशन लेने के कुछ ही दिनों बाद एक दिन उन्होने एकांत में विष्णु को अपने ऑफिस में बुला कर समझाया, 'बेटा खूब मन लगा कर पढ़ना। बी.एस.सी. में भी तुम्हें टॉप करना है। और देखो, कहीं कालेज की गंदी राजनीति में मत पड़ जाना। यह तो कालेज के लफंगे लड़कों का पेशा है। चुनाव लड़ना और नेतागीरी करना। टीचरों पर रौब गाँठना और पब्लिक से चंदा माँग कर उन्हें परेशान करना। स्कूल-कालेज तो सरस्वती के मंदिर होते हैं। यहाँ नेतागीरी का क्या काम? यह तो आवारा छात्रों का काम है । तुम जैसे मेधावी लड़कों के लिए तो बस पढ़ाई ही सर्वोपरि है। मेरी यह बात हमेशा याद रखना, विष्णु बेटा, तभी तुम कुछ बन सकोगे। तभी इस कालेज और देश का नाम कर सकोगे। मुझे तुम से बहुत आशा है, बेटा। तुम्हारे गुरु तुम्हें मुझे सौप कर गए हैं, उनका मान रखना।'

विष्णु बोला, 'सर आप निश्चिंत रहिए। कालेज की राजनीति में मेरी भी कोई दिलचस्पी नहीं है। यह सब तो खुद मुझे भी अच्छा नहीं लगता है। मैं तो यहाँ रह कर अपने रोशनपुर का नाम रोशन करना चाहता हूँ। मैं एक बहुत ही ग़रीब परिवार से हूँ, सर। मुझे पढ़ाने-लिखाने के लिए

मेरी माँ को दिन-रात दूसरों के यहाँ कामकाज़ करना पड़ता है। अगर प्रकाशनारायण सर मेरी मदद नहीं करते तो मैं कभी भी इस कॉलेज तक नहीं पहुँच पाता। मैं आप लोगों का सिर कभी नहीं झुकने दूँगा, सर। मैं आप सबका बहुत कृतज्ञ हूँ।'

प्रिंसिपल साहब उसकी बातें सुन कर बहुत खुश हुए। उन्होंने उसके सिर पर स्नेह से हाथ फेरते हुए आशीर्वाद दिया, 'बेटा, मुझे तुम से यही आशा थी। मुझे विश्वास है कि तुम बी.एस. सी. में भी जिला टॉप करोगे। इस एस.पी.एस. कालेज का नाम रोशन करोगे। ....और देखना, एक दिन तुम इस देश का नाम भी रोशन करोगे। मुझे तुम से बहुत उम्मीदें हैं बेटा।'

अपने ऊपर प्रिंसपल सर का इतना विश्वास देख कर विष्णु डर-सा जाता। वह बड़ी श्रद्धा से झुक कर उनके चरण स्पर्श करता। कहता, 'आशीर्वाद दीजिए, सर, कि कभी गुरुजनों का मुझ पर से विश्वास डिगने न पाए। यहाँ तक भी मैं अपने गुरुजनों की कृपा से ही पहुँचा हूँ। प्रकाशनारायण सर ने मेरे लिए क्या नहीं किया है? मैं क्या कभी उनके उपकारों से उऋणि हो पाऊँगा? मैं तो मर कर भी उनका ऋण नहीं चुका पाऊँगा। यहाँ तो आप हीं मेरे अभिभावक है, सर।'

'जीते रहो बेटा, जीते रहो। एक दिन इस देश का नाम रोशन करो। तुम्हारा सदैव कल्याण हो। यही मेरा आशीर्वाद है।' उसको गले से लगाते हुए प्रिंसपल साहब गद्‌गद्‌ हो जाते।

उस दिन इतना सब कहने के लिए ही ख़ास तौर से उन्होंने विष्णु को अपने ऑफिस में बुलाया था। कालेज में चुनाव का माहौल गरमाने लगा था। इसीलिए सर ने सोचा था कि छोटे से शहर से आया यह मेवाधी लड़का इन खुराफ़ाती छात्रों की साज़िश का शिकार न हो जाए। इन लोगों के साथ घूम-घूम कर कहीं ग़लत रास्ता न पकड़ ले। रोशनपुर में न तो लड़कों का कोई डिग्री कालेज हैं और न ही छात्रों की यह गंदी राजनीति। उसी छोटे से शहर से यह बेचारा गरीब लड़का आया है, जिसने इंटर की परीक्षा में अपने जिले में टॉप किया है। कहीं यहाँ आकर इसे भी इलेक्शन की हवा न लग जाए। यहाँ के लोफर छात्र कहीं इसे भी शराब, सिगरेट और जुए की लत न लगा दें। कहीं इसको भी चुनाव लड़ने के लिए न उकसाने लगें। यहीं सब बातें सोच कर उन्होंने एक बार उसे आगाह कर देना ही उचित समझा था।

विष्णु बोला, 'ऐसा कुछ भी नहीं होगा सर। मैं आप लोगों के विश्वास को कभी भी ठेस नहीं लगने दूँगा। मैं आप की सौगंध खा कर कहता हूँ।'

लेकिन इस संसार में इंसान जो कुछ भी सोचता है, ठीक सब कुछ वैसा ही तो नहीं होता है? या जो वह हमेशा कहता है, ठीक वही करता भी है? या पतन के रास्ते पर जाने से कोई किसी को रोक पाया है? प्रकाशनारायण जी ने जो कुछ भी सोच रखा था; क्या अन्त में वही सब कुछ हुआ? क्या ज़िदगी सचमुच ही एक सोचे-समझे सीधे रास्ते पर चलती है? विष्णु एक छोटे से शहर का लड़का था। बेचारे के पिता उसके बचपन में ही गुज़र गए थे। माँ दूसरों के घरों में

दिन-रात काम करके किसी तरह अपनी और उसकी परवरिश कर रही थीं। बेचारी ग़रीब माँ ने सोचा था कि एक दिन जब उसका विष्णु पढ़-लिख कर बड़ा आदमी बन जाएगा तो वह भी उसके सहारे दो-चार दिन सुख से काट लेंगी। लेकिन विष्णु एक दिन इतना भी बदल जाएगा, तब यह बात किसे मालूम थी।

मैं आज उसी विष्णु की कहानी लिखने बैठा हूँ।

दीपक ने ही बिट्टो बुआ के कमरे में बैठे-बैठे उस दिन सारी कहानी सिलसिलेवार सुनाई थी।

उस दिन बहुत सुबह-सुबह ही जब विष्णु, प्रकाशनारायण सर के साथ तैयार होकर महानगर को प्रस्थान करने वाला था कि उसी समय आँख का इशारा करके नूतन ने उसे अपने पास बुला लिया था। विष्णु उससे दूर महानगर जा रहा था, इसलिए वह बेहद उदास थी।

विष्णु बोला, 'यह तुम्हें क्या हो गया है? तुम्हारा चेहरा तो एकदम से पीला पड़ गया है, नूतन? तुम क्या अंदर के कमरे में बैठी-बैठी रो रही थीं?'

लेकिन नूतन ने इन सब बातों का कोई जवाब नहीं दिया। आँखों में आए आँसू किसी तरह ज़ब्त करके वह बोली, 'वहाँ जाकर पत्र तो लिखोगे न? जाते ही मुझे भूल तो नहीं जाओगे, विष्णु?'

विष्णु उसकी मनोदशा समझ रहा था। वह खुद ही उससे दूर रहने के अहसास से व्यथित था। उसने उसके आँसू पोछते हुए कहा, 'ऐसा क्यों कह रही हो, नूतन, मैं क्या हमेशा के लिए जा रहा हूँ? पढ़-लिख कर इंसान बन सकूँ, इसीलिए तो जा रहा हूँ। सर की भी तो यही इच्छा है। अच्छी नौकरी होगी तभी तो मैं तुम्हें सम्मान से रख सकूँगा? देखना एक दिन तुम्हारे लायक़ बन कर ही लौटूँगा।'

लेंकिन नूतन की आँखों से लगातार आँसू निकल कर उसके गालों को भिगो रहे थे। वह इस समय बहुत ही अन्यमयस्क सी हो रही थी। उसे इस समय कुछ भी अच्छा नहीं लग रहा था। वह अजीब सी बेचैनी अनुभव कर रही थी। विष्णु महानगर चला जाएगा तो उसका एक एक दिन कैसे कटेगा। उसे एक दिन भी देखे बिना अब तो उसे चैन ही नहीं आता था।

'यह तुम क्या कर रही हो, नूतन, ऐसे मैं जा पाऊँगा?'

'मैंने तुम्हें अपना सर्वस्व मान लिया है, विष्णु। देखो मुझे कभी धोखा मत देना?'

सुन कर हतप्रभ रह गया विष्णु। नूतन को अपनी तरफ खींच कर बोला, 'ऐसा क्यों कहती हो? तुम ने ऐसा सोचा भी क्यों? मुझ पर विश्वास नहीं है? तुम्हारे बिना मैं ही कैसे रह पाऊँगा, नूतन, तुम क्या जानो? और अगर तुम यूँ ही रोओगी, तो मैं जाऊँगा ही नहीं। चलो नहीं जाता। अब तो खुश?' कहता-कहता विष्णु वहीं पूरी बेफिक्री से उसका हाथ थाम कर बैठ गया। जैसे महानगर जाने का कार्यक्रम उसने सचमुच ही स्थगित कर दिया हो।

‘नहीं, नहीं, तुम्हारे न जाने से भी कैसे चलेगा, विष्णु? सचमुच मैं भी कैसी पागल हूँ, जाते समय अपशगुन कर रही हूँ। जाओ विष्णु, लेकिन अपने शब्द याद रखना। हर सप्ताह पत्र लिखना। मैं यहाँ पर तुम्हारे लौटने का इंतज़ार करूँगी।’

‘तो तुम पहले ज़रा मुस्करा दो।’

‘शहर से कुछ बन कर लौटना, विष्णु, मैं तुम्हारा अंत तक इंतज़ार करूँगी।’ नूतन मुस्कराने की कोशिश करती हुई बोली।

‘हाँ...हाँ....मैं ज़रूर एक दिन कुछ बन कर दिखाऊँगा नूतन। उस दिन तुम्हें मुझ पर अभिमान होगा, नूतन। मेरी जिंदगी हमेशा ही ऐसी नहीं रहेगी।’

‘और मैं हमेशा तुम्हारा इंतज़ार करूँगी, विष्णु।’

‘सच?’

‘हाँ विष्णु।’

‘सचमुच?’

‘हाँ, सचमुच विष्णु।’

विष्णु ने उसे खींच कर अपने से सटा लिया। दोनो के होंठ आपस में मिल गए। उन के दिल भावावेश में जोरों से धड़क रहे थे। दोनों जन्म-जन्मांतर तक यूँ ही एक-दूसरे में सिमटे रहना चाहते थे। यह सुख उनकी कल्पना से भी अधिक आनंददायक था।

प्रकाशनारायण सर बाहर खड़े थे। बाहर खड़े-खड़े वे सोच रहे थे कि एक दिन तो इन दोनों को एक होना ही है। बातें करने देने में हर्ज ही क्या है? पर अभी तक उन्होंने खुल कर कुछ भी नहीं कहा था। पर दोनों नासमझ तो नहीं थे। इतना तो समझ ही रहे थे कि एक दिन उन्हें पति-पत्नी बनना है। इसीलिए तो आज नूतन को विष्णु के लिए इतनी चिंता हो रही थी। उसका अपने से दूर जाना उसे अख़र रहा था।

यूँ ही विष्णु के सीने से लगे-लगे नूतन बोली, ‘मेरे मुस्करा कर विदा करने से क्या तुम खूब खुश रहोगे, विष्णु?’ मुझे हमेशा याद रखोगे?’

‘हाँ, तुम को हँसता हुआ देख कर जाऊँगा तो मुझको बहुत सकून मिलेगा। मैं जब भी तुम्हारे बारे में सोचूँगा तो तुम्हारा मुस्कराता हुआ चेहरा ही मेरी आँखों के सामने आएगा।’

सुन कर नूतन वाकई मुस्करा दी। उसे आज अहसास हुआ कि सचमुच विष्णु भी उसे बहुत प्यार करता है, उसके बिना रह नहीं सकता है। मन में यह अहसास होते ही उसका चेहरा क्षण भर में ही कुंदन-सा दमक उठा। वह न जाने क्यों लजा गई!

तभी प्रकाशनारायण ने बाहर से आवाज़ लगाई, ‘चलो विष्णु। बेटा, अब अधिक देर मत करो। ट्रेन का समय हो गया है।’

नूतन भी बोली, 'हाँ.....हाँ.....अब तुम जाओ। देखो, पिताजी बाहर आवाज़ लगा रहे हैं। कहीं तुम्हारी ट्रेन वाकई में ही न छूट जाए।'

शंकर बोला, 'छूट जाए तो अच्छा ही है। एक दिन के लिए महानगर जाना और टल जाएगा।'

'तो इससे क्या होगा?'

'एक दिन तुम और मेरी नज़रों के सामने रहोगी।'

सुन कर नूतन जरा लजा गई। बोली, 'न बाबा...अब जाओ तुम। मैं यहाँ तुम्हारे लौट आने का इतज़ार करूँगी। आज से मैं हर सोमवार को तुम्हारे लिए व्रत रखा करूँगी।'

'वह क्यों?' सुन कर विष्णु को बड़ी हैरानी हुई।

'जिससे तुम एक दिन बहुत बड़े आदमी बनो और...'

'और क्या नूतन?'

'और मेरे पास ही वापिस लौटो!'

'भगवान तुम्हारी मनोकामना पूरी करेंगे?'

'क्यों नहीं, उससे जो भी सच्चे मन से माँगों, वह अवश्य देते हैं। फिर तुम तो इतने प्रतिभाशाली हो, एक-न-एक दिन ज़रूर बहुत बड़े आदमी बनोगे।'

इतनी सुबह-सुबह पाँच बजे की एक्सप्रेस ट्रेन में बैठ कर वे दोनों महानगर के लिए रवाना हुए थे। विष्णु पहली बार महानगर आया था। उस नगर की विशाल सड़कों को उसने पहली बार देखा था। महानगर की बहु मंजिली इमारतों को वह ठगा-सा देख रहा था। बस, कारों, स्कूटरों की लाइनें। हजारों आदमियों की भीड़। मशीन की तरह भगाते लोग। यहाँ उसके रोशनपुर की तरह कुछ भी सुस्त रफ़्तार में नहीं था।

कैसे रहेगा वह इस महानगर में। मन-ही-मन वह यही सोच रहा था।

उसका यह भोला प्रश्न सुन कर प्रकाशनारायण सर उसकी मासूमियत पर मुस्करा दिए थे। बोले, 'परेशान क्यों हो रहे हो? यह लाखों लोग जिस तरह से यहाँ रहते हैं, वैसे ही तुम भी रहोगे। यह सब तुम पहली बार देख रहे हो न, इसलिए तुम्हें ऐसा लग रहा है, विष्णु। देखना, एक दिन तुम्हें इसी शहर की आदत पड़ जाएगी। यहीं की आबोहवा में तुम ढल जाओगे।'

महानगर का एस.पी.एस. डिग्री कालेज भी अपने आप में एक ही था। शानदार दो मंजिली इमारत थी उसकी। इसी शानदार कालेज में पढ़ेगा वह। यही सोच-सोच कर उसका मन पुलकित हो रहा था।

प्रकाशनारायण सर ने उससे कहा, 'यह इस महानगर का सबसे अच्छा और मँहगा कालेज है, विष्णु। इस कालेज़ में पढ़ने का लोग सपना संजोय रहते हैं। इसी कालेज से एक दिन मैंने

भी एम.एस.सी किया था। इसकी लाइब्रेरी में हजारों किताबें हैं। तुम खूब मन लगा कर पढ़ना विष्णु।'

कहते-कहते वे प्रिंसपल ऑफिस तक जा पहुँचे। प्रिंसपल ऑफिस के बाहर जाकर उन्होंने देखा कि किसी एम. सी. गुप्ता के नाम की नेम प्लेट लगी हुई है। इतने दिनों में कालेज के प्रिंसपल बदल गए थे। पहले यहाँ के प्रिंसपल आर. के. सिन्हा हुआ करते थे। उन्हें एम.एस. सी. किए हुए भी तो जमाना बीत गया है। यही सब सोच कर वे मग्न भाव से मुस्कराने लगे।

कालेज के विशाल प्रांगण में दसियों लड़के-लड़कियाँ रंग-बिरंगे कपड़े पहने आपस में बातचीत कर रहे थे। उस समय विष्णु को अपने कपड़े एकाएक बहुत ही भद्दे लगने लगे थे। अब तक किस-किस तरह का फैशन चल चुका था, यह उसे कभी सोचने का मौका ही नहीं मिला था। बेचारा बिना बाप का लड़का था। किसी तरह माँ दूसरों के कपड़ों की सिलाई करके घर का ख़र्च चलाती थीं। वह खुद भी ट्यूशनें कर-करके अपनी पढ़ाई का ख़र्चा निकालता था। उसे भला पढ़ाई के अलावा इन सब बातों के लिए सोचने की फुरसत ही कब मिलती थी।

(37)

इतने सालों बाद मुझे रोशनपुर के बाशिंदों को लेकर भी एक उपन्यास लिखना पड़ेगा; यह मैंने कभी नहीं सोचा था। दरअसल मेरे एक प्रकाशक मित्र मुझसे लगातार एक उपन्यास लिखने का आग्रह कर रहे थे। पर उपन्यास लिख सकूँ इतना समय ही मेरे पास कहाँ था। उपन्यास लिखने में कई तरह की समस्याएँ और जिम्मेदारियाँ रहती हैं। यह बात मैं बखूबी जानता हूँ। इसलिए मैं उन्हें टाल रहा था। ठीक उसी समय मुझे शंकर का पत्र मिला कि उसके बेटे की शादी है। ज़रूर आना।

मैंनें भी सोचा कि चलो इतने दिनों बाद आज रोशनपुर जाने का सही मौका मिला है तो एक बार हो ही आऊँ। पुराने दोस्तों से मिलने का मन भी था। पर वहाँ जाकर इतना कुछ जानने को मिलेगा, किसे मालूम था। आज सोचता हूँ कि अगर उस दिन शंकर के बुलाने पर मैं रोशनपुर न गया होता, तो क्या मैं यह उपन्यास लिख पाता? सारी कहानी मैंनें अपने बचपन के मित्र दीपक के मुँह से ही सुनी थी। उन्हीं बिट्टो बुआ के कमरे में बैठ कर, जिससे बचपन में मैंने न जाने कितनी कहानियाँ सुनी थीं।

नूतन की जिंदगी इस तरह भी करवट ले सकती है, मुझे पता ही नहीं था। मैं जब भी कभी रोशनपुर की इस अनिंद्य सुंदरी के बारें में सोचता तो यही कल्पना करता कि वह विष्णु के साथ शादी करके किसी बड़े से शहर में खुशहाल जीवन काट रही होगी। अब तक शायद विष्णु किसी शहर का डी.एम. होगा या फिर किसी अन्य ऊँचे पद पर विराजमान होगा। नूतन के पास जीवन की सारी सुख-सुविधाएँ मौजूद होंगी। वाह! जीवन में जो चाहों वही मिल जाए,

तब ज़िंदगी कितनी सुखद हो जाती है। विष्णु ने अपने जीवन में बहुत दुःख सहे थे। चलो, अब वह एक खुशहाल जीवन काट रहा होगा, यह सोच कर मुझे बड़ी खुशी होती। लेकिन सच तो यह है कि ज़िंदगी वह नहीं है जो हम कल्पना करते हैं। ज़िंदगी तो एक सच्चाई है। इसलिए यह कहानी तो मुझे शुरू से ही सुनानी पड़ेगी। यही कहानी सुनाने का नियम भी है। पर इतने साल मैं रोशनपुर से बाहर था न, इसलिए इस बीच क्या-क्या घट गया था, मुझे मालूम ही नहीं था। तभी तो सारी कहानी मैं दीपक के मुँह से सुन कर अवाक् रह गया था।

प्रकाशनारायण सर ने विष्णु के लिए क्या कुछ नहीं किया था, यह बात सारा रोशनपुर जानता था। सर ने खुद ही एक दिन उसे अपने साथ ले जाकर महानगर के सबसे अच्छे एस.पी.एस. डिग्री कालेज में उसका एडमीशन कराया था। किताबें-कापियाँ खरीद कर दी थीं। दो जोड़ी अच्छे कपड़े भी सिलवा दिए थे। कपड़े-लत्ते ले जाने के लिए एक अच्छा सा सूटकेस भी खरीद दिया था। सोचा था कि वह पहली-पहली बार इतने बड़े कालेज में पढ़ने में जा रहा है, उसे किसी बात को लेकर डिप्रेशन न हो। उसके मन में अपनी ग़रीबी को लेकर किसी तरह की हीन भावना न पनपे। कालेज के और लड़के उसके रहन-सहन का मज़ाक न उड़ाएँ।

यह बात हम सब लोग जानते थे कि विष्णु बहुत ही ग़रीब घर का लड़का है। उसकी माँ दिन-रात दूसरों का काम करके किसी तरह से घर का ख़र्चा चलाती हैं। विष्णु को इतनी मँहगी शिक्षा दिलवाना उनके बस की बात नहीं थी। पढ़ाई-लिखाई के लिए सारे पैसे प्रकाशनारायण सर को ही भेजने पड़ते थे। कभी-कभी विष्णु का अचानक पत्र आ जाता-सर, पचास रुपयों की बहुत ज़रूरत पड़ गई है। कृपा करके जल्दी भेज दीजिए। आपकी बहुत मेहरबानी होगी।

उसी दिन प्रकाशनारायण सर डाकखाने में जाकर उसे पचास रुपयों का मनीआर्डर करते। लड़का बेचारा परदेश में पड़ा है, न जाने क्या ज़रूरत आन पड़ी है? कहीं बीमार-वीमार न पड़ गया हो। परदेश में किस से रुपए माँगता फिरेगा। यहाँ रह कर तो वह खुद भी ट्यूशनें पढ़ा-पढ़ा कर जैसे-तैसे अपना ख़र्चा चला लेता था। पर परदेश में उसके पास रुपए कमाने का कोई साधन भी तो नहीं था।

दरअसल प्रकाशनारायण सर ने ही विष्णु को शहर में ट्यूशनें पढ़ाने से मना कर दिया था। विष्णु ट्यूशनें पढ़ाने में अपना क़ीमती समय बरबाद करे, उन्हें गवारा नहीं था। वे तो चाहते थे कि विष्णू बी.एस.सी. में भी इंटर की तरह जिला टॉप करे। वह अपना सारा समय और मेहनत अपनी पढ़ाई पर ही लगाए।'

विष्णु थोड़ा हिचकिचाते हुए कहता, 'लेकिन सर मैं अगर ट्यूशनें नहीं पढ़ाऊँगा तो कालेज की फ़ीस कैसे भरूँगा? माँ तो घर का ख़र्च ही बड़ी मुश्किल से चला पाती हैं? अब तो वे बेचारी बीमार भी रहने लगी हैं। इतना काम भी उनसे नहीं हो पाता है। आप तो हमारे घर की हालत जानते ही हैं, सर?'

सर कहते, 'इन सब बातों की तुम्हें चिंता करने की ज़रूरत नहीं है, बेटा। तुम तो बस खूब मन लगा कर पढ़ों। तुम्हारी पढ़ाई-लिखाई का सारा ख़र्च मैं उठाऊँगा। पढ़-लिख कर तुम एक दिन बहुत बड़े आदमी बनो, बस यही मेरी इच्छा है।'

विष्णु बहुत ही कृतज्ञ भाव से सर को देखता रहता। उसने कभी भगवान को तो नहीं देखा था और न ही वह कभी पूजा-पाठ करता था। पर प्रकाशनारायण सर को देख कर हमेशा उसे ऐसा लगता कि इस दुनिया में तो सर ही उसके लिए भगवान हैं। उसका सिर हमेशा उनके सामने श्रद्धा से झुका रहता।

तब नूतन के नाम हर सप्ताह पत्र आते थे। पत्र पाकर उसका चेहरा खिल उठता। दिन भर में वह न जाने कितनी बार उस पत्र को पढ़ती फिर भी उसे तृप्ति नहीं मिलती थी। वह हमेशा भविष्य के सुखद सपनों में खोई रहती थी।

कैसी पागल लड़की थी वह!

सचमुच, एकदम ही पागल!!

अपनी छोटी बहिन से कहती, 'देख सुम्मी, आज अटारी पर सुबह-सुबह कौवा बोल गया है न, आज ज़रूर मेरे नाम कोई चिट्ठी आएगी?'

लेकिन सुम्मी को उसकी चिट्ठी-विट्ठी में कोई अधिक दिलचस्पी नहीं रहती थी। वह चिढ़ कर कहती, 'ओ दीदी, तुझे तो बस रोज़-रोज़ अपनी चिट्ठी की ही पड़ी रहती है।'

सुनकर नूतन बहुत नाराज़ हो जाती, कहती, 'क्यों? क्यों न पड़ी रहे आख़िर। देखना जब तुम बड़ी हो जाओगी तब तुम भी इसी तरह किसी के पत्र का इंतज़ार किया करोगी।'

सुम्मी लेकिन कुछ समझ नहीं पाती। इन सब बातों के लिए अभी उसकी उम्र भी बहुत कम थी। वह बस बड़ी-बड़ी आँखें कर के शरारत से हँसती रहती। कभी-कभी पूछ भी बैठती, 'अच्छा तो वह विष्णु भइया कौन हैं तुम्हारे? तुम्हारे दूल्हा?'

'धत्-धत्, बेशर्म लड़की, तुझे ज़रा भी शर्म नहीं, तुझसे किसने यह बात कही? वाह आजकल तो खूब चटर-पटर बोलने लगी है तू।' फिर ज़रा उसे अपने से चिपकाती हुए पूछती, 'बता, कैसा लगता है वह तुझे? अच्छा है न?'

'अच्छा क्या? जब भी यहाँ आता है तो चपर-चपर करके खाता ही रहता है। चाय यहाँ पिएगा, नाश्ता यहाँ करेगा, खाना भी यहीं खाएगा। मुझे तो दीदी, शंकर भइया अच्छे लगते थे। पता नहीं वे अब कहाँ चले गए? बस कभी-कभार ही आते थे और मेरे लिए खूब सारी टाफियाँ लाते थे। दीदी सुनो, तुम उनसे शादी करो न?'

सुम्मी की बातें सुन कर नूतन जलभुन जाती।

'छी-छी, उस लफंगे का नाम भी मत लेना मेरे सामने। अच्छा ही हुआ कि वह लफंगा खुद ही कहीं भाग गया। मवाली कहीं का। तुम देखना सुम्मी विष्णु भी एक दिन बहुत बड़ा आदमी बनेगा।

तब उसके पास भी बहुत सारे रुपए होंगे। तब मैं उसके साथ कार में बैठ कर घूमा करूँगी। उस दिन वह तुम्हारे लिए भी खूब सारी चॉकलेट्स लेकर आएगा। चॉकलेट ही क्यों, उस दिन जो भी तू उससे माँगेगी, वह देगा। पर देख सुम्मी, तू जरा बाहर जाकर खेल तो, पोस्टमैन अंकल अगर मेरी कोई चिट्ठी लेकर आएँ तो सीधे मुझे ही देना आ कर। समझी?'

लेकिन सुम्मी जाती नहीं। थोड़ा अकड़ कर कहती, 'लेकिन मैं तो बड़ी होकर शंकर भइया से ही शादी करूँगी। मुझे तो वही अच्छे लगते हैं। हमेशा अच्छे-अच्छे कपड़े पहने रहते थे। सब लोग उनसे डरते भी थे।'

'हाँ-हाँ, करना तू उसी लफंगे से शादी। तुझे कौन रोक रहा है नानी? पहले बड़ी तो हो।'

'तुम्हें मालूम है दीदी, शंकर भइया कहाँ चले गए? अब वे अपने घर आते क्यों नहीं हैं?'

'मुझे क्या मालूम कि वह कहाँ मर गया जाकर? यहाँ रहता तो उसे पुलिस नहीं पकड़ ले जाती। अच्छा हुआ कि कहीं भाग गया। चैन तो मिला।'

'तो क्या अब शंकर भइया कभी लौट कर नहीं आएँगे, दीदी?'

'मुझे क्या मालूम? न आए तभी ठीक है। चल, अब जा तो सही, जाकर बाहर खेल। चिट्ठी लाकर सीधे मुझे देगी तो तुझे दो टाफियाँ दूँगी।'

दो टाफियों का लालच पाकर सुम्मी बाहर जाकर खेलने लगती। पोस्टमैंन आता तो उससे पूछती भी, 'पोस्टमैन अंकल, दीदी की कोई चिट्ठी तो नहीं है?'

'दीदी... कौन? तुम किसकी बिटिया हो, छुटकी?' पोस्टमैन हँसते हुए पूछता।

'मास्टर जी की...'

'मास्टर प्रकाशनारायण की?'

'हाँ, कोई चिट्ठी है दीदी की?'

'क्या नाम है तुम्हारी दीदी का?' पोस्टमैन पूछता। उसे उसकी पटर-पटर बातों में मज़ा आ रहा था।

'नूतन दीदी।'

सुन कर हँस देता पोस्टमैंन। लड़की ने यूँ ही पूछ लिया होगा। छोटी-सी ही तो है।

'नहीं बिटिया, मास्टर साहब की तो कोई चिट्ठी नहीं है।'

'और मेरी दीदी की?'

'तुम्हारी दीदी की भी कोई चिट्ठी नहीं है, बिटिया।'

सुन कर सुम्मी अवाक् रह जाती। सुबह घर की छत पर कौवा काँव-काँव बोला था, लेकिन तब भी दीदी की चिट्ठी नहीं आई। कहाँ रह गई चिट्ठी या कि कौवा ही झूठा था? ख़ैर न आए चिट्ठी, उसको

क्या? उसको तो हमेशा दीदी से दो टाफियाँ मिलती हैं, चिट्ठी आने पर भी और न आने पर भी। उसे तो बस चिट्ठी आने पर, जाकर ठीक दीदी के हाथ में उसे पकड़ानी पड़ती है।

लेकिन एक दिन भरी दोपहरी में आ कर किसी ने प्रकाशनारायण सर का दरवाजा खटखटाया।

'कौन?'

'पोस्टमैन!'

नूतन दौड़ी-दौड़ी बाहर आई।

'यहाँ कोई नूतन रहती है, बिटिया?'

'हाँ, मै ही नूतन हूँ। कोई चिट्ठी है क्या, अंकल जी?'

पोस्टमैन सिर हिला कर मुस्करा दिया।

हाँ चिट्ठी ही थी, विष्णु की चिट्ठी। पोस्टमैन ने उसे दे दी। पोस्टमैन बोला, 'एक गिलास पानी पिलाओगी, बिटिया, कितनी गर्मी है?'

'हाँ...हाँ....क्यों नहीं अंकल जी? आप ज़रा रुकिए मैं अभी आती हूँ।'

पोस्टमैन वहीं चबूतरे पर पड़ी कुर्सी पर बैठ कर सुस्ताने लगा। थोड़ी ही देर में नूतन पानी के गिलास के साथ ही एक तस्तरी में पेठे का एक टुकड़ा लिए लौटी।

'अरे वाह बिटिया रानी। तुम ने तो मुँह भी मीठा करवा दिया। जीती रहो।'

नूतन खड़ी मुस्कराती रही।

'अच्छा, क्या वह तुम्हारी छोटी बहन है, जो हमेशा मुझ से तुम्हारा पत्र माँगा करती है?' पानी पीने के बाद पोस्टमैन को कुछ ध्यान आया तो उसने पूछ लिया।

'जी अंकल जी। पत्र उसी को दे दिया करें।' नूतन ने कुछ शर्माते हुए कहा।

'ठीक है बिटिया, दे दिया करेंगे। वह तो बहुत प्यारी बच्ची है। खूब प्यारी-प्यारी बातें करती है।'

कह कर पोस्टमैन मुस्कराते हुए चला गया।

लेकिन इसके बाद कई-कई दिन इंतज़ार कर-कर के परेशान हो जाती नूतन। छत पर बैठा-बैठा कौवा भी काँव-काँव बोलता रहता, पर चिट्ठी फिर भी नहीं आती। उसे कौवे पर ही गुस्सा आने लगता। कितना झूठ बोलता है यह! बिना मतलब ही छत पर आकर काँव-काँव करने लगता है। विष्णु पर उसे बहुत गुस्सा आता। लेकिन फिर इसी तरह एक दिन अचानक ही पोस्टमैंन चिट्ठी लेकर हाज़िर हो जाता। चिल्ला कर कहता, 'पोस्टमैन!'

नूतन फिर हमेशा की तरह दरवाजे की तरफ दौड़ती हुई आती। उसकी साँस जोरों से फूलने लगती। उसका गोरा सुदर चेहरा गुलाबी-सा हो जाता। पोस्टमैन उसे देख कर मुस्कराता। अब वह उसे पहचानने लगा था। उसे देखते ही कहता, 'लो नूतन बिटिया, तुम्हारी ही चिट्ठी है।'

नूतन चिट्ठी लेकर खुद ही पूछती, 'अंकल जी, पानी पिएँगे? कितनी गर्मी हो रही है। देखिए न आप तो पसीने से पूरे भीग गए हैं।'

'बिटिया रानी, पिला दोगी तो पी लेंगे।' पोस्टमैन हँसता हुआ कहता।

'अभी लाई अंकल जी, आप बैठिए।'

पोस्टमैन हमेशा कि तरह चबूतरे पर पड़ी कुर्सी पर बैठ कर सुस्ताने लगता।

आज वह पानी के साथ एक बूँदी का लड्डू लाकर पोस्टमैन को देती। जिसे पोस्टमैन परम तृप्त भाव से खा कर नूतन को आशीर्वाद देता हुआ चला जाता।

पोस्टमैन के जाने के बाद वह अपने कमरे में आकर आराम से पत्र पढ़ती। तब कहीं जाकर उसे तसल्ली होती। विष्णु ने लिखा था-परीक्षा सिर पर है नूतन, इसलिए दिन-रात पढ़ना पड़ता है। इतना समय ही नहीं मिलता कि तुम्हें पत्र लिख पाऊँ। कुछ बन कर सर का नाम ऊँचा कर सकूँ, बस यही बात दिन-रात सोचता रहता हूँ। सर तो मुझ से बहुत अधिक उम्मीद लगाए बैठे हैं। वे सोचते हैं कि मैं बी.एस.सी. में भी जिला टॉप करूँगा। कहीं उन्हें मेरे कारण शर्मिदा न होना पड़े, इसी बात से डरता हूँ। यहाँ सब कुछ ठीक है। आशा है तुम भी अच्छी तरह से होगी और खूब मन लगा कर पढ़ रही होगी।

बहुत प्यार के साथ।

तुम्हारा ही विष्णु।

'परीक्षा? इतनी जल्दी एक साल बीत गया?' प्रकाशनारायण सर को आश्चर्य हुआ। लेकिन नूतन के लिए तो जैसे एक-एक पल एक-एक युग सा कट रहा था। जाने कितनी रातें उसने बिना सोए ही करवटें बदल-बदल कर काट दी थीं।

(38)

एक दिन अचानक रोशनपुरवालों ने जो कुछ भी देखा वह किसी आठवें आश्चर्य से कम नहीं था?

लोगों ने अचरज से उसे देखा और पहचाना।

हाँ, वह शंकर ही था!

वह रोशनपुर वापिस लौट आया था!

रोशनपुर में लड़कियों के सरस्वती डिग्री कालेज के ठीक सामने कतार से कई एक दुकानें हैं। उन्हीं दुकानों में से एक में डॉ. अनूप की क्लिनिक है। एक जूते-चप्पलों की भी दुकान है। सामने ही चक्की है, स्पेलर है। साइकिल की भी एक दुकान है। उसी डिग्री कालेज रोड पर आगे चल कर लक्ष्मीबाई इंटर कालेज भी है। जूते-चप्पलों की दुकान के मालिक का नाम सुरेश सिंधी है। सुरेश शंकर के बचपन का दोस्त है। आठवें तक उसके साथ ही पढ़ा भी है। इससे अधिक पढ़ने में उसका मन नहीं लगा। दो-तीन साल आवारा घूमता रहा, फिर उसके बाप ने उसे यह दुकान भी खुलवा दी।

उसी रमेश सिंधी की दुकान पर एक दिन सुबह-सुबह लोगों ने शंकर को बैठे देखा। अब वह काफी तगड़ा हो गया था। एक ही साल में उसके तो बातचीत करने का तरीका ही बदल गया था। वह वहाँ बैठा-बैठा एक अजीब-सा खेल खेल रहा था। खेल भी क्या था, बस मज़ा लेने के लिए यूँ ही राह चलते लोगों से थोड़ी सी चकल्लसबाज़ी थी। उन्हें बेवकूफ बनाना था। उसका यह खेल देख-देख कर सब लोग हँसते और मज़ा लेते। डॉक्टर साहब भी मरीजों से फुरसत पाकर उस खेल को देख कर अपनी हँसी नहीं रोक पाते।

खेल था ही इतना मज़ेदार और बिल्कुल मुफ़्त का!

कालेज़ की बालकनी में खड़ी होकर लड़कियाँ भी यह खेल देखतीं। वे धीरे-धीरे मुस्करातीं या मंद-मंद हँसती रहतीं। सड़क पर उनके दर्शनों के लिए खड़े लड़के बस उनकी इन्हीं अदाओं पर निहाल हो जाते। वे लड़कियों को देख-देख कर खुश होते रहते। सीटियाँ बजाते। लड़कियों पर फिकरे कसते और मज़े लेते रहते। कालेज से आती-जाती अध्यापिकाएँ भी यह खेल देख कर ठिठक कर खड़ी हो जाती थीं। उनके होठों पर भी मुस्कराहट की एक रेखा खिंच जाती। और उनकी इस मुस्कराहट को देख कर न जाने कितने लोग दिल थाम कर बैठ जाते थे।

तो खेल क्या था?

कुछ भी तो नहीं, बस एक फटे मनीबैग का खेल था। एक फटे मनीबैग में शंकर ने कुछ कागज़ के टुकड़े रख दिए थे और उसे बंद करके सड़क के बीचोंबीच डाल दिया था। मनीबैग ऐसा लगता कि नोटों से खूब भरा हो। राह चलते किसी व्यक्ति का गिर गया हो।

इसी खूब भरे मनीबैग पर किसी-किसी राहगीर की निगाह पड़ती तो उसका चेहरा खुशी से खिल उठता। वह पहले तो यह जानने के लिए कि इस में नोट ही हैं, उसके ऊपर अपना पैर रखता, फिर निश्चिंत हो जाने पर उसे धीरे से ठोकर मार कर किनारे ले जाकर उठाता। कोई उसे खोल कर देखता और कोई-कोई उसे बिना देखे ही अपनी जेंब में रख लेता। बस तभी सब लड़के मिल कर ठठाकर हँस पड़ते थे। शंकर चिल्ला कर कहता, 'अरे भाई साहब, इतनी जल्दी भी क्या है? ज़रा रुपए तो गिन लीजिए, इन रुपयों से बीबी के लिए क्रीम, पाउड़र, लिपिस्टिक खरीद लेना, और अपने लिए एक निरोध का पैकिट भी, समझे लल्लू राम जी! फिर सब लड़के ठहाका मार-मार कर हँसने लगते थे।

बेचारा राहगीर झेंप जाता। उसका चेहरा शर्म से लाल पड़ जाता। वह समझ जाता की यह इन्हीं आवारा लौंडों की शरारत है। यह बात समझ में आते ही वह मनीबैग वहीं फेंक कर जल्दी से वहाँ से भाग खड़ा होता। मारे शर्म के पीछे मुड़ कर भी नहीं देखता था। अगर मनीबैग कोई लड़की या औरत उठा कर अपने ब्लाउज़ में घोंस लेती, तब तो उन उधमी लड़कों को और भी मज़ा आ जाता था। सब-कि-सब मिलकर चिल्लाने लगते थे, 'लो गया बैग लाकर में। अब इसकी चाबी ढूँढ़ते रहना।' बेचारी लड़की या औरत शर्म से लाल हो जाती थी।

इसी तरह से यह खेल घंटों चलता रहता था। जब तक कि सरस्वती डिग्री कालेज की छुट्टी नहीं हो जाती थी। कोई साइकिल से तो कोई-कोई तो स्कूटर से भी उतर कर बैग उठाने का मोह छोड़ नहीं पाता था। तो शंकर चिल्लाने लगता, 'अरे भाई....तुम रहने दो लाला जी, तुम्हारे पास तो वैसे ही बहुत रुपया है। काहे सड़क से रुपए उठा रहे हो? सड़क पर पड़े रुपए तो कम-से-कम हम ग़रीबों के लिए छोड़ दो। लाओ इधर दो मनीबैग, लाला जी।'

किसी से कहता, 'अरे कैसे लालची हो यार, सड़क चलते पैसे उठाते हो? तुम्हें शर्म नहीं आती सेठ। घर में तिजौरियाँ भरी पड़ी हैं पर साले रहे भिखारी-के-भिखारी ही।'

यह सब देख-देख कर कालेज की बालकनी में खड़ी-खड़ी लड़कियाँ हँसती तो लड़के फिकरे कसते-ओ हो, हँसी तो फँसी। मुसकराई तो ज़ेब में आई। उन लफंगों ने 'यह मेरी वाली और वह तुम्हारी वाली' करके लड़कियाँ भी छाँट रखी थीं। यह अलग बात थी कि वे लड़कियाँ उन पर थूकना भी पसंद नहीं करती थीं।

उस दिन शंकर ने जो यह खेल शुरू किया फिर वह रुका नहीं। लगातार चलता ही रहा। कालेज का समय होते ही वहाँ लफंगों की भीड़ जमा हो जाती। वे अपनी लैलाओं के दर्शन करके कृतार्थ हो जाते। फिर महीनों बीत गए, खेल लगातार चलता रहा।

एक दिन कुछ यूँ हुआ। एक आदमी साइकिल पर जा रहा था। अचानक उसकी निगाह मनीबैग पर पड़ी। उसे लगा कि किसी का नोटों से भरा मनीबैग गिर गया है। लेकिन बेचारा दुविधा में पड़ा था कि उसे उठाएँ कैसे कि किसी को मालूम भी न पड़े और उसका काम भी हो जाए। उसने एक निगाह जूते की दुकान पर बैठे उन आवारा लड़को पर डाली कि वे लोग उस तरफ देख तो नहीं रहें हैं। क्योंकि कहीं ऐसा न हो कि बैग उठाते ही वे लोग उस पर अपना दावा ठोक दें। वह अकेला उनका क्या बिगाड़ लेगा? उसे लगा कि वे सब लोग उसकी तरफ ही देख रहे हैं। वह बेचारा सकुचाता हुआ आगे की तरफ बढ़ गया।

शंकर ने सब लोगों से कहा कि उस तरफ कोई भी देखे न। देखना यह साला अभी फिर लौट कर आएगा। शक्ल से ही बड़ा लालची मालूम पड़ रहा है।

सब लोग तिरछी निगाह से उधर देखते हुए गपशप करने लगे। शंकर का कहना ठीक निकला। थोड़ा आगे जाकर वह फिर साइकिल घुमा कर वापस चला आया और जब उसने

देखा कि अब कोई उसकी तरफ नहीं देख रहा है तो पट्ठे ने ठीक बैग के पास जाकर इस तरह साइकिल रोकी कि जैसे साइकिल की चेन उतर गई हो। फिर वह लपक कर साइकिल से नीचे उतरा और बहुत ही सफाई से बैग उठा कर अपने झोले में डाल लिया, फिर बिना उतरी हुई चेन को ठीक करने का नाटक करने लगा। उसकी यह हाथ की सफाई देख कर सारे लड़के चकित रह गए। अरे वाह रे, क्या चालू चीज़ है! यह हरामी तो अपना भी उस्ताद लगता है।

खैर, सब उसके क्रिया-कलाप को तिरछी निगाह से देख कर मज़ा ले रहे थे। जब उसे विश्वास हो गया कि सड़क से रुपयों से भरा बैग उठाते हुए किसी ने उसे नहीं देखा है तो वह निश्चिंत हो कर साइकिल पर बैठ कर वहाँ से चलने लगा।

ठीक उसी समय सब लड़के जोर-जोर से हँसने लगे।

शंकर ने उसे आवाज़ देकर कहा, 'अरे ओ साइकिल वाले राजा भइया, हम ने सब देख लिया है। अकेले ही क्या सारा माल हजम कर जाओगे? हम लोग क्या उल्लू के पट्ठे हैं जो इतनी देर से यहाँ बैठे अपना मनीबैग तलाश कर रहे हैं?'

लेकिन वह भी साला एक ही कलाकार आदमी था, पट्ठा अकड़ कर बोला, 'सो, देख लिया तो क्या, तुम्हारा बैग है क्या? सड़क पर लावारिस पड़ा था। जिसने उठा लिया, अब तो उसी का हो गया। बस बात खत्म हो गई।'

पर बात ऐसे कैसे खत्म हो जाती।

आसपास के सब दुकानदार इस बिन पैसे के खेल का मज़ा ले रहे थे। मरीज़ न होने के कारण डॉक्टर साहब भी क्लिनिक के चबूतरे पर बैठे यह तमाशा देख कर धीरे-धीरे मुस्करा रहे थे।

सरस्वती डिग्री कालेज में भी शायद उसी समय इंटरवल हुआ था। इसीलिए लड़कियाँ भी कालेज की बालकनी में झुंड-कि-झुंड खड़ी खट्टी-मीठी चटनी के साथ समोसे या पकी इमलियाँ स्वाद ले-ले कर खा रही थीं। यह सब तमाशा देख कर वे सब भी खिलखिला कर हँस पड़ीं। उन लफंगे लड़कों ने भी अपना नारा बुलंद किया-आज़ कुड़ी फँसीं!

शंकर उन लड़कियों को निहारता हुआ हीरो बन कर बोला, 'बड़े भाई, इतना नाराज़ क्यों होते हो? सौ-सौ रुपयों से भरा बैग मिला है, कुछ रुपए तो हम लोगों को भी देते जाओ। चाय-नाश्ता ही कर लेंगे। सुबह से देवियों के दर्शनों के लिए बिना खाए-पिए यहाँ ज़मे हैं। भूख से अँतड़ियाँ ऐंठ रही हैं।'

पर वह आदमी सचमुच बड़ा घाघ था। सारी रक़म अकेले ही डकार जाने का मंसूबा पाले था। वह और भी अकड़ने लगा। बोला, 'बैग क्या तुम्हारे बाप का है, जो मैं सब को रुपए बाँटता फिरूँ? अभी जाते समय मेरा ही तो गिर गया था, तभी तो उसे ढूँढ़ता हुआ वापिस आया हूँ।'

अब सब लड़के खड़े हो कर बोले, 'अरे ओ गधे के बच्चे, हमें चराने निकला है, इसमें रुपए नहीं हैं, रद्दी काग़ज़ हैं। बैग देता है या नहीं मादर.....'

लेकिन वह व्यक्ति बिना कुछ कहे-सुने साइकिल में बैठ कर जाने लगा। तभी शंकर ने दौड़ कर उसका गिरहबान पकड़ लिया।

'साले बैग देता है कि नहीं। अभी-अभी इंटरवल हुआ है और तू सब खेल ही बिगाड़े दे रहा है। हरामी की औलाद। चल दे बैग।'

लेकिन उस व्यक्ति ने धक्का देकर शंकर को गिरा दिया। देहात का मजबूत आदमी था वह। गिर कर शंकर सँभला। उसे अहसास था कि कालेज के छज्जे पर खड़ी हुई लड़कियाँ भी यह सारा तमाशा देख रही हैं। उनमें उसकी वाली भी है। और यह साला बात को समझ ही नहीं रहा है। सबके सामने ही उसे धक्का दे रहा है। उसका गुस्सा भड़क उठा। उसने जेब में हाथ डाला, दूसरे ही क्षण उसके हाथ में स्प्रिंगदार चाकू था। वही चाकू जो उसने कानपुर के परेड मार्केट से खरीदा था। ठीक इसी दिन के लिए।

स्प्रिंग दबाते ही खटाक से चाकू खुल गया।

देखते ही देखते लोगों में दहशत फैल गई।

वह आदमी भी डर के मारे पीछे हटने लगा।

आसपास के दुकानदारों ने भी सोचा हँसी-खेल में यह क्या काण्ड होने जा रहा है? चाकू-वाकू चल गया तो अभी हंगामा हो जाएगा। शहर भर के हरामी लौंडे इस समय यहाँ मौजूद हैं। फ़साद होते ही अभी लूटपाट शुरू हो जाएगी। पुलिस आएगी तो सौ तरह की बातें पूछेगी। लौंडो का क्या है मारपीट कर भाग खड़े होंगे। नुक्सान तो दुकानदारों का ही होगा।

शंकर ने चाकू दिखाते हुए उस देहाती को ललकारा, 'देता है बैग कि अभी चाकू तेरे पेट के पार कर दूँ, हरामी के। मुझे धक्का देता है, शंकर को! मैं तेरा बाप हूँ साले। अपनी अम्मा से जाकर पूछना।'

देहाती बेचारा डर के मारे थर-थर काँपने लगा। उसकी घिग्घी बँध गई। उसने काँपते हाथों से ही बैग जेब से निकाल कर शंकर के हवाले कर दिया। तब तक डॉक्टर साहब भी 'शंकर-शंकर' चिल्लाते हुए क्लिनिक से नीचे उतर आए। आसपास के दुकानदार भी दौड़े। सब ने मिल कर शंकर को सँभाला। देहाती से कहा, 'जा भाई जा, जा....जल्दी फूट ले यहाँ से। बेकार क्यों पिटने के लिए खड़ा है? जान प्यारी नहीं है?'

बेचारे देहाती के तो पहले ही होशोहवास उड़े हुए थे। मौका मिलते ही वह साइकिल पर बैठ कर भाग निकला। उसने पीछे मुड़ कर भी नहीं देखा। शंकर डिग्री कालेज की लड़कियों की तरफ तिरछी नज़र से देख कर जोर-जोर से चिल्ला रहा था, 'तुम लोगों ने छुड़ा लिया साले को, नहीं तो आज़ मेरे हाथों उसका खून.....'

दुकानदार छुन्ने बोला, 'वह तो चाकू देख कर ही डर कर काँपने लगा था। तब उस बेचारे को क्या मारते, शंकर भइया?'

डॉक्टर साहब भी बोले, 'अरे अब छोड़ो भी शंकर। खेल-खेल में अभी न जाने क्या काण्ड हो जाता। गुस्सा थूक दो, बेटा, खेल तो खेल ही है। खून-ख़राबा करना क्या अच्छी बात है?' फिर उन्होंने छुन्ने से कहा, 'जाओ, जाकर शंकर के लिए एक कोल्डड्रिंक लेकर आओ, थोड़ा दिमाग ठंडा हो इसका। देख नहीं रहे हो कि गुस्से के मारे कैसा चेहरा लाल हो गया है?'

छुन्ना कोल्डड्रिंक लेने भागा।

कोल्डड्रिंक पीते हुए शंकर ने कहा, 'चलो यह भी ठीक ही हुआ, डॉक्टर साहब, साला मर-खप जाता तो एक और परेशानी खड़ी हो जाती।'

उसने चाकू मोड़ कर जेब में रखा। एक तिरछी-सी नज़र फिर डिग्री कालेज की बालकनी में खड़ी लड़कियों पर डाली। बेचारी लड़कियाँ इस हादसे के बाद एकदम सहमी-सी खड़ी थीं। शंकर का आज एक नया ही रूप देखा था उन्होंने। अभी तक तो वे उसे बस छोटा-मोटा लफंगा ही समझती थी। पर यह तो पूरा गुंडा है। लड़कियों को दहशत में देख कर शंकर गर्व से मुस्कराया, फिर जाकर सुरेश की दुकान पर बैठ गया। जेब से चारमीनार की एक सिगरेट निकाली ओर बड़ी अदा से धुएँ के छल्ले उड़ाने लगा। वही राजकुमार के स्टाइल में जैसे कि वह कालेज के दिनों में उड़ाता था। कोल्डड्रिंक उसने आधी पीकर अपने एक चेले को पकड़ा दी थी। चेला भी निहाल हो गया। फोकट की कोल्डड्रिंक किसको अच्छी नहीं लगती? और फिर यह तो शंकर दादा का प्रसाद था।

तो इसके बाद भी यह खेल रोज़ इसी तरह से चलता रहा।

रोज़ बिना नागा के लोगों को तमाशा देखने को मिलता। उन आवारा लौंडों को एक साथ दो सुख मिलते, तमाशा देखने का सुख और सरस्वती डिग्री कालेज़ की सुंदर-सुंदर लड़कियाँ देखने का सुख। रानी लक्ष्मीबाई गर्ल्स इंटर कालेज की लड़कियाँ भी छुट्टी होने के बाद इसी रोड से निकलती थीं। उस समय तो इस रोड की रौनक बहुत बढ़ जाती थी। सो क़स्बे भर के सारे लोफर-लफंगे लड़के सुबह 10 से शाम 4 बजे तक वहीं मजमा लगाए रहते थे। राह चलती लड़कियों से छेड़खानी करते। मनीबैग वाला तमाशा देखते। उनका समय बहुत अच्छी तरह से कट जाता था। शंकर के हाथ में जब से उन लोगों ने स्प्रिंगदार चाकू देख लिया था, उसे उन लोगों ने अपना बॉस मान लिया था। रोशनपुर में जो भी नए-नए लोफर बन रहे थे, वे सब उसको दादा कहने लगे थे।

कभी शंकर उन्हें सड़क पर जाता हुआ मिल जाता तो वे लोग लपक कर पूरी श्रद्धा से उसके पैर छूते, 'दादा, प्रणाम, आज कालेज की तरफ नहीं आ रहे हैं?'

शंकर हँस कर कहता, 'चल, तू चल भाई। मैं भी आता हूँ। अभी तो मैं ज़रा कसरत-वसरत करूँगा। इतनी जल्दी पहुँच कर भी वहाँ क्या होगा? मज़ा तो इंटरवल से आता है।'

लड़के भी सोचते-हाँ, शंकर दादा यदि रोज़ कसरत न करें तो कैसे उनका बदन इतना सुडौल रहेगा। वे क्या किसी से डरते हैं। उनकी जेब में हमेशा स्प्रिंगदार चाकू रहता है। किसी साले कि क्या मजाल कि उनसे ऊँची आवाज़ में बात भी करे। डर के मारे लोग उनके सामने काँपते हैं। कालेज के जमाने के बदमाश हैं। सुना है चाकू रख कर नकल करते थे। इसी बात को लेकर कालेज से उनको रिस्टीकेट किया गया था। एक साल कानपुर जैसे महानगर में रह कर गुंडागर्दी की है। उनका कोई क्या खाकर मुकाबला करेगा? शंकर की सारी बुराइयाँ इन नए लफंगों के लिए जैसे उपाधियाँ बन गईं थीं। उन्हें शंकर दादा से नमस्ते करते, उनके चरर्ण स्पर्श करते, उनसे मेलजोल बढ़ाते बड़ा गर्व होता था। उन्हें महसूस होता कि इससे उनकी भी शान बढ़ती है। इससे उनका भी रुतबा ऊँचा हो जाता है।

शंकर कभी-कभी उन लोगों से अचानक पूछ बैठता, 'कहाँ रहते हो, भई? चेहरा तो कुछ जाना-पहचाना सा लग रहा है।'

'दादा! आपके पास वाले मोहल्ले में ही तो रहते हैं हम लोग।' सुन कर उन्हें कुछ हैरत होती कि लो शंकर दादा उन्हें पहचान ही नहीं रहे हैं। वे लोग तो हमेशा उनके चरण स्पर्श करते हैं।

'कहाँ? गनेशप्रसाद स्ट्रीट?' शंकर अपने दिमाग पर बेवज़ह ही ज़ोर डालता हुआ पूछता। हालाँकि ऐसा नहीं था कि वह उन्हें पहचानता न हो। ऐसा तो वह बस उन लोगों पर रौब डालने के लिए करता था।

'नहीं....नहीं....सुहाग नगर में, दादा।'

क़स्बे का दादा कहता, 'अरे वाह, तब तो तुम लोग मेरे पड़ोसी हो। तो, मिले क्यों नहीं अब तक? कोई परेशान तो नहीं करता तुम लोगों को?'

दोनों को बड़ा आश्चर्य हुआ। थोड़ी निराशा भी हुई।

'ऐसी बात नहीं है, दादा, हम लोग तो रोज़ ही सुरेश सिंधी की दुकान पर आपको प्रणाम करते हैं।'

'फिर भई तुम लोगों ने अभी तक अपना परिचय क्यों नहीं दिया था? प्रणाम कर लेने से क्या कोई जान-पहचान हो जाती है? प्रणाम तो मुझे दिन भर में सैकड़ों लोग करते हैं। इस रोशनपुर में ऐसा कौन है जो मेरी इज़्ज़त नहीं करता? मैं क्या सभी का हिसाब-किताब रखता हूँ? पढ़ते हो तुम लोग?'

'हाँ दादा। हाईस्कूल में हैं।'

'ठीक है, हम प्रकाशनारायण से कह देंगे, वे तुम्हें प्रैक्टीकल में अच्छे नम्बर दिलवा देंगे। और, कोई भी तुम्हें परेशान करे तो मेरा नाम बता देना। कहना कि शंकर दादा के आदमी हैं।' शंकर ने उन पर रौब गांठते हुए कहा।

'जी दादा।' दोनो लड़के शंकर का आश्वासन पाकर निहाल हो गए। उन्हें रोशनपुर शहर में आवारागर्दी करने का लाइसेंस मिल गया था। दोनों ने चलते समय भी झुक कर बड़ी श्रद्धा से शंकर के पैर छुए।

'अरे, जाओ....जाओ, मस्त रहो। कोई लड़की-बड़की पटाई?' शंकर ने दोनों के कंधे थपथपाते हुए मज़ाक किया।

सुन कर दोनों शर्मा गए।

दोनों ने जाते-जाते पूछा, 'दादा, आएँगे नहीं आज उस तरफ?'

शंकर को अचानक कुछ याद आया। आज तो बसंत पंचमी है। आज तो लड़कियों के कालेज की भी छुट्टी होगी। फिर भी उसने कनफर्म किया, 'क्यों भई, तुम लोग आज स्कूल नहीं गए? क्या दिन भर यूँ ही आवरागर्दी करते रहते हो? थोड़ा पढ़-लिख भी लिया करो।' 'नहीं दादा, आज तो बसंत पंचमी की छुट्टी है।'

'सभी कालेजों की न? डिग्री कालेज की भी?'

'हाँ, दादा।'

'तो भई आज मेरी भी छुट्टी। जब दर्शक ही नहीं होंगे तो फिर खेल का मज़ा ही क्या? समझे? वैसे भी मुझे आज बहुत ज़रूरी काम है।'

लड़के भी मज़े लेकर शरारत से मुसकराए, 'हाँ दादा, समझ गए।'

'चलो समझ तो गए!' शंकर ने एक आँख मारते हुए कहा।

'हाँ दादा....हमारे लाइक कोई काम हो तो बताइएगा?''

'नहीं..नहीं....अभी ऐसा कुछ नहीं है, होगा तो ज़रूर बताएँगे। वैसे तुम लोग शाम को क्या करते रहते हो?

'कुछ ख़ास नहीं, दादा।'

'तो फिर आज शाम को तुम लोग अपने मोहल्ले के आठ-दस लड़कों को लेकर ज़रा मेरी तरफ आ जाना।

'क्यों दादा, कोई ख़ास बात है?'

'नहीं...नहीं....तुम लोगों के मतलब का ही काम है। तुम लोगों का ही उद्धार करने का सोचा है मैंने। तो आओगे न?'

'ठीक है दादा, 6 बजे के करीब आ जाएँगे हम लोग। अपनी पूरी कफलिया के साथ।'

दोनों लड़के चले गए।

जब छुट्टी थी तो आज़ लड़कियों के कॉलेज की तरफ जाना बेकार था। शंकर ने सोचा कि जब सुंदरियों के दर्शन ही नहीं होंगे तो रमेश सिंधी की दुकान पर बैठ कर भी क्या करेगा? खेल देखने के लिए दर्शक भी तो होने चाहिए।

शंकर ने आज़ भवानी कूँचा जाने का निश्चय किया।

भवानी कूँचा में आज़ उसको बहुत ज़रूरी काम था।

भवानी कूँचा में ही तो इस कस्बे की अनिंद्य सुन्दरी-नूतन रहती थी। वह भी इन दिनों सरस्वती गर्ल्स डिग्री कालेज़ में पढ़ रही थी। आज तो उसके दर्शन करने के लिए उसे उसके घर ही जाना पड़ेगा।

(39)

जिस दिन शंकर कानपुर से वापिस रोशनपुर लौट कर आया था, वह सबसे पहले प्रभुदयाल सर से ही मिलने गया था। यह देखने के लिए कि उन्हें उसका पत्र मिला भी था कि नहीं। और अगर उन्हें पत्र मिला था तो उन्होंने इन दो सालों में क्या किया? पर वहाँ जाकर तो वह ठगा-सा रह गया। देखता क्या है कि प्रभुदयाल की बैठक कालेज के छात्रों से ठसाठस भरी है। लड़के वहाँ अपनी कापी-किताबें लिए बैठे थे। सर उनको बड़े ही मनोयोग से अंग्रेजी पढ़ा रहे थे। उन्होंने तो अपने घर को एकदम से स्कूल ही बना रखा था। दूसरे कमरे में उनकी बहू प्रभा छात्रों को फ़िज़िक्स पढ़ा रही थी। दोनों ही पढ़ाने में इतने तमन्य थे कि उसका आना कोई भी भी नहीं जान पाया था।

यह सब देख कर हठात् उसका मन वितृष्णा से भर उठा। प्रभुदयाल सर तो कभी ऐसे नहीं थे। जिस व्यक्ति ने कालेज से रिटायर होने के बाद भी कालेज जाना बंद नहीं किया और वहाँ जाकर मुफ़्त ही बच्चों को पढ़ाते रहे, वह क्या कभी इस तरह भी ट्यूशनबाज़ी करेंगे? उसे यकीन ही नहीं आ रहा था। पर यह सब वह अपनी आँखों से देख रहा था तो भला विश्वास न करने का सवाल ही नहीं था। हाथ कंगन को आरसी क्या? उसने सोचा कि प्रभुदयाल सर इतने दिनों तक जो आदर्शवाद की इतनी ऊँची-ऊँची बातें करते रहे, वह सब क्या एक छलावा ही था? वह सब क्या उनका प्रपंच मात्र ही था? आख़िरकार उनकी भी पैसों के प्रति भूख जाग ही उठी। रिटायर होने के इतने दिनों बाद शायद उन्हें पैसों की अहमियत समझ में आई थी।

अन्यमनस्क सा शंकर बैठक के दरवाजे पर खड़ा था। उसका मन हो रहा था कि वह सर से मिले बिना ही वहाँ से भाग जाए। उसने आज सर का एक नया ही रूप देखा था। वह एकाएक उनके सामने जाकर उन्हें शर्मिंदा नहीं करना चाहता था। वह अभी वहाँ से भागने की सोच ही रहा था कि हठात् सर ने किसी छात्र से कोई प्रश्न पूछने के लिए अपना चेहरा घुमाया। दोनों की निगाहें अचानक ही मिल गईं।

'कौन.......कौन?.......शंकर?.....वहाँ कौन है दरवाजे पर?'

अब शंकर के पास भाग निकलने का कोई रास्ता नहीं बचा था। हठात् ही उसने सर के चेहरे को ध्यान से देखा। इतने ही दिनों में वे कितने बूढ़े हो गए थे। उन्हें इस घोर बुढ़ापे में भी कड़ी मेहनत करनी पड़ रही थी। क्या भतीजे-बहू ने अपने यहाँ से उनका राशन-पानी बंद कर दिया है? क्या आजकल ट्यूशन कर-कर के ही वे अपना गुज़ारा कर रहे हैं? पर उनके चेहरे पर अब भी न जाने कैसा तेज़ था कि शंकर अभिभूत हो उठा।

चश्मा लगाने पर ही सर शंकर को ठीक-ठीक पहचान पाए थे। उसे देख कर खुशी से उनका चेहरा दमक उठा था। वे बड़े ही उत्साह से उसकी तरफ बाँह फैलाए बढ़े और आकर उसे गले से लगा लिया। बोले, 'अरे शंकर? आओ, आओ भई। महिनों तक तुम कहाँ लापता रहे? आज तुमको अपनी आँखो के सामने पाकर मुझे कितना संतोष हो रहा है, यह मैं बता नहीं सकता। आज मैं एक अपराधबोध से मुक्त हो गया हूँ। आओ, आओ मेरे पास बैठो आकर।'

कुछ अनमना सा शंकर उनके पास जाकर बैठ गया। वह कुछ कहना नहीं चाहता था पर फिर भी उसके मुख से न जाने कैसे निकल ही गया, 'लेकिन सर, मुझे आपको देख कर कतई खुशी नहीं हो रही है। आप इस तरह से ट्यूशनबाज़ी करेंगे, मैं तो कभी सपने में भी नहीं सोच सकता था। आप तो हम सब छात्रों के आदर्श थे।'

उसकी बातें सुन कर प्रभुदयाल सर हँसने लगे। एक तरह से उसकी बातें सुन कर उन्हें अच्छा ही लगा। अगर वह यहाँ आकर यह कहता कि आप ट्यूशन पढ़ा कर सही कर रहे हैं सर, तब शायद उन्हें बहुत बुरा लगता। घोर निराशा भी होती। कुछ देर तक उसे निहारने के बाद वे बोले, 'तुम्हारा पत्र पाकर ही तो मुझे यह सब करना पड़ा, शंकर। मुझे लगा कि शायद सारा जीवन संघर्ष करके भी अभी तक मैं कुछ भी हासिल नहीं कर पाया हूँ। मुझे अभी और तपस्या करनी होगी। मैंने अपनी सारी जवानी देश को स्वतंत्र कराने में होम कर दी थी। पर इसका कभी भी मैंने कोई अफ़सोस नहीं किया। मेरे लिए तो अपने देश पर मर मिटना बहुत ही गर्व की बात है। अपने देश पर जब विपत्ति के काले बादल छाए थे तब हम लोगों को चिंता केवल इसी बात की थी कि कैसे अपना देश जल्द-से-जल्द आज़ाद हो। देश के अपने ही लोग जब देश की बागडोर सँभालेंगे तो अपना यह देश दिन दूनी रात चैगुनी तरक्की करेगा। बस यही सपने लेकर हम जैसे कुछ दीवाने लोग आज़ादी की जंग में कूद पड़े थे।

'फिर जब देश स्वतंत्र हुआ तो लगा कि अब जंग खत्म हो गई है। पर मेरा यह सब सोचना सरासर ग़लत ही निकला। देश स्वतंत्र होने के बाद लोगों ने मुझसे पूछा था, 'प्रभुदयाल, अब क्या करोगे? अब तो राजनीति में भाग लेकर देश की बागडोर सँभालोगे? ऊँची कुर्सी पर बैठ कर खूब धन-दौलत कमाओगे न? तुमने देश की जो इस तरह रात-दिन सेवा की है न, उसके बदले तुम्हें भी तो कुछ ईनाम मिलेगा? तुम्हारे लिए यही स्वर्णिम मौका है कि खूब सोच-समझ कर कोई अच्छा-सा पद हथिया लो। मंत्री बन गए तो कहना ही क्या? तुम्हारा आगे का जीवन सुधर जाएगा।'

शंकर अनमना-सा होकर उनकी बातें सुन रहा था। न जाने क्यों आज़ उसे उनकी कोई भी बात अच्छी नहीं लग रही थी।

'सचमुच बेटा, मेरे सभी दोस्तों ने मुझे यही राय दी।

'नाते-रिश्तेदारों ने भी मुझे यही सलाह दी।

'उस समय माहौल ही कुछ ऐसा था। सब लोग अपने-अपने फ़ायदे के लिए सोच रहे थे। उन सब की बातें सुन कर मेरा मन वितृष्णा से भर उठता। क्या हमने भारतमाता को स्वतंत्र कराने के लिए इसी लिए संघर्ष किया था कि उसके बदले एम.पी. या एम.एल.ए. बनें या मंत्री बन कर किसी मलाईदार सीट पर कुंडली मार कर बैठ जाएँ?'

शंकर ने अनिक्षा से ही पूछा, 'फिर आपने क्या कहा, सर? उनकी बात आपने मान क्यों नहीं ली?'

प्रभुदयाल शायद शंकर की मन:स्थिति अच्छी तरह समझ रहे थे। वे बोले, 'मैंने सब से यही कहा, 'नहीं भाई, मुझे कुछ नहीं चाहिए। देश के लिए त्याग का भी कभी कोई मूल्य लिया जाता है। माँ की सेवा तो नि:स्वार्थ भाव से की जाती है। फिर मैंने इस कालेज में अध्यापक की नौकरी कर ली। मेहनत से बच्चों को पढ़ाने लगा। मुझे इसी काम में बहुत संतोष मिलता था। मैं चाहता था कि पढ़ा-लिखा कर बच्चों को संस्कारित कर सकूँ। उन्हें इस महान देश का महान नागरिक बना सकूँ। उन्हें बता सकूँ कि यह गुलामी कितनी बुरी चीज़ होती है। इस देश को स्वतंत्र कराने के लिए हमारे नेताओं ने कितनी बड़ी कुर्बानियाँ दी हैं। बच्चों इस देश को अब कभी भी गुलाम मत होने देना। अंग्रेजों ने बाँटो और राज करों की नीति अपना कर हमारे ऊपर सैकड़ों वर्ष तक राज किया। अब तुम लोग किसी के बहकावे में मत आना। उस समय अगर मैं चाहता तो बहुत आसानी से मंत्री बन गया होता। मेरे पास भी नौकर-चाकर होते। लेकिन मैं तो बच्चों को पढ़ाने में ही अपार सुख महसूस करता था। उस समय मेरे परिचितों को मुझ से बड़ी निराशा हुई थी। उस समय मेरे रिश्तेदारों, दोस्तों आदि सभी ने मुझे बहुत धिक्कारा था। सबने कहा था, 'क्यों रे प्रभुदयाल, तूने माँगी भी तो क्या, छोटे से शहर के स्कूल की मास्टरी? अरे मंत्री-संत्री बन जाता तो हम लोगों की भी नैया पार करा देता। तेरी एक सिफ़ारिश से हमारे बाल-बच्चों को भी नौकरी मिल जाती। तूने तो हमारी सारी आशाओं पर पानी ही फेर दिया। तू तो बड़ा ही बेवकूफ़ निकला रे!

'कितने ही लोगों ने उस समय बड़ी-बड़ी नौकरियाँ हथिया ली थीं। अपने प्रभाव से अपने रिश्तेदारों को बड़े-बड़े पदों पर बैठा दिया था। लोग उनके गुणगान करते थे। लेकिन मेरे बारे में सब यही कहते, 'इस प्रभुदयाल ने तो हमारी सारी आशाओं पर पानी फेर दिया है। हमने तो सोचा था इसके मंत्री बनते ही हमारे बच्चे भी ऊँची-ऊँची नौकरियों पर पहुँच जाएँगे। लेकिन यह तो खुद ही एक मामूली-सा मास्टर बन कर रह गया। सौ रुपए महीने कमाने वाला एक मामूली-

सा अध्यापक। तब ऐसा ही हो रहा था। और इतने दिनों बाद भी मैं देख रहा हूँ कि आदमी कि मानसिकता में कुछ भी अंतर नहीं आया है। आज़ भी हरेक आदमी पैसे के लिए दौड़ रहा है।'

इतनी देर से सर की बातें सुनते-सुनते शंकर हठात् बोला, 'सर, अब ये बातें रहने ही दीजिए। आपको उस समय के लिए अब पछतावा हो रहा है शायद। इसीलिए आज आप इतनी सारी ट्यूशनें पढ़ाने बैठे हैं?'

'ट्यूशन! कैसी ट्यूशन? यह तुम से किसने कहा, शंकर?

'यह सब तो मैं अपनी आँखों से ही देख रहा हूँ, सर। वाह, अंधा हूँ क्या?'

'वाह रे, खूब देखा तुम्हारी आँखों ने?'

हाँ सचमुच, आँखें ही धोखा खा गई थीं। शंकर की आँखों ने ही धोखा खाया था। पढ़ने वाले वे सब छात्र भी एक साथ बोल बैठे, 'जी हाँ, आपकी आँखें धोखा खा गई हैं, शंकर भइया। सर तो हम लोगों को बिल्कुल निःशुल्क पढ़ाते हैं। उन्होने हम से आज तक कभी पढ़ाने का एक पैसा तक नहीं लिया। इस उम्र में भी वह हमारे लिए इतनी मेहनत कर रहे हैं। आपको उनसे ऐसा कहते हुए शर्म नहीं आई?'

उन बच्चों की बातें सुन कर शंकर हतप्रभ रह गया। उसके कुछ भी समझ में नहीं आ रहा था कि सच क्या है? वह किंकर्तव्यविमूढ़ सा खड़ा रहा।

सर फिर बोले, 'उस दिन मुझे तुम्हारा पत्र मिला था, शंकर। उसे पढ़ कर मैंने जाना कि ग़लती मेरी ही थी। उसी दिन से मैंने यह जंग छेड़ रखी है। जो यात्रा एक दिन अधूरी रह गई थी, उसी पर पुनः चल पड़ा हूँ। अब मंजिल मिले या न मिले, मुझे कोई चिंता नहीं है।' कहते-कहते उनका चेहरा जैसे किसी अदृश्य प्रकाश से दैदीप्यमान हो उठा।

सारी बातें सुन-समझ कर शंकर आत्मग्लानि से भर उठा। उसका अंतर्मन हा-हाकार कर उठा। प्रभुदयाल के सामने एक बार उसका सर्वस्व अहंकार जैसे फिर पराजित हो गया। वह जिस धौंस से यहाँ आया था फिर उस धौंस से जा नहीं सका। शर्म से सिर झुकाए हुए बोला, 'सर, मुझे क्षमा कर दें। मैं तो निरा नाली का कीड़ा ही रहा। आपको बिल्कुल भी नहीं समझ पाया।' यह कह कर सर के पैरों पर गिर कर शंकर बिलख-बिलख कर रोने लगा।

सर ने अचकचा कर कहा, 'अरे...अरे... उठो शंकर। क्या करते हो यह? यह क्या कोई इतनी बड़ी बात है? सभी से तो भूल होती है। गाँधी जी कहते थे कि प्रायश्चित करने से हमें ईश्वर भी माफ कर देता है। मैं भी तो अपनी भूल का प्रायश्चित कर रहा हूँ।'

'आपने कौन सी भूल की, सर?'

'वही, तुम्हें रिस्टीकेट करने की। कालेज से निकालने की। तुम्हारा भविष्य इस तरह चौपट करने की। तुम्हारी जिंदगी का एक अमूल्य वर्ष बरबाद करने की।'

'पर उस दिन तो मैं सचमुच ही नकल कर रहा था, सर। आपने उस दिन मुझे रंगे हाथों नकल करते हुए पकड़ा भी था। उस दिन मुझे रिस्टीकेट करके आपने बिल्कुल ठीक ही किया था। आज यह बात मैं अपने पूरे मन से स्वीकार भी कर रहा हूँ। आपको मुझे सजा देने का पूरा हक़ था। इसके लिए मुझे अब कोई क्षोभ नहीं है, सर। आज़ तो मैं उस दिन की बात को सोच कर शर्म ही महसूस कर रहा हूँ। मैं इतने दिनों बाद आज़ पूरे मन से अपनी ग़लती स्वीकार कर रहा हूँ, सर।'

'नहीं...दोषी तुम नहीं थे, शंकर। दोषी तो वे अध्यापक थे जिन्होंने कक्षा में वे पाठ पढ़ाए ही नहीं थे, जिनके प्रश्न उन्होंने प्रश्न-पत्र में दिए थे। तब तुम लोग नकल न करते तो और क्या करते? मुझे तुम्हारा पत्र मिल गया था, बेटा। उसी दिन से मैं खुद को अपराधी मान कर प्रायश्चित करने की कोशिश कर रहा हूँ।' कहते-कहते सर की आँखें भी छलछला उठीं।

सर का यह रूप देख कर शंकर अपराध बोध से मरा जा रहा था।

(40)

उस दिन शंकर ने कहा था, 'शाम को ज़रा आठ-दस लड़के लेकर मेरे ठिकाने पर आना। मैं तुम लोगों के ही भले का काम करने जा रहा हूँ, लड़कों।'

'क्या काम, दादा?' लड़को ने उत्सुक्ता से पूछा था।

'यह शाम को ही बताऊँगा।' शंकर ने चलते-चलते कहा था।

शंकर दादा की बात भी भला टाली जा सकती थी?

उन दोनों लड़कों ने सुहाग नगर के कुछ आवारा लड़कों पर रौब गाँठते हुए कहा, 'सुनो! दादा का फ़रमान आया है। दादा ने तुम सबको शाम को अपने घर पर बुलाया है।'

'दादा?'

'हाँ, शंकर दादा ने।' उन दो लड़कों ने ज़रा जोर देकर कहा।

'शंकर दादा! वही न जिसकी जेब में हमेशा एक स्प्रिंगदार चाकू रहता हैं?' उसके दोस्तों ने पूछा।

'हाँ...हाँ...वही शंकर दादा। उनके लिए चाकू कोई बड़ी चीज़ नहीं है। सुनने में आया है कि उनके पास पिस्तौल भी है। साल भर तक महानगर में घास नहीं छीलते रहे वे। देखा नहीं था तुम लोगों ने कि उस दिन वह देहाती कैसा उनके सामने थरथर काँप रहा था। अगर उस दिन डॉक्टर साहब आकर बीच-बिचाव न करते तो वे तो उसे मार ही डालते।'

'हाँ..है तो वे बहुत गुस्सेवाले।' लड़कों ने कहा।

उस दिन के काण्ड से लड़के वाकई शंकर से बहुत अधिक प्रभावित थे। अब तो वे ज़रूर जाएँगे। क़स्बे के दादा से दोस्ती रखेंगे तो वक़्त-ज़रूरत वे उनके बहुत काम आएँगे।

'ठीक है, जब दादा ने बुलाया है तो हम लोग ज़रूर चलेंगे।' लड़कों ने आपस में सलाह-मशविरा किया और शाम 6 बजे का समय दादा के पास जाने के लिए तय हो गया।

जब वे सब शाम को वहाँ पहुँचे तो शंकर बोला, 'भाई, तुम लोगों के कल्याण का काम करने ही जा रहा हूँ। जरा खुद का हुलिया तो देखो तुम लोग। सूखे हुए छंछूदर लगते हो। क्या दिन भर पान-वान और सिगरेट ही उड़ाते रहते हो? कसरत-वसरत क्या बिल्कुल भी नहीं करते तुम लोग?'

लड़के सब ख़ामोशी से सुनते रहे। उन्हें कुछ बुरा तो लगा पर दादा से बहस करने का तो कोई सवाल ही नहीं था। खुद उन्हें भी अपनी हालत देख कर शर्म-सी आ रही थी। शंकर दादा ठीक ही तो कह रहे थे। यह सूखा हुआ शरीर देख कर कौन लड़की उन पर मरेगी।

दादा बोले, 'अब से यह लौडियों का चक्कर छोड़ो। कोई साली तुम्हें लाइन नहीं देगी। मुझे मालूम है कि सब-की-सब बड़ी चालू चीज़ हैं। पहले कुछ बन कर दिखाओ तब यही लौडियाँ तुम्हारे आगे-पीछे भागेंगी। समझे तुम लोग?'

लड़के ख़ामोश खड़े रहे। उनके मुँह से बोल ही नहीं फूट रहे थे। उन्होंने सुन रखा था कि गुस्सा तो शंकर दादा कि नाक पर धरा रहता है। बिना वज़ह ही किसी को भी झापड़ जड़ देना उनके लिए हँसी-खेल है।

उन्हें ख़ामोश देख कर शंकर फिर बोला, 'यह सामने इतना बड़ा मैंदान ख़ाली पड़ा है, चलो ज़रा सब लोग कपड़े-अपड़े उतार कर जुट तो जाओ एक बार। कंकड-पत्थर बीन कर उधर कोने में ढ़ेर लगा दो। और, इतनी जगह खोद कर यहाँ अखाड़ा बना लो।'

पर शंकर की बात सुन कर सब लड़के वैसे ही ठिठके-से खड़े रहे। कोई भी आगे बढ़ने की हिम्मत नहीं जुटा पाया। उन्हें कुछ कंफ्यूजन सा हो रहा था।

उन्हें असमंजस में खड़ा देख कर शंकर ने पूछा, 'क्यों क्या बात है? फट क्यों रही है?'

एक लड़का कुछ हिम्मत करके बोला, 'लेकिन दादा, यह जगह तो दयाशंकर की है? पता चलते ही आ धमकेगा। बहुत ही हरामी आदमी है। एकदम छँटा हुआ गुंडा है। बातें कम, मारपीट ज़्यादा करता है।'

'यह जगह दयाशंकर के बाप की नहीं है? उसने भी तो यहाँ क़ब्ज़ा किया था। मैं तो इस जगह को रोशनपुर वालों के हित के लिए इस्तेमाल कर कर रहा हूँ। आज से ही मैंने उस साले दयाशंकर का क़ब्ज़ा ख़ारिज किया। चलो आगे बढ़ो तुम सब।'

'लेकिन दादा पीछे से कोई बात न उठे?'

'मेरे होते हुए साली क्या बात उठेगी? फट क्यों रही तुम सबकी? बात उठेगी तो हम हैं, तुम लोगों से मतलब ही क्या? यह समझ लो कि अब दयाशंकर की बदमाशी के दिन लद गए हैं।

साला बुढ़ा गया है। ज़िंदगी भर क्या दादागीरी करता ही रहेगा? अगर उसने कभी मुझ से पंगा लेने की सोची भी तो साले के हाथ-पैर तुड़वा देंगे। तुम लोग यह फावड़े और तसले लो और काम पर लग जाओ। बात आई तो उससे मैं खुद निपट लूँगा। तुम लोगों को डरने की ज़रूरत नहीं है।'

दादा का हुक्म था। दादा खुद निपटेंगे। उन्हें तो बस अखाड़ा चाहिए। उनके उस पुराने खेल के मैदान में मकान बनने शुरू हो गए थे। उसे प्लाटिंग करके बेचा जा रहा था। जो अभी मकान नहीं बनवा रहे थे, उन्होंने भी अपने प्लाट के चारों ओर बाउंड्री खड़ी करवा दी थी। कुछ लोगों ने तो प्लाट के चारों ओर केवल कँटीले तार ही लगवा दिए थे। सो अब खेल-कूद के लिए एक नया मैदान तो चाहिए ही था। ख़ाली समय में आख़िर क़स्बे के लड़के भी क्या करें? खेलने-कूदने को नहीं मिलेगा तो लड़कियों के स्कूल-कालेज के चक्कर ही तो काटेंगे। कहीं-न-कहीं तो दिल लगाना ही पड़ेगा। इस क़स्बाई शहर में लड़कियों के स्कूल-कालेज के अलावा और कोई दर्शनीय स्थल भी तो नहीं है। यही स्कूल-कालेज ही तो एक मात्र इस क़स्बे भर के लफंगों के तीर्थ हैं।

दयाशंकर पहले बहुत बड़ा बदमाश था। यह जगह उसकी खुद की नहीं थी। महेंद्र लाला की ज़मीन पर क़ब्ज़ा करके उसने उस जगह को चारों तरफ से दीवार उठवा कर घेर रखा था। एक गेट लगवा कर उसमें ताला लगवा दिया था। बेचारा लाला रो-पीट कर रह गया पर दयाशंकर का कुछ नहीं बिगाड़ पाया। फिर दयाशंकर नें शहर जाकर अपना बिजनिस जमाया और वहीं रहने लगा। बीच-बीच में रोशनपुर आता और कुछ दिन रह कर फिर शहर लौट जाता। उसने सोच रखा था जब ज़मीन के अच्छे दाम मिलेंगे तो बेच लेगा। जमीन के दाम दिन-पर-दिन बढ़ ही रहे थे।

उसी जगह पर अब शंकर की निगाह थी। उस जगह पर उसने पहले अखाड़ा बनाने का निश्चय किया था, जिससे कोई एतराज न कर सके। उसकी नज़र में यह एक पुण्य का काम था। एक रात उसने मौका देख कर दरवाजे पर लगा बड़ा-सा ताला तोड़ दिया था। लड़कों ने भी अखाड़े के नाम से बहुत ही उत्साह से काम लिया। जगह इतनी थी कि अखाड़े के साथ-साथ एक बैडमिंटन और बालीवाल कोर्ट भी बन गया। फिर भी बहुत सी जगह ख़ाली बच गई।

शंकर ने धीरे-धीरे वहाँ बाकायदा एक क्लब खोल लिया। उसने उसी क्लब को अपनी आमदनी का जरिया बनाया। अगर आपको केवल अखाड़ेबाज़ी करनी है तो दस रुपए महीना। अगर शाम को बेडमिंटन भी खेलना है तो पच्चीस रुपए महीना क्लब की फ़ीस भरनी होगी।

इस क्लब के खुल जाने से क़स्बे के लोगों में बड़ा उत्साह भर गया था। बड़े शहरों की नकल पर खोला गया था यह क्लब। सब ने पैसे दिए और अपने पैसों का भरपूर फ़ायदा भी उठाया। यहीं पर क़स्बे के लड़कों ने सब से पहले स्प्रिंगदार चाकू देखा। फायर करने वाला कट्टा देखा।

कट्टा यानि देशी पिस्तौल।

लड़कों ने उत्सुक्ता से पूछा, 'दादा, कैसे चलता है यह, बताओ न?'

'अरे कोई तमाशा है। किसी को लग-लगा गया तो जान चली जाएगी। बच्चों का खेल थोड़े ही है।' शंकर ने दादा वाली गंभीरता से कहा।

लेकिन वे सब लड़के ही तो थे, ज़िद करने लगे।

रौब जमाने के लिए शंकर दादा ने भी एक फ़ायर कर ही दिया। गोली एक आवारा कुत्ते को निशाना बना कर चलाई थी। बेचारा लंगड़ाता हुआ बुरी तरह से चिल्लाने लगा।

सारे लड़के हतप्रभ हो मुँह बाँए उस कुत्ते को देख रहे थे।

'अगर कभी दयाशंकर ने यहाँ आकर मुझ से टकराने की हिम्मत की तो उस साले का हाल भी इसी कुत्तें जैसा होगा। गोली अंदर होगी और साले की अँतड़ियाँ बाहर होगीं।' बड़े रौब से उसने अखाड़े के लड़कों से कहा। लड़के बेचारे सहम कर एक-दूसरे का मुँह देखने लगे। कहीं वे लोग इन शंकर दादा के चक्कर में बेकार में ही आकर तो नहीं फँस गए। किसी दिन उनसे कोई ग़लती-व़लती हो गई और दादा ने गुस्से में आकर तमाचा मार दिया तो वे लोग उनका क्या उखाड़ लेंगे? पर इस विचार को उन्होंने जल्दी ही ख़ारिज भी कर दिया।

सच तो यह था कि इस घटना के बाद उन आवारा लड़कों की शंकर के प्रति और भी श्रद्धा उमड़ पड़ी। वाह! शंकर दादा पिस्तौल भी रखते हैं। कितने बड़े बदमाश है वे! अब उमाशंकर साला उनका क्या उखाड़ लेगा? बहुत बड़ा मर्द बनता है तो अब आकर शंकर दादा से टक्कर ले। सारी शेखी हवा में उड़ जाएगी। बेचारे लाला सीधे आदमी हैं तो उनकी ज़मीन पर क़ब्ज़ा करके शेर बनता है।

रोशनपुर भर में हर तरफ बस शंकर का ही शोर था। जहाँ देखो बस शंकर दादा की ही गूँज थी। उसके चाहनेवालों की संख्या दिन-प्रतिदिन बढ़ती ही जा रही थी। अब रोज़ ही सोडावाटर की फैक्टरी का नकली सोडावाटर दादा की सेवा में पेश किया जाता। अगर अब इस छोटे-से शहर में किसी को अपना धंधा चलाना है तो शहर के दादा को सलाम तो करना ही पड़ेगा। उसे चढ़ौती भी चढ़ानी ही पड़ेगी। उसे चढ़ौती चढ़ाए बिना कोई भी इस शहर में कानूनी या गैर-कानूनी धंधा नहीं कर सकता था। शंकर की बढ़ती लोकप्रियता से आस-पास के दूसरे बदमाश भी सतर्क हो उठे। उन्हें अपना अस्तित्व ख़तरे में दिखाई देने लगा। देखें तो यह कौन सा नया दादा पैदा हुआ है भाई? कहाँ से यह नादान पंछी उड़ कर आया है?

लड़के को उन्होंने देखा-परखा। हाँ, लड़के में दमख़म है भाई। दबंग है, किसी से डरता नहीं है। वाह! इसने तो लफंगों की अच्छी-ख़ासी फौज भी बना रखी है। छः फिट का मजबूत आदमी है। बड़ा ही जोशीला लड़का है। इससे पंगा लेना बहुत मँहगा पड़ जाएगा। दयाशंकर जैसे नामी बदमाश की जगह पर क़ब्ज़ा करने के लिए कलेजा चाहिए। अभी तक तो रोशनपुर में उसी का दबदबा था।

विवश होकर क़स्बे के दूसरे दादाओं ने उसकी तरफ दोस्ती के हाथ बढ़ा दिए। अब उन लोगों की उम्र हो चुकी थी। बस, अब तो उनकी झूठ-मूठ की बदमाशी का सिक्का चलता था। जिस दिन उनके इस ख़ौफ़ की नक़ाब उतर गई, साली सारी बदमाशी उसी क्षण निकल जाएगी। बदमाशी किसी की बपौती थोड़े ही है। जिसमें दमख़म होगा रोशनपुर में उसी की बदमाशी चलेगी। और, शंकर को तो क़स्बे भर के लफंगे लौंडे अपना खुदा माने हुए हैं। उसका अब कोई क्या बिगाड़ लेगा?

उस क़स्बेनुमा शहर के बड़े दादाओं में अब शंकर का नाम भी वक़ायदा दर्ज हो गया था। इलाके बँट गए थे। अपने-अपने इलाके में राज करो। बेकार में आपस में टकराने की क्या ज़रूरत है? बदमाशी भी बहुत ईमानदारी का पेशा है। बेईमानी की तो कुत्ते की मौत मारे जाओगे। शंकर का अपना अलग अड्डा था। जहाँ का वह शाहंशाह था।

रोशनपुर के स्थानीय नेताओं की भी उस पर नज़र थी। क़स्बे के चेअरमैन शम्भू सिंह ने तो उससे कह भी दिया कि इस बार बार्ड का चुनाव तुझ को ही लड़वाएँगे शंकर बेटा। बस इसी तरह से समाज-सेवा में लगा रह। बहुत अच्छा काम कर रहा है तू। मेरी नज़र है तुझ पर। हाईकमान तक तेरे काम का लेखा-जोखा पहुँच गया है।

'बस चचा आपका आशीर्वाद बना रहे।' शंकर ने भी चेअरमैन साहब के लपक कर पैर छूते हुए कहा; और मन ही मन सैकड़ों गालियाँ भी दीं-साला, हरामी, महाचोर।

शंभूसिंह के विरोधी नेता ब्रजकिशोर ने तो खुलेआम ही ऐलान कर दिया, 'अरे बेटा शंकर, तू तो अपने लाला प्रेमबिहारी का लड़का है। मेरे सामने नंगा घूमा करता था। तुझे तो मैंने खूब गोदी में खिलाया है, बेटा। इस बार तुम्हें पार्टी की तरफ से चेयरमैनी का चुनाव लड़वाएँगे। इस हरामी शंभूसिंह के चक्कर में मत पड़ना। एक नंबर का मतलबी आदमी है। तुम्हारा राजनीतिक कैरियर बनने से पहले ही खत्म कर देना चाहता है हरामजादा। देखो न इसने रोशनपुर की कैसी दशा कर रखी है। इससे अच्छे तो क़स्बे हैं। यह साला चेअरमैन लायक है?'

शंकर भी उनकी बात सुन कर 'हो-हो' करके हँसने लगा। उसने उनके भी लपक कर पैर छुए। बोला, 'चाचा जी, बस आपका आशीर्वाद बना रहे। चेयरमैन क्या, एक दिन आपको इस रोशनपुर का सांसद बन कर दिखाऊँगा।'

'हाँ...हाँ....क्यों नहीं? राजनीति में तो बस हौसला ही चाहिए, शंकर।'

नेताओं और बदमाशों का तो चोली-दामन का साथ है। जिसके पास जितने अधिक बदमाश हैं, वह उतना ही बड़ा नेता है। फर्जी वोट डलवाने के लिए उसे बदमाश तो चाहिए ही। राजनीति में रहना है तो बदमाशों से दोस्ती तो रखनी ही पड़ती है। बदमाशों को भी तो नेताओं से फ़ायदा है। बदमाशों के ऊपर अगर नेताओं का हाथ न हो तो दो दिन में ही उनकी बदमाशी ठिकाने लग जाए। जेल में ही पड़े-पड़े सालों की सारी उम्र निकल जाए। ज़मानत तक होने के लाले पड़

जाएँ। नेताओं की छत्रछाया में ही तो बदमाशी पनपती है। पुलिस ने हाथ डाला नहीं कि किसी नेता का फोन खटक उठा, 'क्या करते हो भाई, अपना ही आदमी है। तुरंत छोड़ो इसे। नौकरी नहीं करनी क्या?' बेचारे पुलिस वालों की यह कैसी बेबसी है कि नेताओं के एक फोन पर बड़े से बड़े क्रिमिनल को भी छोड़ना पड़ता है। छोड़ना ही क्यों पड़ता है, उसे सलूट भी मारना पड़ता है। सलूट ही क्यों, उसे इज्ज़त के साथ घर तक पहुँचाने भी जाना पड़ता है।

अपनी नौकरी से हाथ तो धोना नहीं है उन्हें!

नेता ब्रजकिशोर ने चलते-चलते फिर कहा, 'तो ठीक है शंकर बेटा, तैयार रहना, इस बार हम तुमको पार्टी सिंबल से चेयरमैनी का चुनाव लड़ाएँगे। हम सब लोग तुम्हारा पूरा सपोर्ट करेंगे।'

'चचा, जब आपका आशीर्वाद है तो हम भी ताल ठोक कर मैदान में आने के लिए तैयार है।' शंकर ने जोश से कहा।

'यह हुई न मर्दो वाली बात।' चलते-चलते उसकी पीठ ठोकते हुए नेता जी ने कहा।

'चचा प्रणाम।' एक बार शंकर फिर से उनके पैरों की तरफ झुकते हुए बोला।

उसने मन-ही-मन उन्हें भी भद्दी-भद्दी गालियाँ दीं-'साले अपनी औकात तो देख पहले। कभी खुद भी चुनाव लड़ा है कि मुझे चुनाव लड़वाएगा। पार्टी में तो कोई दो कौड़ी का पूछता नहीं है। कुत्ते की तरह दुम हिलाता हुआ इधर-उधर घूमता रहता है। मुझसे नेतागीरी ठोक रहा है।' राजनीति का यही तो पहला और आख़िरी उसूल है कि मन में कुछ और, मुँह पर कुछ और। समय आने पर गिरगिट की तरह रंग बदलने में माहिर आदमी ही तो राजनीति में सफल हो पाता है। अच्छे आदमियों के लिए राजनीति में कोई जगह नहीं है। आख़िर कोई कहाँ तक गिरेगा? कितनी बेशर्मी पर उतरेगा? राजनीति में सब चचा हैं और सब भतीजे। और सब-के -सब साले बेईमान। जिनका न तो कोई धर्म है और न ही कोई ईमान। इसलिए शंकर सबको मन-ही-मन बहुत गाली देता।

(41)

इसी तरह कुछ महीने और बीत गए।

विष्णु को महानगर गए दो साल हो गए थे।

इस बार बी.एस.सी. का रिजल्ट निकलते ही जैसे महानगर के एस.पी.एस. डिग्री कालेज में भूचाल-सा आ गया। एकाएक उस दिन विष्णु कुमार की प्रतिभा से सब प्रभावित हो गए। रंग-बिरंगे स्टाइलिश ब्रांडिड कपड़े पहने और खुद को खूब स्मार्ट और होशियार समझने वाले लड़कों ने चौंक कर एक-दूसरे से पूछा, 'यह विष्णु कौन है, भाई? तुम्हें पता है कुछ?'

लड़कों को तो ख़ैर कुछ पता नहीं था कि यह विष्णु कौन है? वे सब तो अपने ही में मस्त

रहनेवाले इंसान थे। पर लड़कियाँ तो बहुत संवेदनशील होती हैं। अपने आसपास किसी भी प्रतिभाशाली व्यक्ति से वे तुरंत प्रभावित हो जाती हैं। इन लफंगे लड़कों के बीच उन्होंने विष्णु की प्रतिभा को पहचान लिया था। वे उसकी विलक्षण प्रतिभा से अछूती नहीं रही थीं। उस दिन भी वे ही बोलीं, 'अरे, बड़ी हैरानी की बात है कि तुम लोग उसे नहीं जानते? अपने कालेज में ही तो पढ़ता है यह विष्णु। वही, जो बहुत ही साधारण ढंग से रहता है। कालेज की पालीटिक्स में कोई रुचि नहीं लेता है। और, टीचर के पूछे गए हर सवाल का जवाब बिल्कुल ठीक-ठीक देता है। जो कभी-कभी कुर्ता-पजामा पहने ही कालेज चला आता है।'

'ओह, वह स्टुपिड! क्या उसी ने बी.एस.सी. में प्रदेश भर में टॉप किया है?' सारी बात जानकर उनके मुँह खुले-कि-खुले रह गए।

'हाँ..हाँ..उसी स्टुपिड ने।' लडकियों ने उन पर व्यंग कसा।

सचमुच एस.पी.एस. डिग्री कालेज का ही लड़का था वह। तब भी किसी-किसी ने उसे नहीं पहचाना था। लेकिन सुबह-सुबह अख़बार के प्रथम पृष्ठ पर अपने ही कालेज का नाम छपा देख कर वे सब एक-दूसरे से पूछ बैठे थे, 'यह विष्णु कुमार कौन है?'

क्लास की लड़कियों के अलावा भी विष्णु के रूम पार्टनर दिवाकर को तो उसका पूरा इतिहास ही पता था। उसकी माँ बहुत ग़रीब हैं और दूसरों के घरों में दिन-रात काम करके किसी तरह अपना और उसका पेट पाल रही हैं; उसे यह बात भी मालूम थी। विष्णु की सारी फ़ीस उसके इंटर कालेज के अध्यापक प्रकाशनारायण देते हैं; वह इस बात से भी भलीभाँति परिचित था। ये सब बातें उसे विष्णु ने ही टुकड़ों-टुकड़ों में बताई थी। विष्णु को तो जैसे हर किसी से अपना दु:खड़ा रोने की बुरी आदत-सी पड़ गई थी। अपनी ग़रीबी का ढिंढोरा वह मौका देखते ही किसी के भी सामने पीटने लगता था। शायद वह ऐसा करके सामने वाले की सहानुभूति पाना चाहता था। उसमें पता नहीं ऐसी कौन सी हीन भावना घर कर गई थी कि वह सबसे मदद की आशा लगाए रहता था। उसी दिवाकर ने उन सबको सारी बात बताई, 'तुम लोगों को शायद पता नहीं है कि इसी विष्णु कुमार ने ही इंटर की परीक्षा में भी में भी डिस्ट्रिक टॉप किया था। तब पूरे प्रदेश में यह तीसरे स्थान पर था। इसी विष्णु कुमार के ही तो गणित में सौ में से सौ नंबर आए थे। तब भी इस विष्णु की अख़बारों में फोटो छपी थीं। वे फोटो एक दिन विष्णु ने मुझे दिखाई भी थीं। सचमुच बहुत ही प्रतिभाशाली है यह विष्णु कुमार।'

दिवाकर की बातें सुन कर वहाँ खड़े सभी छात्र हतप्रभ रह गए। छात्राओं की आँखें भी आश्चर्य से फैल गईं और उनके दिलों की धड़कनें बढ़-सी गईं। एस.पी.एस. डिग्री कालेज के लड़के दो साल बाद अचानक विष्णु की प्रतिभा को पहचान पाए थे। आज के सभी प्रमुख अख़बारों में विष्णु का फोटो छपा था। एक प्रमुख अख़बार की हेडिंग थी-ब्रिलिएंट विष्णु कुमार: मिल गया भविष्य का श्रीनिवास रामानुजन्।

प्रदेश के एक प्रमुख समाचार पत्र 'दैनिक नूतन प्रकाश' में ख़बर कुछ इस तरह छपी थी-

प्रतिभा किसी की मोहताज नहीं होती।

एस.पी.एस. डिग्री कालेज के छात्र विष्णु कुमार ने बी.एस.सी. में प्रदेश भर में प्रथम आकर यह सिद्ध कर दिया है कि प्रतिभा किसी की मोहताज नहीं होती है। विष्णु कुमार एक छोटे से शहर रोशनपुर के निवासी हैं। वहाँ उन्होंने अपने ही शहर के दयानंद इंटर कालेज से इंटर तक की पढ़ाई की। इंटर की परीक्षा में उन्होंने डिस्ट्रिक टॉप किया। रोशनपुर में आगे की पढ़ाई की सुविधा न होने के कारण वे बी.एस.सी. की पढ़ाई करने के लिए महानगर के एस.पी.एस. डिग्री कालेज में आ गए। यहाँ आकर भी उन्होंने अपनी प्रतिभा का परचम फैराया और बी.एस.सी. की फाइनल परीक्षा में प्रदेश भर में टॉप किया। उन्होंने फ़िज़िक्स और मैथ्स में शतप्रतिशत अंक लाकर एक नया रिकार्ड बनाया है। बेहद ग़रीबी में पले-बढ़े विष्णु कुमार ने अपनी मेधा से यह सिद्ध कर दिया है कि प्रतिभा किसी की मोहताज नहीं होती है। उन्हें भविष्य का श्रीनिवास रामानुजन् कहें तो शायद अतिशयोक्ति नहीं होगी।

अख़बार में ऐसी ख़बर पढ़ कर कालेज के लड़के-लड़कियाँ एकाएक नए सिरे से उसकी शिनाख़्त करने में जुट गए, 'क्यों भाई, तुम्हीं विष्णु कुमार हो? आज के अख़बार में तुम्हारा ही फोटो छपा है? क्या तुम्हीं भविष्य के श्रीनिवास रामानुजन् हो?'

विष्णु ने मुस्करा कर कहा 'भविष्य की बात तो छोड़िए, पर हाँ, मैं ही विष्णु हूँ। रोज ही तो कक्षा में मेरा नाम पुकार कर सर हाज़िरी लेते हैं। मैं दो साल से आप लोगों के साथ रह कर ही तो पढ़ रहा हूँ। मैं भी आप लोगों का ही क्लासमैट हूँ।'

'वाह! पर हमें तो पता ही नहीं था कि तुम इतने प्रतिभाशाली हो? हम लोग तो तुम्हें निरा गाँव का सीधा-साधा लड़का ही समझते थे। पर अब तो मानना पड़ेगा कि वाकई प्रतिभा किसी की मोहताज नहीं होती। तुम ने तो कमाल ही कर दिया है, दोस्त! बधाई हो!'

सुन कर विष्णु को अच्छा लगा। कालेज के वे लड़के जो कभी उससे मिलना-जुलना और बोलना-बतियाना भी पसंद नहीं करते थे, आज उसे सम्मान दे रहे थे। वह बस मुस्करा कर रह गया। कालेज के सारे छात्र-छात्राएँ उसे घेरे हुए थे। उसे देख कर उन्हें बहुत आश्चर्य हो रहा था। वह पुराने स्टाइल के बहुत ही साधारण से कपड़े पहने हुए था। सस्ते जूतों की सिलाई भी एक जगह से उधड़ रही थी। कलाई में एक पुरानी सी घड़ी थी। वे लोग विष्णु को घेर कर ऐसे खड़े हो गए थे कि जैसे वह कोई अजूबा हो। एकाएक वहाँ एक सफेद रंग की एंबेसडर कार आकर रुकी।

लड़कों ने कहा, 'लो राजकुमारी जी भी आ गई हैं। बस इन्हीं की कमी थी।'

कार से ड्राइवर उतर कर सीधे उन्हीं के पास आया। उसने विष्णु को घेरे खड़े एक लड़के से पूछा, 'सर, आप बता सकते हैं कि यहाँ विष्णु कुमार जी कौन हैं?'

उसकी बात सुन कर खुद विष्णु ने ही कहा, 'हाँ....हाँ....कहिए, सर, मैं ही विष्णु हूँ? आपको मुझसे कोई काम है? पर मैंने तो आपको पहचाना नहीं।'

वे सज्जन उस सफेद एंबेसडर कार में बड़ी ही शान से बैठी हुई एक लड़की तरफ इशारा करके बोले, 'आपको राजकुमारी जी बुला रही हैं।'

'मुझे ?

'हाँ सर, आपको ही। आपका ही नाम तो विष्णु कुमार है न ?' ड्राइवर ने कनफर्म करने की ग़रज़ से पूछा। उसे खुद ही विश्वास नहीं हो रहा था कि इस तरह साधारण से कपड़े पहने एक साधारण से आदमी से भी उसकी मालकिन को कुछ काम हो सकता है।

विष्णु का राजकुमारी जी से अधिक परिचय नहीं था। वह बस उन्हें कभी-कभी अपने कालेज या क्लास में देखा करता था। पर विष्णु के अलावा शायद सभी राजकुमारी जी को बहुत अच्छी तरह से जानते-पहचानते थे। उनके पिता जी का नाम राजा मधुसूधन था। पहले वे किसी स्टेट के राजा थे। जब भारत स्वतंत्र हुआ तो सरकार ने उनका स्टेट अपने क़ब्ज़े में ले लिया। लेकिन अब भी उनके पास अपार संपत्ति थी। महानगर में चीनी की मिलें और कई टॉकीज उनके थे। राजकाज चला गया था पर अब राजनीति में घुस कर वे पहले से भी बड़े राजा बन बैठे थे। उनका रुतवा पहले की तरह ही अब भी बरकरार था। चुनाव जीत कर मंत्री बने तो उनका कद बढ़ता ही चला गया। शहर के बीचों-बीच उनकी विशाल कोठी थी, जो कि राजा साहब की कोठी के नाम से सारे महानगर में मशहूर थी। कोठी के बाहर चार-चार दरबान हमेशा खड़े पहरा देते रहते थे। क्या मजाल की कोठी में परिंदा भी पर मार जाए।

उन्हीं राजा साहब की बेटी थीं राजकुमारी शिल्पी जी।

विष्णु जब कार के पास पहुँचा तो राजकुमारी जी ने सिर बाहर निकाल कर बहुत ही मधुर स्वर में कहा, 'कांग्रेच्युलेशंस विष्णु जी! आपने तो कमाल ही कर दिया। आज जब सुबह-सुबह मैंने अखबार देखा तो पहले पेज़ पर आपका ही फोटो छपा था। मैंने डैडी से कहा-देखिए, मेरे ही क्लास के स्टूडेंट है ये। डैडी बोले, तब तो भई आपको उसे विश करना चाहिए। आपको सच बताऊँ कि खुशी के मारे फिर मैंने नाश्ता ही नहीं किया। बस वैसे ही दौड़ी चली आ रही हूँ। इस समय आप यहाँ क्या कर रहे है ? क्या कोई क्लास-क्लास है ?'

विष्णु राजकुमारी जी से बातें करते हुए बहुत ही नर्वस हो रहा था। किसी तरह से बोला, 'कुछ ख़ास नहीं, मैडम, क्लास तो इस समय कोई नहीं है। इसीलिए तो हम सब लोग यहाँ खड़े-खड़े गप्पे मार रहे हैं।'

'वैरी गुड! जब कोई क्लास- क्लास नहीं है तो चलिए हम लोग किसी रेस्टोरेंट में चल कर नाश्ता ही करते हैं ?' राजकुमारी जी कुछ चहक कर बोलीं।

उनकी बात सुन कर विष्णु जैसे घबड़ा गया। उसकी ज़ेब में तो इस समय एक पैसा भी नहीं था। वह कैसे राजकुमारी के साथ कार में बैठ कर रेस्टोरेंट में नाश्ता करने जा सकता

था? यही सब सोच कर वह संकोच के मारे गड़ा जा रहा था। किसी तरह वह बोला, 'नहीं....नहीं.....मैडम, मैं तो नाश्ता करके ही रूम से निकला था।'

'तो क्या आज आप मेरे साथ एक कप काफी भी नहीं पी सकते हैं? आज तो कितनी खुशी का दिन है।' राजकुमारी ने बहुत ही अदा से इसरार किया।

विष्णु बेचारा अजीब मुश्किल में फँस गया था। उसकी समझ में नहीं आ रहा था कि वह राजकुमारी से क्या कहे? वह हतप्रभ-सा वहीं खड़ा रहा। कुछ भी बोला नहीं सका।

ड्राइवर कार का दरवाजा खोल कर बड़े ही अदब से खड़ा हो गया था।

अब भी मना कर देना राजकुमारी जी का अपमान होता। कालेज के सब लड़कों ने उसे राजकुमारी जी की बगल में बैठ कर जाते हुए देखा। सब के मुँह आश्चर्य से खुले-के-खुले रह गए। किसी-किसी ने तो कह भी दिया, 'वाह, इस नकचढ़ी राजकुमारी ने इस विष्णु में ऐसा क्या देखा, जो इससे मिलने सुबह-सुबह कालेज तक चली आई। यह तो किसी से सीधे मुँह बात ही नहीं करती है। यह तो पक्की मर्दखोर लेडी है।'

चलती कार में राजकुमारी जी ने कहा था, 'मैं कई दिनों से आप से बातचीत करने की सोच रही थी। पर आप तो किसी से अधिक बात-चीत करते ही नहीं हैं। पीरियड ख़ाली होने पर भी पार्क के किसी कोने में बैठे कोई किताब पढ़ने में मग्न रहते हैं। सो आप से बातचीत का अभी तक सौभाग्य नहीं मिला था।'

दसलअसल ऐसा कुछ भी नहीं था। यह सब राजकुमारी जी का बात करने का ढंग था। लेकिन इस बात से विष्णु प्रभावित हुए बिना नहीं रहा। उसकी यह भी समझ में नहीं आ रहा था कि वह राजकुमारी जी से क्या कहे? राजकुमारी के शरीर से निकली भीनी-भीनी सेंट की खुशबू जैसे उसे मदहोश किए दे रही थी।

राजकुमारी जी ने फिर पूछा, 'क्या इसी तरह कमरे में भी आप सारे दिन बैठे-बैठे पढ़ाई-लिखाई करते रहते हैं?'

'नहीं...नहीं...पढ़ने-लिखने का इतना समय ही कहाँ मिलता है राजकुमारी जी, इसीलिए तो मैं ख़ाली पीरियड में औरों की तरह गप्पे नहीं मार सकता?' अपने में ही सिमटता हुआ विष्णु बोला।

उसकी बात सुन कर राजकुमारी जी हैरान रह गईं, 'समय नहीं मिलता.....क्यों? इस संसार में सभी के पास तो इतना ही समय है, फिर आपको समय क्यों नहीं मिलता? मैं कुछ समझी नहीं विष्णु जी।'

विष्णु को अपनी ग़रीबी का रोना रोने का अच्छा बहाना मिल गया था। वह बहुत करुण स्वर में बोला 'मुझे सुबह से लेकर शाम तक ट्यूशनें भी तो पढ़ानी पढ़ती हैं, मैडम।'

विष्णु की बात सुन कर राजकुमारी जी हतप्रभ रह गईं, 'ट्यूशनें? वह क्यों? आप तो खुद

ही अभी पढ़-लिख रहे है। यूँ इस समय ट्यूशनें पढ़ा कर अपना समय क्यों बरबाद करते हैं?'

'ट्यूशनें नहीं करूँगा तो मैं इतने बड़े शहर में रह कैसे पाऊँगा? फिर तो इतने अच्छे कालेज में मैं पढ़ भी नहीं पाऊँगा, मैडम? प्रकाशनारायण सर आख़िर कब तक मेरे लिए पैसे भेजते रहेंगे।'

'कौन प्रकाशनारायण सर?' राजकुमारी शिल्पी शायद पहली मुलाकात में ही उसके बारे में सब कुछ जान लेने को आतुर थीं। आज का अख़बार पढ़ लेने के बाद एकाएक उसकी विष्णू में न जाने कैसी दिलचस्पी हो गई थी। वाह! आज तक इस कालेज में इतने नंबर तो किसी भी छात्र के नहीं आए थे। वह ही हमेशा जिला टॉप करती रही थी। उसे तो बहुत सारी सुविधाएँ हासिल थीं। जिला टॉप करना उसके लिए कोई ख़ास बात नहीं थी। उसे तो अधिकतर प्रश्न-पत्र भी पहले से ही पता होते थे। आज विष्णु ने उसे अपनी मेधा से पराजित कर दिया था। पर फिर भी उसे बुरा नहीं लगा था। कुछ तो विशेषता थी ही इस लड़के में। देखने में सुंदर भी तो कितना लगता है। चेहरे पर कितना तेज़ है इसके। अगर यह साहबों वाले कपड़े पहन ले तो अच्छे-अच्छे जेंटिलमैन इसके सामने पानी भरने लगें।

विष्णु आगे बताने लगा, 'प्रकाशनारायण सर की कृपा से ही तो मैं इस अच्छे कालेज में पढ़ पा रहा हूँ, मैडम। पर मैं उन पर अब अधिक बोझ नहीं डालना चाहता। उनकी भी तो आख़िरकार तीन-तीन बेटियाँ हैं। उन्हें उनकी शादी के लिए भी तो एक-एक पैसा करके धन जोड़ना हैं। आजकल तो कितनी मँहगाई है, मैडम, एक लड़की की शादी करना ही बड़ा मुश्किल का काम है।'

राजकुमारी शिल्पी ध्यान से उसकी बातें सुन रही थीं। पर शायद वह कुछ भी समझ नहीं पा रही थीं। लड़की की शादी करना क्या मुश्किल काम है? वह मन-ही-मन यही सोच रही थी।

एकाएक ड्राइवर ने पूछा, 'राजकुमारी जी, क्या रीगल में रोकूँ ?'

राजकुमारी जी ने स्वीकृति में ज़रा-सा सिर हिला दिया।

कार सड़क के एक किनारे होकर रुक गई। ड्राइवर ने उतर कर अदब से दरवाजा खोला। सामने चमचमाता हुआ रीगल रेस्टोरेंट था।

राजकुमारी शिल्पी ने कार से उतरते हुए कहा, 'आइए, यहीं पर एक-एक कप काफी पीते हैं। आपकी सफलता को सेलीब्रेट करते हैं।'

विष्णु को इतने महँगे रेस्टोरेंट के अंदर दाखिल होते हुए जैसे डर-सा लग रहा था। इतने महँगे रेस्टोरेंट उसने बस बाहर से ही देखे थे। ऐसे चमचमाते रेस्टोरेंट के अंदर घुस कर एक कप चाय पीने की भी हैसियत नहीं थी उसकी।

राजकुमारी जी उसे यूँ हिचकिचाते हुए देख कर बोलीं, 'आइए...आइए..रूक क्यों गए आप?'

विष्णु को लेकिन ऐसी आदत ही नहीं थी। बड़े संकोच के साथ ही वह रेस्टोरेंट के अंदर घुसा और एक कुर्सी खींच कर राजकुमारी के सामने बैठ गया। राजकुमारी के बैठते ही बैरे ने आकर उन्हें सल्यूट मारा। वह एकदम झकाझक साफ-सुथरी पोशाक पहने हुए था। उसे देख कर विष्णु जैसे शर्म के मारे और भी संकुचित हो गया। उसके कपड़ो से अच्छे कपड़े तो रेस्टोरेंट का बैरा पहने हुए था।

बैरे ने बड़े ही अदब से पूछा, 'यस मैडम?'

मैडम ने पल भर में ही न जाने क्या-क्या आर्डर कर डाला। वह बैठा-बैठा चुपचाप सुनता रहा। कई चीज़ों के नाम भी उसने आज पहली बार ही सुने थे।

रेस्टोरेंट से बाहर निकलते हुए विष्णु ने कहा था, 'आपने तो न जाने कितना खिला दिया राजकुमारी जी। और खुद आपने तो कुछ खाया ही नहीं?'

सुन कर राजकुमारी जी बस ज़रा-सा मुस्करा दीं। फिर बोलीं, 'प्लीज विष्णु जी, मेरा नाम शिल्पी है, मेरे नाम से ही पुकारो न!'

यही विष्णु और राजकुमारी शिल्पी की पहली मुलाकात थी।

(42)

उस दिन के बाद आज फिर शंकर की प्रभुदयाल सर से मुलाक़ात हुई थी। वे ही एकाएक उसके अखाड़े में चले आए थे। आते ही बोले, 'भाई वाह, अखाड़ा खोदा है, शंकर? यह तो बड़ा अच्छा काम किया तुम ने। एकदम नेक काम है यह। कसरत करके शरीर से मज़बूत बने ये लड़के। तन-मन दोनों से स्वस्थ हों सभी, यही तो मेरा भी सपना है।'

शंकर ने सर को दूर से ही अखाड़े की तरफ आता देख लिया था। सर के अखाड़े में कदम रखने से पहले ही शंकर ने चाकू-वाकू सब छिपा कर रख दिए थे। उनका स्वागत करते हुए बोला था, 'आइए सर आइए, इस कुर्सी पर बैठिए। अब क्या किया जाए, सर, जहाँ ये सब लड़के पहले खेलते थे वहाँ तो अब गोपाल बाबू का दो मंज़िला मकान खड़ा हो गया है। सेठ गौतमचंद्र ने उस सारी जगह को प्लाटिंग करके बेच दिया है। अब रोशनपुर के बच्चे लोग खेलें तो खेलें कहाँ? क़स्बे में कम-से-कम खेल-कूद के लिए एक मैदान तो होना ही चाहिए?'

बिल्कुल ठीक बात कही थी शंकर ने। प्रभुदयाल को उसकी यह बात पसंद आई। अखाड़े के सारे लड़के सर को घेरे हुए खड़े थे। वे लोग अभी-अभी मालिश करके उठे थे। उनके बदन तेल से चिकने हो रहे थे और शरीर पर जगह-जगह मिट्टी लगी हुई थी। नंग-धड़ंग केवल जाँघिया पहने हुए थे वे सब।

शंकर ने उन्हें डाँटा, 'देख क्या रहे हो तुम सब ? देखते नहीं गुरू जी आए हैं ? सब लोग पाँव छुवों इनके। चलो, आशीर्वाद लो। ऐसा शुभ क्षण भी क्या बार-बार आता है ? मालूम है कि सर तुम छात्रों का भविष्य बनाने के लिए कितनी बड़ी तपस्या कर रहे हैं ? तुम लोगों को अपने गुरू जी की इज़्ज़त करनी सीखनी चाहिए।'

सुन कर लड़के बहुत शर्मिंदा हुए।

सचमुच उनसे बहुत बड़ी भूल हो गई थी।

एक-एक करके सब ने प्रभुदयाल सर के पैर छुए। सर बोले, 'अरे..अरे, ठीक है, भाई, खूब खुश रहो। मेहनत से पढ़ो-लिखो और स्वस्थ रहो।' फिर एकाएक शंकर से बोले, 'देखो बेटा शंकर, बाद में कुछ गड़बड़ न हो, यह ज़मीन तो दयाशंकर की है। वह यहाँ का माना हुआ बदमाश है। शहर से आकर कुछ लफड़ा-वफड़ा न करे।'

शंकर हँस कर बोला, 'सर आप निश्चिंत रहिए। उसको बदमाशी करते एक युग बीत गया। अब ज़माना बदल गया है। आप तो जानते ही हैं कि यह ज़मीन दयाशंकर की है ही नहीं। अपने महेंद्र चाचा जी की है। वे बेचारे भले बाल-बच्चेदार आदमी हैं। उससे कहाँ लड़ने जाते। सो पट्ठा उन पर अपनी धौंस जमा कर यह दयाशंकर इस ज़मीन का मालिक बन बैठा। न लिखापढ़ी, न कुछ जुबानी बातचीत, बस बिना बात की दादागीरी। महेंद्र चाचा ने मुझसे खुद कहा कि बेटा, मेरी ज़मीन अगर किसी सामाजिक काम में आ सके तो मुझे कोई एतराज नहीं। इस दयाशंकर के क़ब्ज़े में रहने से तो अच्छा ही है कि यह किसी भले काम में आ सके। इससे मेरे पुरखों की आत्मा को भी शांति मिलेगी। अब आप यही समझ लीजिए कि आज़ दयाशंकर जैसे गुंडे के पास बंधक पड़ी वही ज़मीन मैंने आज़ाद कराई है। मैं भी तो आपकी तरह ही अन्याय के खिलाफ लड़ रहा हूँ, सर। फिर मैं इस ज़मीन का सारा पैसा धीरे-धीरे करके महेंद्र चाचा को ज़रूर दूँगा। मैं उनके साथ अन्याय नहीं करूँगा, सर। बस अब आपका आशीर्वाद बना रहे।'

सुन कर प्रभुदयाल जी बोले, 'महेंद्र लाला बहुत भले आदमी हैं। उन्होंने इज़ाज़त दे दी है तब तो ठीक है। ज़मीन तो आख़िरकार उन्हीं की है। मेरा आशीर्वाद तो सदैव तुम्हारे साथ है, शंकर।'

सर की बात सुन कर शंकर को तसल्ली हुई।

प्रभुदयाल सर फिर बोले, 'तुम्हें मालूम है कि मैं कल से क्या करने जा रहा हूँ ?'

शंकर को तो कुछ भी मालूम नहीं था। हैरान हो कर उसने पूछा, 'क्या सर ? मुझे तो किसी ने कुछ बताया नहीं। कोई ख़ास बात है क्या ? बताइए न कि आप क्या करने जा रहे हैं ?'

'कल से मैं आमरण अनशन शुरू करने जा रहा हूँ।'

एकाएक प्रभुदयाल सर के मुँह से ऐसी बात सुन कर शंकर हैरान रह गया। 'आमरण अनशन ? वह क्यों ? आप मुझे बताइए कि क्या मामला है ? यह इतनी बड़ी शिवसेना क्यों

तैयार कर रहा हूँ? यह किस दिन काम आएगी?' बदन पर तेल लगे लड़कों की तरफ इशारा करते हुए शंकर बोला।

'नहीं, यह सब कुछ नहीं। मैं तो असहयोग आंदोलन में गाँधी जी के साथ रहा था। आज तक उन्हीं के सिद्धांतों पर चलता आ रहा हूँ। आगे भी उन्हीं के दिखाए मार्ग पर चलता रहूँगा। अपनी बात मनवाने के लिए अनशन ही सबसे कारगर अहिंसक हथियार है।'

'लेकिन यह सब कुछ आख़िर किस लिए, सर?'

'ट्यूशनबाज़ी का विरोध करते हुए मुझे इतने दिन हो गए हैं, पर अभी भी कुछ अध्यापक ट्यूशनबाज़ी से बाज़ नहीं आ रहे हैं। वे अभी भी लड़कों को डरा-धमका कर उनका शोषण कर रहे हैं।'

'तो कौन पढ़ा रहा है ट्यूशन? आप मुझे बताइए, सर? मेरा पत्र पाकर ही तो आप यह सब कर रहे हैं। मैं भी तो इस धर्म-युद्ध में आपके साथ हूँ।'

'सो तो ठीक है शंकर, पर कल मैं दयानंद इंटर कालेज के मैंदान पर आमरण अनशन पर बैठ जाऊँगा। मुझे अपने प्राणों का मोह नहीं है। मुझे किसी को डराना-धमकाना नहीं है, बल्कि इस बात का अहसास कराना है कि वे ग़लत काम कर रहे हैं। छात्रों का शोषण कर रहे हैं।'

'पर इससे क्या होगा सर? कुछ भी तो नहीं। इन लोगों का तो अहसास ही मर गया है। पैसा कमाने के लिए ये लोग किसी भी हद तक गिर सकते हैं।'

'क्यों नहीं होगा भला? अहिंसा के बल पर हम लोगों ने एक दिन इतनी बड़ी लड़ाई लड़ी थी? इसी अहिंसा के बल पर अपने देश को अंग्रेजों के चंगुल से मुक्त कराया था।'

'लेकिन उस अहिंसा के साथ भगतसिंह, गुरुदेव और सुखदेव का बलिदान भी तो था सर? चन्द्रशेखर आजाद की ललकार भी तो थी सर? अगर सुभाषचंद्र बोस जैसे और न जाने कितने क्रांतिकारियों की कुर्बानियाँ शामिल न होतीं तो क्या केवल गाँधी जी की अंहिंसा से यह देश स्वतंत्र हो गया होता, सर?'

उसकी बातें सुन कर प्रभुदयाल सर हतप्रभ रह गए। शायद उसने ठीक ही कहा था। उन्हें हतप्रभ देख कर हठात् शंकर बोल पड़ा, 'सर, लेकिन इस सबसे आख़िरकार आपको क्या मिला? उस समय न जाने कितने लोग चोरी-डकैती के जुर्म में भी जेलों में बंद थे। पर देश स्वतंत्र होते ही एकाएक वे भी स्वतंत्रता सैनानी बन बैठे। उन्होंने तो जोड़तोड़ करके बाकायदा अपनी पेंशन भी बनवा ली। स्वतंत्रता सेनानी होने का तमगा हासिल कर लिया। राजनीति में बड़ी-बड़ी जगहों पर आसीन हो कर पैसा कमाने में लग गए और आप जैसे सच्चे और निःस्वार्थ स्वतंत्रता सैनानियों का आज कोई सार्थक परिचय ही नहीं रहा।'

सर बोले, 'तो क्या इस दुनिया में हर चीज़ पैसा ही है?'

‘पैसे की बात भी छोड़िए सर, तब भी क्या आपको मानसिक शान्ति मिल सकी? जैसा भारत आप बनाना चाहते थे, क्या वैसा भारत आप बना सके? क्या आज अपने ही लोग हमें धोखा नहीं दे रहे हैं? आज के जमाने में भ्रष्टाचार, अन्याय, छल-कपट, झूट-फरेबी को देख कर क्या आपके सपने चूर-चूर नहीं हो गए होंगे? क्या देश स्वतंत्र होने के बाद भी आप किसी दिन चैंन की नींद सो पाए हैं?’

सर क्या बोलते, बस अवाक् होकर उसे निहारते रहे।

दो साल में ही इस लड़के ने क्या-क्या सीख लिया है?

शंकर फिर बोला, ‘बताइए सर, क्या देश स्वतंत्र होने के बाद आपके अपने ही देशवासियों ने आपको धोखा नहीं दिया? फिर आप उनकी भलाई के लिए अपनी जान देने के लिए क्यों तुले हैं? अब तो आप कुछ दिन चैंन से आराम कीजिए। अब आगे की लड़ाई मुझे अपने ढंग से लड़ने दीजिए।’

बात सही न होती तो क्या इतना सब कुछ सुनते प्रभुदयाल सर। क्या वे नहीं जानते थे कि देश की बागडोर कैसे भ्रष्ट लोगों के हाथों में आ गई है। सर को समझ में नहीं आ रहा था कि वे क्या कहें? ठीक यही सब बातें एक दिन उनके भतीजे आशुतोष ने भी तो कहीं थीं। भतीजा आशुतोष, जिसे वे पुत्रवत् मानते थे, उसी ने एक दिन उनसे कहा था, ‘बाबू जी आप कहाँ-कहाँ देखते फिरेंगे, किस-किस की चिंता करेंगे? आज किस डिपार्टमेंट में करप्शन नहीं है? आज ऐसा कोई भी आदमी नहीं है, जो करप्ट न हो? फिर इतने आदमियों को आप कैसे सुधारेंगे?’

तब भी उन्होंने यही कहा था, ‘सब यही सोच लें, आशुतोष, तो चल चुका यह समाज। चल चुका यह देश। आख़िरकार अच्छे की आशा में ही तो हम लोग जीते हैं। क्या हम रात को यह सोच कर कर सोते हैं कि कल का दिन भी बुरा बीते? मैं अपने इस सारे जीवन में अगर किसी एक को भी सुधार पाया तो अपना जीवन धन्य समझूँगा, आशुतोष। मैं अभी हारा नहीं हूँ, समझे?’

आशुतोष बोला, ‘छोड़िए बाबू जी अब अच्छे भविष्य की आशा! अब तो सब कुछ राम भरोसे चल रहा है। इस युग में कोई किसी की नहीं सुनता। दूध वाला रोज़-रोज़ दूध में पानी मिलाता है तो क्या आप उसकी शिकायत अफ़सरों से करते फिरेंगें या फिर दूध ही पीना छोड़ देंगे? लोग सिगरेट, बीड़ी नहीं पीते क्या? तंबाखू नहीं खाते क्या? यह क्या बुरा काम नहीं हैं? फिर भी सरकार पैसों के लालच में इसको बंद नहीं कर पाती है। यह क्या सामाजिक बुराई नहीं है? आप किस-किस को देखेंगे और समझाएँगे?’

उस दिन भी मनुष्य की सोच पर उन्हें बड़ा आश्चर्य हुआ था। आशुतोष ऐसा सोचता है, उसकी ऐसी विकृत मानसिकता है, जानकर उन्हें बड़ी हैरानी हुई थी। वह उन्हें एक हारा हुआ आदमी लगा था, जिसने समाजिक बुराइयों से समझौता कर लिया हो या उनके सामने आत्मसमर्पण कर दिया हो।

आशुतोष उन्हें ख़ामोश देख कर फिर बोला, 'दूध वाले को अगर आप पानी मिलाने से मना करेंगे तो वह आपको दूध देना ही बंद कर देगा। वह आपका बहिष्कार कर देगा। इस देश में सुधार की कोई भी उम्मीद नहीं है, बाबू जी। उम्मीद की हर किरण धुँधली पड़ गई है। आपको मालूम है कि हर दूधवाले का फ़ूड इंस्पेक्टर से पैसा बँधा होता है? अगर वह दूध में पानी न भी मिलाए तब भी उसे पैसा देना पड़ेगा। नहीं तो फ़ूड इंस्पेक्टर उसके दूध में कोई-न-कोई कमी बता कर उसे सज़ा दिलवा देगा। ईमानदार आदमी का तो अब इस दुनिया में रहना ही मुश्किल है, बाबू जी। खाने में नमक बराबर ही सही, पर इस दुनिया में बेइमानी तो हरेक ईमानदार आदमी को भी करनी पड़ती है। नहीं तो उसका इस समाज में गुज़र-बसर नहीं है।'

प्रभुदयाल सर ने पूछा 'वाकई? क्या सब लोग ही ऐसे हैं, आशुतोष? उजाले की कोई क्षीण-सी उम्मीद भी नहीं है? सब तरफ घोर अँधकार ही छाया है?'

'और क्या, बाबू जी? आज तो सारी दुनिया, सारा व्यापार, सारा कामधंधा सैटिंग से ही चलता है, ईमानदारी से नहीं?'

आशुतोष की बातें सुन कर प्रभुदयाल सर घोर आश्चर्य में पड़ गए। बोले, 'नहीं, अब भी ईमानदार लोग है, आशुतोष! क्या आज भी बहुत से लोग ऐसे नहीं हैं जो दूसरों के हित के लिए सोचते हैं? क्या मदर टेरेसा ने बीमारों की सेवा के लिए अपनी सारी जिंदगी समर्पित नहीं कर दी? क्या बाबा आमटे ने कोढ़ से पीढ़ित रोगियों के लिए अपना जीवन नहीं लगा दिया। लोग रुपया-रुपया चिल्लाते हैं, मदर टेरसा ने तो अपने नोबिल प्राइज़ की राशि भी बीमारों की सेवा में ही लगा दी। अपने पास एक पैसा भी नहीं रखा। क्या आज भी लोग दूसरों के लिए धर्मशाला नहीं खुलवाते? दूसरों के लिए कुएँ नहीं खुदवाते?'

उनकी बात सुन कर खूब हँसा था आशुतोष।

'सचमुच बाबू जी! मैं अब आपको और अधिक समझा नहीं पाऊँगा। आप जैसे दो-चार ईमानदार लोगों के होने से तो यह दुनिया नहीं बदल सकती है।'

आज ठीक वही बात अपने ढंग से शंकर ने कही थी।

शंकर ने ज़रा सोच कर कहा, 'ठीक है सर, अगर आप अपने ही ढंग से यह लड़ाई लड़ना चाहते हैं तो अभी केवल एक दिन के उपवास पर ही बैठिए। आमरण अनशन की बात तो एकदम से ठीक नहीं है। एक दिन के उपवास का प्रभाव यदि लोगों पर पड़ता है तो ठीक है, नहीं तो फिर आगे सोचेंगे।

यह बात सर को भी जम गई।

हाँ, ठीक है, एकदम से इतना बड़ा हंगामा करने की भी क्या ज़रूरत है? व्यवस्था परिवर्तन होने में भी समय लगता है। भारत वर्ष को भी अंग्रेजों की दासता से स्वतंत्र करवाने में तीन पीढ़ियाँ खप गई थीं।

प्रभुदयाल सर बोले, 'हाँ ठीक है, तो फिर यही तय रहा, शंकर! कोई एक दिन तय करके भूख हड़ताल पर बैठेंगे। यह एक दिन का सांकेतिक उपवास होगा। इस अहिंसक विरोध में बहुत ताकत है, शंकर! निविड़ अंधकार के बाद ही तो प्रकाश की किरणें प्रस्फुटित होती हैं। कुहासा सूरज को हमेशा नहीं ढक सकता है। इतना निराश भी मत हो। आख़िर एक दिन सब अच्छा होगा; यही आशा लेकर तो हम लोग ज़िदगी गुज़ार देते हैं।'

(43)

उस दिन शंकर अपने अखाड़े के लड़कों की बात सुनकर एकदम से बिगड़ उठा था। प्रभुनारायण सर के साथ कोई भी बद्तमीजी से पेश आए यह उसे बिल्कुल भी बर्दाश्त नहीं था। उसके अखाड़े के लड़कों ने ही आकर उसे ख़बर दी थी कि बस कंडेक्टर ने प्रभुदयाल सर को गालियाँ दीं और उन्हें बस से नीचे उतार देने की भी धमकी दी थी।

शंकर बोला, 'सचमुच? दीपू, क्या तुम भी उसी बस में सवार थे?'

दीपू बोला, 'हाँ दादा, मैं भी उसी बस में था। कनकपुर जाने के लिए बस में सवार हुआ था। मेरे साथ हितेश और सौरभ भी थे।'

'तो फिर हुआ क्या था? मुझे सारी बातें ठीक से बताओ?' शंकर ने पूछा।

'बात यह थी, दादा, कि हम लोग कल दोपहर 2 बज कर चालीस मिनट पर शहर जानेवाली बस में सबार हुए थे। मेरे साथ ही प्रभुदयाल सर और उनके मित्र वीरपाल जी भी उसी बस पर सवार हुए। वह भी स्वतंत्रता-सैनानी हैं।' दीपू बोला।

'फिर?'

'फिर जब ड्राइवर ने उनसे टिकट बनवा लेने के लिए कहा तो दोनों ने अपने परिचय-पत्र उसकी तरफ बढ़ा दिए।'

'हाँ ठीक तो, यह परिचय-पत्र तो सरकार ने देश के प्रति की गई उनकी सेवाओं और कुर्बानियों के लिए उन्हें नि:शुल्क यात्रा के लिए दिया है। इसमें उन्होंने क्या ग़लत किया?' शंकर बोला।

'हाँ दादा, इसमें उनका कोई कसूर नहीं था। पर ड्राइवर उन्हें गालियाँ देने लगा।'

'अच्छा! क्या कहा उसने?'

'वह बोला कि स्वतंत्रता-सैनानी हो तो मैं क्या करूँ? टिकट तो तुमको लेना ही पड़ेगा? वरना बस से नीचे उतार जाओ। गाड़ी क्या तुम्हारे बाप की है?'

'फिर तुम लोगों ने एतराज नहीं किया?'

‘हमने एतराज किया था, दादा, पर वह हम लोगों से भी बहस करने लगा। कहने लगा कि ये बुड्ढे क्या तुम्हारे रिश्तेदार लगते हैं, जो तुम लोग इनकी इतनी तरफदारी कर रहे हो? चुपचाप बैठे रहो वरना तुम लोगों को भी बीच रास्ते में ही उतार दूँगा।’

‘तब प्रभुदयाल सर ने क्या किया?’

‘तब उन दोनो ने विवश होकर अपने टिकट बनवा लिए। कनकपुर पहुँच कर प्रभुदयाल सर ने जब कंडक्टर से प्रतिवाद पुस्तिका माँगी तो कंडक्टर ने उन्हें अपशब्द कहते हुए कहा-कौन-सी प्रतिवाद पुस्तिका? चुपचाप यहाँ से दफा हो जाओ।’

‘तुम लोगों ने उस बस का नंबर नोट किया? कौन से डिपो की बस थी वह?

‘वैसे तो हम लोग उस कंडक्टर को अच्छी तरह से जानते हैं, दादा, वह कुछ अकड़ू टाइप का इंसान है। अक्सर सवारियों से से बात बद्तमीजी करता है। बस का नंबर-यू.एच.आई-1669 है। कंडक्टर का नाम नवीन है, दादा।’

‘वाह! तो तुम लोगो ने कंडक्टर का नाम भी पता कर लिया है, गुड!’ शंकर ने उनकी तारीफ की।

‘जी दादा।’ अपनी प्रशंसा सुन कर लड़के खुश हो गए।

‘ठीक है, कल देखते है कि साले को कितनी गर्मी चढ़ी है। साले की सारी अकड़ न निकाल दी तो मेरा नाम भी शंकर नहीं है। इस रूट पर चलना ही भूल जाएगा हरामजादा। तो कल ठीक दोपहर 2:30 पर बस अड्डे पहुँच जाना तुम लोग।’

‘दादा कुछ अधिक बबाल तो नहीं उठ खड़ा होगा?’ लड़के डर रहे थे।

‘अब तुम्हारी क्यों फटी जा रही है? तुम लोग तो बस तमाशा देखना। ऐसे डरोगे तो बस हो गया बंटाधार। चेअरमैनी का चुनाव क्या ऐसे ही जीत लेंगे? ज़रा दबंगी से रहना सीखो।’

शंकर ने उन्हें डाँटा। सब लड़के शर्मिंदा हो उठे। दादा ठीक ही तो कह रहे हैं। ऐसे डर-डर कर क्या नेतागीरी होती है? सब जाने के लिए तैयार हो गए। ठीक है, अब जो होगा देखा जाएगा। लड़कों को तैयार देख कर शंकर उन्हें अपना प्लान समझाने लगा।

(44)

दूसरे दिन शंकर ने वाकई हंगामा खड़ा कर दिया था।

ठीक 2;30 पर सब लोग बस स्टेशन पहुँच गए थे।

वे सब लोग बस के पास ही खड़े-खड़े उसके चलने का इंतजार करने लगे। जैसे ही बस चली सब-के -सब लपक कर बस पर सवार हो गए। बस जब बाईपास पहुँच गई तब शंकर ने बस कंडेक्टर से बड़े प्यार से कहा, ‘नवीन भाई, जरा बस तो रोकना।’

'क्यों?' नवीन ने त्योरियाँ चढ़ा कर पूछा। वह शंकर को जानता नहीं था।

'भाई, बाथरूम लगा है। जरा यहीं खेत के किनारे हल्के हो लेते हैं।'

'अभी तो बस चली ही है और तुम्हें पेशाब भी लग आई? स्टेशन पर क्या करते रहे?'

'क्यों? क्या पेशाब भी तुमसे पूछ कर लगेगी, नवीन भाई?'

'अब कनकपुर से पहले तो बस रुकेगी नहीं।'

'तो क्या करें? तुम्हारे ऊपर ही मूत लें कंडक्टर साहब?'

'तुम्हारा दिमाग तो ठीक हैं। बस क्या तुम्हारे बाप की है जो मिनट-मिनट पर रोकता फिरूँ?' कंडक्टर ने भड़क कर कहा।

शंकर को शायद इसी बात का इंतजार था। वह कंडक्टर को एक जोर का झापड रसीद करते हुए चिल्लाया, 'हरामखोर बाप तक जाता है। तेरी यह मजाल।'

तब तक उसके साथ के लड़के भी चिल्लाने लगे, 'बस रोको, ड्राइवर साहब, बस रोको। यह क्या गोलमाल हो रहा है? यह साला कंडक्टर पैसे लेकर टिकट ही नहीं दे रहा है।'

ड्राइवर ने बबाल होता देख कर घबड़ा कर बस रोक दी।

बस रुकते ही शंकर ने नवीन को बस से नीचे खींच लिया और लात-घूँसों से उसकी पिटाई शुरू कर दी। सारे लड़के भी नीचे उतर आए थे। सब तमाशा देख रहे थे। कोई बचानेवाला नहीं था। रोशनपुर से बस में बैठे सभी लोग उसे जानते थे। उनके बीच में पड़ना किसी ने भी मुनासिब नहीं समझा।

कंडेक्टर यूँ ही पिटता रहा। उसकी अच्छी तरह से पिटाई लगा कर और उसे यह नसीहत देकर कि बुजुर्गों के साथ किस तरह से पेश आना चाहिए, शंकर ने उसे छोड़ा। फिर वह अपने चेलों के साथ बड़ी शान से सिर उठाए वहाँ से चला गया।

(45)

आज इतने दिनों बाद प्रकाशनारायण सर को देख कर मुझे एक-एक कर के रोशनपुर की सारी बातें याद आ रही थीं। फिर नूतन का क्या हुआ होगा? विष्णु से शादी करके वह तो मज़े में ही अपनी ज़िदगी काट रही होगी? कई सारी बातें थीं, जिनके बारे में मैं सर से पूछना चाहता था। लेकिन संकोच के कारण मैं अन्त तक उनसे कोई भी बात नहीं पूछ सका। तभी किसी स्टेशन पर गाड़ी रुक गई। देखा तो रोशनपुर था।

प्रकाशनारायण सर को यहीं उतरना था। वे उठते हुए बोले, 'अच्छा अंकित, मैं तो यहीं उतरूँगा। कभी आओ न रोशनपुर, तुम तो जब से गए हो एक बार भी नहीं आए। अब तो

रोशनपुर बहुत बदल गया है। वह अब पहले-सा क़स्बाई शहर नहीं रहा। वहाँ भी अच्छी-ख़ासी तरक्की हो गई है।

' मैंने कहा, 'हाँ सर, किसी दिन ज़रूर आऊँगा। मेरा मन भी रोशनपुर आने को बहुत करता है। बड़ी इच्छा है कि एक बार आकर पुराने दोस्तों से मुलाकात कर लूँ।'

वे ट्रेन से उतरते-उतरते बोले, 'हाँ....हाँ...ज़रूर आना। वहाँ आपको किसी तरह का कोई कष्ट नहीं होगा।'

फिर सर ट्रेन से उतर कर भीड़ में कहाँ ओझल हो गए, मैं देख ही नहीं पाया। सवारियाँ भी तो बुरी तरह से डिब्बे में चढ़ी आ रही थीं। तिल रखने को भी जगह नहीं बची थी। तब भी लोग डिब्बे में घुसने की कोशिश कर रहे थे। सभी किसी-न-किसी तरह अपनी मंज़िल तक पहुँच जाने को आतुर थे। मैं अपनी सीट पर आराम से फैल कर बैठ गया था। मुझे तो अभी दिल्ली तक की लंबी यात्रा करनी थी।

एक्सप्रेस ट्रेन थी। रोशनपुर जैसे छोटे से स्टेशन पर अधिक देर तक नहीं रुकी। ट्रेन ने सीटी दी और पुनः अपनी मंजिल की तरफ चल पड़ी। मैं फिर से पुरानी यादों में खो गया था।

(46)

बी.एस.सी. में सारे प्रदेश भर में टॉप करने के बाद विष्णु घर आया था। अब उसमें कुछ बदलाव आ गया था। कुर्ते-पजामे की जगह अब उसके शरीर पर पेंट-शर्ट थी। कायदे से बाल कटे हुए थे। पैरों में जूते भी थे। इन कपड़ों में वह बहुत सुंदर दिख रहा था। नूतन उसके इस बदले हुए रूप को देख कर मुग्ध हो गई। इतने ही दिनों में विष्णु के व्यक्तित्व में बहुत परिवर्तन आ गया था। महानगर में जाकर उसका व्यक्तित्व निखर गया था। नूतन नाराज़ हो कर बोली, 'जाओ, मैं तुम से बोलूँगी नहीं।'

विष्णु ने हँस कर पूछा, 'क्यों मैडम? मुझसे क्या अपराध हुआ है?'

'पूछते हो क्या अपराध? तुमने तो मुझे बहुत तड़पाया है, विष्णु। इतने दिनों से कोई पत्र भी नहीं लिखा। मैं रोज पोस्टमैन का इंतज़ार करते-करते पगला गई थी।'

विष्णु हँस पड़ा, 'ओह, तो पत्र न डालने के कारण इतनी नाराज़ हो तुम?'

'क्यों? होना नहीं चाहिए?'

'तभी तो देखो पत्र न डाल कर अब मैं खुद ही आ गया हूँ और तुम नाराज़ हो रही हो।'

'ऊ...हूँ...तुम बहुत बुरे हो विष्णु..' किसी मानिनी नायिका की तरह नूतन मचल उठी।

'सच, पत्र डालने का मुझे बिल्कुल भी समय नहीं मिल पाया। देखो न कितना काम करना पड़ता है। दिन-रात अपनी पढाई में ही जुटा रहता हूँ। कई घरों में जाकर मुझे ट्यूशनें भी तो पढ़ानी पड़ती हैं।'

'ट्यूशनें क्यों? पिताजी पैसे भेजते तो हैं?'

'ट्यूशनें पढ़ाए बिना भला इतने बड़े शहर में मेरा गुज़ारा कैसे हो सकता है? तुम्हीं बताओ नूतन? शहर में उन्हीं सब लोगों के जैसे बन कर रहना पड़ता है न। उन्हीं जैसे कपड़े, जूते पहन कर, बन-ठन कर। वहाँ इस छोटे से शहर की तरह पजामा पहन कर तो मैं नहीं घूम सकता। वहाँ तो हर आदमी को उसके पहनावे ही से आँका जाता है। सचमुच महानगर की ज़िंदगी बहुत ही बनावटी है, नूतन। सर अपनी गाढ़ी कमाई का पैसा मुझे भेजते हैं। सच कहूँ तो अब मुझे उनसे पैसे लेते हुए बड़ी शर्म आती है। मैं कितना बोझ हूँ न उन पर?'

नूतन को उसका यह स्वाभिमानी होना बहुत अच्छा लगा। वह समझ गई कि शहर में रह कर विष्णु में आत्मविश्वास आ गया है। पर फिर भी उसने कहा, 'नहीं, तुमको ऐसा नहीं सोचना चाहिए, विष्णु, पिता जी तो तुम्हें बहुत मानते हैं। उनका तो बस यही सपना है कि एक दिन तुम पढ़-लिख कर अपने पैरों पर खड़े हो सको। बहुत बड़े अफ़सर बन सको।'

'हाँ नूतन, यही सोच कर तो मैं इतनी मेहनत से पढ़ता-लिखता हूँ। सर की गाढ़ी कमाई का पैसा मेरी पढ़ाई-लिखाई पर लगा है। उनके मुझ पर बहुत अहसान हैं। क्या उनके इन अहसानों से मैं कभी उऋण भी हो पाऊँगा? अहसान का बोझ भी तो कितना भारी होता है न, नूतन?'

'तुम ऐसा क्यों सोचते हो, विष्णु? पिता जी तो यह सब सोच कर तुम्हारी मदद नहीं करते?' नूतन ने बड़े ही भावुक हो कर कहा। विष्णु की सारी बातें सुन कर उसका सारा गुस्सा जाता रहा। उसे विष्णु पर एकाएक बहुत ही प्यार उमड़ने लगा था। वह विष्णु का सिर अपनी गोद में रख कर उसके बाल सहलाने लगी।

बहुत सारी बातें कर लेने के बाद अचानक विष्णु को कुछ याद आया। उसने पूछा, 'सुना है, शंकर वापिस लौट आया है? अब उसके क्या हाल हैं? क्या अब भी वैसा ही मवाली है?'

नूतन बोली, 'अरे वह तो कानपुर जाकर और भी बड़ा बदमाश हो गया है। सारे रोशनपुर में अपना आतंक फैलाए रहता है।'

'अच्छा! इतना बड़ा बदमाश हो गया है? ठीक है, वह तो शुरू से ही टपोरी था। उजड्ड कहीं का।'

'हाँ...एकदम लफंगा है। घर पर आकर कभी-कभी पिता जी को भी बहुत परेशान करता है।'

'ऐसे लफंगों की तो पुलिस में शिकायत करनी चाहिए। मेरी तो उससे मुलाकात ही नहीं हुई।'

'मुलाकत करके क्या करोगे? आजकल तो वह जेल में है।'

'जेल में? जेल में क्यों? क्या उसने फिर प्रभुदयाल सर से मारपीट की है?'

'अरे नहीं भाई। अब तो वह उनका पक्का चेला है।'

'चेला? फिर इस बार उसने क्या किया?'

'कुछ दिन पहले उसने रोडवेज़ के एक कंडक्टर से मारपीट की थी। उसी सिलसिले में वह आजकल जेल गया हुआ है।'

यह सुन कर विष्णु को तसल्ली हुई। वह शंकर से सामना होने के डर से घबड़ा रहा था। उस जंगली का भरोसा ही क्या? कहीं फिर न उसके साथ गाली-गलौज करने लगे।

'चलो यह भी ठीक ही हुआ। ऐसे लोगों की सही जगह तो जेल में ही है। कुछ दिन बंद रहेगा तो सारी अक्ल ठिकाने आ जाएगी।' विष्णु ने कहा। विष्णु लगभग दस दिन रोशनपुर में रहा। यह दस दिन किस तरह बीत गए उन दोनों को पता ही नहीं चला। नूतन तो चाहती थी कि वह अभी कुछ दिन और रुके; पर अब उसका यहाँ रहना संभव नहीं था। उसे डर था कि इतने दिन यहाँ रहने से कहीं उसकी ट्यूशनें न छूट जाएँ। इसलिए वह जल्दी ही आने का वादा करके महानगर वापिस लौट गया।

(47)

नूतन ने उस दिन बिल्कुल ठीक ही कहा था। शंकर वाकई उस समय जेल में ही था। वाह! सरकारी कर्मचारी को सरेआम पीटना क्या हँसी-खेल है? सरकारी आदमी तो वैसे ही गवर्नमेंट का दामाद होता है। नवीन ने उसी दिन रोशनपुर के थाने में रिपोर्ट लिखवा दी थी कि शंकर ने उसके साथ मारपीट करके सरकारी कामकाज में बाधा डाली है और सरकारी पैसा छीन लिया है। सरकारी आदमी की रिपोर्ट पर पुलिस भी तुरंत सक्रिय हो गई और शंकर को गिरफ्तार करके हवालात में डाल दिया गया।

परंतु शंकर भी अब कच्चा खिलाड़ी नहीं रहा था। उसने पहले से ही अपनी सारी गोटियाँ बिछा रखी थीं। पहली पेशी में ही उसकी जमानत हो गई। उसने उल्टे नवीन के ऊपर ही केस कर दिया था। कई लोग उसकी तरफ से गवाही देने कोर्ट पहुँच गए थे। अखाड़े के लड़कों ने भी एक-एक करके अपने बयान दिए-'माननीय जज महोदय जी, उस दिन हम लोग भी उसी बस में सवार थे, जिसमें शंकर भइया थे। इस बस कंडेक्टर नवीन ने हम लोगों से फर्रुखाबाद तक के पैसे तो ले लिए थे, परंतु बहुत कहने पर भी टिकट नहीं बनाया। जब हम लोगों ने इस पर टिकट बनाने के लिए जोर दिया तो यह अभद्रता पर उतर आया। शंकर भइया ने जब इसका विरोध किया तो यह उन्हें गंदी-गंदी गालियाँ देने लगा और बस रोक कर उन्हें बस से धक्के देकर उतार दिया। शंकर भइया के मारपीट करने और सरकारी पैसा छीनने की बात एकदम से ग़लत है। यह नवीन बहुत

ही बदतमीज़ और झगडालू क़िस्म का इंसान है, हजूर। इसने एक दिन पहले स्वतंत्रता सैनानी श्री प्रभुदयाल जी और श्री वीरपाल जी से भी बदतमीज़ी की थी। वे बेचारे बुजुर्ग आदमी हैं। चुपचाप अपनी बेइज़्ज़ती सह गए। इसके अलावा वे बेचारे कर भी क्या सकते थे। यह सब मेरी आँखों देखी बात है, जज साहब।'

इसके बाद प्रभुदयाल सर और वीरपाल जी की भी गवाही हुई। उन्होंने भी लड़कों की एक-एक बात को स्वीकार करते हुए कहा, 'हाँ जज साहब, हम बुजुर्ग आदमी हैं। झूठ नहीं बोलेंगे। ये लड़के बिल्कुल ठीक कह रहे हैं। हमारी इतनी बेइज़्त्ती तो कभी ब्रिटिश शासन काल में भी नहीं हुई, जितनी उस दिन हुई। इसने तो हमें परिवाद पुस्तिका देने से भी मना कर दिया था। यह कंडक्टर और ड्राइवर सचमुच ही बहुत बदतमीज़ आदमी है। इसे इतनी भी तमीज़ नहीं है कि बुजुर्गों के साथ कैसे बात की जाती है।'

इसके अलावा कुछ अन्य लोगों के बयान भी हुए। जिसमें रोशनपुर के दुकानदार, डिग्री कालेज की अध्यापिकाएँ और छात्राएँ भी शामिल थीं। शंकर ने सब कुछ पहले से सैट कर रखा था। सभी ने नवीन पर यात्रियों से अभद्रता से बात करने और पैसे लेकर भी टिकट न बनाने का इलज़ाम लगाया।

सभी की गवाही के बाद बस कंडेक्टर नवीन यात्रियों से बदसलूकी करने, स्वतंत्रता सेनानियों से दुव्यवहार करने, मारपीट करने, गालीगलौज करने एवं पैसा लेकर भी यात्रियों का टिकट न बनाने का दोषी पाया गया। दूसरी तरफ नवीन के सारे इल्जाम झूठे पाए गए; क्योंकि वह अपने पक्ष में एक भी गवाह पेश नहीं कर पाया था।

माननीय जज महोदय ने उसे उसी समय दोनों बुजुर्ग स्वतंत्रता सेनानियों से लिखित माफी माँगने का आदेश दिया और आगे की कार्यवाई के लिए अगली तारीख़ दे दी।

(48)

ये सब बहुत पुरानी बातें हैं।

मैंने भी उसी रोशनपुर के दयानंद इंटर कालेज से एक दिन इंटरमीडिएट की परीक्षा पास की थी। इसके बाद मैं कानपुर में रह कर बी.एस.सी. करने के साथ ही मेडीकल के इंट्रेंस एग्ज़ाम की कोचिंग करता रहा। मैं हर शनिवार को रोशनपुर चला आता था और इतवार को अपने पुराने मित्रों के साथ घूमता रहता था। कभी-कभी शंकर के पास भी चला जाता तो उसके ठाठबाट देख कर दंग रह जाता। शंकर अब भी मुझे बहुत मानता था। इतवार को अक्सर उसके अखाड़े पर ही मेरी दोपहरी गुज़रतीं और दावतें उड़तीं। उन दिनों वह चेअरमैंनी के चुनाव में खड़े होने की तैयारियाँ कर रहा था। मैं भी अपनी समझ से उसे राय देता रहता। उसके चुनाव का घोषणा-पत्र भी मैंने ही तैयार किया था।

इंटर के बाद इसी तरह मौज़-मस्ती करते हुए मेरे दो साल गुज़र गए।

बी.एस.सी. करते ही आयुर्वेदिक कालेज हरिद्वार में मेरा एडमीशन हो गया था। इसके बाद रोशनपुर में क्या कुछ हो रहा है, मुझे भी ठीक से पता नहीं चल पता था। मैं जिस दिन बी.ए.एम. एस में मैं सिलेक्ट हुआ, उस दिन मेरे पिता जी को बहुत दुःख हुआ था। उन्होंने कहा भी था, 'अंकित, तुम बहुत नालायक निकले। अगर इन आवारा लड़कों के संग न रह कर मेहनत से पढ़-लिख लेते तो आज तुम्हारा भी एम.बी.बी.एस. में सिलेक्शन हो जाता।'

मैं भला क्या कहता? सिर झुकाए चुपचाप खड़ा उनकी बातें सुनता रहा। मुझे भी तो कोई बहुत खुशी नहीं हो रही थी। पिता जी सचमुच ठीक ही कह रहे थे। इसमें रत्ती भर भी झूठ नहीं था। बी.ए.एम.एस. की डिग्री भी कोई डिग्री है। न ही कोई अच्छी नौकरी मिलने की संभावना और न ही निजी प्रैक्टिस में यश या अधिक धन अर्जित करने का स्कोप। पिता जी का उस दिन नाराज होना एकदम से जायज ही था।

मैं भी उस दिन बहुत निराश हुआ था। और फिर, एक दिन बहुत बेमन से ही हरिद्वार के आयुर्वेद कालेज में पढ़ाई करने चला गया था। पर वहाँ जाकर धीरे-धीरे मेरी सारी निराशा खत्म होती गई और मैं पूरे उत्साह से अपनी पढ़ाई में जुट गया।

बीच-बीच में, मैं जब भी रोशनपुर जाता, दीपक से मुझे सारे रोशनपुर की जानकारी मिल जाती। पर एक दिन पिता जी का ट्रांसफर रोशनपुर से लखनऊ हो गया और फिर इसके बाद मेरा भी रोशनपुर जाना नहीं हो पाया। मेरी कभी-कभी बहुत इच्छा होती कि एक बार रोशनपुर जाकर अपने पुराने मित्रों से मिल आऊँ। विष्णु, शंकर, दीपक, रमेश के बारे में जानने की भी बड़ी उत्सुक्ता रहती। और सबसे अधिक उत्सुक्ता रहती नूतन के बारे में जानने की। उन दिनों वही तो हमारे रोशनपुर की ब्यूटीक्वीन थी। पर मेरे वहाँ जाने की बात सुन कर पिता जी बहुत नाराज हो जाते। वे कहते, 'कोई जरूरत नहीं है अब उन आवारा दोस्तों से मिलने की। उनके चक्कर में पड़ कर ही तो तुम ने अपना कैरियर बरबाद किया है। वाह, उनसे मिलने के लिए इतने उतावले हुए जा रहे हो? मेरी ही मति मारी गई थी जो इतने दिनों तक रोशनपुर में पड़ा रहा। पहले ही किसी तरह लखनऊ ट्रांसफर करा लेता तो तुम्हारा कैरियर तो बन जाता।'

मैं उनकी नाराजगी देख कर हर बार रोशनपुर जाने का कार्यक्रम स्थगित कर देता। इसी तरह कई साल निकल गए। पहले तो पत्रों का सिलसिला चलता रहा, फिर मेरे पास दीपक, सुरेश, रमेश, शंकर आदि मित्रों के पत्र आने भी बंद हो गए। मैं भी धीरे-धीरे उन लोगों को भूल-सा गया और अपनी पढ़ाई-लिखाई में व्यस्त हो गया। हरिद्वार में मेरे और भी नए-नए दोस्त बन गए थे। उन लोगों के साथ मेरी अच्छी गुज़र रही थी। फिर एक दिन बी.ए.एम.एस. करके मैं वापिस लखनऊ भी लौट आया। आवश्यक इंटर्नशिप करने के बाद अपनी एक छोटी-सी क्लिनिक खोल कर अपनी प्रैक्टिस भी करने लगा। पर आज इतने सालों बाद प्रकाशनारायण सर से अचानक ट्रेन में मुलाकात होने पर मेरा रोशनपुर जाने का बहुत मन कर रहा था।

मैं अपने एक उपन्यास के प्रकाशन के सिलसिले में दिल्ली गया था। मेरा उपन्यास प्रकाशन के लिए एकदम तैयार था। बस कवर-पेज को लेकर ज़रा दुविधा थी। प्रकाशक से मिल कर मैं एकदम संतुष्ट हो गया। उसने तीन-चार कवर-पेज तैयार कर रखे थे। एक कवर पेज मुझे बहुत पसंद आया। मैंने उसे ही फाइनल कर दिया और एक दिन दिल्ली में अपने साहित्यकार मित्रों के साथ गुजार कर खुशी-खुशी लखनऊ लौट आया।

इसके बाद कुछ महीने और भी गुज़र गए। गर्मी के बाद बरसात का मौसम भी आकर चला गया। सर्दियाँ शुरू हो गई थीं। इस बीच कई बार दिल्ली भी जाना पड़ा। हर बार वही होता, रास्ते में जब भी रोशनपुर पड़ता दिल यही करता कि यहीं उतर जाएँ, पर मजबूरी ऐसी होती कि उतर नहीं पाता और मन-ही-मन सोचता कि चलो अगली बार जरूर रोशनपुर उतर जाऊँगा। क्या करूँ, व्यस्त ही इतना रहता था कि एक दिन की भी फुरसत नहीं मिल पाती थी कि अपनी मर्जी से कहीं आ-जा सकूँ। क्लिनिक से समय मिलता तो लेखन में व्यस्त हो जाता। कई पत्र-प़ित्रकाओं के लिए मुझे लिखना पड़ता था। लिखने से हालाँकि कोई खास आर्थिक लाभ नहीं होता था, पर लेखन मेरे लिए एक नशा-सा हो गया था। बिना लिखे मुझे चैंन ही नहीं मिलता था। मेरी जब भी कोई कहानी या कविता किसी बड़ी पत्र-पत्रिका में छप जाती तो मुझे सचमुच बहुत खुशी होती थी। आत्मसंतुष्टि भी मिलती।

अक्सर बहुत से लोग मुझसे पूछते भी, 'अंकित, हर महीने तुम्हारे कितने लेख, कहानियाँ और कविताएँ पत्र-पत्रिकाओं में छप जाते हैं? इससे तो तुम्हें खूब पैसा मिलता होगा?'

उनकी बातें सुन कर मैं वाकई हैरान हो जाता था।

हर महीने पत्र-पत्रिकाओं में मेरी कितनी कहानियाँ, कविताएँ छप जाती हैं? उन सबसे मुझे कितना पैसा मिल जाता है? मैं यह सब कभी भी उनको ठीक-ठीक नहीं बता पाता था। सच पूछो तो मैंने कभी इन सबका हिसाब भी नहीं रखा था। फिर इन सबका हिसाब रखने से भला फायदा ही क्या था? लेखन से भी भला क्या गृहस्थी चलती है? कभी-कभी मुझे भी पिता जी की बातें याद करके बहुत अफसोस होता था कि अगर मैंने उन दिनों आवारागर्दी न करके मेहनत से पढ़-लिख लिया होता तो आज एम.बी.बी.एस. डॉक्टर होता और कहीं अच्छी-खासी नौकरी कर रहा होता। लेकिन ग़नीमत थी कि अब पिता जी इस बारे में मुझसे कुछ भी नहीं कहते थे। वह भी शायद समझ गए थे कि जो कुछ भी इंसान के प्रारब्ध में होता है, उसे वही मिलता है।

मुझे आज भी ठीक से याद है कि वह दिसंबर का महीना था। मैं अपनी क्लिनिक में बैठा मरीज़ देख रहा था। तभी मुझे पोस्टमैंन अपनी तरफ आता हुए दिखा। मैंने उसका स्वागत करते हुए कहा, 'आओ...आओ लोकेश भाई, क्या ले आए हो?'

लोकेश ने मुस्कराते हुए मुझे दो लिफाफे पकड़ा दिए। एक मे मेरी किसी कहानी का चेक था। जिसे पाकर मुझे बड़ी खुशी हुए। दूसरी डाक एक शादी का कार्ड था। मैंने उसे खोल कर देखा तो हैरान रह गया। वह कार्ड शंकर का था, जो कि रोशनपुर से आया था।

कार्ड के साथ शंकर का एक पत्र भी था। जिसमें लिखा था-

प्रिय मित्र, अंकित जी! सप्रेम नमस्ते!

आशा है कि आप स्वस्थ व सानंद होंगे।

एक पत्रिका से, जिसमें पिछले महीने ही आप का लेख छपा था, पता लेकर आपको पत्र लिख रहा हूँ। आप तो जब से रोशनपुर से गए हैं, लौट कर आने का कष्ट ही नहीं किया। हम लोगों से आखिर ऐसी कौन सी गुस्ताखी हुई है? खैर, हम सब आपको भूले नहीं हैं और न ही कभी भूल सकते हैं। मुझे आपको यह सूचित करते हुए बहुत ही हर्ष हो रहा है कि मेरे बेटे की शादी तय हो गई है। शादी इसी महीने की 24 तारीख को रविवार के दिन है। विवाह के सारे कार्यक्रम रोशनपुर के मेरे फार्महाउस में ही संपन्न होंगे। आप सादर आमंत्रित हैं। मेरी आपसे विनम्र प्रार्थना कि आप इस शुभ अवसर पर यहाँ सपरिवार अवश्य आएं और अपने भतीजे को आशीर्वाद देकर हमें कृतार्थ करें। शेष बहुत सी बातें आपके आने पर होंगी।

सस्नेह,

आपका ही, शंकर सक्सेना

(परिवहन मंत्री, उत्तर प्रदेश सरकार)

सालों बाद अचानक मुझे शंकर का पत्र पाकर बहुत प्रसन्नता हुई। मैं तो खुद भी एक बार रोशनपुर जाकर सब लोगों से मिलना चाहता था। पर जाने क्यों, वहाँ इतने दिनों बाद जाने में कुछ संकोच-सा भी होता था। वाह, इससे अच्छा मौका फिर कब मिलेगा। शायद भगवान ने ही मेरी सुन ली थी। मैं यही सब सोचता हुआ शादी के कार्ड को उलट-पलट कर पढ़ता रहा। कार्ड से ही मुझे मालूम पड़ा कि शंकर के बेटे का नाम वैभव है। शंकर की पत्नी कैसी होगी? मैं मन-ही-मन कल्पना करने लगा।

(49)

मुझे आज भी ठीक से याद है, जिस दिन मुझे शंकर का पत्र मिला था, उस दिन दिसंबर की 15 तारीख़ थी। मैंने उसी दिन स्टेशन जाकर 23 तारीख़ की रात्रि की ट्रेन का रिजर्वेशन करवा लिया था। सोचा था कि 24 तारीख को सुबह 7 बजे के लगभग रोशनपुर पहुँच जाऊँगा तो अपने पुराने मित्रों से भी मिल लूँगा। शंकर से भी कुछ देर बात हो जाएगी। वैसे भी वह बेटे की शादी में बहुत व्यस्त होगा। 24 तारीख की रात्रि 3:30 बजे ही 'एक्सप्रेस ट्रेन' से मुझे वापिस भी लौटना था। उसका भी रिजर्वेशन मैंने करा लिया था। इतना सब कुछ करके मैंने सकून की साँस ली।

मुझे ठीक से याद है 23 दिसंबर की उस रात को बहुत सर्दी थी। पर इतने दिन बाद रोशनपुर जाने के नाम पर मैं बहुत उत्साहित था। ट्रेन आधे घंटे देर से ही आई थी। स्टेशन पर काफी भीड़-

भाड़ थी। पर रिजर्वेशन होने के कारण मुझे किसी भी तरह की परेशानी नहीं हुई। मैं आराम से अपनी रिजर्व सीट पर जा बैठा गया। मैं 24 तारीख़ की सुबह 9 बजे रोशनपुर पहुँचा। रिक्शा करके जिस समय मैं पातीराम कूँचा पहुँचा उस समय सुबह के 9:30 बज रहे थे। मुझे यह देख कर बड़ा आश्चर्य हुआ कि अब यह पहले वाला क़स्बाई रोशनपुर नहीं रहा था। यहाँ भी बड़े-बड़े माल बन गए थे। हालाँकि इतनी सर्दी के कारण अभी तक बाजार खुला नहीं था फिर भी सड़कों पर काफी रौनक नज़र आ रही थी। इलाहाबाद बैंक अब भी अपनी पुरानी जगह पर ही स्थित था। उसी इलाहाबाद बैंक की बगल से ही मेरा रिक्शा पातीराम कूँचे की तरफ मुड़ गया। दीपक मुझे पातीराम कूँचे में घुसते ही मिल गया था। कुछ देर तो वह मुझे अजनबी की तरह देखता रहा। फिर रिक्शेवाले को आवाज़ लगा कर उसने उसे रोका और मेरे नजदीक आकर बोला, 'अंकित हो न?'

मैंने कहा, 'हाँ।' लेकिन मैं उसे पहचान नहीं पा रहा था। अब वह काफी मोटा हो गया था। बढ़िया सा सूट-बूट पहने हुए था। उस दिन सर्दी भी बहुत थी। आख़िर दिसंबर का आख़िरी सप्ताह चल रहा था।

वह बोला, 'काफी बदल गए हो। तुम्हारे तो सारे बाल ही सफेद हो गए हैं। अगर शंकर कल तुम्हारे आने का ज़िक्र न करता तो मैं तो तुम्हें पहचान ही नहीं पाता।'

लेकिन मैं अब भी अजमंस में था और उसे न पहचान पाने के कारण बहुत ही असुविधा-सी महसूस कर रहा था। वह शायद मेरी स्थिति समझ गया था। इसलिए खुद ही अपना परिचय देते हुए बोला, 'पहचान नहीं पाए न! मैं दीपक हूँ। दीपक शुक्ला। याद है न, लड़कपन में हम लोग कितनी मस्ती किया करते थे?'

मैंने उसका हाथ गरमजोशी से दबाते हुए कहा, 'वाह पहचानूँगा कैसे नहीं? तुम्हारी बिट्टो बुआ के कमरे में बैठ कर तो मैंने न जाने कितनी कहानियाँ सुनी थीं।'

बिट्टो बुआ की बात सुन कर वह मुस्कराने लगा। फिर मेरा हाथ पकड़ कर बोला, 'चल, मेरे घर चल! बिट्टो बुआ जी तो अब नहीं रहीं। पर उन्हीं के कमरे में बैठ कर आज मैं तुम्हें एक सच्ची घटना सुनाऊँगा। हो सके तो उस पर एक कहानी लिखना या हो सके तो पूरा उपन्यास ही लिख देना। उपन्यास-कहानियाँ भी तो सच्ची घटनाओं से ही प्रेरित होती हैं? वैसे भी अब तुम बहुत बड़े लेखक हो गए हो। तुम्हारी जब भी कोई कहानी किसी पत्र-पत्रिका में छपती है तो हम रोशनपुरवाले बहुत ही चाव से पढ़ा करते हैं। तुम्हें तो हमेशा नए-नए प्लाट की तलाश रहती होगी?'

मैंने रिक्शेवाले को विदा करते हुए कहा, 'वह तो है, पर अभी नहीं यार, अभी तो मैं सीधा शंकर के पास ही जाऊँगा। शाम को तुम से मुलाक़ात होगी। तभी मैं तुम से तुम्हारी कहानी सुनूँगा। तुम भी तो शायद कहीं जा रहे थे?' मैंने उसे याद दिलाया।

वह बोला, 'हाँ, कालेज। मैं भी तो अब उसी कालेज में टीचर हो गया हूँ, जहाँ हम सब लोग कभी पढ़ा करते थे।'

'वैरी गुड!' मुझे उसकी बात सुन कर बहुत खुशी हुई।

वह बोला, 'चल न, आज की छुट्टी मार लूँगा।'

'बेकार में ही बच्चों का क्यों नुक्सान करेगा? शाम को तो हम लोग मिल ही रहे हैं। शंकर के बेटे की शादी में तो आ ही रहे हो न?' मैंने हँस कर उसका हाथ दबा दिया।

वह बोला, 'हाँ, तब ठीक है, पक्का! पर एक-दो दिन तुझे मेरे घर भी रुकना पड़ेगा। सालों बाद तो तू आया है। अब पता नहीं इस ज़िंदगी में फिर कभी मुलाकात होगी भी या नहीं। पत्र-पत्रिकाओं में कभी-कभी तुम्हारी कहानियाँ-कविताएँ पढ़ कर ही हम लोग तुम्हारी याद कर लेते हैं। सच तो यह है अंकित भाई, अब इतनी फुरसत ही किसे है कि पुराने दोस्तों की खोज-ख़बर ली जाए।'

मैंने उसकी बात से सहमत होते हुए कहा, 'हाँ ठीक है। तुझसे कहानी सुने बिना थोड़े ही जाऊँगा। आख़िर बिट्टो बुआ का कुछ तो असर तुझ पर भी पड़ा होगा। वे भी तो बहुत लंबी-लंबी कहानियाँ कई दिनों तक सुनाती रहती थीं। फिर अब तो तू भी अध्यापक हो गया है; किस्से-कहानियाँ सुनाने में माहिर तो हो ही गया होगा?'

मेरी बात सुन कर वह हँसता हुआ चला गया।

(50)

शंकर मुझे देख कर बहुत खुश हो गया। उसे शायद मेरे आने की आशा नहीं रही होगी। इसलिए एकाएक मुझे सामने पाकर, उसने मुझे गले से लगा लिया।

मैंने उसे हैरत में देख कर पूछा, 'क्यों, तुम्हें क्या मेरे आने की आशा नहीं थी?'

वह बोला, 'सालों बाद देख रहा हूँ तुम्हें। तुम समझ नहीं सकते कि मुझे कितनी खुशी हो रही है।'

मैंने कहा, 'हाँ, समय तो वाकई बहुत गुज़र गया है। पर सचमुच मुझे तुम लोगों की याद बराबर आती रहती थी।'

वह बोला, 'वाह! याद आती थी तो कभी आए क्यों नहीं? ये सब तो बस कहने की बातें हैं।'

मैंने कहा, 'नहीं, ऐसी बात नहीं शंकर, पर न जाने क्यों यहाँ आते हुए बहुत संकोच-सा लगता था।'

'वह क्यों?'

‘अगर इतने सालों बाद मुझे कोई न पहचानता, तो?’

‘वाह! कैसी बात करते हो अंकित? दूर रहने से क्या प्रेम कम हो जाता है? यह कहो कि यहाँ आने का कभी समय ही नहीं मिला। ज़िदगी भी तो आजकल बहुत तेज दौड़ रही है।’

मैंने कहा, ‘अगर ऐसी बात होती तो क्या आज मैं तुम्हारा पत्र पाते ही दौड़ा चला आता? फिर तुम भी तो कभी मुझसे मिलने नहीं आए। लखनऊ तो तुम्हारा आना-जाना लगा ही रहता होगा? लखनऊ तो नेताओं का तीर्थस्थल है।’

सुन कर शंकर हँसने लगा। बोला, ‘खैर छोड़ इस बात को। चल जल्दी से फ्रेश हो कर कुछ खा-पी ले, फिर हम लोग फार्महाउस चलते हैं। नहाएगा? गीजर में गर्म पानी है। सारी थकान मिट जाएगी।’

मैंने कहा, ‘ऐसी थकान नहीं है। रिजर्वेशन था, सारी रात सोता हुआ आया हूँ, पर गर्म पानी की सुविधा है तो नहा ही लेता हूँ।’

शंकर ने अपने बेटे को आवाज़ लगाई, ‘वैभव!’

एक सुदर्शन-सा नवयुवक आकर बैठक में खड़ा हो गया।

‘जी, पापा जी।’

‘बेटा, यह अंकित अंकल हैं, लखनऊ से आए हैं?’

इतना सुनते ही वैभव ने बहुत श्रद्धा से झुक कर मेरे पैर छुए तो मैं निहाल हो गया। फिर वह मुझे अंदर गेस्टरूम में ले गया। बहुत ही आलीशान और आरामदायक मकान था। वहाँ सभी सुविधाएँ उपलब्ध थीं।

नहा-धोकर जब मैं बैठक में आया तब तक नाश्ता लग चुका था। एक-दो सज्जन वहाँ और भी आ चुके थे। शायद रिश्तेदार होंगे। हम लोगों ने नाश्ता किया। वहीं मेरी शंकर के पिता जी प्रेमबिहारी चाचा जी से भी मुलाकात हुई। वे अब बहुत बूढे हो गए थे। इसके बाद शंकर ने मुझे एक ओर बुला कर कहा, ‘अंकित, तुम अब चाहो तो थोड़ी देर आराम कर लो। मैं ज़रा फार्महाउस जाऊँगा। देखें वहाँ क्या हो रहा है।’

मैंने पूछा, ‘क्या लड़कीवाले भी रोशनपुर के ही हैं?’

वह बोला, ‘अरे नहीं, वे तो दिल्ली के हैं, पर यहीं आकर शादी करेंगे। सारा इंतजाम तो हम लोगों को ही देखना है।’

मैंने कहा, ‘ठीक है, तब मैं भी चलता हूँ। इतने दिनों बाद रोशनपुर आया हूँ, जरा घूमघाम कर देखूँ तो कि क्या कुछ बदल गया है। पुराने दोस्तों से भी मिल लूँगा। यहाँ बैठ कर भी क्या करूँगा?’

शंकर बोला, 'हाँ, यह भी ठीक रहेगा।'

उस दिन मैं सबसे पहले शंकर के साथ उसके फार्महाउस गया फिर वहाँ कुछ समय रुक कर पूरे दिन सारे रोशनपुर में घूमता रहा। यहाँ-वहाँ जाकर पुराने दोस्तों से मिला तो मन खुश हो गया। उन्होंने मुझे इतना कुछ खिलापिला दिया था कि दोपहर को भोजन करने का मन भी नहीं हुआ।

शाम को मैं जब शंकर के घर पहुँचा तो वह बहुत नाराज हुआ। बोला, 'हम सब तुम्हारा खाने पर इंतज़ार करते रहे और तुम्हारा कुछ पता ही नहीं। हमारे यहाँ शादी पर आए हो या रोशनपुर घूमने?'

मैंने हँस कर कहा, 'क्या बताएँ भाई, पुराने दोस्त छोड़ ही नहीं रहे थे। इस समय भी बड़ी मुश्किल से पीछा छुड़ा कर आ पाया हूँ। वाकई यहाँ के लोग कितने अच्छे हैं? कितने मिलनसार?'

शंकर बोला, 'तुझे आज पता चला। हम सब मित्र तुम्हें कितना याद करते हैं, तुम नहीं समझ सकते, अंकित। खैर, सारे दिन घूमते रहे हो, थोड़ा खा-पी लो, फिर तैयार हो जाओ। सर्दी के दिन हैं, बारात जल्दी ही चढ़ जाएगी।'

मैंने कहा, 'दिन भर खाने-पीने में ही तो गुज़रा है। अब कुछ भी खाने की इच्छा नहीं है। फिर रात की दावत के लिए भी तो पेट में जगह होनी चाहिए।'

शंकर बोला, 'तब ठीक है। आराम से तैयार हो जाओ। सात बजे यहाँ से सब लोग निकल लेंगे।'

मैंने घड़ी देखी। छः तो बज ही रहे थे। मैं गेस्टरूम के अपने कमरे में जाकर अपने कपड़े चेंज करने लगा। तब तक बहुत सारे मेहमान आ चुके थे और घर में अफरा-तफरी मची थी।

ठीक समय पर ही हम लोग फार्महाउस पहुँच गए थे। लड़कीवालों की तरफ से हम लोगों का भव्य स्वागत किया गया। बहुत अच्छा प्रबंध था। जयमाल का कार्यक्रम हुआ। बहू दीपिका बहुत सुंदर थी। वैभव और दीपिका की जोड़ी खूब जम रही थी। शंकर ने बहुत ही इसरार करके हम सबको मंच पर बुला-बुलाकर वर-वधू के साथ फोटो खिचवाई। वाकई उसका यह अपनापन देख कर हम सबको बहुत ही प्रसन्नता हुई। वहीं पर मैंने पहली बार शंकर की पत्नी को भी देखा। वे अब प्रौढ़ा हो चुकी थीं। पर मानना पड़ेगा कि इस उम्र में भी वे बेहद खूबसूरत लग रही थीं। पर उनको देख कर मुझे न जाने क्यों रह-रह कर यह लग रहा था कि इन संभ्रांत महिला को मैंने कहीं देखा है। पर कहाँ, यह ध्यान नहीं आ रहा था। आखिरकार मुझे रोशनपुर छोड़े हुए भी तो कई साल हो गए थे।

उत्तर प्रदेश सरकार में वर्तमान मंत्री होने के कारण शादी में काफी भीड़-भाड़ थी। एक तरह से सारे रोशनपुर के लोग ही वहाँ उपस्थित थे। कई सांसद, विधायक, मंत्री और अन्य गणमान्य

लोग भी वहाँ उपस्थित थे। वहीं पर मैंने प्रकाशनारायण सर को भी देखा तो मुझे बड़ा आश्चर्य हुआ। पर भीड़भाड़ के कारण मेरी उनसे किसी तरह की बातचीत नहीं हो सकी। इतनी भीड़ होने पर भी खाने-पीने का बहुत ही अच्छा प्रबंध था। सब लोग खूब सुविधा से खा-पी रहे थे। जयमाल आदि का कार्यक्रम होने के बाद शंकर ने मेरे पास आकर कहा, 'देखो अंकित, अब तुम भी खा-पी लो। इसके बाद गाड़ी तुम सभी को घर छोड़ आएगी। वहीं आराम से सोना। दिन भर के थके हुए हो। हम लोगों को तो रात भर यहीं रहना होगा। इतने विशिष्ट जन आएँ हैं। इन्हें भी तो देखना है। फिर क्या शादी-विवाह के ही झंझट कुछ कम होते हैं?'

सचमुच शंकर की बात सच थी। मैं भी अब थक-सा गया था। खा-पीकर कुछ देर आराम कर लेना चाहता था। फिर रात के 3:30 बजे की एक्सप्रेस ट्रेन से मेरा लखनऊ वापिस लौट जाने का रिजर्वेशन भी तो था। इसीलिए मैंने शंकर की बात खुशी से मान ली थी, सोचा था कि थोड़ी देर आराम करके घर से ही मैं अपना सूटकेस लेकर स्टेशन निकल जाऊँगा।

पर मैंने अभी खाना शुरु ही किया था कि न जाने कहाँ से दीपक आ गया। वह शायद बहुत देर से मुझे ढूँढ़ रहा था। वह मेरे पास आते ही बोला, 'वाह, कहाँ गुम रहे तुम सारा दिन? मैं तो कालेज से आते ही शंकर के घर गया था पर तुम नदारत थे।'

मैंने कहा, 'हाँ भाई, इतने दिनो बाद रोशनपुर आया हूँ। पुराने दोस्तो को ढूँढ़-ढूँढ़ कर उनसे मुलाकात कर रहा था।'

वह बोला, 'चलो यह भी ठीक रहा। सब लोग तुम्हें याद भी बहुत करते थे। तुम से मिल कर तो बहुत खुश हुए होंगे?'

वाकई दीपक ठीक कह रहा था।

मैंने कहा, 'हाँ, यहाँ के लोग कितने अच्छे हैं।'

वह बोला, 'पुराने दोस्तों की बात ही कुछ और होती है। अब तू जल्दी से खाना खा ले फिर हम लोग निकलते हैं।'

'कहाँ?' सुन कर वह हैरान रह गया।

वह बोला, 'क्यों, सुबह तुमने वादा नहीं किया था कि आज की रात तुम मेरे यहाँ बिताओगे? तुम्हारे जाने के बाद इस रोशनपुर में जो कुछ भी घटा, तुम जानना नहीं चाहते हो?'

सचमुच यह सब जानने की मेरी भी बहुत इच्छा थी। ख़ास कर इसीलिए तो मैं यहाँ आया था। शंकर को तो मैं देख ही रहा था कि एक दिन जैसा उसने कहा था, वह राजनीति में अपना मुक़ाम हासिल करके ही रहा। पर फिर विष्णु का क्या हुआ? और उस नूतन का, जो कि उस समय की मिस रोशनपुर थी; के बारे में जानने की भी मेरी बहुत इच्छा थी। वह तो शायद विष्णु से शादी करके कहीं सुखी गृहस्थ जीवन बिता रही होगी?

मैंने कहा, 'हाँ दीपक। उन सबके बारे में जानने की तो मेरी भी बहुत इच्छा है। पर मुझे तो आज रात को ही लौट जाना होगा; क्योंकि 3:30 बजे की 'एक्सप्रेस ट्रेन' में मेरा रिजर्वेशन है।'

यह सुन कर वह बहुत नाराज हो गया। पत्नी के साथ रहते हुए ग़नीमत थी कि उसने मुझें गालियाँ नहीं दीं। वह अपनी पत्नी संगीता से बोला, 'तुम देख रही हो इसकी हरकतें, बरसों बाद रोशनपुर आया है, वह भी अकेले और केवल एक ही दिन के लिए। इसे तो पीटने को जी चाह रहा है।'

संगीता भाभी हँस कर बोलीं, 'हाँ, यह तो आपने ठीक नहीं किया भाई साहब। भाभी जी और बच्चों को भी साथ लेकर आना चाहिए था? उनसे भी मुलाकात हो जाती। ये तो आपके यहाँ आने की बात सुन कर ही बहुत खुश हो गए थे। घर में रोज ही आपका जिक्र हो जाता है।'

संगीता भाभी के मुँह से यह सब सुन बहुत अच्छा लगा। अफसोस भी हुआ कि मुझे आज ही लखनऊ के लिए निकलना पड़ेगा। मुझे कम-से-कम एक दिन तो यहाँ रुकना ही चाहिए था।

मैंने अफ़सोस जताते हुए कहा, 'क्या बताऊँ मजबूरी है, भाभी जी। मुझे अपनी क्लिनिक भी तो देखनी है। नहीं तो बेचारे मरीज़ नाहक ही परेशान होंगे। यह काम ही बहुत जिम्मेदारी का है।'

दीपक बोला, 'सुन रही हो न इसकी बातें? अब तो यह बहुत बड़ा डॉक्टर हो गया है। इसकी क्लिनिक में तो मरीज़ों का मेला लगा रहता है। हम पुराने दोस्तों के लिए इसके पास कहाँ समय है?'

सुन कर संगीता भाभी मुस्कराने लगीं।

मैंने कहा, 'ठीक है भाई, मैं तुम्हारे साथ ही चलता हूँ। मुझे भी सारी बातें जानने की बड़ी उत्सुक्ता है। पर वहाँ से ठीक 3 बजे उठ लूँगा और शंकर के यहाँ से सूटकेस लेता हुआ स्टेशन चला जाऊँगा।'

दीपक झुँझलाया तो बहुत, पर आख़िर में यही तय रहा। उस समय रात के 11 बजे थे। हम लोग खाना खाकर शंकर की गाड़ी से दीपक के घर पहुँचे। उसका मकान भी तो उसी मोहल्ले में ही था।

(51)

उस दिन उन्हीं बिट्टो बुआ के कमरे में हमारा अड्डा जमा, जिनसे हम लोगों ने बचपन में न जाने कितनी कहानियाँ सुनी थीं। मंगल पाँडे, रानी लक्ष्मी बाई, चन्द्रशेखर आजाद, भगत सिंह, सुभाष चन्द्र बोस, नेहरू जी, महात्मा गाँधी जैसे देश भक्त और क्रांतकारियों की कहानियाँ भी हम लोगों ने उनसे ही सुनी थीं। पता नहीं उन्हें न जाने कितनी कहानियाँ मुँह जबानी याद थीं। उस समय यही सोच कर हम सब बच्चों को बहुत आश्चर्य होता था। टुकड़ों–टुकड़ों में भारत

की स्वतंत्रता का इतिहास भी उन्होंने हम बच्चों को बताया था। तभी हम लोगों को मालूम पड़ा था कि हमारे स्वतंत्रता सैनानियों ने हमारे देश को स्वतंत्र कराने के लिए कितना संघर्ष किया था। कितनी तकलीफें उठाईं थीं।

बिट्टो बुआ तो अब नहीं रही थीं। पर उसी कमरे में उनकी एक बड़ी-सी फोटो ज़रूर लगी थी। मैंने पूरी श्रद्धा से हाथ जोड़ कर उन्हें प्रणाम किया। सच पूछो तो लेखन के क्षेत्र में वही मेरी प्रथम गुरु थीं। उन्हीं से कहानियाँ सुन-सुनकर मुझे भी कहानियाँ पढ़ने-लिखने का शौक़ लगा था। उस समय मेरी कुछ कहानियाँ कॉलेज की मैगजीन में छपी भी थीं। बिट्टो बुआ ने उनकी खूब तारीफ़ की थी। उनकी तारीफ़ पाकर मेरा आत्मविश्वास बढ़ गया था। शायद तभी से मेरे अंदर लेखन के बीज पनप गए थे।

मैंने कमरे में चारों तरफ निगाह उठा कर देखा। एक रैक में तमाम सारी किताबें क़रीने से लगी हुई थीं। मेज़ पर तमाम पत्र-पत्रिकाएँ भी रखी हुई थीं। यह देख कर मुझे बहुत खुशी हुई कि दीपक को भी पढ़ने-लिखने का शौक़ है। उसने बिट्टो बुआ की विरासत को अच्छी तरह से सँभाल रखा है। निश्चित रूप से यह दीपक का स्टडी रूम था।

दीपक ने अपना एक पजामा मुझे देते हुए कहा कि इसे पहन कर रजाई में घुस लो। ठंड बहुत है। मुझे भी सुबह से पेंट पहने-पहने बहुत असुविधा हो रही थी। मैंने अपना सूट उतार दिया और पजामा पहन कर झट से रजाई में घुस गया। मैं सारे दिन की भाग-दौड़ से काफी थक गया था। मेरी इच्छा हो रही थी कि कुछ देर आराम कर लूँ। रजाई में दुबकते ही मुझे नींद भी आने लगी थी। वैसे भी मेरी जल्दी सो जाने की आदत है। पर मैं रोशनपुर के बाशिंदों की कहानी सुनने का लोभ भी संवरण नहीं कर पा रहा था। फिर मुझे 3:30 बजे वाली ट्रेन भी तो पकड़नी थी। दीपक भी कपड़े बदल कर मेरे पास आ बैठा। मैं अब तक इन सब लोगों के बारे में जानने को बहुत उतावला हो चुका था।

मैंने पूछा, 'दीपक, जहाँ तक मुझे याद है इस शंकर ने एक दिन दयाशंकर की ज़मीन पर क़ब्ज़ा करके उसमें एक अखाड़ा खोला था। फिर उस अखाड़े का क्या हुआ?'

दीपक मेरी बात सुन कर हँसने लगा। मैंने पूछा, 'बताओ न दीपक?'

दीपक बोला, 'ठीक है, मैं उसके बाद से ही सारी कहानी तुम्हें सिलसिलेबार सुनाता हूँ। तभी शायद तुम इन घटनाओं को लेकर कोई मज़ेदार उपन्यास लिख सकोगे। पर देखो; पात्र, स्थान आदि के नाम पूरी तरह से बदल देना। नहीं तो अपने ये मंत्री जी बहुत नाराज़ हो जाएँगे।

मैंने हँस कर कहा, 'तू चिंता मत कर। मैं पूरी तरह तरह से पात्रों, स्थानों आदि के नाम बदल दूँगा। वैसे भी अब अपने मंत्री जी को उपन्यास पढ़ने की फुरसत ही कहाँ है? बस तू अब शुरू हो जा।'

(52)

दीपक बोला, 'ठीक है, तो मैं इसके बाद से ही कहानी शुरू करता हूँ।'

मैंने कहा, 'हाँ, इससे पहले की सारी बातें तो मैं जानता ही हूँ।'

रजाई में दुबकते ही दीपक शुरू हो गया था।

शंकर को अखाड़े से जितनी आमदनी हुई उससे उसने एक बड़े सलीके का काम किया। उसका काम सबको पसंद आया। जिसने भी देखा उसी ने कहा, 'वाह, शंकर यह तो तुमने बहुत ही अच्छा काम किया है!'

अपने भविष्य के प्रति लापरवाह नहीं था शंकर।

शंकर ने दो भैसें खरीदी थीं।

उसने यह भी ऐलान कर दिया था कि धीरे-धीरे यहाँ पर एक बड़ी डेरी होगी। उसकी डेरी में बिल्कुल शुद्ध दूध मिलेगा। दूध में न तो जरा-सा भी फेना होगा और न ही पानी। एकदम से प्योर मिल्क मिलेगा। डेरी का नाम ही उसने रखा था-'प्योर मिल्क डेरी'।

उस मोहल्ले में सचमुच कोई डेरी नहीं थी। लोगों को दूसरे मोहल्लों से दूध लेने जाना पड़ता था। दोपहर को दूधिए साइकिल से दूध लेकर आते थे, सो भी खूब पानी मिला कर। लोगों को उसकी यह डेरी योजना खूब पसंद आई। उसने भी वक़ायदा इसका उदघाटन प्रभुदयाल जी से करवाया। अपने हाथों से पहला शुद्ध दूध का गिलास भर कर उसने उन्हीं को पीने के लिए दिया। प्रभुदयाल सर ने शंकर की खूब तारीफ़ की। हाथों-हाथ सारा दूध बिकने लगा।

उससे मोहल्ले के ही कई लोगों ने कहा, 'दूध की तो बहुत खपत है, शंकर, अभी तो और भी भैंसें लाओगे न ?'

'हाँ चाचा, क्यों नहीं? धीरे-धीरे भैसें बढ़ाता जाऊँगा। अब इस रोशनपुर का कोई भी बच्चा बिना दूध के नहीं सोएगा? यह मेरा दावा है। यह 'प्योर मिल्क डेरी' मैंने इसीलिए तो खोली है। 'बच्चे-बच्चे को दूध मिले, बच्चा-बच्चा स्वस्थ रहे', आज से यही हमारा नारा है, चाचा।

'वाह, क्या बात है!' लोगों को यह नारा भी पसंद आया।

कुछ लोगों ने कहा, 'लेकिन धीरे-धीरे क्यों शंकर, अभी ही इकट्ठी भैसे न ले आओ? हमें व मोहल्लेवालों को आसानी हो जाएगी। इन साइकिल वाले दूधियों की फिर हम लोग छुट्टी कर देंगे। पता नहीं साले किस गंदे तालाब से पानी मिला कर लाते होंगे।'

शंकर ने हँसते हुए कहा, 'मनी प्राबलम है, चाचा जी। अब क्या इतने ज़रा से काम के लिए बाप से पैसे माँगेंगे? घर से डंडे मार कर निकाल बाहर करेगा। वैसे ही पिता जी को मेरे ये भले काम पसंद नहीं हैं। उनकी शान को बट्टा जो लग रहा है। आत्मनिर्भर होकर भी जैसे मैंने कोई

गुनाह कर दिया हो? वे तो चाहते हैं कि मैं उनकी थोक की दुकान सँभाल लूँ और ज़िंदगी भर शराफत से अखरोठ-बादाम-काजू बेचता रहूँ। पर यह सब मुझसे नहीं होगा, चाचा जी। मुझे तो अपना कैरियर राजनीति में बनाना है। उसके लिए समय चाहिए।'

सुन कर सब हँसने लगे।

बड़ी मज़ेदार बात कही थी शंकर ने।

मोहल्ले के लोगों ने सोचा कि जब दूध लेंगे तो पैसा तो देना ही पड़ेगा, क्यों न सब लोग मिल कर शंकर को पाँच-पाँच सौ रुपए दे दें, दूध के हिसाब में बाद में कटते रहेंगे। यह योजना सभी को खूब पसंद आई। शंकर को इकट्ठे करके रुपए दे दिए गए। पाँच भैसे और आ गईं। सुबह ठीक छ: बजे से डेरी में दूध लेनेवालों की भीड़ जमा होने लगती थी। बहुत सुबह ही शंकर को भी उठना पड़ता था। लोग कहते, 'वाह....वाह....शुद्ध दूध की तो बात ही कुछ और है! दूध पीने का मज़ा तो अब आया है। जो लड़के वहाँ कसरत-वसरत करते थे वे भी वहीं से दूध ले कर पीते। उनका लोटा-गिलास सब वहीं रखा रहता था। कसरत करने के बाद कच्चा ताज़ा दुहा हुआ दूध लोटा-लोटा भर पी जाते थे।

कसरत करने वाले लड़कों ने एक दिन कहा, 'दादा, हम लोग एक गाय भी पालेंगे। कसरत-वसरत करके हम लोग गाय का दूध पिया करेंगें। असली फुर्ती तो गाय का दूध पीने से ही आती है। देखिए न गाय का बछड़ा भैस के बच्चे के मुकाबले कितना फुर्तीला होता है। यह सब गाय के दूध का असर ही तो है।'

शंकर ने कहा, 'हाँ, बात तो तुम्हारी ठीक है। गाय का दूध पीने से शरीर में सुस्ती नहीं रहती है। शरीर भी ताकतवर एवं छरहरा बना रहता है। तुम लोग चंदा करके दो तो अगले इतवार को ही दो गाय लाकर बाँध दूँगा। यह कौन-सी बड़ी बात है? वैसे भी बहुत से लोग छोटे बच्चों के लिए गाय के दूध की माँग करते ही रहते हैं।'

सब ने चंदा इकट्ठा किया। दो गाय भी आ गईं।

मोहल्ले के लोगों ने सुबह आकर देखा कि अखाड़े के उस तरफ कोने में दो गाय भी बँधी हैं। उनके साथ उनके बछड़ें भी बंधे रँभा रहे हैं। लोगों ने पूछा, 'वाह, यह गाय कब ले लाए, शंकर?'

'कल ही तो लाया हूँ, चाचा। अखाड़े के लड़कों की ज़िद थी कि वे गाय का दूध पीएँगे। भैस के दूध से उन्हें सुस्ती आती है।'

'तो फिर मुझे भी आज से गाय का ही दूध दो न?'

'नहीं...नहीं...चचा। ऐसी गड़बड़ बिल्कुल नहीं।'

'क्यों?'

'ये गाय तो इन लड़कों के लिए ही हैं। इन्हीं के पैसों की है। कसरत-वसरत करके आज से ये लोग गाय का दूध ही पिया करेंगे। इनका शरीर छरछरा और फुर्तीला बना रहेगा। दिमाग भी तेज़ होगा।'

शिवचरण चाचा ने कहा, 'तो क्या हम लोगों को बिल्कुल भी गाय का दूध नहीं मिलेगा? देख, मेरा तो हाज़मा कमजोर है, बेटा, भैस का दूध अब इस बुढ़ापे में मुझसे नहीं पचता है।'

उनकी बात सुन कर शंकर की हँसी नहीं रुकी।

'आपको तो पानी मिला दूध पीने की आदत है चाचा, इसीलिए निख़ालिस दूध अब आप को नहीं पचता है। आप दूध में थोड़ा पानी मिला लिया करें, फिर देखिएगा कैसे फटाक से पचता है। वैसे सच तो यही है कि भैस के दूध में ही अधिक प्रोटीन, फैट और विटामिन्स होते हैं। गाय का दूध तो छोटे बच्चों के लिए ही ठीक है। जल्दी हज़म हो जाता है। डॉक्टर भी तो छोटे बच्चों के लिए गाय का दूध ही मुफ़ीद बताते हैं। पर क्या करें लड़कों की जिद थी?'

शंकर की बात सुन कर शिवचरण चाचा 'हो...हो' करके हँसने लगे। शरीर पर सरसों का तेल लगाए, हाथ में दूध के लिए लोटा लिए खड़े लड़के भी ठठाकर हँस पड़े।

शिवचरण चाचा अपनी हँसी रोक कर बोले, 'कैसा मज़ाक करता है तू भी। मैंने तो वह ज़माना देखा है जब आदमी दूध में पानी मिला कर बेचना भी पाप समझता था। कभी मेरे भी घर में दो-दो गाय पली रहती थीं। वह भी क्या ज़माना था, भई!'

शंकर ने शिवचरण चाचा को भावुक होते देख कर कहा, 'मिलेगा क्यों नहीं चाचा? आपको भी गाय का दूध मिलेगा। आप के यहाँ गाय न सही भतीजे के पास तो हैं। बच्चे और बुजुर्ग तो एक समान ही होते हैं। ज़िद पकड़ लें तो मानते थोड़े ही हैं। आप इतना परेशान मत हों। और गाय आते क्या देर लगती हैं? इस महीने दूध के पैसे आने दो, चार गाय और लाकर बाँध दूँगा, आप सब बुजुर्गों के लिए। तब जितना जी चाहे उतना गाय का दूध पीजिएगा। अब तो खुश हैं न आप?'

शिवचरण चाचा वाकई खुश हो गए। उसे दुआएँ देने लगे। बोले, 'बेटा, हमेशा खुश रह। गाय का दूध तो साक्षात् अमृत होता है।

(53)

दीपक इतने रोचक ढ़ंग से कहानी सुना रहा था कि मेरी नींद एकदम से गायब हो गई थी। मैं अपनी ट्रेन के आने का समय होने से पहले ही सब कुछ जान लेना चाहता था। मुझे तीन बजे यहाँ से हर हालत में निकल पड़ना था। तभी तो मैं अपनी ट्रेन पकड़ सकता था। मैंने घड़ी देखी। इस समय रात्रि के एक बज रहे थे। खैर, अभी बहुत समय था, तब तक तो यह कहानी ख़त्म भी हो जाएगी।

मैंने पूछा, 'इसके बाद?'

दीपक आगे की कहानी सुनाने लगा।

प्रकाशनारायण सर के अहसानों के बोझ से दबा हुआ यह विष्णु एक दिन इतना बदल जाएगा तब किसे मालूम था? पहले तो विष्णु के पत्र जल्दी-जल्दी आते थे। फिर पत्र आने का यह सिलसिला धीरे-धीरे कम होता चला गया। सब लोग यही सोचते थे कि विष्णु मन लगा कर पढ़ रहा होगा, इसीलिए उसे पत्र लिखने का समय नहीं मिलता होगा। एम.एस.सी की पढ़ाई कोई हँसी-खेल तो है नहीं। वह अगर मेहनत से पढ़ेगा-लिखेगा नहीं तो इस साल भी प्रदेश भर में टॉप कैसे करेगा। फिर विष्णु बहुत ही स्वाभिमानी लड़का था। शहर में रह कर उसकी ज़रूरतें बहुत अधिक बढ़ गई थीं, पर इसके लिए वह प्रकाशनारायण सर को और अधिक कष्ट नहीं देना चाहता था। वह होस्टल में रह कर भी सारे दिन ट्यूशनें पढ़ाया करता था। बहुत सुबह उठ कर ही वह ट्यूशनें पढ़ाने निकल पड़ता था। उसे साइकिल से बहुत दूर-दूर ट्यूशनें पढ़ाने जाना पड़ता था। तब तक उसका रूमपार्टनर दिवाकर जाग भी नहीं पाता था। उसका बहुत सारा समय तो हाई स्कूल और इंटर के बच्चों को ट्यूशनें पढ़ाने में ही निकल जाता था। इसीलिए उसे रात में देर तक जाग कर पढ़ना पड़ता था।

प्रकाशनारायण सर उसे ट्यूशनें पढ़ाने के लिए हमेशा मना करते थे। पर वह विनम्रता से कहता, 'सर, आप मेरे लिए जितना कर रहे हैं, यही क्या कम है? मैं आपके ऊपर और अधिक बोझ नहीं डालना चाहता। बस मेरी पढ़ाई पूरी होने तक आप मेरी माँ का ख्याल रखिएगा।'

प्रकाशनारायण सर पत्र में लिखते, 'अपनी माँ की तुम बिल्कुल भी चिंता मत किया करो। तुम अपना सारा ध्यान अपनी पढ़ाई-लिखाई पर लगाओ। मैं तुम्हारी माँ को किसी भी तरह का कष्ट नहीं होने दूँगा, विष्णु बेटा।'

प्रकाशनारायण सर का पत्र पा कर विष्णु निश्चिंत हो जाता था। उसे उन पर पूरा विश्वास था। कभी-कभी भावातिरेक में उसके आँसू भी निकल आते थे। उसकी एक ही कामना थी कि किसी तरह वह अपनी शिक्षा पूरी करके एक अच्छी-सी नौकरी पा जाए। उसकी माँ ने उसके लिए बहुत कष्ट सहे थे। अब वह उन्हें बहुत आराम से रखना चाहता था।

उधर शंकर अलग ही ऊधम मचाए था।

अब वह ऐसा-वैसा छोकरा नहीं रहा था। रोशनपुर का अच्छा-ख़ासा दादा बन गया था। उसके अंदर गर्म खून था। नई-नई जवानी थी। वह किसी से भी डरता नहीं था। न जाने कैसे उसने पुलिस के साथ भी अपनी अच्छी सैटिंग कर रखी थी। शहर के नेताओं से भी उसके अच्छे संबंध थे। शुरू से ही उसके हाव-भाव अलग तरह के थे। कालेज में पढ़ते समय ही परीक्षा में नकल करने और प्रभुदयाल जी को पीटने के जुर्म में उसको कालेज से रिस्टीकेट कर दिया गया था। तब पुलिस के डर से वह कानपुर भाग गया था।

कानपुर से आने के बाद, जब उसने डेरी खोल ली, तब भी वह अक्सर प्रकाशनारायण सर के घर चला जाता था। वहाँ जाकर वह जब–तब कहता, 'सर, लीजिए, आज यह मैं आज आपके लिए ही लाया हूँ।'

सर कहते, 'अरे, यह क्या ? बाल्टी में क्या लाए हो, शंकर ?'

वह कहता, 'सर, दूध लाया हूँ आप के लिए। एकदम शुद्ध दूध है। मेरी अपनी 'प्योर-मिल्क डेरी' का ही है। जिसका स्लोगन ही यही है कि-बच्चे-बच्चे को दूध मिले, बच्चा-बच्चा स्वस्थ रहे।'

सर कहते, 'लेकिन भाई, मैं कोई बच्चा थोडे ही हूँ।'

शंकर हँसते हुए कहता, 'वह बात नहीं सर, दूध तो बच्चे-बड़ों सभी के लिए बहुत जरूरी है।'

सर कहते, 'वह तो ठीक है शंकर, पर इसकी क्या ज़रूरत थी ? बाल्टी भर कर दूध का मैं क्या करूँगा ? कौन पिएगा इतना सारा दूध ?'

वह कहता, 'वाह, ज़रूरत क्यों नहीं है ? सर, इसका खोया बनवा लेना। शुद्ध खोए के गुलाबजामुन बहुत अच्छे लगते हैं। नूतन तो बहुत अच्छे गुलाबजामुन बनाती है ? बनवाइएगा उससे। मैं भी खाने आ जाऊँगा।'

सर कहते, 'लेकिन फिर भी ? इतना सब कुछ लाने की ज़रूरत ही क्या है ? गुलाबजामुन तो बाजार से भी आ सकते हैं ? तुम्हे खाना है तो अभी किसी को भेज कर मँगवाए देता हूँ।'

उनकी बात सुन कर शंकर हँसने लगता, 'क्यों सर ? पढ़ते समय तो मैं इधर-उधर से तिड़ी मार कर आपको न जाने क्या-क्या चीज़ें लाकर देता था और कहता था कि यह सब मेरे यहाँ की हैं। तब तो आपने कभी इंकार नहीं किया; फिर आज क्यों इंकार कर रहे हैं ? आज तो मैं सचमुच अपनी डेरी का दूध लेकर आया हूँ। अगर आज आप इसे लेने से इंकार कर देंगे तो मुझे बहुत दु:ख होगा। मैं समझूँगा कि आप मुझसे नाराज़ हैं, सर।'

प्रकाशनारायण सर कहते, 'लेकिन अब भला तुम्हारा मुझसे कौन-सा स्वार्थ है, शंकर ? अब तो तुम मुझसे ट्यूशन भी नहीं पढ़ते हो, जो नंबर बढ़वाने के लिए यह सब कुछ दो ?'

शंकर कहता, 'सर इतने दिनों तक अपने मतलब के लिए आपकी सेवा की पर आज बिना मतलब ही आपकी सेवा करना चाहता हूँ। अगर आप बुरा न माने तो आज एक बात मैं आप से पूछना चाहता हूँ ?'

सर थोड़ा अन्यमनस्क होकर पूछते, 'क्या ? क्या बात पूछना चाहते हो, शंकर ?'

'पहले जब हम लोग इतनी सारी चीज़ें लाकर आपको देते रहते थे, तब क्या आप सचमुच ही यही समझते थे कि ये सब चीजें हमारे ही खेत या दुकान की हैं ? बताइए सर ?'

यह सुन कर प्रकाशनारायण सर जैसे शर्म से गढ़ जाते। वे आख़िरकार उसकी इस बात का क्या जवाब देते? एक दिन उन्हें इस बात का भी जवाब देना पड़ेगा, उन्होंने कभी सोचा तक नहीं था। इतने सालों में उनसे न जाने कितने लड़के ट्यूशन पढ़ने आ चुके थे। प्रैक्टीकल में नंबर बढ़वाने के लिए उनके लिए समय-समय पर तरह-तरह की भेंटें भी लाते रहे थे। फिर इंटर पास करके एक दिन चले भी गए थे। पर आज तक पलट कर किसी ने उनसे ऐसा प्रश्न नहीं किया था। अपनी दी गई सौगातों का हिसाब किसी ने नहीं माँगा था। आज सचमुच उनका सिर शर्म से झुका जा रहा था। आज उनकी इतनी हिम्मत नहीं हो रही थी कि वह शंकर से आँख मिला कर बात तक कर सकें।

उन्हें संकोच में पड़ा देख कर शंकर बोला, 'आप तो सब जानते थे न, सर, कि ये सब कुछ हमारे अपने खेत का नहीं था, फिर भी कभी आपने उन सब चीज़ों को लेने से मना नहीं किया, फिर आज आप दूध लेने से क्यों मना कर रहे हैं? यह तो मेरी अपनी ही डेरी का है।'

सर किसी तरह बोले, 'नहीं...नहीं...बेटा...मैं मना कब कर रहा हूँ? तुम इतने प्रेम से लाए हो ज़रूर लूँगा। पर इतने सारे दूध का आख़िरकार मैं करूँगा क्या?'

शंकर बोला, 'क्यों सर, इसमें क्या दिक्कत है? एक दिन मैं आपको एक बहुत बड़ा-सा कद्दू भी तो दे गया था। वह तो आप सारा-का -सारा हज़म कर गए थे। फिर एक बाल्टी दूध लेने में क्या हर्ज है?'

बेचारे प्रकाशनारायण सर आज बहुत ही बुरे फँसे थे। उनसे कुछ भी कहते नहीं बन रहा था। वह अच्छी तरह से समझ रहे थे कि शंकर पुरानी बातों का उलाहना देकर उन्हें मानसिक रूप से ब्लैकमेल कर रहा है। लेकिन वे उससे कुछ कह भी तो नहीं सकते थे। वे जानते थे कि आज की तारीख़ में शंकर इस क़स्बाई शहर का माना हुआ गुंडा है। अगर उसका मूड बिगड़ गया तो गाली-गलौज पर भी उतर सकता है। एक तो प्रभुदयाल ने वैसे ही उसे शह दे रखी है। फिर उन्होंने यह भी सुन रखा था कि यहाँ के स्थानीय नेता उसे नगरपालिका का चुनाव लड़वाना चाहते हैं। इसे तो बहुत ही तरकीब से टेकिल करने की ज़रूरत है।

वे बोले, 'शंकर बेटा, मैं कसम खा कर कहता हूँ कि मैंने आज तक अपने मुँह से किसी भी लड़के से कभी कुछ लाने के लिए नहीं कहा। तुम लोग बुरा न मानो बस इसी लिए तुम्हारी लाई हर एक चीज़ रख लेता था। पर अब तो ऐसी बात नहीं है। अब तो तुम मेरे छात्र भी नहीं हो शंकर। तुम्हीं बताओं इतने सारे दूध का मैं क्या करूँगा?'

शंकर फिर वही बात कहता, 'सर, ख़ालिस दूध है। इसका खोवा बनवा कर गुलाबजामुन बनवाइएगा। नूतन तो बहुत अच्छे गुलाबजामुन बना लेती है। उसके हाथ के गुलाबजामुन खाने का मेरा बहुत मन कर रहा है, सर।'

सर ने बड़ी बेबसी से कहा, 'हाँ, शायद यही ठीक रहेगा। आख़िरकार इतना सारा दूध किसी तरह तो निबटाना ही पड़ेगा। पर शंकर बेटा, आगे से यह सब लाने की ज़रूरत नहीं है।'

'तो मैं अंदर जाकर आंटी जी को दे आऊँ?' शंकर उनकी बेबसी का मज़ा लेते हुए बोला।

'हाँ, जब तुम्हारी इच्छा है तो दे आओ।' उन्होंने बड़ी ही बेबसी में कहा। आज उन्हें शंकर का अपने मकान के अंदर जाना बुरी तरह से खल रहा था। उनका बस चलता तो वे उसी क्षण इस शंकर का खून कर देते। वे जानते थे कि शंकर उनकी बेटी नूतन पर बुरी नज़र रखता है। पर वे रोशनपुर के इतने बड़े गुंडे का बिगाड़ भी क्या सकते थे?

अंदर जाकर, आंटी जी को दूध दे आने के बाद, शंकर बोला, 'सर, आप कभी मेरी डेरी की तरफ आइएगा। मेरी 'प्योर मिल्क डेरी' देखिएगा कि कितनी अच्छी चलने लगी है। इस समय मेरी डेरी में पचास भैसें हैं। अब तो मैं और भी मिल्क प्रोडेक्ट बनाने की सोच रहा हूँ। यही-घी, पनीर, मक्खन, दही और मट्ठा। सर आशीर्वाद दीजिए मुझे कि मेरा यह काम भी अच्छा चले।'

प्रकाशनारायण सर मन-ही-मन उसकी इस बकवास से बहुत झुँझला रहे थे। पर शंकर को नाराज़ करना उनके बस की बात नहीं थी। ओढ़ी हुई मुस्कान के साथ वह उसके सिर पर हाथ रख कर कहते, 'मेरा तो हमेशा से ही तुम्हारे लिए आशीर्वाद रहा है, बेटा, देखना यह सब काम भी तुम्हारा खूब चलेगा।' फिर ज़रा रुक कर बोले, 'प्रभुदयाल ने अगर तुम्हें उस दिन कालेज से रिस्टीकेट नहीं करवाया होता तो तुम भी आज विष्णु के साथ ही महानगर के एस.पी.एस. डिग्री कालेज में पढ़ रहे होते। बहुत ही कमीना आदमी है यह प्रभुदयाल। बोलो, एक बच्चे की ज़िंदगी ख़राब करते उसे ज़रा भी हिचक नहीं हुई।'

प्रभुदयाल सर की बुराई सुन कर शंकर को बहुत क्रोध आया। पर वह किसी तरह अपने गुस्से को मन-ही-मन ज़ब्त करते हुए बोला, 'पर सर, उन्होंने तो उस दिन ठीक ही किया था। मैं नकल भी तो कर रहा था। मेरे पास से तो चाकू भी बरामद हुआ था। उन्होंने तो उस दिन अपना कर्तव्य ही निभाया था। आप लोग तो हिम्मत ही नहीं कर पाए थे मुझे पकड़ने की। आप लोगों में तो नैतिक बल है ही नहीं सर। ट्यूशनबाज़ी कर-कर के आप लोग तो अपना कर्तव्य ही भूल गए हैं। नैतिक रूप से खोखले हो चुके हैं। बच्चों के सुनहरे भविष्य से खिलवाड़ कर रहे हैं आप लोग।'

'तो क्या उस छोटी-सी भूल के लिए उस दिन उन्हें तुम्हें इतनी बड़ी सज़ा देने की ज़रूरत थी कि तुम्हारी पढ़ाई-लिखाई ही चैपट हो जाए?' प्रकाशनारायण सर शंकर को किसी तरह से प्रभुदयाल जी के प्रति भड़काना चाहते थे।

'अरे अब ठीक है, सर। अब जाने भी दीजिए वे सब बातें। आख़िर पढ़-लिख कर ही मैं क्या कर लेता? आजकल तो पढ़-लिख जाने के बाद भी न जाने कितने लोग बेकार घूम रहे हैं या कोई छोटी-मोटी नौकरी कर रहे हैं। बिना सिफ़ारिश के आजकल नौकरी भी तो नहीं मिलती है। शुक्र है कि आज उन्हीं की वज़ह से मेरी जिंदगी बन गई है। मैं तो कहता हूँ कि उनका उस दिन मुझे कालेज से रिस्टीकेट करवा देना तो मेरे लिए एक तरह से वरदान ही बन गया। नहीं तो छोटी-मोटी नौकरी के लिए मुझे न जाने कहाँ-कहाँ धक्के खाने पड़ते?'

उसकी बातें सुन कर प्रकाशनारायण सर को बहुत निराशा हुई। उनका दाँव ही ख़ाली चला गया था। वे मन-ही-मन कुढ़ रहे थे। हठात् शंकर ने उठते हुए कहा, 'तो सर आइएगा मेरी 'प्योर मिल्क डेरी' की तरफ।'

सर ने अनमने होकर कहा, 'ठीक है, तुम कहते हो तो कभी आऊँगा उस तरफ।'

शंकर बोला, 'कभी क्यों, कल ही आइए न, सर?'

सर बोले 'ठीक है, कल ही आता हूँ। आकर देखता हूँ तुम्हारी डेरी। नाम तो मैंने भी बहुत सुन रखा है।'

पर शायद सर को उसकी 'प्योर मिल्क डेरी' पर जाने की बात याद नहीं रही या वे खुद जानबूझ कर टाल गए थे। वह सुबह से शाम तक बहुत व्यस्त भी तो रहते थे। लड़कों का एक बैच ट्यूशन पढ़ कर उठता तब तक दूसरा बैच पढ़ने आ जाता था। इतने में वह ज़रा घर के भीतर जाकर एक कप चाय पी कर तरोताज़ा हो लेते थे। इस एक कप चाय से उन्हें बहुत राहत मिलती थी। सचमुच ही उन्हें दम मारने की भी फुरसत नहीं थी। ऐसे में वे भला कैसे शंकर की 'प्योर मिल्क डेरी' में जाने के लिए समय निकाल पाते।

(54)

पर शंकर अब भी इधर-उधर घूमने के लिए काफी समय निकाल लेता था। उसके अखाड़े के चेले ही सारा कुछ करते-कराते रहते थे। वह एक दिन फिर से प्रकाशनारायण सर के घर जा धमका। हाथ में बिस्कुट और चौकलेट के बड़े-बड़े पैकिट लिए हुए। आते ही सुम्मी से बोला-ले सुम्मी, यह सब तेरे लिए लाया हूँ। फिर प्रकाशनारायण सर से बोला-आप मेरी 'प्योर मिल्क डेरी' की तरफ आए ही नहीं सर? मैं तो आप का इंतज़ार ही करता रह गया। कोई नाराज़गी है क्या?'

सर बोले, 'अरे नहीं शंकर बेटा, तुम से भला क्या नाराज़गी? पर हाँ....सचमुच आ नहीं सका। बच्चों की परीक्षाएँ चल रही हैं। इस समय तो एक क्षण की भी फुरसत नहीं है। बच्चों के भविष्य के लिए ही तो मैं दिन-रात मेहनत करता हूँ। लेकिन तुम यह इतना सामान-वामान क्यों ले आए? उस दिन भी मैंने तुम्हें मना किया था। बेकार ही इतना पैसा ख़र्च करने की क्या ज़रूरत है?'

शंकर आश्चर्य से बोला, 'क्यों? भला क्यों न लाता मैं? आज सुम्मी का जन्मदिन है न! मुझे क्या याद नहीं है, सर? सुम्मी के लिए ही तो लाया हूँ। सुम्मी को तो चौकलेट बहुत अच्छी लगती है? यह सुम्मी तो मेरी बेस्ट फ्रेंड है। क्यों है न सुम्मी?'

सुम्मी चौकलेट का रेपर खोलती हुई बोली, 'हाँ शंकर भइया, मेरा आज हैपी बर्थ-डे है।'

'हैपी बर्थ-डे, सुम्मी। मैनी मैनी हैपी रिटर्न्स ऑफ द डे। वेस्ट विशेज़, सुम्मी।' 'थैक्यू शंकर, भइया।' सुम्मी चौकलेट खाते हुए उत्साह से बोली।

सर को भी जैसे याद आ गया था। हाँ, आज सुम्मी का जन्मदिन था। शंकर ने याद रखा था यह सब कुछ। लेकिन फिर भी उन्हें इस बात से ज़रा भी खुशी नहीं हुई। वे सोचने लगे कि आख़िर शंकर उनसे चाहता क्या है? क्या प्रभुदयाल ने ही उसे उनके पीछे लगा रखा है। यह प्रभुदयाल तो बहुत ही बेढब आदमी है भई। यह सोच कर वे आज भी अन्यमयस्कहो उठे। कुछ रुक कर बोले, 'भाई, यह सब ठीक नहीं है शंकर। इस तरह चीज़ें ला-लाकर मेरे बच्चों को बाँटना ठीक है क्या? इससे तो उनकी आदत खराब हो जाएगी। मैं ग़रीब आदमी फिर उनकी फर्माइशें कैसे पूरी कर पाऊँगा? आइंदा मेरे घर कोई भी चीज़ लेकर मत आना।'

शंकर बोला, 'वाह! ठीक क्यों नहीं है, सर? मैं क्या हमेशा आपके कहे अनुसार ही चलूँगा? अब तो मैं कमाने लगा हूँ, तब देने में हर्ज ही क्या है? किसी की चोरी-चकारी करके तो लाता नहीं हूँ? बचपन से ही तो मैं आपके घर में यह सब चीज़ें लेकर आता रहा हूँ। तब तो आपने कोई आपत्ति नहीं की . सब कुछ मज़े से लेकर रख लिया। आज यह अचानक आपको हो क्या गया है? एकाएक ज़मीर जाग गया क्या? यह तो अच्छी बात नहीं है। इससे तो आप मानसिक रोगी हो जाएँगे। डिप्रेशन रहने लगेगा आपको। इस तरह तनाव में रहना तो स्वास्थ्य के लिए बहुत खराब है . बिना वजह परेशान होने से रक्तचाप बढ़ जाता है। फिर सुम्मी इज़ माई फास्ट फ्रेंड, सर। आख़िर उसके जन्मदिन पर मैं कुछ ले आया तो आप इतना नाराज़ क्यों हो रहे हैं? यह कहाँ कि शराफत है? आज मेरे पास सब कुछ है तो थोड़ा बहुत बाँटने में बुराई ही क्या है, सर?'

प्रकाशनारायण सर आज भी शंकर के सामने निरूत्तर हो गए थे। एक दिन शंकर उन्हें इस तरह मानसिक ब्लैकमेल करेगा, यह तो वे कभी सोच भी नहीं सकते थे। तब सुम्मी भी कहती, 'यस पापा, शंकर भैया इज़ माई बेस्ट फ्रेंड! ही इज़ रियली वैरी नाइस पर्सन। देखिए न, इन्होंने मेरा जन्मदिन याद रखा। आप सब लोग तो भूल ही गए थे। मुझे तो शंकर भैया अच्छे लगते हैं। जब भी आते हैं, मेरे लिए खूब बड़ा वाला चौकलेट का पैकिट लेकर आते हैं।'

सुम्मी की बात सुन कर प्रकाशनारायण सर कुढ़ कर रह गए।

नूतन भी इसी बात से चिढ़ती थी। वह कहती, 'छी...छी...चटोरी कहीं की.....नाम मत लेना मेरे सामने उस लफंगे का। जा, जाकर बाहर खेल। देख, मेरी कोई चिट्ठी आए तो सीधे मुझे ही आकर देना। चार टाफियाँ दूँगी।'

सुम्मी भी अब थोड़ा बहुत समझने लगी थी। अब वह इतनी छोटी-सी नहीं रह गई थी। उसे चिढ़ा कर कहती, 'उसी विष्णु की न दीदी? पर वह तुम्हें इतनी सारी चिट्ठियाँ लिखता ही क्यों है? उसे क्या कोई दूसरा काम नहीं है? यहाँ भी जब आता है तो बस खाता ही रहता है न? मेरे लिए भी कभी कुछ नहीं लाता? कैसा फटीचर है वह?'

उसकी बातें सुन कर नूतन सचमुच चिढ़ जाती। खीज कर कहती, 'जा...जा...भाग जा यहाँ से.......अगली बार अगर उनके बारे में कुछ ऐसा-वैसा कहा तो खींच कर ऐसा तमाचा जड़ूँगी कि सारी बत्तीसी बाहर आ जाएगी। ज़रा तमीज़ से बात नहीं कर सकती उनके बारे में। वह क्या तेरा खाते हैं आकर? तुम देखना सुम्मी, एक दिन इसी विष्णु के पास भी बहुत सारा रुपया होगा। बहुत बड़ी गाड़ी में बैठ कर घूमा करेगा।'

पर सुम्मी को उसकी किसी भी बात पर विश्वास नहीं होता। फटेहाल विष्णु का अपने घर पर आना उसे कभी भी अच्छा नहीं लगता था। उसने विष्णु को अपने घर में आकर सदा कुछ माँगते ही देखा था; देते कुछ भी नहीं। नूतन की बातें सुन कर सुम्मी भी चिढ़ जाती। जोर से पैर पटक कर कहती, 'तो जाओ, तुम ही इंतज़ार करो उसकी चिट्ठी का। मैं तो अनामिका के यहाँ खेलने जा रही हूँ।'

नूतन उसे रोकती ही रह जाती और वह बाहर भाग जाती। नूतन रोआँसी हो उठती। अगर विष्णु इतना ग़रीब न होता तो उसे इतनी बातें सुनना पड़तीं? काश वह जितना मेधावी था उतना ही रईस भी होता तब कोई क्यों उसके बारे में अनर्गल बातें कहता। उस पल उसे विष्णु पर बहुत तरस आता।

कई दिनों से विष्णु की कोई चिट्ठी भी नहीं आई थी।

आज उसने खिड़की से झाँक कर देखा कि पोस्टमैन उसी के घर की तरफ चला आ रहा है। वह खुशी से भर उठी। पोस्टमैंन ने उसी के घर के दरवाजे पर रुक कर आवाज़ दी, 'पोस्टमैंन!'

'किसकी चिट्ठी है, अंकल जी?'

उसने नीचे जाकर बड़े उतावलेपन से पूछा। उसका रोम-रोम रोमांचित हो रहा था।

'राजन गंगवार की है, बिटिया रानी।'

सुन कर उदास हो गई नूतन।

उसके मकान मालिक की चिट्ठी थी।

फिर भी उसने पोस्टमैन से पूछा, 'अंकल जी, पानी पिएँगे?'

'हाँ....हाँ.....जरूर बिटिया.....पर आज तुम्हारी चिट्ठी तो आई नहीं?'

'तो क्या हुआ अंकल जी? आप पानी तो पीकर जाइए।' कहती हुई वह अंदर चली गई। लौटी तो उसके हाथ में पानी का गिलास और एक कटोरी में एक गुलाबजामुन था।

'वाह! वाह! गुलाबजामुन है?'

'मैंने बनाएँ है, अंकल जी, खा कर देखिए।'

'वाह! बहुत अच्छा है। मेरी बिटिया रानी तो बहुत होशियार है।' पोस्टमैन गुलाबजामुन खाते हुए कहता। फिर वह पानी पी कर दूसरों की डाक बाँटने के लिए मोहल्ले के अंदर चला गया ।

उस दिन शंकर जब चलने को हुआ तो बोला, 'आओ सुम्मी रानी, तुम्हें अपनी 'प्योर मिल्क डेरी' दिखा लाऊँ। वहाँ टंकी में मैंने रंग-बिरंगी मछलियाँ और कछुआ भी पाल रखा हैं। देखोगी न?'

प्रकाशनारायण सर टालने की ग़रज़ से कहते, 'अरे छोड़ो भी शंकर, कहाँ इसे लेकर जाओगे? बेकार में ही परेशान होगे? बहुत शैतान है यह। बेकार में ही इसे अधिक सिर पर मत चढ़ाया करो। फिर तुम्हारी आफ़त कर देगी।'

'वाह, इसमें परेशान होने की क्या बात है, सर? आप तो कभी मेरी 'प्योर मिल्क डेरी' में आए नहीं, इसे ही देख कर आने दीजिए। रंग-बिरंगी मछलियाँ दिखा कर इसे मैं वापिस ले आऊँगा।'

सुम्मी भी मचल कर बोली, 'हाँ, मैं तो जाऊँगी बाबू जी, शंकर भइया के साथ रंगीन मछलियाँ देखने ज़रूर जाऊँगी।'

प्रकाशनारायण सर मन-ही-मन जल-भुन कर कबाव हो जाते; लेकिन प्रकट में कहते, 'हाँ... हाँ...जाओ भई; रंगबिरंगी मछलियाँ देख कर आओ, जाओ।'

रास्ते में शंकर ने एक सूनसान जगह पर मोटरसाइकिल रोक कर पूछा, 'सुम्मी, मेरी बेस्ट फ्रेंड है न?'

'हाँ शंकर भइया, मैं आपकी बेस्ट फ्रेंड हूँ।' सुम्मी ने जवाब दिया।

'तो एक बात पूछूँ? सच-सच बताएगी न?'

सुम्मी परम उत्साह से बोली, 'हाँ....हाँ....शंकर भइया, पूछो न?'

'तुम्हारी दीदी मेरे बारे में क्या कहती हैं?'

सुम्मी बोली, 'दीदी? बाप-रे-बाप! तुम्हारा नाम लेते ही वे तो बहुत नाराज़ हो जाती हैं, शंकर भइया।'

'अच्छा! ऐसा क्यों?'

'यह मैं क्या जानूँ? वे तो शायद उस फटीचर विष्णु से ही शादी करेंगी। उसकी चिट्ठियाँ भी आती हैं दीदी के नाम।'

'अच्छा, तू मेरा एक काम करेगी?'

'हाँ, करूँगी शंकर भइया। मुझे कल भी एक चौकलेट लाकर दोगे न?'

'हाँ...हाँ, दूँगा। पर पहले मेरा एक काम करो। यह चिट्ठी ले जाकर दीदी को दे देना, चुपके से। देखो, किसी और को बिल्कुल भी पता न चले। समझी?'

'क्यों शंकर भइया?' सुम्मी ने मासूमियत से पूछा।

'बस ऐसे ही। किसी को बिल्कुल भी पता न चले। यह लो दो रुपए, पर चिट्ठी सीधे दीदी को ही देना।' शंकर उसे नगद दो रुपए देता हुआ बोला।

दीदी कभी-कभी उसे पोस्टमैन से चिट्ठी लाने के दस पैसे देती थी या पाँच-पाँच पैसेवाली दो टाफियाँ। यह दो रुपए तो उसे किसी ख़ज़ाने से कम नहीं लगे।

उस दिन शंकर उसे अपनी 'प्योर मिल्क डेरी' में ले गया। गाय दिखाई। रंगीन मछलियाँ दिखाईं। कछुआ दिखाया। अपने अखाड़े के लड़कों का कुस्ती दिखाई। और फिर वह उसे बड़ा-सा चौकलेट दिलवाता हुआ उसे उसके घर पहुँचा आया। उस दिन सुम्मी के तो ठाठ ही हो गए थे।

घर आकर सुम्मी ने वह पत्र चुपचाप नूतन को दे दिया। पत्र पाकर नूतन तो गुस्से से उबल उठी।

'यह क्या, किसने दिया?'

'शंकर भइया ने।'

'शंकर भइया की सगी।' नूतन ज़ोर-ज़ोर से चिल्लाने लगी।

सुम्मी बोली, 'मैं शंकर भइया की सगी नहीं, उनकी बेस्ट फ्रेंड हूँ। उन्होंने मुझे देखो कितनी बड़ी चौकलेट दिलवाई है।'

'चटोरी, तो मर जाकर अपने उसी शंकर भइया के साथ। जा ठूँस जाकर चौकलेट।' नूतन ने उसे जोर से चाँटा लगाते हुए कहा।

सुम्मी जोर-जोर से रोने लगी। उसने रोते-रोते उसे धमकी दी, 'अब मैं कभी पोस्टमैन अंकल से लाकर उस फटीचर विष्णु की चिटिठयाँ तुम्हें नहीं दूँगी। सारी-कि-सारी बाहर ही फाड़ कर फेंक दिया करूँगी। मरे तुम्हारा वह विष्णु। भिखारी कहीं का।'

सुम्मी के मुँह से विष्णु के लिए इतनी कड़वी बातें सुन कर नूतन के गुस्से का कोई ठिकाना नहीं रहा। उसने सोचा कि ज़रूर ये बातें उसे उसी लफंगे शंकर ने सिखाई होंगी। उसने गुस्से में सुम्मी के और भी दो-चार चाँटे ज़ोर-ज़ोर से जड़ दिए। सुम्मी भी नूतन को गालियाँ देती हुई दहाड़ें मार-मार कर रोने लगी। उन दोनों की लड़ने-झगड़ने की आवाज़ें सुन कर उनकी माँ तारादेवी कमरे में आ गईं। वहाँ तो जैसे भूचाल मचा हुआ था।

माँ को देख कर नूतन और भी ज़ोर से चिल्लाई, 'देखा माँ, देखा आपने? यह किस लफंगे के साथ भेजा था आप लोगों ने इसे? देखो तो, यह क्या लेकर आई है, तुम्हारी लाडली?'

'क्या, क्या है यह?' चौंक उठी तारादेवी।

'होगा क्या, प्रेम-पत्र है! आवारा लड़कों का और काम ही क्या रह गया है इस फटीचर क़स्बे में? बस सारे दिन लड़कियों को छेड़ना और लड़कियों के कालेज के सामने धरना दिए खड़े रहना।'

'प्रेम-पत्र? किसका?'

'उसी का, जिसके साथ आप लोगों ने इसे रंगबिरंगी मछलियाँ देखने भेजा था। उसी आवारा शंकर का।'

'शंकर का?'

'हाँ। उसी का। यह लो, आप भी ज़रा ढंग से पढ़ लो, फिर मुझे दोष मत देना। उस लफंगे ने मुझे प्रेम-पत्र लिखा है।'

तारादेवी बोलीं, 'मैं क्या करती? वह बहुत गुस्सेवाला लड़का है। अगर मैं इसे उसके साथ न भेजती तो कहीं वह तुम्हारे पापा के साथ गाली-गलौज़ न करने लगता?'

'तो क्या डर कर आप उस आवारा लड़के साथ अपनी बेटी को भेज देंगी। उसकी पुलिस में शिकायत करिए। ठहरिए, मैं ही अभी पुलिस चौकी जाकर उस लफंगे की एफ.आइ.आर. दर्ज करवाती हूँ। उस कमीने ने तो हम लोगों का इस क़स्बे में जीना ही हराम कर रखा है।'

(55)

दीपक सिलसिलेवार सब कुछ बता रहा था।

मैंने पूछा, 'इसके बाद?'

दीपक ने कहानी आगे बढ़ाई थी।

दूसरे दिन जब नूतन कालेज से पढ़ कर बाहर निकली तो सुरेश सिंधी की दुकान पर बैठा शंकर उसे देख कर उसके पीछे लग लिया।

उसे उठता देख कर लड़कों ने पूछा भी, 'दादा कहाँ जा रहे हो?'

'बस ज़रा काम है।'

'हम लोग भी चलें?'

'अब सालों हम पेशाब करने जाएँगे तब भी क्या साथ ही जाओगे?' शंकर ने उन्हें झिड़का। लड़के बेशर्मी से खिसियानी हँसी हँस कर रह गए। सब साले मजनूँ की औलाद थे। कुछ तो इसी साल हाईस्कूल में आए थे और बी.ए., एम.ए. में पढ़ने वाली लड़कियों पर लाइन मारने आ जाते थे। कुछ तो सीधे डिग्री कालेज में पढ़ाने वाली शिक्षिकाओं पर ही लट्टू थे। यहाँ लड़कियों के कालेज के सामने सुबह से ही जमघट लगाए रहते थे। और अपनीवाली की एक झलक देखने के लिए बेचैंन रहते थे। ऐसे ही दो कौड़ी के छोकरों की ही तो शंकर को ज़रूरत थी। जो उसके एक इशारे पर मरने-मारने के लिए तैयार रहें। सड़कछाप लफंगों की पूरी फौज थी उसके पास।

नूतन अभी बहुत आगे नहीं गई थी। शंकर तेज़ी से नूतन के पीछे चल दिया। जब कुछ दूर चलने पर एक सूनसान सी जगह आई और नूतन अकेली रह गई तब शंकर ने उसे धीरे से पुकारा, 'नूतन?'

उस समय नूतन भवानी कूँचा के ढलान वाले रास्ते पर थी। दोनों तरफ अमरूद के बाग थे। नितांत सूनसान रास्ता था। उस समय वहाँ एक भी व्यक्ति नहीं था। आवाज़ सुन कर भी नूतन रुकी नहीं, न ही कुछ बोली, बल्कि और भी तेज़-तेज़ कदमों से चलने लगी। उसे शंकर के इस तरह पीछा करने से डर-सा लग रहा था।

शंकर ने तेज़ी से उसके पास जाकर उसे फिर पुकारा, 'नूतन? सुनती तो जाओ नूतन?'

इस बार नूतन झटके से रुक गई। एकदम से घूम कर गुस्से से खड़ी हो गई, बोली, 'क्या है? क्यों इस तरह मेरे पीछे पड़े हो, शंकर?'

'तुम्हें मेरा पत्र मिला था?'

'हाँ, मिला था, कहो?'

'तब क्या कहती हो?'

'मतलब?'

'देखो नूतन, मुझसे शादी करके तुम बहुत खुश रहोगी। तुम जानती नहीं हो कि आज मेरे पास कितना पैसा है। मैं चेयरमैनी का चुनाव भी लड़ने वाला हूँ, जीत भी जाऊँगा। तुम्हें रानी बना कर रखूँगा, यह मेरा वादा है। तुम क्यों उस फटीचर विष्णु के चक्कर में पड़ी हो? अभी तक उसकी पढ़ाई के लिए सर को ही पैसा देना पड़ता है।'

सारी बातें सुन कर नूतन ने घृणा से वहीं थूक दिया। उसका डर न जाने कहाँ गायब हो गया था। घायल शेरनी की तरह वह दहाड़ कर बोली, 'मुझे प्रेम-पत्र लिखने की तुम्हारी हिम्मत कैसे पड़ी?'

शंकर बोला, 'हिम्मत की क्या बात? मैं तुम से बहुत प्रेम करता हूँ, नूतन। एकदम सच्चा प्रेम! इसीलिए तो तुम से शादी करना चाहता हूँ। मुझ में तो तुम्हें सरेआम घर से उठा ले जाने की भी हिम्मत है। मेरी हिम्मत अभी तुमने देखी ही कहाँ है?'

'छी.........थूकती हूँ मैं तुम पर और तुम्हारी इस छिछोरी हिम्मत पर। सिवाय लोफरी के तुम्हें आता ही क्या है? गुंडागर्दी के अलावा और कोई काम है तुम्हारे पास? इसे तुम प्रेम कहते हो? आइंदा से इस तरह मेरा रास्ता रोकने की जुर्रत भी मत करना।'

मगर फिर भी शंकर उसके और क़रीब आकर उसका रास्ता रोक कर बोला, 'तुम देखना नूतन, तुम से शादी करने के बाद मैं यह सब कुछ बिल्कुल ही छोड़ दूँगा। एकदम शरीफ़ इंसान बन कर रहूँगा। तुम्हें कोई भी कष्ट नहीं होने दूँगा। डेरी खोलना तो कोई गुंडागर्दी का काम नहीं है। अपनी 'प्योर मिल्क डेरी' में मैं एकदम शुद्ध दूध बेचता हूँ, यह भी कोई बुरा काम नहीं है। मैं तो सारा काम ईमानदारी से ही करता हूँ। तुम्हें शादी के बाद कोई तकलीफ़ नहीं होने दूँगा।'

लेकिन नूतन को उसकी यह बकवास सुनने की कोई इच्छा नहीं थी। वह और भी गुस्से से बोली, 'मेरा रास्ता छोडो, शंकर, मुझे जाने दो।'

'चली जाना, पहले मेरी बात का जवाब तो दो।'

'जवाब? तो यह लो जवाब।' कह कर नूतन ने पूरी ताकत से एक झापड़ शंकर के गाल पर दे मारा। आगे क्या होगा उसने सोचा तक नहीं। उस दिन न जाने कहाँ से उसमें इतनी हिम्मत आ गई थी।

झापड़ खाकर शंकर हतप्रभ रह गया। उसने तो कभी ऐसा सोचा भी नहीं था कि नूतन जैसी कोमल, सीधी लड़की, जो उसके सामने से हमेशा ही सिर झुकाए हुए ख़ामोशी से निकल जाती थी, अचानक उसके यूँ सरेराह थप्पड़ मार देगी।

उसने आश्चर्य से नूतन की तरफ देखा।

नूतन निडर हो कर अब भी वहीं खड़ी थी। तमक कर बोली, 'मिल गया न तुम्हें अपनी बात का जवाब। तुम ने मुझे और मेरे घरवालों का जीना हराम कर दिया है। अब और तंग किया तो सीधे पुलिस में कंपलेंट करूँगी। समझ क्या रखा है खुद को? तुम जैसे सड़क छाप गुंडों से मैं नहीं डरती, समझे? अब रास्ता छोड़ो मेरा।'

लेकिन शंकर हकबकाया-सा वैसे ही खड़ा रहा। हतप्रभ होकर बोला, 'मैंने? मैंने तुम लोगों का जीना मुश्किल कर रखा है? क्या कहती हो नूतन?'

नूतन बिफर कर बोली, 'हाँ, तुम ने, लेकिन मैं तुम से बिलकुल भी नहीं डरती, होगे तुम क़स्बे के बहुत बड़े गुंडे। मेरा तुम जो कुछ कर सकते हो कर लो। मैं अब ऐसे डर-डर कर नहीं जीना चाहती।'

शंकर बोला, 'आज तुम ने मेरा बहुत बड़ा अपमान कर दिया है, नूतन, देखना एक दिन तुम बहुत पछताओगी।' इतना कह कर शंकर फिर एक मिनट भी वहाँ नहीं रुका। वह रणचंडी बनी नूतन को वहीं खड़ा छोड़ कर एकाएक वापिस लौट गया। नूतन भी लंबे-लंबे डग भरती हुई घर की तरफ चल दी। वह अभी तक गुस्से से थरथरा रही थी।

लेकिन इस बात का यहीं अंत नहीं हुआ। अगर उस दिन यह घटना न घटी होती तो फिर मुझे यह कहानी लिखने की ज़रूरत ही क्यों पड़ती?

(56)

विष्णु सदा अपनी पढ़ाई-लिखाई में ही व्यस्त रहता था। इस साल उसका एम.एस.सी. प्रीवियस था। इसलिए वह देर रात तक पढ़ता रहता। दिन में तो उसे घर-घर जा-जाकर ट्यूशनें पढ़ानी पड़ती थीं। सचमुच ही वह बहुत मेहनत करता था। दिन इसी तरह कट रहे थे। उसे दिन-

रात पढ़ाई और पैसों के लिए खटना पड़ता था। तभी एक दिन अचानक सुबह-सुबह किसी ने उसके कमरे का दरवाजा खटखटाया। उस दिन इतवार था, इसलिए वह ट्यूशन पढ़ाने नहीं गया था। उसका रूमपार्टनर दिवाकर अब भी गहरी नींद में सो रहा था।

इतनी सुबह-सुबह कौन हो सकता है?

बाहर से किसी ने पुकारा भी, 'विष्णु जी हैं क्या?'

विष्णु ने आकर दरवाजा खोला। बाहर एक नितांत अपरिचित सज्जन खड़े हुए थे। विष्णु को देखते ही बोल उठे, 'अरे वाह साहब! आप सारे दिन कहाँ गायब रहते हैं? मैं तीन दिनों से लगातार आपको खोज रहा हूँ। सुबह होते ही आप न जाने कहाँ निकल जाते हैं, फिर देर रात गए भी नहीं लौटते? दिन भर आपके दर्शन ही नहीं होते हैं। इसीलिए आज इतनी सुबह-सुबह आप को तकलीफ़ देने आ गया हूँ। माफ़ कीजिएगा।'

विष्णु बोला, 'नहीं.....नहीं.....तकलीफ की क्या बात? आप बिल्कुल सही समय पर आए हैं। आप ठीक ही तो कह रहे हैं कि दिन भर मैं अपने कमरे में नहीं मिलता। क्या करूँ, सर, सारे दिन मुझे अपने काम से बाहर भटकना पड़ता है। कहिए, मैं आप की क्या ख़िदमत कर सकता हूँ? आइए, अंदर आ जाइए। आराम से बैठ कर बताइए कि आपको मुझ से क्या काम है?'

पर वे सज्जन दरवाजे पर खड़े-खड़े ही बोले, 'मुझे तो इतनी सुबह-सुबह किसी शरीफ़ आदमी के दरवाजे पर दस्तक देते हुए बहुत संकोच-सा हो रहा था, साहब।'

'नहीं इसमें संकोच की क्या बात? आइए, आप अंदर तो आ जाइए। कहिए, आपको मुझ से ऐसा कौन सा काम है, जो आप मुझे तीन दिनों से लगातार ढूँढ़ रहे हैं? क्या आपको अपने बच्चों के लिए ट्यूटर की ज़रूरत है?' सचमुच विष्णु खुद भी बहुत हैरान था। वह उन सज्जन को बिल्कुल भी पहचान नहीं पा रहा था।

लेकिन वे सज्जन शायद कमरे के अंदर नहीं आना चाहते थे; दरवाजे पर खड़े-खड़े ही बोले, 'देखिए मैं बैठूँगा नहीं, आप मिल गए, यही मेरे लिए काफी है। ट्यूशन वाली तो कोई बात नहीं है, पर लगता है आपने मुझे पहचाना नहीं है?'

विष्णु वाकई उन सज्जन को अब तक नहीं पहचान पाया था। उसे याद ही नहीं आ रहा था कि उसने इन भले से सज्जन को कब और कहाँ देखा है।

'माफ़ कीजिएगा, सचमुच ही मैंने आपको नहीं पहचाना है। कहिए तो, आपको मुझ से क्या काम है, सर?'

'अरे! आपने तो सचमुच नहीं पहचाना? उस दिन मैं ही तो कार से आपको राजकुमारी जी के संग रीगल रेस्टोरेंट ले कर गया था?'

सुन कर विष्णु वाकई शर्मिंदा हो गया। वह राजकुमारी शिल्पी का ड्राइवर लालजी था। आज वह वर्दी में नहीं था, इसलिए वह उसे पहचान नहीं पाया था। फिर उसने उसे एक बार ही तो देखा था।

'ओह ड्राइवर साहब! कहिए? भला आप मुझे तीन दिनों से किस लिए ढूँढ़ रहे हैं?'

'आपको राजकुमारी जी ने बुलाया है, हजूर।' ड्राइवर ने बहुत ही विनम्रता से कहा।

'राजकुमारी जी ने?'

'हाँ, वे आप से मिलना चाहती हैं।'

विष्णु ने पूछा, 'कब बुलाया है?'

'आज ही, आप तैयार रहिएगा, मैं आपको ठीक दस बजे लेने आ जाऊँगा। कहीं जाइएगा मत, सर।' ड्राइवर लालजी ने विनम्रता से कहा।

विष्णु ने कहा, 'ठीक हैं, आज तो इतवार है, मैं कमरे पर ही रहूँगा। आप दस बजे आकर ले जाइएगा। मैं कहीं नहीं जाऊँगा।'

इसके बाद वे सज्जन चले गए। पर ठीक दस बजे वे फिर से हाज़िर हो गए।

विष्णु होस्टल से बाहर आया तो देखा कि चमचमाती हुई एक लाल कार खड़ी हुई है। यह उस दिन वाली सफेद एंबेसडर नहीं थी। कार का दरवाजा खोलते हुए ड्राइवर ने कहा, 'आइए, बैठिए सर।'

विष्णु कार में बैठ गया। कार उसको लेकर सड़क पर दौड़ने लगी। उस समय तक महानगर की सड़कों पर खूब भीड़भाड़ हो गई थी। वह खिड़की से बाहर के दृश्य देखते हुए चला जा रहा था। आधे घंटे बाद एक विशाल कोठी के सामने जाकर कार रुक गई। उन सज्जन ने कहा, 'आइए सर, यही राजा साहब की कोठी है।'

सुन कर उसने ज़रा अच्छी तरह चारों तरफ निगाह घुमा कर उस कोठी को देखा। चारों तरफ ऊँची-ऊँची दीवारों से घिरी हुई विशाल कोठी थी। सामने की तरफ एक विशाल लोहे का दरवाजा लगा हुआ था। दरवाजे पर बंदूक लिए हुए चार-चार दरबान खड़े हुए थे। दरवाजे से घुसते ही छायादार वृक्षों से घिरा हुआ विशाल प्रांगण था। उसी प्रांगण के एक तरफ मखमली घास से ढका हुआ लॉन था। उसी लॉन में लॉन चेअर पर राजकुमारी जी बैठी हुई थीं। विष्णु को देखते ही राजकुमारी जी बोलीं, 'आइए, हम आप का ही इंतज़ार कर रहे थे, विष्णु जी।'

लॉन चेअर पर बैठते हुए विष्णु कुमार ने पूछा, 'कहिए, आज कैसे याद किया, राजकुमारी जी?'

सुन कर राजकुमारी जी हँसने लगीं। उनके मोतियों से सुंदर दाँत चमक उठे। उनकी हँसी किसी को भी मदहोश कर देने के लिए काफ़ी थी। उनके शरीर से भी मदमस्त कर देनेवाली विदेशी सेंट की खुशबू उड़ रही थी।

'वाह, कोई काम न रहने पर क्या मैं आपको याद भी नहीं कर सकती हूँ? कितने दिन हो गए आप से मिले हुए। आपको तो उस दिन के बाद फिर मुझ से मिलने का समय ही नहीं मिला होगा न?.....मैने सोचा आज सुबह की चाय आपके साथ ही पी जाए।'

विष्णु यह सुन कर संकोच से भर उठा। वह एक छोटे से शहर के एक ग़रीब परिवार का लड़का था। उसे नहीं मालूम था कि बड़े घरों के लोगों, विशेषकर लड़कियों से, किस तरह से बात कि जाती है, किस तरह से संबंध बनाएँ जाते हैं और उनसे किस तरह से उनसे लाभ उठाया जा सकता है। वह किसी तरह से बोला, 'नहीं...नहीं....ऐसी कोई बात नहीं, राजकुमारी जी। मैं तो खुद ही आप से मिलना चाहता था। पर कालेज में तो उस दिन के बाद आप फिर कभी दिखाई ही नहीं दीं।'

राजकुमारी जी फिर वही मदहोश कर देनेवाली हँसी हँस दीं। वहाँ के शांत वातावरण में जैसे मधुर घंटियाँ सी बज उठीं। वे बोलीं, 'हाँ, मैं कालेज बहुत कम जाती हूँ। महीने में एक-दो बार से अधिक नहीं। कालेज के सारे टीचर मुझे घर पर ही आकर पढ़ा जाते हैं। फिर एग्जाम्स के दिनों में मैं बस पेपर देने ही कालेज जाती हूँ।'

विष्णु उसकी बातें सुन कर हैरान रह गया। उसे राजकुमारी जी की बातें बहुत ही रहस्यमय लग रही थीं।

वह बोला, 'तब आपकी एटेंडेंस शार्ट नहीं होती? कालेज के प्रिंसपल साहब आप से कुछ भी नहीं कहते? बिना कालेज जाए वे आप को एग्जाम में कैसे बैठने देते हैं?'

सचमुच उस समय तक विष्णु बहुत ही भोला था। उसका मन एकदम निर्मल था। उसके आसपास क्या घटित हो रहा है, उसे इसकी भी कोई जानकारी नहीं रहती थी। वह राजकुमारी शिल्पी के विषय में भी कुछ ख़ास नहीं जानता था। वह हर समय अपनी पढ़ाई-लिखाई और ट्यूशनों में ही व्यस्त रहता था। उसके बारे में राजकुमारी शिल्पी क्या सोचती है, इस बात से भी वह बिल्कुल अंजान था। उसकी तो बस एक मात्र यही इच्छा थी कि पढ़-लिख कर किसी तरह उसे एक ठीक-ठाक नौकरी मिल जाए, जिससे वह प्रकाशनारायण सर का ऋण उतार सके और अपनी माँ को कुछ आराम दे सके।

राजकुमारी शिल्पी उसकी बातें सुन कर मज़े से मुस्कराने लगीं। बोलीं, 'वहाँ सब हमारी पहचान के अध्यापक हैं। एक तरह से वह मेरे पिता जी का ही कालेज है।'

'आपके पिता जी का?' विष्णु को उसकी बातें सुन कर और भी हैरानी हुई।

'हाँ यह एस.पी.एस. डिग्री कालेज मेरे पूज्य दादाजी स्वर्गीय 'सूर्य प्रताप सिंह' की स्मृति में मेरे ताऊ जी ने बनवाया था। ताऊ जी का स्वर्गवास हो जाने के बाद अब इसके चेयरमैन मेरे

पिता जी हैं। हर साल वे लाखों रुपए इस कालेज को देते हैं। इसकी सारी बिल्डिंग हमारे पैसों से ही बनी है।'

विष्णु हतप्रभ होकर राजकुमारी शिल्पी की बातें सुन रहा था। किसी एक आदमी के पास इतनी धन-दौलत भी हो सकती है, सोच कर उसे हैरानी हो रही थी।

राजकुमारी जी ने आगे बताया, 'यहाँ के सारे टीचरों का एपाइंटमेंट मेरे पिता जी की कृपा से ही होता है। वह जब चाहे किसी भी टीचर को निकाल सकते हैं। इसीलिए सारे टीचर मुझे घर आकर पढ़ा जाते हैं। मैं बस एग्जाम्स के समय ही कालेज जाती हूँ।'

राजकुमारी जी अभी और भी कुछ कहतीं कि तभी नौकर एक ट्राली ढकेल कर ले आया। उसमें चाय के अलावा न जाने कितनी खाने-पीने की चीज़ें थी। राजकुमारी शिल्पी एक-एक प्लेट उसकी तरफ बढ़ाते हुए खाने का आग्रह करने लगीं।

चाय पीते हुए राजकुमारी जी बोलीं, 'अरे,मै तो अपनी ही बात बताए जा रही हूँ। आप बताइए न, आप कैसे है? आपकी पढ़ाई-लिखाई कैसी चल रही है?'

विष्णु अभी तक राजकुमारी की बातों में ही खोया हुआ था। हठात् बोला, 'अच्छी ही चल रही है, राजकुमारी जी। मेरा क्या है?'

राजकुमारी बोली, 'गुड। बी.एस.सी. की तरह एम.एस.सी. में भी आपको प्रदेश भर में टॉप करना है। इस बार भी सारे अख़बार में आप के फोटो छपने चाहिए। सुना है आप सारे दिन अपने कमरे में नहीं रहते? तीन दिन से नौकर आपको होस्टल में देखने जा रहा है। आप इतनी सुबह-सुबह आख़िर जाते कहाँ है? आपके रूमपार्टनर दिवाकर को भी आपकी कोई ख़बर नहीं रहती है?'

विष्णु कुमार बोला, 'जाऊँगा कहाँ राजकुमारी जी, वही लड़कों को ट्यूशनें पढ़ाने।'

'ट्यूशनें पढ़ाने? क्यों?'

'मैंने उस दिन आपको बताया तो था। सच तो यह है राजकुमारी जी कि यदि मैं सारे दिन ट्यूशनें न पढ़ाऊँ तो कैसे इतने बड़े शहर में रह पाऊँगा? पढ़ाई के लिए भी पैसे कहाँ से आएँगे? प्रकाशनारायण सर के ऊपर मैं अब और अधिक बोझ नहीं डालना चाहता। उनके वैसे ही तीन-तीन लड़कियाँ है। उन बेचारों को उनकी शादी भी तो करनी है। अभी से एक-एक पैसा करके दहेज नहीं जोड़ेंगे तो कैसे हो पाएगा?'

लेकिन ऐशो-आराम में पली राजकुमारी शिल्पी जी उसकी बातें समझ नहीं पाई। लड़की की शादी करना भी एक बहुत बड़ी समस्या है; यह सुन कर सचमुच उन्हें बड़ी हैरानी हुई। उस दिन की बातें भी उन्हें याद नहीं रही थीं। इसीलिए वे पूछ बैठीं, 'कौन प्रकाशनारायण सर? इस नाम के तो अपने कालेज में कोई टीचर नहीं हैं? सारा स्टाफ तो डैडी ने ही रखा है।'

विष्णु को फिर नए सिरे से उन्हें अपनी राम कथा सुनानी पड़ी। उसने पूरी दिलचस्पी के साथ सुनाई भी। किसी तरह राजकुमारी की हमदर्दी पा सके, यही तो वह चाहता था। उसने अपने शहर रोशनपुर के बारे में, अपनी विधवा माँ के बारे में, प्रकाशनारायण सर के बारे में और उनकी तीनों बेटियों के बारे में सब कुछ बहुत विस्तार से बताया। पर न जाने क्यों नूतन से अपने संबंध के बारे में वह सब कुछ छिपा गया। शायद यह सब कुछ बताते हुए उसे बहुत संकोच हो रहा था।

राजकुमारी जी भी उसकी करुण गाथा बड़ी रुचि के साथ सुनती रहीं, फिर बोलीं, 'वाकई प्रकाशनारायण सर आपके लिए बहुत त्याग कर रहे हैं। बेचारे उनकी भी तो तीन-तीन लड़कियाँ हैं। पर इस तरह आपकी पढ़ाई ठीक ढंग से कैसे हो पाएगी, विष्णु जी? आप दिन भर ट्यूशनें पढ़ाने के बाद रात-रात भर जाग कर पढ़ते रहते हैं। यह तो आप अपने स्वास्थ्य के साथ खिलवाड़ कर रहे हैं। ऐसे तो आप बीमार हो जाएँगे। सारी बातें जान कर मुझे तो आपकी बहुत चिता हो रही है।'

राजकुमारी जी के मुँह से ऐसी स्नेहिल बातें सुन कर विष्णु को बहुत ही संतुष्टि हुई। पता नहीं उसमें ऐसी कौन सी हीन भावना भर गई थी कि वह हर किसी से अपने प्रति हमदर्दी और सहानुभूति चाहने लगा था। वह बड़े ही दीन-हीन भाव से बोला, 'नहीं...नहीं....आप ज़रा भी चिता न करें, मैंडम, मुझे तो इस सबकी आदत पड़ चुकी है।'

पर ये सब बातें जान कर राजकुमारी शिल्पी को सचमुच बहुत दु:ख हुआ। उन्हें वाकई उससे हमदर्दी हो गई थी। वे बोलीं, 'वाह, चिंता कैसे न करूँ? आप तो इतने प्रतिभाशाली हैं। आपकी प्रतिभा यूँ ही छोटी-मोटी ट्यूशनें पढ़ाते हुए नष्ट हो यह तो ठीक नहीं है।'

राजकुमारी जी उसके लिए इतनी चिंतित हैं। यह जान कर विष्णु को न जाने कैसी सुखद अनुभूति हो रही थी, जिसे वह खुद भी ठीक से नहीं समझ पा रहा था। वह प्लेट से मिठाई उठाता हुआ बोला, 'लेकिन और कोई उपाय भी तो नहीं है, राजकुमारी जी?'

उसकी हताशा देख कर राजकुमारी जी हँसते हुए बोलीं, 'है क्यों नहीं? ज़रूर है, विष्णु जी। इसीलिए तो आज मैंने सुबह-सुबह आपको पकड़ा है।'

'वह क्या?' अवाक् हो कर विष्णु ने पूछा।

'इस समस्या का एक ही हल है कि आज से ही आप आकर मेरी कोठी के गेस्टहाउस में रहिए।'

'गेस्टहाउस में?'

'हाँ यहाँ आपको कोई भी परेशानी नहीं होगी। डैडी ने प्रिंसपल साहब से बात कर ली है। आपकी सारी फ़ीस माफ हो जाएगी। आपको स्कालरशिप भी मिल जाया करेगी। यहाँ तो सारी कोठी ख़ाली पड़ी है। तमाम नौकर-चाकर रहते हैं। कितने ही कमरों में ताले पड़े रहते हैं। आपके इस कोठी के गेस्टरूम में रहने से हमारा कुछ घिस नहीं जाएगा। डैडी भी चाहते हैं कि आपकी पढ़ाई में कोई व्यवधान न आए।'

'राजा साहब? पर वह मेरे ऊपर इतनी मेहरबानी क्यों करना चाहते हैं?' हैरानी से विष्णु ने पूछा। उसे अभी भी राजकुमारी की बातों पर विश्वास नहीं हो रहा था।

'मेरे डैडी प्रतिभाशाली विद्यार्थियों को बहुत चाहते हैं। उनकी इच्छा है कि उनके कालेज से निकली प्रतिभाएँ इस देश का नाम रोशन करें। या फिर पढ़-लिख कर राजनीति में आएँ और देश की प्रगति के लिए प्रयास करें। अब से आपकी पढ़ाई-लिखाई का सारा ख़र्च वे ही उठाएँगे। इससे आपके प्रकाशनारायण सर को भी मुक्ति मिल जाएगी।'

राजकुमारी शिल्पी की बातें सुन कर विष्णु हतप्रभ रह गया। ऐसा तो वह कभी सपने में भी नहीं सोच सकता था। वह मंत्रमुग्ध-सा बैठा राजकुमारी जी का चेहरा निहारता रहा।

राजकुमारी शिल्पी ने आगे कहा, 'डैडी चाहते हैं कि अभावों के कारण आप जैसे मेधावी छात्रों की प्रतिभा नष्ट न हो।' इसके बाद राजकुमारी ने ड्राइवर को पुकार कर कहा, 'साहब का सारा सामान होस्टल से यहीं ले आओ, लालजी।

विष्णु बोला, 'मगर राजकुमारी जी....'

उसकी बात बीच में ही बात काट कर राजकुमारी शिल्पी बोलीं, 'नहीं, आपको जाने की ज़रूरत नहीं है। आप बस एक पत्र अपने रूमपार्टनर के नाम लिख दीजिए। मैं होस्टल के वार्डन को फोन किए देती हूँ। ड्राइवर जा कर आपका सारा सामान ले आएगा। आप जरा भी परेशान न हों।'

विष्णु बोला, 'लेकिन मुझे थोड़ा सोचने-विचारने का समय तो दीजिए। मुझे प्रकाशनारायण सर को भी तो सूचना देनी होगी। एक तरह से वे ही मेरे गार्जियन हैं।'

'वाह, आप भी अजीब इंसान हैं। इसमें भला सोचने-विचारने की क्या बात है? आप बिना बात ही परेशान न हों। आपके इस निर्णय से तो प्रकाशनारायण सर खुश ही होंगे। उनके सिर से भी एक भार उतर जाएगा।' राजकुमारी शिल्पी ने उसे समझाया।

ड्राइवर अभी तक वहीं अदब से सिर झुकाए खड़ा था। उसने पूछा, 'तो जाऊँ राजकुमारी जी? सर का सामान ले आऊँ?'

'हाँ, लेकिन पहले ज़रा कमरे से लैटरपैड और पेन ले आओ।'

ड्राइवर आज्ञा पाकर चला गया।

राजकुमारी शिल्पी विष्णु की तरफ मुख़ातिब होकर बोलीं, 'अरे आप तो कुछ ले ही नहीं रहे हैं? मिठाई लीजिए न?'

'नहीं...नहीं....मैं बहुत ले चुका हूँ।' कुछ सोचता हुआ विष्णु बोला। उसे समझ में नहीं आ रहा था कि राजकुमारी जी उसके लिए इतना सब कुछ क्यों कर रही हैं? उसकी ज़िंदगी एकाएक इस तरह बदल जाएगी, उसे अभी भी भरोसा नहीं हो रहा था। पर वह यह सोच कर निश्चिंत था

कि चलो इससे प्रकाशनारायण सर के सिर से एक बोझ उतर जाएगा और उसकी पढ़ाई-लिखाई भी बेहतर ढंग से होने लगेगी।

'न...न, बिल्कुल भी तो नहीं लिया है आपने। कप इधर दीजिए, थोड़ी चाय और चलेगी? आप कुछ सोचिए मत अब.....।' राजकुमारी जी ने उसे विचार-मग्न देख कर कहा।

'जी, ठीक है। अब जैसा आप चाहें।' विष्णु ने चाय का कप आगे बढ़ाते हुए कहा। तब तक कमरे से पेन और लेटर पैड लाकर लालजी आकर खड़ा हो गया था।

(57)

सचमुच संगीता भाभी बहुत ही भद्र महिला थीं। यह जान कर कि इतनी रात में भी हम लोग जाग कर गपशप कर रहे हैं, वे हमारे लिए गरमा-गरम कॉफी बना लाई थीं। मुझे सचमुच ही उस समय बहुत थकान लग रही थी। पर विष्णू, नूतन और शंकर की यह कहानी अधूरी छोड़ने का भी मेरा मन नहीं कर रहा था। अब तो इस कहानी में राजकुमारी शिल्पी का रोचक पात्र भी आकर जुड़ गया था। वाह! गरमा-गरम कॉफी पीते हुए कहानी सुनने का मज़ा ही कुछ और है। मैंने संगीता भाभी को इसके लिए धन्यवाद भी दिया। वह बेचारी भी हमारी कहानी के चक्कर में अपनी नींद पूरी नहीं कर पा रही थीं। बीच में जाग कर ही उन्हें हम लोगों के लिए कॉफी बनानी पड़ी थी। मैंने कहा भी, 'भाभी जी, आज आप लोगों को मेरे कारण बहुत कष्ट उठाना पड़ रहा है?'

वे बोलीं, 'नहीं...नहीं, ऐसी कोई बात नहीं है। आप तो इतने दिनो बाद रोशनपुर आ रहे हैं। इस बीच यहाँ न जाने क्या-क्या घट गया है, यह सब जान कर आपको तो बहुत हैरानी हो रही होगी न?'

मैंने कहा, 'हाँ, वह तो है ही भाभी जी। यहाँ इतना सब कुछ घट गया है। ऐसा तो मैं सोच भी नहीं सकता था।'

संगीता भाभी बोली, 'चाहें तो आप कुछ देर आराम कर लीजिए। आपको अभी लखनऊ तक का सफर भी तो करना है।'

मैंने कहा, 'अब आराम करने का समय नहीं है, भाभी, अब कहानी पूरी हो ही जाने दीजिए। बस एक घंटे बाद ही मुझे स्टेशन के लिए निकलना पड़ेगा। इस समय देखिए दो बज रहे हैं।'

मेरी बात सुन कर फिर भाभी जी ने कुछ नहीं कहा। वे कॉफी की केतली मेज पर रख कर वहाँ से चली गईं। मैंने गरमा-गरम कॉफी का घूँट लेते हुए पूछा, 'हाँ फिर? फिर क्या हुआ, दीपक?'

दीपक को भी जैसे कहानी सुनाने में बहुत मज़ा आ रहा था। मुझ जैसा धैर्यवान श्रोता भी उसे शायद बहुत दिनों बाद मिला था। वह भी बिट्टो बुआ की तरह कहानी सुनाने में बहुत पटु हो गया था। आखिर अध्यापक था न।

उसी ने आगे की कहानी भी सुनाई थी।

प्रभुदयाल जी ने शंकर के साथ विचार-विमर्श करके पहले से ही घोषणा कर दी थी कि रविवार के दिन वे एक दिन के लिए सांकेतिक अनशन पर बैठेंगे। शहर भर में यह बात फैल गई थी। शंकर आज सुबह से ही अनशन की व्यवस्था करने में जुटा था। दयानंद इंटर कालेज के मैंदान में तख़्त डाल कर एक मंच बनाया गया। उसके ऊपर एक बड़ा सा बैनर भी टँगा था। उस पर लिखा था-ट्यूशनबाजी के विरोध में एक दिन का सांकेतिक अनशन।

इस अभियान में बहुत से लोग प्रभुदयाल जी के साथ थे। कई लोगों ने कहा भी-कैसे परोपकारी आदमी हैं यह प्रभुदयाल जी! हमारे बच्चों के लिए ही तो इतना सब कुछ कर रहे हैं। स्वतंत्रता संग्राम में गाँधी जी के साथ थे। इन्होंने भी गाँधी जी के साथ असहयोग आंदोलन में भाग लिया था। उनके साथ बैठ कर कई बार अनशन-उपवास भी किया था। अंग्रेजों की लाठियाँ खाई थीं और कई बार जेल भी गए थे।

लेकिन सारे ट्यूशनखोर अध्यापक उन से बहुत नाराज़ थे। प्रकाशनारायण सर बोले, 'देखते जाओ... अभी यह आदमी और क्या-क्या नाटक करता है। इस उम्र में भी यह अपनी हरकतों से बाज़ नहीं आएगा। इसकी अपनी तो कोई औलाद है नहीं, इसीलिए गाँधीवादी बनने चले हैं। एक-दो लड़कियाँ होतीं तो साले को आटे-दाल का भाव मालूम पड़ जाता। सारी उम्र लड़कियों के लिए दहेज इकट्ठा करते ही बीत जाती। ये महाराज तो उनमें से हैं कि जो न खुद खाएँगे और न ही किसी और को चैंन से बैठ कर खाने देंगे। बस भरी-भराई थाली को लात मार कर लुढ़का कर ही दम लेंगे। अजीब मूज़ी आदमी है। जाने क्यों हम लोगों के पेट पर लात मारने पर तुला है।'

पंकज सर ने कहा, 'सच कहते हो भई, मेरी सारी इंग्लिश की ट्यूशनें इसने तुड़वा दीं। ट्यूशनें करके चार पैसे कमा लेता था तो गृहस्थी ठीक से चल जाती थी। पर इससे हमारी खुशी देखी नहीं गई। टीचरों को वेतन ही कितना मिलता है? ट्यूशनें न पढ़ाएँ तो इस मँहगाई के ज़माने में गुज़ारा कैसे हो? एक लड़का अभी तक किसी तरह से छिप-छिप कर आ रहा था। कल ये महाराज उसके यहाँ भी जा पहुँचे। आज सुबह वह भी इनके यहाँ किताबें लेकर जा रहा था। मैंने पूछा-किधर? तो बोला-प्रभुदयाल सर के यहाँ पढ़ने जा रहा हूँ। वे फ्री में पढ़ाएँगे।'

शिवकुमार सर बोले, 'साले ये लौंडे भी! सब फ्री के चक्कर में हैं! सुना है अपनी औलाद को तो इन्होंने जन्म ही नहीं लेने दिया था। जब यह अपने बच्चे का ही हत्यारा है, तब हमारे बच्चों का दु:ख-दर्द कैसे समझेगा? यह आदमी तो बस नाम का भूखा है।'

प्रकाशनारायण सर बोले, 'हाँ, आप एकदम सच कह रहे हैं। अगर ऐसे ही गाँधीवादी हैं तो गुंडे क्यों पाल रखें हैं?'

'गुंडे? कौन गुंडे? पालता है, भई?' सभी लोग हठात् पूछ बैठे। उन्हें एकाएक जैसे इस बात पर विश्वास ही नहीं हो रहा था कि प्रभुदयाल जी जैसा नेक आदमी गुंडे भी पाल सकता है।

प्रकाशनारायण सर बोले, 'आपको शायद पता नहीं है, प्रभुदयाल ने शंकर को अपने संरक्षण में ले लिया है। वही तो अब अपने इस रोशनपुर का सबसे बड़ा गुंडा है। उसी गुंडे के लिए तो आजकल ये महोदय कनवेसिंग करते हुए घूमते फिरते हैं। वही तो आज की इनकी इस नौटंकी में सुबह से लगा है। अनशन का सारा इंतज़ाम करना उसी के जिम्मे तो है। बाप रे, कैसा ज़माना आ गया है! लोगों के पेट में दाढ़ी है साहब और हमें मालूम तक नहीं।'

सभी लोग हैरत से बोले, 'हाँ, यह बात तो सच है। सोलह आने सच। पर जनाब हम लोगों के तो दिमाग में ही यह बात नहीं आई। सच कहा आपने इस समय शंकर से बड़ा गुंडा भला अपने इस रोशनपुर में कौन है? उसने तो लफंगों की पूरी फ़ौज ही बना रखी है। अखाड़े में रोज दंड पेलते हैं साले। उनसे क्या खाकर कोई शरीफ़ आदमी टकराएगा? दूसरों की बहू-बेटियों को छेड़ना उनके लिए आम बात है।' एकाएक बैठे-बिठाए ही उन लोगों के हाथ एक नया मुद्दा लग गया था। सब-के-सब गुंडा-विमर्ष में जुट गए थे।

प्रकाशनारायण सर बोले, 'उसने तो अपने अखाड़े में लफंगों की पूरी फ़ौज पाल रखी है। भले आदमियों का तो अब इस रोशनपुर में जीना ही मुश्किल है। पर मैं नहीं डरता ऐसे लफंगों से। इस गुंडे की तो मै किसी दिन पुलिस में रिपोर्ट लिखवाऊँगा।'

उनकी इस निडरता से अन्य लोगों को सकून-सा मिला।

मोहन अवस्थी अभी तक ख़ामोश खड़े होकर सबकी बातें सुन रहे थे। थोड़ा और पास आकर फुसफुसा कर बोले, 'लेकिन पुलिस में शिकायत करने से कोई फायदा थोड़े ही है, साहब।'

'वह क्यों?'

'उसी दिन प्रभुदयाल के चक्कर में उसने बस के कंडक्टर को पीटा था। उसे कितने दिन की जेल हुई? यहाँ के नेताओं ने उसकी पाँचवें दिन ही ज़मानत करवा ली। अब उल्टे उस बेचारे बस कंडेक्टर पर ही मुकदमा चल रहा है। उसके विरुद्ध पचासों लोग गवाही देने आ गए है कि उसने प्रभुदयाल से बदतमीज़ी की थी। उसकी नौकरी बच जाए यही बहुत है। उसके ऊपर तो एक स्वतंत्रता सैनानी से दुव्यर्वहार करने का केस बन गया है। इसके अलावा भी न जाने कितने आरोप लगा दिए गए हैं उस बेचारे पर। अब वह खुद उल्टा प्रभुदयाल और शंकर के पैर छूता फिर रहा है।'

'सच?'

'हाँ, उस दिन देखा नहीं था आप सब ने कि शंकर जेल से कैसा हीरो बन कर बाहर निकला था। अखाड़े के लौडों ने कैसे उसे फूल मालाओं से लाद दिया था। साले सब जोर-जोर से नारे लगा रहे थे-दादा तुम संघर्ष करों, हम तुम्हारे साथ हैं। जैसे वह बहुत बड़े राष्ट्रहित के काम से जेल गया हो। दूसरे दिन से ही वह और भी सीना तान कर क़स्बे में घूमने लगा। गवर्मेंट के आदमी पर हाथ उठा कर जब उसका कुछ नहीं हुआ तो भला आप उसका क्या बिगाड़ लेंगे?'

उनकी बात सुन कर प्रकाशनारायण सर हताश हो गए। उनकी झूठमूठ की हिम्मत भी हवा हो गई। बेचारे दु:खी हो कर बोले, 'हाँ भई, तुम ठीक कहते हो। आजकल तो गुंडों का ही ज़माना है। शरीफ़ों के दिन तो अब लद गए हैं। इससे तो अंग्रेजों का ही राज अच्छा था। कम-से-कम शरीफ़ आदमी चैन से तो रहता था। खुलेआम इतनी गुंडागर्दी तो नहीं थी।'

वहीं खड़े-खड़े ही दयानंद इंटर कालेज के अध्यापकों ने देखा कि प्रभुदयाल रामलीला मैंदान की से तरफ चले आ रहे हैं। सब लोग उनकी जय-जयकार कर रहे हैं। मंच पर बैठने से पहले क़स्बे के लोगों ने उन्हें फूल मालाओं से लाद दिया। शंकर ने भी उन्हें फूलमाला पहनाई। उनके चरण स्पर्श करके उनसे आशीर्वाद लिया। फिर धीरे-धीरे कितने ही लोग मंच पर आ-आकर उन्हें फूल मालाएँ पहनाने लगे।

प्रभुदयाल जी ने कहा, 'अरे, यह क्या भाई? इतनी मालाएँ-वालाएँ क्यों? मैं क्या कोई नेता-वेता हूँ? मैं तो गाँधी जी का एक छोटा-सा सिपाही हूँ। यहाँ ट्यूशन के विरोध में एक दिन के उपवास पर बैठ रहा हूँ। अगर फिर भी लोग नहीं सुधरे तो देख लेना इसी जगह अमरण अनशन पर बैठ जाऊँगा। शिक्षा तो हर बच्चे का मौलिक अधिकार है। शिक्षा पाने के लिए बच्चों पर ट्यूशन का अतरिक्त आर्थिक व मानसिक बोझ पड़े यह तो ठीक नहीं है। यह अन्याय किसी को नहीं सहना चाहिए।'

उनकी बातें सुन कर लोगों में ग़ज़ब का उत्साह जाग उठा। वे लोग ज़ोर-ज़ोर से नारे लगाने लगे-'व्यक्ति नहीं यह आँधी है, रोशनपुर का गाँधी है।' 'जब बच्चा-बच्चा जागेगा, तब ट्यूशनवाला भागेगा।' 'बाबा तुम संघर्ष करो, हम तुम्हारे साथ हैं।'

रोशनपुर के कई बच्चों, किशोरों, युवाओं, प्रौढ़ों, बुजुर्गों, पुरुषों, महिलाओं ने मंच पर आ-आकर उनसे कहा, 'सर, इस सत्य की लड़ाई में हम सब भी आप के साथ हैं। आप इस लड़ाई में अकले नहीं हैं।'

प्रभुदयाल सर बोले, 'यह तो बहुत अच्छी बात है। सुन कर मुझे बहुत खुशी हुई। मेरा तो उत्साह ही दूना हो गया है। अन्याय के आगे तो हमें कभी झुकना ही नहीं चाहिए। अधिक-से-अधिक क्या होगा हमारी जान ही तो चली जाएगी। यह तो वैसे भी एक-न-एक दिन जानी ही है। हमारा यह शरीर तो वैसे भी क्षणभंगुर है। यह पंच-तत्वों से मिलकर बना है और एक दिन बिखर कर उन्हीं पंच-तत्वों में समा जाएगा। इसीलिए हमें कभी भी इसका मोह नहीं करना चाहिए। अपनी अंतरात्मा को कभी मत मरने दो। आत्मा अजर-अमर है। यह कभी नहीं मरती। गीता में भी तो लिखा है-नैनं छिन्दन्ति शस्त्राणि नैंन दहित पावक:। न चैनं क्लेदयन्त्यापो न शोषयति मारुत:।।

'इस आत्मा को शस्त्र काट नहीं सकते, आग जला नहीं सकती, जल गला नहीं सकता और वायु सुखा नहीं सकती।

'समझे आप लोग?'

इतना सुनते ही एक बार फिर सब लोग उनकी जय-जयकार करने लगे। लोगों के शांत हो जाने पर वे फिर बोले, 'हमारा तो नारा ही यही है-सत्यमेव विजेयते! यानि की सदैव सत्य की ही जीत होती है। अगर हम सत्य के साथ हैं तो हमारी सदैव विजय होगी।'

प्रभुदयाल सर तख़्त पर चढ़ कर बैठ गए।

अब दूसरे दिन इसी समय उनका उपवास टूटेगा।

यह चैबीस घंटे का सांकेतिक उपवास था। ट्यूशनबाज़ अध्यापकों अब भी सुधर जाओ, नहीं तो तुम लोग घर-घर में बदनाम हो जाओगे।

शंकर ने सभी से हाथ जोड़ कर सामने पड़ी दरी पर बैठने की प्रार्थना की। लाउडस्पीकर वाले से कहा, 'जरा रामायण का टेप तो लगा देना जयराम।'

सब लोग व्यवस्थित हो कर दरी पर बैठ गए।

लाउडस्पीकर से रामायण की चैपाइयाँ बजने लगीं।

मंगल भवन अमंगल हारी
द्रबहु सुदसरथ अजिर बिहारी
राम सिया राम सिया राम जय जय राम।

हो, होइहै वही जो राम रचि राखा
को करि तरक बढ़ाए साखा
राम सिया राम सिया राम जय जय राम।

हो, धीरज धरम मित्र अरु नारी
आपद काल परखिये चारी
राम सिया राम सिया राम जय जय राम।

हो, जेहिके जेहि पर सत्य सनेहू
सो तेहि मिलय न कछु सन्देहु
राम सिया राम सिया राम जय जय राम।

हो, जाकी रही भावना जैसी
प्रभु मूरति देखी तिन तैसी
राम सिया राम सिया राम जय जय राम।

रघुकुल रीत सदा चली आई
प्राण जाए पर वचन न जाई
राम सिया राम सिया राम जय जय राम।
हो, हरि अनन्त हरि कथा अनन्ता
कहहि सुनहि बहुविधि सब संता
राम सिया राम सिया राम जय जय राम।

उस दिन उस रोशनपुर शहर के सभी लोग यह देखने के लिए कि वहाँ क्या हो रहा है, एक बार आए ज़रूर। कुछ उसमें शामिल हुए भी, कुछ नहीं भी। कुछ बस कौतूहल बस आकर वहाँ खड़े हो गए। कुछ श्रद्धा भाव से आए। उन्होंने वहाँ आकर प्रभुदयाल जी को आदर पूर्वक प्रणाम किया। अपने बच्चों से भी कहा, 'चलो, पैर छुओं इनके, आशीर्वाद लो। यह आज के युग के गाँधी बाबा हैं। तुम सब लोगों के भले के लिए ही तो यह इतना बड़ा त्याग कर रहे हैं।'

प्रभुनादयाल जी बच्चों के पैर छूने से पहले ही उनका हाथ थाम कर कहते, 'अरे नहीं.... नहीं...बस ठीक है.....खूब खुश रहो। मेहनत से पढ़ो-लिखो। खूब पढ़-लिख कर अपने शहर का, अपने देश का नाम रोशन करो।'

धीरे-धीरे रोशनपुर के लोग वहाँ जमा होते जा रहे थे। वे लोग कुछ देर वहाँ बैठ कर दुनिया भर की चर्चा करते, फिर उठ कर चले जाते और अपने-अपने काम-धंधों में लग जाते। इसी तरह दिन भर लोग वहाँ आते-जाते रहे। कुछ लोगों के लिए यह निरा कौतुक था। वे बड़े ही निरपेक्ष भाव से यह सब देख रहे थे। छोटे बच्चों को यह निरा मेला-सा लग रहा था। वे बड़े ही उत्साहित थे। उन्हें समझ में नहीं आ रहा था कि यह सब आज उनके क़स्बे में क्या हो रहा है?

शंकर ने माइक पर आकर कहा, 'आप लोगों को तो मालूम ही होगा कि प्रभुदयाल सर यह उपवास किसलिए कर रहे हैं। आप लोगों के भले के लिए। आज हमारी शिक्षा-पद्धति भ्रष्ट हो गई है। अध्यापक लोग क्लासों में न पढ़ा कर बच्चों को ट्यूशन करने के लिए विवश कर रहे हैं। बच्चों और उनके अभिभावकों का मानसिक और आर्थिक शोषण कर रहे हैं। आज जिनके पास पैसा नहीं-उनके लिए शिक्षा नहीं। ऐसा क्यों है? केवल हम लोगों के चुप रह कर अन्याय सहने के कारण। हम लोग अन्याय के विरुद्ध आवाज़ ही नहीं उठाते हैं। अध्यापकों को कालेज में पढ़ाने का वेतन मिलता है; फिर क्यों नहीं ये लोग मेहनत से क्लास में पढ़ाते हैं? क्यों सारा

कोर्स खत्म नहीं करवाते? क्यों बच्चों को ट्यूशन करने पर मजबूर करते हैं? क्योंकि कोई इस बात का विरोध नहीं करता है। आज प्रभुदयाल सर ने आप लोगों की तरफ से यह आवाज़ उठाई है। अब आप इस आवाज़ को दबने मत दीजिए। आइए हम सब इनका साथ दें और प्रतिज्ञा करें कि हम अपने बच्चों को ट्यूशन पढ़ने नहीं भेजेंगे और अध्यापकों को कालेज में ही पढ़ाने के लिए मजबूर करेंगे। आप सब लोग इतनी बड़ी सख्या में यहाँ आए हैं। अन्याय के ख़िलाफ इस यज्ञ में अपनी आहुति दी है। यह हमारी सफलता का प्रतीक है। इसलिए आप सब को धन्यवाद। जयहिंद! जय भारत!! जय रोशनपुर!!!'

शंकर की बात सुन कर लोगों ने खूब तालियाँ बजाईं। अखाड़े के लौडे तो बहुत ही उत्साहित हो उठे। रोशनपुर के लोगों को भी बहुत हैरानी हुई। उन्हें शंकर से इतने अच्छे भाषण की आशा नहीं थी।

'वाह, शंकर तो खूब भाषण देना सीख गया है।'

अखाड़े के लड़कों ने कहा, 'पूरे नेता हैं अपने शंकर दादा। देखना, इस बार चेयरमैनी का चुनाव यही जीतेंगे। वे सब उत्साह में भर कर शंकर और प्रभुदयाल का नाम लेकर ज़ोर-शोर से नारे लगाने लगे। वहाँ खड़े अन्य लोग भी उत्साह से सराबोर हो गए।

उस दिन सुबह से शाम तक लोगों का वहाँ आना-जाना बना ही रहा। धीरे-धीरे जब अँधेरा छाने लगा और बाज़ार बंद होने लगा तो शहर के कुछ ज़िम्मेदार लोग एक बार फिर मंच के पास आकर जमा हुए। कालेज की तरफ रात के समय नितांत सूनसान रहता है। उस तरफ तो खेत-ही-खेत थे। आगे ही रामलीला मैंदान भी था। शहर के उन संभ्रांत लोगों ने चिंता व्यक्त की कि रात को किस-किस को यहाँ रहना चाहिए। शहर के ही कुछ अराजक तत्व ग़लत हरकत कर सकते हैं। इस रोशनपुर में बहुत से लोग प्रभुदयाल जी के ख़िलाफ भी तो हैं। वे ही लोग रात के अँधेरे में कोई कांड न कर बैठें और उनके कारण सारे शहर के लोग बदनाम हों।

शंकर उन लोगों की बातें सुन कर बोला, 'चाचा जी, आप लोग चिंता न करें। मैं और मेरे अखाड़े के लड़के रात भर यहीं पर जागरण करेंगे। बस कुछ समय के लिए ये लोग खाना-वाना खाने अपने घर जाएँगे। इसके बाद रात भर यहीं अंताक्षरी होगी।'

'तो इन लोगों के लिए पूड़ी-सब्ज़ी बनवा कर यहीं भिजवा दें, शंकर बेटा?' उन संभ्रांत लोगों ने पूछा। आख़िर उन लोगों की भी तो कुछ ज़िम्मेदारी थी।

'नहीं...नहीं...खा आएँगे ये लोग। चार–चार लोग बारी-बारी से अपने घर जाकर ही खा आएँगें। आप लोग क्यों परेशान होंगे?'

'नहीं...इसमें परेशान होने की क्या बात हैं?'

'अरे नहीं, आप लोग रहने दीजिए। कोई समस्या नहीं है,चाचाजी। ऐसी बात होती तो नंदू हलवाई से कह देता। वह बना कर भिजवा देता।'

'तब ठीक है।' उन हितैषी सज्जनों ने राहत की साँस ली। चलो बला टली। पूछने का उनका कर्तव्य भी पूरा हो गया। वैसे भी घर की औरतें कौन यह सब बनातीं। सब-की-सब नकचढ़ी हैं। हमेशा पसरी रहती हैं। फौरन मना कर देतीं। बाज़ार से ही ख़रीद कर भिजवाना पड़ता।

रोशनपुर के वे संभ्रांत लोग निश्चिंत हो कर अपने-अपने घरों में लौट गए। घर जाकर उन्होंने भर पेट खाना खाया और चैंन की नींद सोए। बस इतना ही उनके लिए बहुत था। किसी भी पचड़े में अधिक घुसना उनकी आदत नहीं थी। बहुत व्यस्त दिनचर्या थी उनकी। वे सब इन झमेलों में नहीं पड़ते थे।

(58)

नगरपालिका के चुनाव होने जा रहे थे। शंकर भी चेयरमैनी का चुनाव लड़ रहा था। उसने अपने समर्थकों के साथ जिला निर्वाचन कार्यालय में जाकर अपना पर्चा भी भर दिया था। उसके 'प्योर मिल्क डेरी' में ही उसका चुनाव कार्यालय बना। उसका चुनाव चिन्ह था-कार। डेरी में सुबह से शाम तक लोगों का जमघट लगा रहता। स्थानीय नेताओं की उठक-बैठक भी होती। दिन भर चाय और नमकीन का दौर चलता रहता। अखाड़े के मेनगेट पर प्लाईबोर्ड से कार का एक बड़ा सा माडल बना कर लगा दिया गया। लाउडस्पीकर से दिन भर गाने बजते रहते। बीच-बीच में अखाड़े के लड़के जोश में भर कर चिल्लाने भी लगते-

कार ही कार है,
और सब बेकार है।

'हमारा नेता कैसा हो?'
'शंकर भइया जैसा हो।'

'जीतेगा भाई जीतेगा।'
'शंकर भइया जीतेगा।'

'काहे पड़े हो चक्कर में,
कोई नहीं है टक्कर में।'

अखाड़े के लड़के इस चुनाव में शंकर के बहुत काम आ रहे थे। सारी भाग-दौड़ की ज़िम्मेदारी उन्हीं की थी। उन्होंने शहर भर की दीवारों को पोस्टरों और बैनरों से पाट दिया था। वे रोशनपुर

के हरेक घर में जा कर पर्चे बाँट आए थे। सारे-के -सारे लड़के बड़े ही उत्साह से चुनाव में जुटे थे। सब यही सोच रहे थे कि अगर शंकर दादा ने चेयरमैनी का चुनाव जीत लिया तो शहर में उनका भी रुतबा बढ़ जाएगा। नगरपालिका में छोटी-मोटी नौकरी का भी जुगाड़ हो जाएगा। सड़कें-नालियाँ आदि बनवाने के ठेके मिल जाएँगे। वे दिन भर वहीं चाय-नाश्ता उड़ाते। रात में मुर्गा-दारू भी चलती। दोनों समय मुफ़्त का खाना भी मिलता। शंकर ने वाक़ायदा नन्हें हलवाई को लगा रखा था। शहर भर के आवारा लौंडे दिन-रात अखाड़े में ही पड़े रहते। उन्हें न तो घर जाने की फुरसत थी और न ही जरूरत। सब-के -सब बड़ी निष्ठा और ज़िम्मेदारी से अपना काम करते।

शंकर ने प्रभुदयाल सर को भी जा पकड़ा। एक दिन सुबह-सुबह ही वह उनके घर जाकर उनके पैरों पर गिर पड़ा। बोला, 'सर, अपना एक दिन का कीमती समय मुझे भी दीजिए?'

'किसलिए?' प्रभुदयाल सर ने उसे आशीर्वाद देते हुए पूछा।

'सर, मेरे लिए आपको कनवेसिंग करना है। आपका रोशनपुर के लोगों पर बहुत प्रभाव है। अगर आपका आशीर्वाद मिल गया तो मैं यह चुनाव अवश्य जीत जाऊँगा।'

'पर तुम्हारे चेयरमैन बन जाने से हमारे रोशनपुर का क्या भला होगा, शंकर?' प्रभुदयाल ने उसकी बातों को गंभीरता से सुनते हुए कहा।

शंकर ने तुरंत अपना घोषणा-पत्र उनके सामने रख दिया।

'सर यह है हमारा मेनीफेस्टो। आप पढ़ लीजिए।'

प्रभुदयाल जी ने बड़े ही ध्यान से उसका घोषणा-पत्र पढ़ा, फिर हँसते हुए बोले 'तुम्हारे जीतने के बाद इसमें से कुछ होगा भी, या नहीं?'

'सरकार की तरफ से जो भी बजट मिलेगा उसका एक-एक पैसा ईमानदारी से इस शहर के विकास के लिए लगा दूँगा, सर। जो काम इतने सालों से नहीं हुए, पाँच सालों में कर के दिखाऊँगा।'

'लेकिन यहाँ का पार्क तो देखो, शंकर, किस तरह उजाड़ पड़ा रहता है। दिन भर इसमें आवारा जानवर घूमते रहते हैं या जुआरी दिन भर यहाँ बैठे-बैठे जुआ खेलते रहते हैं,' प्रभु दयाल जी ने कहा।'

'मुझे बस एक मौका दीजिए, फिर देखिएगा इस पार्क का कैसा कायापलट करवाता हूँ।'

'शहर की सड़कों की दुर्दशा तो तुम देख ही रहे हो, शंकर। वर्तमान चेयरमैन ने पाँच साल में कुछ भी नहीं किया। मैं न जाने कितनी बार उससे मिल चुका हूँ, पर सब बेकार। वह तो बस अपना ही घर भरने में लगा रहता है। बजट का सारा पैसा खुद ही डकार जाता है। अगर पचास परसेंट भी लगा देता तो हमारा यह शहर सुधर जाता।'

'सर, बस इस बार मुझे सपोर्ट करके देखिए। पचास क्या पूरा सौ परसेंट पैसा अपने शहर और यहाँ की जनता की भलाई के लिए लगेगा। बड़े शहरों से भी अच्छी सड़कें न बनवा दी तो कहिएगा।'

'चुनाव के पहले तो सब लोग बड़े-बड़े वादे करते हैं शंकर, पर बाद में कोई भी एक भी वादा पूरा नहीं करता है। कुर्सी मिलते ही सब अपना घर भरने में लग जाते हैं। मैंने बहुतों को देखा है।'

'पर मैं ऐसा नहीं करूँगा, सर। पेट भरने के लिए तो मेरी यह 'प्योर मिल्क डेरी' ही काफी है। मुझे तो राजनीति में बहुत ऊपर तक जाना है। अगर अभी से भ्रष्ट होने का ठप्पा लग गया तो आगे कौन पूछेगा? इस जीवन में साफ–सुथरी राजनीति करना ही मेरी एक मात्र महत्वाकांक्षा है।'

'तो इसके लिए ईमानदारी पहली शर्त है, शंकर।'

'मैं हमेशा ईमानदार रहूँगा। मैं आपकी सौगंध खाकर प्रतिज्ञा करता हूँ, सर।'

'सच कहते हो?'

शंकर ने फिर से उनके पाँव पकड़ लिए, 'आपको धोखा नहीं दूँगा, सर। आप पर एक बार अश्रद्धा करके मैं बहुत बड़ी सजा भुगत चुका हूँ। अब ऐसा इस जीवन में क्या, सात जन्मों में भी नहीं करूँगा। अगर मैं कभी भी ग़लती करूँ या पथभ्रष्ट हो जाऊँ तो आप कान पकड़ कर इसी रोशनपुर के नेहरू चैराहे पर मुझे मुर्गा बना दीजिएगा और ऊपर से पचास जूते मारिएगा। मैं उफ तक नहीं करूँगा। आप मुझ पर बस एक बार भरोसा करके देखिए, सर।'

प्रभुदयाल जी ने उसके लिए कनवेसिंग करना स्वीकार कर लिया। इसका परिणाम यह निकला कि शंकर ने अपने प्रतिद्वंदी और रोशनपुर के पूर्व चेअरमैन शम्भू सिंह से भारी मतों के अंतर से चुनाव जीत लिया। चेयरमैन बन कर वह वाकई रोशनपुर का कायापलट करने में लग गया। उसने अपना मुख्य संरक्षक और सलाहकार प्रभुदयाल सर को ही बनाया।

(59)

इस बार विष्णू को किया गया मनीआर्डर वापिस लौट आया था।

प्रकाशनारायण सर को बड़ी हैरानी हुई। वे डाकिए का मुँह ताँकते हुए बोले, 'लेकिन यह कैसे संभव है, रतीराम?'

डाकिया बोला, 'मुझे क्या पता मास्टर साहब?'

कुछ दिन पहले उन्होने पचास रुपए का मनीआर्डर विष्णु के पास भेजा था। वहीं आज वापिस आ गया था। उन्होंने ने कहा, 'लेकिन हर बार तो इसी पते से मनीआर्डर करता हूँ, रतीराम!'

रतीराम मनीआर्डर को ध्यान से देखता हुआ बोला, 'इस बार शायद उसने अपना रूम चेंज कर लिया है। मनीआर्डर में ऐसा ही कुछ लिखा है।'

सुन कर प्रकाशनारायण सर हैरान हुए। उन्होंने चश्मा लगा कर मनीआर्डर को ध्यान से पढ़ा। हाँ, रतीराम की ही बात ठीक थी। मनीआर्डर पर साफ-साफ लिखा था कि स्थान बदल लिए जाने के कारण मनीआर्डर रिसीव नहीं करवाया जा सका। वे और भी हैरान हुए। आख़िरकार होस्टल का अच्छा-ख़ासा रूम छोड़ कर विष्णु कहाँ गया होगा? शायद होस्टल में उसकी पढ़ाई ठीक से न हो पाती होगी, इसलिए उसने कहीं अलग कमरा ले लिया हो। अगर ऐसी बात थी तो उसे उन्हें भी तो सूचना देनी चाहिए थी। पर इतने बड़े शहर में किराए पर अलग से कमरा लेना तो उसके लिए संभव नहीं है।

उन्होंने नूतन से पूछा कि शायद उसे कुछ पता हो। पर उनकी बात सुन कर खुद नूतन भी उतनी ही हैरान हुई, जितना कि वे थे। उसके पास तो कई दिनों से विष्णु का कोई पत्र भी नहीं आया था। वे वाकई परेशान हो उठे। छोटे शहर का लड़का कहीं महानगर में जा कर भटक न गया हो। कहीं बीमार-वीमार हो कर किसी हॉस्पिटल में न पड़ा हो। कहीं उसका एक्सीडेंट न हो गया हो। और, कालेज के लड़के भी तो एक नम्बर के बदमाश हैं, कहीं उसको बहका कर ग़लत रास्ते पर न डाल दिया हो। इतनी सी देर में उन्होंने न जाने कितनी बातें सोच डालीं।

उसी समय जा कर उन्होंने विष्णु की माँ से जानकारी ली।

'बहिन जी, विष्णु का कोई पत्र आया आपके पास?'

अचानक यह सवाल क्यो? प्रभावती थोड़ा सजग हो उठीं। इतने दिनों तक तो कभी भी प्रकाशनारायण सर ने उनसे यह बात नहीं पूछी। वे खुद भी जानते हैं कि माँ के लिए भी पत्र विष्णु उन्हीं के घर के पते से डालता है। फिर अचानक यह सवाल क्यों? प्रभावती ने पूछा, 'कोई ख़ास बात है, भाई साहब? विष्णु का पत्र तो कई दिनों से नहीं आया है।'

'नहीं...नहीं...ऐसी कोई बात नहीं है, बहिन जी, विष्णु की एक बार भी याद न आए ऐसा कोई दिन बीतता है? बहुत दिनों से विष्णु का कोई पत्र नहीं आया, इसीलिए पूछ रहा था।'

आख़िर उस विधवा से वे और क्या कहते? बेचारी सुनते ही परेशान हो उठेगी। उन्होंने तब महानगर जाना ही तय किया।

(60)

उन्होंने रात की ट्रेन पकड़ी और दूसरे दिन सुबह-सुबह ही वे महानगर पहुँच गए। होस्टल के रूम नं. 22 में जाकर उन्होंने दरवाजा खटखटाया। अंदर से एक लड़के ने आकर

दरवाजा खोला। यह शायद विष्णु का कोई नया रूम पार्टनर था। इससे पहले वे उससे कभी मिले नहीं थे; इसलिए वह उन्हें पहचान नहीं पाया।

'कहिए?'

'विष्णु है क्या?'

'आप कौन?'

'मैं उनका रिश्तेदार हूँ।'

'ओह, आइए....आइए, अंदर आ जाइए, अंकल जी। इतनी सुबह-सुबह ठंड में आप कहाँ से आ रहे हैं?'

अंदर आकर वे कमरे में पड़े तख़्त पर बैठ गए। लेकिन वहाँ तो विष्णु का कोई भी सामान उन्हें नज़र नहीं आया। वे विष्णु के हरेक सामान से परिचित थे। एक दिन उन्होंने ही ज़रूरत का सारा सामान विष्णु को ख़रीद कर दिया था। उस दिन वे एक नया सूटकेस भी उसके लिए लाए थे। उन्होने सोचा था कि क़स्बे में रहने वाला लड़का एकदम से इतने बड़े शहर में पहली बार पढ़ने जा रहा है, तो ज़रा उसके पास ढंग का सामान तो होना चाहिए। कहीं शहरी लड़को के रंग-ढंग देख कर वह डिप्रेशन में न आ जाए। कहीं छोटे से शहर का लड़का इनफीरियरटी कॉम्पलेक्स न महसूस करने लगे। इसीलिए उन्होंने उसे चलते-चलते नए ज़माने के दो जोड़ी पेंट-शर्ट भी सिलवा दिए थे। जिन्हें वह ज़रूरत के समय पहन सके। पर यहाँ तो उन्हें उसका कोई भी सामान नज़र नहीं आ रहा था। उन्होंने एक बार फिर सारे कमरे का बहुत ही बारीकी से निरीक्षण किया।

वे बोले, 'बेटा, मैंने एक मनीआर्डर विष्णु कुमार के नाम से भेजा था। पर वह वापिस मेरे पास ही लौट गया। इसीलिए इतनी सर्दी में भी मुझे उसकी खोज-ख़बर लेने आना पड़ा। विष्णु तो यहाँ दिखाई नहीं दे रहा है?'

वह भला लड़का बोला, 'हाँ अंकल, पोस्टमैन विष्णु का मनीआर्डर लेकर आया था, पर अब विष्णु यहाँ नहीं रहता है। मुझे पोस्टमैन ने मनीआर्डर देना मुनासिब नहीं समझा था; नहीं तो मैं ही रुपए लेकर विष्णु को दे देता। मैंने तो पोस्टमैन को उसका नया पता भी बताया था पर शायद उसने मनीआर्डर वापिस कर देना ही ठीक समझा। वह भी क्यों बेकार में इतनी लंबी दौड़ लगाता?'

प्रकाशनारायण सर को सचमुच आश्चर्य हुआ, 'विष्णु अब यहाँ नहीं रहता, तो फिर कहाँ रहता है, बेटा? क्या उसने होस्टल छोड़ कर शहर में कोई कमरा किराए पर ले लिया है?'

उनकी बात सुन कर वह भला लड़का हँस दिया। बोला, 'अंकल, आप बिल्कुल भी परेशान न हो। उसे किराए पर कमरा लेने की क्या ज़रूरत? अब तो विष्णु बहुत ही अच्छी जगह रहता है। अब तो उसके मज़े-ही-मज़े हैं।'

'कहाँ, बेटा?' उन्होंने कुछ बेचैन होते हुए पूछा।

'अब तो वह राजा साहब की कोठी के गेस्टहाउस में रहता है। कालेज से राजा साहब ने उसे वज़ीफ़ा भी दिलवा दिया है। अब तो उसकी फ़ीस भी माफ हो गई है। राजा साहब तो एकाएक उस पर बहुत ही मेहरबान हो गए हैं।'

'तो फिर बेटा तुम मुझको राजा साहब की कोठी का पता बता दो। मैं ज़रा उससे मिल लूँ। अपनी आँखों से देख कर तसल्ली कर लूँ कि वह ठीक-ठाक तो है। वह बेचारा तो बहुत ही भला और सीधा लड़का है।'

उनकी बात सुन कर वह लड़का व्यंग्य से मुस्कराया, 'नहीं अंकल जी, अब विष्णु उतना सीधा नहीं रहा जितना कि आप उसे समझ रहे हैं। उसने तो न जाने कैसा चक्कर चलाया है कि राजा साहब ने उसे अपनी कोठी के गेस्टरूम में ही रहने की इज़ाज़त दे दी है।'

लेकिन उस लड़के की बात पर उन्होंने अधिक ध्यान नहीं दिया। वह उस लड़के की मुस्कराट के पीछे छिपे व्यंग्य को भी नहीं समझ सके। इस समय शायद उनकी मन:स्थिति ठीक नहीं थी। वह जल्दी-से-जल्दी विष्णु के पास पहुँच जाना चाहते थे। उसे अपनी आँखों से देख कर तसल्ली कर लेना चाहते थे कि वह ठीक-ठाक तो है।

'तो बेटा, तुम्हें राजा साहब की कोठी का पता तो मालूम ही होगा। विष्णु से मिल कर मैं दोपहरवाली ट्रेन से आज ही वापिस रोशनपुर लौट जाऊँगा।'

उनकी बेक़रारी देख कर वह भला लड़का हँसने लगा। फिर जरा सँभल कर बोला, 'आप तो बेकार में ही इतना परेशान हो रहे हैं, अंकल जी। यहीं पर फ्रेश हो लीजिए। तब तक मैं आपके लिए कैंटीन से चाय की बोल कर आता हूँ। इतनी ठंड में आप कहाँ इतनी दूर जाएँगे? कुछ देर बाद आप मेरे साथ कालेज चलिएगा, वहीं पर आपकी विष्णु से मुलाक़ात हो जाएगी। फिर आप उसके साथ ही चले जाइएगा। कहीं ऐसा न हो कि आप इधर से जाएँ और उधर से विष्णु कालेज को चल दे। फिर तो आप बेमतलब ही परेशान हो जाएँगे।'

बहुत ही प्रैक्टीकल बात कही थी लड़के ने। उन्होंने भी सोचा कि वे नाहक़ ही इस तरह से परेशान हो रह हैं। यह उसका रूम पार्टनर गोविंद बता तो रहा है कि विष्णु एकदम ठीक-ठाक है। मज़े से राजा साहब की कोठी में रह रहा है। तब उन्हें इतना परेशान होने की क्या ज़रूरत है? पर विष्णु एकाएक राजा साहब की कोठी में रहने कैसे पहुँच गया, यह बात उनकी समझ में नहीं आ रही थी।

वे बोले, 'हाँ ठीक है, ऐसा ही करते हैं। लेकिन तुम्हें परेशानी तो होगी, बेटा?'

'नहीं अंकल जी, भला इसमें परेशानी की क्या बात? परेशानी होती तो मैं आपको रोकता ही क्यों?' बड़ी सहजता से मुस्कराते हुए उस लड़के ने कहा।

गोविंद सचमुच बहुत ही भला लड़का था। वह विष्णु की जगह ही इस रूम में आया था। उसका दूसरा रूमपार्टनर दिवाकर शायद घर गया हुआ था।

'तब ठीक है। ऐसा ही करते हैं।' उन्होंने कृतज्ञ होते हुए कहा, फिर वे फ्रेश होने चले गए। जब तक वे फ्रेश हुए लड़का होस्टल की कैंटीन से चाय और गर्मा-गरम समोसे ले आया। चाय-नाश्ता कर लेने के बाद वे वहीं तख़्त पर आराम करने लगे। रात भर के सफ़र ने उन्हें थका दिया था। इसके बाद वे उसी भले लड़के गोविंद के साथ कालेज पहुँचे। वहाँ उन्हें विष्णु का अधिक इंतज़ार नहीं करना पड़ा। थोड़ी ही देर में एक सफेद रंग की एंबेसडर कार आकर कालेज के ग्राउंड पर रुकी। उसमें से बड़े ठाठ-बाट से विष्णु कुमार उतरा। पहले-पहल तो वे उसे पहचान हीं नहीं सके। गोविंद ने ही उसे आवाज़ देकर पुकारा, 'विष्णु, अरे विष्णु, देख तो, तुम्हारे अंकलजी आए हैं!'

अकस्मात् प्रकाशनारायण सर को अपने सामने देख विष्णु भी हतप्रभ रह गया। पास आकर उसने उनके पैर छुए। पूछा, 'सर आप! इस तरह अचानक! कोई ख़ास बात है?'

'जीते रहो!' उसे देख कर प्रकाशनारायण सर की आँखें जैसे हैरत से फैल गईं। विष्णु एक शानदार सूट पहने हुए था। पैरों में भी कीमती जूते थे। आँखों पर सुनहरे फ्रेम का धूप का चश्मा चढ़ा हुआ था। कितना हैंडसम लग रहा था विष्णु। उसका तो जैसे कायापलट ही हो गया था। इस समय वह किसी सुंदर राजकुमार की तरह लग रहा था। वह उसे एकटक देख रहे थे।

विष्णु ने कोई उत्तर न पा कर फिर पूछा, 'सर, आप अचानक? घर में सब ठीक तो हैं?' वह भी सर को अचानक देख कर कुछ कम हैरान नहीं था।

'हाँ, वहाँ सब ठीक है। पर यह सब क्या है, विष्णु? मैंने तुम्हारे लिए पचास रुपए का मनीआर्डर भेजा था, वह वापिस मेरे पास ही लौट गया। इसीलिए तो मैं दौड़ा-दौड़ा आ रहा हूँ कि तुम्हें यहाँ कोई तकलीफ़ तो नहीं है। तुम ने होस्टल का वह अच्छा-भला कमरा क्यों छोड़ दिया? तुम्हें वहाँ क्या परेशानी थी? तुम्हें अगर कुछ और पैसों की ज़रूरत थी तो मुझे लिखते?'

विष्णु उनकी बातें सुन कर मुस्करा दिया। वैसे न जाने क्यों उसे आज सर का सब लोगों के सामने यह सब कहना अच्छा नहीं लग रहा था। वह बोला, 'ऐसा कुछ नहीं है सर। बस यह समझ लीजिए की मेरे ऊपर भगवान की कृपा हो गई है। राजा साहब ने खुद ही मुझे अपनी कोठी के गेस्टहाउस में रहने के लिए जगह दे दी है। मेरी फ़ीस भी माफ हो गई है। अब तो मुझे कालेज से वज़ीफ़ा भी मिलने लगा है। आपने मेरे लिए कितना कुछ नहीं किया सर? क्या मैं यह बात कभी भुला पाऊँगा? सच मानिए यह सब आपके ही आशीर्वाद से संभव हुआ है। पर अब आपको मेरे लिए और पैसे नहीं भेजने पड़ेंगे, सर। अब मैं आपको और अधिक कष्ट नहीं दूँगा।'

लेकिन प्रकाशनारायण सर अब भी असमंजस में थे। उन्हें शायद कुछ भी समझ में नहीं आ रहा था। उन्होंने हैरानी से पूछा, 'पर राजा साहब तुम पर एकाएक इतने मेहरबान क्यों हो गए, विष्णु? कोई ख़ास वजह?'

विष्णु एकदम से इसका कोई ठीक-ठीक जवाब नहीं दे पाया। वह राजकुमारी शिल्पी से हुई मुलाक़ात के बारे में सर को कुछ भी नहीं बताना चाहता था। कुछ देर सोचने के बाद वह बोला, 'सर, आपकी तरह ही इस दुनिया में अभी और भी अच्छे इंसान हैं। वे ज़रूरतमंदों को आगे बढ़ने में उनकी मदद कर देते हैं। राजा साहब को ही देख लीजिए, हर साल मेरी ही तरह कई प्रतिभाशाली छात्रों की हर तरह से मदद करते हैं। मेरी प्रतिभा देख कर और मेरी ग़रीबी पर तरस खा कर ही उन्होंने मुझे इतनी सारी सुविधाएँ दी हैं। आपको मालूम है कि यह कालेज जिस ज़मीन पर बना है, वह राजा साहब के पुरुखों की ही ज़मीन है? वे हर साल कालेज को अच्छी-ख़ासी रकम देते हैं। कालेज के प्रति उनका बहुत ही लगाव है। वे ही तो इस कालेज के चेयरमैन हैं। वे चाहते हैं कि उनके कालेज से ऐसे छात्र पढ़-लिखकर निकलें जो देश-विदेश में इस कालेज और इस शहर का नाम करें। वह चाहते हैं कि इस साल भी उनके कालेज का ही कोई लड़का प्रदेश मे टॉप करे। बी.एस.सी. में मैंने प्रदेश भर में टॉप किया था। इसीलिए तो उन्होंने मुझे ये सब सुविधाएँ दी हैं। वे चाहते हैं कि मुझे सारी सुविधाएँ मिलें जिससे मैं एम.एस.सी. में भी प्रदेश भर में टॉप कर सकूँ। इससे इस कालेज का भी तो नाम होगा, सर।'

सारी बातें सुन कर प्रकाशनारायण सर ने इत्मीनान की साँस ली। बोले, 'भई, मनीआर्डर वापिस आ जाने से मैं तो डर ही गया था। इसीलिए तो भागा-भागा चला आया हूँ। पर तुम्हारी प्रोग्रेस देख कर मुझे वाकई बहुत संतोष हुआ, विष्णु। अब मुझे विश्वास हो गया है कि मेहनती और प्रतिभाशाली लोगों के लिए भगवान भी रास्ते खोल देता है।'

विष्णु बोला, 'आइए रूम पर चलें सर, आप भी तो बहुत थक गए होंगे। रूम पर चल कर थोड़ा आराम कर लीजिएगा।'

'लेकिन तुम्हारा क्लास? तुम्हारी पढ़ाई का नुक़्सान नहीं होगा?' उन्होंने कहा।

'इस समय कालेज में चुनाव चल रहे हैं, कोई ख़ास पढ़ाई-लिखाई नहीं हो रही है। सारा दिन ही हुदडंगबाज़ी होती रहती है। मैं तो बस यूँ ही चला आया था। थोड़ी ही देर में वैसे ही वापिस लौट जाता। नुक़्सान क्या होगा? आइए चलते हैं, सर।' विष्णु ने कहा।

प्रकाशनारायण जी ने इस बार कुछ नहीं कहा। वे चलने के लिए तैयार हो गए। वे इसी बहाने उसका ठिकाना एक बार देख लेना चाहते थे। वह राजा जी की कोठी में किस तरह से रहता है, यह सब भी वे एक बार अपनी आँखों से देख कर संतोष कर लेना चाहते थे। उनके लिए बार-बार अपनी ट्यूशनें छोड़ कर महानगर आना संभव नहीं था।

कार अभी वापिस नहीं गई थी।

ड्राइवर लालजी से विष्णु ने वापिस कोठी पर चलने के लिए कहा।

(61)

रोशनपुर लौट कर प्रकाशनारायण सर ने सारी बातें सविस्तार बताईं।

उनकी पत्नी तारादेवी बोलीं, 'होनहार लड़कों की तो हरेक समझदार इंसान कद्र करता है। सरकार भी तो मेधावी लड़कों को विदेश में पढ़ाई करने के लिए स्कालरशिप देती है। ऐसे होनहारों से ही तो देश का नाम दुनिया में रोशन होता है। हमारा विष्णु तो बेशक़ीमती रत्न है- एकदम असली हीरा।'

नूतन ने पूछा, 'क्या राजा साहब की कोठी बहुत बड़ी है, पिता जी? खूब सारे नौकर-चाकर भी होंगे?'

प्रकाशनारायण सर ने ज़रा गर्व से बताया, 'हाँ....हाँ, बहुत बड़ी कोठी है। गेट पर हर समय चार-चार दरबान बंदूक लेकर खड़े रहते हैं। कोठी में राजा साहब से मिलने के लिए पहले हर आदमी को एक रजिस्टर में अपना नाम-पता दर्ज करना पड़ता है। फिर उसे अतिथि कक्ष में बैठा दिया जाता है। अपनी बारी आने पर ही वह राजा साहब से मिल सकता है। वह भी केवल पाँच मिनट के लिए।'

'लेकिन लोग उनसे मिलने क्यों आते हैं, पिता जी?'

'पहले मधुसूधन जी किसी स्टेट के राजा थे। अब केन्द्र सरकार में कैबिनेट मंत्री हैं। तभी तो दूर-दूर से लोग अपनी समस्याएँ लेकर उनके पास आते हैं। इसीलिए इनकी कोठी पर इतनी सुरक्षा व्यवस्था रहती है। राजा साहब की कृपा रही तो विष्णु की पढ़ाई पूरी होते ही उसे अच्छी- सी नौकरी भी मिल जाएगी। शायद वह उन्हीं के कालेज में प्रोफेसर हो जाए।'

'तो क्या पिता जी आपने भी रजिस्टर पर अपना नाम-पता दर्ज किया था?' उत्सुक्ता से नूतन ने पूछा।

'अरे नहीं...नहीं। मैं तो विष्णु के साथ था न, इसीलिए बिना रोके-टोके दरबान ने अंदर जाने दिया।'

'तो राजा जी से आपकी मुलाकात हुई?'

'नहीं, वे तो किसी मींटिंग में भाग लेने दिल्ली गए हुए थे।'

नूतन ने पूछा, 'और पिता जी? और वहाँ कौन-कौन था?'

प्रकाशनारायण सर हँस कर बोले, 'तमाम तो नौकर-चाकर थे वहाँ। अपने विष्णु ने आर्डर दिया तो वे चाय-नाश्ता लेकर हाज़िर हो गए। इसके बाद उन्होंने शानदार लंच भी कराया। अपना विष्णु तो अब रोज कार से कालेज आता-जाता है। राजा साहब ने सब प्रबंध कर रखा है। वे नहीं चाहते कि उसका ज़रा-सा भी समय नष्ट हो। अरे, वह तो अभी से बड़ा आदमी दिखने

लगा है। कैसा रौबीला व्यक्तित्व निखर आया है उसका। एकदम किसी स्टेट का राजकुमार लगता है।'

सुन कर नूतन की बड़ी-बड़ी आँखें आश्चर्य से और भी फैल गईं। नूतन ने फिर पूछा, 'राजा साहब की कोठी में और कौन-कौन रहता है, पिता जी?'

'यह मुझे क्या मालूम? नौकरों-चाकरों के अलावा तो मुझे कोई दिखा नहीं। राजा साहब तो वहाँ थे नहीं, इसलिए उनसे भी मुलाक़ात नहीं हो पाई।'

'कोई भी नहीं? इतनी बड़ी कोठी में कोई भी नहीं?' नूतन को सुन कर बहुत हैरानी हुई। वह एकाएक बेचैंन हो उठी। पता नहीं वह क्या जानना चाहती थी?

'हाँ, और तो मुझे कोई भी नज़र नहीं आया। मैं क्या सारी कोठी में घूमता फिरा? विष्णु तो वहाँ कोठी के मुख्य दरवाजे के पास बने गेस्ट रूम में रहता है। दूसरी जगहों से आनेवाले और भी कई लोग वहीं टिके रहते हैं। कोठी के अंदर राजा साहब का परिवार रहता है। वहाँ तक जाने की किसी को भी इज़ाज़त नहीं है।'

उस दिन महानगर से लौट कर प्रकाशनारायण सर ने विष्णु का खूब गुणगान किया। नूतन बड़ी खुश थी। उसका विष्णु कार से कालेज जाने-आने लगा है। उसका विष्णु कीमती सूट पहनता है। उसके विष्णु को कालेज से वज़ीफा मिलता है। उसका विष्णु राजा साहब की कोठी में रहता है। इस क़स्बे में कोई भी तो उसके विष्णु की बराबरी नहीं कर सकता है। उसके लिए विष्णु जैसा सुदर्शन युवक इस रोशनपुर में और कोई नहीं था और न ही उसके जितना बुद्धिमान। पर विष्णु का राजा साहब की कोठी में रहना, न जाने क्यों उसे खटक भी रहा था।

(62)

रोशनपुर का चेयरमैन बन जाने के बाद शंकर की राजनीति में दिलचस्पी बढ़ती चली गई। उसका विभिन्न राजनीतिक दलों के नेताओं के साथ उठना-बैठना हो गया था। किसी भी राजनीतिक दल का नेता जब भी उसके शहर में आता तो वह उससे मिलता ज़रूर। धीरे-धीरे कई पार्टियों के नेताओं से उसकी बहुत अच्छी जान-पहचान हो गई। उसने अपने अखाड़े में ही चार-पाँच अच्छे से कमरे बनवा लिए थे। वहीं विभिन्न राजनीतिक दलों के नेताओं का जमघट लगा रहता था। वहाँ उनकी खूब ख़ातिरदारी होती। ब्रेकफास्ट से लेकर लंच और डिनर का भी सब इंतजाम रहता। मुर्गा और दारू भी उड़ती। धीरे-धीरे शंकर की राजनीतिक महत्वकांक्षाएँ बढ़ने लगीं।

रोशनपुर के लोग भी उससे बहुत खुश थे। वे लोग अपने कामकाज के लिए उसके पास आते रहते थे। किसी को राशनकार्ड बनवाना होता। किसी को अस्पताल में बड़े डॉक्टर को दिखाने के

लिए पत्र लिखवाना होता। किसी को थाने में सिफ़ारिश करवानी होती। किसी को अपने किसी सगे-संबंधी की जमानत करवानी होती। सभी अपने-अपने दु:खड़े लेकर उसके पास आते। वह सबकी भरपूर मदद करता। उसने सब जगह अपनी जान-पहचान बना रखी थी। लोगों के सब काम होते रहते थे। रईस लोगों के काम करवाता तो उनसे अच्छी-ख़ासी रकम लेता। उन्हीं रुपयों से ग़रीबों की मदद करता। कुल मिलाकर वह फ़ायदे में ही रहता था। लोग भी उससे खुश रहते। ऊपर से जय-जयकार अलग से होती। इस तरह शंकर ने नाम ओर पैसा दोनों कमाया। लोग उसकी इज़्ज़त करने लगे। देखते-ही-देखते वह बड़ा पैसेवाला बन बैठा। पर उसने रोशनपुर का विकास करने में भी कोई कसर नहीं छोड़ी। प्रभुदयाल सर को दिया गया वादा वह पूरी ईमानदारी से निभा रहा था।

(63)

विष्णु ने एम.एस.सी. में भी पूरे प्रदेश में टॉप किया था।

प्रदेश के सभी अख़बारों में उसकी फोटो छपी। राजा साहब ने उसे व्यक्तिगत रूप से बधाई दी। अपनी तरफ से उसकी सफलता के लिए एक पार्टी भी रखी।

एम.एस.सी. करने के बाद विष्णु आई.ए.एस. की तैयारी में जी जान से जुट गया। राजा साहब की यही इच्छा थी। इसके लिए वह इतनी मेहनत करता कि जो भी देखता, दाँतों तले अँगुली दबा लेता। उसे रात-दिन बस पढ़ने की ही धुन सबार रहती। और सारी बातें तो जैसे वह भूल ही गया था। कभी रात के दो बजे अचानक राजकुमारी जी की नींद खुलती तो वे टहलती हुईं उस तरफ निकल आतीं। वे देखतीं कि विष्णु के कमरे की बत्ती अभी तक जल रही है। वे विष्णू के कमरे में झाँकतीं तो उन्हें यह देख कर बहुत हैरानी होती कि विष्णु कुर्सी पर बैठा-बैठा न जाने कौन सी किताब पूरी तल्लीनता से पढ़ रहा है। राजकुमारी शिल्पी खिड़की से बहुत देर तक अंदर कमरे में झाँकती रहतीं पर विष्णु अपनी पढ़ाई में इस तरह से डूबा रहता कि उसे उनकी उपस्थिति का पता ही नहीं चलता। उसकी पढ़ाई में डिस्टर्ब न हो यही सोच कर वे उल्टे पैरों अपने कमरे में लौट जातीं।

पर एक दिन उनसे रहा नहीं गया। रात के दो बजने वाले थे। राजकुमारी जी ने खिड़की से झाँक कर देखा। विष्णु किसी तपस्वी की भाँति अपनी पढ़ाई में समाधिस्थ था। राजकुमारी जी ने धीमी मधुर आवाज़ में पुकारा, 'विष्णु जी!'

लेकिन विष्णु इस तरह अपनी पढ़ाई में डूबा था कि उनकी आवाज़ सुन नहीं पाया। उसे बहुत आश्चर्य हुआ। कोई इतना एकाग्रचित्त होकर भी पढ़ सकता है?

'विष्णु जी!' राजकुमारी ने इस बार ज़रा जोर से पुकारा। इस बार विष्णु ने उठ कर दरवाजा खोला। राजकुमारी जी को इतनी रात गए अपने कमरे के सामने खड़ा देख वह हतप्रभ रह गया।

उसने पूछा, 'आप! राजकुमारी जी! इस समय?'

राजकुमारी जी बोलीं, 'अरे इसमें इतनी हैरानी की क्या बात है? मैं तो रोज़ ही रात को आपके कमरे तक आकर लौट जाती हूँ। आप तो इस कदर अपनी पढ़ाई में डूबे रहते हैं कि मेरा आना जान ही नहीं पाते हैं।'

सुन कर विष्णु शर्मिंदा-सा हो गया।

'सचमुच मैं तो जान ही नहीं पाता हूँ। माफ कीजिएगा, राजकुमारी जी!'

'विष्णु जी, आप रात में सोते नहीं हैं? इतनी मेहनत करेंगे तो बीमार हो जाएँगे?'

सुन कर विष्णु हँसने लगा। आख़िर वह कहता भी क्या? उसकी तो रात-रात भर जाग कर पढ़ने की आदत ही थी। हमेशा से ही वह बड़े अभावों में पला था। इसीलिए दिन भर ट्यूशनें करता और रात-रात भर जाग कर अपनी पढ़ाई पूरी करता। उसने बहुत कम सोने की आदत शुरू से ही डाल रखी थी।

राजकुमारी जी ने कहा, 'नहीं...नहीं...यह बात हँसी में उड़ाने की नहीं है। भला इस तरह भी कोई अपने स्वास्थ्य के साथ खिलवाड़ करता है?'

विष्णू ने हँस कर कहा, 'यह मेहनत अब तो बस कुछ ही दिनों की है। आइ.ए.एस. में सिलेक्ट होने के बाद तो बस सुख-ही-सुख है।'

तब तक नौकर काफी लेकर हाज़िर हो गया। विष्णु को बड़ा आश्चर्य हुआ। वह बोला, 'काफी? इस समय? मैंने तो काफी के लिए नहीं बोला था, काली?'

राजकुमारी जी ने हँस कर कहा, 'मैं ही इसे काफी के लिए बोल कर आई थी।' फिर नौकर की तरफ मुख़ातिब हो कर पूछा, 'साहब रात-रात भर जाग कर पढ़ाई करते हैं। रात में कुछ चाय-काफी पिलाते हो या नहीं?'

सुन कर नौकर सकपका गया। उस के मुँह से बोल नहीं निकला। बेचारा बहुत डर गया था। उसकी इस लापरवाही के कारण कहीं राजकुमारी जी उसे नौकरी से ही न निकलवा दें। पर विष्णु ने बात सँभाल ली। उसने हँस कर कहा, 'नहीं...नहीं.. मुझे रात में इस सब की आदत नहीं है। मैंने ही इसे मना कर रखा था। यह बेचारा तो मेरा बहुत ध्यान रखता है।'

सुन कर काली ने राहत की साँस ली। साहब भले आदमी हैं। आज उसे बचा लिया।

राजकुमारी जी बोलीं, 'नहीं, आदत की बात नहीं, विष्णु जी, पढ़ाई के साथ बीच-बीच में चाय-काफी ले लेने से शरीर को थोड़ा रिलेक्स मिल जाता है। आख़िर शरीर को एनर्जी भी तो चाहिए।' फिर उन्होंने नौकर को आगाह किया, 'देखो काली, साहब को रात में हर घंटे काफी या चाय पिलाओ। खाने के लिए कुछ स्नैक्स भी दो। इस काम में आलस बिलकुल मत करना।'

कालीपद ने चैंन की साँस ली। आज साहब ने उसे बचा लिया था। नहीं तो राजकुमारी जी का गुस्सा तो वह जानता ही था। हमेशा नाक पर रहता है। रानी साहिबा को गुज़रे कई साल बीत गए। इसीलिए अब वह राजा साहब की बहुत ही दुलारी हैं। उसकी हरेक ज़िद राजा साहब को माननी पड़ती है। वह बोला, 'जी मेम साहब। आज से मैं साहब का पूरा ख़्याल रखूँगा। आपने जैसा कहा बिल्कुल वैसा ही करूँगा।'

(64)

राजकुमारी शिल्पी के कहने से ही राजा मधुसूधन जी ने विष्णु को कोठी के गेस्टरूम में जगह दे रखी थी। उसकी पढ़ाई में मदद करने के लिए दो ट्यूटर भी रख छोड़े थे। जिस आई.ए.एस. परीक्षा को पास करने में लोग कई-कई साल लगा देते हैं। उसी को विष्णु ने पहले ही प्रयास में निकाल लिया। उसे कुछ महीनों की ट्रेनिंग के लिए भेजा गया। अपनी ट्रेनिंग पूरी करने के बाद वह प्रकाशनारायण सर और अपनी माँ से आशीर्वाद लेने रोशनपुर गया।

नूतन बोली, 'मालूम है विष्णु, मैंने ये पाँच साल किस तरह गुज़ारे हैं? इतना भी कोई तड़पाता है?'

नूतन इन पाँच सालों में एक भरी पूरी युवती लगने लगी थी। उसका रूप और भी निखर आया था। विष्णू उसे देख कर पागल सा हो उठा। उसने उसे बाँहों में भरते हुए कहा, 'यह भी तो देखो, मैडम, कि मैं इन पाँच सालों में क्या-से-क्या बन गया हूँ? अब कम-से-कम तुम मेरे साथ सिर उठा कर चल तो सकती हो। अब तुम भी तो क्लेक्टर की बीबी कहलाओगी।'

उसकी बातें सुन कर नूतन ने उसे ज़रा ढंग से देखा। वाकई विष्णु इतनें दिनों में बहुत बदल गया था। अब वह नए जमाने की कमीज़-पेंट पहनने लगा था। टाई लगाने लगा था। अब उसकी आँखों पर सुनहरे फ्रेम का क़ीमती चश्मा चढ़ा रहता था। इससे भी बड़ी बात यह थी कि अब उसके मन से ग़रीब होने की सारी कुंठा निकल गई थी। अब उस में ग़ज़ब का आत्मविश्वास आ गया था। आज

वह अपने पूरे ठाठ-बाट से नूतन को लेकर रोशनपुर में निकला था। उसके साथ नूतन को देख कर शहर की न जाने कितनी लड़कियाँ उसके भाग्य से ईर्ष्या करने लगीं। वाह कैसा सजीला वर मिला है इसे। यह वही विष्णु है जो कुछ साल पहले तक इसी रोशनपुर शहर में पजामा और हवाई चप्पलें पहने घर-घर जाकर छोटे बच्चों को ट्यूशनें पढ़ाया करता था। इसकी माँ दूसरों के घरों में काम करके किसी तरह अपनी गृहस्थी चलाती थी। वही विष्णु आज कैसा राजकुमार-सा सजीला लग रहा है। वाकई इस विष्णु ने थोड़े से ही समय में बहुत उन्नति की है। इसका तो एकदम से कायापलट ही हो गया है। वाह! जीवन में एक ही पल में अचानक सब कुछ बदल जाता है। इसीलिए तो इंसान को कभी हिम्मत नहीं हारनी चाहिए। सचमुच हार के आगे ही तो जीत है।

महानगर में रह कर विष्णु को अपने पास से कुछ भी ख़र्च नहीं करना पड़ता था। वहाँ राजा साहब की कोठी में रहते हुए उसकी पढ़ाई-लिखाई, खाना-वाना, नौकर-चाकर सब मुफ़्त का था। उसके वज़ीफे का सारा पैसा उसके पास जमा हो गया था। समय-समय पर राजा साहब भी किसी-न-किसी बहाने उसे कुछ-न-कुछ देते ही रहते थे। वही सब पैसा वह रोशनपुर में आकर ख़र्च कर रहा था। शहर में प्रदर्शनी लगी थी। वह नूतन को लेकर वहाँ गया। उसने नूतन के लिए एक अच्छी-सी साड़ी ख़रीद दी। उसकी बहिनों ममता और सुनीता के लिए भी क़ीमती उपहार ख़रीदे।

उससे कुछ भी लेने में नूतन ना-नुकर करने लगी।

तब विष्णु बोला, 'नूतन, आज मैं इस लायक हुआ हूँ कि तुमको कुछ दे सकूँ तो तुम क्यों इनकार कर रही हो? इस पर केवल तुम्हारा ही हक़ है। आज तक तो मैंने तुम सब से बस लिया-ही-लिया है। अगर सर मेरे लिए इतना कुछ न करते तो क्या मैं कभी यहाँ तक पहुँच पाता? समझ लो कि यह तुम्हारा ही भाग्य था कि मैं ज़िंदगी में कुछ बन सका। अगर उस समय सर मेरी सहायता न करते तो इंटर करके ही मैं कहीं छोटी-मोटी नौकरी कर रहा होता। शहर जाकर पढ़ने की औक़ात ही कहाँ थी मेरी? अब कुछ ही दिनों में राजा साहब की मेहरबानी से मेरी पहली ही नियुक्ति किसी शहर में कलेक्टर के पद पर होगी; फिर हमें कभी भी रुपयों-पैसों के लिए किसी के सामने हाथ नहीं फैलाना पड़ेगा।'

नूतन ने उसके आत्मसम्मान को समझा। फिर उसने उसे किसी बात के लिए नहीं रोका। हाँ, किसी भी बात के लिए नहीं? वह भी क्या करती आख़िर, पाँच साल तक उसने विष्णु का वियोग सहा था। उसका पल-पल इंतज़ार किया था। दोनों बरसों से तन-मन से प्यासे थे। किन्हीं कमजोर क्षणों में वह आत्मसमर्पण कर बैठी। आख़िरकार चंद महीनों में ही तो उन दोनों की शादी होने वाली थी। इसलिए उन्हें इस बात के लिए कोई अफ़सोस नहीं हुआ। दोनों ही बहुत खुश थे।

एक दिन प्रकाशनारायण सर ने भी विष्णु से सीधे-सीधे पूछ ही लिया, 'हाँ भई विष्णु, अब आगे तुम्हारा क्या इरादा है?'

'इरादा?'

'हाँ, मैं सोचता हूँ कि अब तुम दोनों कि जल्दी ही शादी कर दी जाए। क्यों, ठीक रहेगा न?'

विष्णु भला क्या कहता? वह तो बहुत समझदार और भला लड़का था। धीरे से बोला, 'मैं क्या बताऊँ सर, जैसा आप और मेरी माता जी ठीक समझे? पर पहले मेरी कहीं पोस्टिंग तो हो जाए। घर-गृहस्थी का ख़र्च उठाने के क़ाबिल तो हो जाऊँ?'

'पोस्टिंग भी हो जाएगी। अब तो हम सब पर ईश्वर की असीम अनुकंपा है।' उसके सिर पर हाथ फेरते हुए प्रकाशनारायण सर ने जब कहा तो उसने झुक कर श्रद्धा से उनके पैर छू लिए।

उसी दिन से प्रकाशनारायण सर बाज़ार आते-जाते घी के कनस्तर के दाम पूछने लगे। सुनार की दुकान पर जाकर सोने के दाम भी पूछ आए। कितनी साड़ी, सूट आदि आएँगे इसका भी खूब

हिसाब-किताब लगाया उन्होंने। रोज़-रोज़ तो सोने के दाम बढ़ रहे थे। हरेक चीज़ बड़ी महँगी होती जा रही थी। पर उन्होंने भी सोच लिया था कि पहली शादी वे खूब धूम-धाम से करेंगे। किसी बात की कमी नहीं रहने देंगे। आख़िर ऐसा जमाई कितनों को मिलता है?

चुन्नू सुनार उनका परिचित था। घर के छोटे-मोटे जेवर वे हमेशा उसी से बनवाते थे। वह बोला, 'मास्टर साहब, आप परेशान क्यों हो रहे हैं? ऐसी चीज़ बनाऊँगा कि बड़े-से-बड़े शहर के शोरूम में भी वैसी चीज़ नहीं मिलेगी। एकदम खरा सोना दूँगा। नूतन तो मेरी बेटी के समान है। छुटपन से उसे गोद में खिलाया है। दो हार, दो अँगूठी और कँगन तो बिटिया रानी के रहे और लड़के के लिए क्या बनेगा?'

प्रकाशनारायण सर ने मन-ही-मन हिसाब लगाते हुए पूछा, 'इतना ही कितने का बनेगा, चुन्नू भाई?'

सुन कर चुन्नू सुनार हँसने लगा, 'आप दाम क्यों पूछ रहे हैं, मास्टर साहब? आपकी ही दुकान है। लेना-देना तो बाद में होता रहेगा। आप तो बस यह बताइए कि क्या-क्या बनेगा?'

प्रकाशनारायण सर बोले, 'हाँ, यह सब तो बनेगा ही। तुम जोड़-जाड़ के बताना, चुन्नू भाई। सारा हिसाब लगा कर देखना पड़ेगा कि शादी में कितना ख़र्चा आएगा। आगे-पीछे सबका हिसाब तो मुझे ही करना पड़ेगा। एक जेवर ही तो नहीं है। शादी-विवाह के तो हजारों ख़र्चे होते हैं।'

चुन्नू बोला, 'हाँ, यह बात तो आपकी सही है, मास्टर साहब। आजकल के जमाने में लड़की की शादी करना क्या हँसी-खेल है? पर आप चिंता मत कीजिए, सब हो जाएगा जी। पैसे आप धीरे-धीरे देते रहिएगा। कौन आप भागे जा रहे हैं और कौन मैं?'

सुन कर प्रकाशनारायण सर को अच्छा ही लगा। इस क़स्बेनुमा शहर के लोग अब इतना लिहाज तो करने लगे हैं उनका। एक दिन परदेश से आकर वे यहाँ बसे थे तब उन्हें कितना डर लगता था। आज यह परदेश ही जैसे उनका देश बन गया था। नूतन की शादी में कुछ अधिक भी ख़र्च होता है तो कोई हर्ज नहीं। आई.ए.एस. दामाद मिला है उन्हें। उनके लिए तो वही लड़का भी है। शुरू से ही उन्होंने इसे पढ़ाया-लिखाया है। वह कितना नेक है, क्या उन्हे पता नहीं? आगे तो वही सब कुछ सँभाल लेगा। कोई भी इंसान इतना कृतघ्न नहीं होता है कि अपने ऊपर किया गया अहसान ही भूल जाए। हरेक आदमी समय आने पर इस अहसान से उऋण होना चाहता है। तभी उसके मन को संतोष मिलता है। फिर उन्होंने तो विष्णु को अपने बेटे जैसा ही समझा है।

कुछ दिनों तक रोशनपुर में रह कर विष्णु फिर से महानगर लौट गया। चलते-चलते उन्होंने विष्णु से कहा, 'बेटा, किसी दिन महानगर आएँगे। वहीं से शादी का कुछ बड़ा-बड़ा सामान ख़रीद लेंगे। वहाँ हरेक चीज़ की वैराइटी मिल जाएगी। यहाँ तो बहुत ही ओल्ड फैशन का सामान मिलता है। पैसे भी अनाप-शनाप लगाते हैं।'

विष्णु पूरी विनम्रता से बोला, 'सर, आपकी जब इच्छा हो आ जाइएगा। लेकिन आपको इन सब बातों को लेकर अधिक परेशान होने की ज़रूरत नहीं है। शादी जितने ही सादे ढंग से हो उतना ही अच्छा है। यह इतना ताँम-झाँम करने की क्या ज़रूरत है? सर, वैसे ही आप मेरी पढ़ाई-लिखाई में न जाने कितना पैसा ख़र्च कर चुके हैं। अब इस तरह पानी की तरह पैसा बहाने से क्या फायदा?'

सुन कर प्रकाशनारायण सर को संतोष हुआ। सचमुच ही विष्णु बहुत ही समझदार और भला लड़का था।

(65)

मैं पूरी एकाग्रता से कहानी सुन रहा था।

मुझे समय की कोई सुध ही नही रही थी। स्टेशन वहाँ से कोई अधिक दूर नहीं था। रात के उस नितांत सन्नाटे में एक ट्रेन रोशनपुर स्टेशन पर आकर कुछ देर रुकी, फिर पूरब दिशा की ओर धड़धड़ाती हुई निकल गई। उसकी आवाज़ हम लोगों को बिल्कुल साफ-साफ सुनाई दे रही थी।

दीपक ने हँसते हुए कहा, 'लो तुम्हारी ट्रेन तो गई, अंकित?'

मैंने घड़ी देखी। सचमुच अब चार बजने में मात्र दस मिनट बाकी थे। यह 03:30 वाली एक्सप्रेस ट्रेन ही थी, जो मुझे रोशनपुर में ही छोड़ कर अपने गंतव्य की ओर भागी जा रही थी।

लेकिन कहानी अधूरी छोड़ कर मैं जा भी कैसे सकता था?

मैंने कुछ परेशान होते हुए दीपक से ही पूछा, 'अब? अब लखनऊ के लिए मुझे अगली ट्रेन कब मिलेगी?'

मुझे परेशान देख कर दीपक ने कहा, 'अब आज का दिन तो तुम्हारा बेकार गया ही समझो। तब क्यों न आराम से दोपहर तीन बजे की ट्रेन से जाना? सुपर फास्ट है, बस बीच में दो ही स्टेशनों पर रुकेगी।'

मैंने पूछा, 'पर वह क्या यहाँ रुकेगी?

वह बोला, 'हाँ, अब मंत्री जी की कृपा से यहाँ भी रुकने लगी है।'

मैंने फिर पूछा, 'लेकिन वह तो लॉग रूट की ट्रेन है, बैठने को जगह मिल जाएगी या फिर खड़े-खड़े ही लखनऊ तक का सफर करना पड़ेगा?'

वह मुस्कराते हुए बोला, 'तू इसकी चिंता मत कर। मंत्री जी से कह कर तेरा रिजर्वेशन करवा देंगे।'

मैं बोला, 'सच?'

वह हँसा, 'अरे यह तो उनके लिए बहुत ही मामूली काम है। अभी एक फोन करेंगे और तेरा टिकट घर पर ही आ जाएगा।'

'तब ठीक है।' यह सुन कर मैंने राहत की सांस ली और आगे की कहानी सुनने के लिए उत्सुक हो उठा।

मैंने पूछा, 'पर इसके बाद क्या हुआ दीपक?'

दीपक एक गहरी साँस लेकर आगे की कहानी सुनाने लगा था।

पर उस दिन प्रकाशनारायण सर को ही कहाँ मालूम था कि उनका शहर जाना कुछ इस तरह से होगा। उस दिन शहर जाकर भी उन्हें क्या हासिल हुआ? वहाँ जाकर उन्हें मालूम पड़ा कि राजा साहब की वह विशाल कोठी विष्णु के समूचे अस्तित्व को ही जैसे निगल गई है या फिर उस कोठी में एक नए ही विष्णु का जन्म हुआ है। तब किसे मालूम था कि एक ही दिन इतना कुछ बदल जाएगा।

विष्णु को रोशनपुर से गए एक महीने से भी अधिक समय बीत गया था। रोज़ जैसे नूतन कालेज़ जाती थी; उस दिन भी गई थी। हर दिन की तरह उस दिन भी उसकी सहेलियों ने मज़ाक में कहा था, 'मिठाई नहीं खिलाएगी तू? पूरी कंजूस है। अब तो तेरी कलेक्टर साहब से शादी होने वाली है।'

उसने भी हँस कर कहा था, 'मिठाई भी खिलाऊँगी, अभी से क्यों परेशान हो? पहले शादी तो होने दे।'

इसके बाद भी बहुत देर तक उन सब सहेलियों के बीच हँसी-मजाक चलता रहा, जैसा कि रोज़ ही होता था। सभी की तो शादी की उम्र थी। सभी एम.ए. फाइनल में पढ़ रही थीं। इंटरवल तक इसी तरह हँसी-मजाक चलता रहा। सब कुछ सामान्य ही था।

इंटरवल के बाद अचानक नूतन की तबीयत खराब हो गई। उसका जी घबड़ाने लगा। उसे उल्टी हुई फिर वह चक्कर खा कर गिर गई। उसकी सहेलियाँ उसे उठा कर प्रिंसपल साहिबा के ऑफिस में ले गईं। उन्होंने उसे आराम से बेंच पर लिटाया। उसके चेहरे पर ठंडे पानी के छींटे डाले। फिर भी होश न आने पर बड़ी मैडम ने कालेज की बगल में ही बैठने वाली लेडी डॉक्टर को बुलवा लिया।

लेडी डॉक्टर गीतेश ने उसका परीक्षण कर जिस बात की संभावना व्यक्त की उसे सुन कर बड़ी मैंडम भी चकरा गईं। इसी बीच में नूतन को भी होश आ गया था। डॉक्टर साहिबा की बात सुन कर वह हतबुद्धि-सी चुपचाप आँखें मूँदे लेटी रही।

प्रिंसपल साहिबा ने पूछा, 'क्या आप निश्चित रूप से कह सकती हैं कि यह प्रैगनेंट है?'

लेडी डॉक्टर बोलीं, 'बिलकुल नहीं, मैं तो संभावना व्यक्त कर रही हूँ। यूरिन की जाँच से ही पूरी तरह से कन्फर्म हो पाएगा कि यह प्रैगनेंट है या नही। वैसे तो यह खुद भी जानती होगी। बच्ची थोड़ी है अब। एम. ए. फाइनल में पढ़ रही है।'

डॉक्टर गीतेश की बातें सुन कर नूतन का चेहरा एकदम से सफेद पड़ गया। वह कुछ भी बोलने की स्थिति में नहीं थी। वह अभी तक आँखें मूँदे बेहोशी का नाटक कर रही थी। प्रिंसिपल साहिबा ने फुसफुसाकर कहा, 'डॉक्टर साहिबा, आप यह बात किसी से कहिएगा मत। जवान लड़की का मामला है। बेकार में ही बदनामी होगी। यह जाने और इसके घर वाले जाने। हम लोगों को किसी के व्यक्तिगत मामलों से क्या लेनादेना? लड़की चक्कर खा कर गिर गई थी, इसी से आपको बुलवा लिया। फिर अभी तो यह बात कन्फर्म भी नहीं। हो सकता है कि कोई और बात हो?'

'हाँ, क्यों नहीं हो सकता? तमाम कारण हो सकते हैं। अभी मेरी समझ में जो आया, आपको बता दिया। कन्फर्म तो जाँच के बाद ही हो पाएगा। यह तो मैं अपने अनुभव कि बात बता रही हूँ।'

'फिर ठीक है, मैडम, पर आप से रिक्वस्ट है कि बाहर किसी से कुछ भी मत कहिएगा। बस यही कहियेगा कि कमजोरी के कारण चक्कर आ गया था।'

नूतन आँखें बंद किए अब भी सब सुन रही थी।

डॉक्टर साहिबा ने कहा, 'आप भी कैसी बातें करती हैं, प्रिंसपल साहिबा? मैं क्या यह बात जानती नहीं हूँ? मेरे प्रोफ़ेशन की तो पहली शर्त ही यही है कि पेशेंट की सारी बातें गुप्त रखी जाएँ। आप निश्चिंत रहिए, किसी को कुछ भी पता नहीं चलेगा।'

लेकिन डॉक्टर साहिबा के न बताने से ही क्या होना था? कहते नहीं हैं कि दीवारों के भी कान होते हैं। हालाँकि उस समय उन तीनों के सिवाय उस कमरे में और कोई भी नहीं था। उसकी सारी सहेलियों को और स्टाफ के अन्य लोगों को भी अनुभवी लेडी डॉक्टर ने नूतन का परीक्षण करने से पहले ही ऑफिस से बाहर कर दिया था। लेकिन क्या लड़कियाँ खिडकियों से कान लगाएँ अंदर की टोह नहीं ले रही थीं? ओर वे लड़कियाँ क्या इतनी ही शरीफ़ थीं कि सारी बात जान कर भी चुप रहतीं? सो सारे कालेज में डॉक्टर साहिबा के जाने से पहले ही यह बात फैल गई कि नूतन प्रैगनेंट है।

सारी बात जान कर नूतन की माँ तारादेवी ने भी अपना सिर पीट लिया। रोती हुई बोली, 'लो, और अपनी लड़की को इतनी छूट दे लो। इस करमजली ने तो ख़ानदान की नाक ही कटवा दी है। अब मैं क्या करूँ? कैसे लोगों को अपना मुँह दिखाऊँ? हे भगवान! तूने मुझे तीन-तीन लड़कियाँ दी ही क्यों? अब कैसे मैं इस समस्या से पार पाऊँगी?' कहती-कहती वे फफक-फफक कर रो पड़ीं।

प्रकाशनारायण सर भी हतबुद्धि से खड़े थे। उनकी भी समझ में कुछ नहीं आ रहा था कि वे क्या करें और क्या न करें? इस समय अपनी पत्नी का आँसू बहाना उन्हें बहुत खल रहा था। ये औरतें भी निरी बेवकूफ ही होती हैं। जब देखो तब रोने बैठ जाती हैं। यह नहीं कि समस्या का कोई हल निकालने में मदद करें। उन्होंने अपनी पत्नी को ज़ोर से डाँटा, पर उस पर कोई असर

नहीं पड़ा। वह वैसे ही बैठी आँसू बहाती रहीं। तब उन्होने उसे समझाया, 'अरे तारा....रोने से कोई हल नहीं निकलने वाला। जरा शांत दिमाग से सोचने दो कि आगे हमें क्या करना है?'

'अब क्या करना है? हम तो लुट गए।' अपने आँसू पोछते हुए तारादेवी बोलीं।

'पहली बात तो यह है कि नूतन को कुछ भी उलटा-सीधा मत कहना। इस समय उसे हम लोगों की सहानुभूति की बहुत ज़रूरत है। जवान लड़की है। मारे आत्मग्लानि के वह कहीं कुछ कर न बैठे। वैसे भी इसमें उसकी कोई ग़लती नहीं है। अब हमें कोशिश यह करनी है कि इन दोनों की शादी जल्दी-से-जल्दी हो जाए। मैं इसी समय महानगर के लिए निकलता हूँ। रात तक पहुँच जाऊँगा। तुम इस बीच बस नूतन का ध्यान रखना। समझीं? अगर ग़लती से भी उसने कुछ ग़लत कदम उठा लिया तो हम लोग कहीं के नहीं रहेंगे। सारे शहर भर में हमारी बदनामी होगी। समझ रही हो न तुम? नूतन को एक पल के लिए भी अपनी नज़रों से ओझल मत होने देना?'

तारादेवी को इस बात से कुछ तसल्ली बँधी। उसने सोचा, हाँ ठीक ही तो है अभी बिगड़ा ही क्या क्या है? एक बार विष्णु से नूतन की शादी हो जाए तो सारी समस्या ही खत्म हो जाएगी। वे तो बेकार में ही इतना घबड़ा रही हैं। उन्होंने सिर हिला कर पति की बातों का समर्थन किया। उनके चुप हो जाने से प्रकाशनारायण जी को भी जैसे हिम्मत मिली। वे उसी समय बैग में एक जोड़ी कपड़े डाल कर महानगर के लिए निकल पड़े। इस समय शाम के 5 बज रहे थे। शाम 6 बजे एक ट्रेन महानगर के लिए जाती थी।

रात को चार बजे वे महानगर पहुँचे। इतनी रात में वे कहाँ जाते? बाकी बची रात भी उन्होंने स्टेशन पर चाय पीते हुए और चहल कदमी करते हुए ही काट दी। सुबह स्टेशन पर ही दैनिक कार्यो से निवृत होकर वे राजा साहब की कोठी के लिए चल पड़े। पर राजा साहब की कोठी पर पहुँच कर उन्हें मालूम पड़ा कि विष्णु किसी काम के सिलसिले में बाहर गया हुआ है तो वे परेशान हो उठे।

राजा साहब ने उन्हें परेशान देख कर कहा, 'आप परेशान न हों मास्टर साहब। विष्णु दो-चार दिनों में आ जाएगा। तब तक आप हमारे गेस्ट-हाउस में आराम से रहें। आप तो उसके अध्यापक हैं न? वह तो आपकी बड़ी इज़्ज़त करता है, मास्टर साहब।'

राजा साहब की बात सुन कर प्रकाशनारायण सर की स्थिति बड़ी अजीब सी हो गई। रुँधे गले से वे बोले, 'सर, यदि आप मेहरबानी करके मुझे यह बता दें कि विष्णु कहाँ गया है तो मैं उससे वहीं जाकर मिल लूँगा? देर हो जाने से तो बड़ा अनर्थ हो जाएगा।'

विष्णु से भी किसी को इतना ज़रूरी काम हो सकता है, यह जान कर उन्हें बहुत ही आश्चर्य हुआ। बोले, 'आख़िर ऐसी कौन सी बात है, मास्टर साहब, जो आप इतने परेशान हो रहे हैं? देखिए आप विष्णु के रिश्तेदार हैं, आप मुझे सच-सच बताइए कि क्या बात है, जिससे मैं आप की कुछ मदद कर सकूँ? रूपए-पैसों की कोई बात है?'

'नहीं, सर।'

'तो फिर बताइए न? ऐसे भला मैं आपकी क्या मदद कर सकता हूँ? इस समय विष्णु कहाँ गया है, मैं खुद भी नहीं जानता। वह कोई बच्चा थोड़े ही जो हर जगह मेरी इज़ाज़त लेकर ही जाए। अपनी मर्जी से इधर-उधर जाता रहता है। मैं इस बारे में उससे अधिक पूछताछ भी नहीं करता हूँ? इतनी पूछताछ करने की मुझे ज़रूरत भी नहीं है। इस समय तो मैं खुद भी बहुत व्यस्त हूँ। लोकसभा के चुनाव होने वाले हैं। दिन-रात उसी में लगा रहता हूँ। कल रात ही तो दिल्ली से लौटा हूँ। आज ही रात को फिर दिल्ली चला जाऊँगा। यह मंत्री पद बचाए रखना भी बड़ा मुश्किल काम है, मास्टर साहब। आप नहीं समझेंगे?

'प्रकाशनारायण सर उनकी बातें सुन कर न जाने कितनी देर तक वहीं किकर्तव्यविमूढ़ से खड़े रहे। उनकी समझ में नहीं आ रहा था कि अब वे क्या करें? उन्हें इस तरह हतप्रभ खड़ा देख कर राजा साहब ने कहा, 'ख़ैर जाने दीजिए, लगता है कि कोई व्यक्तिगत समस्या है, इसीलिए आप मुझे बताना नहीं चाहते। कोई बात नहीं, ऐसा होता है....तब तो विष्णु के लौटने तक आप आराम से यहाँ रह कर उसका इंतज़ार करें। इसमें मुझे कोई प्राब्लम नहीं है। मैं काली से कह कर अभी गेस्टरूम खुलवाए देता हूँ। वही तो हर समय विष्णु की सेवा में लगा रहता है।'

अन्तत: प्रकाशनारायण सर को उन्हें सब कुछ बताना ही पड़ा।

सारी बात सुन कर कुछ क्षण तक राजा साहब मौंन बने रहे, फिर बोले, 'आपने अपनी लड़की को इतनी ढील क्यों दी? शादी से पहले भी भला लड़की को इतनी ढील दी जाती है? आप तो समझदार इंसान हैं। अध्यापक हैं। इतने सारे लोगों को ज्ञान बाँटते फिरते हैं और खुद ही ऐसी नादानी कर बैठे? वाह, शादी से पहले ही आपकी लड़की प्रैगनेंट हो गई?'

अचानक राजा साहब का रुख इस तरह से बदल जाएगा, ऐसी उम्मीद प्रकाशनारायण सर को बिलकुल भी नहीं थी। इस समय तो उन्हे किसी कि सहानुभूति चाहिए थी, उपदेश नहीं। पर भला वह राजा साहब से क्या कह सकते थे? बोले, 'सर, कुछ ही दिनों में उन दोनों की शादी होने वाली थी, तब भला उन दोनों के मिलने-जुलने में क्या बुराई थी?'

उस समय राजा साहब बेहद गुस्से में थे। वे बोले, 'नहीं....नहीं......आप कुछ समझ नहीं रहे हैं, मास्टर साहब, आपसे बहुत बड़ी ग़लती हुई है। आपने अपनी लड़की को इतनी ढील दी क्यों? कृपा करके अब आप यहाँ से चले जाइए। विष्णु के आते ही मैं उसे रोशनपुर भेज दूँगा। तब आपकी जो इच्छा हो वही करना। अब आपके यहाँ रुकने का कोई औचित्य नहीं है। पता नहीं विष्णु कब तक लौटे।'

राजा साहब का ऐसा अप्रत्याशित व्यवहार प्रकाशनारायण सर को बिल्कुल भी समझ में नहीं आ रहा था। उनसे तो उन्हें हमदर्दी की उम्मीद थी, पर वे तो उन्हें अपने घर से ही निकाले दे रहे थे। हताश और निराश हो कर प्रकाशनारायण सर उस दिन वापस रोशनपुर लौट आए थे। उस दिन उन्हें एक लड़की का पिता होना अभिशाप लग रहा था।

(66)

घर आकर प्रकाशनारायण सर विष्णु का बड़ी बेसब्री से इंतज़ार करने लगे। लेकिन एक सप्ताह बीत जाने पर भी विष्णु का कोई अता-पता नहीं था। उनके लिए तो एक-एक पल काटना मुश्किल हो रहा था। जब-जब वे नूतन का श्रीहीन चेहरा देखते तो अपराधबोध से भर उठते। उन्हें लगता कि वे ही उसके असल अपराधी हैं। विष्णु को इतनी आज़ादी उन्होंने ही दी थी कि बात यहाँ तक आ पहुँची। वे समझ नहीं पा रहे कि अब क्या किया जाए? विष्णु अगर आ जाता तो उनकी मुश्किल हल हो जाती। पर इतने दिन हो जाने पर भी उसका कोई पता ही नहीं था। ऐसा तो नहीं कि राजा साहब ही उसे बताना ही भूल गए हों। उन्होंने उस दिन बताया भी था कि वे इस समय लोक सभा के इलेक्शन को लेकर कितने व्यस्त हैं। अक्सर घर से बाहर रहते हैं। हो सकता है कि विष्णु के घर लौटने से पहले ही वह वापस दिल्ली चले गए हों। सरकार में एक ज़िम्मेदार मंत्री हैं। दिन भर में कई लोगों से मिलना-जुलना पड़ता है। एक मामूली से अध्यापक की बात भला उन्हें चुनाव के दिनों में याद भी क्यों रही होगी? उस दिन भी तो कितना रूखा व्यवहार था उनका। उन्हें भला किसी के सुख-दु:ख, मान-अपमान, जय-पराजय से क्या मतलब है? वे यह सोच ही रहे थे कि वे दोबारा महानगर जाएँ कि अचानक एक दिन एक ऐसी घटना घट गई जिसकी उन्होंने कभी कल्पना ही नहीं की थी।

एक दिन सुबह लगभग दस बजे रोशनपुर में आठ-दस कारों के काफिले ने प्रवेश किया। नेहरू चौराहे पर आकर कारें रूकीं और उनमें से कुछ लोगों ने निकल कर वहाँ खड़े हुए लोगों से कुछ पूछ-ताछ की, फिर वह काफिला पातीराम कूँचे की ओर चल पड़ा। सचमुच उस दिन पातीराम कूँचे में रहने वालों की आँखें खुली-कि-खुली रह गईं। उन्हीं में से किसी ने कार से सिर निकाल कर वहाँ खड़े एक लड़के से पूछा, 'ऐ लड़के, विष्णु जी का घर कौन सा है?'

'उधर...मोहल्ले के आख़िर में।' उसने अँगुली से इशारा करके बताया।

बात-ही-बात में कारों की कतार विष्णु के घर के सामने जा कर रुक गईं। मोहल्ले में एक साथ इतनी कारें आने से एकाएक हड़कम्प मच गया था। लोग अपने-अपने घरों से निकल कर यह जानने की कोशिश करने लगे कि आख़िर बात क्या है? क्यों ये लोग विष्णु का मकान पूछ रहे है? विष्णु तो बिना बाप का लड़का है, उसकी माँ तो दूसरे के घरों में कामकाज करके अपना गुज़ारा करती हैं, भला उससे इन लोगों को क्या काम? या कि विष्णु ने ही कोई काण्ड कर दिया है?

तब तक कार से राजा मधुसूधन जी उतर चुके थे।

लोगों में कानाफूसी होने लगी। अरे यह तो राजा साहब हैं! महानगर के एम. पी. और केन्द्र में शिक्षा मंत्री। ये विष्णु के यहाँ अपनी फौज़फाटा के साथ क्यों आएँ हैं? मोहल्ले वासियों की आँखें हैरत से फैलती जा रही थीं।

राजा मधुसूदन ने बड़ी ही हेय दृष्टि से उस जीर्ण-शीर्ण मकान को देखा। जगह-जगह से उस मकान का प्लास्टर उधड़ गया था। न जाने कब से उस मकान की पुताई भी नहीं हुई थी। राजा साहब ने अपने एक आदमी को इशारा किया तो उसने जाकर मकान की कुंडी खटखटा दी। अंदर से प्रभावती ने दरवाजा खोला। अपने घर के सामने इतनी कारें और आदमी देख कर वह हतप्रभ रह गईं।

राजा साहब ने कहा, 'मैं महानगर से आया हूँ। वहाँ विष्णु मेरी कोठी में ही रहता है।'

प्रभावती ने यह सुनते ही हाथ जोड़ लिए, 'ओह, राजा साहब है?'

'जी हाँ, आप समझ गई न?'

'हाँ..हाँ, विष्णु जब भी यहाँ आता है तो बस आपकी ही बातें करता है। आइए...आइए... आपके तो हम पर बहुत एहसान है। आपकी वज़ह से ही तो मेरा बेटा कलक्टर बन जाएगा, राजा साहब। इस जन्म में मैं आपके एहसान कैसे चुका पाऊँगी? मेरी हैसियत ही क्या है? आप तो राज घराने से है और मैं ठहरी गरीब विधवा बुढ़िया। आपने मेरे लड़के को कहाँ-से-कहाँ पहुँचा दिया। आप यहाँ बैठिए इस चारपाई पर...नहीं...नहीं रुकिए, आपके लिए कुर्सी लाती हूँ।'

नौकर अदब के साथ राजा साहब के पीछे-पीछे ही चल रहा था। फौरन बोला, 'माँजी, आप बताइए कि कुर्सी कहाँ हैं? मैं लाता हूँ।' फिर वह भी प्रभावती के पीछे-पीछे भागा।

नौकर ने राजा साहब के लिए एक कुर्सी लाकर रखी। लेकिन तब तक राजा साहब चारपाई पर ही बैठ गए थे। उन्होंने कुर्सी पर ज़िद करके प्रभावती को बिठाया। प्रभावती को तो कुछ समझ में ही नहीं आ रहा था कि वह क्या करें? वे सोच रही थी कि पड़ोस के चंदू को भेज कर प्रकाशनारायण भाई साहब को बुलवा लिया जाए कि तभी राजा मधुसूदन ने पूछा, 'तो बहिन जी, विष्णु मेरे बारे में आपसे और क्या कहता है?'

प्रभावती को कुछ समझ में नहीं आया कि राजा साहब क्या जानना चाहते हैं? वे बोलीं, 'राजा साहब, वह तो हर समय आपकी तारीफ़ ही करता रहता है।'

'उसने कभी मेरी बेटी शिल्पी के बारे में आपको नहीं बताया?'

'नहीं तो राजा साहब! विष्णु तो बहुत सीधा लड़का है। लड़कियों की तो बातें करने से भी शर्माता है। शायद इसीलिए उसने कभी आपकी बेटी शिल्पी का ज़िक्र न किया हो। पर आप ये सब बातें क्यों पूछ रहे हैं?' प्रभावती को न जाने क्यों राजा साहब की बातें कुछ अजीब सी लग रही थीं।

राजा मधुसूदन जी उनकी बात सुन कर हँसने लगे। बोले, 'बहिन जी, वाकई आपका लड़का बहुत सुशील है। इसीलिए तो मेरी बेटी शिल्पी उसे पसंद करती है। आज आपको मेरे अहसानों का बदला चुकाना पड़ेगा। मैं इसीलिए इतनी दूर से आपके पास आया हूँ।'

प्रभावती अब भी ठीक-ठीक राजा साहब की बात नहीं समझ पाई थीं। वे बोलीं, 'मेरे पास है ही क्या, राजा साहब?'

'आपके पास तो अनमोल रत्न है, बहिन जी, वही रत्न आज मैं आप से माँगने आया हूँ।'

प्रभावती शायद फिर भी राजा साहब का मंतव्य ठीक से नहीं समझ सकी थीं। वे हैरान होकर बोलीं, 'कैसा रत्न राजा साहब? मैं तो बहुत ही ग़रीब एक विधवा औरत हूँ। अगर आप लोग मदद न करते तब मैं अपने विष्णु को इतना पढ़ा-लिखा भी नहीं सकती थी।'

तब राजा साहब ने हँस कर कहा, 'मैं उसी रत्न को तो आपसे लेने आया हूँ, बहिन जी! सचमुच ही वह बहुत ही सीधा और संस्कारी लड़का है। मैं विष्णु के साथ अपनी बेटी शिल्पी की शादी करना चाहता हूँ। विष्णु भी ऐसा ही चाहता है। शायद वह संकोच के मारे आपसे अभी तक कुछ कह नहीं पाया है। वे दोनों ही एक-दूसरे को पसंद करते हैं। आज मैं आपका आशीर्वाद लेने ही रोशनपुर आया हूँ। आपको कोई आपत्ति तो नहीं है।'

सच सुना उन्होंने?

उन्हें जैसे अपने कानों पर विश्वास ही नहीं हो रहा था। पर उन्हें विश्वास करना पड़ा। राजा साहब जो उनके सामने बैठे थे। घर के बाहर भी तो इतनी सारी कारें खड़ीं थीं। फिर अपने कानों पर अविश्वास कैसे किया जा सकता था? उन्हें विश्वास करना ही पड़ा। यह सब सपना नहीं था। वे कुछ झिझकती हुई बोलीं, 'लेकिन मैं इस बारे क्या बताऊँ, राजा साहब? एक बार विष्णु से मेरी बात हो जाती। विष्णु तो शायद प्रकाशनारायण भाई साहब की लड़की नूतन से शादी करना......'

राजा साहब बीच में ही उनकी बात काट कर बोले, 'मैंने कहा न बहिन जी कि मैं विष्णु से पूछ कर ही आपकी सेवा में हाज़िर हुआ हूँ। विष्णु और शिल्पी एक-दूसरे को बहुत पसंद करते हैं। अगर ऐसा न होता तो क्या मैं आपके पास आता? बस आप की इज़ाज़त लेने के लिए ही मैं आपके सामने हाज़िर हुआ हूँ।'

प्रभावती कुछ समझ पातीं इससे पहले ही राजा साहब ने अपने नौकर को इशारा किया। नौकर ने बाहर जाकर कुछ कहा। कार से कई आदमी थाल उठा-उठा कर लाने लगे। उसमें मिठाई, फल, मेवा, कपड़े, रुपए, जेवर के अलावा भी और न जाने क्या-क्या भरा था? मोहल्ले के लोगों ने गिन कर देखे पूरे इक्यावन थाल थे। सब लोग हैरानी से खड़े यह सब देख रहे थे। वे लोग समझ ही नहीं पा रहे थे कि यह सब क्या हो रहा है? फिर जब उन्हें सारी बात समझ में आई तो उन्होंने दाँतों तले अँगुली दबा ली। वाह, विष्णु के तो ठाठ हो गए! राजघराने का दामाद बनने जा रहा है।

प्रभावती हड़बड़ाई सी यह नहीं समझ पा रही थीं कि राजा साहब की किस तरह से ख़ातिरदारी की जाए। उनकी हड़बड़ाहट देख कर ही राजा साहब ने मुस्कराते हुए कहा था, 'नहीं...नहीं...

बहिन जी...हम तो बेटी के घर का पानी भी नहीं पीते हैं। इस समय वैसे भी लोक सभा के चुनावों की तैयारियों में व्यस्त हूँ। बहुत मुश्किल से ही समय निकाल कर आपके पास आया हूँ। अब आप हमें इज़ाज़त दीजिए। फिर भेंट होगी। शादी की सारी रस्में महानगर में ही संपंन्न होंगी। आपको किसी तरह की चिंता करने की ज़रूरत नहीं है। सब हो जाएगा। विष्णु एक-दो दिन में आकर आपको सारी बात बताएगा कि कब क्या होना है।' इसके बाद वे रूके नहीं, प्रभावती से विदा लेकर कार में जा बैठे। कारों का क़ाफ़िला एक-एक करके आँखों से जब तक ओझल नहीं हो गया तब तक मोहल्ले के लोग उसी तरफ आँखें गड़ाए देखते रहे।

(67)

विष्णु वाकई बहुत सीधा लड़का था। शुरू-शुरू में तो वह राजकुमारी शिल्पी के मन की बात समझ ही नहीं पाया था कि वह मन-ही-मन उसे चाहने लगी है। राजा साहब तो अक्सर अपने काम से दिल्ली या लखनऊ में ही बने रहते थे। महानगर में रहते तब भी हमेशा लोगों की भीड़ से घिरे रहते। बहुत रात गए ही उन्हें फुरसत मिलती थी, तब तक राजकुमारी शिल्पी सो चुकी होती थीं। सुबह वे देर से सो कर उठते, तब तक उनसे मिलनेवालों की भीड़ इकट्ठी हो जाती थी। एक ही घर में रहते हुए भी बाप-बेटी की कभी ढंग से बात भी नहीं हो पाती। राजनीति सचमुच ऐसी ही विचित्र चीज है। यहाँ आकर व्यक्ति को बहुत कुछ मिलता है, तो उसे बहुत कुछ खोना भी पड़ता है। यही दशा राजा साहब की भी थी।

अकेलापन राजकुमारी शिल्पी को अक्सर विष्णु के कमरे की तरफ खींच ले जाता। वह वहाँ जाकर देखती कि विष्णु बड़े मनोयोग से पढ रहा है। वह उसका आना भी नहीं जान पाता। तब वह धीरे से पुकारती, 'विष्णु जी!'

इतनी रात में अपने कमरे के सामने राजकुमारी जी को देख कर विष्णु हतप्रभ रह जाता, 'अरे आप! इस समय?'

राजकुमारी शिल्पी कमरे में आकर ठीक उसकी बगल में बैठ जाती, 'क्यों, इतना हैरान क्यों हैं? आपको डिस्टर्ब किया?'

'नही तो।'

'तो आप इस तरह परेशान क्यों हो गए?'

'नहीं तो राजकुमारी जी, मैं कहाँ परेशान हूँ?'

सुन कर राजकुमारी शिल्पी हँसने लगतीं। वही, मदहोश कर देने वाली मादक हँसी। राजकुमारी शिल्पी को अपने इतना पास बैठे देख कर विष्णु के दिल की धड़कनें अनायास बढ़ जातीं। वह समझ नहीं पाता कि वह क्या कहे? राजकुमारी के शरीर से उठती भीनी-भीनी खुशबू उसे बेचैन

करने लगती। राजकुमारी शिल्पी को मन-ही-मन बहुत गुस्सा आता कि यह विष्णु उसके मन की बात समझता क्यों नहीं रहा है? निरा बुद्धू ही है? पर वह भी मन-ही-मन मेनका की तरह उसकी तपस्या भंग करने का संकल्प ले चुकी थी।

आखिर विष्णु भी तो इंसान ही था। हाड़-मांस का बना एक साधारण-सा इंसान। राजकुमारी शिल्पी का इतना खुला आमंत्रण आखिर वह कब तक ठुकराता। धीरे-धीरे दोनों के बीच की दूरिया कम होती गईं और एक दिन ऐसा आया जब राजकुमारी शिल्पी उसकी बाहों में झूल रही थी। दरअसल विष्णु इतना भी बुद्धू नहीं था जो राजकुमारी शिल्पी की बेचैनी को न समझ पा रहा हो। पर उसने यह स्वप्न में भी नहीं सोचा था कि राजकुमारी शिल्पी भी कभी उसकी हो सकती है। लेकिन उसका स्वप्न अब सच हो गया था, क्योंकि राजकुमारी शिल्पी उससे बेपनाह मुहब्बत करती थी।

जब से राजकुमारी शिल्पी ने काली को डाँटा था; उस दिन से वह विष्णु का बेहद ख्याल रखने लगा था। दिन में ही क्यों, वह रात में भी कई बार आकर देख जाता था कि विष्णु को किसी चीज़ की ज़रूरत तो नहीं है। चाय, काफी, स्नैक्स वह समय से लेकर विष्णु की सेवा में हाज़िर हो जाता। कई बार वह आकर देखता कि इतनी रात में भी राजकुमारी शिल्पी विष्णु के कमरे में मौजूद हैं। कभी-कभी तो विष्णु के कमरे का दरवाजा बंद होता और अंदर से राजकुमारी के हँसने की आवाज़ें सुनाई देतीं। वही मादक और वासनोत्तेजक हँसी। तब वह बेचारा उल्टे पैर लौट जाता। वह तो इस घर का एक अदना-सा नौकर था। सब कुछ जानबूझ कर भी उसके लिए चुप रहना ही वाजिब था। बड़े लोगों की रंगरेलियों की जानकारी रखना भी अपराध होता है। यह बात वह अच्छी तरह जानता था।

पता नहीं राजकुमारी शिल्पी ने राजा साहब को किस तरह मनाया कि वे भी उन दोनों कि शादी के लिए तैयार हो गए थे। पर विष्णु को अभी भी प्रकाशनारायण सर का डर था। वे तो नूतन से उसकी शादी करने के मनसूबे पाले बैठे थे।

राजा साहब ने एक दिन उसे समझाया, 'यह सब मैं तुम्हारी भलाई के लिए ही कर रहा हूँ, विष्णु, भावनाओं में बहने से कोई फायदा नहीं है। सबसे पहले अपना कैरियर देखो । इंसान को जिंदगी में हमेशा आगे बढ़ने की कोशिश कराना चाहिए। हम चाहते तो किसी भी खानदानी लडके को अपना दामाद बना सकते थे। हमें क्या लड़कों की कमी है? पर मेरी ज़िद्दी बेटी तुम से ही प्यार करती है। तुम से ही शादी करना चाहती है। वह बिना माँ की लड़की है। मेरी हमेशा से यही कोशिश रही है कि उसे किसी भी तरह की तकलीफ़ न हो। शिल्पी से शादी करके, मेरे बाद, मेरी इस आलीशान कोठी के वारिस तुम ही होगे। कोठी ही क्यों, मेरी अकूत धन-दौलत के वारिस भी तुम ही होगे। इस कलक्टरी में भी क्या रखा है? कुछ दिनों के बाद मैं तुम्हें चुनाव लड़वाऊँगा। देखना एक दिन तुम भी हमारी तरह केन्द्र में मंत्री बनोगे। तुम्हें तो एक सुनहरा मौका मिल रहा है। ज़िंदगी में ऐसे मौके बार-बार नहीं आते हैं।'

शंकर राजकुमारी शिल्पी की बहुत इज़्ज़त करता था। उसके कारण ही तो उसे कोठी के गेस्टरूम में रहने की इज़ाज़त मिली थी। उसी के कहने से उसकी फ़ीस माफ हुई थी और उसे वज़ीफ़ा मिलने लगा था। उसमें और राजकुमारी शिल्पी में जमीन-आसमान का अन्तर था। राजकुमारी शिल्पी उस जैसे गरीब लड़के से प्रेम करने लगेंगी, ऐसा उसने कभी सोचा भी नहीं था। उसकी इतनी औकात ही नहीं थी। पर अब वह एकदम नए दृष्टिकोण से सोचने लगा था। वह राजकुमारी शिल्पी और नूतन की तुलना करने लगा था। कहाँ नूतन आभावों में पली-बढ़ी एक ग़रीब मास्टर की लड़की, जिसने अपनी सारी उम्र ट्यूशनें पढ़ाते ही काटी है और दूसरी तरफ राजकुमारी शिल्पी, जिसकी सेवा में चैबीसों घंटे दसियों नौकर हाज़िर रहते हैं। दौलत के ढेर पर बैठी है वह। उससे शादी करके उसे एक ही पल में दुनिया भर का ऐशो-आराम मिल सकता है। वह राजा साहब की इकलौती बेटी है। राजा साहब सच ही तो कहते हैं कि यह विशाल कोठी और उनकी यह अकूत धन-दौलत उनके बाद उसे ही तो मिलेगी, जिससे भी राजकुमारी शिल्पी की शादी होगी। तो फिर कोई और क्यों, वह ही क्यों नहीं?

यही सब कुछ सोचते-सोचते वह न जाने कहाँ खो गया था। उसे विचारमग्न देख कर राजा साहब बोले, 'तुम मेरी बात समझ रहे हो न, विष्णु? शिल्पी की ज़िद है कि वह तुम से ही शादी करेगी। वह एक ही जिद्दी लड़की है। उसे समझाना बहुत ही मुश्किल काम है। बिना माँ की लड़की है। मैं उसका दिल भी तो नहीं तोड़ सकता । पता नही वह गुस्से में आकर न जाने क्या कर बैठे? मैं इस सियासत के चक्कर में हमेशा बाहर ही रहता हूँ।'

विष्णु कुछ संकोच से बोला, 'हाँ सर, आप ठीक कह रहे हैं। पर आपको तो मैं बता ही चुका हूँ कि इन्हीं प्रकाशनारायण सर ने ही मुझे पढ़ाया-लिखाया है। वे मुझसे बहुत सारी उम्मीदे लगाए बैठे हैं। उनकी सारी उम्मीदें मैं एक झटके में कैसे तोड़ सकता हूँ? वे भी मुझे इतनी आसानी से नहीं छोड़ेंगे। रोशनपुर में मेरा रहना ही दुश्वार कर देंगे। उनका मुझ पर बहुत भारी कर्ज़ है। उनका यह कर्ज़ तो अब मुझे ब्याज सहित चुकाना ही पड़ेगा।'

उसकी बातें सुन कर राजा साहब हँस पड़े। बोले, 'इतनी सी बात के लिए तुम क्यों घबड़ाते हो, विष्णु? जब तुम मेरे दामाद हो जाओगे तो किसकी हिम्मत होगी जो तुम पर अँगुली भी उठाने की जुर्रत करे। मैं खुद तुम्हारे प्रकाशनारायण सर से मिल कर सब ठीक-ठाक कर दूँगा। अब तुमको वहाँ जाने की ज़रूरत ही क्या है? तुम्हारी माता जी को भी मैं यहीं बुला लूँगा। और कर्ज़ की चिंता तुम क्यों करते हो? मैं तुम्हारे सर को इतना रुपया दे दूँगा, जितना उन्होंने एक साथ अपनी ज़िदगी में कभी देखा भी नहीं होगा।'

उनकी बात सुन कर विष्णु थोड़ा आश्वस्त हुआ।

इसके बाद राजा साहब ने विष्णु से कोई बात नहीं की। उसे वहीं विचारमग्न छोड़ कर वे कोठी के अंदर चले गए। विष्णु बहुत देर तक वहीं खड़ा शून्य में निहारता रहा। फिर वह अपने कमरे में जाकर लेट गया। उसका सिर बहुत भारी हो रहा था। वह अजीब उलझन में फँस गया था।

तभी कालीपद कॉफी और नाश्ता लेकर हाज़िर हुआ। इस समय एक कप कॉफी की उसे बेहद ज़रूरत थी। कॉफी पी कर वह अपने बिस्तर पर पसर गया। उस समय भी वह बहुत बेचैन था।

(68)

राजा साहब ने विष्णु को एकाएक बहुत बड़ा ख्वाब दिखा दिया था। जल्दी ही विष्णु पर उस ख्वाब का खुमार चढ़ना शुरू हो गया। उसे लगने लगा कि वह इन सबका आदी हो गया है। अब वह बिना नौकर-चाकरों के रह ही नही सकता है। जब यह विशाल कोठी, नौकर-चाकर, धन-दौलत सहज में ही उसके हो सकते हैं तो वह क्यों इंकार करे? जब राजकुमारी शिल्पी जैसी अनिंद्य सुंदरी उसकी पत्नी हो सकती है तो वह क्यों नूतन जैसी सामान्य सी लड़की से विवाह करे? होगी वह मिस रोशनपुर, पर राजकुमारी शिल्पी के सामने उसका अस्तित्व ही क्या है? आज के युग में तो सब स्वार्थी हैं। प्रकाशनारायण सर ने क्या अपने स्वार्थ के लिए ही उसकी मदद नहीं की? क्लास में इतने सारे और भी तो लड़के थे, उन्होंने उनकी तरफ तो कभी भी ध्यान नहीं दिया। उनसे तो उन्होंने अपनी ट्यूशन का एक-एक पैसा वसूल कर लिया था। प्रकाशनारायण सर ने शुरू से ही उसे अपने जाल में फँसाने की योजना बना रखी थी। एक ग़रीब लड़के की उन्होंने अपने स्वार्थ के लिए ही सहायता की थी। अब वे उससे इसकी क़ीमत वसूल कर लेना चाहते हैं। उसने सोच लिया था कि वह प्रकाशनारायण सर के जाल में अब और नहीं फँसेगा। राजा साहब से बिगाड़ करके वह अपना वर्तमान और भविष्य चौपट नहीं करेगा।

(69)

राजा साहब के पातीराम कूँचा आने की ख़बर जब सारे रोशनपुर में फैल गई हो तो प्रकाशनारायण सर के कानों तक बात न गई हो, ऐसा कैसे हो सकता था? ख़बर लगते ही वे तुरंत प्रभावती के घर पहुँचे। लेकिन तब तक राजा साहब अपने लाव-लश्कर के साथ जा चुके थे। यह सब कुछ इतना अप्रत्याशित था कि प्रभावती खुद हैरान थीं। वे उनका सामना करने से झिझक रही थीं। पर सामने पड़ने पर बोलीं, 'आइए भाई साहब।'

प्रकाशनारायण सर बोले, 'बहिन जी, यह मैं क्या सुन रहा हूँ? आपने विष्णु का रिश्ता राजा साहब की लड़की से तय कर दिया है? क्या आपको पता नहीं कि मैं अपनी बेटी नूतन की शादी उससे करना चाहता हूँ?'

प्रभावती बोली, 'भाई साहब, आप तो जानते ही हैं कि मैं इस शहर से निकल कर कभी कहीं नहीं गई। आपने ही विष्णु को बाहर पढ़ने के लिए भेजा था। उसके सारे पत्र भी आप के ही पते से आते हैं। आपको उसने शायद कभी इस बारे में बताया हो?'

प्रकाशनारायण सर बोले, 'नहीं ऐसा कुछ नहीं है। अगर ऐसा कुछ उसके मन में था तो उसे पहले ही बता देना चाहिए था। अगर उसके मन में कोई खोट था तो यहाँ आने पर वह क्यों नूतन के साथ शहर भर में घूमता रहा?'

'अब मैं इस बारे में क्या कहूँ? मुझे न तो आपने कभी कुछ खुल कर बताया और न ही विष्णु ने। इस बात पर तो मुझे खुद ही हैरानी हो रही है। विष्णु की सारी ज़िम्मेदारी तो आप पर थी। मैं कौन होती हूँ राजा साहब की बेटी से अपने बेटे का रिश्ता तय करने वाली? मेरी इतनी औक़ात ही कहाँ है, भाई साहब?'

'तो फिर आपने राजा साहब की दी हुई ये सब वस्तुएँ रख क्यों लीं? आपको मुझे सूचना देनी चाहिए थी। राजा साहब से मैं बातचीत करता। ये सब चीजें देख कर शायद आपकी नियत बदल गई? मेरे सारे एहसान आप एक पल में ही भूल गईं?'

प्रकाशनारायण सर कमरे में सजे थालों को देखते हुए बोले। इस समय वे बहुत गुस्से में थे। मेवा, फल, मिठाई, जेवर और कपड़ों से भरे सगुन के इक्यावन थाल जैसे उनको मुँह चिढ़ा रहे थे।

'तो मैं क्या करती, भाई साहब? अचानक राजा साहब अपने लाव-लश्कर के साथ आ धमके थे। मेरी तो कुछ समझ में ही नहीं आ रहा था कि क्या करूँ? मैं क्या उनका अपमान कर देती? मैंने तो उसी समय चंदू को आपको बुलवाने भेजा था, पर आप घर पर थे ही नहीं, तो मैं क्या करती? अब आप मुझे ही दोष दे रहे हैं? मैं क्या इन सब चीज़ों की भूखी हूँ। आप ये सब सामान बाहर नाली में फिकवा दीजिए और कल ही महानगर जाकर मेरे विष्णु को बुला लाइए। अगले ही इतवार को मंदिर में दोनों की शादी कर दीजिए। मुझे शादी में कोई धूम-धड़ाका नहीं चाहिए। मैं ग़रीब विधवा ज़रूर हूँ पर मेरी नियत एकदम साफ है। मुझे किसी तरह का लालच नहीं है। मैं तो यह भी नहीं जानती कि मेरा लड़का वहाँ कैसे लोगों के बीच में रह रहा है? आप बस मेरे विष्णु लाकर मुझे सौप दीजिए। इसके बाद आप जो कहेंगे मैं वही करूँगी।'

प्रभावती की बात सुन कर प्रकाशनारायण सर का गुस्सा एकदम शांत हो गया। उन्हें महसूस हुआ कि इसमें प्रभावती की कोई भी ग़लती नहीं है। वह बेचारी विधवा औरत आख़िर करती भी क्या? उन्हें ही आख़िरकार कोई उपाय निकालना पड़ेगा। कुछ सोचते हुए वे बोले, 'बहिन जी, आप को शायद मालूम नहीं है कि मेरी बेटी विष्णु के बच्चे की माँ बनने वाली है। मैं इसीलिए आपे से बाहर हो गया था। आप मुझे माफ कर दीजिए।'

'नहीं भाई साहब, आप क्यों माफी माँग रहे है? अगर ऐसी बात है तब तो आप कल अवश्य ही विष्णु को बुला कर ले आइए। मंदिर में ही दोनों की शादी हो जाएगी तो हर्ज़ क्या है? हम लोगों की इज्जत तो बची रहेगी। मुझे अपने बेटे को राजा साहब के हाथों नहीं बेचना है।' प्रकाशनारायण सर की बात सुन कर वे भी परेशान हो गईं। उन्हें तो इस बात की भनक तक नहीं थी।

‘हाँ, यही ठीक रहेगा, बहिन जी। कल क्या, मैं इसी समय महानगर जाने की तैयारी करता हूँ। मंदिर में ही दोनों की शादी कर दी जाए। यही ठीक रहेगा।’

प्रभावती बोली, ‘हाँ, ऐसा ही कीजिए।’

(70)

महानगर पहुँच कर प्रकाशनारायण सर की राजा साहब से दोबारा भेंट हुई।

राजा साहब बोले, ‘कहिए मास्टर साहब, अब कैसे आना हुआ? सारी बातें तो आपको पता चल ही गई होंगी। विष्णु की शादी मेरी बेटी शिल्पी से हो रही है। उसी के कहने पर मैं रोशनपुर रिश्ता ले कर गया था। उसकी माँ को भी कोई आपत्ति नहीं है। अगर होती तो वे उसी दिन मना कर देतीं। अब वह मेरा होने वाला दामाद है। अब आप उसको बरगलाने की कोशिश न करिए। शादी-विवाह कोई ज़बरदस्ती का सौदा नहीं होता है।’

प्रकाशनारायण सर ने दीनता से कहा, ‘लेकिन एक बार आप मुझे विष्णु से मिल तो लेने दीजिए। बस एक बार मेरी उससे भेंट करा दीजिए, राजा साहब। मैं इस समय बहुत मुसीबत में हूँ। फिर जैसा विष्णु कहेगा वही होगा।’

राजा साहब बोले, ‘वह यहाँ होता तो ज़रूर आप से मुलाकात करा देता। पर वह तो अपने ही किसी काम से बाहर गया हैं। आप रोशनपुर वापिस चले जाइए। इस बार आते ही मैं उसे आपके पास भेज दूँगा। तब आप उससे जी भर कर बातें कर लीजिएगा।’

प्रकाशनारायण सर बोले, ‘ऐसा तो आपने पहले भी कहा था। फिर उसे भेजने की जगह आपने अपनी लड़की के साथ उसकी शादी तय कर दी। इस बार मैं उससे मिले बिना नहीं जाऊँगा। मैं उसका यहीं रह कर इंतज़ार करूँगा या फिर आप मुझे उसका पता दे दीजिए। मैं वहीं जाकर उससे मिल लूँगा।’

‘यह तो मुझे भी नहीं मालूम कि वह अचानक कहाँ चला गया है। हो सकता है कि वह अपनी ट्रेनिंग के सिलसिले में ही कहीं गया हो। मैंने आपको बताया ही था कि मैं भी इस समय लोकसभा चुनाव को लेकर बहुत व्यस्त हूँ। अपना मंत्री-पद बचाए रखना क्या हँसी-खेल है, मास्टर साहब? आप राजनीति की बातें नहीं जानते? आज ही मुझे फिर से दिल्ली के लिए निकलना है। हाईकमान का न जाने कितनी बार फोन आ चुका है। मैं भी इस समय बड़ी झंझट में फँसा हूँ।’

‘ये सब कुछ तो मैं नहीं जानता, राजा साहब, इस बार मैं विष्णु से मिले बिना यहाँ से हर्गिज़ नहीं जाऊँगा। मैंने ही उस दिन ग़लती की जो कि आपको अपना समझ कर सारी बातें बता दीं। उसी का आपने अनुचित फायदा उठाया।’

उनकी बातें सुन कर राजा मधुसूधन जी नाराज़ हो गए। वे गुस्से से बोले, 'देखिए आप विष्णु के शिक्षक रहे हैं, इसीलिए मैं आपसे शराफ़त से बात कर रहा हूँ। इतना सब कुछ सहन किए जा रहा हूँ। कोई और होता तो यहाँ से धक्के मार कर बाहर निकलवा देता। अच्छा तो यही है कि अब आप यहाँ से खुद ही चले जाइएँ।'

उनकी बात सुन कर प्रकाशनारायण सर दीन-हीन होकर बोले, 'राजा साहब, आप तो बहुत बड़े आदमी हैं। मेरी आपके सामने हैसियत ही क्या है? आप अपनी बेटी की बड़े-से-बड़े घराने में शादी कर सकते हैं। मैं तो बहुत मामूली-सा, महीने में दो हज़ार रुपए कमाने वाला ग़रीब अध्यापक हूँ। बड़ी मुश्किल से अपनी लड़की के लिए यह लड़का ढूंढ़ा है। मेरी तीन-तीन बेटियाँ हैं। आप मेरे ऊपर दया कीजिए।'

राजा साहब बोले, 'यह सब फ़िजूल की बातें मुझसे मत करो। जो कुछ भी कहना हो विष्णू से ही कहना। मेरी बेटी के लिए क्या लड़कों की कमी थी? पर जब विष्णु खुद ही शिल्पी से शादी करना चाहता हैं तो मैं क्या करूँ? दोनों ही एक-दूसरे को पसंद करते है। विष्णु कोई बच्चा तो है नहीं जो मैं उसे फुसला लूँगा। आप जबरदस्ती अपनी बेटी की शादी उससे क्यों करना चाहते हैं?

'अब मेरी बेटी का क्या होगा? कुछ तो दया कीजिए, राजा साहब?' प्रकाशनारायण सर ने गिड़गिड़ाते हुए कहा। वे राजा साहब की धूर्तता के आगे परास्त हो चले थे।

राजा साहब ने मेज़ की दराज से नोटों की गड्डियाँ निकाल कर प्रकाशनारायण सर की तरफ बढ़ाते हुए कहा, 'मास्टर साहब, यह लीजिए पाँच लाख रूपए, इससे आप अपनी तीनों बेटियों की शादी धूमधाम से कीजिएगा। कुछ कमी रह जाए तो बताइएगा और दे दूँगा।'

राजा साहब की बात सुन कर प्रकाशनारायण सर सन्न रह गए। वह यहाँ भीख माँगने नहीं आए थे। वे बड़ी घृणा से बोले, 'छी, राजा साहब, आप तो बहुत छोटे आदमी निकले। आप रुपए देकर मेरी और मेरी बेटी की खुशियों को छीनना चाहते हैं। लेकिन मैं ऐसा हर्गिज़ नहीं होने दूँगा।'

'तो तुम क्या करोगे?'

'कुछ भी करना पड़े।'

अब राजा साहब बरदास्त नहीं कर सके। उन्होंने नौकर को आवाज़ दी, 'रमेश, इस आदमी को धक्के मार कर निकाल बाहर करो और दरबान से कहना कि फिर कभी इस आदमी को कोठी के अंदर न घुसने दे।'

प्रकाशनारायण सर बोले, 'नौकरों को बुलाने की ज़रूरत नहीं है, राजा साहब। इतना भी अभिमान ठीक नहीं होता है। मैं खुद ही चला जाता हूँ।'

उस दिन भी अपमानित होकर वे रोशनपुर लौट आए थे।

(71)

प्रभावती ने उस दिन भी कहा था, 'भाई साहब, मेरा विष्णु ऐसा नहीं कर सकता। ज़रूर राजा साहब की कोई साजिश है। आप ऐसा कीजिए एक बार मुझे राजा साहब के पास ले चलिए। वे मुझे तो विष्णु से मिलने से नहीं रोक पाएँगे। उससे एक बार मिल कर मैं सारी बात जानना चाहती हूँ।'

प्रकाशनारायण सर को भी यह बात ठीक लगी। उनकी अभी तक एक बार भी विष्णु से भेंट नहीं हो पाई थी। ऐसा तो नहीं कि लड़का राजा साहब के दबाव में हो। उसकी बिना मर्ज़ी के ही यह शादी हो रही हो। उससे मिले बिना तो कोई भी बात स्पष्ट नहीं हो सकती है। विष्णु उनके अहसानों का बदला इस तरह नहीं दे सकता है। प्रभावती बहिन ठीक ही कह रही हैं।

'आपकी बात भी ठीक है, बहिन जी, विष्णु ऐसा करेगा, मुझे भी यकीन नहीं हो रहा है। आप तो उसकी माँ हैं, आपको राजा साहब उससे मिलने से कैसे रोक सकते हैं?'

'तब तो हमें कल सुबह ही निकल लेना चाहिए, देर करने से क्या फायदा? मेरा मन भी न जाने क्यों बहुत बेचैन हो रहा है। मेरा विष्णु किसी आफत में न पड़ गया हो?' प्रभावती ने आशंका व्यक्त की।

प्रकाशनारायण सर भी उनकी बात सुन कर आशंकित हो उठे।

नूतन उन दोनों की बातें किवाड़ की ओट से सुन रही थी। अचानक वह कमरे में आकर बोली, 'पिता जी, कल मैं भी आप लोगों के साथ महानगर चलूँगी।'

'तुम! तुम वहाँ जाकर क्या करोगी, बेटी? हम लोग तो जा ही रहें हैं।'

'नहीं, मेरा जाना भी ज़रूरी है। यह मेरी ज़िंदगी से जुड़ा फैसला है।'

'फिर भी? तुम्हारा यूँ जाना क्या ठीक रहेगा? हम लोग उसे समझाएँगे।'

'और अगर उसने मना कर दिया?'

'तो तू ही क्या कर लेगी, बेटी?'

'मैं भी तो देखूँगी कि मेरी आँखों-में-आँखें डाल कर वह कैसे इंकार कर सकता है। कोई आदमी इतना भी कृतघ्न हो सकता? यह मैं भी अपनी आँखों से देखना चाहती हूँ।' नूतन ने कहा।

प्रभावती बोलीं, 'हाँ, क्या हर्ज है? एक बार नूतन से भी उन लोगों का सामना हो जाए तो ठीक ही रहेगा। मैं भी राजा साहब से कहूँगी-आँखें खोल कर देख लीजिए, यही है मेरी बहू। इसके सिवाय मैं किसी को भी अपनी बहू स्वीकार नहीं करूँगी।'

प्रकाशनारायण सर बोले, 'तब ठीक है, बहिन जी, यही तय रहा।'

(72)

दूसरे दिन सुबह 4 बजे की ट्रेन से ही प्रकाशनारायण सर, प्रभावती और नूतन महानगर के लिए रवाना हो गए। महानगर पहुँच कर उन्होने किराए पर टैक्सी की और राजा साहब की कोठी पर जा पहुँचे। दरवाजे पर दरबान खड़ा था। उसने देखा कि ये तो वही सज्जन चले आ रहे हैं जिन्हें कल राजा साहब ने दुत्कार कर भगा दिया था। उनके साथ एक औरत और लड़की भी है। उस बेचारे को मास्टर साहब पर तरस आ गया। वह भी ग़रीब आदमी था।

प्रभावती ने कोठी के दरवाजे पर पहुँच कर दरबान से कहा, 'राजा साहब है, भइया ?'

'हाँ, है तो माँजी। कहिए क्या काम है ?'

'तो उनसे जाकर कहो कि रोशनपुर से विष्णु की माँ आई हैं।'

'आप जमाई बाबू की माँ हैं ?' दरबान ने कुछ हैरानी से पूछा।

उसकी यह बात उन तीनों को खटक गई।

'हाँ, मैं विष्णु की माँ हूँ। राजा साहब से जाकर कहो कि मैं उनसे मिलना चाहती हूँ।' प्रभावती ने खुद को सँभालते हुए कहा।

'ज़रूर सरकार। आप लोग अंदर आकर गेस्टरूम में बैठिए। मैं मालिक को सूचित करता हूँ।'

'नहीं, मैं यहीं पर ठीक हूँ। तुम जल्दी से जाकर राजा साहब को सूचित करो।' प्रभावती ने कुछ नाराज़गी से कहा।

'आप लोग अंदर आकर गेस्टरूम में बैठिए सरकार। आप यहीं खड़ी रहेंगी तो मालिक मुझे डाँटेंगे। आप तो उनकी समधिन जी हैं। मैं ग़रीब आदमी हूँ, सरकार। क्यों मेरी नौकरी लेने पर तुली हैं ? आइए...आइए...सरकार अंदर आइए। मैं अभी मालिक के पास ख़बर भिजवाए देता हूँ।' कहता हुआ नौकर उन्हें रास्ता दिखाने लगा।

प्रभावती ने प्रकाशनारायण सर की तरफ देखा। उन्होंने इशारे से उन्हें अंदर चलने के लिए कहा। उन लोगों के गेस्टरूम में बैठने के 15 मिनट बाद राजा साहब आए। बोले, 'वाह बहिन जी, आप अचानक चली आईं ? पता होता तो रोशनपुर कार भिजवा देता। आपको कोई परेशानी तो नहीं हुई ?'

वे रूखे स्वर में बोलीं, 'हाँ राजा साहब, मुझे अचानक ही आना पड़ा। मुझे इसी समय विष्णु से मिलना है। आपने मेरे बेटे को कहाँ छिपा रखा है ?'

'विष्णु से ? इस समय ? मगर क्यों ? क्या मास्टर साहब ने आपके कान भरे हैं, बहिन जी ?'

'मेरे किसी ने कान नहीं भरे। मैं कान की इतनी कच्ची भी नहीं हूँ। विष्णु मेरा बेटा है। क्या मैं उससे मिल नहीं सकती?'

'हाँ....हाँ...क्यों नहीं बहिन जी, पर इस समय तो वह घर पर है नहीं। यह बात तो मैंने मास्टर साहब से कल ही बता दी थी। जब वह लौट कर आएगा तब आप उससे मिल लीजिएगा। पर आपको अचानक उससे क्या काम पड़ गया? दो-चार दिन बाद तो वह खुद ही आप से मिलने रोशनपुर जाने वाला था।'

वे बोलीं, 'हाँ राजा साहब, बहुत ज़रूरी काम हैं। ये प्रकाशनारायण भाई साहब हैं। इनके हम पर बहुत अहसान है।'

'जी हाँ....मैं इन्हें जानता हूँ। ये विष्णु के शिक्षक रहे हैं। ये पहले भी दो-चार बार यहाँ पर आ चुके हैं।'

'पर आप ने हर बार इन्हें अपमानित करके यहाँ से लौटा दिया है?'

'नहीं तो...बहिन जी....मैं तो इन्हें कल भी आराम से समझाना चाह रहा था। पर ये ही तैश में आ गए थे।'

'यह इनकी बेटी-नूतन है, राजा साहब।'

'अच्छा, तो यह सारा काण्ड इसी लड़की को लेकर है, बहिन जी।'

'कैसा काण्ड?'

'इसी लड़की ने विष्णु को अपने प्रेम-जाल में फँसा रखा है। अब ये सज्जन आपको ब्लैकमेल कर रहें हैं और जबरदस्ती अपनी लड़की की शादी विष्णु से करना चाहते हैं?'

'ऐसा बिल्कुल भी नहीं है। शायद आप मेरी बात ठीक से समझे नहीं हैं। ये बहुत ही भले आदमी हैं।'

'ख़ैर भले ही सही। मैं इन्हें काफी रूपए देने को तैयार हूँ। बस यह लड़की विष्णु को बेकार में ही बदनाम करना छोड़ दे।'

'छी: राजा साहब! आप इतने बड़े आदमी होकर कितनी ओछी बातें कर रहे हैं। आज इनके अहसानों से ही विष्णु यहाँ तक पहुँचा है।'.

'बहिन जी, अहसान तो मैंने भी विष्णु पर कम नहीं किए। आज वह मेरे ही कारण कलेक्टर बनने जा रहा है। नहीं तो वह भी एक मामूली-सा अध्यापक बन कर, इन्हीं की तरह कहीं किसी छोटे सें स्कूल में पढ़ा-लिखा रहा होता। लेकिन छोड़िए ये सब बातें, मैं भी मास्टर साहब का बहुत शुक्रगुज़ार हूँ जो उन्होंने विष्णु की पढ़ाई-लिखाई में इतनी मदद की। मैं तो उन्हें इतना रूपया देना चाहता हूँ, जिससे ये अपनी तीनों लड़कियों की शादी बड़े ही धूमधाम से कर सकते हैं।'

'हम लोग यहाँ आपको ब्लैकमेल करके रूपए बटोरने नहीं आए हैं, राजा साहब। हम तो यहाँ अपने बेटे विष्णु को लेने आए हैं। नूतन मेरी होने वाली बहू है।'

'यह आप क्या कह रहीं हैं, बहिन जी? एक दु:श्चरित्र लड़की से आप अपने होनहार बेटे की शादी करेंगी?'

'दु:श्चरित्र! यह आप क्या कह रहें है, राजासाहब? आप होश में तो हैं? मेरी बहू के लिए ऐसा कहने वाले आप होते कौन है?' प्रभादेवी ने बहुत ही कड़ाई से एतराज किया।

'मैं सही कह रहा हूँ, बहिन जी। जो लड़की शादी से पहले ही गर्भवती हो जाए, वह दु:श्चरित्र नहीं तो और क्या है?'

'मैं जानती हूँ, पर यह बच्चा विष्णु का ही है। उससे भूल हुई है। इसमें इस बेचारी भोली-भाली लड़की की कोई ग़लती नहीं। मैं इसे बचपन से जानती हूँ। इसके चरित्र पर कीचड़ उछालने का हक़ आपको नहीं है।'

'आप यह कैसे कह सकती हैं कि यह बच्चा विष्णु का ही है? इन पाँच सालों में तो विष्णु कभी-कभार ही रोशनपुर गया है?'

'तो आप बुलाइए विष्णु को। एक बार वह नूतन की आँखों-में-आँखें डाल कर मेरे सामने यह कह दे कि यह बच्चा उसका नहीं है तो मैं तुरंत यहाँ से वापिस चली जाऊँगी। मैं समझ लूँगी कि वह मेरा लड़का ही नहीं है। आप उससे मेरा सामना करवाने से क्यों घबड़ा रहे हैं?'

'विष्णु तो यहाँ है ही नहीं बहिन जी। वह अगर इस समय यहाँ होता तो मैं ज़रूर इस लड़की से उसका सामना करवाता। फिर तो बात एकदम शीशे की तरह साफ हो जाती।'

'आख़िर वह इतने दिनों से है कहाँ? आप मुझे उसका पता-ठिकाना बताइए। मैं वहीं उससे जाकर मिलूँगी। और अगर आपको उसका पता-ठिकाना नहीं मालूम है तो मैं आज ही पुलिस में उसकी गुमशुदी की रिपोर्ट लिखवाऊँगी?'

'इसकी कोई ज़रूरत नहीं है बहिन जी। दरअसल विष्णु और शिल्पी एक महीने के लिए स्विटजरलैंड गए हैं।'

'स्विटजरलैंड? क्यों?'

'हनीमून मनाने।'

'क्या?'

'हाँ, पिछले ही इतवार को दोनों ने शादी कर ली है।'

'आपने मुझे बताया तक नहीं?'

'मैं क्या करता, बहिन जी, विष्णु ने ही मना किया था। उसे तो इन्हीं बाप-बेटी का डर था कि ये ऐन शादी के वक़्त आकर कोई तमाशा न खड़ा कर दें। अब वहाँ से लौट कर वे दोनों आपके पास रोशनपुर आशीर्वाद लेने जाएँगे। इसके बाद भी अगर आप पुलिस में रिपोर्ट करना चाहें तो आपकी मर्ज़ी। इससे तो आप लोगों की ही बदनामी होगी।'

सुन कर प्रभावती हतप्रभ रह गईं। दो क्षण को उनके सामने अँधेरा छा गया। उनका विष्णु ऐसा भी कर सकता है, उन्हें अब भी विश्वास नहीं हो रहा था। प्रकाशनारायण सर और नूतन भी हैरान रह गए। उनकी रही-सही उम्मीदों पर भी पानी फिर गया था। ठीक उसी समय नौकर आकर नाश्ते की प्लेटें लगाने लगे।

उन्हें इस तरह हैरान देख कर राजा साहब ने कहा, 'अब जो कुछ हुआ उसे भूल जाइए, मास्टर साहब, लीजिए आप लोग नाश्ता कीजिए। आप जितना भी रुपया चाहेंगे, मैं आपको दूँगा। इसमें मेरी भी क्या ग़लती है? मैं जब रोशनपुर रिश्ता लेकर गया था तब तो मुझे किसी ने कुछ नहीं बताया था। तब मैं भी क्यों इस विष्णु के चक्कर में पड़ता? शिल्पी के लिए क्या लड़कों की कमी थी? शादी एक बार तय हो कर टूट जाए तो खानदान की कितनी बदनामी होती है?'

'आप ठीक कहते हैं, राजा साहब, जब मेरा बेटा ही कपूत निकला तो मैं किसे दोष दूँ? चलिए भाई साहब, अब कुछ बचा नहीं, मैं तो बहुत ही शर्मिंदा हूँ। मेरा बेटा मर गया होता तब भी शायद मुझे इतना दु:ख नहीं होता, जितना कि इस समय हो रहा है।'

'आप विष्णु के लौटने तक यही रुकिए बहिन जी। अपनी बहू से भी मिल कर जाइएगा। विष्णु से मिल कर आप हर तरह से तसल्ली कर लीजिएगा। अगर आप उससे बिना मिलें लौट गईं तो मैं विष्णु को क्या जवाब दूँगा?

'कहिएगा कि वह आज से मेरे लिए मर गया हैं। आज से मेरा उसके साथ कोई संबंध नहीं हैं।'

उनकी बात सुन कर राजा साहब हतप्रभ रह गए।

सब लोग एकाएक उठ खड़े हुए। नूतन अभी तक ख़ामोशी से सबकी बातें सुन रही थी। उसका चेहरा न जाने कैसा पीला-पीला सा हो रहा था। उसकी तो जैसे दुनिया ही उजड़ गई थी। बड़ी मुश्किल से वह उठ कर खड़ी हो पाई। उसकी आँखों के सामने अँधेरा छा रहा था। वह दो कदम लड़खड़ा कर चली भी। अचानक उसे न जाने क्या हुआ, राजा साहब की तरफ बहुत ही घृणा से देखते हुए उसने कहा, 'राजा साहब, आपने एक ग़रीब लड़की की ज़िंदगी उजाड़ी है। उसे अपमानित किया है। उसे दु:चरित्र कह कर गाली दी है। उसके प्यार की क़ीमत लगाई है। देखना आपकी लड़की भी कभी सुखी नहीं रहेगी और न ही विष्णु। हम लोग तो आज आपके सामने असहाय हैं पर एक दिन भगवान आपको ज़रूर सज़ा देगा। याद रखना मेरी बात।'

राजा साहब उसकी बातें सुन कर व्यंगमिश्रित हँसी हँस कर बोले, 'ओह, तो तू मुझे शाप दे रही है, लड़की? चल देखेंगे कि तेरे शाप में कितना दम है। मैंने तुम जैसे बहुरुपिए बहुत देखे हैं। बाप-बेटी मिल कर मुझे ठगने आएँ हैं?'

'शाप ही समझ लीजिए, राजा साहब। मेरी बिट्टो बुआ कहती हैं कि ग़रीब की आह से ज़रूर अंहकारी का सर्वनाश होता है। देखना एक दिन विष्णु का भी सर्वनाश होगा। उसने मेरे पवित्र प्यार को गाली दी। ठग हम लोग नहीं, ठग तो आप मुझ ग़रीब को रहे हैं, राजा साहब। पर याद रखना एक दिन आप भी बरबाद हो जाएँगे।' यह कह कर नूतन उत्तेजना से काँपने लगी।

उसका यह रूप देख कर एक बार तो राजा साहब भी सिहर उठे। पर वे पूरे घाघ थे। ऐसे हालात का सामना करना बखूबी जानते थे। उनके सामने भावनाओं की कोई कद्र नहीं थी। वे बेशर्मी से खड़े वैसे ही मुस्कराते रहे।

प्रकाशनारायण सर उसका हाथ पकड़ कर बहुत ही हताश और थके हुए स्वर में बोले, 'आओ, चलें बेटी, नहीं तो यह कोठी विष्णु की तरह हम लोगों को भी निगल जाएगी।' फिर वह सहारा देकर नूतन को कोठी से बाहर ले गए। कोठी के नौकर-चाकर बड़ी बेबसी से उन लोगों को जाता देखते रहे। वे सब भी ग़रीब आदमी थे। बेचारे कर भी क्या सकते थे? पर वे सब इस घटना के साक्षी ज़रूर थे।

टैक्सी बाहर खड़ी थी। वे लोग जिस टैक्सी में बैठ कर आए थे, उसी में बैठ कर वापिस स्टेशन लौट गए।

(73)

इस कहानी में इतने मोड़ आएँगे, मुझे भी कहाँ पता था? मैं बड़ी हैरानी से सारी बातें सुन रहा था। नूतन के साथ कभी ऐसा भी हुआ होगा, यह बात तो मैं कभी सपने में भी नहीं सोच सकता था। मैं तो हमेशा यही कल्पना किया करता था कि नूतन विष्णु से शादी करके सुख-चैन की ज़िदगी जी रही होगी। पर उसकी ज़िदगी में ऐसा तूफान भी आ सकता है, मुझे पता ही नहीं था? नूतन के साथ आगे क्या हुआ, यह जानने के लिए मेरी बेचैनी बढ़ती जा रही थी।

मैंने पूछा, 'इसके बाद क्या हुआ, दीपक?'

दीपक बताने लगा। उस दिन तीनों बहुत निराश होकर रोशनपुर जाने वाली गाड़ी में चढ़ गए थे। वे राजा साहब का कुछ भी तो नहीं बिगाड़ सकते थे। प्रकाशनारायण सर के ऊपर तो जैसे दु:खों का पहाड़ ही टूट पड़ा था। अब आगे नूतन के भविष्य का क्या होगा? उन्हें कुछ भी समझ में नहीं आ रहा था। उन्हें चारों तरफ अँधेरा-ही-अँधेरा दीख रहा था। गाड़ी अपनी पूरी रफ़्तार से अपनी मंजिल की ओर दौड़ रही थी पर जैसे उनकी मंजिल न जाने कितनी पीछे छूटती जा

रही थी। उनके सामने की ही सीट पर प्रभावती के साथ नूतन बैठी थी। उसका चेहरा एकदम से नि:स्तेज़ पड़ गया था। वह आँखें बंद किए बैठी-बैठी न जाने क्या सोच रही थी। उसकी तो जैसे सारी दुनिया ही उजड़ गई थी। इतना बड़ा आधात वह कैसे सह पाएगी? यही सोच-सोच कर प्रकाशनारायण सर विचलित हो रहे थे।

उस दिन जिस समय गाड़ी रोशनपुर के स्टेशन पर रुकी, रात के आठ बज गए थे। रोशनपुर में शायद उस समय लाइट नहीं थी। चारों तरफ अँधेरा छाया हुआ था। पर आज यह अँधेरा प्रकाशनारायण सर को खला नहीं। वे नहीं चाहते थे कि इस समय कोई उन्हें देखे।

वे तीनों ख़ामोशी से ट्रेन से उतरे और घर की तरफ चल दिए। कोई किसी से कुछ कह नहीं रहा था। कहने के लिए कुछ बचा भी क्या था। इलाहाबाद बैंक के मोड़ के पास आकर प्रभावती ने जैसे बहुत ही अपराधबोध से कहा, 'अच्छा भाई साहब, मैं चलूँ, मैं बहुत शर्मिंदा हूँ, मैं वहाँ जाकर भी कुछ नहीं कर पाई। नूतन बेटी का ख़्याल रखिएगा।'

प्रकाशनारायण सर ने कहा, 'ठीक है बहिन जी, आप कर ही क्या सकती थीं? मैंने ही न जाने क्या पाप किए थे जो आज यह दिन देखना पड़ा। इस विष्णु ने तो मेरा सर्वनाश ही कर दिया है। अब मैं सुबह कौन-सा मुँह लेकर घर से बाहर निकलूँगा। विष्णु इतना कृतघ्न निकलेगा अभी तक मुझे विश्वास नहीं हो रहा है। जब मन-ही-मन वह उस हरामजादी से शादी करने के मनसूबे पाले बैठा था तो उसने नूतन को खराब.....' कहते हुए उनकी आवाज़ भर्रा गई।

'क्षमा करें भाई साहब, मैंने ही कपूत जना है। पैदा होते ही मर जाता तो आज यह दिन तो न देखना पड़ता। मैं बहुत शर्मिंदा हूँ, भाई साहब। पता नहीं अब तक जिंदा ही क्यो हूँ?' कहते-कहते वे सुबक पड़ीं।

'ख़ैर आपका भी क्या दोष, बहिन जी, मैं ही बदनसीब हूँ। ठीक है अब आप भी चलिए, सुबह की थकी हुई हैं। मैं भी घर जाकर कुछ देर आराम करूँगा।'

'हाँ भाई साहब।' कह कर प्रभावती पातीराम कूँचा जानेवाली सड़क पर मुड़ गईं। प्रकाशनारायण सर को तो भवानी कूँचा जाना था, वे नूतन का हाथ पकड़ कर आगे की तरफ बढ़ गए। एक रिक्शा सड़क पर जाता दिखा। वे उसे रोक कर उस पर जा बैठे। उन्हें लगा कि जैसे नूतन का सारा शरीर काँप-सा रहा है। अपनी इस अभागिन बेटी के लिए उन्हें इस समय कितना दु:ख हो रहा था, वे बता नहीं सकते थे। अनायास ही उनकी आँखों से आँसू छलक पड़े, जिसे इस अँधेरे में कोई नहीं देख सका।

(74)

जिंदगी एक लंबी यात्रा की तरह है। वह अपने तमाम पड़ाव पार करती हुई चलती है। इसी ज़िंदगी में जीवन-मरण है, घात-प्रतिघात है, यश-अपयश है, हार-जीत है, सुख-दु:ख है, ग़रीबी-

अमीरी है और प्रेम व घृणा भी है। जिंदगी में इन्हीं सब पड़ावों को तो पार करते हुए चलना पड़ता है। इस जीवन के लंबे सफ़र में कब कोई बिछड़ जाएगा, कहा नहीं जा सकता। कब अचानक कोई दोस्त बन जाएगा, यह भी नहीं कहा जा सकता। कब कोई परम मित्र अचानक विश्वासघात पर उतर आएगा, यह भी तो नहीं कहा जा सकता है। अन्ततः देखा जाए तो जीवन माने दु:ख-ही-दु:ख है। यदि पूरे जीवन का आकलन करके देखा जाए तो सुख की घड़ियां बहुत ही कम होती हैं। इस जीवन को जीने के लिए हमें रोज ही नई चुनौतियों से जूझना पड़ता है।

प्रकाशनारायण सर भी जीवन की इन्हीं चुनौतियों से जूझने के लिए एक दिन किसी दूर-दराज गाँव से इस रोशनपुर के अर्ध-सरकारी इंटर कालेज में नौकरी करने आए थे। उस समय मात्र उन्हें सौ रुपए वेतन मिलता था। उस समय वे बहुत ही परेशान रहते थे कि इस परदेश में वे कैसे रह पाएँगे? तब इसी राजन गंगवार ने उन्हें सांत्वना दी थी, 'मास्टर साहब, आप बिल्कुल भी परेशान न हों। हम लोग क्या आपके अपने नहीं हैं? कभी भी किसी तरह की परेशानी हो आप मुझसे नि:संकोच कहिएगा, मैं आधी रात में भी आपकी मदद के लिए हाज़िर हो जाऊँगा। राजन गंगवार की इस बात से उन्हें बड़ी तसल्ली मिली थी। परदेस में कोई आपसे इतनी हमदर्दी रखे, समझ लो कि बहुत बड़ी बात है।

राजन गंगवार से इसी तरह उनकी एक दिन राह चलते हुए ही मुलाक़ात हो गई थी। उन्हें वह भला आदमी लगा। फिर अक्सर बाज़ार में उससे मुलाक़ात हो जाती। रोशनपुर था ही कितना बड़ा शहर। उस समय तो वह बिल्कुल क़स्बाई शहर था। उस समय एक सिनेमाहाल तक तो था नहीं वहाँ। कभी-कभी वे राजन के घर भी जाने लगे। उस समय वे यहाँ अकेले ही रहते थे। उस समय उनकी नई-नई शादी हुई थी। बीवी गाँव में ही थी। परदेश में एकदम पत्नी को लेकर कैसे आते? अभी उनका यहाँ रहने का कोई ठीक-ठाक ठिकाना भी नहीं था। वह यहाँ का माहौल देख-समझ रहे थे। उन्हें एक ऐसे मकान की ज़रूरत थी जहाँ आकर पत्नी सहित रहा जा सके। मकान मालिक शरीफ आदमी हो। बात-बात पर रोक-टोक न करे। उनकी जवान खूबसूरत बीवी पर ग़लत नज़र न डाले।

वे जब भी राजन गंगवार के घर शाम के समय जाते वह उन्हें खाना खाए बिना आने ही नहीं देता था। कहता, 'अरे प्रकाश जी, आप अब कहाँ होटल में खाना खाने जाएँगे। आज यहीं खाकर जाइए। यह भी तो आपका ही घर है। उसकी पत्नी मधु भी अच्छे स्वभाव की थी। उसे भी प्रकाशनारायण सर को खाना खिलाते कोई परेशानी नहीं होती थी। एक दिन बातों-ही-बातों में प्रकाशनारायण सर ने राजन को बताया कि वे किसी अच्छे से मकान की तलाश में हैं। अपनी पत्नी को भी गाँव से लाना चाहते हैं। बार-बार छुट्टियाँ लेकर गाँव जाना उनके बस की बात नहीं है। कोई अच्छा सा मकान मिल जाए तो पत्नी को यहीं ले आएँ या फिर यह नौकरी ही छोड़ कर वापिस गाँव चले जाएँ। खेती-बाड़ी करें और चैन की ज़िदगी काटें। उनके पास खेती की कोई कमी नहीं है।

राजन बोला, 'वाह प्रकाश जी, आप भी कैसी बात करते हैं, भला अच्छी-ख़ासी नौकरी क्यों छोड़ देगे? आजकल सरकारी नौकरी क्या इतनी आसानी से मिलती है?'

'तो आप ही बताइए कि मैं क्या करूँ, गंगवार जी, मेरी तो सारी तनख़्वाह बार-बार गाँव जाने-आने में ही ख़र्च हो जाती है। फिर इतनी छुट्टियाँ भी तो नहीं मिलती हैं। दिन तो फिर भी किसी तरह कट जाता है पर सारी रात तन्हाई में गुज़ारनी पड़ती है। होटलों का खाना खा-खाकर भी मैं तंग आ गया हूँ। खाना बनाना मुझे आता नहीं है।'

'अगर ऐसी बात है तो आप भाभी को लेकर मेरे मकान में रहने आ जाइए। मैं तो ऊपर के हिस्से में रहता हूँ, नीचे के सभी कमरे ख़ाली पड़े रहते हैं। आपको तीन कमरे ही तो चाहिए रहने के लिए? इससे आपका गुज़ारा आराम से चल जाएगा? वैसे भी मैं नीचे का पोर्सन किराए पर उठाने की सोच रहा हूँ। मुझे भी एक भले क़िराएदार की ज़रूरत है। रुपए-पैसों की ऐसी कोई ख़ास बात नहीं, बस ज़रा चहल-पहल बनी रहेगी। मैं तो सारे दिन अपने बिज़नेस में व्यस्त रहता हूँ, मधु दिन भर अकेली घर पर बोर होती रहती है। भाभी जी के आ जाने से उसे भी उनका संग-साथ मिल जाएगा।' राजन ने आत्मीयता से कहा। वह रोशनपुर के पास ही एक गाँव का रहनेवाला था। उसकी रोशनपुर में नेहरू चौराहे के पास बिसातखाने की थोक की दुकान थी। वह सारे दिन अपने कामकाज़ में जुटा रहता था। भवानी कूँचे का यह दो मंजिला बना-बनाया मकान उसने कुछ दिन पहले ही ख़रीदा था और अब यहीं आकर बस गया था।

प्रकाशनारायण सर को और क्या चाहिए था, उन्हें तो जैसे मुँह माँगी मुराद मिल गई थी। वैसे भी वे राजन को इतने दिनों से जाँच-परख रहे थे। वह उन्हें भला आदमी लगा था। उसकी पत्नी मधु भी बहुत मिलनसार थी। वे दीपावली की छुट्टियों में जो गए तो वापिस अपनी पत्नी तारा को लेकर ही लौटे। गृहस्थी का सारा आवश्यक सामान भी उनके साथ था। तभी से वह राजन गंगवार के मकान में रहते आए थे। किराया हर महीने 20 रुपए तय हुआ था। इसी तरह न जाने कितने साल निकल गए राजन ने हर सुख-दुःख में उनका साथ दिया। इसी राजन से एक दिन इज़ाज़त लेकर उन्होंनें बैठक में अपने कालेज के लड़कों को ट्यूशनें पढ़ाना शुरू किया था। उनकी किस्मत अच्छी थी कि उनका यह ट्यूशन का धंधा बहुत अच्छी तरह से जम गया और उन्होंने खूब कमाई की। उनके सारे बच्चों का जन्म भी इसी मकान में हुआ था। तीनों ही बेटियाँ थीं, बेटा एक भी नहीं। इसीलिए बिना बाप के विष्णु को देख कर उन्हें उससे न जाने कैसा मोह-सा हो गया था। वे मन-ही-मन न जाने क्यों यह चाहने लगे कि अगर विष्णु के साथ उनकी बेटी नूतन की शादी हो जाए तो उन्हें जमाई के साथ-साथ एक बेटा भी मिल जाएगा। उसी दिन से वे उसकी पढ़ाई-लिखाई की तरफ विशेष ध्यान देने लगे।

समय बदलते देर नहीं लगती है। राजन गंगवार का भी परिवार बढ़ा। जिस समय प्रकाशनारायण सर उसके यहाँ आकर बसे थे उस समय राजन की एक ही बेटी बेला थी। फिर वह दो बेटों का बाप बना। उसने अपना व्यापार भी बहुत अधिक बढ़ा लिया था। उसे अपना सामान रखने

के लिए अब बहुत-सी जगह चाहिए थी। उसने एक दिन प्रकाशनारायण सर से अपना मकान ख़ाली करने को कहा। बस इसी बात को लेकर दोनों के संबंध बिगड़ गए। और इतने बिगड़े कि नौबत गाली-गलौज़ से लेकर लड़ाई-झगड़े तक आ पहुँची। वैसे तो राजन प्रकाशनारायण सर को अपने मकान से निकाल बाहर करता पर बीच में शंकर और कालेज के लौंडे आ गए, जिन्होंने उसे बीच सड़क पर एक दिन बहुत अपमानित किया। दरअसल इतने दिन रोशनपुर में रहते हुए प्रकाशनारायण सर भी पूरे घाघ हो गए थे। वे इतना सस्ता और सुविधाजनक मकान किसी भी क़ीमत पर नहीं छोड़ना चाहते थे। दूसरे मकानों में कहाँ इतनी जगह होती कि वे एक साथ बीस-बीस बच्चों को बैठा कर ट्यूशनें पढ़ा पाते। सच तो यह था कि उनकी नीयत खराब हो गई थी। जिस राजन गंगवार ने इस परदेश में उन्हें हर सुख-दु:ख में भाई की तरह सहारा दिया था, आज उसी को वे आँखें दिखाने लगे थे। राजन को यह बात बहुत नागवार गुजरी थी। बेचारा उस दिन वह खून के घूँट पीकर रह गया था पर उसने भी मन-ही-मन यह तय कर लिया था कि वह इस ससुरे दो कौड़ी के मास्टर को सबक सिखा कर ही रहेगा। वह इस मकान को किसी ऐसे गुंडे के हाथ बेचेगा जो इस मास्टर को जूते मार कर इस घर से निकाल बाहर करे। चाहे उसको इस मकान को कौड़ियों के मोल ही क्यों न बेचना पड़े। उसने खुद बाईपास पर एक बहुत बड़ा प्लाट ख़रीद कर भी डाल दिया था।

लेकिन सब दिन एक से नहीं रहते। अगर तुम किसी के साथ बुरा करते हो तो एक-न-एक दिन उस करनी की सजा तुम्हें भी अवश्य भोगनी पड़ती है। प्रकाशनारायण सर ने सोचा था कि एक ग़रीब मेधावी लड़के को सहारा देकर, उसे पढ़ा-लिखा कर, एक दिन वह उसे इतना काबिल बना देंगे जिससे वे बहुत ही गर्व के साथ अपनी बेटी की शादी कर सकें। वे अन्त तक उस पर इतने अहसान लाद देगें कि वह उनके सामने सिर भी न उठा सके। तब वह उनकी कोई भी बात मानने से इंकार नहीं कर पाएगा। ऐसा होता भी अगर विष्णु राजकुमारी शिल्पी के चक्कर में न पड़ गया होता। राजा साहब के यश-ऐश्वर्य, धन-दौलत, मान-सम्मान और राजकुमारी शिल्पी के मादक सौंदर्य की चकाचौंध में विष्णु ऐसा भटका कि उसका मन विद्रोह कर उठा। उसने सारी जिंदगी बेहद गरीबी में, दूसरों की दया पर काटी थी। अब आगे वह ऐसी जिंदगी नहीं जीना चाहता था। वह जानता था कि अगर राजा साहब उससे नाराज़ हो गए तो उसका भविष्य अंधकारमय हो जाएगा। स्वर्णिम भविष्य की आशा में वह कृतध्न हो गया और उसने नूतन और प्रकाशनारायण सर का सर्वनाश कर डाला।

यह जिन दिनों की बात है उस समय रोशनपुर एक छोटा-सा क़स्बाई शहर हुआ करता था। पर एक बहुत ही व्यस्त रोड के किनारें स्थित होने के कारण तेज़ी से विकास कर रहा था। किसी के सुख-दु:ख, यश-अपयश की बातें इस क़स्बाई शहर में फैलते देर नहीं लगती थी। यह बात भी बहुत ही तेजी से सारे रोशनपुर में फैल गई कि विष्णु ने नूतन को छोड़ कर राजकुमारी शिल्पी से शादी कर ली है। राजा साहब खुद ही उस दिन रिश्ता तय करने रोशनपुर आए थे। अब नूतन का क्या होगा? वह तो शायद गर्भवती भी है? ये सब बातें सुन कर राजन गंगवार के कलेजे

को बहुत ठंडक पड़ती। वह मन-ही-मन कहता, 'यह साला मास्टरबा है ही इसी काबिल। दुर्दिन में मैंने इसका इतना साथ दिया और समय आने पर यह मुझसे ही गुंडई पेलने लगा। साले का सत्यानाश हो। लगता है इसे मेरी ही हाय लगी है। एक दिन कैसे इस ने भरे बाज़ार में कालेज के लौंडों से मेरी बेज़्ज़ती करवाई थी।'

अब राजन के भी खुनस निकालने के दिन आए थे। उसके दोनों बेटे अब जवानी की दहलीज़ पर कदम रख चुके थे। अब उसे किस बात का डर था। वह नूतन और प्रकाशनारायण सर को बदनाम करने का कोई भी मौका हाथ से नहीं जाने देता। वह सारे शहर में यह उड़ाता फिरता कि नूतन न जाने किसका पाप अपने पेट में लिए घूम रही है। कैसी निर्लज्ज लड़की है, शादी से पहले ही पेट से हो गई है। दिन भर घर पर पड़ी-पड़ी ओकती रहती है।

कोई-कोई यूँ ही मज़े लेने के लिए पूछ बैठता, 'किसी का क्या भाई, उसी जीनियस की औलाद होगी इसके पेट में, उसी विष्णु कुमार की। वाह, मास्टर साहब भी कैसे पढ़े-लिखे आदमी हैं! लड़की को इतनी छूट दे दी कि शादी के पहले ही वह शादी के मज़े लेने लगी।'

राजन हँस कर कहता, 'क्या मालूम, यार, हो सकता है कि यह मास्टरबा बेचारे विष्णु को यो ही बदनाम कर रहा हो। किसी दूसरे का पाप उसके मत्थे मढ़ना चाह रहा हो! तभी उस बेचारे ने इस ज़िल्लत से बचने के लिए राजा साहब की बेटी से शादी कर ली हो। जानबूझ कर कौन मक्खी निगलता है? वह तो बेचारा इतना सीधा है कि किसी लड़की से आँखें मिला कर बात भी नहीं करता था। हमेशा ही गर्दन झुका कर मोहल्ले से गुज़रता था। वह तो मास्टर के सामने सिर तक नहीं उठाता था; फिर तुम ही बताओं कि वह ऐसी कृतघ्नता कैसे कर सकता है?'

वह आदमी और भी मज़े लेने की ग़रज़ से पूछ बैठता, 'गंगवार जी, क्या मतलब है आपका? यह औलाद विष्णु की नहीं तो और किसकी है?'

'क्या मालूम भइया, दिन भर तो उनके घर में कालेज के लौडों का मेला लगा रहता है। विष्णु के महानगर जाने के बाद हो सकता है उसकी किसी और से आशनाई चल पड़ी हो। मेरा घर तो उन सालों ने पूरा रंडीखाना बना रखा है। सारे मोहल्ले का माहौल खराब हो रहा है। निकलते भी तो नहीं हैं साले मेरे घर से। जिस दिन भी निकलेंगे हरिद्वार गंगा स्नान करने जाऊँगा।'

उस समय वह दीप टॉकीज के पास वाली पान की दुकान पर खड़ा था। आसपास खड़े कई लोग मज़े ले-लेकर उसकी बातें सुन रहे थे। वहीं खड़े किसी शोहदे ने बहुत ही फूहड़ता से हँसते हुए पूछा, 'उनकी तो दूसरी लड़की भी जवान है, राजन, उनके क्या रंग-ढंग हैं?'

'वह भी साली ऐसी ही हैं। उसने भी आशिक पाल रखे हैं। कालेज के लौडे उसके कमरे तक में घुसे रहते हैं। मास्टर कुछ एतराज ही नहीं करता। जाने कैसा हरामी आदमी है। वह तो यह चाहता ही कि लड़कियाँ खुद ही किसी के साथ भाग जाएँ तो बला तो कटे।'

राजन की बातें सुन कर सबको बहुत हैरानी होती। राजन गंगवार भी कभी प्रकाशनारायण सर के लिए ऐसा कहेगा, उन्हे यक़ीन ही नहीं आ आता। पर सचमुच समय बदलते क्या देर लगती है? राजन गंगवार शहर भर में प्रकाशनारायण सर की बुराई करता रहता। उनकी लड़कियों के बारे में अपशब्द कहता रहता। उसको इस तरह की बातें करते ज़रा सी भी शर्म नहीं आती थी। यहीं सब बातें छन-छन कर प्रकाशनारायण सर के कानों में भी जातीं। वे बेचारे मन मसोस के रह जाते। वे सोचते जैसे-जैसे दिन बीततें जाएँगे नूतन की हालत छिपानी मुश्किल हो जाएगी। तब लोगों का यह शक विश्वास में बदल जाएगा। इतनी जल्दी वह नूतन के लिए लड़का कहाँ से तलाशें? और फिर कौन ऐसा लड़का होगा जो कि सब कुछ जान कर भी नूतन से शादी करने के लिए तैयार हो जाएगा?

आज वे बहुत बेबस थे। वे किसी का भी मुँह बंद नहीं कर सकते थे। अब तो उनके घर पर ट्यूशनवाले लड़कों का आना बंद-सा ही हो गया था। प्रभुदयाल के ट्यूशन विरोधी आंदोलन का शहर में बहुत असर पड़ा था। फिर प्रकाशनारायण सर का मन भी अब ट्यूशनें पढ़ाने में नहीं लगता था। अब वे चुपचाप सिर झुकाए कालेज जाते और दिन भर बच्चों को पढ़ाते रहते; फिर छुट्टी होने पर वैसे ही सिर झुकाए वापिस भी आ जाते। इसके अलावा वे घर से बिल्कुल भी नहीं निकलते, बस चुपचाप कुर्सी पर सिर झुकाए बैठे-बैठे न जाने क्या सोचते रहते। दिन-रात बस उन्हें नूतन की ही चिंता खाए जा रही थी। अब उसके भविष्य का क्या होगा? कौन उसे अपनाएगा? यही सब चिंता उन्हें हरदम परेशान करती रहती थी। उधर राजन गंगवार अलग ही खुराफ़ात मचाए था। सारे रोशनपुर में उन्हें बदनाम करता फिर रहा था। उनकी छोटी बेटियों के बारे में भी अनर्गल बातें करता फिरता था। ये सारी बातें लौट-फिर कर जब उनके पास आतीं तो वे बहुत ही हताश-परेशान हो जाते।

(75)

शंकर को जब से नूतन ने सरेराह झापड़ जड़ा था, उसने उसके यहाँ जाना बिल्कुल बंद कर दिया था। अब वह प्रकाशनारायण सर को भी परेशान नहीं करता था। अब वह रोशनपुर का चेयरमैन भी था, ऐसी छिछोरी हरकतें उसे शोभा भी नहीं देती थीं। पर जब से उसने नूतन के दुर्भाग्य की ख़बर सुनी थी उसका मन बेचैन हो उठा था। उन लोगों के प्रति न जाने कैसी करुणा-सी उसके मन में जाग उठी थी। अब फिर से उसने प्रकाशनारायण सर के यहाँ जाना शुरू कर दिया था। वह वहाँ जाकर घंटों चुपचाप बैठा रहता। अंदर जाकर वह बड़ी आत्मीयता से आंटी जी से पूछता, 'आपको किसी चीज़ की ज़रूरत तो नहीं है? बाज़ार से कुछ सौदा-सुलफ़ तो नहीं मँगाना है?

औरतें स्वाभाविक रूप से अधिक भावुक होती हैं। शंकर से ज़रा-सी सहानुभूति पाकर तारादेवी भी भावुक हो उठतीं। उन्होंने शंकर के पिछले सभी अपराध एक ही क्षण में माफ कर

दिए। वे बड़े ही कृतज्ञ भाव से कहती, 'बेटा, क्या बताएँ, हमारे तो भाग्य ही फूट गए हैं। तुम तो मेरे घर बचपन से आ रहे हो, नूतन को भी बचपन से जानते हो, वह क्या ऐसी दुःश्चरित्र लड़की है, जैसा कि यह राजन गंगवार क़स्बे भर में प्रचार करता फिर रहा है?'

शंकर कुछ बोलता नहीं, चुपचाप उनकी बातें सुनता रहता। जब वे अपने मन की सारी भड़ास निकाल लेतीं और आँसू भी बहा लेतीं तो वह फिर पूछता, 'आंटी जी, बाजार से कुछ मँगाना तो नहीं है?'

'हाँ बेटा, आटा और चीनी तो बिल्कुल ही खत्म हो गई है। तुम्हारे सर तो शर्म के मारे घर से बाहर ही नहीं निकलते हैं। बस मुँह झुकाए सीधे कालेज जाते हैं और लौट कर दिन भर घर में ही पड़े रहते हैं। पन्द्रह ही दिनों में देखो कितने कमजोर हो गए हैं।

शंकर भी चिंतित होकर कहता, 'हाँ आंटी जी....सर तो वाकई बीमार से लगने लगे हैं। और...नूतन की तबियत तो ठीक है? नज़र ही नहीं आती है। अगर आप चाहें तो मैं डॉक्टर गीतेश दीदी को घर पर ही बुला लाऊँ?'

'नहीं...बेटा....इसकी तो अभी ज़रूरत नहीं है। बीमार क्या, उसका तो भाग्य ही फूट गया है। आगे उसका क्या होगा पता नहीं? दिन भर अपने कमरे में पड़ी-पड़ी रोती रहती है। न जाने भगवान हमें कौन से कर्मों का फल दे रहा है? हम ने तो बेटा स्वप्न में भी कभी किसी का बुरा नहीं सोचा।'

शंकर उन्हें सांत्वना देता, 'आंटी जी, आप बिल्कुल भी चिंता न करें और नूतन को भी तसल्ली देती रहें। देखिएगा, एक दिन फिर से सब कुछ ठीक-ठाक हो जाएगा। धीरज रखिए। कोई भी काम हो तो मुझे ज़रूर बताइएगा? मैं तो आपके बेटे जैसा हूँ। ठीक है, अब मैं चलता हूँ। मैं दीपू से सारा सामान भिजवा दूँगा।'

तारादेवी ने उसे पैसे देने चाहे तो शंकर ने कहा कि दीपू अभी सामान लेकर आएगा, पैसे उसे ही दे दीजिएगा। वैसे तो वह पैसे भी न लेता पर उसे मालूम था कि पैसे न लेने पर आंटी जी सामान मँगाने से झिझकेंगीं।

(76)

उस दिन बहुत अँधेरी रात थी; जब रात के दो बजे एक पैसेंजर ट्रेन रोशनपुर स्टेशन पर आकर रुकी। उस दिन भी हर रात की तरह ही सारे रोशनपुर की बत्ती गुल थी। चारों तरफ धुप्प अँधेरा छाया हुआ था। उस पैसेंजर ट्रेन से केवल एक ही सबारी उस दिन रोशनपुर के स्टेशन पर उतरी थी। बहुत अच्छा सूट-बूट पहने वह कोई नवयुवक था। वह जाने क्यों काफी सहमा-सहमा सा लग रहा था। उसने स्टेशन पर उतर कर चारों तरफ निगाह दौड़ाई। स्टेशन को नितांत

सूनसान पाकर उसने राहत की साँस ली। ट्रेन जब धुआँ उड़ाती हुई स्टेशन को छोड़ कर चली गई तब वह नवयुवक इधर-उधर देखता हुआ स्टेशन से बाहर निकला। उस समय सारी सड़कें वीरान हो चुकी थीं। रोशनपुर के बाज़ार की दुकानें न जाने कब की बंद हो चुकी थीं। इस समय सारा शहर गहरी नींद में सो रहा था। सड़क पर आवारा कुत्ते उसे अजनबी समझ कर भौंकने लगे तो वह और भी सहम गया। वह नवयुवक इलाहाबाद बैंक के पास आकर पातीराम कूँचा की ओर जाने वाली सड़क पर मुड़ गया। पातीराम कूँचा के आख़िरी मकान के सामने जाकर वह रुक गया। उसने उस जीर्णक्षीर्ण से मकान की कुंडी धीरे से खटकाई और आवाज भी लगाई, 'माँ....!'

उस रात भी प्रभावती को नींद नहीं आ रही थी। वे न जाने कैसी बेचैंनी-सी अनुभव कर रही थीं। रात के दो बजे अचानक उन्हें ऐसा लगा कि जैसे उनके दरवाजे की कुंडी खटकी हो फिर उन्होंने विष्णु के पुकारने की आवाज़ भी सुनी। उन्हें बहुत आश्चर्य हुआ। उन्होंने जाकर किवाड़ खोले। बाहर विष्णु ही खड़ा था। उनके कुंडी खोलते ही विष्णु चोरों की तरह मुँह छिपाए अंदर आया और तुरंत दरवाजा बंद कर दिया। उसे डर था कि कहीं मोहल्ले का कोई व्यक्ति उसे देख न ले।

इतनी रात को चोरों की तरह विष्णु को आया देख कर प्रभावती हतप्रभ रह गईं।

'विष्णु तुम! इतनी रात गए!! चोरों की तरह!!! क्यों क्या बात है?' कुछ अनहोनी की आशंका से वे सहम गई थीं। उन्हें न जाने कैसा डर-सा लग रहा था?

लेकिन विष्णु से एकदम कुछ बोला नहीं गया। वह बहुत ही घबड़ाया हुआ था। उसकी समझ में नहीं आ रहा था कि वह अपनी बात कहाँ से शुरू करे। एक गिलास पानी पी लेने के बाद उसने कुछ राहत महसूस की।

'क्या बात है, विष्णु, तुम इतना घबड़ाए हुए क्यों हो?' प्रभावती को कुछ समझ में नहीं आ रहा था। वह उसे देख कर खुश तो थीं। पर उसकी हालत देख कर परेशान-सी हो गई थीं।

'माँ, मैं तुम्हें लेने आया हूँ।'

'मुझे?'

'हाँ माँ तुम्हें, तुम्हें इसी समय मेरे साथ महानगर चलना होगा।

'पर क्यों? ऐसी क्या बात है, विष्णु?'

'क्योंकि अगले रविवार को राजकुमारी शिल्पी से मेरी शादी है।'

विष्णु की बात सुन कर प्रभादेवी स्तब्ध रह गईं।

'लेकिन राजा साहब ने तो कहा था कि तुम्हारी शादी हो गई है और तुम दोनों घूमने के लिए स्वीटजरलैंड गए हो।'

'हाँ, पर उस दिन राजा साहब को जानबूझ कर मेरी ख़ातिर झूठ बोलना पड़ा था। अगर वे झूठ न बोलते तो सर वहाँ पर ज़रूर कोई बखेड़ा खड़ा कर देते, तब राजा साहब को बलपूर्वक उन्हें बाहर निकलवाना पड़ता।'

'चलो तब तो ठीक है कि तुम्हारी शादी राजकुमारी शिल्पी से अभी तक नहीं हुई। मैं एक बहुत बड़े अपराधबोध से बच गई हूँ। मैं तो प्रकाशनारायण भाई साहब को मुँह दिखाने के क़ाबिल ही नहीं रही थी। बेचारी नूतन तो इन पन्द्रह दिनों में ही अधमरी-सी हो गई है। अभी भी कुछ नहीं बिगड़ा है, बेटा, तुम अभी मेरे साथ प्रकाशनारायण भाई साहब के पास चलो और उनके पैर छू कर माफी माँग लो, सब ठीक हो जाएगा। उनका स्वाभिमान वापिस लौट आएगा। नूतन भी भारी बदनामी से बच जाएगी। भगवान का बहुत शुक्र है कि तुम बिल्कुल ठीक समय पर आ गए हो। अब सब कुछ ठीक हो जाएगा।'

'लेकिन माँ, उधर तो राजा साहब ने हमारी शादी की सारी तैयारियाँ कर रखी हैं। अब अगर मैंने राजकुमारी शिल्पी से शादी नहीं की तब उनकी बहुत बदनामी होगी। अगर तुम्हें मना करना था तो उसी दिन कर देतीं, जब राजा साहब रिश्ता तय करने आए थे।'

'तब मैं कुछ समझ नहीं पाई थी, बेटा। इस तरह उन्हें भी तो बिना किसी सूचना के नहीं आना चाहिए था। यह तो सरासर धोखा देना था। पर तुम्हें राजा साहब की क्यों पड़ी है? प्रकाशनारायण भाई साहब की कोई चिंता नहीं? तुम उनकी बेटी को गर्भवती बना कर चोरों की तरह भाग गए, क्या इस बात की तुम्हें बिल्कुल भी शर्म नहीं?'

वह बोला, 'तो क्या मैं अकेला इसका जिम्मेदार हूँ? सर ने मुझे पढ़ाया-लिखाया है तो क्या वह मुझसे उसकी इतनी बड़ी क़ीमत वसूलेंगे? राजा साहब तो तरस खाकर उन्हें लाखों रुपए देने के लिए तैयार थे। पर उन्होंने खुद ही नहीं लिए। उन रुपयों से तो वे अपनी तीनों बेटियों की शादी बड़ी धूमधाम से कर सकते थे। माँ, तुम बस एक बार चल कर राजा साहब से मिल लो, तुम्हारी सारी ग़लतफैमी दूर हो जाएँगी। वे बहुत अच्छे आदमी हैं। उनकी बेटी राजकुमारी शिल्पी भी बहुत सुंदर हैं। ऐसी बहू पाकर तुम धन्य हो जाओगी, माँ। उस दिन तो सर के चक्कर में तुम्हारी राजा साहब से ढंग से बात ही नहीं हो पाई। तुम भी तो उस दिन बहुत गुस्से में थीं।'

'नहीं, मुझे किसी से नहीं मिलना है। राजा साहब मेरे कौन है? उस दिन भाई साहब को उन्होंने किस तरह अपने यहाँ से अपमानित करके भगा दिया था। यह कोठी तुझे भी एक दिन निगल जाएगी, विष्णु। तू इसकी चकाचौंध में क्यों खो गया है? चल, तू अभी मेरे साथ चल कर प्रकाशनारायण भाई साहब से माफी माँग ले। भाई साहब के तेरे ऊपर कितने अहसान हैं। यह तो न भूल विष्णु।'

'राजा साहब के भी तो मुझ पर बहुत एहसान है, माँ, इस तरह तो उनकी बहुत बदनामी होगी। बिना उनसे पूछे मैं कोई भी काम नहीं कर सकता हूँ।'

'वाह, तुझे राजा साहब की बदनामी की बहुत चिंता है और यहाँ भाई साहब की जो बदनामी हो रही है, उसका तुझे तनिक भी ख्याल नहीं? तू क्या राजा साहब का गुलाम है? तुझे उनसे आज्ञा लेने की क्या ज़रूरत?'

'ऐसा मत कहो, माँ, अगर मैंने उनकी इच्छा के विरुद्ध कोई काम किया तो वे अब भी मेरा कैरियर चौपट कर सकते हैं।'

'अधिक-से-अधिक क्या कर लेंगे, राजा साहब, तुम्हारी नौकरी ही तो छीन लेंगे, जिंदगी तो नहीं? सुख से चैन की दो रोटी तो तुम कमा ही लोगे। तुमने मुझे धोखे में रखा, विष्णु। तुमने कभी भी शिल्पी के बारे में मुझे नहीं बताया। मैं तुम्हें यूँ ही नूतन की ज़िंदगी बरबाद नहीं होने दूँगी। तुम्हें कल ही मंदिर में चल कर नूतन से शादी करनी पड़ेगी। नूतन ही मेरी बहू है। वह तुम्हारे बच्चे की माँ बनने वाली है। चल, तू इसी समय मेरे साथ चल।' प्रभावती ने उसका हाथ पकड़ते हुए कहा।

पर विष्णु ने प्रभावती का हाथ गुस्से से झटक दिया और बोला, 'माँ, तुम लोगों को मेरी ज़िंदगी बरबाद करने का कोई हक़ नहीं है। मैं आज यहाँ तक पहुँचा हूँ तो केवल अपनी क़ाबलियत से, किसी के अहसान से नहीं। तुम ने मुझे इस जिंदगी में दिया ही क्या? मुझे पेट भर कर कभी अच्छा खाना तक तो नसीब हुआ नहीं है। ऐसी ज़िल्लत भरी जिंदगी जी है मैंने कि तुम को बता नहीं सकता। विश्वविद्यालय में जब मेरी ग़रीबी, मेरे कपड़ों, मेरे रहन-सहन का दूसरे लड़के मज़ाक उड़ाते थे तो मैं खून के आँसू पी कर रह जाता था। मैं सोचता था कि काश मेरे पास भी रुपया होता तो मुझे इन लोगों की हँसी का पात्र नहीं बनना पड़ता। मैं रुपया कमाने के लिए दिन-दिन भर ट्यूशनें करता और रात-रात भर जाग कर पढ़ता था। मैंने बी.एस.सी. में पूरे प्रदेश में टॉप किया तो राजकुमारी शिल्पी मुझ से प्रभावित हुईं। राजा साहब की मेहरबानी से मुझे वज़ीफ़ा मिला, रहने के लिए अच्छी जगह मिली, भरपेट खाना मिला, तब मैं निश्चिंत होकर आगे की पढ़ाई कर पाया। अगर ये लोग न होते तो शायद बी.एस.सी. के बाद ही मुझे कोई छोटी-मोटी नौकरी ढूँढ़नी पड़ती, तब मैं इस पोजीशन में कभी नहीं पहुँच पाता।'

'अच्छा! तो राजा साहब ने तुम्हारे ऊपर इतने अहसान लाद दिए हैं कि तुम कुत्तों की तरह उनके सामने दुम हिलाने लगे हो। अहसानफ़रामोश! अगर भाई साहब तुम्हें महानगर लेकर न जाते तो तुम यहीं पड़े सड़ते रहते।'

'ठीक है, माँ, अब इन सब बातों से कोई फायदा नहीं। मैं तुम्हें अब और समझा नहीं सकता। केवल नैतिकता की बातें करने से आजकल कुछ नहीं होता है। हमें व्यवहारिक होना चाहिए। अगर तुम नहीं चलना चाहती तो मैं इसी समय वापिस लौट जाता हूँ। मैं यहाँ राजा साहब को बिना बताए ही चला आया था। वे तो इस समय चुनाव के सिलसिले में दिल्ली गए हुए हैं। तुम्हारा जब भी मन करे चली आना।'

'ठीक है, जब तेरी यही इच्छा है तो यही कर, पर यह न समझना कि मैं कभी तेरी चौखट पर झाँकने भी आऊँगी, मैं समझ लूँगी कि मेरा कोई बेटा ही नहीं था। हाँ, मैं मर जाऊँ तो मेरी अर्थी को कँधा लगाने की भी ज़रूरत नहीं है।' यह कह कर प्रभावती अंदर के कमरे में चली गईं।

विष्णु फिर वहाँ एक क्षण को भी नहीं रुका। उसने घड़ी देखी। रात के 03.20 हो रहे थे। 4 बजे एक एक्सप्रेस ट्रेन रोशनपुर रुकती हुई गुज़रती थी। वह उसी ट्रेन से वापिस लौट जाने के लिए घर से निकल पड़ा। वह नहीं चाहता था कि इस रोशनपुर में कोई उसे देख ले और बिनावजह कोई हंगामा खड़ा हो जाए।

(77)

सचमुच रोशनपुर के बाशिंदों की कहानी बेहद दिलचस्प थी। कहानी में न जाने कितने मोड़ थे। न जाने कितने पड़ाव भी थे। हम पड़ाव-दर-पड़ाव ही आगे बढ़ रहे थे। आगे क्या कुछ घटा होगा, यह पता लगा पाना मेरे लिए बहुत ही मुश्किल था। मैंने न जाने कितने लोगों से कितनी बार कहानियाँ सुनी थीं। पर ऐसी दिलचस्प कहानी मैं पहली बार ही सुन रहा था। कहानी लेखन मेरा शौक़ है। हर महीने मैं कोई-न-कोई कहानी लिखता ही हूँ। इसके लिए मुझे न जाने कहाँ-कहाँ कहानी तलाशनी पड़ती है। लेकिन उस दिन ही मुझे यह अहसास हुआ कि नई कहानी तलाशने के लिए कहीं दूर जाने की ज़रूरत नहीं है; क्योकि हरेक इंसान की ज़िदगी एक कहानी है। हर इंसान की ज़िदगी में कई मोड़ आते हैं, उतार-चढ़ाव आता है, यश-अपयश आता, हार-जीत आती है, आशा-निराशा आती है और आदि के बाद अंत भी आता है। यही सब तो हमारी हर कहानी में भी होता है। इसीलिए तो हमें हरेक इंसान की ज़िदगी के बारे में जानने की बहुत रुचि होती है। तभी तो हम दूसरों की ज़िदगी में ताँक-झाँक करने से नहीं चूकते हैं; क्योंकि हमें इसमें किसी कहानी जैसा ही रस आता है। सचमुच मुझे भी उस दिन रोशनपुर के बाशिंदों की ज़िदगी में झाँकने पर बहुत आनंद आ रहा था।

सुबह होनेवाली थी। संगीता भाभी जाग भी गई थीं। किचिन में खटपट शुरू हो गई थी। भाभी जी शायद चाय बना रही थीं; क्योंकि चाय की खुशबू दीपक के स्टडीरूम तक आ रही थीं। मैंने घड़ी देखी, सुबह के छ: बज गए थे। पर सर्दी की रात होंने और बाहर घना कोहरा छाए होने के कारण अभी भी अँधेरा था। मैं जानता था कि अभी कुछ ही देर बाद बाहर रोशनी फैल जाएगी। पर कहानी इतने रोमांचक मोड़ पर पहँच गई थी कि अधूरी छोड़ कर उठने का मन नहीं कर रहा था।

चाय को लेकर मेरा अंदाजा बिल्कुल ठीक था; क्योंकि कुछ ही देर में संगीता भाभी चाय की ट्रे लेकर स्टडीरूम में आईं। मैंने मुस्कराकर उनका स्वागत किया। इस समय एक गरम चाय की सख़्त दरकार भी थी। भाभी जी बोलीं, 'क्या रात भर कहानी चलती रही? एक मिनट भी सोए नहीं आप लोग?'

मैंने हँस कर कहा, 'कहाँ, भाभी जी, कहानी के चक्कर में तो मेरी ट्रेन भी छूट गई। यह कमबख्त तो बहुत सलीके से कहानी सुनाने लगा है। यह ऐसे दिलचस्प ढंग से कहानी सुनाएगा, मुझे तो पता ही नहीं था।'

सुन कर भाभी जी भी हँसने लगीं। वे बोलीं, 'चलो ठीक ही रहा। अब आप दोनों जी भर कर बातें कीजिएगा। बहुत दिनों बाद मुलाकात हुई है न। इन्होंने तो आज की छुट्टी भी ले रखी है।'

यह बात सुन कर मुझे बहुत आश्चर्य हुआ। मेरे कारण दीपक ने आज छुट्टी ले रखी थी। ठीक ही तो था, बातें भी तो इतनी सारी थीं कि खत्म होने का नाम ही नहीं ले रही थीं। चाय पीते-पीते ही बाहर रोशनी-सी हो गई थी। मैं फ्रेश होने के लिए उठ बैठा। बराबर जागते रहने से शरीर न जाने कैसा हो रहा था? फ्रेश होकर ज़रा ताज़गी महसूस हुई। तब तक दीपक भी नहा-धो लिया था। उसे शायद जल्दी नहा लेने की आदत थी।

हल्का-फुल्का नाश्ता करके हम लोग फिर शुरू हो गए।

मैंने पूछा, 'इसके बाद?'

दीपक आगे बताने लगा था।

उस दिन शंकर प्रकाशनारायण सर के यहाँ बैठा था। इतवार का दिन था। इतवार के दिन रोशनपुर का बाज़ार बंद रहता है। राजन गंगवार घर पर ही था। वह ऊपर की मंजिल पर रहता था। नीचे प्रकाशनारायण सर रहते थे। तब भी नीचे दो कमरें ख़ाली पड़े रहते थे। राजन ने उनमें अपनी दुकान का सामान भर रखा था। वह बराबर दबाव बनाए हुए था कि किसी तरह प्रकाशनारायण सर उसका यह मकान ख़ाली कर दें। उसे लगता था कि इस समय प्रकाशनारायण सर मुसीबत में हैं, कमजोर पड़ गए हैं, यही ठीक समय है जब उनसे मकान ख़ाली करवाया जा सकता है। इस समय कोई उनकी मदद को नहीं आएगा। उनकी सारी ट्यूशनें भी इस समय बंद हो गई हैं। उसने सुन रखा था कि अब शंकर भी उन्हें अधिक भाव नहीं देता है।

राजन अक्सर नीचे आँगन में कुर्सी डाल कर बैठ जाता और गंदी-गंदी गालियाँ बकता रहता। नूतन के बारे में भी अपशब्द कहता। उसे रंडी और छिनाल कहता। उसके दोनों लड़के भी अब बड़े हो गए थे। इसलिए वह खुद को शेर समझने लगा था।

प्रकाशनारायण सर बेचारे क्या कर सकते थे, बैठक में बैठे-बैठे चुपचाप उसकी गालियाँ सुनते रहते। आजकल वे बहुत वेबस थे। उनकी तीन-तीन लड़कियाँ उनकी कमजोरी बन गई थीं। राजन के दोनों लड़के भी उनकी लड़कियों को देख कर गंदे-गंदे इशारे करते थे। आज भी राजन आँगन में कुर्सी डाल कर बैठ गया और उन लोगों को इंगित करके भद्दी-भद्दी गालियाँ देने लगा।

शंकर ने सुना तो उसे बहुत आश्चर्य हुआ। उसने प्रकाशनारायण सर की तरफ देखा, वे इस तरह सिर झुकाए बैठे थे कि जैसे राजन की आवाज़ उनके कानों तक पहुँच ही नहीं रही हो। इस समय वे उसको बहुत ही लाचार नज़र आए। वह उठ कर अंदर के कमरे में चला गया। नूतन

वहीं बैठी थी। अचानक शंकर के आने से हड़बड़ा गई और दूसरे कमरे में जाने के लिए उठ खड़ी हुई। शंकर उसे देख कर हतबुद्धि-सा रह गया। इतने ही दिनों में नूतन की ऐसी हालत हो गई थी कि जैसे वह बरसों से बीमार हो। उसके शरीर में जैसे खून ही न रहा था। सारा शरीर पीला पड़ गया था। उसे विश्वास ही नहीं हो रहा था कि यह वहीं नूतन है, जिसे वह इस शहर की अनिंद्य सुंदरी कहता था। उसने उसे आज बहुत दिनों बाद देखा था। इतने दिनों से नूतन उसकी नज़रों के सामने ही कब पड़ी थी।

नूतन को उठते देख कर उसने दृढ़ता से कहा, 'नूतन, तुम यहीं बैठो। तुम्हें आज से मुझसे छिपने की ज़रूरत नहीं है। मैंने ऐसा कौन-सा बड़ा अपराध किया है कि मैं तुम्हारे लिए इतना पराया हो गया हूँ। और....यह राजन क्या बक-बक कर रहा है? सर इससे कुछ कहते क्यों नहीं हैं, आंटी जी?'

शंकर की बात सुन कर तारादेवी की आँखों में आँसू छलक उठे। शंकर से ऐसी हमदर्दी की उम्मीद उन्होंने कभी नहीं की थी। वे रुँधे हुए गले से बोलीं, 'क्या बताएं बेटा, दुर्दिन में सभी लोग मुँह फेर लेते हैं। यह राजन नूतन को इसी तरह सारे रोशनपुर में बदनाम करता रहता है। रोज भद्दी-भद्दी गालियाँ देता है। हम लोग करें भी तो क्या बेटा?'

शंकर इससे अधिक नहीं सुन सका। गुस्से से उसका चेहरा तमतमा उठा। उसने वहीं से जोर से आवाज़ लगाई, 'अबे ओ राजन.....इधर तो आ ज़रा!'

राजन को काटो तो खून नहीं। उसने सपने में भी नहीं सोचा था कि इस समय कमरे में शंकर बैठा होगा। डरते-डरते वह कमरे में आया और मुँह झुका कर खड़ा हो गया। उसका सारा शरीर डर से काँप रहा था।

'क्यों वे आँगन में खड़ा-खड़ा क्या अनर्गल बक रहा था? तेरा दिमाग तो ठीक है?'

राजन को जैसे साँप सूँघ गया हो, उसके मुँह से बोल ही नहीं निकल रहा था। वह बड़ी दहशत में आ गया था। उसकी समझ में नहीं आ रहा था कि क्या करे?

'अपनी बेटी जैसी लड़की को अपशब्द कहते हुए तुम्हें शर्म नहीं आती है। अभी इंस्पेक्टर को बुलाऊँ, रात भर साला हवालात में रहेगा तो अक्ल ठिकाने आ जाएगी। मैंने तुझसे एक दिन क्या कहा था कि सर को कभी अकेला मत समझ लेना। भूल गया क्या?'

'नहीं चेयरमैन साहब, ऐसा मत करना, मेरा इन लोगों से कोई बैर नहीं है। मैं तो बस यह चाहता हूँ कि ये लोग मेरा मकान ख़ाली कर दें। आप भी तो न्याय की बात कीजिए। मैं दुकान का सामान रखने के लिए किराए पर गोदाम लिए हुए हूँ। मेरा मकान ये लोग घेरे हुए हैं। न जाने कितनी बार शराफ़त से ख़ाली करने के लिए कह चुका हूँ। पर मेरी शराफ़त का भी क्या असर हुआ?' उसने हाथ जोड़ कर किसी तरह राजन ने डरते-डरते कहा। वह अब भी डर से थरथर काँप रहा था।

लेकिन शंकर का गुस्सा उस समय जैसे साँतवें आसमान पर था। उसने जैसे उसकी कोई बात सुनी ही नहीं। वह और भी जोर से गरज कर बोला, 'तो यह तरीका है मकान ख़ाली करवाने का। माँ-बहन की गाली देगा? चलो इसी समय नूतन के पैर छू कर माफी माँगों, नहीं तो मैं आज तुम्हें छोड़ने वाला नहीं हूँ। जेल भिजवा कर ही दम लूँगा।'

राजन समझ गया कि इस समय शंकर के सिर पर खून सवार है। जिस समय शंकर कुछ भी नहीं था तब वह उस का कुछ नहीं बिगाड़ पाया था, तो आज तो वह रोशनपुर का चेयरमैन है। उसने नूतन के पैर छू लेने में ही अपनी भलाई समझी। वह नूतन के पैरों में झुकता हुआ बोला, 'मुझे माफ़ कर देना बेटी।'

नूतन कुछ बोल नहीं पाई, वह और भी अधिक संकुचित होकर खड़ी हो गई।

शंकर फिर बोला, 'राजन, आज के बाद अगर तुम ने इन लोगों के बारे में एक भी ग़लत बात कही तो मुझ से बुरा कोई नहीं होगा। समझे रहना।'

तब तक कमरे में इतना शोर-गुल सुन कर प्रकाशनारायण सर भी आकर खड़े हो गए थे। वे यह सब तमाशा देख रहे थे। वे अचानक बोल पड़े, 'राजन, मुझ से ही ग़लती हुई है। मुझे क्षमा कर दो। बस कुछ दिन और धैर्य रखो मैं तुम्हारा यह मकान ख़ाली कर दूँगा। भले ही इतने सालों बाद मुझे यह नौकरी छोड़ कर गाँव ही वापिस लौट जाना पड़े।'

उनकी बात सुन कर राजन अपराधबोध से जड़ हो गया। उससे कुछ भी बोला नहीं गया। वह कुछ क्षण वहीं सकपकाया सा खड़ा रहा फिर धीरे से कमरे से बाहर चला गया।

(78)

विष्णु ने सोचा था कि जब माँ का गुस्सा शांत हो जाएगा और वे गंभीरता से सोचेंगी तो अवश्य ही उन्हें पछतावा होगा। उस दिन तो वे भावावेश में इतना सब कुछ कह गई थीं। आख़िर वह उनका इकलौता बेटा है। उसके सिवाय उनका इस संसार में है ही कौन? एक दिन वे उसे ज़रूर माफ कर देंगी। तब उन्हें भी महसूस होगा कि मैंने यह निर्णय बहुत सोच-समझ कर ही लिया था। इसीलिए शनिवार के दिन सुबह-सुबह ही उसने ड्राइवर को कार लेकर माँ को बुलाने रोशनपुर भेज दिया था। इसी रविवार को राजकुमारी शिल्पी से उसकी शादी होने वाली थी। पर बेचारा ड्राइवर भी निराश होकर लौट गया था। उसने प्रभावती से बहुत अनुरोध किया पर उन्होंने ने साफ मना कर दिया।

ड्राइवर ने उनसे विनती करते हुए कहा था, 'पर माँजी, यह भी तो सोचिए कि विष्णु जी आपके इकलौते बेटे हैं। कल उनकी शादी है। आप नहीं जाएँगी तो उन्हें कितनी निराशा होगी?'

प्रभावती ने कहा, 'ड्राइवर साहब, मेरा बेटा तो मर गया है। अगर वह मेरा बेटा होता तो इस तरह राजा साहब के तलवे नहीं चाट रहा होता। तुम विष्णु से जाकर कह देना कि मैं मर जाऊँ तो भी वह मेरी अर्थी को कँधा लगाने नहीं आए।'

'माँजी, आप भी कैसी बातें करती हैं? ऐसा भी कभी होता है?' ड्राइवर ने हाथ जोड़ कर विनम्रता से कहा।

उसकी बात सुन कर प्रभावती अचानक घर की चौखट से बाहर निकल आईं और मोहल्लेवालों को इंगित करके बोलीं, 'सुन लीजिए आप सब लोग, आज से विष्णु मेरा बेटा नहीं है। वह मेरे लिए मर गया है। अगर मैं मर जाऊँ तो आप लोग उसे मेरे शरीर को हाथ भी मत लगाने देना। धक्के मार कर उसे इस मोहल्ले से निकाल देना। इस बुढ़िया ने आप सब की हमेशा सेवा की है। आप लोग ही इसका दाह-संस्कार भी कर देना। इसी से मेरी आत्मा को शांति मिलेगी।'

सब लोग स्तब्ध होकर उनकी बातें सुन रहे थे। ड्राइवर लालजी को कुछ समझ में नहीं आ रहा था कि वह क्या कहे? वह कुछ क्षण वहीं किंकर्तव्यविमूढ़-सा खड़ा रहा फिर उसने धीरे से पूछा, 'तो फिर मैं जाऊँ, माँजी?'

'हाँ बेटा, तू जा। जाकर वही कहना जो मैंने तुझ से कहा है।' यह कह कर फिर वे वहाँ खड़ी नहीं रहीं, घर के भीतर घुस कर उन्होंने फटाक से दरवाजा बंद कर लिया। ड्राइवर भी गाडी स्टार्ट करके चला गया। धीरे-धीरे भीड़ छँट गई।

माँ के न आने से विष्णु को निराशा तो बहुत हुई पर उसने अपना इरादा नहीं बदला। अब इरादा बदलना उसके लिए संभव भी नहीं था। वह बहुत आगे बढ़ आया था। अब उसकी सोच पूरी तरह से बदल गई थी। दूसरे ही दिन उसकी शादी थी। सब तैयारियाँ हो गई थीं। राजा साहब ने कोई कमी नहीं छोड़ी थी। आख़िर उनके पास कमी किस चीज़ की थी। केंद्र सरकार में शिक्षा मंत्री थे। शादी में न जाने कितने विधायक, सांसद, मंत्री आदि शिल्पी और विष्णु को आशीर्वाद देने आए। शहर के सभी बड़े-बड़े अफ़सर, बिजनिस-मैंन इस शादी में शरीक हुए। पूरा सरकारी अमला शादी की व्यवस्था करने में जुटा था। दूसरे दिन इस शाही शादी की ख़बर प्रमुख अख़बार में भी छपी थी।

(79)

उस दिन अचानक ही नूतन शंकर के सामने पड़ गई थी। वैसे तो वह हमेशा शंकर के आते ही अंदर के कमरे में जाकर बैठ जाती थी। उसे यह सोच कर बहुत ही ग्लानि होती कि जो शंकर आज इस मुसीबत में उसके परिवार का इतना साथ दे रहा है, उसी को एक दिन प्रेम-निवेदन करने पर उसने गुस्से में जोर का थप्पड़ रसीद कर दिया था। इसके बात वह कई दिनों तक यह सोच कर डरती रही थी कि किसी-न-किसी दिन शंकर उससे अपने इस अपमान का बदला

अवश्य लेगा। पर उस दिन के बाद से शंकर ने उसे कभी नहीं छेड़ा था। उसके घर आना भी छोड़ दिया। शायद उसे इस तरह अपना प्रेम-निवेदन ठुकरा देने से बहुत दु:ख हुआ था।

शंकर उस दिन उसके पीले पड़े चेहरे को देख कर स्तब्ध रह गया था। वह दूसरे दिन ही डॉक्टर गीतेश को लेकर प्रकाशनारायण सर के घर गया। उसका ऐसा अपनत्व देख कर नूतन शर्म से गड़ी जा रही थी।

शंकर ने कहा, 'गीतेश दीदी, जरा देखिए तो, पंद्रह ही दिनों में नूतन का यह क्या हाल हो गया है? ऐसा लगता है जैसे शरीर में खून ही नहीं रहा है। आप ज़रा इनका ठीक से चेकअप करिए।' कह कर वह कमरे से बाहर निकल गया।

डॉक्टर गीतेश ने नूतन का अच्छी तरह से परीक्षण किया, फिर बोलीं, 'बेटी, तुम यह ठीक नहीं कर रही हो। तुम्हारे शरीर में एक नन्हीं-सी जान पल रही है, तम्हें उसका भी तो ख़्याल रखना चाहिए। मैं डाइट-चार्ट देती हूँ उसी के अनुसार आज से खुराक लेना शुरू करो।'

तारादेवी बोलीं, 'यही तो दिक्कत है, डॉक्टर साहिबा, यह सारे दिन कुछ खाती-पीती ही नहीं है। बच्चे के साथ ही खुद को भी मारने पर तुली है।'

गीतेश बोली, 'नहीं बेटा...ऐसा नहीं करते, अब जो हो गया उसी का अफ़सोस करते रहने से यह ज़िंदगी कैसे चलेगी? हाँ, अगर तुम यह बच्चा नहीं चाहती हो तो अभी समय है, एबार्शन हो सकता है?'

तारादेवी बोलीं, 'यही तो मैं भी चाहती हूँ, डॉक्टर साहिबा कि किसी तरह से इसे इस परेशानी से नजात मिल जाए। अभी तो लोग क़यास ही लगा रहे हैं, जैसे-जैसे दिन बीतेंगे छिपाना मुश्किल हो जाएगा।'

गीतेश बोलीं, 'ठीक है, आँटी जी, तब आप एक-दो दिन में ही शहर निकल जाइए। वहाँ मेरी एक परिचित डॉक्टर हैं। मैं उनके नाम चिट्ठी लिख दूँगी। सारा काम बहुत आराम से हो जाएगा। किसी को भी कानोंकान ख़बर नहीं लगेगी। यहाँ तो आप जानती ही हैं कि बात आग की तरह फैलती है। नहीं तो मैं खुद ही कर देती।'

'दूसरी ज़गह ही ठीक रहेगा। आपका बहुत-बहुत अहसान होगा। किसी को बताएगा मत कि नूतन प्रैग्नेंट है। एबार्शन होने के बाद तो सब ठीक हो ही जाएगा। कुछ समय बाद लोगों के मुँह अपने आप ही बंद हो जाएँगे।'

'आप फिक्र न करें आंटी जी, मेरे पेशे में वैसे भी हरेक मरीज़ की बात गोपनीय रखी जाती है। नूतन तो मेरी छोटी बहन जैसी है। पर आप जल्दी ही शहर निकल जाइए। एक बार सब ठीक हो जाए तो नूतन पूरी निश्चिंता से अपनी जिंदगी दोबारा शुरू कर सकती है।' डॉक्टर गीतेश ने कहा और अपना बैग लिए बरामदे में आ गईं।

उनका बैग अपने हाथ में लेते हुए शंकर बोला, 'गीतेश दीदी, सब ठीक तो है, कोई ख़ास बात तो नहीं?'

'हाँ, सब ठीक है, शंकर भइया, ऐसी कोई ख़ास बात नहीं है। बस नूतन को समय से अच्छी खुराक मिलना चाहिए। इसने तो बिल्कुल ही खाना-पीना छोड़ दिया है। फिर भी मै ताकत की कुछ दवाइयाँ लिख रही हूँ, इन्हें भी साथ में देते रहना।' गीतेश शंकर से असली बात छिपा गई। यह सब कुछ शंकर को बताना ठीक भी नहीं था। वह इस घर से बाहर का आदमी था।

'आप बिल्कुल भी चिंता न करें, आज से मैं नूतन के खाने-पीने ध्यान रखूँगा।' शंकर ने राहत की साँस लेते हुए कहा और जेब से निकाल कर गीतेश की फ़ीस देने लगा। गीतेश ने बहुत मना किया पर वह न माना।

गीतेश ने हँसते हुए कहा, 'चेयरमैन साहब, मेरी क्लिनिक के सामने वाली रोड ज़रा ठीक करवा देते तो आपका बहुत अहसान होता। बरसात में वहाँ बहुत पानी भर जाता है। मरीजों को आने में बहुत दिक्कत होती है।'

शंकर ने भी हँस कर कहा, 'गीतेश दीदी, आप बिल्कुल भी चिंता न करें। बरसात से पहले ही वह पूरी रोड़ ही दोबारा बन जाएगी। इस बार बरसात में आपको कोई परेशानी नहीं होगी।' फिर वह उन्हें अपनी मोटरसाइकिल में बैठा कर उनकी क्लिनिक पर छोड़ आया। जब वह वापिस लौटा तो उसके हाथ में नूतन की दवाइयाँ थीं और फलों की थैलियाँ भी।

(80)

तारादेवी ने प्रकाशनारायण सर से बात की तो उन्होंने भी दूसरे शहर में ही जाकर नूतन का एबार्शन कराना ठीक समझा। एक दिन जाकर उन्होंने डॉक्टर गीतेश से शहर की डॉक्टर के लिए चिट्ठी भी लिखवा ली।

नूतन समझ नहीं पा रही थी कि उसका भविष्य क्या होगा? वह दिन-रात घर पर पड़ी-पड़ी मन-ही-मन विष्णु को कोसती रहती, जिसके कारण आज उसके सारे परिवार की शहर भर में हँसी उड़ रही थी। बेचारे प्रकाशनारायण सर का तो घर से बाहर निकालना तक दूभर हो रहा था। वह किसी तरह मुँह झुकाए कालेज जाते और दिन भर बच्चों को पढ़ाने में व्यस्त रहते। उन्हें लगता जैसे शहर का हरेक व्यक्ति उनकी तरफ इशारा करके कुछ कह रहा है। उनके कालेज के सहकर्मी तक जैसे उनका मज़ाक उड़ा रहे हैं।

उस दिन शायद अमावस्या थी। एकदम अँधेरी काली रात थी। घर के सभी लोग गहरी नींद में सोए हुए थे। जाने क्यों आज नूतन का मन बहुत ही उद्विग्न हो रहा था? वह सोच रही थी कि अब उसकी जिंदगी में रखा ही क्या है? ऐसी जिंदगी से तो मर जाना ही ठीक है। ऐसा विचार

आते ही वह चुपचाप अपने बिस्तर से उठ बैठी, उसने धीरे से मुख्य दरवाजे की कुंडी खोली और बाहर निकल आई। घर के किसी भी सदस्य को कुछ भी पता न चल सका। सब वैसे ही गहरी नींद में सोते रहे। सारे मोहल्ले में धुप्प अँधेरा पसरा पड़ा था। हर रात की तरह आज भी रोशनपुर में लाइट नहीं थी। हाथ-को-हाथ नहीं सूझ रहा था। उसने राहत की साँस ली। आज वह इस ज़िल्लत भरी जिंदगी से हमेशा के लिए मुक्त हो जाना चाहती थी। वह मन-ही-मन कुछ निर्णय करके तेज़ी से स्टेशन की तरफ बढ़ गई। रात के 2 बजने वाले थे। इस समय एक एक्सप्रेस ट्रेन रोशनपुर से होती हुई गुज़रती थी। वह स्टेशन से थोड़े आगे जाकर रेल की पटरी पर जा कर बैठ गई। कहीं दूर से ट्रेन के आने की आवाज़ आ रही थी। रेल की पटरियाँ बुरी तरह से काँपने लगी थीं। उसने सोचा कि बस कुछ देर और..... फिर इस ज़िल्लत भरी जिंदगी से उसे हमेशा के लिए मुक्ति मिल जाएगी।

अचानक घरघराहट की आवाज़ बहुत तेज़ हो गई। जैसे ही उसे लगा कि अब ट्रेन उसके ऊपर से गुज़रने ही वाली है तभी दो मज़बूत हाथों ने उसे पकड़ कर पीछे खींच लिया और दूसरे ही क्षण ट्रेन धड़धड़ाती हुई निकल गई। यदि क्षणांश भी देरी हो जाती तो इस समय तक नूतन क्षत-विक्षत लाश में परिवर्तित हो गई होती। जब तक ट्रेन निकल नहीं गई शंकर मजबूती से उसे पकड़े रहा। वह बहुत छटपटाई पर शंकर की पकड़ से खुद को छुटा नहीं पाई। ट्रेन निकल जाने के बाद शंकर ने उसे छोड़ दिया और खुद पटरी पर बैठ कर हाँफने लगा। नूतन भी वहीं लड़खड़ा कर उसके पास बैठ गई। अब उसे न तो ना मर पाने का अफ़सोस था और न ही जिंदा रह जाने की खुशी।

'नूतन?'

'हाँ शंकर।'

'मरना चाहती हो तुम?'

'हाँ शकर। काश मर जाती।'

'क्यों?'

'अब मेरे लिए इस दुनिया में बचा ही क्या है? तुम्हें शायद मालूम नहीं है कि मैं गर्भवती हूँ, कलंकित हूँ। इस समाज में जीने योग्य नहीं हूँ।'

'मुझे सब मालूम है, नूतन, पर इसमें तुम्हारा क्या दोष? फिर तुम मर कर भी तो इस समाज का मुँह बंद नहीं कर पाओगी?'

'तो मैं क्या करूँ, शंकर?'

'जियो।'

'किसके लिए?'

'मेरे लिए।'

'तुम्हारे लिए?'

'हाँ नूतन! जिससे तुम ने प्रेम किया था, वह तुम्हें अधर में छोड़ कर भाग गया। पर मैं कभी, किसी भी हालत में, तुम्हारा साथ नहीं छोड़ूँगा। मैं तुम से बहुत प्रेम करता हूँ। इस बार मेरे प्यार को ठुकराना मत, नूतन।'

'सब कुछ जानते हुए भी तुम मुझे अपनाओगे, शकर?'

'सब कुछ जानते हुए अपनाना ही तो प्रेम है। तुम तो मेरे लिए आज भी वैसी ही पवित्र हो। चलो उठो नूतन.....अब तुम्हें, तुम्हारे घर पहुँचा आऊँ। इतनी रात में किसी ने तुम्हें मेरे साथ देख लिया तो एक नया बखेड़ा उठ खड़ा होगा।'

पर नूतन उठी नहीं, वैसी ही बैठी कुछ सोचती रही।

'क्या सोच रही हो, नूतन?'

'यही कि तुम यहाँ इतनी रात में अचानक मुझे बचाने कैसे आ गए? मैं कुछ समझ नहीं पाई?'

शंकर कुछ क्षण नि:शब्द खड़ा रहा। फिर बोला, 'उस दिन गीतेश दीदी ने क्लिनिक में मुझ से कहा था कि शंकर नूतन की मनोदशा अच्छी नहीं रहती है। वह अपने जीवन से बेहद निराश हो चुकी है। हो सकता है वह खुद को नुक्सान पहुँचाने की कोशिश करे। उस पर हमेशा निगरानी रखने की ज़रूरत है। तब से ही नूतन....मैं रात-रात भर जाग कर तुम्हारे घर पर निगाह रखता था।'

शंकर की बात सुन कर नूतन को न जाने कैसी अनुभूति हुई। उसका दिल धक से रह गया। वह न जाने किस भाव से अंदर तक भीग गई। कोई किसी को इतना प्रेम भी कर सकता है? इतना नि:स्वार्थ प्रेम? सोच कर ही उसकी आँखें छलछला आईं। अब उसे समझ में आया कि उसके घर के सामने वाला मकान शंकर ने पाँच दिन पहले क्यों खरीदा है और आजकल वह वहाँ क्यों रह रहा है? उस पर निगरानी रखने के लिए। अचानक उसे न जाने क्या हुआ वह भावावेश में शंकर के सीने से लग कर सिसक उठी। शंकर ने भी उसे कुछ देर रो लेने दिया। जब दिल का गुबार आँसुओं के रास्ते बह गया और नूतन का मन बहुत कुछ हल्का हो गया तो शंकर ने उसके बालों को सहलाते हुए फिर कहा, 'नूतन! उठो...अब घर चलो, किसी ने देख लिया तो गजब हो जाएगा।'

इस बार नूतन उठ बैठी। अब उसका मन बेहद शांत था।

फिर दोनों चुपचाप चलते रहे; जब तक कि नूतन का घर नहीं आ गया। भगवान का शुक्र था कि उन्हें इस तरह आधी रात में साथ-साथ आते किसी ने नहीं देखा। अगर कोई देख लेता तो बिना मतलब ही हंगामा उठ खड़ा होता।

नूतन जब घर पहुँची तब तक भी कोई नहीं जागा था। दरवाजा यूँ ही उड़का पड़ा था। वह चुपचाप दरवाजा खोल कर अंदर घुस गई। सब लोग अभी तक गहरी नींद में बेसुध पड़े थे। अब जाकर उसे एहसास हुआ कि वह क्या ग़ज़ब करने गई थी? अगर वह अपने उद्धेश्य में सफल हो जाती तो कल उसके परिवार पर क्या बीतती? शंकर ने आज उसे एक बहुत बड़े गुनाह और उसके परिवार को एक बहुत बड़ी मुसीबत से बचा लिया था। माँ और अपनी बहिनों के मासूम चेहरे देख कर उसकी जोरों से रुलाई फूट पड़ी, जिसे उसने बड़ी मुश्किल से रोका और माँ की बगल में आ कर लेट गई। उसने कस कर माँ का हाथ पकड़ लिया और उनसे चिपट कर लेट गई। उस रात वह शंकर के बारे में ही सोचती रही। आज उसने एक नए शंकर को पहचाना था।

(81)

उस दिन के बाद न जाने ऐसा क्या हुआ कि नूतन अपना ख़्याल रखने लगी। अब वह डॉक्टर गीतेश की लिखी दवाइयाँ समय से लेती। समय से खाना खा लेती। शंकर रोज नियम से फल व दूध लेकर आता। बहुत देर तक बैठक में बैठा-बैठा प्रकाशनारायण सर से बातें करता रहता। वह मौका देख कर अपने मन की बात उनसे कहना चाहता था, पर संकोचवश कह नहीं पाता था। वह नहीं चाहता था कि नूतन का मन फिर विचलित हो और वह दोबारा कोई ग़लत कदम उठा ले। उस दिन की बात किसी को भी पता नहीं चल पाई थी।

वह अब अक्सर अंदर के कमरे में आंटी जी के पास चला जाता। वहीं नूतन बैठी होती। अब नूतन उसे देख कर उठ कर अंदर के कमरे में नहीं भागती थी। वह उससे भी बातें करता रहता। अब नूतन के मन में उसके प्रति बहुत आदर था। शंकर का संबल मिलते ही नूतन ने सोच लिया था कि अब वह कभी आत्महत्या के बारे में नहीं सोचेगी। ज़िंदगी का डट कर मुकाबला करेगी। विष्णु ने उसे धोखा दिया है तो वह भी उसे दिखा देगी कि वह उसके बिना भी चैंन की ज़िदगी जी सकती है। एक-न-एक दिन वह विष्णु से अपने इस अपमान का बदला भी अवश्य लेगी।

एक दिन शंकर सुबह-सुबह प्रभुदयाल सर को साथ लेकर नूतन के घर जा पहुँचा। उन्हें अपने घर आया देख कर प्रकाशनारायण जी को बहुत आश्चर्य हुआ, फिर भी उन्होंने उनका स्वागत् किया। दोनों बैठक में बैठ कर बातें करने लगे। कुछ देर बाद शकर अंदर के कमरे में चला गया।

एकांत देख कर प्रभुदयाल सर ने कहा, 'प्रकाशनारायण जी, आज मैं आपसे एक ख़ास बात करने के लिए आया हूँ।'

'जी कहिए?' प्रकाशनारायण सर ने चौंकते हुए कहा। उन्हें समझ में नहीं आ रहा था कि प्रभुदयाल इतनी सुबह-सुबह शंकर को साथ लेकर उनसे कौन-सी ख़ास बात करने आए हैं। अब तो उनके पास कोई भी लड़का ट्यूशन पढ़ने नहीं आता है। खुद उनका भी मन अब किसी को ट्यूशन पढ़ाने का नहीं करता था।

प्रभुदयाल जी दो क्षण को ख़ामोश रहे फिर उन्होंने बड़ी ही आत्मीयता से कहा, 'देखिए प्रकाश जी, मेरी आप से जातीय दुश्मनी कभी नहीं रही, बस केवल विचारों का मतभेद रहा है। नूतन मेरी भी बेटी की तरह है। शहर के लोग जिस तरह से उसके बारे में अनर्गल बकते रहते हैं, उससे मैं बहुत व्यथित हूँ।'

'अब मैं क्या करूँ, भाई साहब, मेरी तो मान-मर्यादा सब कुछ मिट्टी में मिल गई? मैं तो इस शहर में किसी को भी मुँह दिखाने के क़ाबिल नहीं बचा हूँ। इस विष्णु ने मेरे साथ बहुत विश्वासघात किया है। इसने मुझे किसी क़ाबिल नहीं छोड़ा। मैं तो सोचता हूँ कि यह नौकरी छोड़ कर अपने गाँव चला जाऊँ, कम से कम वहाँ रोज लोगों की बातें तो नहीं सुनना पड़ेंगी।'

'पर वहाँ आप करेंगे क्या?'

'जब तक कोई दूसरी नौकरी नहीं मिलती, खेती-बाड़ी ही करूँगा।'

'अब इस उम्र में आपको नई नौकरी कहाँ मिलेगी? खेती-बाड़ी करना भी अब शायद आपके लिए संभव नहीं होगा। यह तो बड़े मेहनत का काम है। आपके रिटायरमेंट को अभी पाँच-छह साल हैं। पूरी नौकरी हो जाने पर कम-से-कम आपको पेंशन तो अच्छी मिला करेगी। आपके तीन-तीन लड़कियाँ हैं, अभी आपको उनकी शादी भी तो करनी है। ऐसे मुँह छिपा कर भाग जाने से क्या समस्या हल हो जाएगी? गाँव में भी लोग सौ तरह की बातें करेंगे।'

'फिर मैं क्या करूँ?'

'इस तरह तो आपकी और भी बदनामी होगी। लोग समझेंगे कि उनकी सुनी सारी बातें सही थीं, इसीलिए तो प्रकाशनारायण मुँह छिपा कर भाग खड़े हुए। समस्या का डट कर मुकाबला कीजिए। देखिएगा एक दिन आप का सारा मान-सम्मान सूद समेत वापिस लौट आएगा।'

'मगर कैसे? मेरा तो घर से बाहर निकलना ही मुश्किल हो गया है। लोगों के ताने सुनते-सुनते मैं तो तंग आ गया हूँ। अगर घर-गृहस्थी और तीन-तीन बेटियों की ज़िम्मेदारी मेरे सिर पर न होती तो मैं तो कभी का आत्महत्या कर बैठता। अब इतनी ज़िल्लत मुझसे बर्दास्त नहीं होती है, भाई साहब।' उनसे अपनत्व पाकर प्रकाशनारायण सर ने अपने मन की बात कह डाली और फिर वह फफक-फफक कर रोने लगे। उन्हें आज इस बात का अहसास आज पूरी शिद्दत से हो रहा था कि जिन लोगों को वे ज़िदगी भर अपना सबसे बड़ा दुश्मन समझते रहे वे ही लोग बुरे समय में उनके परम हितैषी निकले। उनके मन में छिपा गुबार आज लावे की तरह फूट कर आ निकला था।

प्रभुदयाल जी उनकी पीठ पर हाथ रख कर, उन्हें सांत्वना देते हुए बोले, 'ऐसा सोचिए भी मत, प्रकाश जी, इस समय बहुत हिम्मत से काम लीजिए। हम सब लोग तो आपके साथ हैं न! सबसे पहले आप नूतन बेटी की शादी कीजिए। अब और देर करने की ज़रूरत नहीं है।'

उनकी बात सुन कर प्रकाशनारायण सर चकित रह गए। रुँधे गले से बोले, 'उसकी शादी को लेकर ही तो समस्या है, भाई साहब, अब उस अभागी से कौन शादी करेगा?'

'क्यों, हमारी बेटी में ऐसा कौन-सा दोष है, जो उसके लिए वर की कमी है? हमारा शंकर तो नूतन को बहुत चाहता है; अगर आप तैयार हों तो कल ही शादी हो जाए।'

सुन कर प्रकाशनारायण सर हतप्रभ रह गए।

'लेकिन अब शंकर क्यों नूतन से शादी करेगा? पहले की बात और थी, अब तो वह रोशनपुर का चेयरमैन है। उसे तो एक से एक अच्छी लड़कियाँ मिल जाएँगी।'

'हमारी नूतन बेटी भी तो उन्हीं अच्छी लड़कियों में से एक है।'

'लेकिन लाला प्रेमबिहारी जी मान जाएँगे? शंकर तो उनका इकलौता बेटा है।'

'उनसे भी बात कर ली जाएगी। पहले आप तो राज़ी हों? बहू और नूतन से भी पूछ लीजिए?'

'मेरे इंकार करने का तो सवाल ही नहीं है, भाई साहब, एक शंकर ही तो है जिसने इस मुसीबत में भी मेरा साथ नहीं छोड़ा है। मैं तो अब जाकर उसे ठीक से पहचान पाया हूँ। आप शंकर से भी पूछ लीजिए? मैं उससे कुछ छिपाना नहीं चाहता हूँ।'

शंकर अंदर बैठा तारादेवी से बातें कर रहा था। बैठक से उसकी पुकार हुई तो उसका दिल धक-धक करने लगा। पता नहीं आज उसके भाग्य का क्या निर्णय हुआ होगा? उसने एक बार नूतन की तरफ देखा फिर उठ कर बैठक में चला गया।

प्रभुदयाल सर ने कहा, 'बैठो शंकर बेटा, प्रकाश जी से मेरी बात हुई। वे तुम से कुछ कहना चाहते हैं।'

शंकर वहीं पड़ी एक कुर्सी पर बैठ गया। बोला, 'कहिए सर?'

प्रकाशनारायण सर को कहने में कुछ असुविधा हो रही थी। वे कुछ क्षण ख़ामोश बने रहे फिर हिम्मत करके बोले, 'शकर, मैं तुम से कुछ छिपाना नहीं चाहता। लोग यूँ ही नहीं कहते, नूतन सचमुच ही माँ बनने वाली है। विष्णु के बच्चे की माँ। क्या अब भी तुम उसे अपनाओगे?'

शंकर पूरी दृढ़ता से बोला, 'लेकिन इसमें उसका तो कोई दोष नहीं है, सर, फिर उसे क्यों इसकी सज़ा मिलनी चाहिए? जो अपराधी अपराध करके भाग गया है, भगवान एक दिन उसे ज़रूर दंड देगा।'

'एक बात और है, बेटा।'

'कहिए?'

मैंने डॉक्टर गीतेश से शहर की लेडी डॉक्टर के नाम पत्र लिखवा लिया है, एक-दो दिन में हम लोग शहर जाकर उसका एबॉर्शन करवा देंगे।'

शंकर बोला, 'नहीं सर.....इसकी ज़रूरत नहीं है। इससे उसका कोमल मन कितना आहत होगा। उसे जीवन भर इस बात का अपराधबोध बना रहेगा कि उसने अपने पहले ही बच्चे की हत्या कर दी थी। इस बच्चे में उसका भी तो अंश है। मैं उसके अंश को नष्ट नहीं करना चाहता हूँ। मैं उसे इसी हालत में अपनाना चाहता हूँ। मैं उसे बहुत प्यार करता हूँ। उसे जीवन मैं कभी भी किसी तरह का कष्ट नहीं होने दूँगा। दो दिन बाद इतवार है। उसी दिन अगर हमारी शादी हो जाए तो और भी अच्छा रहेगा। मैं चाहता हूँ कि जितनी भी जल्दी हो सके उसका आत्मसम्मान और आत्मविश्वास वापस लौट आए।'

'लेकिन शादी की सारी व्यवस्था करने में तो कुछ समय लगेगा, शंकर, इतनी जल्दी हम कैसे सारा इंतज़ाम कर पाएँगे? फिर अभी तो हमें बेटा, लाला प्रेमबिहारी जी से भी बात करनी हैं?'

'वह आप लोग कर लीजिएगा। पर आप अन्य बातों को लेकर बिल्कुल भी परेशान न हों। सारा इंतज़ाम मैं खुद करूँगा। आप देखिएगा कि शादी खूब धूमधाम से होगी।'

प्रभुदयाल जी भी शंकर कि ही बातों का समर्थन किया।

'फिर भला मुझे क्या आपत्ति हो सकती है। आपने तो मेरी सारी परेशानी ही हल कर दी। आप नहीं समझ सकते प्रभुदयाल जी कि आज मेरे सिर से कितना बड़ा बोझ उतर गया है।' प्रकाशनारायण जी ने सन्तुष्ट होकर कहा।

'तब ठीक है। अब मुझे आज्ञा दीजिए। अभी मुझे प्रेमबिहारी के पास भी जाना है।' प्रभुदयाल जी ने उठते हुए कहा।

प्रकाशनारायण सर ने कृतज्ञता से हाथ जोड़ दिए। न जाने क्यों उनकी आँखों में आँसू आ गए थे। उनकी इच्छा हो रही थी कि वे प्रभुदयाल जी पैरों में गिर पड़ें।'

इसके बाद प्रभुदयाल जी ने शंकर के घर जाकर प्रेमबिहारी को भी समझाया।

प्रेमबिहारी बहुत ही विनीत भाव से बोला, 'बाबू जी, जिस दिन यह लड़का आपका अपमान करके भाग गया था, उसी दिन मैंने सोच लिया था कि मेरा लड़का एकदम आवारा हो गया है, अब यह मेरे किसी काम का नहीं रहा। पर देखिए न, जब से इसे आपका आशीर्वाद मिला है, क्या से क्या हो गया है? मैंने तो कभी सपने में भी नहीं सोचा था कि गुरुजनों का अपमान करने वाला मेरा यह लड़का एक दिन रोशनपुर का चेयरमैन बनेगा। आज लोग जब इसके नाम से मुझे जानते हैं, तो मुझे बड़ा गर्व होता है। यह सब आप गुरुजनों का आशीर्वाद ही तो है, बाबू जी?'

'तो तुम्हें यह रिश्ता मंजूर है, प्रेमबिहारी?'

'बाबू जी जिस लड़की को आपने पसंद किया, वह तो मेरे लिए साक्षात् लक्ष्मी बहू है। फिर शंकर को भी तो नूतन बिटिया पसंद है। वह मेरी बेटी कामिनी के साथ ही तो पढ़ती थी। अक्सर मेरे घर भी आ जाया करती थी। वाह! बहुत ही सुंदर बिटिया है।'

'तो मैं आज शाम को प्रकाश जी को तुम्हारे यहाँ शगुन ले कर भेज दूँ? इसी इतवार को शादी भी हो जाएगी। इस समय प्रकाशनारायण सर की हालत तो तुम समझ ही रहे हो, बेचारे बहुत परेशान हैं।'

'हाँ...हाँ...भेज दीजिए! वाह! शुभ काम में देरी कैसी? पर बाबू जी, बहू के गहने-कपड़े भी तो लेने होंगे, परिचित-रिश्तेदारों को भी सूचित करना होगा। शादी-विवाह के तो हज़ारों काम होते हैं, बाबू जी? इतनी जल्दी सब कुछ कैसे संभव हो पाएगा?'

'अरे प्रेमबिहारी, तुम चिंता मत करो। काम करनेवाले भी तो कितने ही लोग हैं। यह शुभ काम जितनी जल्दी हो जाए, उतना ही अच्छा है।'

'तब ठीक है बाबू जी। जैसा आप ठीक समझें।' प्रेमबिहारी ने कहा और निश्चिंत हो गया। प्रभुदयाल तो उसके लिए ईश्वर से भी बढ़ कर थे।

(82)

मैं पूरी एकाग्रता से कहानी सुन रहा था। यह कहानी अब बहुत ही दिलचस्प मोड़ पर पहुँच गई थी। विष्णु ऐसा निकलेगा मैंने तो कभी सोचा भी नहीं था। इस रोशनपुर में रहते समय यही विष्णु तो हम लोगों का आदर्श हुआ करता था। हममें से हरेक छात्र उस समय कभी-न-कभी यह जरूर सोचा करता था कि काश! वह भी विष्णु की तरह मेधावी होता। प्रकाशनारायण सर ने उसके लिए क्या कुछ नहीं किया था? पर वही विष्णु ऐसा कृतघ्न निकला, आज यह सब जान कर मुझे बहुत हैरानी हो रही थी। उस दिन मानना पड़ा कि इंसान को समझने में हम लोग कितनी बड़ी भूल करते हैं। जिस शंकर को हम सब एक नंबर का टपोरी समझते थे; प्रकाशनारायण सर के बुरे समय में आख़िर वही काम आया।

मैंने पूछा, 'फिर? फिर क्या हुआ दीपक?'

दीपक मेरे उतावलेपन को देख कर हँस दिया। खैर, उसने कहानी आगे बढ़ाई।

शंकर उस समय रोशनपुर का चेयरमैन था। न जाने कितने छोटे-बड़े अधिकारी उसके अधीनस्थ थे। सब-के -सब शादी के इंतज़ाम में जुट गए। अखाड़े के लौंडे भी भाग-भाग कर सारा इंतज़ाम करने में लगे हुए थे। शहर के इंटर कालेज में ही शादी का सारा इंतज़ाम रखा गया था। शनीचर और सोमवार को कालेज की छुट्टी कर दी गई थी। कालेज के सारे स्टाफ को भी कार्ड दिए गए थे। एक दिन पहले से ही सारे कालेज को सजाया गया था।

शंकर की शादी बड़ी धूमधाम से हुई। ऐसी शादी रोशनपुर के लोगों ने इससे पहले कभी नहीं देखी थी। सबने खूब प्रशंसा की। शादी के दूसरे ही दिन शंकर नूतन को लेकर हनीमून मनाने नैनीताल निकल गया। शंकर पंद्रह दिन तक वहाँ रहा। वह चाहता था कि नूतन अपने अतीत

की सारी कड़वी यादें भूल जाए और आने वाले जीवन का खुले मन से स्वागत करे। नैनीताल का रमणीक वातावरण और शंकर के नि:स्वार्थ प्रेम ने वाकई उसके पुराने ज़ख़्मों पर मरहम का कार्य किया। वह तेजी से सामान्य होती जा रही थी। उसका मुरझाया चेहरा कमल की तरह खिल उठा था। उसका रूप-लावण्य दोबारा लौट आया था। उसका स्वास्थ्य तेजी से ठीक हो रहा था। वे दिन भर नई-नई जगहों पर घूमते रहते। कभी नैनी झील में बोटिंग करते, कभी नौकुचिया ताल जा पहुँचते और दिन भर वहीं बने रहते। दो-दो दिन के लिए वे अल्मोड़ा और रानीखेत भी हो आए। नूतन रोशनपुर से निकल कर कभी भी ऐसी रमणीक जगहों पर नहीं गई थी। सचमुच ही उसका मन प्रसन्न हो उठा। शंकर का इतना प्यार पा कर वह तृप्त हो गई। इतने दिन कैसे निकल गए उसे पता ही नहीं चला।

जब वे लोग वापिस रोशनपुर पहँचे तब तक नूतन की आभा पूरी तरह से लौट आई थी। उसका चेहरा वाकई नववधू की तरह दमक रहा था। उसका पुराना रूप-लावण्य फिर से लौट आया था। मन में एक नया उत्साह-सा भर गया था। अब उसने हँसी-खुशी जीवन जीने का फैसला कर लिया था। यह जिंदगी उसे शंकर ने दी थी। उसने मन-ही-मन सोच लिया था कि वह जीवन भर शंकर को खुश रखेगी। कभी भी उसकी इच्छा के विरुद्ध कोई कदम नहीं उठाएगी। पर अब भी उसका मन विष्णु के प्रति प्रतिशोध से भरा हुआ था। वह दिन में एक-न-एक बार मन-ही-मन उसे कोसती ज़रूर थी।

नूतन की शंकर से शादी होते ही लोगों की जुबान पर ताले पड़ गए थे। अब किसकी जुर्रत थी कि वह नूतन या उसके परिवार के लिए अनर्गल शब्द निकालता। बहुत से लोग तो खुद अपनी ही सोच पर शर्मिदा होते। वे सोचते कि बेकार में ही उन्होंने एक शरीफ़ लड़की पर कीचड़ उछाला था। अगर ऐसी बात होती तो भला अपने चेयरमैन साहब उससे क्यों शादी करते?

नूतन से शादी करने के बाद शंकर के ज़ीवन में कुछ ही सालों में कई बदलाव आए। रोशनपुर का चेअरमैन बनने के बाद उसकी राजनीतिक महत्वकांक्षाएँ बढ़ने लगी थीं। रोशनपुर के लोग तो उससे खुश थे ही, उसके भाग्य ने भी उसका साथ दिया। उसने विधायकी का चुनाव लड़ा और भारी मतों से जीत भी गया। वह मंत्री बना। शीघ्र ही यश और स्मृद्धि उसके कदम चूमने लगी। पर सत्ता के रथ पर सवार होकर भी उसने घमंड कभी नहीं किया। वह सबके सुख-दु:ख में हमेशा काम आया। उसके घर के दरवाज़े सदा सबके लिए खुले रहे। शायद यही उसकी सफलता का सबसे बड़ा राज़ था।

मैंने कहा, 'हाँ, दीपक, तुम बिल्कुल ठीक कहते हो। शंकर वाकई में बिल्कुल भी नहीं बदला है। सत्ता का नशा तो आदमी को अंधा बना देता है। पर शंकर को तो राजनीति ने कितना विनम्र बना दिया है? सत्ता का अभिमान तो उसे छू भी नहीं गया है। नहीं तो मुझ जैसे अदना से इंसान को वह कभी याद रखता?'

मेरी बात सुन कर दीपक सहमति में हँस दिया।

(83)

अब मुझे समझ में आया कि शंकर की पत्नी का चेहरा देख कर कर मुझे बराबर यह क्यों लग रहा था कि मैंने इस भद्र महिला को कहीं देखा है। वाह! वही लंबा और छरहरा बदन। इस उम्र में भी वह कितनी खूबसूरत लग रही थीं। आख़िर किसी समय वे ही तो इस नगर की 'मिस रोशनपुर' थीं।

मैंने अनायास ही सम्मान जताते हुए कहा, 'वाह! कल तो मैं नूतन जी को एकाएक पहचान ही नहीं पा रहा था। पर लग तो रहा था कि मैंने इनको कहीं देखा ज़रूर है।'

दीपक बोला, 'इतने सालों बाद किसी को पहचान लेना क्या आसान बात है? कितना कुछ तो बदल जाता है। कल मुझे भी तो तुम कहाँ पहचान पा रहे थे? सच तो यह है कि अगर शंकर ने मुझे तुम्हारे आने के बारे में न बताया होता तो मैं भी तुम्हें यूँ राह चलते नहीं पहचान पाता।'

मैंने कुछ झिझकते हुए कहा, 'हाँ दीपक, तुम बिल्कुल ठीक कह रहे हो। आदमी को बदल जाने के लिए तीस साल बहुत होते हैं। देखो न इन तीस सालों में विष्णु, शंकर और नूतन सब-के -सब कितने बदल गए। फिर क्या हम और तुम नहीं बदलेंगे?'

दीपक मेरी बात सुन कर हँसने लगा।

मैंने पूछा, 'और हाँ, नूतन जी की दो छोटी बहिनें भी तो थीं? उनका क्या हुआ?'

वह बोला, 'दोनों की शंकर की कृपा से समय रहते अच्छे घरों में शादी हो गई। आज वे दोनों ही बाल-बच्चेदार हैं और अपने-अपने घरों में खुश हैं। कल दोनों बहिनें वहाँ थीं तो, पर तुमने शायद पहचाना नहीं?'

मैंने कहा, 'मैंने जब नूतन जी को ही नहीं पहचाना तो उनकी बहिनों को पहचाने का सवाल ही कहाँ उठता है? हाँ, प्रकाशनारायण सर मुझे जरूर वहाँ मिले थे। तब मुझे थोड़ा आश्चर्य भी हुआ था। अभी कुछ ही दिनो पहले दिल्ली जाते समय ट्रेन में भी मेरी उनसे मुलाकात हुई थी। वैसे उनके क्या हालचाल हैं? वे अब भी उसी भवानी कूँचा में राजन गंगवार के मकान में रह कर सुबह से शाम तक ट्यूशनें पढ़ाते हैं?'

'नहीं अंकित, राजन गंगवार का मकान तो उन्होंने नूतन की शादी होते ही छोड़ दिया था। कुछ दिन वे दूसरी जगह भी किराए पर रहे फिर बाईपास पर जगह लेकर एक छोटा-सा मकान बनवा लिया। इसके बाद भी वे काफी दिनों तक ट्यूशनें पढ़ाते रहे, पर एकदम निशुल्क। किसी से पढ़ाने का एक पैसा भी नहीं लेते थे। इन सब बातों से हठात् उनका हृदय परिवर्तन हो गया था।'

उसकी बात सुन कर मैंने हैरान होते हुए कहा, 'शायद अंत में प्रभुदयाल सर की ही जीत हुई थी। एक दिन ट्यूशन के विरोध में ही तो वे अनशन पर बैठे थे?'

दीपक बोला, 'हाँ, उन जैसे लोग अब इस दुनियाँ में कहाँ है? वे तो नहीं रहे पर रोशनपुर वालों को एक नई राह ज़रूर दिखा गए। अहिंसा और त्याग की। प्रेम और संघर्ष की।'

उसकी बात सुन कर मैं कुछ क्षण मौन बैठा रहा। मैंने उस महान आत्मा को मन-ही-मन श्रद्धांजलि दी। ज़रा रुक कर मैंने पूछा, 'फिर क्या हुआ, दीपक?'

कहानी अपने क्लाइमेक्स पर पहुँचने जा रही थी। मेरी बेचैनी भी अब अपनी चरम सीमा पर थी। अन्त में विष्णु का क्या हुआ? मैं यही जानना चाहता था।

एक लंबी जँभाई लेकर दीपक फिर शुरू हो गया।

उसकी बातें सुन कर मुझे बहुत हैरानी हो रही थी। इंसान अपने जीवन में कितना बदल जाता है। मुझे सही अर्थों में यह बात आज रोशनपुर आ कर ही समझ में आई थी। नूतन के बेटा पैदा हुआ था। शंकर ने उसे बहुत ही प्यार से अपना लिया था, बिल्कुल अपने बेटे की तरह। सच तो यही था कि उसे लगा ही नहीं कि यह उसका बेटा नहीं है। इसमें नूतन का अंश था और वह नूतन को बेहद चाहता था। नूतन जब उसकी इस भावना को समझती तो उसका मन श्रद्धा से भर जाता। पर कभी-कभी उसे आत्मग्लानि की भी अनुभूति होती। काश, यह शंकर का ही बेटा होता! उस समय वह शंकर से और भी अधिक प्यार करने लगती।

शंकर ने बेटे का नाम वैभव रखा।

धीरे-धीरे समय बीतता गया और वैभव एक साल का हो गया। शंकर ने वैभव का जन्मदिन खूब धूमधाम से मनाया। पर ठीक उसी दिन एक अजीब-सी घटना घटी। पता नहीं यह संयोग था या ईश्वर का न्याय। उस दिन सुबह-सुबह पातीराम कूँचा के लोगों ने देखा कि दो कारें आकर विष्णु के उसी जीर्णशीर्ण मकान के सामने आकर रुकीं। आगे वाली कार से निकल कर ड्राइवर ने बहुत ही करुण दृष्टि से उस मकान को अच्छी तरह से देखा फिर राह चलते एक व्यक्ति से पूछा, 'क्यों जी, विष्णु सर का मकान यही है?'

'जी हाँ...पर अब तो विष्णु यहाँ नहीं रहता है।'

'पर उसकी माँ तो यहीं रहती हैं?'

वे सज्जन, जिनका नाम राजेश था, बोले, 'अरे कहाँ ड्राइवर साहब, उनकी तो कुछ ही दिनों हुए मृत्यु हो गई है। उनका लड़का तो उनकी अर्थी को कंधा लगाने तक नहीं आया था। हम सब मोहल्लेवालों ने ही तो मिल कर प्रभावती ताई का अंतिम संस्कार किया था। वैसे भी ताई जी की यही इच्छा थी कि उनका बेटा उनकी अर्थी को कंधा न लगाए। फिर भी हम लोगों ने महानगर में विष्णु के पास खबर भेजी थी, पर वह आया ही नहीं।'

सुन कर ड्राइवर साहब को भी अच्छा नहीं लगा। न जाने क्यों उस बेचारे की भी आँखें छलछला आईं। यह वहीं लालजी था, जो विष्णु की रुकाई के समय राजा साहब के साथ यहाँ

आया था। फिर एक दिन विष्णु की माँ को महानगर ले जाने के लिए भी वही आया था। एक दिन इसी लालजी की उपस्थिति में प्रभावती ने सारे मोहल्लेवालों के सामने यह ऐलान किया था, 'सुन लीजिए आप सब लोग, आज से विष्णु मेरा बेटा नहीं है। वह मेरे लिए मर गया है। अगर मैं मर जाऊँ तो उसे मेरे शरीर को हाथ भी मत लगाने देना। धक्के मार कर उसे इस मोहल्ले से निकाल देना। इस बुढ़िया ने आप सब की हमेशा सेवा की है, आप ही लोग इसका दाह संस्कार भी कर देना। इसी से मेरी आत्मा को शांति मिलेगी।'

लगभग दो साल पहले की यह बात आज भी लालजी के कानों में गूँज रही थी। पर अपनी भावनाओं को काबू में रख कर उसने पूछा, 'लेकिन अब इस घर की देखभाल कौन करता है, सर?'

'यही, सामने के मकान में रहने वाले दीपक बाबू। इन्हीं के पास इस मकान की चाबियाँ हैं। इन्होंने ही प्रभावती ताई की जीते जी खूब सेवा-सुशूषा की थी। वे बड़े ही सज्जन आदमी हैं, ड्राइवर साहब।'

'तो क्या आप कृपा करके उन्हें दो मिनट के लिए यहाँ बुला देंगे?'

'क्यों नहीं? लगता है शायद आपके मालिक इस मकान को देखभाल कर खरीद लेना चाहते हैं? मैं समझ गया।' राजेश बोला।

'जी ऐसी बात नहीं है। बस आप ज़रा दो मिनट के लिए दीपक जी को बुला दीजिए तो मेरी सारी समस्या हल हो जाएगी।'

'अभी बुलाए देता हूँ।' कह के राजेश दीपक के घर के सामने जाकर आवाज़ देने लगा, 'दीपक....ओ दीपक!'

उस दिन इतवार था। दीपक अभी तक अलसाया हुआ-सा बिस्तर पर ही पड़ा था। उसकी पत्नी संगीता ने आकर कहा, 'देखो बाहर तुम्हें कोई बुला रहा है। शायद प्रभावती ताई का मकान खरीदने कोई आया हुआ है।'

दीपक जब तक अपने घर से बाहर निकल कर आया था; उस समय तक वहाँ काफी लोग जमा हो गए थे। दीपक को देखते ही ड्राइवर ने पूछा, 'क्या आप ही दीपक जी हैं?'

दीपक ने कहा, 'हाँ, मेरा नाम ही दीपक है। कहिए?'

'तो क्या इस मकान की चाबियाँ आपके पास ही हैं?'

दीपक बोला, 'हाँ, इस मकान की चाबियाँ मेरे ही पास हैं। प्रभावती ताई मरते समय इस मकान की जिम्मेदारी मुझे ही सौप गई थीं।'

यह बात सुन कर ड्राइवर ने जैसे चैन की साँस ली। बोला, 'सर, चाबियाँ लाकर जरा मकान का दरवाजा खोलिए। मैं बहुत देर से यहाँ खड़ा-खड़ा परेशान हो रहा हूँ।'

दीपक बोला, 'देखिए ड्राइवर साहब, मुझे यह मकान बेचना नहीं है। मैं किसी दिन महानगर जाकर इस मकान की चाबियाँ विष्णु को सौप आऊँगा, फिर वह जो चाहें इस मकान का करे। यह उसी की अमानत है।'

ड्राइवर हँस कर बोला, 'सर, विष्णु सर खुद ही तो इस मकान में रहने आए हैं। उन्हीं के लिए ही तो मैं इस मकान की चाबियाँ माँग रहा हूँ।'

'विष्णु आया है?'

ड्राइवर साहब की बात सुन कर दीपक हतप्रभ रह गया। वहाँ खड़े और लोग भी हैरान रह गए। इस तरह दो साल बाद विष्णु का लौटना सचमुच हैरान कर देनेवाला ही था। ड्राइवर लालजी की बात पर किसी को भी विश्वास नहीं हो रहा था। पता नही यह क्या अंटशंट बक रहा है? विष्णु यहाँ क्यों आकर रहेगा भला? वह तो किसी बड़े शहर की किसी अलीशान कोठी में रह रहा होगा। इतने सालों बाद विष्णु के रोशनपुर लौट आने की बात वहाँ खड़े किसी भी व्यक्ति को हज़म नहीं हो रही थी।

'लेकिन है कहाँ विष्णु?' दीपक ने पूछा।

ड्राइवर ने दूसरी कार की तरफ इशारा कर दिया। दीपक के साथ ही दो-चार अन्य लोग भी पीछे खड़ी कार की तरफ बढ़ गए। कार की खिड़कियों पर पर्दे पड़े थे। अंदर का कुछ दिख नहीं रहा था। लोगों ने समझा था कि शायद इसमें कोई महिला होगी, इसीलिए इस तरह पर्दे पड़े हैं। पर जब ड्राइवर ने कार का दरवाजा खोला तो उसके अंदर विष्णु ही था। कार की पिछली सीट पर लेटा हुआ, एकदम लुजपुंज, अपाहिज। उसको पहचानने में वाकई मोहल्लेवालो को बड़ी तकलीफ हुई। पर वह था विष्णु ही। उसने भी दीपक को पहचान कर कुछ बोलने की कोशिश की पर उसके मुँह से सिवाय गों....गों...गों....गों.....के और कुछ भी नहीं निकला।

विष्णु के ओछे कर्मो के कारण पातीराम कूँचा के लोग उससे नफरत करने लगे थे। पर उसे आज ऐसी हालत में देख कर उन्हें दु:ख ही हुआ।

दीपक ने कहा, 'अरे, विष्णु की ऐसी हालत कब से हो गई? हमें तो पता ही नहीं चला, ड्राइवर साहब?'

ड्राइवर लालजी मन-ही-मन हिसाब लगते हुए बोला, 'सर, लगभग एक साल आठ महीने से ही इनकी ऐसी हालत है। ऐसा भीषण कार एक्सीडेंट हुआ था कि बस पूछिए मत।'

ख़ैर, उस दिन ड्राइवर लालजी के पास सारा कुछ विस्तार से समझाने का समय नहीं था। चाबी मिलते ही उसने मकान का ताला खोल डाला और अपने साथ आए नौकर काली के साथ उसकी साफ-सफाई कराने में जुट गया। घर में रोजमर्रा के काम आने वाली वस्तुएँ भी वह बाज़ार से जाकर खरीद लाया। रसोईघर में भी जिस चीज़ की कमी थी, उसका भी इंतजाम उसने कर दिया। फिर उसने विष्णु को नौकरों की सहायता से ले जाकर आराम से बिस्तर पर लिटा दिया।

हम सब लोग यह सब कुछ बहुत ही हैरत से देख रहे थे।

ड्राइवर दीपक के पास जाकर बोला, 'सर, अब हम तो चलेंगे। आज से साहब इसी मकान में रहेंगे। ये बहुत दिनों से यहाँ आने की जिद कर रहे थे। डॉक्टरों ने भी कहा है कि शायद अपने लोगों के बीच रह कर इनकी हालत में कुछ सुधार आ जाए।'

दीपक बोला, 'लेकिन यह तो अपने आप कुछ कर सकने की हालत में नहीं है; इसकी देखभाल कौन करेगा? प्रभावती ताई भी तो अब इस दुनिया में नहीं हैं।'

ड्राइवर बोला, 'इसकी चिंता आप लोग मत कीजिए। यह काली यहीं रहेगा। दिन-रात साहब की सेवा करेगा। कोठी में भी तो यही साहब की देख-भाल करता था। इसे साहब से बहुत लगाव है।

(84)

सचमुच, ऐसा किसी ने नहीं सोचा था कि एक दिन विष्णु फिर रोशनपुर वापिस लौट आएगा। वह भी इस हालत में। उसका शरीर एकदम लुंजपुंज-सा हो गया था। बोलता था तो बस मुँह से गों...गों...गों....गों...की आवाज़ निकलती। वह क्या कह रहा है, यह कोई नहीं समझ पाता, सिवाय काली के। सुबह होते ही वह किसी तरह घिसट-घिसट कर चबूतरे पर आ बैठता। काली आकर उसके लिए एक दरी बिछा देता था। वह हम में से किसी को भी देखता तो इशारे से अपने पास बुलाने की कोशिश करता था। हम भी शुरू-शुरू में हमदर्दी के नाते उसके पास चले जाते और उससे पूछते, 'कहो विष्णु, आज कैसे हो?'

वह न जाने क्या कहता पर हम में से कोई उसकी बात समझ नहीं पाता। बस गों....गों.... गों....गों....की अस्पष्ट सी आवाज़ ही सुनाई देती। तब कालीपद ही कहता, 'जमाई राजा आज बहुत खुश हैं। देखिएगा, एक दिन ये बिल्कुल ठीक हो जाएँगे।'

राजेश पूछता, 'क्यों, तुम्हें कैसे मालूम?'

वह कहता, 'साहब मैं ही तो दो साल से इनकी सेवा कर रहा हूँ, मुझे नहीं पता होगा? इतने दिनों में इनके हर इशारे को बखूबी समझने लगा हूँ।'

ख़ैर, काली ठीक ही कह रहा था।

मैं जब भी देखता काली विष्णु की सेवा-सुशूषा में जुटा रहता। सुबह उठते ही वह घर भर की साफ-सफाई करके विष्णु को भी नित्य कर्मो से निवृत्त कराता। फिर उसे नहलाता-घुलाता। विष्णु अगर जिद करता तो उसके लिए चबूतरे पर आकर दरी बिछा देता। तब विष्णु किसी तरह घिसट-घिसट कर बाहर आकर दरी पर बैठ जाता। तब काली कहता, 'अच्छा जमाई बाबू, आप यहीं बैठें, तब तक मैं खाना बनाए लेता हूँ।'

विष्णु उसकी तरफ देख कर सिर हिलाने लगता। काली अंदर जाकर रसोईघर में खाना बनाने में जुट जाता। काली को वाकई दिन भर दम मारने की फुरसत नहीं रहती थी। उसे कई काम करने पड़ते थे। बाज़ार से सब्ज़ी भी लानी पड़ती। घर का सारा सौदा-सुलफ भी वही लाता। घर की साफ-सफाई करना, विष्णु को साफ-सुथड़ा करके नहलाना-घुलाना। ये सब काम भी उसे ही करने पड़ते थे।

हठात मैंने पूछा, 'फिर ? इसके बाद ?'

उस दिन बिट्टो बुआ के कमरे में बैठे-बैठे दीपक ने जो कहानी मुझे सुनाई थी; वही कहानी मैं एक बार फिर दोहरा रहा हूँ। सच मानिए इसमें एक भी शब्द मेरा नहीं है, जो मैं इस कहानी को लेकर खुद पर किसी तरह का गुमान कर सकूँ।

दीपक का घर विष्णु के घर के ठीक सामने ही है। तभी तो वह अपनी बालकनी में खड़ा-खड़ा सब कुछ देखता रहता था। कभी-कभी वह काली से पूछ भी लेता, 'तुम्हें तो वहुत काम करना पड़ता है, काली ? राजा साहब तो तुम्हें अच्छा वेतन देते होंगे ?'

वह कहता, 'क्या करें बाबू जी, राजा साहब के यहाँ छुटपन से नौकर हूँ। जमाई बाबू की दो साल से सेवा कर रहा हूँ। इनसे बड़ी हमदर्दी-सी हो गई है। रुपया-पैसा तो अलग चीज़ है, साहब, वह तो हरेक आदमी कमा ही लेता है। पर अपनत्व भी तो को चीज़ है।'

दीपक कहता, 'हाँ, यह बात तो तुम ठीक कह रहे हो। पर तुम्हारे राजा साहब तो कभी अपने जमाई बाबू को देखने नहीं आते ?'

वह कहता, 'राजा साहब तो बहुत व्यस्त रहते हैं, साहब है। कोठी पर उनसे मिलने वालों का तो ताँता बँधा रहता है। महीने में न जाने कितनी बार तो उन्हें दिल्ली-लखनऊ जाना पड़ता है। राजनीति करना क्या मामूली काम है ? पर देखिएगा फुरसत मिलते ही वह ज़रूर आएँगे। वह भी जमाई बाबू को बहुत चाहते हैं।'

दीपक फिर पूछता, 'और इनकी पत्नी, राजकुमारी शिल्पी को क्या अपने पति की जरा भी चिंता नहीं है ? वह भी एक बार भी अपने पति को देखने नहीं आईं ? क्या वे भी राजनीति में व्यस्त रहती हैं ?'

दीपक की यह बात शायद काली को अच्छी नहीं लगती। वह अपने मालिक का वफादार नौकर था। उसकी बात सुन कर वह कुछ अन्यमनस्क-सा हो जाता। फिर कुछ क्षण बाद बोलता, 'ऐसी बात नहीं है, साहब जी, उनके न आने का भी कोई कारण है। वह भी किसी दिन आपको ज़रूर बताऊँगा। आज तो मुझे बहुत काम करना है।'

अपने पति से मिलने न आने का भी कोई ख़ास कारण हो सकता है ? यह बात जानने की दीपक को बहुत इच्छा हो रही थी। लेकिन तभी विष्णु अंदर के कमरे से बहुत जोर-जोर से चिल्लाने लगता। उसकी गों...गों...गों...गों...की आवाजें बाहर तक सुनाई देती थी।

काली हड़बड़ा कर कहता, 'किसी दिन फुरसत में आपको सारी बातें बताऊँगा, साहब, अभी तो जमाई राजा मुझे बुला रहे हैं। शायद उन्हें बहुत जोर से बाथरूम आ रहा है। तभी इतनी नाराज़गी दिखा रहे है।' कह कर काली फिर वहाँ नहीं रुकता, फौरन घर के अंदर चला जाता। जाते-जाते अंदर से दरवाजा भी बंद कर जाता।

इस बात पर दीपक को बहुत हैरानी होती कि काली कैसे विष्णु की सारी बातें समझ जाता है? उस दिन लालजी ने शायद बिल्कुल ठीक ही कहा था कि साहब, आप लोगों को छोटे मालिक की चिंता करने की कोई ज़रूरत नहीं है। यह काली है न, यह सब कुछ सँभाल लेगा। यही बेचारा तो जमाई बाबू की दो साल से देख-रेख कर रहा है। साहब के मन की सारी बातें समझ लेता है। इसे साहब से बड़ा लगाव है। फिर जमाई बाबू कोई हमेशा के लिए यहाँ थोड़े ही रहेंगे। जब इनकी इच्छा होगी, हम लोग इन्हें महानगर वापिस ले जाएँगे। बीच-बीच में इन्हें डॉक्टरों को भी तो दिखाना पड़ता है। डॉ. मुखर्जी की राय पर ही तो हम इन्हें यहाँ लेकर आएँ हैं। उन्होंने ही तो कहा था कि शायद अपनों के बीच में रह कर इनकी हालत में सुधार हो जाए। कभी-कभी ऐसा चमत्कार हो जाता है, साहब? अपनो का स्नेह बहुत बड़ी नेमत है।'

उस दिन भी दीपक ने पूछा था, 'पर अब यहाँ इनका अपना है ही कौन? प्रभावती ताई की तो एक साल पहले ही मृत्यु हो गई है।'

ड्राइवर पूछता, 'कौन प्रभावती ताई, साहब?'

दीपक कहता, 'बताया तो था, इनकी माता जी।'

ड्राइवर कहता, 'ओह सॉरी सर, पर आप सब लोग भी तो इनके अपने ही हैं। आप लोगों से मिल कर ही शायद इनके स्वास्थ में सुधार हो। यही तो डॉक्टर मुखर्जी ने कहा है कि दवाइयों से अधिक अब इन्हें अपने लोगों के स्नेह की ज़रूरत है।'

पर लालजी की यह गोलमोल बातें दीपक की बिलकुल भी समझ में नहीं आतीं। वह पूछता, 'कौन डॉक्टर, मुखर्जी?'

ड्राइवर बताता, 'दिल्ली के प्रसिद्ध न्यूरोसर्जन डॉक्टर जतिन मुखर्जी। वे ही तो दो वर्षो से इनका इलाज कर रहे हैं। राजा साहब भी तो जमाई बाबू के इलाज के लिए पानी की तरह पैसा बहा रहे हैं।'

'तो इतने दिनों में कुछ फायदा मिला?'

'हाँ, पहले तो ये अपने आप हिल भी नहीं सकते थे।'

यह सुनकर दीपक दंग रह जाता।

(85)

मुझे कहानी सुनते हुए बहुत आश्चर्य हो रहा था।

पर दीपक पूरे निर्वीकार भाव से कहानी सुनाए जा रहा था। वह मुझसे पहले भी न जाने कितने लोगों को रोशनपुर के इन बाशिंदों की कहानी सुना चुका था। अब उसे इस कहानी के किसी भी पात्र से न तो किसी तरह की घृणा रह गई थी और न ही स्नेह। शायद इस कहानी के किसी पात्र से उसे किसी तरह की कोई सहानुभूति भी नहीं थी। उनकी तकलीफों से उसके मन में न ही करुणा उपजती थी और न ही वेदना। सही भी है, कहानीकार को अपने किसी भी पात्र से कोई विशेष लगाव नहीं रखना चाहिए। निरपेक्ष रह कर ही तो वह अपनी कहानी के सभी पात्रों के साथ न्याय कर सकता है। यही तो एक सच्चे कहानीकार का कर्तव्य है। शायद इसीलिए दीपक भी उन सब के प्रति पूरी तरह से तटस्थ था। पर मुझे न जाने कैसी बेचैनी-सी हो रही थी।

दीपक आगे का किस्सा बयान करने लगा।

इसी तरह छह महीनें गुजर गए। इस बीच विष्णु को देखने कोई नहीं आया। न ही राजा साहब और न ही राजकुमारी शिल्पी। बेचारा काली ही उसकी सेवा-सुश्रूषा में दिन-रात जुटा रहता। सुबह उठ कर वही उसका मल-मूत्र साफ करता, उसे नहलाता-धुलाता, खुद भी नहा-धोकर रसोई में जाकर खाना बनाता, फिर बाहर आकर कहता, 'अब अंदर चलो, जमाई राजा, खाना तैयार है। गरम-गरम खा लो। ठंडा खाना आपको अच्छा नहीं लगेगा।'

विष्णु भी उसकी बात सदा मान लेता था। वह किसी तरह काली का सहारा लेकर घर के भीतर चला जाता। काली उसे अपने आप से खिलाता। उसे दवाइयाँ देता। फिर उसका मुँह धुलवा कर कहता, 'अच्छा जमाई राजा, अब आप कुछ देर आराम करो। मुझे अभी बहुत काम करने है। बाज़ार से सौदा-सुलफ भी लाना है। सुबह चक्की पर गेहूँ' पिसने दे आया था, उसे भी उठा कर लाना है। शाम के लिए तरकारी भी तो नहीं है। एक चक्कर सब्ज़ीमंडी का भी लगा आऊँगा।'

इतना कह कर वह विष्णु को विस्तर पर लिटा देता। इतनी देर बाहर बैठा-बैठा विष्णु भी थक जाता था। वह बिस्तर पर लेटते ही सो जाता। यह उसका रोज़ का नियम था। तब काली फटाफट बर्तन माँजता फिर झोला लेकर बाज़ार चल देता। वह हमेशा बाहर से कुंडी बंद कर जाता था।

यही रोज़ का नियम था। इसमें कभी किसी ने कोई व्यतिक्रम नहीं देखा।

इसी तरह दो महीनें और भी बीत गए। एक दिन काली गुमशुम सा बाज़ार से लौट रहा था। उसका चेहरा बहुत उतरा हुआ था। वह अपने ही विचारों में खोया हुआ था। दीपक को लगा कि वह शायद मन-ही-मन कुछ बड़बड़ाता भी जा रहा है। दीपक को काली इससे पहले कभी इतना परेशान नहीं दिखा था। उसने उसे जोर से आवाज़ देकर पुकारा, 'काली, ओ काली, क्या बात है? आज तुम इतने परेशान से क्यों हो? आज सुबह से तो ड्राइवर साहब भी आए हुए हैं। क्या

विष्णु को वापिस महानगर ले जाने की बात है? ठीक ही तो है, यहाँ भी तो उसकी हालत में कोई सुधार नहीं हो रहा है।'

दीपक की बात सुन कर काली उसके ही चबूतरे पर बैठ गया और ज़ोर-ज़ोर से रोने लगा। उसे इस हालत में देख कर दीपक तो स्तब्ध रह गया। काली मेहनती और हिम्मती आदमी था। इतने दिनों से विष्णु को अकेले ही सँभालता आ रहा था। दीपक ने उसे कभी इतना उदास नहीं देखा था। उसने उसके कँधे पर हाथ रख कर उसे सांत्वना दी। घर के अंदर से एक गिलास पानी भी लाकर उसे पिलाया। तब कहीं जाकर वह बड़ी मुश्किलों से सँभला।

उसके सँभल जाने के बाद दीपक ने पूछा, 'क्या बात है, काली, सब ठीक तो है? मैं तुम्हारी कोई सहायता कर सकता हूँ, तो बताओ? विष्णु मेरे भी बचपन का मित्र है। हम सब एक ही कालेज में साथ-साथ पढ़े-लिखे है। कोई परेशानी हो तो बताओ?'

पर वह यूँ ही गुमशुम बैठा रहा। एकदम हताश और परेशान था।

दीपक ने हमदर्दी से उसकी पीठ पर हाथ रखते हुए फिर पूछा, 'देखो बताओगे नहीं तो मैं तुम्हारी मदद कैसे करूँगा? विष्णु की तबियत क्या ज्यादा खराब है? कल तो वह चबूतरे पर अच्छा-भला बैठा था?

इस बार सिसकता हुआ वह किसी तरह बोला, 'साहब, कल हमारी राजकुमारी शिल्पी बिटिया की मृत्यु हो गई है।'

उसकी बात सुन कर दीपक हतप्रभ रह गया।

उसने उसे ढाँढ़स बँधाते हुए पूछा, 'मगर कैसे? यह सब अचानक कैसे हो गया, काली?'

कालीपद बोला, 'अचानक कहाँ साहब? राजकुमारी शिल्पी तो दो साल से पागलखाने में भर्ती थीं।'

दीपक ने हैरानी से पूछा, 'पागलखाने में? मगर क्यों?'

काली ने कुछ सँभलते हुए कहा, 'उनकी दिमागी हालत ठीक नहीं थी। उन्हें पागलपन के दौरे पडते थे। राजा साहब अच्छे-से-अच्छे डॉक्टरों से उनका इलाज करा रहे थे। उन्हें विश्वास था कि एक-न-एक दिन राजकुमारी शिल्पी ज़रूर ठीक हो जाएँगी। पर उनकी हालत में कोई सुधार नहीं हुआ। कल रात पागलपन में उन्होंने अपना सिर दीवार से दे मारा, इसी से उनकी मृत्यु हो गई।'

हम सब पातीराम कूँचे के लोग तो यही सोच रहे थे कि एक-न-एक दिन राजकुमारी शिल्पी अपने बीमार पति को देखने के लिए रोशनपुर ज़रूर आएँगी। तब हम लोग भी देखेंगे कि क्या वे वास्तव में ही इतनी रूपवती हैं, जिसके लिए विष्णु एक दिन नूतन को छोड़ कर भाग गया था। पर किसी दिन राजकुमार शिल्पी के बारे में ऐसी हृदयविदारक बात भी सुननी पड़ेगी, किसे मालूम था?

दीपक ने खेद जताते हुए कहा, 'यह तो बहुत बुरी ख़बर है, काली। सुन कर मुझे भी बहुत दु:ख हो रहा है। पर वे पागल कैसे हो गई? शादी के समय तो अच्छी-भली थीं। अगर पागल होतीं तो क्या विष्णु उनसे शादी करता?'

काली बोला, 'मानसिक आघात के कारण ही हमारी राजकुमारी जी पागल हो गईं थीं।'

पर दीपक फिर भी काली की बात ठीक-ठीक समझ नहीं पाया। उसने बहुत ही हैरानी से पूछा, 'मानसिक आघात? उन्हें भला किस चीज़ का इतना मानसिक आघात पहुँचा कि वे पागल हो गईं?'

काली सिसकते हुए बोला, 'शादी के दो दिन बाद ही शिल्पी बिटिया और हमारे जमाई बाबू हनीमून के लिए निकल गए थे। पर रास्ते में उनकी कार का बहुत ही बुरी तरह से एक्सीडेंट हो गया। जिसमें साहब तो पूरी तरह से अपाहिज हो गए। शिल्पी मैम साहब के शारीरिक चोटें तो कम आई पर उन्हें ऐसा मानसिक आघात लगा कि वे अंटशंट बकने लगीं। डॉक्टर ने बताया था कि वे अपना मानसिक संतुलन खो बैठी हैं। इसके बाद उन्हें पागलखाने में भरती करवाना पड़ा। दिन में दो-दो बार तो उन्हें इलैक्ट्रिक शॉक दिया जाता था। राजा साहब को उम्मीद थी कि वे एक-न-एक दिन ज़रूर ठीक हो जाएँगी। पर ऐसा हो नहीं पाया साहब।'

यह सुन कर उस दिन दीपक की आँखें भी इस अभागे विष्णु के लिए नम हो गई थीं। उसने काली से पूछा था, 'क्या विष्णु को मालूम है कि राजकुमारी शिल्पी की मृत्यु हो गई है? तुम लोग उन्हें उनके अंतिम दर्शन के लिए नहीं ले गए?'

काली किसी तरह अपने आँसू पोछता हुआ बोला, 'नहीं साहब, अभी हम लोगों ने जमाई बाबू को कुछ भी नहीं बताया है। वे इतना बड़ा झटका कैसे सहन कर पाएँगे? उनकी हालत तो आप देख ही रहे हैं। राजा साहब ने भी उन्हें यह सब बताने को मना किया है। इसके अलावा डॉक्टर जतिन मुखर्जी ने भी ऐसा ही कहा है।'

रो लेने के बाद काली अब हल्का महसूस कर रहा था।

दीपक ने उसे दिलासा देते हुए पूछा, 'अच्छा, एक बात तो बताओ काली?'

'पूछिए साहब?' वैसे ही गुमशुम बैठे काली ने कहा।

'आपके जमाई बाबू अब हमेशा यहीं रहेंगे? वापिस महानगर नहीं जाएँगे?'

पता नहीं उस दिन दीपक की बात सुन कर काली न जाने कौन सी दुविधा में पड़ गया। उसे ऐसा लगा कि शायद काली किसी बड़े सत्य को कहने से कतरा रहा है। वह थोड़ा अन्यमनस्क-सा मालूम पड़ा। दीपक ने भी सोचा शायद काली राजकुमारी शिल्पी की मृत्यु से बहुत ग़मगीन है।

थोड़ा सोच-विचार करने के बाद ही काली ने जवाब दिया, 'नहीं साहब, ऐसा नहीं है। डॉक्टर मुखर्जी की सलाह पर हम इन्हें यहाँ लेकर आए हैं। उन्होंने ही कहा था कि शायद अपनों के बीच

रह कर इनकी हालत में कोई सुधार हो। राजा साहब ने जमाई बाबू के इलाज में पानी की तरह पैसा बहाया है। विदेश तक से डॉक्टरों को बुला कर इन्हें दिखाया है। पर इनकी हालत में कोई भी सुधार नहीं हुआ। न जाने किसकी हाय इन्हें लगी हुई है।'

विष्णु को किसकी हाय लगी है यह तो रोशनपुर का हरेक इंसान जानता था और शायद काली भी जानता हो, पर दीपक इस बात को लेकर कुछ बोला नहीं। काली आगे बताने लगा, 'आज भी लालजी के हाथ राजा साहब ने एक महीने की दवा भिजवाई है। शायद अगले इतवार को इन्हें लेकर डॉक्टर मुखर्जी के पास भी जाना पड़े। या हो सकता है कि डॉंक्टर मुखर्जी खुद ही राजा साहब के साथ इन्हें देखने के लिए यहाँ आएँ।'

'अब पत्नी की मृत्यु के बाद विष्णु को महानगर में ही रहना चाहिए? राजा साहब को भी सुविधा रहेगी।' ' दीपक ने कहा।

काली बोला, 'हाँ, हो सकता है, साहब, कि जमाई बाबू वापिस महानगर लौट जाएँ।'

सुन कर दीपक को तसल्ली हुई। यह सोच कर संतोष हुआ कि चलो विष्णु की देखभाल करने वाला कोई तो है।

(86)

इसी तरह और भी कई दिन बीत गए।

दीपक देखता कि अब काली कुछ उदास-उदास सा रहने लगा था। वह हर समय अपने काम-धंधे में ही लगा रहता। सुबह जल्दी उठ कर विष्णु की साफ-सफाई करना, उसे नहलाना-धुलाना, सारे घर की झाड़ू-बुहारी करना, खुद नहा-धोकर खाना बनाना, विष्णु के लिए बाहर चबूतरे पर दरी बिछा देना, समय पर उसे खाना खिलाना, बिना नागा किए दवाइयाँ देना, उसकी सेवा-सुशूषा करना, सौदा-सुलफ के लिए बाज़ार के चक्कर लगा आना, जब-तब चक्की से आटा भी पिसवा लाना। यही सब काम थे उसके और वह इन्हीं सब कामों में बहुत व्यस्त रहता था। हम लोगों ने मान लिया था कि इन सब कामों के लिए काली को राजा साहब से अच्छा वेतन मिलता होगा। नहीं तो भला वह इतना मन लगा कर अपना काम क्यों करता? और नौकरों की तरह कामचोरी करता या इधर-उधर अड्डेबाजी । पर मानना पड़ेगा कि काली में ऐसा कोई दोष नहीं था। शायद उसी कि बात सही थी जो कि वह हमेशा सब लोगों से कहा करता था कि साहब रुपए-पैसे दूसरी चीज़ है, पर वफादारी दूसरी चीज़। मेरे बाप भी राजा साहब के यहाँ काम करते थे। मैं तो छुटपन से ही राजा साहब के पास हूँ। उनका नमक खाया है साहब, तो नमकहरामी कैसे कर सकता हूँ? पैसों के लिए ही कोई इतना थोड़े ही कर सकता है?

अब तो काली ने मोहल्लेवालों से भी मिलना-जुलना छोड़ दिया था। दीपक ही कभी-कभी, रास्ते में मिल जाने पर, उससे पूछ बैठता, 'और काली क्या हाल-चाल हैं?'

काली को शायद बहुत जल्दी होती थी। चलते-चलते ही जवाब देता, 'हाँ, ठीक ही है साहब।'

'और तुम्हारे जमाई बाबू कैसे है?'

'हाँ, वह भी ठीक हैं।'

'उनकी हालत में कोई सुधार हुआ?'

'हाँ, लग तो रहा है।' काली चलते-चलते ही कहता।

'चलो, यह तो अच्छी बात है। डॉक्टर मुखर्जी को दिखाने नहीं गए तुम लोग?...और न ही वे यहाँ आए?'

'शायद अगले रविवार को हम लोग डॉक्टर मुखर्जी के पास जाएँ। ड्राइवर कार लेकर आएगा।' काली कहता और फिर तेज़ी से आगे बढ़ जाता। बेचारा करता भी क्या? उस एक जान को हज़ारों काम जो थे।

पर एक दिन एक हादसा हो ही गया।

जिस बात की पातीराम कूँचे के लोगों ने कभी कल्पना भी नहीं की थी, वही हुआ। उस दिन सुबह-सुबह मोहल्लेवालों ने देखा कि विष्णु के घर से ज़ोर-ज़ोर से विष्णु के चिल्लाने की आवाजें आ रही हैं...गों...गों...गों....गों...! ऐसा लग रहा था कि जैसे वह बहुत बड़ी आफत में फँस गया हो। हैरत की बात यह भी थी कि बाहर से कुंडी बंद थी और काली का कोई अता-पता नहीं था। इतनी सुबह काली कहाँ गया होगा, यही सोच कर सब लोग परेशान हो रहे थे? फिर सोचा कि हो सकता है कि डेरी से दूध लेने गया हो या कहीं घूमने-फिरने निकल गया होगा। आख़िर वह भी तो इंसान है। एक अपाहिज के साथ रहते-रहते उसका जी भी तो ऊब जाता होगा। सुबह-सुबह ताज़ी हवा में मन बहलाने चला गया होगा। अभी थोड़ी देर में आ जाएगा। इसमें इतना अधिक परेशान होने की क्या बात है?

खैर, यही सब सोच कर उस दिन दीपक बाहर से लगी कुंडी खोल कर विष्णु के घर गया था। उत्सुक्तावश कुछ लोग और भी उसके साथ हो लिए थे। वहाँ जाकर उन्होंने देखा कि विष्णु तख़्त के पास ही औंधे मुँह गिरा पड़ा है। शायद तख़्त से उतरने की कोशिश में ही गिर पड़ा होगा। या हो सकता है उसे बाथरूम जाना हो, इसीलिए उतरा हो, क्योंकि उसके कपड़े पेशाब से सने थे। बड़ी बदबू भी आ रही थी।

वे लोग बड़ी मुश्किल से उस दिन उसके कपड़े बदल पाए थे। उन्होंने सोचा था कि काली के आने तक वह बेचारा इसी तरह पड़ा रहेगा तो उसे कितनी तकलीफ होगी। पर कपडे बदल देने के बाद भी वह लगातार....गों...गों...गों...गों...करके उन्हें कुछ समझाने की कोशिश कर रहा था। शायद वह काली के बारे में ही उन लोगों से पूछ रहा था।

उसी दिन वे सब लोग इस बात को ठीक से समझ पाए थे कि काली का होना विष्णु के लिए कितना ज़रूरी है। अगर उस समय काली वहाँ होता तो वह तुरंत बता देता कि विष्णु इस समय क्या कह रहा है। वह जैसे उसके हर 'गों' का मतलब समझता था।

दीपक ने उसे इस तरह परेशान देखकर कहा, 'विष्णु परेशान मत हो, अभी कुछ ही देर में काली आ जाएगा। तब तक हम लोग यहीं हैं। तुम्हें किसी बात की चिंता करने की ज़रूरत नहीं है। लेकिन विष्णु बराबर....गों...गों...गों...गों...करके विलाप करता रहा। बिल्कुल उसी तरह जैसे कोई छोटा बच्चा अपनी माँ से बिछुड़ जाने पर करने लगता है। सचमुच काली विष्णु के लिए माँ के समान ही था।

पर काली अभी तक नहीं लौटा था। सुबह के 9 बज गए थे। वे सब लोग 6 बजे से यहाँ जमा थे। कोई भी तीन घंटे तक इस तरह हवाखोरी तो नहीं करता है। बात शायद कुछ और ही थी। पर क्या बात थी? यही तो वे सब नहीं समझ पा रहे थे। सुबह से शाम हो गई पर काली नहीं आया। फिर धीरे-धीरे एक सप्ताह बीत गया पर काली के दर्शन ही नहीं हुए। इस बीच दीपक ही किसी तरह मोहल्लेवालों के सहयोग से उसकी देखभाल करता रहा।

सचमुच विष्णु को सँभालना बहुत कठिन काम था। काली सचमुच बहुत जिम्मेदारी से उसकी देखभाल करता था। पर काली आखिर गया कहाँ? ताज्जुब! काली ऐसा तो न था! वह तो अपने जमाई बाबू को बहुत चाहता था। इसीलिए उन सब लोगों को अभी भी उस पर भरोसा था कि वह किसी-न-किसी दिन ज़रूर लौट आएगा। पर अफ़सोस कि ऐसा नहीं हुआ। और, एक दिन यह निश्चित भी हो गया कि काली अब कभी नहीं लौटेगा; क्योंकि एक दिन काली का दीपक के नाम एक पत्र आया।

पत्र में उसने लिखा था-

दीपक बाबू, प्रणाम!

मेरा मन नहीं माना इसलिए आपको यह पत्र लिख रहा हूँ।

बस आपसे विनती है कि मेरे जमाई बाबू का ध्यान रखिएगा। राजा जी नहीं चाहते कि अब मैं वहाँ और अधिक रुकूँ। जब तक उनकी बेटी जिंदा थी तब तक वे मजबूरीवश जमाई बाबू का इलाज करा रहे थे। पर उनके मरते ही उनके लिए जमाई बाबू भी मर गए समझो। मैं ग़रीब आदमी कब तक अपने दम पर बाबू की सेवा कर सकता था। इसलिए उस रात आप लोगों से मुँह छिपा कर भाग आया। मुझे माफ कर देना दीपक बाबू।

आपका काली।

जिस दिन दीपक के नाम काली का पत्र आया था, उसी दिन सारे रोशनपुर में यह ख़बर फैल गई थी। उसी दिन शंकर भी पहली बार विष्णु को देखने आया था। विष्णु को बहुत ही हिक़ारत से देखते हुए उसने कहा था, 'वाह! राजा साहब तो बहुत नीच आदमी निकले। अपने दामाद को ही

इस तरह घर से बाहर निकाल दिया। पर विष्णु, तू चिंता मत कर, आज से तेरी सारी ज़िम्मेदारी मेरी। मैं तुझे मरने नहीं दूँगा। लोग कुत्ते को भी दो रोटी डाल देते हैं, तू तो फिर भी इंसान है। तुझे भी डाल देंगे। तेरा मुझ पर बहुत अहसान है रे!'

विष्णु भले ही कुछ बोल न पाता हो पर वह हरेक व्यक्ति की बात बखूबी सुन व समझ लेता था। शंकर की बात भी वह अच्छी तरह से समझ गया होगा। वह उस दिन बहुत देर तक टकटकी बाँधे शंकर को देखता रहा। फिर उसे अचानक न जाने क्या हुआ, वह अपने दोनों हाथ जोड़ कर उससे कुछ कहने लगा। पर अफसोस कि उस दिन उसकी एक भी बात कोई समझ नहीं पाया। काश उस समय काली वहाँ होता तो वह सही-सही सब बता देता कि उस समय उसके जमाई राजा क्या कह रहे थे? शिकायत कर रहे थे, माफी माँग रहे थे, दया की भीख माँग रहे थे, प्रयाश्चित कर रहे थे या फिर केवल एक बार अपने बेटे वैभव और नूतन से मिलवा देने की विनती कर रहे थे? क्योंकि वही एक था जो कि विष्णु के हरेक 'गों' का मतलब समझ सकता था।

दीपक की बात सुन कर मुझे सचमुच बहुत हैरानी हो रही थी।

मैंने पूछा, 'इसके बाद?'

दीपक बताने लगा, 'उस दिन से आज तक शंकर ही विष्णु की पूरी देखभाल करता है। सुबह सफाई कर्मचारी आकर विष्णु को नहला-घुला जाता है। शंकर का नौकर दीनू आकर विष्णु को समय से नाश्ता-खाना दे जाता है। बीच-बीच में डॉक्टर भी आकर विष्णु का स्वास्थ्य चेकअप कर जाता है।'

सारी बात सुन कर मैं और भी हैरान रह गया।

कहानी पूरी हो गई थी।

हम दोनों के बीच कुछ देर तक मौंन पसरा रहा। सहसा दीपक पूछ बैठा, 'तुम तो लेखक हो अंकित, न जाने कितने किस्से-कहानियाँ पढ़ते-लिखते रहते हो? अच्छा तुम्ही बताओ कि उस दिन विष्णु क्या कहना चाह रहा था?

मैं ही भला क्या बता पाता? मैं कविताएँ-कहानियाँ लिखता जरूर हूँ। कुछ उपन्यास भी लिख चुका हूँ। पर मैंने कभी भी यह दावा नहीं किया कि मैं किसी व्यक्ति के अन्तर्मन को ठीक-ठीक समझ सकता हूँ। उसे अच्छी तरह से पढ़ सकता हूँ। शायद ऐसा दावा कोई कर भी नहीं सकता है।

(87)

कहानी समाप्त होते-होते दस बज गए थे।

बाहर अब भी बहुत ठंड थी। कोहरा पूरी तरह से अब भी नहीं छँटा था।

मेरा सूटकेस व कपड़े आदि शंकर के गेस्टरूम में ही रखे थे। मैंने सोचा कि अब चलो वहीं चल कर नहाते-धोते हैं। कुछ देर आराम भी कर लेंगे और शंकर से से भी बातचीत हो जाएगी। नहीं तो वह कहेगा कि मेरे यहाँ आकर भी तमाम समय दूसरों के यहाँ ही बने रहे। फिर उससे ट्रेन के रिजर्वेशन के लिए भी तो कहना है। अगर उसकी कृपा से रिजर्वेशन मिल जाता है तो ठीक है, नहीं तो धक्के खाते हुए लखनऊ तक का सफ़र तो करना ही है।

मैं दीपक और संगीता भाभी से विदा लेकर शंकर के घर आया और नहा-धोकर आराम करने लगा। इतनी भीड़-भाड़ में किसी को भी पता नहीं चला कि मैं रात भर कहाँ रहा? थके होने के कारण मुझे कब नींद आ गई, मुझे पता ही नहीं चला? लगभग 12 बजे आकर खुद शंकर ने ही मुझे जगाया।

'कहो बढ़िया नींद आई?' शंकर ने मुझ से पूछा।

'हाँ, बहुत बढ़िया। तुम्हारा यह कमरा भी तो बहुत आरामदायक है।' मैंने मुस्कराते हुए कहा। मैं रात की कोई बात उसे नहीं बताना चाहता था।

'तो फ्रेश हो लो, भोजन तैयार है।'

'हाँ, मैं अभी आता हूँ। पर क्या तीन बजे की सुपर फास्ट में किसी तरह मेरा रिजर्वेशन कंफर्म हो जाएगा?' मैंने उसे अपनी समस्या बता ही दी।

'तो क्या तू आज ही निकलेगा? एक-दो दिन रुकेगा नहीं?' उसने कहा।

'मेरा तो कल रात का ही रिजर्वेशन था। पर थकान के मारे जा ही नहीं पाया। आज तो जाना बहुत जरूरी है शंकर, दोबारा जल्दी ही आऊँगा, तब तुम भी फुरसत में होगे।' मैंने उसे समझाया।

वह किसी तरह मान गया।

तब मैंने फिर पूछा, 'मेरा रिजर्वेशन?'

वह हँस कर बोला, 'अरे इतनी-सी बात की क्यों चिंता करता है? तुझे आराम से लखनऊ तक पहुँचाने की जिम्मेदारी मेरी है।'

सुन कर मैंने संतोष की साँस ली।

इसके बाद मैं तैयार होकर बैठक में आ गया। बेटे-बहू के लिए जो गिफ्ट लेकर लाया था, वह भी उन लोगों को दिया। नूतन जी से भी कुछ देर तक बातें हुईं। खाना भी खाया। शंकर से भी बातचीत होती रही। पर इतनी भीड़ में मैं शंकर से जो पूछना चाहता था, वहीं नहीं पूछ पाया।

ठीक तीन बजे मेरी ट्रेन जाती थी। सुपरफास्ट ट्रेन थी इसलिए रोशनपुर जैसे छोटे-से स्टेशन पर बहुत कम देर ही रूकती थी। मैं मन-ही-मन सोच रहा था कि पता नहीं मेरे रिजर्वेशन का

क्या रहा होगा? इतने कामकाज के बीच कहीं शंकर भूल तो नहीं गया है? परंतु ऐसा नहीं था; ठीक 02.30 बजे शंकर ने मुझसे कहा, 'चलो अंकित, तुम्हें स्टेशन छोड़ देते हैं। तुम्हारी ट्रेन का समय हो गया है।'

स्टेशन की तरफ जाते हुए उस समय कार में शंकर के अलावा मेरे साथ और कोई नहीं था। उस समय हम लोग विष्णु के मकान के सामने से होते हुए गुज़र रहे थे। विष्णु अपने चबूतरे पर बैठा धूप सेंक रहा था। अचानक वह हम लोगों को देख कर जोर-जोर से चिल्लाने लगा। वही गों...गों...गों...गों की आवाज़ उसके मुँह से निकल रही थी।

उसे बड़ी घृणा से देखते हुए शंकर ने मुझ से पूछा, 'इसे पहचाना, अंकित?'

'हाँ, दीपक ने मुझे सब कुछ बता दिया है।' न जाने कैसे मेरे मुँह से सच निकल ही गया।'

'चलो यह भी ठीक रहा।' शंकर ने हँसते हुए कहा।

एक बात मैं शंकर से पूछने के लिए कल से ही बेचैन था। मेरे लिए यही सबसे अच्छा मौका था। मैंने शंकर से पूछ ही लिया, 'एक बात सच-सच बताना, शंकर, तुम इस विष्णु का इतना ख़्याल क्यों रखते हो? इसी ने तो एक दिन नूतन का सर्वनाश करना चाहा था। फिर तुम्हें इससे इतनी हमदर्दी क्यों है? अब तुम इसे चैन से मर क्यों नहीं जाने देते हो? बेचारा बहुत तकलीफ भुगत रहा है।'

शंकर बोला, 'तुम ने बिल्कुल ठीक कहा अंकित! आखिर लेखक हो न, बहुत ही पैनी नज़र रखते हो। सच तो यही है कि मुझे इस विष्णु से कोई हमदर्दी नहीं है। इसका अपराध ही इतना बड़ा है। उस अपराध का प्रायश्चित करने के लिए इसे समय भी तो बहुत अधिक चाहिए। इसीलिए मैं इसे मरने नहीं देना चाहता। मैं चाहता हूँ कि जिसने एक दिन नूतन को बुरी तरह से अपमानित किया था; वह नूतन के सामने ज़िंदगी भर भिखारी बना गिड़गिड़ाता रहे।'

शंकर की बात सुन कर मैं स्तब्ध रह गया।

फिर स्टेशन पहुँचने तक मेरी उससे कोई बात नहीं हुई।

मैं बाहर सड़क पर देखने लगा। रोशनपुर की सड़कों पर बहुत गहमागहमी थी। अब कोहरा पूरी तरह से छँट गया था और तेज़ धूप भी निकली हुई थी। उसने मुझे एक आरक्षित डिब्बे में बड़े आराम से बैठा दिया था। मैं लखनऊ तक बहुत ही आराम से पहुँचा। पर उस दिन मैं सारे सफ़र में बस यही सोचता रहा कि किसी पीड़ित की आह से इस तरह सर्वनाश हो सकता है? बिट्टो बुआ शायद सच ही कहती थीं कि सच्चे दिल से फूटी बद्दुआएँ शाप बन जाती हैं। आज इतना सब सुनने और देखने के बाद मैं इस सच को झुठला भी तो नहीं सकता हूँ।

समाप्त

www.ingramcontent.com/pod-product-compliance
Lightning Source LLC
LaVergne TN
LVHW090311051026
849518LV00005B/1733